D1666198

Silvana De Mari

Der letzte Zauber

Silvana De Mari

Der letzte Zauber

Aus dem Italienischen von
Barbara Kleiner

cbj ist der Kinder- und Jugendbuchverlag
in der Verlagsgruppe Random House

FSC
Mix
Produktgruppe aus vorbildlich
bewirtschafteten Wäldern und
anderen kontrollierten Herkünften

Zert.-Nr. SGS-COC-001940
www.fsc.org
© 1996 Forest Stewardship Council

Verlagsgruppe Random House FSC-DEU-0100
Das FSC-zertifizierte Papier *Super Snowbright* für dieses Buch
liefert Hellefoss AS, Hokksund, Norwegen

Gesetzt nach den Regeln der Rechtschreibreform

1. Auflage 2010
© 2010 der deutschsprachigen Ausgabe cbj, München
Alle deutschsprachigen Rechte vorbehalten
© 2008 Adriano Salani Editore S.p.A
Die italienische Originalausgabe erschien 2008 unter dem Titel:
»Gli Ultimi Incantesimi«
bei Adriano Salani Editore S.p.A
Übersetzung: Barbara Kleiner
Lektorat: Martina Patzer
Umschlagkonzeption: Hauptmann & Kompanie Werbeagentur, Zürich
MP · Herstellung: RF
Satz und Reproduktion: Uhl+Massopust, Aalen
Druck: GGP Media GmbH, Pößneck
ISBN 978-3-570-13850-2
Printed in Germany

www.cbj-verlag.de

Gewidmet unseren Kindern,
denen, die wir selbst zur Welt gebracht haben,
und jenen, die einfach da sind auf diesem Planeten,
die aber unser sind, weil wir uns bereit erklärt haben,
Verantwortung zu übernehmen für ihr Leben;
all jenen, die uns die Ehre erwiesen haben,
ihre Tränen stillen und sie wärmen zu dürfen,
wodurch wir uns Gott gleich fühlen durften
und Mut schöpfen konnten für die Stunde,
da wir dem Todesengel ins Antlitz schauen
und unser Herz stehen bleiben muss.

Der König der Verräter

KAPITEL 1

»Es kann immer noch schlimmer kommen.«

Es kann immer noch schlimmer kommen. Das hat mein Vater immer gesagt. Er hat es unentwegt gesagt, aber ich vergesse es ständig wieder. Manchmal bin ich vergesslich und fange von Neuem an, auf etwas zu hoffen. Dann liege ich wieder einmal auf den Knien im Dreck, und da wird mir klar, dass ich schon wieder hingefallen bin. Ich habe vergessen, dass es immer noch schlimmer kommen kann. Verdammtnochmal«, sagte Inskay, der Zwerg. »Wenn ich sämtliche Hoffnungen, die ich je gehegt habe und die eine nach der anderen im Schweinetrog gelandet sind, wie Steinchen auf einer Straße aneinanderreihen wollte, ich würde damit bis ans Meer kommen«, setzte er trostlos hinzu.

Der andere Zwerg, mit dem er die Zelle teilte und der Gaukler gewesen war, bevor er gefangen genommen wurde, antwortete gleichmütig, fast heiter.

»Es stimmt, es könnte auch noch viel schlimmer kommen. Statt uns am Galgen zu hängen, könnte man uns in einen Käfig

7

sperren und an der Stadtmauer aufhängen, in der Kälte und den Raubvögeln zum Fraß. Aber auch das Gute nimmt kein Ende«, entgegnete er gelassen. »Wenn du schon glaubst, alles gesehen zu haben, was es zu sehen gibt, alles bekommen zu haben, was dir zusteht, dann geht noch einmal die Sonne auf, ein neuer Morgen bricht an, und etwas noch nie Gesehenes ist zu bestaunen.«

»Das ist nett, wenn du anfängst, Blödsinn zu reden. Wirklich rührend.« Vor Erbitterung versagte Inskay die Stimme. »Das Herz hüpft mir im Leibe wie die Glocken einer Kuhherde auf der Weide. Es ist rührend, wirklich, wie damals, als meine geliebte Omama mir ihre süßen Wiegenlieder vorsang, bevor bei mir zu Hause alle ermordet wurden, so wie alle, die etwas gegen die Zwangsarbeit hatten. Nur mein Bruder und ich sind am Leben geblieben, und man hat uns in die Bergwerke gesteckt. Mir würden ja vor Entzücken die Tränen kommen beim Gedanken an das Morgen, wenn wir da nicht in aller Frühe gehängt würden. Man wird uns nicht einmal zusammen hängen, sondern mich im Morgengrauen und dich am Nachmittag. Ob man das vielleicht umkehren könnte? Dir macht es doch nichts aus, etwas früher abzukratzen, stimmt's? Für solche wie dich ist das doch egal.«

Vielleicht hatte der andere keine Kinder. Vielleicht hatte er überhaupt keine Menschenseele auf der Welt außer den Läusen und den Zecken, die Inskay ihm in den zwei Monaten der gemeinsamen Haft in der Zelle abgetreten hatte. Den anderen quälte offenbar nicht der Gedanke, eine geliebte Tochter, fast noch ein Kind, zurückzulassen bei einer stumpfsinnigen Mutter. In einer Welt voller Wölfe, Orks und Menschen, die derart verkommen waren, dass sie den Stamm der Zwerge zu einem Volk von Sklaven gemacht hatten, mit einer einzigen Zukunftsaussicht: sich in ein Volk von Toten zu verwandeln.

»Ist unsere Hinrichtung schon morgen?« Der Gaukler lächelte vergnügt. »Nun, das ist auf jeden Fall etwas Neues, etwas noch nie Gesehenes. Wir wollen uns das anschauen. Wenn man gehenkt wird, sollte man besser gut vorbereitet sein, damit der Strang sich dann um einen Hals legt, der schön glatt und gebogen ist wie ein Haken«, setzte er mit blöder Heiterkeit hinzu.

Inskay verlor die Fassung.

»Verdammtnochmal«, fluchte er wütend. »Überhaupt nichts werden wir uns anschauen«, widersprach er. »Und hör auf, Unsinn zu reden. Wir bekommen eine Kapuze über den Kopf gezogen und einen Knebel in den Mund, um die Zunge festzuhalten, damit wir nichts mehr sagen können Der Richter liebt keine Reden unter dem Galgen.« Inskays Stimme bebte vor Wut. Selbst die wenigen wackeligen Zähne, die ihm geblieben waren, bebten. »Eine hübsche Kapuze über den Kopf und ein schmackhaftes Stück Holz in den Mund, hinten recht stramm festgebunden«, wiederholte er langsam, die Worte einzeln betonend, um zu vermeiden, dass er im Eifer mit der Zunge gegen das wunde Zahnfleisch stieß.

Er war ein guter Kerl, der Gaukler, wirklich ein guter Kerl. Inskay konnte sie gar nicht mehr aufzählen, die vielen Gefälligkeiten, die er ihm bereits schuldig war. Doch es gab Augenblicke, da ertrug er diese unentwegten honigsüßen Witzeleien nicht mehr, mit denen er seine Reden würzte. »Wir werden nicht einmal mehr ein Gesicht haben, denn ein verhülltes Gesicht ist so gut wie gar keins. Wir werden ein Stück Holz im Mund haben, in das schon andere hineingebissen haben. Mit der Zunge werden wir die Stelle fühlen, wo sich die Schneidezähne der anderen eingegraben haben, während sich die Schlinge um ihren Hals zuzog und ihnen die Luft wegblieb. Wir werden den Geschmack ihres Speichels spüren. Wir werden den Geschmack von Blut spüren und nicht wissen, ob es unseres ist oder ihres. Unter der Kapuze werden wir den Schweiß derer riechen, die vor uns darunter gestorben sind. Wenn man Angst hat, riecht der Schweiß besonders scharf. Der Gestank unter diesen Kapuzen muss mörderisch sein, vielleicht bringt der allein uns schon um, ohne dass man uns dann noch hängen muss. Diese verfluchten Henker machen nicht einmal ordentliche Knoten. Das ist dann kein scharfer Ruck, dass du gleich hin bist. Es erwürgt einen so nach und nach. Es dauert ewig, bis man stirbt. Man kriegt keine Luft mehr, man strampelt noch ein bisschen und dann noch ein bisschen, und dann vielleicht, wenn alles gut geht, haucht man endlich seine Seele aus. Die Schwereren schaffen es eher. Wir sind Zwerge, wir sind leicht. Wir werden ewig brauchen, eingehüllt in den Gestank eines anderen und im Mund den Geschmack seines blutigen Speichels. Wir können von Glück sagen, wenn wir kotzen müssen, mit dem Knebel im Mund ersticken wir dann wenigstens.«

Inskay verstummte plötzlich. Er hätte sich in die Zunge beißen können für das, was er gesagt hatte, wenn ihm nur die Zähne nicht so wehgetan hätten. Er musste dem Gaukler doch keine Angst einjagen. Wozu denn? Wenn es ihm gelang, sich mit seiner Zweigroschenphilosophie etwas Mut zu machen, warum sollte er ihm das kaputt machen? Wenn diese abgeschmackten Reimereien für ihn zu etwas gut waren, warum sollte er sie ihm nicht lassen? Tatsache war, dass er außer sich war vor Wut darüber, dass er sterben musste, dass er in dieser Zelle steckte, dass er so dumm gewesen war, sich schnappen zu lassen, sodass er seine Tochter und seine Leute jetzt nicht mehr schützen konnte. Er wollte leben. Viele Jahre noch, Jahrzehnte. Nun blieb ihm nur die Wut darüber, sterben zu müssen. Alle wollten weiterleben, selbst die, die bloß ein Leben voller Elend und

Zwangsarbeit in den Bergwerken gekannt hatten. Er hatte noch mehr gehabt: eine Ehe, die der Zwangsarbeit in den Bergwerken gleichkam, aber auch eine Tochter. Er hatte diese entsetzliche Schreckschraube von abscheulicher Schwiegermutter mit ihrer gesamten Sippe ertragen müssen, aber seine Tochter wog das mehr als auf. Stolz gemacht hatte ihn die Erkenntnis, dass Kämpfen möglich war und dass es besser war als ein langsames Dahinsiechen im Sklavendasein. Er war stolz darauf gewesen, seinen Leuten das nahezubringen. Das alles war aber kein Grund, auf den Gaukler loszugehen. Doch sobald der andere den Mund wieder aufmachte, packte Inskay erneut die Erbitterung.

»Kennst du die Geschichte vom Zwerg und dem Truthahn?«, fragte der Gaukler. Er wartete Inskays Antwort nicht ab und fuhr begeistert fort: »Nun denn, da war ein Zwerg, der wollte einen Truthahn verkaufen. Gewöhnlich war es die Frau, die auf den Markt ging, aber die Frau sollte ein Kind bekommen, also ging der Mann auf den Markt. Aber es ist das erste Mal, und er weiß nicht, wie viel ein Truthahn wert ist. Er hatte vergessen, seine Frau danach zu fragen, er weiß, dass sie in den Wehen liegt, die Hebamme ist da, und er hat es vergessen. Also geht er auf den Markt, und da er nicht weiß, wie viel er verlangen kann, hält er Ausschau nach jemandem, der auch Geflügel verkauft. Niemand verkauft Truthähne, aber da ist ein Alter, der Nachtigallen verkauft. Ein winziger Käfig mit einer Nachtigall darin kostet drei Soldi. Endlich kommt eine alte Frau daher und fragt ihn, was der Truthahn kostet. ›Drei Taler‹, sagt der Zwerg. ›Drei Taler ein Truthahn? Das ist ja verrückt!‹, antwortet die Alte. Der Zwerg zeigt auf die kleine Nachtigall seines Nachbarn und dann auf seinen großen Truthahn. ›Mein Truthahn ist hundert Mal so groß wie die Nachtigall, da ist es nur recht und billig, dass er auch hundert Mal so viel kostet‹, sagt er. ›Aber die Nachtigall kann singen‹, bemerkte die Alte. ›Mein Truthahn kann denken‹, erwiderte der Zwerg.«

»Ich könnte mich ausschütten vor Lachen«, erwiderte Inskay erbost. Es gab nur wenig, was er so sehr verabscheute wie die Geschichte vom Zwerg und dem Truthahn, eine der vielen Geschichten, die davon ausgingen, dass Zwerge geldgierig und zugleich dumm waren. Doch gleich darauf bereute Inskay seinen Ausbruch. Was hätte es ihn gekostet zu lachen? Wenigstens dieses letzte Mal.

Inskay schaute sich um.

Die Zelle war schmal und hoch. Die Bodenfläche war zu klein, als dass ein Mensch oder auch nur ein Herr vom Volk der Zwerge sich darauf hätte ausstrecken können. Man musste sitzen. Auf halber Höhe des Raums war für den zweiten Gefangenen ein Hängeboden angebracht, der also athletische Fähigkeiten mitbringen musste, da von einer Leiter weit und breit keine Spur war. Noch weiter oben war unter einer kleinen Luke ein weiterer Boden eingezogen. Da stand der Nachttopf, dessen Benutzung demnach nicht nur athletische, sondern akrobatische Fähigkeiten erforderte. Das Gefäß wurde alle drei Tage durch die besagte Luke geleert, durch die die Wachsoldaten auch das Essen hereinreichten, das ebenfalls, um keine Verwirrung aufkommen zu lassen, einmal alle drei Tage kam. Es gab auch ein Fenster, das war so hoch und schmal, dass es eher wie eine Schießscharte aussah. Die Zellentür war zweigeteilt: Der untere Teil war sehr niedrig, sodass sogar sie auf allen vieren kriechen mussten, um raus- und reinzukommen, wenn sie zu den Verhören geholt wurden. Nur wenn sie sich weigerten mitzugehen, wurde die Tür vollständig geöffnet, damit die Wachsoldaten hereinkommen und sie mit Gewalt hinausschleifen konnten, in der Regel, nachdem sie ihnen jede Lust zu Späßen ausgetrieben hatten.

Ohne den Gaukler, der seine Wasserration dafür verwendete, ihm nach den Verhören die Verletzungen und Brandwunden auszuwaschen, wenn er selbst nicht imstande war, sich zu rühren, und der bis zum Nachttopf hinaufkletterte, um ihn ihm zu holen, wäre Inskay nichts anderes übrig geblieben, als sich in die Kleider zu machen und damit auch noch den letzten Rest an Würde einzubüßen, der ihm nach der Zwangsarbeit und der Folter noch geblieben war.

Inskay hasste alles Hohe und Schmale. Diese hohen Wände ohne Leitern waren was für Spinnen. Er hatte sie auch vor seiner Gefangennahme schon gehasst, als seine Knochen noch alle heil waren und sein Körper ihm nirgends wehtat.

Es hieß, die Zwerge stammten ursprünglich aus einer Gegend unweit von Alyil, einer Hochebene, dicht bewachsen mit Eichenwäldern, dazwischen große Lichtungen über einem ausgedehnten Netz von Stollen der verschiedenen Bergwerke. Eine ehrbare Welt in der Horizontalen.

Alyil, die Falkenstadt, war ganz in die Höhe ausgerichtet. Mit ihren Mauern aus Granit und ihren Dächern aus Holz und Schilf erhob sie sich hoch über die ganze umliegende Menschenwelt.

Der Raum, beziehungsweise der Mangel daran, und die Schwerkraft, beziehungsweise deren übermäßige Wirksamkeit, waren die beiden Probleme, mit denen die Stadt sich seit ihrer Gründung herumschlug, seit jenen Zeiten, als alles gut ging, in ferner, ferner Vergangenheit. In Alyil lebte man sozusagen übereinander. Eingeschlossen von den schwindelerregend hohen Stadtmauern, ragten die schmalen Häuser hoch auf, regelrechte Türme aus unzähligen übereinander geschichteten Stockwerken, teils zusammengeflickt mit nachträglich hinzugefügten Teilen, was an den unterschiedlichen Steinen zu erkennen war und an den verschieden großen Öffnungen der Bogenfenster. Die Treppen waren schmal und steil und außen an die Hauswände geklebt, um Platz zu sparen, spiralförmige Wendeltreppen, leicht und gemustert wie Libellenflügel und verflucht glitschig bei Nebel, Regen, Nieselregen, Schnee, Eisregen, Hagel, Raureif oder Tau, das heißt immer, mit Ausnahme vielleicht von ein paar Tagen im Hochsommer. Es gab keinerlei Handlauf, vielleicht um Holz zu sparen und die Leichtigkeit des Ganzen zu unterstreichen. Die Stadt war vor etlichen Jahrhunderten von den Elfen erbaut worden. Offenbar hatten sie ihren Spaß daran, wie die Heuschrecken ihre verfluchten Treppen hinauf und herunter zu hüpfen. Die Menschen, die sie ausgerottet hatten und ihnen als Bewohner nachfolgten, waren weniger gut im Hüpfen und fluchten mehr.

Wie alle Zwerge war Inskay überaus beweglich, aber wie alle Zwerge hatte er Alyil schon immer mit jedem seiner wenigen Zoll Körpergröße und mit der ganzen Inbrunst des Deportierten gehasst.

Er fragte sich, ob Elfen sich gegenseitig ins Gefängnis steckten und ob diese verfluchten schmalen Zellen ihre Erfindung waren. Vielleicht hingen Ihre elfischen Hoheiten ja unter der Decke wie Fledermäuse. Vermutlich vergnügten die Elfen sich damit, schwebend ihre Pirouetten zu drehen bis zum Pisspott hinauf, wenn Elfen den denn überhaupt benötigten.

Es hieß, sie bestünden aus Luft und ernährten sich auch davon.

»Ich habe mich gerade gefragt, ob die Henker nach Leistung bezahlt werden oder ob sie ein festes Einkommen haben. Ein glatt abgeschlagener Kopf bringt einen Soldo in den Topf«, summte der Gaukler.

Einen Augenblick lang verspürte Inskay Lust, ihn umzubringen, aber es fehlte ihm die Energie dazu, und dann bestand auch kein Grund, den Henkern ihre Arbeit abzunehmen. »Das ist zweifellos eine wesentliche Frage«, pflichtete er bei. »Wie könnten wir sterben, ohne das zu wissen? Wenn wir nicht das Holzstück im Mund hätten, könnten wir ihn ja morgen danach fragen.«

»Wir könnten *sie* morgen danach fragen. Ich bin mir sicher, sie werden zu mehreren sein. Daher muss es richtig heißen: ›Wir könnten *sie* danach fragen.‹«

»Jetzt wo ich es weiß, geht's mir besser«, platzte Inskay heraus. »Stört es dich, wenn ich weiter von meinem Tod rede? Entschuldige, aber weißt du, das ist ein Thema, das mich fasziniert. Als ich klein war, musste ich immer die Klamotten von meinen älteren Geschwistern auftragen. Ich war die Nummer elf. Die Schuhe, wenn es überhaupt welche gab, stammten immer von einem meiner größeren Brüder. Die Axt war die von meinem Urgroßvater, der Pickel vom Großonkel meiner Frau, ein ganz widerwärtiger Pickel, dass wir uns verstehen. Alles, was aus dieser Familie kam, war von Motten zerfressen, muffig, schäbig, schief und unnütz. Ich wäre daher lieber für mich gestorben, mit einem Strang für mich allein. Und mit einer frischen Kapuze.«

»Das gibt es nur für Könige.«

»Zum Teufel auch! Sie sollten das immer so machen. Schließlich stirbt man nur einmal. Auch ein Wicht.«

»Wir sind keine Wichte.«

»Ja, ich weiß, du hast es mir erklärt. Ich bin Inskay, du bist der Gaukler, und wir sind Herren vom Volk der Zwerge. Aber die Zeiten, als man mich ›Wicht‹ nannte, waren mir lieber, denn da war ich noch frei. Wenn ich den Henker daran erinnere, dass ich Inskay, Herr der Zwerge bin, gibt man mir dann eine frische Kapuze?«

»Ich habe es dir schon gesagt, das gibt es nur für Könige. Es ist aber gar nicht so wichtig. Nicht einmal der Tod ist so wichtig.«

»Lass mich raten, Gaukler, stört es dich, wenn ich dich Gaukler nenne? Nein? Ich möchte nicht im letzten Moment noch jemanden beleidigen.«

»Du beleidigst mich nicht. Ich bin der Gaukler. Ich mag diesen Namen, ich will gar keinen anderen.«

»Lass mich raten, jetzt erklärst du mir, was der Tod ist, und sagst mir, der Tod sei eine sympathische Angelegenheit. Und in der Tat, es ist ja durchaus höflich, dass man uns aufhängt, und am Ende stellt sich heraus, dass man es aus Sympathie für uns tut. Der Tod ist überhaupt nicht hässlich, um Himmels willen. Es stimmt nicht, dass danach nichts ist, wie wenn man ein Schwein aufisst oder einen Wurf Katzen oder Welpen ersäuft, weil man nicht weiß, wohin damit. Es stimmt auch nicht, dass es dort scheußlich ist, eine Zelle schlimmer als die hier oder auch ein bisschen besser, das Gute hat nie ein Ende, ein finsterer Ort, wo Teufel dich wie einen Kapaun auf einen Spieß stecken. Also, wie lautet deine Antwort? Tod heißt, dass wir dorthin zurückkehren, von wo wir gekommen sind? Licht und Rosenknospen, Milch und Honig? Sicher, warum nicht? Aber sag mir eins: Wenn es dort so schön ist, warum warten wir dann so lang, bis wir dorthin gehen? Wenn es dort so herrlich war, warum sind wir überhaupt von dort weggegangen? Wozu war das gut? Wozu war ich gut? Wozu ist es gut, dass ich morgen stirb?«

»Wozu ist es gut, dass ich morgen sterbe.«

»Wozu ist es gut, dass ich morgen sterbe?«

»Genau, so ist es richtig. Wozu ist es gut, dass ich morgen sterbe.«

»Meinst du, es ist… Entschuldige bitte. Meinst du, es ist wirklich so schlimm und schwerwiegend, wenn ich mir am Vorabend meiner Hinrichtung erlaube, deinen Sprachunterricht zu vergessen?«

»Auch meinen Logikunterricht. Wenn die Vorstellung zu sterben dich so sehr stört, dann bedeutet das doch, dass Geborenwerden und Leben einen Sinn gehabt haben. Wenn nicht, müsste Sterben doch eine Befreiung sein, selbst mit einer Kapuze, die nach dem Angstschweiß eines anderen stinkt. Sich über das Leben zu beklagen und gleichzeitig über sein Ende, das wäre ein unverzeihlicher Fehler. Wir vergeuden das wenige Gute, das möglich ist. Ich kann nicht erreichen, dass du einen neuen Strick bekommst, nicht, dass man dich verschont, ich weiß nicht, ob es dort Rosenknospen gibt oder rein gar nichts. Ich habe keine Ahnung, aber wenn du willst, können wir die Nacht hindurch weitermachen mit unserem Unterricht, so vergeuden wir wenigstens nicht das bisschen Zeit, das uns noch gegeben ist. Du wirst nicht sterben wie ein Herrscher, aber du besitzt eine königliche Sprache und ebensolche Gedanken. Wie ein König sprechen zu können, ist fast, wie ein König zu sein.«

Einen Augenblick lang war Inskay sprachlos. Seine Wut stand fühlbar im Raum. Der Gaukler war unerträglich, von einer Unerträglichkeit, die sich als Weisheit tarnte. Es war kein Widerspruch, einem Leben nachzutrauern, in dessen Verlauf man um das bloße Existenzrecht hatte kämpfen müssen. Die Wut darüber, dass einem nicht einmal dieses elementare Recht eingeräumt worden war, verringerte den Wunsch zu leben keineswegs.

Dann beruhigte er sich.

Der Gaukler war schon seltsam, aber er war und blieb doch ein harmloser armer Kerl. Der Verwaltungsrichter und seine

Henkersknechte waren verantwortlich für Inskays Wut, gegen sie musste er sie richten.

Der Gaukler lächelte.

»Erzähl mir deine Geschichte«, bat er.

»Und was liegt dir daran?«

»Viel. Sehr viel, wenn ich es recht bedenke. Es wäre mir eine Ehre, sie zu kennen. Nein wirklich, ich würde es als ausgemachte Ungerechtigkeit empfinden, aufs Galgengerüst zu steigen, ohne deine Geschichte zu kennen.«

»Da gibt es nicht viel zu erzählen«, antwortete Inskay.

»Woher kommst du?«

»Das fragt man nicht. Wir waren zwei Monate in dieser Zelle zusammen, du hast meine Wunden gepflegt, du hast mich gefüttert, wenn ich mich vor Schmerzen kaum rühren konnte, ohne dich hätten mich die Ratten bei lebendigem Leib aufgefressen, aber woher ich bin, das sage ich niemandem, selbst im Augenblick des Todes nicht, ja, dann erst recht nicht. Mich haben sie geschnappt, weil einer von meinen Leuten geredet hat, und das kann er nur unter der Folter getan haben. Zu dir habe ich Vertrauen, aber wenn jemand auf die Idee kommt, du könntest etwas von mir wissen, und wenn jemand es aus dir herauspresst, dann wären meine Leute in Gefahr, verstehst du? Der Verwaltungsrichter kennt bei Ungehorsam keinen Pardon, und sein Zorn erstreckt sich auf die Angehörigen ersten und zweiten Grades des Ungehorsamen. Wenn ich Urgroßvater wäre, würden meine Urenkel vielleicht verschont bleiben. Wenn ich noch einen Urgroßvater hätte, so würde der wahrscheinlich auch verschont bleiben. Alle anderen aber trifft es. Sie sind mit mir zum Tode verurteilt. Sagen wir, ich komme von irgendwo auf der Welt. Erzähl mir deine Geschichte, wenn du willst, aber nur, wenn du keine Verwandten hast. Sonst lass es bleiben. Ich kann dir versichern, dass ihre Folterknechte ausgesprochen überzeugend sind. Ich habe den Mund gehalten, was meine Angelegenheiten betrifft. Ich kann nicht garantieren, dass mir das auch mit den Angelegenheiten anderer gelingt. Führ mich also nicht in Versuchung, erzähl mir nichts, was sie nicht ohnehin schon wissen.«

Inskay gab sich Mühe, seiner Stimme Festigkeit zu verleihen. Er musste an den denken, der ihn verraten hatte, den Einzigen, der sein Versteck kannte, den Einzigen, der die entsprechenden Hinweise geben konnte. Er war zwei Monate vor ihm gefangen genommen, wenige Tage vor seiner Festnahme hingerichtet worden, und es war nicht einfach »einer von seinen Leuten«, sondern es war sein Bruder gewesen, der einzige jüngere Bruder und der Einzige, der bis in diese finsteren Zeiten überlebt hatte. Von seinen Geschwistern war niemand mehr am Leben. Dank des Verwaltungsrichters hatte sich Inskays Traum aus seinen Kindertagen erfüllt, da hatte er sich gewünscht, einziges Kind zu sein.

Der Gaukler seufzte. »Ich bringe niemanden in Gefahr. Ich bin der Letzte meiner Familie und aus meinem Dorf. Ich weiß den Namen meiner Eltern nicht mehr; manchmal denke ich, ich bin unter einem Pilz aus der Erde geschossen, wie im Märchen. Ich habe keine Freunde. Seit meiner Kindheit gehöre ich dem Verwaltungsrichter. Ich wurde ihm geschenkt, als ich drei Jahre alt war und er fünfzehn. Aber ich erinnere mich ein wenig an das Dorf, aus dem ich komme. Ich bin zwischen den Sümpfen von Yukon und den Salzbergwerken auf die Welt gekommen, kennst du die Gegend?«, fragte er.

»Ich war noch nie dort, aber ich weiß, wovon du sprichst. Mein Vater war aus der Gegend. Er hat mir davon erzählt. Unter allen Arten von Bergwerken sind die Salzstollen die schönsten, noch besser als Diamantgruben, wo es nur ab und zu glänzt. Salzbergwerke wirken wie in Licht gehauen: Es genügt der Schein einer Fackel und alles funkelt und glänzt. Man wird nicht blind wie in den Schwefelgruben, wo die Dämpfe einem früher oder später die Augen ruinieren. Man ist nicht in Gefahr zu verbrennen oder zu ersticken wie in den Kohlegruben, ganz zu schweigen von Blei oder Quecksilber, dessen Dämpfe, schon allein wenn man sich täglich in der Nähe aufhält, alles Leben in einem ersticken, einen zu einem wandelnden Toten machen und die Kinder im Mutterleib töten«, erwiderte Inskay.

»Ja, das stimmt!«, bestätigte der Gaukler. »Salzbergwerke sind die schönsten Bergwerke der Welt. Es ist auch schön, darin zu leben. Sie sind nicht so tief, man braucht keine Einstürze zu befürchten, im Winter halten sie die Wärme und im Sommer sind sie kühl und trocken. Und von allen Dingen, die man in Bergwerken finden kann, ist das Salz im Grunde das Wichtigste und Angenehmste. Ohne Salz kommt man nicht durch den Winter. An die Bergwerke erinnere ich mich. Man war nicht den ganzen Tag in der Grube.«

»Stimmt! Richtig!«, rief Inskay; er wusste es aus den Erzählungen der Älteren. Der Gaukler war älter als er und kannte eine Epoche, die ihm selbst unbekannt war. »Mein Vater hat mir das auch erzählt.«

»Am frühen Nachmittag kam man heraus, es war noch Zeit zum Jagen und Fischen. Nachts schliefen wir in unserem Dorf, unter freiem Himmel, nachdem wir zuvor am Feuer gemeinsam etwas gegessen und miteinander geplaudert hatten. Morgens ging man in aller Ruhe hinunter. Zuerst ging man am Bach Wasser holen für den Tee. Der wurde auf Feuern am Eingang zum Stollen gemacht, gleichzeitig etwas Fladenbrot dazu geröstet, sodass man mit vollem Magen hinunterging. Das war schön. Ich war klein, zwei oder drei Jahre alt, aber ich kann mich noch erinnern.«

»Sag, weißt du, warum es jetzt Zwangsarbeit gibt?«, fragte Inskay. »Weißt du, was sie mit dem ganzen Salz anfangen? Und was sie mit all dem Eisen und der Kohle aus den Bergwerken im Norden machen? Nicht einmal wenn man sämtliche Straßen der Menschenwelt pflastern wollte, bräuchte man so viel davon, und selbst wenn es eine Straße von hier bis auf den Mond gäbe und sie aus Salz, Eisen und Kohle wäre, bräuchte man nicht so viel. Ich weiß es. Ich habe mich das mein Leben lang gefragt und schließlich habe ich es herausgefunden.«

»Wirklich?«, fragte der Gaukler erstaunt und voller Bewunderung. »Wirklich? Niemand weiß das.«

»Es ist für die Orks«, stieß Inskay triumphierend hervor.

»Die Orks?« Der Gaukler riss seine naiven Kinderaugen weit auf. »Und was haben die Orks mit all dem zu tun?«

»Die Orks rüsten sich für ihren Krieg. Das Salz ist für die Schweine, ohne Verpflegung kann man kein Heer in Bewegung setzen, und gepökeltes Schweinefleisch ist die ideale Verpflegung. Ich habe sie gesehen, weißt du? Vor sechs Monaten. Ich war wieder einmal auf der Flucht und kam zum Geborstenen Berg oberhalb der Ebene der Orks. Es hat mir den Atem verschlagen. Da waren so viel Schweine, mehr als Sterne am Himmel, mehr als Blumen im Frühling. Alles voll bis an den Horizont. Der schönste Anblick, den man sich nur erträumen kann. Als ich das sah, sagte ich mir, dass man damit ein Heer satt kriegen könnte. Ich habe das nur so dahingedacht, nur um auszudrücken, dass es viele waren, aber noch während ich das dachte, wurde mir klar, dass es stimmte. Wenn die Schweine für die Menschen sind, warum sie dann von allen fernhalten und alle auf einem Haufen? Als ich begriff, wozu sie ihnen dienten, hat es mir die Kehle zugeschnürt. Die werden bald wieder angreifen. Eisen und Kohle sind für ihre Waffenschmiede, für Rüstungen und Waffen.«

»Aber was bedeutet das?«, fragte der Gaukler. Er war nun ernst. Wenn er ernst war, war er erträglich. Er bekam dadurch einen fast intelligenten Gesichtsausdruck.

»Die Orks rüsten auf und bewaffnen sich. Wir verkaufen Salz, Eisen und Kohle an die Orks und die bewaffnen sich«, sagte Inskay langsam, jede Silbe einzeln betonend, damit kein Zweifel bleiben konnte, was er da sagte, jedes Missverständnis auszuschließen war.

»Du und ich, wir verkaufen nichts an niemand nicht. Wir haben nie etwas besessen und nie etwas verkauft«, lachte der Gaukler regelrecht glücklich. Der Anschein von Intelligenz war wieder verschwunden, verdampft wie ein Tröpfchen Wasser in der Sonne.

Inskay seufzte. Je länger er darüber nachdachte, desto deutlicher wurde ihm, wie schön es wäre, einen normalen Zellengenossen zu haben. Ein Normaler hätte ihm womöglich das Brot gestohlen, wenn er nach den Verhören halbtot am Boden lag, aber er hätte geweint und geflucht wie er, und sie hätten es gemeinsam tun können.

»Mit ›wir‹ meine ich alle, die zur Welt der Menschen gehören«, erläuterte Inskay geduldig.

»Wir sind keine Menschen«, wandte der Gaukler ein. »Wir sind kleine Zwergelein, wir sammeln Steinelein, wir sind ganz Kleine und machen gerne Reime.«

»Warum willst du immer versuchen, einen zum Lachen zu bringen?«, brüllte Inskay. Das dümmliche Lächeln des anderen erlosch.

»Zum Lachen bringen ist eine Gabe«, rechtfertigte er sich beschämt. »Lachen macht uns stark. Auch der Schmerz wird weniger, wenn einer lacht.«

Inskay schüttelte den Kopf.

»Nein, nicht immer. Wenn man im falschen Augenblick versucht, einen zum Lachen zu bringen, wenn einer verzweifelt ist oder etwas Wichtiges zu sagen versucht, dann ist das, als würde man ihm in die Suppe spucken.«

Der Gaukler zuckte zusammen. »Das ist ein böser Vergleich«, setzte er sich empört zur Wehr. Inskay breitete die Arme aus.

Der Gaukler schüttelte den Kopf. »Ist gut. In Zukunft werde ich versuchen, daran zu denken. Es bleibt mir nicht viel Zukunft, das sollte mir gelingen«, setzte er hinzu, plötzlich wieder ernst.

Vielleicht waren seine albernen Witze und seine verdammte Leidenschaft für Verse und Reime nicht einmal seine Schuld. Das musste eine Art Berufskrankheit sein. Wer in den Bergwerken die Picke schwang, der bekam dicke, harte Arme und Hände, so rau wie Baumrinde; wer Gaukler war, dessen Hirn war für immer verdorben von der Notwendigkeit, ständig Witze zu machen, am besten in Versen und Reimen.

Diesmal lächelte Inskay wirklich.

»Es stimmt, wir sind keine Menschen«, entgegnete er sanft, »aber wir sind Teil ihrer Welt. Wie ist es möglich, dass wir verkaufen, was zu unserer Vernichtung dient? Die Orks packen ihr gepökeltes Schweinefleisch in ihre Rucksäcke und ziehen gegen uns in den Krieg, mit Äxten und Harnischen, die aus unserem Eisen gemacht sind, geschmiedet über Feuern mit Kohle aus unseren Bergwerken.«

»Wenn das stimmt, was du sagst, dann bedeutet es, dass der Verwaltungsrichter auf ihrer Seite ist. Es ist die einzige Erklärung dafür. Er ist überzeugt, dass sie früher oder später siegen werden und es daher von Vorteil ist, sich gut mit ihnen zu stellen.«

»Wenn man zu den Wölfen nett ist, fressen sie einen erst zum Schluss, und man lebt ein bisschen länger. Das ist keine gute Idee. Wölfe sollte man lieber vertreiben und seine Herde in Sicherheit bringen. Der Verwaltungsrichter ist nicht klug. Er ist nicht nur ein vollendeter Schurke, sondern auch ein vollendeter Schwachkopf. Um die Orks aufzuhalten, da gibt es den König von Varil«, erwiderte Inskay. Zum ersten Mal seit zwei Monaten lag Leidenschaft in seiner Stimme. »Da ist auch noch die Königin von Daligar, aber die sitzt an ihrem Fluss und kümmert sich um ihre eigenen Angelegenheiten. Der König von Varil ist der Richtige. Es heißt, er sieht aus wie ein Bär, aber er kann kämpfen. Er hat sie zurückgedrängt, die Orks, meine ich, vor neun Jahren hat er sie bis über die Grenzen zurückgeschlagen, bis über Malevento und Pontetremulo hinaus. Der König von Varil ist nie geschlagen worden und er wird wieder siegen.«

Langes Schweigen.

Inskay senkte die Stimme bis zu einem kaum noch hörbaren Wispern.

»Als man mich geschnappt hat, war ich unterwegs zu ihm, um ihn zu warnen, dass die Orks aufrüsteten. Wenn sie einmal angefangen haben, sind sie nicht mehr aufzuhalten. Er würde kommen, die Orks bekämpfen und uns befreien. Ich bin nicht bis zu ihm durchgedrungen, aber das ist nicht schlimm, jemand anderem wird es gelingen.«

Der Gaukler sah ihn lang an, dann hellte sich sein Gesicht auf.

»Ja sicher«, sagte er nachdenklich. »Du hast recht. Wir sind nicht verloren. Wir sind nicht allein. Da ist der König von Varil.«

Inskay liebte den Gaukler. Manchmal war er unerträglich, aber im Grunde ein guter Kerl. Er empfand tiefes Bedauern wegen seiner Barschheit kurz zuvor.

Von fern ließ sich das unverwechselbare Klirren von Eisen vernehmen, das sämtliche Bewegungen der Wachsoldaten begleitete. Sie kamen ihn holen und waren am Anfang des Korridors. Es blieben ihm noch ein paar Augenblicke mit dem Gaukler.

»Weswegen bist du verurteilt worden?«, fragte er. Das hatte er noch nicht erfahren.

Der Gaukler lächelte schüchtern.

»Ich habe den Verwaltungsrichter gebeten, einen Küchenjungen nicht zum Tode zu verurteilen, der eine halbe Lammkeule gestohlen hatte. Es war für seine Kinder. Während ich ihn zu überzeugen versuchte, ist mir das Wort ›ungerecht‹ entschlüpft. Ich weiß auch nicht, wie mir das passieren konnte.« Untröstlich schüttelte der Gaukler den Kopf. »Weißt du, es stimmt nicht, dass ich keine Angst vor dem Sterben habe«, hauchte er zum Schluss noch.

»Verdammtnochmal«, murmelte Inskay. Er streckte die verkrüppelte Hand aus und strich dem Gaukler über den Kopf.

Während die Schritte und das Geklirr von Eisen näher kamen, dachte Inskay verzweifelt nach. Er wollte den Gaukler trösten. Die ganze Zeit, die sie in dieser Zelle miteinander zugebracht hatten, hatte er ihn unerträglich gefunden, selbst wenn der ihn fütterte oder seine Wunden zu versorgen versuchte. Jetzt hätte er alles darum gegeben, ihn trösten zu können. Schade, dass er nichts hatte, rein gar nichts, nicht einmal mehr Zeit, denn die Wachsoldaten standen mittlerweile vor der Tür. Inskay umarmte den Gaukler. Er kannte nicht einmal seinen Namen, und während er das dachte, hallte das Wort »Name« in seinem Geist wider.

»Die Bezeichnung ›Herren vom Volk der Zwerge‹ ist eine nette Höflichkeitsformel, aber das ist nicht unser eigentlicher Name«, raunte er ihm zu und berührte ihn dabei leise mit einer angedeuteten Liebkosung. »Unser wirklicher Name in unserer eigentlichen Sprache ist ›Helausi‹. Das bedeutet nicht klein, sondern stark und zäh. Wir sind nicht das Volk der Kleinen, sondern ein Volk der Starken und Zähen. Unsere Kraft liegt in der Zähigkeit. Wir sind unermüdlich. Oder besser, wir ermüden schon, und wie, unsere Arme tun weh von allen den Steinen, die wir geschleppt haben, die Beine schmerzen bei jedem Schritt, aber wir geben nicht auf. Wenn wir versuchen, zu schnell zu laufen, wirken wir lächerlich, aber wir marschieren tagelang, ohne Unterbrechung und ohne zu schlafen. Unser Land hieß ›Helausia‹, und irgendwo existiert es noch, auch wenn ich nicht weiß, wo. Es ist voller goldener Äxte, mit denen wir unsere Freiheit zurückerobern werden.«

»Ist das wahr?«, hauchte der Gaukler. »Sagst du das, um mich zu trösten, oder ist das wahr? Ist das nicht nur ein Märchen, eins von denen, die man den Kindern vorm Einschlafen erzählt?«

Die Wachsoldaten waren stehen geblieben. Aus ihren Rufen wurde klar, dass sie einen Schluck Bier trinken wollten. Es blieb also noch ein Augenblick Zeit.

»Unter unserem Boden sind auch die alten Bergwerke, aufgelassene Stollen. Und darin ist alles, was unserem Volk gehört hat, silberne und goldene Äxte. Wir könnten sie benutzen, sie verkaufen, Land dafür kaufen. Endlich Schluss machen damit, dass wir gekauft und verkauft werden.«

Der Gaukler schien nicht überzeugt. Zweifelnd schüttelte er den Kopf.

»Das sind Ammenmärchen. Wenn wir so mächtig waren, warum haben wir uns dann nicht gewehrt? Warum haben wir uns gefangen nehmen und dahin verschleppen lassen, wo, wer Glück hat, Gaukler wird, während die anderen in den Gruben umkommen?«

»Kannst du ein Geheimnis bewahren?«, fragte Inskay.

Der andere nickte. »Bis zum Tod. Das heißt, nicht mehr lang.« Er lächelte, während er das sagte, stolz auf die letzte Bemerkung, bei Weitem die geistreichste, seitdem Inskay ihn kannte.

»Unsere Feinde, die uns vernichtet haben, sind in der Nacht gekommen, wie die Wölfe. Mit Feuer und Pferden im Dunkeln, nach Monaten des Waffenstillstands, Unterhandlungen von Botschaftern und einem Hin und Her von Sendschreiben. Der Krieg ist ein Fluch, aber wenn man mit aller Macht vom Frieden träumt, kann es einem passieren, dass man einfältiger wird als die Kinder. Wir stülpen den Wölfen unseren Traum vom Leben in Frieden über und halten sie für Schäferhunde. Es gab einen schändlichen Pakt zwischen den gemeinsten Menschen und den Orks. Nicht einmal das haben wir bemerkt und haben diejenigen, die uns warnen wollten, für verrückt erklärt. Das Ursprungsland der Zwerge liegt irgendwo zwischen dem Land der Menschen und dem der Orks, niemand kann mich davon abbringen, dass das irgendwo zwischen Alyil und dem Orkreich im Nordwesten ist, denn dort gibt es die größten Eisen- und Kohlegruben. Es muss ein kleines Gebiet sein, für ein kleines Volk von kleinen Leuten. Und in seinem Innersten liegt insgeheim verborgen die Macht von unbesiegbaren Wunderwaffen. Die Menschen kamen vom Westen, die Orks vom Osten. Unsere Leute schafften es nicht mehr rechtzeitig in die unterirdischen Stollen, die Bergwerk und Waffenkammer zugleich waren. Aber lieber ließen sie sich gefangen nehmen, als dass sie den Feinden den Weg zu ihren Schätzen gewiesen hätten. Aber sie haben die Geschichte dieses Geheimnisses weitergegeben, die im Lauf der

Zeit immer unklarer wurde. Wir haben sie rekonstruiert. Die Zugänge zu den Stollen sind so angelegt, dass diese stets gut belüftet sind und man gut darin atmen kann. Neben einem Zugang liegt ein See mit kristallklarem Wasser, worin sich eine steinerne Nymphe spiegelt. Neben dem anderen steht ein Fels, der einen Bogen bildet. Dieser Zugang liegt an dem Punkt, wohin zur Zeit der Tag- und Nachtgleiche bei Sonnenaufgang der Schatten der Bogenspitze fällt.«

Mittlerweile standen die Wachsoldaten in der Zelle. Sie packten Inskay und banden ihm die Hände auf den Rücken, mit einer Vorrichtung aus Holz, die ganz ähnlich aussah wie ein Joch: zwei doppelte Halbmonde, die in geschlossenem Zustand zwei Kreise bildeten, die die Handgelenke festhielten. Endlich schleiften sie ihn mit sich fort. Inskay versuchte, sich noch einmal umzudrehen, um dem Gaukler einen letzten Blick zuzuwerfen, aber die Soldaten hielten ihn fest, und es gelang ihm nicht.

Während sie ihn mit sich zerrten, empfand Inskay neben dem Grauen vor seinem bevorstehenden Tod auch eine Regung der Erleichterung. Es war aus, man würde ihm nicht mehr wehtun. Er musste nie mehr die letzten Reste seiner Zähne zusammenbeißen, um den Schmerz zu ertragen. Und er hatte gesiegt. Er hatte nicht geredet. Nun bestand keine Gefahr mehr, dass er im Delirium des Schmerzes etwas verraten könnte. In zwei Monaten war nur einmal der Name seiner Tochter über seine Lippen gekommen, und zwar im Fieberwahn nach dem schlimmsten Verhör, als der Gaukler ihm mit seinem bisschen Wasser die Stirn netzte.

Er hatte gesiegt.

Sie würden nicht erfahren, welchem der vier Stämme er angehörte, die noch in Alyil lebten – alles, was vom Volk der Zwerge noch übrig war.

Nicht einmal so ein ausgemachtes Aas wie der Verwaltungsrichter konnte sie an die Orks verschachern, ohne dass der Verrat ruchbar wurde. Es gab das Gesetz. Das Gesetz war vor zwei-
hundert Jahren niedergeschrieben worden, und es verpflichtete
die Menschen, die Zwerge zu schützen, im Tausch gegen die
Arbeit in den Bergwerken, eine Arbeit, die von Generation zu
Generation immer schwerer und schlechter bezahlt geworden
war, immer mehr der Sklaverei glich und immer weniger einem
Tauschhandel, aber das Gesetz besagte, dass die Zwerge keine
Sklaven sind. Die Menschen mussten sie vor den Orks schützen.

Seit jeher suchte der Verwaltungsrichter nach einem Vorwand,
um wenigstens einen Stamm der Zwerge als Sklaven an die Orks
verkaufen zu können und damit seine Finanzen etwas in Ordnung zu bringen, aber ohne einen schwerwiegenden Grund, einen Verdacht auf Verrat oder Ähnliches, konnte selbst er das
nicht. In einer Stadt, wo in den schlammigen Straßen die Un-
zufriedenheit noch schwerer lastete als der Geruch nach Kohl,
konnte ein Gesetzesbruch so gefährlich werden wie ein Feuerchen in einem Pinienhain.

Inskay seufzte.

Sie würden ihn umbringen, aber gebrochen hatten sie ihn
nicht.

Inskay wurde bei Anbruch der Morgendämmerung zum Richtplatz gebracht, dicht bei der Stadtmauer. Es war beißend kalt,
der vereiste Schnee war eine Qual für seine nackten Füße, wo
die Verbrennungen eben vernarbt waren. Trotz der Dunkelheit
tauchten die ersten Stadtbewohner in den Straßen auf und begannen verfroren ihren Tag. Beim Galgen angekommen, machte
das Trüppchen halt und wartete. Er bestand aus einem Gerüst
von vier Pfählen, eine große Leiter lehnte daran, in der Stadt-

mauer gleich daneben öffnete sich an dieser Stelle eine Art Fenster, das mit einem Brett verschlossen war. Durch diese Luke wurden die Leichname in den Abgrund geworfen, der sich dahinter auftat. Dessen schwindelerregend hohe, senkrecht abfallende Wände machten jeden Gedanken an Angriff unmöglich. Deshalb stellte diese kleine Lücke in der Mauer keine Gefährdung für die Verteidigung dar. Die Mauer war hier ohnehin recht niedrig, mehr aus dem ästhetischen Bedürfnis nach Gleichmäßigkeit denn aus Notwendigkeit errichtet. Der Richtplatz war der sonnigste Ort von ganz Alyil und hier wurde auch Markt abgehalten.

Scharen von Dienern in ihren schwarzen Kitteln kamen herbei, fast alles Kinder, einige Zwerge, sie karrten jede Menge schmutzigen Schnee heran und kippten ihn durch die kleine Luke hinunter, zusammen mit Kastanienschalen und Kohlstrünken, die an den vorangegangenen Tagen in den Ecken des Markts liegen geblieben waren. Diese Öffnung war das Luftloch der Stadt, hier entledigte sie sich ihres Unrats: überflüssiger Schnee, Küchenabfälle, Leichname von Gehenkten wurden hier hinuntergekippt. Inskays toter Körper würde als unnützer Abfall in einem Satz hinunterfallen oder zwei oder drei Mal an den Felsen aufschlagen, dann würde er im Schnee landen. Zwiebel- und Eierschalen als seine einzigen Gedenksteine.

Die Wachsoldaten machten sich ein Feuerchen, zu klein und zu weit weg von Inskay, als dass er seine Wärme hätte fühlen können. Es wurde heller und die Passanten wurden mehr. Bleich und fern zeichnete sich am fahlen Himmel die Sonne ab. Inskay begann zu zittern. Die Kälte war ihm durch das bisschen Fleisch, das er noch am Leib hatte, bis in die Knochen gekrochen. Er fühlte seine Füße nicht mehr, und einen Augenblick lang dachte er, wie weh sie ihm tun würden, wie mit tausend Nadelstichen, wenn er sie endlich aus dem Schnee ziehen konnte, dann fiel ihm ein, dass das ja nicht mehr geschehen würde. Hier war es zu Ende.

Ein paar Kinder machten sich einen Spaß daraus, mit Schneebällen nach dem Verurteilten zu werfen, die einzige Bekundung von Interesse seitens der Einwohnerschaft.

Nach und nach trafen ein paar Bauern ein, schafften auf wackeligen Karren ihre wenigen Waren herbei, und es begann ein kleiner Markt mit Kastanien, verschrumpelten Äpfeln, Brennholz, Ziegenmilchkäse, Wirsing, Zwiebeln und Kohl, den wenigen kargen Gaben des Gebirgsbodens im Winter.

Inskay fühlte, wie Hass ihn überwältigte. Nicht nur auf die Wachsoldaten. Nicht nur auf die Henker, die noch nicht da waren, oder den Verwaltungsrichter, den er noch nie im Leben gesehen hatte.

Es war ein Hass auf alle. Er musste sterben und sie würden am Leben bleiben. Er sah sie alle an, einen nach dem anderen, und er hasste sie alle: die Alte mit den zittrigen Händen, den großen jungen Mann, der Käse verkaufte, die zwei Jungen, die im Schnee hockten und ein neues Spiel erfunden hatten, bei dem man mit zwei Nüssen eine dritte treffen musste. Inskay hasste sie alle, ausnahmslos.

Wieder sammelten sich die Kastanienschalen und Kohlstrünke in den Ecken des Platzes, damit die Bediensteten der Stadt auch am folgenden Tag, den Inskay nicht mehr erleben würde, etwas wegzuwerfen hatten. Auch Inskay hatte diese Arbeit verrichtet, im schwarzen Kittel und mit Eisen an den Füßen, als er noch ein Kind war, zur Strafe dafür, dass er es im Bergwerk einem Wachsoldaten gegenüber an Respekt hatte fehlen lassen. Doch selbst das schien ihm eine schöne Erinnerung, selbst das hätte er nicht missen wollen.

31

Die Sonne stieg noch etwas höher, dann verschwand sie endgültig hinter den Wolken. Endlich kamen ganz gemächlich die Henker daher. Es waren drei. Über den Kopf hatten sie schwarze Lederkapuzen gezogen, in denen für die Augen zwei Schlitze ausgespart waren. Obwohl er ihnen nie ins Gesicht hatte schauen können, erkannte Inskay sie sofort. Die beiden mit normaler Statur hatten ihn oft verhört, der Große war ihr Chef. Er war eine Art Riese: Inskay vermutete, dass sich unter der Kapuze das Gesicht eines Orks verbarg. Die beiden anderen Folterknechte waren wie alle Umstehenden dick eingemummt, während der Große ein ärmelloses Lederwams trug, das die kräftigen, nackten Arme frei ließ, daran enorme, dunkle Hände, breiter als lang. Obwohl sie ihn nie berührt hatten, jagte ihr bloßer Anblick Inskay einen Schauer über den Rücken. Der Riese hatte sich nie wirklich an seinen Verhören beteiligt. Er hatte sich darauf beschränkt, ab und zu in den großen Saal mit den Kohlebecken zu kommen; dann warf er einen Blick auf den Verurteilten, der in der Mitte des Raums aufgehängt war, gab den Henkersknechten ein paar Anweisungen und ging wieder.

Ein unglaublich dickes Mädchen kam herbei. Auf diesem Platz voller zum Skelett abgemagerter Gestalten und hohlwangiger Gesichter fiel sie auf wie eine Krähe im Schnee. Über diesen Massen an Fleisch trug sie einen schönen hellgrauen Kittel, dem man auch schon von Weitem ansah, dass er aus guter Wolle war. An den Füßen trug sie Fellschuhe. Inskay hasste sie mehr als alle anderen Zum Groll des zum Tode Verurteilten kam die Wut des Hungernden, des Frierenden, was die schrecklichste der Foltern ist.

Umringt von Kindern, die sie johlend verspotteten, aber doch nicht wagten, mit Schneebällen nach ihr zu werfen, beschleunigte das Mädchen den Schritt. Sie war groß, dabei aber nicht nur größer als Inskay, sondern auch als die meisten Frauen, obwohl sie, dem Gesicht nach zu urteilen, nicht älter als fünfzehn Jahre sein konnte. Sie trug einen großen Laib Brot und einen herrlich blanken Kupferkessel, von dem üppig und nahrhaft der warme Duft von Bohnen aufstieg; Inskay erkannte auch Speckschwarte und Rosmarin in dem Geruch. Er dachte, wenn es nach ihm ginge, würde er es zur Regel machen, dass ein zum Tode Verurteilter, bevor er hingerichtet wird, ein Gericht seiner Wahl zu essen bekommt. Und keine kalten Füße haben darf. Der letzte Tag müsste irgendwie heilig sein, eine Art Geburtstag.

Das Riesenmädchen hielt den Kopf gesenkt, sie war rot vor Scham. Sie gab den Henkern das Brot und den Kessel, und auch die sahen sie höhnisch an, voller Verachtung, als wäre sie weniger als Dreck, weniger als ein Zwerg, dachte Inskay.

»Maschak, Schandfleck von einer Tochter, du unnützer Fettkloß«, brüllte der Oberhenker ihr munter hinterher.

Trotz all seiner eigenen Nöte empfand Inskay doch eine Regung von Mitgefühl, einen Funken von Mitleid in all seinem finstren Groll. Maschak sah aus wie jemand, der sich alle Mühe gab, die Tränen zurückzuhalten. Während er sie beobachtete, blickte sie sich kurz um, und ihre Blicke begegneten sich. Das Mädchen schlug die Hände vor den Mund, wie um einen Schrei zu ersticken, doch ihr Vater fuhr sie grob an.

»Strafe des Schicksals! Rabenaas! Und das mir! Eine Tochter, blöd und dick wie eine Mastgans und so nützlich wie ein leeres Fass, wie der Strick für einen Gehenkten!«, bemerkte er. »Ich habe keine Söhne, und die einzige Tochter, die ich habe, ist ein unnützes und blödes Vieh. Die unnützeste und blödeste aller Töchter. Und dabei sind Frauen an sich schon unnütz und blöd«, stöhnte der Ork. Was für ein Pech er aber auch hatte, der Ärmste.

Die anderen beiden Henker deuteten ein kleines gequältes Lächeln an, gerade so viel, um zu verstehen zu geben, dass sie den feinen Humor begriffen hatten, andererseits aber auch ohne zu großen Nachdruck, damit der andere nicht beleidigt war, denn das, worüber man lachte, waren schließlich seine Kümmernisse.

Das dicke Mädchen schlurfte davon, schwerfällig und langsam, wie ihre Körperfülle es erzwang, und verschwand zwischen zwei Häusern, den Kopf nach wie vor gesenkt.

Die Henker aßen. Sie hatten sich oben auf das Gerüst gesetzt und ihre Kapuzen abgenommen, sie hatten das Brot aufgeschnitten, und mit dem Rücken zum Publikum nahmen sie nun davon. Der Duft nach Bohnen breitete sich über dem Platz aus. Voller Inbrunst träumte Inskay davon, noch einmal Bohnen mit Speck zu essen, mit den Händen Stücke von einem Laib Brot abreißen zu können, einem von denen, die nicht zu Ende sind, bevor der Hunger gestillt ist.

Es begann zu schneien.

Inskay wartete darauf, dass die Henker ihre Mahlzeit beendeten und sich entschließen würden, ihn zu töten. »Warten«, das war freilich nur so gesagt, denn in Wirklichkeit wünschte er sich, dass dieser Augenblick so lang wie möglich dauern möge, mit den nackten Füßen im Schnee und einem Magen, der sich zusammenkrampfte beim Duft der Bohnen, selbst dieser Augenblick sollte ewig dauern, so hoffte er. Bei dem Wort »ewig« schrak er zusammen. Die Vorstellung von seinem Tod, den er nun unmittelbar vor sich sah, erschütterte ihn bis in die tiefsten Tiefen seiner halb erfrorenen Eingeweide. Er fragte sich, ob es angezeigt sei zu beten, und beschloss, dass ja. Im schlimmsten Fall war es unnütz, aber immer noch besser als zu riskieren, dass es einen Gott gab und der ihm zürnte, weil er sich nicht einmal zu einer Andeutung von Gebet hatte hinreißen lassen, nicht einmal unter dem Galgen. Henker hatte er genug gesehen in seinem Leben, für die Ewigkeit, falls es sie denn gab, zog er es vor, sich um Milch und Honig zu bewerben.

Inskay versuchte, sich zu erinnern, was seine Mutter ihm beigebracht hatte, als er Kind war. Im Volk der Zwerge war die Religion Sache der Mütter. Sie kümmerten sich um die Altäre und die Andachten, weil man sich in den Gärten besser an den Schöpfer wenden konnte als in den Bergwerken. Den Männern auf dem Grund ihrer überschwemmten oder maroden Bergwerksstollen voller Rauch, Ruß und manchmal Feuer blieben nur vereinzelte Stoßgebete und schreckliche Flüche.

Seine Mutter hatte ihm erklärt, dass man zuerst für alle begangenen Fehler um Vergebung bitten muss, und hier war Inskay gezwungen, zu straffen und zusammenzufassen, denn sonst hätten die Bohnen der Henker nicht lang genug gereicht, und es wäre darüber Nacht geworden. Während er sich dafür entschuldigte, erinnerte er sich an sämtliche Pilze, die er gestohlen hatte, und an ihren Duft. Er sah auch den Truthahn wieder, den er einem Trupp Soldaten geklaut hatte, er dachte an das Mädchen aus der Taverne zum Schwarzen Drachen und ihr Bier. Er erinnerte sich an Esmeralda, die er vergeblich geliebt hatte und mit der leider nie etwas vorgefallen war, wofür man hätte um Vergebung bitten können. Sogar in diesem Augenblick unter dem Galgen versuchte Inskay, nicht an die Schaukel zu denken, die er gebaut hatte, aber das war ein Fehler gewesen, ein furchtbarer Fehler, der furchtbarste Fehler seines Lebens; aber ein Fehler war keine Schuld, in dem Punkt war seine Mutter eindeutig gewesen.

Nach den Bitten um Vergebung der Schuld ging man über zum eigentlichen Gebet. Als man ihm das als Kind erklärte, hatte er eingewandt, das sei Zeitverschwendung. Gebete wurden überall und immer verrichtet, vor allem wenn die Dinge schlechter liefen als gewöhnlich beteten alle unentwegt um alles, und niemand bekam je irgendwas.

Aber seine Mutter hatte ihm geantwortet: »Wenn die Götter anfangen würden, die Dinge nach Belieben zu ändern, wäre die Welt nicht mehr frei, verstehst du das?«

»Aber frei wovon?«, hatte Inskay verwundert gefragt.

»Von den Göttern selbst. Wenn die Götter anfangen, die Dinge nach Belieben zu ändern, dann sind wir nur noch Marionetten.«

»Aber wozu beten wir dann zu ihnen?«

»Um sie zu bitten, sie möchten uns helfen, den Schmerz zu ertragen, nicht ihn aufzuheben.«

Diese Idee musste damals Inskays Fassungsvermögen überstiegen haben, da er sie lächerlich, unverständlich und über die Maßen unnütz fand. In diesem Augenblick aber, unter dem Galgengerüst am Richtplatz von Alyil, an dem kalten Morgen, der nur erwärmt wurde vom duftenden Dampf der Bohnen der Orks, betete Inskay darum, imstande zu sein, den eigenen Tod zu ertragen, einen grauenhaften Tod, der nicht in einem bequemen Bett beim Kaminfeuer eintrat, umstanden von den schon erwachsenen Kindern, Enkeln und dem einen oder anderen Urenkel.

Nein, er trat hier ein, auf diesem eisigen Platz, nach zwei Monaten Gefängnis und Verhören, unter fremden und gleichgültigen Menschen. Im Stillen wiederholte er das Gebet zwei oder drei Mal, dann jedoch lenkte ihn der Anblick des Schnees ab, der leise und rein auf die schon vorhandenen schmutzigen Schneehaufen fiel.

Der Schnee legte einen weißen Schleier über den gesamten Marktplatz. Sogar die Abfallhaufen hüllten sich in Reinheit. Die Fackeln und Kohlebecken verliehen den tanzenden Flocken einen goldenen Schimmer, der im Herabfallen dunkler wurde bis hin zu einem tiefen Rot. Inskay fragte sich, ob er unter den Sünden, für die er um Verzeihung bat, auch seinen Hass auf all jene erwähnen musste, die weiterleben würden, während er tot war, doch dieser Hass schwand bereits ganz allmählich dahin.

Auch seine Tochter würde weiterleben. Und das war wichtig.

Er hatte nicht geredet. Durch sein Schweigen hatte er sie geschützt.

Jetzt konnte er in Frieden sterben, ohne irgendjemanden zu verfluchen. Inskay bemerkte, dass ihm nicht mehr allzu kalt war. Durch den Schneefall war es etwas wärmer geworden. Fast hatte er das Gefühl, als würde die Wärme von den Feuern bis zu ihm dringen.

Noch einmal raffte er sich auf und versuchte weiterzubeten. Inskay wollte sich daran erinnern, wie er sich in Esmeralda verliebt hatte, in ihre grünen Augen, ihren Namen, der so grün war wie die Wälder und Wiesen im Frühling. Lieber nicht hätte er sich daran erinnert, wie Esmeralda ihm verkündet hatte, dass sie einen anderen erhört hatte, um genau zu sein, den reichsten Erben im Dorf, in jenen glücklichen Zeiten, als es gestattet war, etwas zu besitzen. Da hatte Inskay beschlossen, sich um jeden Preis noch vor ihr zu verheiraten. Das war eine Torheit gewesen. Man tut Dinge nicht einem anderen zum Hohn. Wenigstens nicht heiraten. Er hatte Onyx genommen, die alte Jungfer mit den abgekauten Fingernägeln, eine, die die Mittlerin niemandem hatte andrehen können. Und von da an war er der Mann von Onyx und der Schwiegersohn von Mutter Agathe. Er fragte sich, ob es nötig war, sich für die unerschütterliche Abneigung zu entschuldigen, die er für seine Frau stets gehegt hatte. So im Zweifel, griff er zu einer Lüge und erklärte ein allgemeines Bedauern. Und der Hass auf die Schwiegermutter? Da würde es ihm bestimmt nicht gelingen, um Vergebung zu bitten, auch wenn das die Hölle bedeutete, und er beschloss, es sein zu lassen. Peinlich war ihm der Gedanke an die Hochzeitsnacht und wie viel Wein er hatte trinken müssen, um etwas zustande zu bringen. Er erinnerte sich auch daran, dass ihm im entscheidenden Augenblick der Name Esmeralda herausgerutscht war und dass Onyx angefangen hatte zu weinen. Inskay seufzte.

Während er so über das eigene Elend nachgrübelte, bemerkte Inskay, dass ihm keine Zeit mehr blieb.

Die Bohnen waren aus und mit ihnen endete sein Leben. Die Henker stellten den Topf ab, zogen ihre Kapuzen wieder über und standen auf. Die Wachsoldaten hoben die Köpfe und strafften die Schultern, sie waren bereit. Die Stimmen auf dem Markt verstummten.

»Gut. Versuchen wir, die Dinge ordentlich zu machen. Es ist ärgerlich, wenn man die falsche Person aufhängt. Heute ist der erste Wintertag des Jahres dreihunderteinundzwanzig nach der Befreiung Daligars durch Sire Arduin und du bist Rodonay, richtig?«, fragte der Henker. Inskay nickte. Rodonay hieß der Zwerg, der Esmeralda geheiratet hatte, und diesen falschen Namen hatte Inskay angenommen, damit man nicht auf seinen Stamm schließen konnte. Wenigstens im Augenblick des Todes konnte er träumen, Esmeraldas Ehemann zu sein, der wie Esmeralda selbst schon lange tot war. Niemand würde durch seine Lüge Schaden nehmen. Rodonay war gestorben, bevor es üblich wurde, die Namen der Zwerge irgendwo aufzuschreiben.

»Rodonay, der Zwerg, wir töten dich, weil du ein Verräterschwein bist, weil du gestohlen und zerstört hast, weil du wie alle Zwerge uns hasst. Gut, kommen wir nun zu erfreulicheren Dingen. Rodonay, der Zwerg, kennst du den vom Zwerg und vom Truthahn?« Das war ein Henker mit Sinn für Humor, aber

Inskay befand sich in der glorreichen Lage, nichts mehr zu verlieren zu haben.

»Die Geschichte vom Zwerg, der einen Truthahn auf den Markt trägt, wo Nachtigallen verkauft werden, die für drei Soldi singen, und er verlangt drei Taler, weil sein Truthahn denkt?«, sagte er in einem Atemzug. »Nein, die kenne ich nicht.« Von den Marktständen drang leises Gekicher herüber. Sogar der Ork lachte.

»Also, Wicht, Zwerglein«, fing er liebevoll wieder an. Seine Stentorstimme schallte über den Markt, wo jetzt keiner mehr wagte, den Mund aufzumachen. »Wie willst du sterben?«

»An Altersschwäche«, antwortete Inskay laut und deutlich. Irgendjemand wagte zu lachen. Inskay fühlte, wie die Angst schwand und Stolz ihn erfüllte. Er war bereit zu sterben. Wenn sie sich nicht beeilten, ihm den Knebel in den Mund zu stecken, würde es ihm vielleicht doch noch gelingen, etwas zu sagen, etwas Schönes, etwas, was man sich weitererzählen konnte, was der Welt zu verstehen gab, dass er erhobenen Hauptes gestorben war, dass sie ihm keine Angst gemacht hatten.

Der Henker wurde nicht ärgerlich, er drohte nicht einmal. Im Gegenteil, er lachte wieder.

»Nein, nein, mein Mäuschen, so ist das nicht gemeint. Du krepierst heute und wir sorgen dafür. Daran gibt es keinen Zweifel«, versicherte er unter Lachen. »Was ich wissen wollte, willst du mit einer frischen Kapuze krepieren, mein Käuzchen? Mit einer schönen frischen Kapuze wie ein echter kleiner Prinz?«

Inskay verschlug es den Atem, als wenn man ihn in den Bauch getreten hätte, es fühlte sich genauso an, nur schlimmer.

Der Gaukler hatte geredet, er hatte ihn verraten. Die wenigen Geständnisse, die er sich durch dessen falsche Freundschaft hatte entlocken lassen, musste er verschachert haben, um seine dreckige, unnütze Haut und seine ganze dreckige, unnütze Existenz noch ein Weilchen zu retten. Inskay fragte sich, ob es eine Hölle gab, und falls ja, wünschte er von ganzem Herzen, dass der Höllenkreis für die Verräter besonders schlimm sein möge. Er rekapitulierte rasch, was er sich an Geständnissen alles hatte entlocken lassen, und musste feststellen, dass es enorm viel war.

»Mach dir nichts vor«, zischte der Henker und zog eine verächtliche Miene. »Der König von Varil sieht nicht aus wie ein Bär, er sieht aus wie ein Ork. Er *ist* ein Ork. Ich verstehe was davon, weißt du, Männlein? Er ist ein Halb-Ork, um genau zu sein; eins von den Kindern, welche die Ork-Horden hinterlassen haben, die an den Grenzen raubten und plünderten. Du weißt schon, niedergebrannte Dörfer, ermordete Männer, auf die Piken aufgespießte Kinder, und dann, neun Monate später, bringen ein paar Frauen, diejenigen, die zu feige waren, sich wegen der erlittenen Schande das Leben zu nehmen, einen Halb-Ork zur Welt, der die ganze feine Gesellschaft mit seiner Gegenwart bereichert.«

»Das ist nicht wahr«, japste Inskay mit erstickter Stimme. »Das ist nicht wahr.«

»Und ob es wahr ist!«, bekräftigte der Henker. »Der König von Varil ist ein Halb-Ork und wie jeder Ork lebt er von Raub und Mord. Er hat dem legitimen Nachfahren des Prinzen Ektor das Kommando über die Stadt entrissen, er hat die Tochter des Verwaltungsrichters geraubt. Der mag ja das letzte Aas sein, um deine blumige Ausdrucksweise zu zitieren, aber was immer du auch über ihn denken magst, ihm die Tochter zu rauben, ist einfach nicht schön.« Der Henker lachte wieder. »Aber sicher! Der König von Varil, ein Halb-Ork und Frauenräuber. Er wird alle retten. Was meinst du, Lylin auch?«

Eisige Kälte überfiel Inskay, wie damals, als die Wachen, weil sie sich einen Jux machen wollten, das Eis im Wassergraben aufgehackt und ihn in das Loch hineingeworfen hatten. Auch damals hatte er keine Luft mehr bekommen Er hörte den Atem in seinem mit eiskaltem Wasser gefüllten Brustkorb rasseln. Der Henker lachte leise, sein Lachen nahm gar kein Ende mehr, wie wenn einer einen Witz gemacht hatte, den er enorm lustig fand.

»Woher weißt du von meiner Tochter?«, fragte Inskay. Der Ork lachte noch lauter.

»Ach, das ist deine Tochter?«, murmelte er sanft. »Im Fieber hast du mehrmals ihren Namen genannt, und jetzt habe ich entdeckt, dass das deine Tochter ist. Soviel ich bisher wusste, konnte es deine erste kleine Verlobte gewesen sein oder deine längst verstorbene Großmutter. Ihr seid nicht allzu schlau, ihr Zwerge. Du hast auch erzählt, woher dein Vater stammt. Das ist eine kleine Information, aber in den falschen Händen und mit den richtigen Verhörmethoden kann das ein erstes in einer ganzen Reihe von Mosaiksteinchen werden, die im Mondlicht den Weg zu Lylin und dann zu deinem Stamm weisen. Ein Stamm, der von goldenen Äxten und Aufständen träumt. An dem einen Zugang zum Stollen ist ein See mit kristallklarem Wasser, worin sich eine steinerne Nymphe spiegelt, neben dem anderen steht ein Fels, der einen Bogen bildet. Dieser Zugang liegt genau an dem Punkt, wohin zur Zeit der Tag- und Nachtgleiche bei Sonnenaufgang der Schatten der Bogenspitze fällt. Das wird so was wie eine Schatzsuche. Lustig. Gut, so wissen wir, auf welchen der Zwergenstämme wir achten müssen. Ein schöner Name, Lylin. Ist das die Abkürzung von irgendwas, wenn man fragen darf? Eure Frauen haben immer Namen von Steinen, Pflanzen, Blumen, Sternen und so was. Vielleicht Liliana?«

Die Szene musste schrecklich lustig sein, denn alle schütteten sich aus vor Lachen, auch die beiden anderen Henker, die Wachsoldaten, die Leute auf dem Markt. Elend und Angst füllen auch die Seelen mit Schlamm, nicht nur die Straßen.

Inskay hatte die eigene Tochter verraten. Verhör um Verhör hatte er standgehalten, hatte die paar Zähne, die ihm verblieben, zusammengebissen, und nun war Lylin trotzdem verloren.

Die Leute lachten.

Inskay überlegte sich, dass der Schmerz von kleinen Wesen immer für lächerlich gehalten wird. Als wäre für ihn im Vergleich zu einem normal Großen die Folter weniger schmerzhaft, als wäre für ihn die Vorstellung vom Tod der Tochter weniger schlimm.

Auch jetzt war seine Tragödie komisch.

Waren Zwerge etwa keine Personen? War ihr Schmerz etwa kein Schmerz? War ihr Blut kein Blut? War ihr Tod kein wirklicher Tod? Inskay fragte sich, ob es irgendwo einen Gott gab, und falls ja, ob der ihn verdammt habe.

Die Wachsoldaten packten ihn und schleiften ihn auf das Galgengerüst, Stufe für Stufe. Oben angekommen legte ihm der Ork eine Hand auf die Schulter, ohne Groll, eine freundschaftliche Geste wie unter seinesgleichen.

»Sehr wenig höflich, Zwerglein, weißt du? Uns hast du nie was erzählt. Du tatest immer unschuldig wie ein neugeborenes Lämmchen. Aber dem da, dem Gaukler, dem erzählst du alles. Der hat noch nie in seinem Leben richtig gearbeitet, er hat sich nicht den Rücken kaputt gemacht, um dich am Seilzug hochzuziehen, er hat sich nie die Finger verbrannt, um die Zangen über dem Kohlebecken heiß zu machen. Deinetwegen stehen wir alle miteinander da wie Stümper und Nichtskönner! Aber wir sind gutmütig, wir sind dir nicht böse deswegen. Und dann weiß ich ja, dass der Gaukler einfach sehr gut ist. Einmal hat er mir erklärt, wie man das macht. ›Erst verpflichtest du sie dir durch Dankbarkeit, dann reizt du sie durch Dummheit, bis sie anfangen, dich zu beschimpfen, und am Ende stellst du dich als Märtyrer und Opfer ihrer Ungerechtigkeit hin. Die Schuldgefühle wegen der Beschimpfungen besorgen dann den Rest.‹« Der Henker ahmte das blöde Stimmchen des Gauklers nach und auch sein abstoßendes Herumscharwenzeln. »Auch bei deinem Brüderchen, weißt du, bei dem war es ganz genau wie bei dir. Die Unhöflichkeit muss in der Familie liegen. Bei uns sagt ihr nichts, aber beim Gaukler lasst ihr die Hosen runter. Und dann der Richter… Wenn du wüsstest, wie oft er uns das vorhält, dass wir unfähig sind. Ineffizient nennt er das, das ist einer, der kann sich gewählt ausdrücken, weißt du. Wenn uns dein Bruder nicht gesagt hätte, dass wir dich auf dem Weg nach Varil suchen sollen, hätten wir dich nie gefunden. Er hat es dem Gaukler gesagt, um ihn über seine Verurteilung zum Tode zu trösten: ›Mein Bruder ist unterwegs, um den König von Varil zu Hilfe zu rufen, er wird dich retten.‹ Wirklich rührend. Du hättest ihn hören sollen, als wir es ihm gesagt haben. Noch nie habe ich jemanden im Angesicht des Todes dermaßen unflätig fluchen hören, dabei hatte er nicht einmal mehr Zähne.« Der Henker seufzte theatralisch. »Und ich, ich habe euch so gründlich verstümmelt, und wozu?«, setzte er hinzu.

Wieder lachten alle. Die Stimme des Orks schallte über den ganzen Platz. Alle hatten ihren Spaß, nicht nur die Wachsoldaten und die Henker, sondern wirklich alle, die Alte mit den zitternden Händen, der große junge Mann, der Käse verkaufte, die beiden Jungen, die im Schnee hockten und das Spiel mit den Nüssen erfunden hatten. Die Vernichtung des Verurteilten, zuerst moralisch, dann physisch, musste die einzige Zerstreuung sein für diese kleine erbärmliche, grausame und zerlumpte Gemeinschaft an diesem fahlen, kalten Wintertag.

In der Verzweiflung des letzten Augenblicks begann Inskay zu strampeln und sich hin und her zu werfen wie ein Besessener. Er kämpfte für nichts, da ja nun schon alles verloren war. Das Einzige, wofür er noch verzweifelt kämpfen konnte, das war, seinen Henkern ihre Aufgabe so schwer wie möglich zu machen, damit sie sich wenigstens, wenn sie ihn hängten, den Rücken kaputt machten. Die beiden Helfer mussten ihre gesamte Kraft aufwenden, um ihm den Knebel in den Mund zu stopfen. Inskay spürte, wie einer seiner letzten Zähne unter dem Druck des Holzes abbrach. Stechender Schmerz fuhr ihm ins rechte Knie, jemand hatte mit der eisernen Stiefelspitze dagegen getreten.

Die Wut verwandelte sich in Kraft. Inskay fühlte auch keinen Schmerz mehr: die Wunden, die Schläge, die Tritte und Hiebe, die auf ihn einprasselten, der letzte Schneidezahn, der abgebrochen war. Das alles ging unter im Hass.

»Wollt ihr wohl aufhören, die Clowns zu spielen?«, brüllte der Ork mit vor Wut heiserer Stimme. »Bringt mir diesen Floh zur Raison, sofort, oder ich brech euch beiden sämtliche Knochen im Leib. Ihr seid zwei Stümper. Ihr lasst euch von einer solchen Ratte unterkriegen…« Inskays Mut wuchs: Wenigstens hatte dieses widerwärtige Schwein aufgehört, sich zu amüsieren. Die zwei Helfer versuchten, ihn unter unnützen Flüchen und noch unnützeren Drohungen festzuhalten.

»…bild dir bloß nichts ein, du Hund…«

»…jetzt zeigen wir dir's aber…«

Als ob er sich noch irgendetwas einbilden würde. Als ob es noch irgendetwas gäbe, was sie ihm noch nicht angetan hatten.

Am Ende wäre es ihnen auch gelungen, ihn festzuhalten,

wenn in dem Augenblick nicht die Dicke aufgetaucht wäre, die fette Tochter des Henkers.

»Verzeiht, Vater, mein Kessel!«

Sie entschuldigte sich in ihrer schüchternen Art, aber mit so deutlicher, klarer Stimme, dass Inskay sie auch mitten in dem Handgemenge hören konnte. Er hasste sie noch mehr als alle anderen. Begriff sie denn nicht, dass es Wichtigeres gab als ihren Kessel?

»Verschwinde hier, du dumme Gans«, konnte ihr Vater ihr zwischen den an seine fragwürdigen Helfer gerichteten Flüchen zubrüllen.

»Entschuldigt, Vater, aber ich muss meinen Kessel holen. Da ist er ja, mein schöner Kupferkessel, jetzt kann ich gehen.«

Obwohl völlig in das Handgemenge verstrickt, fand Inskay doch Gelegenheit, sich zu fragen, wie blöd sie eigentlich war. Blöd und ungeschickt, denn Maschak rutschte im Schnee aus und fiel auf die ineinander verknäuelte Gruppe von Inskay und den beiden Henkern. Der Kessel traf einen der beiden am Kopf und er blieb reglos liegen. Auf den anderen wälzte sie sich drauf, erst streckte Maschak ihn zu Boden und begrub ihn dann unter dem Gewicht ihrer gewaltigen Fleischmassen. Inskay war plötzlich frei. Kurz begegneten sich ihre Blicke, seine und die des Mädchens. Inskay hatte einen Augenblick lang den Eindruck, dieser Sturz sei kein Unfall gewesen, aber dann erschien ihm der Gedanke absurd, und er verscheuchte ihn. Er versuchte, sich wieder aufzurichten, doch selbst wenn ihm das gelungen wäre, er konnte nicht weit kommen. Seine Hände waren noch auf dem Rücken gefesselt.

»Idiotische Schlampe, unnützes Vieh!«, brüllte der Oberhenker. »Und ihr zwei, unverbesserliche Stümper…«, legte er, an seine Helfer gewandt, wieder los. Man musste anerkennen, dass ihm für einen Ork beträchtliche sprachliche Ausdrucksmöglichkeiten zu Gebote standen. Inskay dachte, dass der Gaukler ihm wahrscheinlich Unterricht gegeben hatte. Auch Maschak versuchte, wieder aufzustehen. Ungeschickt setzte sie einen Fuß auf den verhängnisvollen Kessel, und wieder fiel sie mit einem lauten Ächzen hin, unter dem allgemeinen Gejohle der Umstehenden, außer den Henkern. Diesmal war es Inskay, der von ihren Fleischmassen getroffen und gegen das Eisengeländer geschleudert wurde, das die Galgenplattform abschloss. Das Mädchen hängte sich an seine Handgelenke und schlug sie gegen das Geländer. Inskay verspürte einen stechenden Schmerz bis hinauf zu den Ellbogen, aber das hölzerne Joch zerbrach, und die beiden Teile blieben getrennt voneinander wie Armreifen an seinen Handgelenken hängen.

Inskay war frei.

Wieder sahen er und das Mädchen sich einen Augenblick lang an. Fast unmerklich deutete Maschak mit dem Kopf auf die Luke in der Mauer. Sie stand offen. Inskay fragte sich, was das bedeuten sollte. Welchen Vorteil sollte das haben, für ihn, für die Götter und die ganze vermaledeite Stadt, wenn er die Hinrichtung am Galgen mit einem Sturz in hundert Fuß Tiefe vertauschte? Von diesem Platz voller Soldaten, aus einer Stadt, die eingefasst war von zyklopischen Mauern, wäre es schön und lustig gewesen zu fliehen mit Flügeln wie eine Taube, ein Falke oder auch nur eine Fledermaus. Er aber hatte nur kurze Beine, krumm und ziemlich mitgenommen von Hieben und Tritten, mit denen würde er es nicht einmal bis zum Fuß der Treppe schaffen.

Doch dieser Zweifel währte nicht lang. Als Maschak versuchte aufzustehen, sich am Geländer festhielt, um sich hochzuziehen, versetzte sie ihm mit dem Fuß einen Tritt, der ihn zu der offenen Luke hin beförderte. Mit Entsetzen starrte Inskay in das Nichts, das sich jenseits der Luke auftat: Die Schneeflocken, die leicht wie Engel in der Luft schwebten, den Abgrund, in dem er landen würde wie eine zerquetschte Wanze. Beim Versuch aufzustehen versetzte Maschak ihm noch einmal einen leichten Stoß, gerade stark genug, um Inskays kleinen Körper mit einem langen Schrei durch den feinen Neuschnee und durch die Luke in der unüberwindlichen Einfassungsmauer gleiten zu lassen, ihn für den Bruchteil einer Sekunde zusammen mit den Schneeflocken in der Luft schweben zu lassen, bevor er unaufhaltsam hinabfiel in die Tiefe.

Inskay hörte auf zu schreien. Sein Sturz hatte nur wenige Augenblicke gedauert und mit einem leichten Aufprall war er auf etwas Schneebedecktem gelandet. Er war nicht tot, nicht einmal verletzt. Bei seiner Landung flatterten Dutzende von Krähen auf. Die Welt rings um Inskay verwandelte sich in ein Schwirren aus Schwarz und Weiß.

»Er ist auf dem Baum gelandet!«, hörte er über sich den Ork brüllen. »Hast du Schlampe gesehen, was du angerichtet hast?«

Eine riesige Pinie wuchs fast waagrecht aus der Felswand, auf der die Stadt thronte, ein paar Dutzend Fuß unterhalb der Luke. Sie war schon da gewesen, als Inskay noch ein Kind war, obwohl sie damals entschieden kleiner war und nicht wie heute den Flug von allem möglichen Abfall, Kohlstrünken oder Gehenkten, behinderte.

Es schoss Inskay durch den Kopf, dass jene, die auf einem mit Wachsoldaten förmlich gepflasterten Platz einen Verurteilten hatten entwischen lassen, unausweichlich bestraft werden würden, und der Gedanke behagte ihm. Bestimmt würde es eine saftige Strafe setzen, etwas, was wehtat. Ein Anflug von boshafter Genugtuung lenkte Inskay einen Augenblick lang ab von seinen eigenen Nöten, aber dann kam ihm in den Sinn, dass auch Maschak bestraft werden würde, und diese schwache Regung von Heiterkeit verflog.

»Wachen! Ruft die Bogenschützen!«, hörte er es über sich brüllen.

Unter ihm gähnte ein Abgrund von etwa hundert Fuß Tiefe.

Der Richtplatz lag im Ostteil der Stadt, und die Öffnung, durch die Inskay gefallen war, ging auf eine nahezu vollkommen senkrechte Felswand, die den Zugang nach Alyil von dieser Seite gänzlich unmöglich machte. In die Stadt gelangte man von Süden, über ein Sträßchen, das sich in Serpentinen den Berg hinaufschlängelte und an einigen Stellen so schmal war, dass ein etwaiges Angreiferheer im Gänsemarsch hätte vorrücken müssen, ein Soldat hinter dem anderen. Bevor diese Straße das gigantische Stadttor von Alyil erreichte, weitete sie sich jedoch rechter Hand zu einer Art natürlicher Terrasse, die man auch Belvedere hätte nennen können, wenn es da etwas Schönes zu sehen gegeben hätte. Da war aber nur ein schwarzer, bedrohlicher Felsvorsprung und etwas weiter weg die senkrechte Felswand, an der Inskay hing. Wesentlich weiter weg, zu weit, als dass der Zwerg hätte hoffen können, die Terrasse zu erreichen und über die Straße zu fliehen.

Und jeden Augenblick konnte es die ersten Pfeile hageln. Inskay hangelte sich über die verschneiten Äste der Pinie, so flink, wie er nur konnte. Der Schmerz im rechten Knie entlockte ihm ein Stöhnen, verringerte aber die Trittsicherheit seiner Schritte nicht. Ein Schwarm Krähen umkreiste ihn, ganz offenkundig erstaunt über seinen unfasslichen und beharrlichen Wunsch, am Leben zu bleiben. An diesem Tag würde es noch keine Augen zum Aushacken geben, auf der anderen Seite hatte Inskays Familie zur Ernährung der Krähen schon das ihre beigetragen. Wenn er es recht bedachte, so hatte er selbst auch Hunger. Für einen Teller Speck mit Bohnen hätte er seine Seele gegeben, wenn davon denn noch etwas übrig war. Es gelang ihm, im Geäst der Pinie ein paar Zapfen zu sammeln und einen ganzen Kohlstrunk, der in den Zweigen hängen geblieben war, und er steckte alles in seine Jackentasche.

In dem ausladenden Baumwipfel hatten sich auch die Überreste eines Gehenkten verfangen. Es musste nicht ganz einfach sein für die Henker, ihre Opfer mit dem richtigen Schwung hinunterzuwerfen, damit sie über die Pinie flogen. Der Tote war ein großer Mann, und das wenige, was die Krähen von ihm übrig gelassen hatten, war starr vor Eis, härter als ein Stück Holz, aber an den Füßen trug er Fellschuhe, und er war in einen guten Wollmantel gehüllt. Ein wohlhabender Gehenkter, dessen Familie es sich leisten konnte, die Henker dafür zu bezahlen, dass sie ihn nicht nackt auszogen.

»Verzeih, Bruder, dir nützt das nichts mehr«, flüsterte Inskay, während er dem Mann die Schuhe auszog. Sie waren groß und starr von Eis, aber auch so waren sie kostbar. Dem steifen Leichnam den Mantel auszuziehen, war keine leichte Sache, und am Ende verlor der Kadaver das Gleichgewicht und stürzte in den Abgrund.

»Das ist er! Das ist er!«, tönte es begeistert von oben.

»Nein, nein, das ist ein anderer, der ist doch bloß ein Mäuschen«, folgte gleich darauf die Enttäuschung.

»Ich weiß nicht, wer zum Teufel du bist, aber ich werde für dich beten«, versprach Inskay dem Toten.

Von oben ließen sich wütende Stimmen vernehmen, fragten, wo er sich versteckt halte, die Ratte, die Kakerlake, der elende Wurm.

Inskay war am unteren Ende des Baums angekommen. Er

machte halt, um Luft zu schöpfen und sich etwas einfallen zu lassen. Die Gewissheit, dass Maschak ihn vorsätzlich gestoßen hatte, und die Tatsache, dass er noch am Leben war, bedeuteten einen Funken Trost. Aber ansonsten war die Katastrophe unaufhaltsam. Seine Leute, ja, seine eigene Tochter schwebten in Lebensgefahr, durch seine Schuld, und er, der Einzige, der sie hätte warnen und womöglich retten können, saß auf einem Baumstamm, der waagrecht aus einer Felswand herausragte, im Nichts hängend zwischen dem Henker und einem Abgrund, dem man den wenig freundlichen Namen Teufelssprung gegeben hatte.

Vom unteren Ende des Stammes gingen riesige Wurzeln aus, die nicht in die Felswand eindringen konnten und daher zusammen mit kleineren Sträuchern ein dicht verzweigtes Netz bildeten. Die ganze Wand war davon überzogen, von diesem Punkt bis zum Fuß der Felswand. Inskay erinnerte sich an Erzählungen seines Großvaters, wonach früher alle zwei, drei Jahre von der Höhe der Stadt aus Pech über die Steilwand hinabgegossen wurde, das dann mit Feuerpfeilen in Brand gesteckt wurde, damit sich dort kein Strauch und keine Wurzeln festsetzen konnten, über die man hätte hinaufklettern können. Jetzt aber herrschte der Schlendrian und ein unglaubliches Netz aus Geäst und Büschen überwucherte die ganze Felswand. Einen Menschen hätte es nicht getragen, noch weniger einen in Waffen und Harnisch. Aber ein Zwerg, der nur aus Haut und Knochen, Schorf und Verbrennungen bestand, selbst das halbe Pfund Zecken und Läuse mitgerechnet, das er am Leib trug, wog ja nicht mehr als ein Kind.

Inskay begann hinabzuklettern, Wurzel für Wurzel, Strauch für Strauch. Mit dem geschulten Auge des Zwerges fand er den richtigen Punkt, wohin er mühelos seinen Fuß setzen konnte, ohne dass der Schmerz im rechten Knie seine Trittsicherheit beeinträchtigte. Er rechnete nach, wie lang es dauern würde, bis sie jemanden schicken würden, um nach ihm zu suchen. Mit Sicherheit weniger lang, als er brauchte, um zu entkommen. Die senkrechte, von Eis überzogene Felswand war alles andere als leicht hinunterzusteigen, und ein falscher Tritt hätte genügt, um den Henkern die Arbeit abzunehmen. Außerdem war Inskay umschwirrt von einem Schwarm Krähen, die offenbar noch nicht gänzlich von der Idee Abstand genommen hatten, sich mit ihm den Magen zu füllen. Ihr Krächzen, ihr Flügelschlagen, die schwarzen Federn, die aus dem Schwarm in die Luft stiegen und in den weißen Schnee fielen, störten ihn.

Unterdessen war man dort oben nicht untätig geblieben und ein Hagel von Steinen, brennenden Pfeilen und auch etwas siedendes Pech prasselten in den Abgrund. Aber die Neigung der Wand und die Unmöglichkeit, ihn von dort oben zu sehen, schützten Inskay, und außerdem war die Welt zu nass, um Feuer zu fangen.

Inskay erreichte das untere Ende der Felswand und blickte zur Stadt hinauf. Es hatte aufgehört zu schneien und klarte sogar etwas auf, zwischen dem Weiß der Wolken wurde ein Stückchen blassblauer Himmel sichtbar.

Plötzlich tauchte auf der Terrasse vor dem großen Tor ein halbes Dutzend Reiter auf. Entsetzt starrte Inskay sie an und trat die Flucht an, doch als er sich umsah, um zu ermessen, wie nah die Verfolger schon waren, bot sich seinen Blicken ein wunderbar tröstliches Bild. Die Reiter hatten am Rand des Felsvorsprungs haltgemacht, der Teufelssprung machte jede weitere Verfolgung unmöglich. Einige waren vom Pferd gestiegen und schauten in die Tiefe, andere versuchten den Abstieg, riskierten dabei Kopf und Kragen und ließen bald davon ab.

Inskay ging davon, verfolgt von einer Flut von Verwünschungen und von ein paar Pfeilen, halbherzig abgeschossen von verfrorenen und nicht allzu geschickten Bogenschützen. Eine der Krähen, die ihn hartnäckig umschwirrten, wurde getroffen und fiel in den weißen Schnee, den sie mit ihrem Blut rot färbte. Inskay hob sie auf. Die Flüche der Männer waren brutal, aber sie taten nicht weh. Schon bald war er außer Reichweite ihrer Bogen. Er schaute nach oben. Die Luke war geschlossen.

Niemand bedrohte ihn mehr.

Aber wenn der Abgrund Inskay geschützt hatte, so versperrte er nun auch ihm den Weg. Er konnte sich weder nach Westen wenden, wo seine Tochter war, noch nach Süden in Richtung Varil, wo ein König residierte, der vielleicht ein Halbblut, ein Bastard war, aber auch die einzige Hoffnung, die die freie Welt hatte. Er konnte bleiben, wo er war und sterben, er konnte zu den Soldaten gehen und sich töten lassen, oder er konnte in die einzig mögliche Richtung fliehen, nach Osten, in Richtung des Orkgebiets.

Eisiger Wind kam auf, zerriss die Wolkendecke und ließ die Sterne funkeln. Am Horizont stieg die Mondsichel empor und erhellte den Weg. Endlich erhoben sich die Krähen in die Lüfte und flogen enttäuscht zurück zu ihrer Pinie.

Inskay ging, so weit er konnte, und als ihn die Beine wirklich nicht mehr trugen, suchte er Zuflucht in einer Felsspalte. Es gab keine einzige Stelle an seinem geschundenen Körper, die ihm nicht wehtat. Müdigkeit und die Schmerzen der Schläge summierten sich. Die Eiseskälte des Schnees hatte seine Füße noch nicht in Todesstarre versetzt. Nicht mehr im Kontakt mit dem Schnee, belebten sie sich wieder und taten ihm weh, als würden sie von tausend Nadeln durchbohrt. Auch seine Seele war ein einziger, unausgesetzter Schmerz. Kein Abgrund lag zwischen seiner Tochter und den Bewaffneten; keine Felswand würde die Leute seines Stammes schützen.

Im vagen Schein des Mondlichts, das vom Schnee reflektiert und verstärkt wurde, erkannte der Zwerg mit Kennerblick das schwache Leuchten der Feuersteine, mit denen man Funken schlagen kann. Wenn die Luft den Elfen gehörte, das Wasser den Menschen, die es mit ihren Schiffen zu befahren wagten, wenn das Feuer den Orks gehörte, die mit dem Schein der Feuersbrünste ihre Nächte erhellten, die sie so sehr liebten, dann gehörte die Erde, die Materie, den Zwergen. Sie bestand aus Steinen, Metallen und dem Duft nach Heu. Die Zwerge waren klein, damit ihre Augen dicht am Boden waren, bei den Steinen, die nur sie zu erkennen verstanden; sie wussten, in welchen Eisen enthalten war, in welchen Kupfer oder Gold. Sie waren klein, damit die Stollen, in denen sie sich bewegten, nicht so groß zu sein brauchten, sie hatten deswegen aber nicht weniger Kraft als die Menschen oder als die Orks, die wesentlich größer waren als sie. Sie waren die Zwerge, das Erdvolk, die Zähen. Sie schwebten nicht in ätherischen Sphären wie die Elfen, nicht Worte faszinierten sie, nicht Träume füllten ihren Geist aus.

Sie liebten die Baumstämme und den Wind auf den Hügeln, der den herb-süßen Duft von Heu und Luzerne heranträgt. Sie liebten das Smaragdgrün der Weinberge im Wechsel mit dem Gelb der Stoppelfelder, den Mond, wenn er über Maisfeldern aufging. Sie liebten das Blaugrün des Kohls und das Gelbgrün des Schilfs. Vor allem aber liebten sie das, was die Ahnungslosen Stein und Felsen nennen.

Mit diesen einzigen beiden Namen meinten diese Toren das Glatte und das Raue zu benennen, das Bunte und das Gefleckte, das Dunkle und das Leuchtende, das Unnachgiebige und das Formbare, das Schmelzbare und das nicht Schmelzbare, das Poröse und das Massive. Sie aber, die Zwerge, wussten, dass die Welt aus den Silben einer göttlichen Sprache gebildet war. Sie wollten nicht Beherrscher der Materie sein, sondern ihre treuen Diener und Bewahrer, weil sie wussten, dass sie in ihrem ausgeweideten Inneren, in ihrer vergewaltigten Seele die einzigen Schätze barg, die eine Zukunft möglich machten. Sie, die Zwerge wussten, dass Holz, Erde, Steine, Wasser, das die Dächer einreißt und die Mühlen antreibt, dass die finstren Nachkommen des Eisens, die funkelnden Kinder des Kupfers, dass Pyrit, Malachit, Obsidian, Bergkristall, Marmor und Granit der Traum eines Gottes sind, unermesslich viel höher und unermesslich viel größer als jeder Traum, den der Geist eines Geschöpfes zu fassen vermag.

Inskay legte die Pinienzapfen, die er auf dem lebensrettenden Baum eingesteckt hatte, zu Boden, fügte ein paar Strohhalme, die ihm in Kleidern und Haaren hängen geblieben waren, hinzu und begann dann, die Steine aneinanderzureiben. Es dauerte lange, denn was er gefunden hatte, waren keine echten Feuersteine, doch er ließ nicht ab, und am Ende sprang ein winziger Funken auf die Strohhalme über, die langsam, während Inskay vorsichtig darauf blies, Feuer fingen und in einer schönen goldfarbenen Flamme aufgingen. An einem Felsen zerschlug Inskay die Teile des hölzernen Jochs um seine Handgelenke und legte sie ins Feuer. Er dachte, wie gern er jetzt gegen den Schmerz einen Sud aus Kamille und Mohn getrunken hätte, dazu etwas Bienenpollen, ein feiner goldfarbener Brei, den man am Boden der Bienenstöcke einsammeln konnte, um das Knie einzureiben. Inskay holte den gefrorenen Kohlstrunk aus der Tasche und legte ihn auf das Feuerchen, welches nicht nur das Dunkel der Nacht erleuchtete, sondern auch seinen Geist mit dem Gedanken erhellte, dass manchmal Wunder geschehen. Er rupfte die Krähe und briet sie, den Pfeil als Spieß benutzend. Als sie endlich gar war, schlug er die wenigen verbliebenen Zähne hinein und nagte sie mit Eifer und Bedacht bis auf das letzte Knöchelchen ab. Den Kohlstrunk hätte er sich für den nächsten Tag aufheben wollen, aber das schaffte er nicht, und so aß er ihn Bissen für Bissen ganz auf.

Inskay schaute auf die Ebene zurück, die er hinter sich gelassen hatte, hell lag sie im Mondlicht da. Während seiner überstürzten Flucht hatte er nicht daran gedacht, aber dort unterhalb von Alyil, wo im Schnee hier und da eine schwarze Feder stak, lagen auch die Leichen seines Bruders und zahlloser anderer Elender.

Er dachte an sie, diese armen Toten, aufgefressen von den Krähen, erstarrt im Schnee, mit den Spuren von Zangen und Folterstricken am Leib. Ein Kloß saß ihm in der Kehle, während er ihrer im Stillen gedachte und hoffte, dass es eine Welt geben möge, wo sie nun in Frieden sein konnten, unbeschwert, im Warmen, bequem und mit vollem Magen und in der Luft dem Duft nach Heu.

Er dachte auch an den Gaukler und den Höllenkreis der Verräter, der ihn hoffentlich aufnehmen würde. Aber kein Leiden erschien ihm schlimmer als sein eigenes: Ihm war bewusst, dass er seine geliebte Tochter und seine Leute dem Tod ausgeliefert hatte, und er konnte nichts tun, um sie zu retten.

Inskay suchte in seinem Geist nach einem Funken der Hoffnung oder des Trosts, irgendetwas, woran er sich klammern könnte.

Aber da war nichts.

Alles, was ihm einfiel, waren die Geschichten, die in seinem Volk seit jeher die Mütter den Kindern erzählten, wenn die sich vor Ungeheuern fürchteten, die in den Häusern mit Kindern darin immer im Dunkel spukten. Im Augenblick der äußersten Gefahr würde der König der Elfen dem König der Zwerge zu Hilfe kommen. Ja, in ihren Geschichten war das sogar noch genauer benannt: ein Zwergenkönig, der mit den Händen heilen konnte, ein König und Wunderheiler.

Man würde dazu weder Nachrichten noch Boten benötigen. Das war ein uralter Pakt, dessen Preis schon bezahlt war.

Dummes Geschwätz.

Das war alles nur dummes Geschwätz.

Die Elfen waren längst alle vernichtet und die Zwerge hatten gar keine Könige. Und wenn überhaupt, dann waren die Elfen die Wunderheiler, *sie* heilten mit den Händen. Die Wunderheilerei war aber nie Sache der Zwerge gewesen, sie heilten mit Kräutern, mit Tinkturen, mit der Materie. Diesen Unfug von wegen Heilen durch Handauflegen wagten bei ihnen nicht einmal die Quacksalber auf dem Jahrmarkt anzubieten.

Inskays gequältes Gesicht verzog sich einen Augenblick lang zu einem bitteren Lächeln.

Dass die Elfen die Zwerge retten könnten oder auch nur Lust dazu haben, war Unsinn, der glaubwürdig nur sein konnte für ein Kind, das sich vor den Schatten an der Wand fürchtete. Die Elfen waren alle krepiert, schon vor den Zwergen, die es vielleicht noch ein paar Jahre lang machen würden. Aber das war kein Trost. Auch nach zwei Monaten in den Händen der Henker des Verwaltungsrichters war Inskay nicht so verroht, dass er sich über den Schaden anderer gefreut hätte. Das war nur eine Feststellung. Sie waren allesamt tot, und auch wenn sie nicht alle gestorben wären, hatten die Elfen doch nie irgendwem geholfen. Im Kämpfen waren sie immer grauenhaft schlecht gewesen, ganz zu schweigen von der Geschichte mit der Unsterblichkeit. Kein Unsterblicher hätte doch für irgendeinen armen Schlucker seine Haut riskiert, nicht nur weil es ein unschätzbarer Verlust gewesen wäre, wenn ihm etwas zugestoßen wäre, sondern auch weil der andere ihm unausweichlich irgendwie abartig vorkommen musste. Die Regel war, dass man nur für seinesgleichen ein Risiko einging oder ihm half. Arme Schlucker untereinander. Bergleute untereinander. Andere zog man nicht in Betracht.

In den letzten Jahrzehnten hatten sich die Kinder der Zwerge nicht nur vor den Ungeheuern im Dunkeln gefürchtet, sondern auch vor den Menschen, den Orks, den Soldaten, den Bogenschützen, den Henkern, die sie packten, wenn sie nicht in die Stollen gehen wollten oder versuchten, daraus zu entkommen.

Die Ungeheuer im Dunkeln hatten sich vervielfacht, sie hatten die ganze Zone des Halbschattens besetzt und schließlich die des Lichts.

Keine Geschichte konnte mehr über irgendetwas hinwegtrösten.

»Geschwätz«, murmelte Inskay. Seine Stimme hallte in der Stille der Schneenacht.

Inskay zog den zerschlissenen Stoff der Hosen hoch, betrachtete seine beiden Knie und verglich sie. Das rechte war schauerlich geschwollen, und an der Stelle, wo er getroffen worden war, saß ein blauvioletter Fleck. Inskay war sich nicht ganz sicher, ob er am nächsten Tag würde gehen können.

Bevor ihm der Kopf vor Müdigkeit herabsank, ging Inskay noch ein Gedanke durch den Kopf. Er galt nicht Lylin, sondern Maschak der Dicken, der Tochter des Henkers. Er hoffte von ganzem Herzen, dass ihre Strafe nicht zu schlimm ausgefallen sein möge. Er fragte sich, wie sie es angestellt haben mochte, in einer so grausamen Welt zu leben und sich Erbarmen und Mut bewahrt zu haben.

Er bat auch, dass der Geist der Welt ihr beistehen möge, dass er ihr helfen möge zu ertragen, was ihr schrecklicher Vater ihr angetan haben mochte.

»Verdammtnochmal«, murmelte er vor dem Einschlafen leise vor sich hin, in erster Linie, um noch einmal die eigene Stimme zu hören, die an diesem Abend schon längst endgültig hätte verstummt sein sollen, die sich aber immer noch vernehmen ließ.

Prinz aller Idioten

KAPITEL 2

»Es ist schließlich kein Vergnügen, blöd zu sein.«

Joss fuhr aus dem Schlaf hoch, er war nass geschwitzt, und sein Herz schlug so schnell, dass es wehtat.

Er war so verwirrt, dass er eine Weile brauchte, um sich zu erinnern, wo er sich befand, auch wenn er bei sich zu Hause war, in seinem Bett, dort wo er seit jeher jede Nacht schlief. Er brauchte eine Weile, und das passierte ihm zum ersten Mal in seinem Leben, dass er darüber nachdachte, wer er war, oder besser, dass er sich besinnen musste, nicht Inskay der Zwerg zu sein, sondern Joss. Er war niemand, der besonders viel wusste, aber dass er Joss war, das wusste er immerhin.

Er versuchte, sich zu beruhigen und in seinem kindlichen Gemüt Ordnung zu schaffen. Er konnte nicht denken. Den ganzen Schmerz von Inskay dem Zwerg trug er in sich, seine Verzweiflung, das Grauen über das Schicksal seiner Tochter Lylin.

Die klare und deutliche Erinnerung an zwei Monate der Verhöre und an sämtliche Augenblicke des letzten Tages spürte er in sich. Er kannte jeden einzelnen Schritt der Flucht, als ob es seine eigenen Füße gewesen wären, die im Schnee versanken.

Er versuchte, sich zu beruhigen.

Er war nicht Inskay, der Zwerg, er war Joss, Sohn der Königin von Daligar. Er war der jüngere Sohn und auch der weniger schlaue, um ehrlich zu sein, aber doch Sohn einer Königin. Er steckte nicht mitten im Schnee, sondern war in Daligar, im Reich seiner Mutter, in seinem Bett, ein paar Schritte vom Kamin entfernt. Um sich zu beruhigen, strich Joss mehrmals mit den Händen über die Steppdecke. Er mochte sie, weil sie blau und weich war, und weil man ihm erklärt hatte, dass sie mit den Federn der großen weißen Gänse gefüllt war, die drunten am Fluss lebten. Er tastete nach dem Holzkreisel, von dem er sich niemals trennte, auch nachts nicht, und den er daher immer zwischen dem Kissen und dem Kopfende des Bettes verwahrte. Er war Joss, Sohn der Königin von Daligar. Niemand würde ihm etwas antun, und wenn sich doch jemand unterstehen sollte, so würde es für seine jähzornige Mutter lediglich die Frage sein, ob sie ihn persönlich in Stücke reißen würde oder ihr Heer damit beauftragte.

Er sagte sich seinen Namen vor und wiederholte ihn mehrmals. Joss, nein, eigentlich Yorsh, wie sein Vater. Joss war nur eine verstümmelte Form, die er selbst erfunden hatte, als er klein war, und jetzt da er groß genug gewesen wäre, um den Namen richtig auszusprechen, war sie ihm geblieben. Yorsh war ein großer Name: Da waren das Y und das O, die wie ein Flügelschlag waren, da war das runde, weiche R und schließlich das ruhige, feste SH, das alles beschloss. Joss war ein blöder Name, plump wie eine weiche Stoffkugel, eine von denen, die beim Hinunterfallen nicht zurückhüpfen. Vielleicht war das richtig so. Sein Vater war groß gewesen, hoch gewachsen, wunderschön, mutig, genial, der mächtigste aller Elfen, den es je gegeben hatte, als es noch Elfen gab. Wer ihm ähnlich sah, war Joss' Bruder Arduin. Joss dagegen war klein, viel kleiner als Arduin, auch wenn sie am selben Tag zur Welt gekommen waren, und er war furchtbar ungeschickt, nicht nur viel mehr als Arduin, der immer alles richtig machte, sondern viel mehr als alle anderen Kinder. Er brauchte immer doppelt so lang, um etwas zu lernen, wenn nicht drei Mal so lang, und halb so lang wie die anderen, um etwas zu vergessen, wenn nicht ein Drittel. Außerdem war er jeden zweiten Tag krank, wenn nicht drei Viertel der Tage. Und als ob das nicht genug wäre, hatte ausgerechnet er das Bett, unter dem die Ungeheuer hausten.

In der Geborgenheit seines Bettes sagte sich Joss immer wieder den eigenen Namen vor, die Namen seiner Geschwister und den seiner Mutter. Aber das waren bloße Worte, Laute ohne Bedeutung. Inskays Schmerz, der war so real, wie noch nie etwas in seinem Leben es gewesen war. Joss hatte den Eindruck, als sei alles, was ihm von Geburt an bis heute begegnet war, wie in einen Nebel gehüllt und als seien das Rot von Inskays Blut und das Schwarz der Krähe mitten im Weiß des Schnees die einzig deutlich erkennbaren Farben. Er sah Federn rings um sich in der Luft. Im Mund hatte er den Geschmack nach fauligem Kohl und über dem Feuer geröstetem Krähenfleisch, der sich mit dem von Blut vermischte, das aus der Höhle des unlängst abgebrochenen Zahns strömte.

»Das war ein Traum«, versuchte er, sich einzureden. Er steckte einen Finger in die Mundhöhle und betrachtete ihn dann im Licht des Kamins. Da war nur Spucke, der Geschmack von Blut, vermischt mit dem von Kohl und Krähenfleisch, blieb trotzdem sehr stark.

Es war kein Traum gewesen. Das war nicht möglich, Träume

waren anders beschaffen, eine Folge von undeutlichen Bildern und Gefühlen, oft sinnlos, die beim Aufwachen verschwanden. In den Träumen war er er selbst und im Wachen wusste er nichts mehr darüber. Inskay hatte merkwürdige und ihm fremde Dinge gesagt. Er war erst neun Jahre alt, das Schlimmste, was er bisher erlitten hatte, war der Tod seines Goldfisches gewesen. Wer weiß, wie der Goldfisch geheißen hatte, er war erst wenige Tage zuvor gestorben, und doch hatte Joss seinen Namen schon vergessen. Er erinnerte sich nie an etwas, aber nicht weil er faul gewesen wäre oder weil ihm alles egal war. Er vergaß sogar die Buchstaben, die seinen Namen bildeten, wie der Seneschall behauptete, der seit Jahr und Tag versuchte, ihm etwas beizubringen. An seinem Goldfisch hatte er sehr gehangen und doch war dessen Name seinem Gedächtnis entschwunden. Von Inskay dagegen war ihm alles präsent.

Es war kein Traum gewesen.

Joss hatte nie auf einem Galgengerüst gestanden, er war nie in einem Bergwerk gewesen, und er wusste nicht, wie es war, eine ungeliebte Frau zu haben und eine vergötterte Tochter, deren Tod man womöglich zu verantworten hatte. Er wusste nicht, was Verzweiflung war, Inskay wohl. Er spürte den Hohn des Oberhenkers: »...du willst mit einer frischen Kapuze krepieren, nicht wahr, mein Käuzchen? Eine schöne neue Kapuze, wie ein echter Prinz...« Er hatte nicht gewusst, was Hass war, bis er den Oberhenker gesehen und seine Stimme gehört hatte. Natürlich hasste Joss alle, die von ihm sagten, er sei blöde, oder die schlecht über seine Mutter redeten, aber das war ein kleiner Hass, eine Sache für Kinder, nichts im Vergleich zu dem absoluten und verzweifelten Hass Inskays, den Joss jetzt kennenlernte und der in ihm aufstieg, sobald er nur die Silben des Wortes »Gaukler« hörte.

Joss wusste, dass seine Mutter manchmal in die Zukunft

schauen konnte. Vielleicht gehörte auch Inskay der Zukunft an. Oder womöglich der Vergangenheit.

Je mehr er darüber nachdachte, umso mehr kam er zu der Überzeugung, dass es ihm ergangen sein musste wie seiner Mutter.

Eine Geschichte, die sich wer weiß wann zugetragen hatte und wer weiß wem zugestoßen war, war in seinen Geist getreten.

Jahre trennten ihn von Inskay. Er musste nur daran denken, alles der Mama zu erzählen, sodass sie sich, falls Inskay tatsächlich der Zukunft angehörte, etwas einfallen ließ, um ihm beizustehen. Wenn Inskay dagegen der Vergangenheit angehörte, dann war er womöglich schon tot, und sie konnten sein Grab suchen und Blumen darauf legen. Jetzt musste er aber wieder einschlafen.

Joss schloss die Augen, riss sie aber gleich wieder auf.

»Der erste Wintertag des Jahres dreihunderteinundzwanzig nach der Befreiung Daligars durch Sire Arduin« hatte der Henker gesagt. Dass der eben vergangene Tag der erste Wintertag war, das wusste sogar er, weil das ein Festtag war, ein wunderschönes Fest, das sein großartiger Vater angeordnet hatte, wo große Zuckerkringel gegessen wurden und man den Kindern Geschenke machte. Ihre Mutter hatte jedem von ihnen einen Fuchsmantel geschenkt und seiner Schwester Erbrow ein neues Kleid, so eins für große Mädchen, ganz aus blauem Samt, seinem Bruder Arduin einen Haufen Bücher und ihm selbst die üblichen Spielsachen, Marionetten, bunte Kugeln, einen Karren mit Holzschnitzereien, mit denen er nichts anfangen konnte, weil er nur mit seinem Kreisel spielte. Der Kreisel hatte auch schon seinem Vater gehört, und er war das Einzige – außer dem Namen –, was ihm von ihm geblieben war. Und er spielte auch mit ihm nicht richtig, denn er hatte nicht begriffen, wie man den Kreisel in Bewegung setzte, aber wenn Arduin das für ihn tat, gefiel es ihm zu sehen, wie aus den Flecken Kreise wurden, und er verlor sich in der Bewegung.

Und an diesem nicht enden wollenden Festtag waren die Worte »der erste Wintertag des Jahres dreihunderteinundzwanzig nach der Befreiung Daligars durch Sire Arduin« so oft wiederholt worden, dass es sich sogar Joss mit seinem lückenhaften Gedächtnis eingeprägt hatte.

Inskay war weder Vergangenheit noch Zukunft, er war Gegenwart. In dieser Nacht hatte er, Joss, in seinem Bett gelegen, und Inskay war aus Alyil geflohen und hatte in einer Felsspalte geschlafen.

Joss stand auf. Mit einer heftigen Bewegung warf er die Steppdecke beiseite und versuchte aufzustehen, doch das gelang ihm nicht, er fiel der Länge nach auf den Boden. Das rechte Knie tat ihm so weh, dass es ihn nicht trug. Er bemerkte, dass ihm sein Körper überall wehtat. Er trug nicht nur Inskays Gedächtnis, sondern auch seine Schmerzen in sich. Die physischen Schmerzen am Knie und die seelischen Schmerzen. Lylin würde sterben. Alles war verraten. Alles war verloren.

Joss begann, leise zu weinen.

Er war erfüllt von Entsetzen, das mit jedem Augenblick größer wurde. Dann begann der Schmerz zum Glück etwas nachzulassen. Die Farben von Inskays Erinnerungen verblassten ein wenig.

Joss spürte, wie die Wärme des Kaminfeuers die Eiseskälte vertrieb, die ihm in den Knochen saß. Immer wieder, in einer Art Singsang wiederholte er sich den eigenen Namen sowie die Namen seiner Mutter und Geschwister. So gelang es ihm, sich allmählich zu beruhigen; er hörte auf zu weinen. Joss stand auf. Er hinkte, aber er konnte gehen. Er schleppte sich durch den endlos langen Korridor, der in regelmäßigen Abständen von Fackeln erhellt war, ohne Kamine und voller Zugluft, und an dessen Ende die Zimmer seines Bruders Arduin und seiner Schwester Erbrow lagen. Das bisschen Wärme schwand und er wurde wieder steif bis in die Knochen. Er war barfuß und die Keramikfliesen waren eisig kalt.

Bis zum Jahr zuvor hatten Arduin und Joss zusammen geschlafen, in einem Zimmer neben dem ihrer Mutter, sodass sie schnell herbeikommen konnte, wenn Joss krank war, das heißt alle zwei Tage.

Joss war immer mit dem Bruder neben sich eingeschlafen. Arduin war stark, viel stärker als jeder Junge seines Alters, unendlich viel stärker als Joss, stärker auch als die Schatten, die das Feuer im Kamin an die Wand warf. Wenn die Brüder beisammen waren, wurden Joss' Ängste erträglich, verschwanden fast. Wenn sie manchmal überhandnahmen und er zu zittern begann, ließ Arduin den Kreisel tanzen. Die Flecken wurden zu Linien und Joss beruhigte sich.

Bis dahin war Joss' Leben unendlich viel einfacher gewesen.

Bis zum Jahr zuvor war es ihm und Arduin erlaubt gewesen, immer zusammen zu sein. Sie waren unzertrennlich und warfen nur einen Schatten. Lief Arduin in den Garten, trottete Joss hinter ihm her; jedes Mal, wenn Joss hinfiel, half Arduin ihm auf. Saß Arduin in der Bibliothek und las, saß Joss mit dem Kreisel in der Hand zu seinen Füßen. Ab und zu unterbrach Arduin sich, beugte sich hinunter und ließ den Kreisel tanzen. Joss war selbst nicht dazu imstande, aber er sah gern zu. Nachts kroch Arduin in Joss' Bett und schlich sich erst fort, wenn Joss eingeschlafen war, sodass der keine Angst vor der Dunkelheit und den Schatten haben musste.

»Wenn man sie summiert und dann in zwei gleiche Teile teilt,

ergibt das zwei Normale«, hatte im Korridor einmal jemand ge-
flüstert. Er hatte das leise gesagt, sodass Arduin es nicht hörte,
aber nicht leise genug, damit Joss es nicht hörte.

Joss hörte die Tritte von Ameisen auf Krümeln, den Schlag
von Schmetterlingsflügeln in der Luft. Bloß dass das Wissen,
wo die Schmetterlinge waren, keines seiner Probleme löste. Joss
war zu überhaupt nichts zu gebrauchen, aber er hatte das feine
Gehör der Elfen geerbt.

»Was heißt das, ›summieren‹?«, hatte er Arduin gefragt. »Und
›teilen‹?«

Sein Bruder hatte übers ganze Gesicht gestrahlt. Er war in die
Küche gestürzt und mit einem Korb Äpfel wiedergekommen. Er
hatte zwei Äpfel nebeneinander gelegt, dann vier, dann hatte er
sie weggenommen und wieder in den Korb zurückgelegt, dabei
hatte er eine wirre Geschichte von zwei Brüdern erzählt, die ein
Feld pflügen und jeder vier Äpfel dafür bekommen, mit denen
sie, ein kleinerer Bruder und die verwitwete Mutter auskommen
müssen. Von all dem hatte Joss wie üblich rein gar nichts begriffen, sondern gefragt, woran der Vater gestorben war und wem
das gepflügte Feld gehörte, wo das Haus der zwei Brüder stand
und ob es von Kletterpflanzen überwuchert war – alles Dinge,
die ihm fundamental wichtig schienen. Und er war erstaunt über
die Tatsache, dass Arduin diese Dinge nicht wusste oder einfach
geheim halten wollte. Er hatte nicht begriffen, was die Äpfel mit
ihnen beiden zu tun haben sollten.

»Und warum bin ich immer zu spät dran?«, hatte er auch noch
gefragt. Arduin hatte aufgehört, mit den Äpfeln herumzuhantie-
ren, und hatte ihn verblüfft und ungläubig angeschaut.

»Du bist immer zu spät dran?«

Joss hatte genickt. Arduin hatte ihn immer weiter angesehen,
immer erstaunter.

»Das sagen alle. Immer. Dass ich zurückgeblieben bin«, hatte Joss zu erklären versucht.

»Die sagen, du bist ... du bist zurückgeblieben?«, hatte Arduin zuletzt gefragt. Triumphierend hatte Joss genickt.

»Das sagen sie!«, hatte er befriedigt bestätigt. Arduin war rot angelaufen. Hinter dem wunderschönen Gesicht des Bruders hatte Joss etwas wie plötzlich aufwallende Hitze, Atemnot und zusammengebissene Kiefer gespürt. Er war erschrocken.

»Das heißt nichts, Joss. Das ist ein dummer Satz. Einer von den Sätzen, die die Leute manchmal sagen, weil sie nichts Besseres zu tun haben, wie wenn sie sagen, dass unsere Mama oder unsere Schwester eine Hexe ist. Das ist Unsinn, hast du gehört?« Arduin hatte sich zu ihm herabgebeugt und ihn fest umarmt. Dann war er ihm durch die Haare gefahren, und schließlich hatte er den Kreisel so lange tanzen lassen, bis sie beide wieder ruhig atmeten.

Joss hatte verstanden, das waren Beleidigungen, und jede von ihnen traf Arduin wie ein Schwerthieb. Von da an dachte er trotz all seiner Vergesslichkeit daran, dem Bruder nicht mehr zu erzählen, wenn jemand hinter vorgehaltener Hand auf sein ständiges Zuspätkommen anspielte. Die Geschichte mit den Äpfeln und den Brüdern war ihm unverständlich geblieben.

»Was heißt minderbemittelt?«, hatte er ihn einmal gefragt, nachdem er von einem Soldaten eine entsprechende Bemerkung gehört hatte.

»Von minderen Mitteln, das heißt weniger Mittel zur Verfügung zu haben«, hatte Arduin geantwortet, und wieder hatte Joss gespürt, wie der Zorn im Bruder aufstieg, es war ihm aber gelungen, einen unbeteiligten Ton beizubehalten. »Das heißt, jemand hat weniger Mittel zur Verfügung, es fehlt ihm etwas. Uns allen fehlt etwas. Du erinnerst dich nicht an die Worte, und ich verstehe nicht, was in der Seele der Menschen vor sich geht. Wir sind alle minderbemittelt, das heißt, uns allen fehlt etwas. Wer hat das zu dir gesagt?« Joss hatte geantwortet, er erinnere sich nicht, dabei stimmte es dieses eine Mal nicht.

Er mochte dieses Gefühl der aufwallenden Hitze und der zusammengebissenen Zähne beim Bruder nicht.

Im letzten Jahr hatte das Idyll dann ein Ende genommen. Alles die Schuld des Seneschalls, das war ein unerträglicher alter Herr, der aus unerfindlichen Gründen im Königspalast anwesend war und allen, einschließlich der Königin, erklärte, wie man sich zu benehmen hatte. Zu den verkehrtesten Dingen, die je in diesem Königspalast vorgekommen waren, gehörte es, dass mit achteinhalb Jahren...

»...begreift Ihr, Majestät, dass Arduin mit achteinhalb Jahren noch mit seinem Bruder in einem Bett schläft... Arduin, Euer Majestät, der einzig würdige Erbe und Thronfolger...«

Der Seneschall war hartnäckig, er ließ nie locker. Er wiederholte ständig ein und dasselbe, bis er das erreichte, was Arduin als »Sieg durch Zermürbung« bezeichnete. Die Königin willigte ein, nur damit er aufhörte zu reden.

»...Herrin, Ihr müsst Euren Sohn Arduin schützen, er darf nicht Joss' Amme werden...«, hatte der Seneschall wiederholt.

»Was heißt Amme?«, hatte Joss gefragt.

»Das heißt, sich um jemanden kümmern«, hatte Arduin erklärt.

»Und was ist schlecht daran?«

»Nichts ist schlecht daran. Achte nicht auf das, was der Ratgeber unserer Mutter sagt. Er ist nicht besonders klug.« Der Seneschall hatte das gehört, er war rot angelaufen und dann leichenblass geworden. Er war zu Arduin gegangen und hatte ihm mit erstickter Stimme gedroht, er solle sich ja nicht unterstehen, so etwas noch einmal zu sagen.

»Verzeiht«, hatte der Junge zerknirscht geantwortet. »Ich hatte nicht gedacht, dass das ein Geheimnis ist.« Dem Seneschall war die Luft weggeblieben, und vermutlich, damit der Alte wieder zu atmen anfing, hatte die Königin sich einverstanden erklärt. Sie waren groß, sie würde sie trennen, sicher würde das auch dem Kleinen guttun, nein, er solle gar nicht darauf achten, was Arduin sagte, Kindereien, das waren Kindereien, Unarten eines kleinen Jungen…

Als dieser Tag zu Ende ging, war Joss zu seinem Bruder Arduin gegangen. Der saß am Boden, den Kopf in den Händen.

»Warum fragt unsere Mutter einen Idioten um Rat?«, hatte er ihn gefragt, so leise er konnte. Arduin hatte den Kopf gehoben, hatte ihn angelächelt und war ihm dann durch die Haare gefahren.

»Unsere Mutter ist traurig«, hatte er zu erklären versucht. »Wenn die Traurigkeit zu groß ist und zu lang anhält, wird sie eine Art von Dummheit. Eine schlechte Angewohnheit, wie Nägelkauen.«

»Ich kaue nicht Nägel«, hatte Joss triumphierend gesagt. Das war einer der ganz wenigen Fehler, den er nicht hatte.

Jetzt schlief Arduin am Ende des langen Korridors, der zur Bibliothek führte. In Joss' Zimmer war nur der verwaiste Platz zurückgeblieben, wo früher das Bett der Bruders gestanden hatte.

Die einzige Art, mit seinen Ängsten fertig zu werden, war für Joss, ins Zimmer seiner Mutter, Ihrer Hoheit der Königin von Daligar, umzuziehen.

Die Tür zu den Gemächern seiner Mutter, riesengroß und bemalt, lag am Ende des Korridors. Davor stand als Wachposten für den wenig wahrscheinlichen Fall, dass jemand bis vor die Tür der Königin gelangen sollte, um einen Anschlag auf ihr Leben zu verüben, Atàcleto, ein blutjunger Soldat oder genauer gesagt Soldatenaspirant, eine Stellung, die eine Ausbildung und eine Bezahlung bedeutete und zu der man schon mit siebzehn Jahren zugelassen werden konnte. Atàcleto war neun Jahre zuvor frühzeitig in die Annalen der Geschichte von Daligar eingegangen, als er zusammen mit noch ein paar anderen Kindern von den Orks entführt worden war und die Königin sie alle befreit hatte. Diese Tatsache sowie dass er Sohn von Parzia war, der Hebamme, die der Königin bei der Geburt ihrer beiden Söhne geholfen hatte, waren die beiden rühmlichsten Vorzüge des Atàcleto.

Es war Arduins Idee gewesen, einen Soldaten vor der Tür der Königin zu postieren. In Wahrheit hatte er das so eingerichtet, damit sein Brüderchen bei seinen nächtlichen Wanderungen nicht allein blieb. Dem Seneschall hatte er erklärt, dass in allen Monarchien, die etwas auf sich halten, der König nie ohne Wachposten bleibt, nicht einmal nachts, und der Seneschall hatte begeistert zugestimmt. Auch wenn sie Hühner im Hof hatten und die Bohnenstauden über die Dächer wucherten, so waren sie doch eine respektable Monarchie.

Atàcleto lächelte Joss freundlich an, dann gab er, ohne zu sprechen, mit einer fragenden Geste seine Sorge zu erkennen, weil er sah, dass er hinkte. Schließlich half er ihm, ins Gemach seiner Mutter einzutreten, indem er den hohen, schweren Türflügel vor ihm öffnete. Das war die einzige Mühe, der er sich in den langen Stunden seiner friedlichen Mission als Wachsoldat zu unterziehen hatte.

Joss' nächtliche Wanderungen ins Zimmer seiner Mutter waren die Regel; Ausnahme waren die Nächte, in denen er in seinem eigenen Bett blieb. Jedes Mal wenn er sich nicht wohl fühlte, wenn er spürte, dass er Fieber bekam oder ihm übel wurde, durchquerte Joss den Korridor und zog um in das große Bett seiner Mutter. Und wenn nicht Fieber oder Übelkeit, dann waren es die Schatten, die ihn zu Tode erschreckten. Im Gegenlicht der Kaminglut warf das Funkengitter beunruhigende Schatten, wie eine Art riesiger, gestreifter Luchs, der da unter seinem Bett hervorzuschnellen schien. In den Sommernächten dagegen war es Mondlicht, das durch die purpurroten Leinenvorhänge fiel und einen rosigen Schatten in Form eines knurrenden Hundes warf, der reglos auf der Lauer lag, ebenfalls unter seinem Bett. Joss wusste, dass das nur Schatten waren. Seine Mutter und seine Geschwister hatte ihm das oft genug gezeigt, er hatte es verstanden, und mittlerweile wusste er es. Er war schließlich nicht dumm. Zu spät dran, ja, aber nicht dumm, jedenfalls nicht in dem Maße; er wusste, dass es Effekte des Lichts waren, aber sie machten ihm trotzdem Angst. Sie erinnerten ihn daran, dass die Angst existierte, die Möglichkeit existierte, sich wehrlos und verloren grauenhaften und schrecklichen Dingen gegenüberzusehen.

Im Zimmer seiner Mutter war es warm, in einem übermannshohen Kamin brannte das Feuer und erhellte den Raum.

Mama schlief in ihrem großen Himmelbett unter einer weißen Steppdecke, die aussah wie eine Wolke.

Vor dem Fenster stand ein riesiger Tisch, übersät mit Landkarten und Pergamenten, sodass er darunter fast völlig verschwand, mit Ausnahme einer Ecke, dort stand ein großes Eichentablett mit Brot und Käse, das stets gefüllt war, und daneben drei weiße Keramikschalen mit Honig. Joss kannte das schon: Der helle durchsichtige Honig aus Akazienblüten war gegen die Müdigkeit, wenn die Last der Regierungsgeschäfte und die Verantwortung für all die Leben, die von ihr abhingen, zu viel wurden für ihr Herz. Der kräftige dunkle Kastanienhonig war gegen die Sorgen um sie, ihre Kinder, gegen die Angst, dass ihnen etwas zustoßen oder sie betrüben könnte. Der Honig vom Erdbeerbaum, der dunkelste von allen und so wenig süß, dass er bitter schmecken konnte, war gegen Einsamkeit und Sehnsucht. Jedes Mal, wenn die Erinnerung an seinen Vater ihr das Herz zu brechen drohte, griff die Mutter zu Brot und Käse mit Erdbeerbaumhonig darauf. Joss trat zu den Schalen und schaute hinein. Er wusste, dass sie jeden Morgen gefüllt wurden, aber die mit dem Erdbeerbaumhonig war schon ganz leer und die mit Akazienhonig halb: Es musste ein schwerer Tag gewesen sein.

Seine Mutter sagte immer, wenn man Königin ist, legen die Leute Meilen und Meilen zurück, um einem Vorräte an Quark und Honig, Brot und Käse zu bringen, während sie einem niemand schenkt, wenn man niemand ist und diese Dinge wirklich brauchen würde.

Maschak kam ihm in den Sinn, enorm dick wie seine Mutter, die Königin, die Herrscherin von Daligar. Wer weiß, vielleicht aß Maschak auch Brot, Käse und Honig wie seine Mama? Vielleicht war sie auch traurig, brachte auch sie lange Tage in Angst und Einsamkeit zu. Vielleicht war all der Speck dazu da, Mitleid und Mut drinnen festzuhalten, sie nicht nach außen treten zu lassen? Vielleicht war das etwas, was Joss verstanden hatte und Inskay nicht.

Mama erwachte bei seinem Eintritt nicht, und Joss war versucht, alles zu vergessen, unter die Decke zu schlüpfen, sich an sie zu kuscheln, die Augen zuzumachen und im Warmen zu schlafen, an diesem magischen Ort, wo nichts Böses geschehen konnte. Er würde kleine Kinderträume träumen: von seinem Goldfisch, ein paar Enten, vom Fliegenkönnen. All die Kälte, der Schmerz und das Grauen würden verschwinden.

Doch er konnte nicht. Das war zu gefährlich. Wenn ihm im Schlaf die Erinnerung an Inskay entglitt, wie sie gekommen war, würde Inskay ohne Hilfe bleiben. Das durfte Joss nicht riskieren. Sein Gedächtnis war eine Art tiefer Brunnenschacht, in dem alles rasch wieder verschwand.

Er musste seine Mutter aufwecken und sie warnen, dass der Zwerg in Lebensgefahr schwebte und seine Leute mit ihm.

Dass irgendwo da draußen Inskay der Zwerg sich durch Schnee und Verzweiflung schleppte. Mama würde ihm vielleicht erklären können, was passiert war und wie Inskays Erlebnisse in seinen Kopf hatten kommen können, und vor allem würde sie wissen, wie man Inskay und Lylin und die anderen in Sicherheit bringen konnte. Seine Mama war eine Königin, sie hatte ein Heer und konnte kämpfen. Seine Mama würde Inskay, Lylin und Maschak retten. Und ihn selbst auch, er konnte nicht ständig mit diesem Schmerz in sich leben.

Joss versuchte es mit allen möglichen Anreden.

»Mama, Herrin, Frau Mutter, Majestät, Mama, Mutti, Euer Gnaden, Mami, Euer Majestät!«

Der Tag musste wirklich schwer gewesen sein, gewöhnlich wachte sie schneller auf. Gewöhnlich genügte das Geräusch der sich öffnenden Tür, wenn sie nicht überhaupt noch über den Tisch gebeugt saß, inmitten von Papieren, Brot und Honig. Wenn er angefangen hätte zu schreien oder sie zu rütteln, wäre sie bestimmt aufgewacht, aber sie wäre verärgert aufgewacht, und das sollte man besser vermeiden.

Joss war es eiskalt. Er ging wieder an den Tisch, strich mit dem Finger die letzten Reste aus der Schale mit dem Erdbeerbaumhonig und steckte ihn in den Mund. Er schmeckte gut, tröstete ihn aber nicht. Offenbar brauchte man Übung darin, im Honig Trost zu finden, eine Art Training.

73

Joss nahm eine kleine Scheibe Brot und hockte sich damit auf das Bett der Mutter, wo er anfing, es anzuknabbern, nicht weil er Lust gehabt hätte zu essen, die hatte er nie, sondern weil ihn das am Einschlafen hinderte, vor allem aber würde es Mama glücklich machen. Sie war immer so froh, wenn er endlich irgendetwas zu sich nahm, dass sie sich auch über die nächtliche Störung nicht ärgern würde, wenn sie ihn etwas essen sah. Ihm wurde noch kälter. Unter die Decke zu schlüpfen, wäre unendlich viel besser gewesen, als darauf zu sitzen, aber da würde er einschlafen.

»Kind, du bröselst mir das Bett voll«, murmelte sie schließlich. »Aber das freut mich, das heißt, dass du nicht krank bist.«

Sie lächelte ihn an. Sie streckte einen Arm unter der Decke hervor und streichelte ihm die Füße. »Es freut mich, dass du hier bei mir bist«, fügte sie hinzu. »Komm unter die Decke und lass mich schlafen, da wärme ich dich. Du bist ja eiskalt.«

»Das geht nicht«, erklärte Joss. »Wir müssen Inskay retten. Machen wir es so: Du gehst Inskay retten und ich bleibe hier im Bett. Draußen ist es kalt und ich habe Angst vor der Dunkelheit. Du musst aber sofort aufbrechen. Inskay geht es sehr schlecht.«

»Aber sicher«, gähnte seine Mutter. »Und wer ist denn Inskay? Ein neuer Goldfisch?«

»Inskay ist ein Zwerg. Er ist geflohen. Und er wird verfolgt«, versuchte Joss zu erklären. Das Grauen der erlittenen Verhöre überkam ihn wieder mit Macht und Tränen traten ihm in die Augen.

»Der Ärmste! Er muss schreckliche Angst haben!«, kommentierte seine Mutter mit schläfriger Teilnahme. »Welches der Ungeheuer, die unter deinem Bett hausen, verfolgt ihn? Das gestreifte oder das in Rosa?«

»Das in Rosa ist im Winter nicht da«, stellte Joss richtig. »Und dann ist Inskay nicht unter meinem Bett. Er ist mir im Schlaf in den Kopf gekommen.«

»Was für ein böser Traum!«

»Das ist kein Traum, das ist eine wahre Geschichte.« Joss konnte nicht erklären, was wirklich geschehen war, denn er hatte es ja selbst nicht begriffen. »Er ist aus einer Stadt geflohen, in der lauter böse Menschen leben. Alle böse, außer einem dicken Mädchen, das, glaube ich, wie du Honig isst«, gelang es ihm zu antworten. Der Name der Stadt war ihm entfallen. »Das ist ein Ort, wo die Menschen klettern wie die Spinnen.«

»Und sind es die Spinnen, die Inskay, den Zwerg, jagen?«

»Nein, die bösen Menschen. Wirst du ihn retten? Nimm das Heer mit und sei auf der Hut. Die sind sehr böse dort! Auch der Vater von dem dicken Mädchen und der, der komische Geschichten erzählt und Reime macht, sind böse, aber ich erinnere mich nicht, wie sie heißen.« Die Erinnerung an den Oberhenker und den Gaukler sowie an das, was sie Inskay angetan hatten, überwältigte Joss erneut, und wieder traten ihm Tränen in die Augen.

»Aber sicher!«, beschwichtigte seine Mutter und schloss ihn in die Arme. Sie zog ihn an sich und unter die Decke. Joss legte den Kopf in ihre Armbeuge. Dort war es ganz weich und warm. Die Augen fielen ihm zu.

»Jetzt?«, fragte er. Der Albtraum war zu Ende. Inskay würde bald Hilfe bekommen.

»Jetzt ist Nacht, die Pferde sehen im Dunkeln nichts und stolpern.« Seine Mutter war ein großartiger General und wusste alles über Heerführung. »Ich breche auf, sobald es Tag wird. Ich nehme die Kavallerie mit, die Infanterie, die Trommler, die Flötenspieler, den Dudelsackspieler und sämtliche Pagen. Ser

Anrico, der den Oberbefehl über das Heer führt, den Seneschall, der die guten Manieren befiehlt, Giada die Köchin, die die Küche befehligt, das sind dann drei Kommandanten, was im Krieg praktisch ist, und dann die Mundschenke, die Zauberkünstler, das Mädchen zum Silberputzen, wenn wir welche haben, die zwei Küchenmägde und sämtliche Standarten. Bist du zufrieden? Aber jetzt schlafen wir, nicht wahr?«

Joss nickte glücklich. Er schloss die Augen. Er hatte Inskay gerettet. Er war erschöpft.

Er fiel in einen tiefen Schlaf, der anfangs traumlos war, doch dann tauchten Fischlein darin auf, die nicht rot waren wie sein Goldfisch, sondern schwarz und in einem winzigen Teich schwammen, der inmitten von sehr grünem Gras auf einer unbekannten Hochebene unter einem riesigen Sternenhimmel lag. Da war ein Kind, das war kleiner als er, es saß am Rand des Teichs. Es war in Lumpen gehüllt, und die Sterne spiegelten sich in seinen Augen, und die waren nicht wie die Augen von Joss, sondern sie waren schwärzer als die Nacht und die Fischlein. Das Kind im Traum sah Joss aufmerksam an, als ob es sicher wäre, ihn wiedererkannt zu haben, und dann lächelte es ihm schüchtern zu.

Als Joss aufwachte, war es später Morgen. Er fühlte sich wohl, hatte kein Fieber und verspürte auch keinen Brechreiz, ja, er hatte sogar Hunger. Dieses Gefühl war ihm bisher unbekannt gewesen, offenbar hatte er es also durch Inskay kennengelernt. So kam ihm Inskay wieder in den Sinn. Der große Schlafraum seiner Mutter lag noch ganz im Dunkeln. Joss stand auf und spürte, dass ihm das rechte Knie nach wie vor wehtat. Mit klopfendem Herzen lief er zu dem großen Bogenfenster, das den Raum erhellte, schob mühsam die Vorhänge beiseite, stieß die Fensterläden auf und sah unter sich die dunkelgrünen, orange gesprenkelten Wipfel des königlichen Orangenhains, der in der Wintersonne leuchtete. Weiter hinten im Garten entdeckte er eine Gruppe Kavalleristen, die vor den Ställen exerzierten. Komisch, dass Mama nicht die ganze Kavallerie mitgenommen hatte. Unzulänglich ausgerüstet würde seine Mutter, die Königin, nicht nur Inskay keine Hilfe leisten können, sondern würde auch sich selbst und die Soldaten von Daligar in Gefahr bringen. Joss machte sich Sorgen, doch gleich darauf fiel ihm ein, was für ein Heerführer seine Mutter war, sie hatte die Menschenwelt vor der Invasion der Orks gerettet, und niemals würde sie eine solche Dummheit begehen. Glücksgefühl durchströmte ihn: Seine Mutter musste nach der Expedition schon wieder zurück sein. Inskay war in Sicherheit und im Warmen, wahrscheinlich sogar im Königspalast.

Joss lief aus dem Zimmer der Mutter. Atàcleto war auf seinem Posten, er saß dösend auf einer Bank, und als Joss vorbeikam, fuhr er hoch.

»Weißt du, wo Mama ist?«, fragte Joss munter wie ein Zeisig an einem Sommermorgen.

»Sicher. Die Königin ist im Audienzsaal.«

Joss sprang davon. Nur zwei Treppenabsätze trennten ihn von seiner Mutter und vermutlich auch von Inskay.

»He, du solltest dich anziehen«, rief Atàcleto ihm hinterher. »Es sind Botschafter da …« Aber in seiner Aufregung überhörte Joss das. In seinem Überschwang, erfüllt von Stolz und Genugtuung – im Grunde war ja er der Initiator von Inskays Rettung –, konnte den Jungen nichts aufhalten. Zum ersten Mal in seinem Leben gelang es ihm, zwei Treppenabsätze hinunterzulaufen, ohne zu stürzen, er bog in den Korridor ein und stolperte, konnte sich aber an einer Wand festhalten. Dann stürmte er zwischen den beiden Wachsoldaten, die vor dem Audienzsaal standen und versuchten, ihn aufzuhalten, hindurch. Die Flügel der Tür waren nur angelehnt und gingen nach innen auf; mit einem breiten Lächeln auf dem Gesicht platzte Joss in den Raum.

»Mama, hast du Inskay gerettet? Wo ist er?«

Seine Mutter stand an einem schweren dunklen Tisch, zusammen mit dem Seneschall und zwei hoch gewachsenen Gestalten in strengen schwarzen Gewändern und mit prachtvoll geschmückten Hüten, die den finstren Ausdruck ihrer Leichenbittermienen auch nicht mindern konnten. Joss erinnerten sie entfernt an die Friedhofswärter von Daligar.

Mama trug das Staatsgewand aus weißem Brokat, das sie, wie Joss wusste, aus ganzem Herzen hasste, weil es schwer war, aber weniger warm hielt als das aus guter Wolle, und weil die Goldborte am Hals kratzte. Außerdem war es eng und schnürte sie ein. Die Hofschneiderinnen hatten es schon mehrfach weiter gemacht, aber jetzt war einfach kein Stoff mehr übrig.

Vielleicht weil sie keine Luft bekam und es sie am Hals kratzte, wandte seine Mutter ihm ein verärgertes Gesicht zu. Der Seneschall ergriff das Wort.

»Prinz!«, rief er empört. »Aber wo sind denn Eure Schuhe?«

Joss hatte sich schon immer gefragt, warum Leute, die im Allgemeinen für klüger galten als er, wichtige Unterredungen mit dummen Fragen unterbrachen. Da man ihn aber zur Höflichkeit erzogen hatte, bemühte er sich, dem alten Mann zu antworten, und kramte in seinem Gedächtnis.

»Der eine ist, glaube ich, ich glaube, er ist… ja, er ist unter dem Bett, dort wo das gestreifte Ungeheuer ist, der andere…. mmmhm… der ist… ach ja… der ist vielleicht beim Kamin…«

Der finstrere der beiden Botschafter begann zu grinsen, was ihm allerdings auch kein gewinnenderes Aussehen verlieh, dann flüsterte er dem anderen etwas zu, der diese Sprache aber ganz offenbar nicht beherrschte, denn er hatte den betretenen Ausdruck dessen, der nichts verstanden hat. Mamas Gesicht erstarrte in einem eisigen Ausdruck.

»Und Eure Kleider?«, fuhr der Seneschall fort, der die Angewohnheit hatte, Fragen zu stellen und das Ende der Antwort dann nicht abzuwarten. »Ihr habt Pyjamahosen an! Was muss man denn nach dem Erwachen als Erstes tun?«, versuchte er, Joss zu ermahnen.

Ausnahmsweise einmal hatte die Frage einen Sinn.

»Pipi«, räumte Joss ein. »Ich habe es vergessen, und ich glaube, ich muss ganz dringend.«

»Oh nein«, war alles, was der Seneschall fast unhörbar herausbrachte, mit der untröstlichen Miene dessen, dem soeben die Katze gestorben ist. Oder der Goldfisch. Joss bedauerte es, dass er nun gar keine Tiere mehr hatte.

Die zwei Leichenbitter bogen sich jetzt vor Lachen, aber es war ein böses Gelächter, ohne jede Fröhlichkeit.

Seine Mutter schlug heftig mit der flachen Hand auf den Tisch und sofort trat völlige Stille ein.

»Meine Herren!«, rief sie ruhig und mit kalter Stimme, dann wandte sie sich wieder Joss zu.

»Ich kann jetzt nicht mit dir sprechen«, erklärte sie ihm bestimmt, aber auch sanft, der Ärger war aus ihrem Gesicht gewichen.

»Und Inskay?« Joss durfte nicht lockerlassen. Das war zu wichtig. »Du hast ihn gerettet, stimmt's? Ich bitte dich, ich kann nicht weggehen, bevor du es mir nicht sagst. Danach gehe ich und bin ganz brav.« In seiner Stimme zitterten Tränen, die er nicht mehr lang würde zurückhalten können.

»Prinz, Ihr könnt nicht...«, fing der Seneschall wieder an, aber die Königin unterbrach ihn mit einer Handbewegung.

79

Sie wandte sich Joss zu und brachte ein Lächeln für ihn zuwege.

»Inskay? Ja sicher. Sicher. Inskay, der... der Zwerg, nicht wahr? Inskay, der Zwerg ist... in Sicherheit. Sicher, in Sicherheit. Und jetzt geh.«

»Ist er hier?«, fragte Joss hoffnungsvoll.

»Nein, er ist nicht hier. Ich... siehst du... ich habe ihn zu sich nach Haus gebracht. Ein nettes Häuschen mit Blumen an den Fenstern. Jetzt geh«, versuchte seine Mutter, das Gespräch zu beenden.

»Inn unzerm Lant nix üplich, dass Frau König. Pei unz gip keine Kinter in Audienzsaal. Tas schicke sich nix«, sagte derjenige der beiden Leichenbitter, der die Landessprache beherrschte.

»Hierzulande dagegen kann eine Frau den Thron besteigen«, erklärte seine Mama ungerührt und eisig. »Daher gilt es auch nicht als unschicklich, wenn ein Kind in den Audienzsaal kommt. Im Gegenteil, es ist, wie soll man sagen, ein Garant dafür, dass die Zukunft gesichert ist. Meine Herren, Ihr hattet soeben die Ehre, meinen Sohn Yorsh kennenzulernen. Er trägt den Namen seines Vaters.«

Erleichtert lächelte Joss. Er begleitete die Vorstellung mit einer leichten Verbeugung. Die Tränen waren verschwunden, vielleicht waren sie in die Nase gewandert, Joss wusste nicht, wo sie blieben, wenn sie in die Augen traten und dann nicht herunterliefen, weil die Dinge sich geklärt hatten. Er drehte sich um und lief zur Tür. Endlich würde er Pipi machen können. Er legte die Hand auf die Klinke, aber im selben Augenblick kam ihm in den Sinn, dass Inskay in einem verschneiten Tal festsaß, das von einer unüberwindlichen Felswand abgeschlossen war. Er fragte sich, wie seine Mutter es bewerkstelligt hatte, ihn zu finden: War es ihr gelungen, die Felswand hinunterzusteigen, oder hatte Inskay sie gesehen und war ihr entgegengeklettert. Er drehte sich noch einmal um: »Wo hast du Inskay denn gefunden?«, fragte er.

Seine Mutter, die sich schon wieder den Botschaftern zugewandt hatte, drehte sich mit einem Seufzer noch einmal zu ihm um.

»Auf einer schönen Wiese voller Blumen«, antwortete sie. »In einem Orangenhain«, setzte sie verunsichert hinzu, als sie sah, wie er entsetzt die Augen aufriss. »Nein, es war kein Orangenhain. Ein Mandelwäldchen?«, schlug sie schließlich vor, weil Joss' Gesichtsausdruck von Verwunderung in Grauen umschlug.

Grauen und Verzweiflung.

Joss hatte das Gefühl, in eiskaltes Wasser gefallen zu sein. Er war noch nie in eiskaltes Wasser gefallen, er hatte den Ausdruck von Inskay gelernt. Alles wurde kalt und man bekam keine Luft. Er hatte keine anderen Worte, um das auszudrücken.

Seine Mutter hatte ihn belogen. Sie war nirgendwohin gegangen. Inskay war nicht unter Mandelbäumen: Er saß im Schnee fest und Lylin war noch immer in Gefahr.

Vom Königreich Daligar war keine Hilfe gekommen.

Seine Enttäuschung war groß, unaussprechlich groß.

Und er hatte nichts begriffen.

Wie immer.

Er war der Prinz aller Idioten.

»Du lügst«, konnte er hervorstoßen. Er weinte nicht einmal. Es wäre besser gewesen, die Welt wäre in diesem Augenblick untergegangen. Die Vorstellung, es könnte ein Fehler sein, seiner Mutter zu vertrauen, war eine Vorstellung von Weltuntergangsausmaß. Der Goldfisch hatte es gut, der war schon tot.

»Du lügst«, wiederholte er noch einmal. Nichts und niemand würden ihn mehr trösten können.

»Prinz!«, wies der Seneschall ihn leise zurecht. Es war kaum ein Flüstern. Der alte Herr war kreidebleich geworden und wankte.

»Herrin, Euer eikener Sohn hat Zweiffel an Eurem Vort...«, begann der sprachmächtige Leichenbitter, aber Joss hörte die Fortsetzung des Satzes nicht mehr. Er wandte sich um und lief aus dem Zimmer. Fast wäre er hingefallen, aber ausnahmsweise konnte er sich auf den Beinen halten.

Wieder schlüpfte Joss zwischen den beiden Türhütern hindurch und rannte los. An der Treppe angekommen, brach er endlich in Tränen aus, aber er lief immer weiter, bis er stolperte und längs hinschlug; da konnte er auch das Pipi nicht mehr halten und machte alles nass. Joss blieb auf den Stufen liegen, das Knie tat ihm immer ärger weh, dazu die Beschämung wegen der warmen Flüssigkeit, die ihm die Hosen nass machte und die Treppe hinunterlief. Er schlug die Hände vors Gesicht und drückte sie fest an, wie um die ganze Welt zu verscheuchen und ganz allein zu bleiben, nur er und seine Hände, die alles von ihm fernhielten.

Er hörte die schweren Schritte seiner Mutter und rührte sich nicht, ja, er schloss die Augen noch fester und drückte die Hände noch heftiger vors Gesicht. Mama war jetzt über ihm; sie umschlang ihn mit ihrem Arm und drückte ihn an sich. Man hörte das unverwechselbare Geräusch von platzenden Nähten.

»Hör auf zu weinen, mein Junge. Hör auf zu weinen, mein liebes Kleines. Dieses verdammte Kleid ist gerissen, aber das macht nichts. Auch diese beiden Geier von Botschaftern sind nicht wichtig. Ich ertrage es nicht, wenn du weinst.«

Joss hielt die Hände weiterhin fest vors Gesicht gepresst.

Wenn er standhaft blieb, würde sie vielleicht gehen. Sie hatte ihn belogen. Sie hatte Inskay seinem Tod überlassen.

»Hör auf zu weinen, mein Kind, hör auf. Es ist nichts passiert.« Mama hob ihn hoch und schloss ihn in die Arme.

»Rühr mich nicht an!«, schluchzte Joss. »Ich hab mich vollgepinkelt.« Er war empört darüber, dass seine Mutter sagte, es sei nichts passiert.

»Das macht nichts, das macht gar nichts, dieses verfluchte Kleid ist ohnedies hinüber. Besser so. Von heute an wird die Königin von Daligar zu den Staatsgeschäften in einer Kleidung erscheinen, in der sie atmen kann. Da ist ja schon der Seneschall, der mithilfe von Brokat die Würde des Landes repräsentiert.«

»Nein!« Joss versuchte, sich loszumachen. »Du hast Inskay im Schnee seinem Tod überlassen. Da ist überall nur Schnee. Ich weiß, was Schnee ist. Er ist abscheulich, man bekommt so kalte Füße, dass man sie nicht mehr spürt. Er wird sterben, und das wird deine Schuld sein«, rief er verzweifelt und hartnäckig, die Hände immer noch vorm Gesicht.

»Eine Vision?«, flüsterte seine Mutter. »Sollte er eine Vision gehabt haben?«

Auf der Stelle beruhigte sich Joss. Was immer das auch war, eine Vision schien jedenfalls etwas unendlich viel Glaubwürdigeres als ein Traum, entschieden verlässlicher als die Ungeheuer, die seit jeher unter allgemeiner Nichtbeachtung unter seinem Bett hausten.

»Warum nicht?«, fragte sich seine Mutter noch einmal nachdenklich. »Warum nicht? Ich habe Visionen oder hatte sie zumindest, deine Schwester Erbrow auch. Sire Arduin, unser Vorfahr… Warum nicht auch du? Wer hat denn gesagt, dass nicht auch du, wenigstens in einer Sache…«

Die Königin verstummte und verlor sich in ihren Gedanken.

»Ich glaube, du hast die Zukunft gesehen«, schloss sie ernst, bedeutungsvoll und aufmerksam, wie wenn sie von Erbrow oder Arduin sprach. »Was du gesehen hast, ist noch nicht geschehen und wird sich erst später ereignen, ich kann dir nicht sagen, wann. Es war alles undeutlich und alles war in eine Art Nebel gehüllt, nicht wahr?«

Joss fasste wieder Mut. Ausnahmsweise war einmal nicht von seiner Unfähigkeit die Rede.

»Nein, es ist gestern passiert, am ersten Wintertag des Jahres dreihunderteinundzwanzig nach der Befreiung Daligars durch Sire Arduin. Inskay ist aus einer Stadt geflohen, wo alles hoch ist«, erklärte er in einem Atemzug. »Und da ist kein Nebel, da ist Schnee. Er ist auf einen großen Baum gefallen, der aus der Felswand herauswächst, und dann ist er am Wurzelwerk hintergeklettert. Er ist geflohen, weil man ihn umbringen wollte. Da ist alles weiß, außer dem Schwarz der Krähen.«

Seine Mutter sah ihn leicht enttäuscht an, schüttelte den Kopf, dann umarmte sie ihn noch fester. Sie seufzte.

»Vielleicht eine andere Art von Wunder. Ich kann in die Zukunft schauen und du siehst einen anderen Ort. Lass mich nachdenken. Ich brauche einen Beweis, dass da ein Zauber vorliegt und dass es Inskay gibt. Etwas, was du nicht kennst, was aber in deiner Erzählung vorkommt. Der Schnee! Aber nein, du weißt doch, was Schnee ist. Letztes Jahr hat es in Daligar geschneit. Erinnerst du dich? Wir haben es geschafft, einen Schneemann zu bauen, bevor wieder alles schmolz. Und warte... Was hast du gesagt? Inskay ist geflohen. Alles Weiß und Schwarz. Joss, das ist ein Kinderreim! Das ist bloß ein Kinderreim. Ein Traum und ein Kinderreim. Ein Kinderreim, der einen Traum angeregt hat, zusammen mit der Erinnerung an den Schnee vom letzten Jahr!«

»Ein Kinderreim!« Joss war so empört, dass er die Hände von den Augen nahm, um seiner Mutter ins Gesicht zu schauen.

»Aber ja!« Seine Mutter lächelte. »Diese Liedchen, die die Mädchen beim Hüpfenspiel singen. Das ist ein Spiel: Man malt eine Figur auf den Boden, das ist das Orkhaus, aus dem muss man fliehen, und dabei wiederholt man immer dieselben Worte und macht immer dieselben Schritte. Warte, jetzt erinnere ich mich: *Dumdaradadumdumdadei, das Zwerglein packt's und flieht*... nein, warte, so war das nicht. Noch einmal: *Dumdaradadumdumdadei, das Zwerglein wird's schaffen und flieht*, oder so ähnlich, und dann... Da ist auch noch eine zweite Strophe mit Schnee und mit Krähen. *Dumdaradadumdumdadei, viel, viel Schnee wird da sein, alles schwarz und weiß.* Man malt das Orkhaus auf den Boden, das sind drei Quadrate auf der einen und drei auf der anderen Seite, und man hüpft vorwärts, um herauszukommen. Nein, warte, das Orkhaus war ein anderes Spiel. Hier wurde nur ein Quadrat auf den Boden gemalt. Ich habe das nie gespielt, ich kannte keine Kinderreime. Aber in dem Dorf Arstrid, wo ich aufgewachsen bin, habe ich die Mädchen auf der Straße spielen sehen. Das ist ein Spiel, Joss!«

»Ich spiele so was nicht, das ist was für Mädchen. Ich weiß ja, dass ich blöd bin und immer zu spät dran, aber so blöde Spiele spiele ich nicht.«

»Du bist nicht blöd. Ich will das nie wieder hören!«

»Aber es sagen doch alle«, entgegnete der Junge verzagt.

»Wer, alle?«, fragte seine Mutter. Ihre Stimme hatte einen scharfen Ton angenommen. »Wer wagt es, so etwas zu dir zu sagen?«

Joss schüttelte den Kopf.

»Sie sagen es nicht zu mir. Sie sagen es untereinander, wenn sie glauben, dass ich sie nicht hören kann.« Joss schaute seiner

Mutter ins Gesicht. »Ich höre eine Fliege auf der anderen Seite einer geschlossenen Tür, ich höre eine Raupe am Boden kriechen«, murmelte er. Er hatte lang gebraucht, bis er verstanden hatte, dass das eine außergewöhnliche Fähigkeit war. Vor allem war es ihm so seltsam vorgekommen, dass er in einer Sache der Beste von allen sein sollte, aber schließlich hatte er es annehmen müssen. Die Leute wollten ihn nicht beleidigen, sie waren überzeugt, dass er sie nicht hörte, sie flüsterten sich untereinander die Wahrheit zu. Er war der Minderbemittelte, der Zurückgebliebene. »Auch du hast mich heute wie einen Idioten behandelt. Glaubst du wirklich, ich wäre auf einen Kinderreim hereingefallen?«

»Ich habe dich nicht wie einen Idioten behandelt«, unterbrach ihn seine Mutter mit fester Stimme. »Ich habe dich behandelt wie ein Kind. Kinder können Träume nicht von der Wirklichkeit unterscheiden und das ist keine Dummheit. Ich habe nicht gesagt, du wärst auf einen Kinderreim hereingefallen, aber er ist in deinem Traum aufgetaucht, und das kann jedem passieren. Du hast diesen Kinderreim gehört wie alle, dann ist da der Schnee vom letzten Jahr, der dir in Erinnerung geblieben ist. Heute Nacht war dir kalt, und du hast von einem Zwerg geträumt, dem du den Namen Inskay gegeben hast. Joss, mein Schatz, ich hab dich lieb, ich kann nicht alles stehen und liegen lassen und dorthin ziehen, wo Schnee ist, in die Berge des Nordens oder vielleicht die Dunklen Berge, um Inskay zu suchen, die Kavallerie mitnehmen und Daligar ohne militärischen Schutz lassen. Es ist nichts passiert, Joss, niemand kommt zu Tode. Das war ein Traum, der von einem Abzählvers hervorgerufen wurde. Ich verzeihe dir, dass du wie ein Wilder in meine Audienz hereingeplatzt bist, ich habe dich so lieb, aber ich will nichts mehr von der Sache hören.«

Joss war erleichtert. Mama hatte ihm einfach nicht geglaubt;

andererseits war er ja nicht gerade berühmt dafür, sinnvolle und verlässliche Dinge zu sagen. Das war besser als denken zu müssen, es sei ihr egal gewesen. Das Problem war jetzt, wie man Inskay zu Hilfe kommen konnte. Er dachte daran, sich selbst auf den Weg zu machen, und die Vorstellung war niederschmetternd für ihn. Tatsächlich hatte ihn noch jede Vorstellung niedergeschmettert, jede Perspektive, die etwas anderes vorsah als zu Hause zu bleiben oder höchstens bei Atàcleto zu Hause. Joss wusste, dass sein Kopf, so klein und leer er sein mochte, enorme Mengen an Angst fassen konnte. Doch Inskays Grauen war so groß, dass sogar seine eigene Angst dagegen klein wurde. Wenn er seinen Bruder Arduin überzeugen könnte, ihn zu begleiten, würde er vielleicht den Mut finden, sich auf den Weg zu machen. Arduin wusste wahrscheinlich, welches die richtige Richtung war. Arduin wusste, wo die Orte lagen.

»Wie lang braucht man von hier bis dorthin, wo der Schnee liegt?«, fragte er. »Ich baue so gern Schneemänner, vielleicht können wir noch einen bauen«, setzte er schlau hinzu, um seine Mutter nicht misstrauisch zu machen. Während er das sagte, packte ihn eine Art Schwindel. Er hielt seiner Mutter etwas verborgen, ja, er belog sie. Zum ersten Mal in seinem Leben verspürte er ein Gefühl absoluter Einsamkeit, doch er ertrug es. Er würde helfen, Inskay zu retten. Wenn es weniger als ein halber Tag war, konnte er nach dem Frühstück losgehen und rechtzeitig zur Jause wieder zurück sein.

»Drei Wochen, so in etwa, zu den Bergen des Nordens. Etwas weniger zu den Dunklen Bergen. Mit einem guten Pferd, versteht sich. Zu Fuß doppelt so lang«, sagte seine Mutter, indem sie ihn absetzte und sich aufrichtete. »Komm, mein Sohn, gehen wir uns umziehen, alle beide, wie haben es nötig«, setzte sie hinzu und begann, die Treppe hinaufzusteigen.

Untröstlich trottete Joss hinter ihr her. Inskay war am Ende der Welt.

Irgendetwas musste er tun, aber er wusste nicht, was. Er dachte mit aller Macht an den Flüchtling, wie er es in der Nacht nicht getan hatte, als er mit seiner Mutter geredet hatte. Wenn er sich in Gedanken auf Inskay konzentrierte, tat ihm das Knie mehr weh, und die Füße wurden eiskalt, aber er hatte auch das Gedächtnis des anderen. Er würde etwas finden, um Mama zu überzeugen.

Atàcleto war noch immer auf seinem Posten.

»Ich bitte Euch, Herrin, verzeiht, es ist mir nicht gelungen, ihn aufzuhalten.«

Die Königin tat das Thema mit einer Handbewegung ab, weder zu streng noch zu nachsichtig.

»Hat er die Audienz mit den Botschaftern gestört?«, wagte Atàcleto zu fragen.

»Sagen wir, er hat sie denkwürdig gemacht«, antwortete die Herrscherin. »Es wäre auf jeden Fall eine erfolglose Audienz gewesen, sie waren in der Absicht gekommen, sich auf nichts zu einigen und in keinem Punkt nachzugeben. Sie sind nur hierhergekommen, um zu sehen, was für Gesichter wir haben, und im Tausch dafür haben wir ihnen etwas sehr Lustiges zum Erzählen mitgegeben. Das ist nicht schlimm. Wir haben ihnen einen Eindruck vermittelt, den sie für absolute Schwäche halten, aber sie sind zu weit weg, um mit einem Angriff zu überprüfen, ob dieser Eindruck stimmt. Sie kommen aus dem Südosten, aus dem entferntesten Teil der Unbekannten Welt, die das vielleicht besser auch geblieben wäre, ein schöner schwarzer Fleck auf der Landkarte, und Gute Nacht. Zwischen den Orks und uns liegt jedenfalls Varil, das nie irgendjemandem den Eindruck von Schwäche vermitteln wird und alles von uns fernhält. Wir haben

88

bloß eine lächerliche Figur gemacht, das wird nicht das letzte Mal gewesen sein. Jetzt ziehe ich mich um und gehe die beiden Geier verabschieden. Ihr geht Euch nur ausruhen, Atàcleto. Ihr werdet müde sein, und Eure Mutter macht sich Sorgen, wenn Ihr so spät kommt.«

Der junge Mann wurde rot. Sogar Joss hatte begriffen, dass er kein echter Rekrut war, nicht so wie alle anderen. Er brauchte beide Hände, um das Schwert zu ziehen, mit dem Bogen war er eine Gefahr für die Allgemeinheit, und jedes Pferd, das größer war als ein Pony, jagte ihm schreckliche Angst ein. Aber er war Sohn einer Witwe, hatte drei jüngere Schwestern, und der Sold eines Rekruten war gut, so war er angenommen worden, und man hatte für ihn diese Aufgabe ersonnen, des Nachts einen Korridor zu bewachen.

»Alyil«, rief Joss schließlich. Seine Füße waren so kalt geworden, dass ihm der Boden lauwarm erschien. »Die Stadt, aus der Inskay geflohen ist. Da ist ein böser Mensch, der mit den Orks gemeinsame Sache macht. Er heißt… er heißt Verwaltungsrichter, aber ich weiß nicht, ob das sein eigentlicher Name ist. Siehst du, es ist alles wahr, es ist kein Traum.«

Seine Mutter wandte sich um und sah ihn an. Es war ein direkter Blick ohne jedes Lächeln.

»Ich will von dieser Geschichte nichts mehr hören«, sagte sie hart. »Sogar du hast den Namen des Mörders deines Vaters und der Stadt, in der er lebt, nicht aus deinem Gedächtnis löschen können, aber ich befehle dir, ihn in meiner Gegenwart nie wieder zu erwähnen. Ich will dich zusammen mit deinen Geschwistern auf der Freitreppe sehen, ihr sollt den Botschaftern die Ehre erweisen, also geh dich jetzt anziehen.«

»Mir tut das Knie weh!«, brüllte Joss ihr hinterher, während sie in ihr Zimmer trat. »Es tut mir weh, weil es Inskay auch wehtut.«

»Joss, dein Knie tut dir weh, weil du hingefallen bist. Hör auf, Blödsinn zu reden.« Seine Mutter hatte völlig die Fassung verloren und das war schlimm. Hätte sie sich darauf beschränkt, wütend zu werden, und es dabei bewenden lassen, wäre das nicht weiter schlimm gewesen, aber wenn sie wütend wurde und es dann bereute, bekam sie ein schuldbewusstes und zerknirschtes Gesicht und bat tausend Mal um Entschuldigung. Und das war unerträglich.

Und dann war da immer noch Inskay. Allein. Im Schnee. Im Herzen seine Leute, die ausgelöscht werden würden, seine Tochter, die vielleicht durch seine Schuld ums Leben kommen würde.

»Es ist nichts, Joss, du musst nicht weinen. Es ist alles in Ordnung«, versuchte Atàcleto, ihn zu trösten, nachdem die Königin sich entfernt hatte, zwischen den Worten zog er die Nase hoch. »Ich helf dir, dich anzuziehen, und dann bitte ich die Königin um Erlaubnis und nehm dich mit zu mir nach Hause, da kannst du mit meinen Schwestern spielen, magst du?«

Die Schuhe waren wirklich unter dem Bett und beim Kamin. Atàcleto suchte sie zusammen und begann, Joss Pyjamahemd und -hose auszuziehen.

Theoretisch hatten die Königskinder von Daligar eine Kinderfrau, nämlich Parzia, die Mutter von Atàcleto und Hebamme der Stadt, aber sie war immer so beschäftigt und außerdem hatte sie ja ihre drei kleinen Mädchen zu versorgen. Seitdem Erbrow und Arduin selbstständig waren, hatte Parzia sich immer mehr zurückgezogen, und Joss blieb mit all seinen Ängsten, seinen Tränen und seinem Bauchweh Arduin und dann Atàcleto überlassen. Dank seiner jüngeren Schwestern hatte der angehende Soldat beträchtliche Übung im Kinderhüten, vor allem aber war das bei ihm echte Berufung. Er mochte diese Arbeit, das war für ihn nicht nur die Gelegenheit, ein paar Groschen nach Hause zu bringen. Er hatte Joss aufrichtig lieb und der Königin Mutter war er vollkommen ergeben. Er wäre stolz gewesen, für sie zu kämpfen, wenn er nur das Schwert aus der Scheide gebracht hätte; unterdessen erschien es ihm eine mehr als dankbare Aufgabe, ihrem Sohn die Tränen zu trocknen.

»Siehst du, meiner Meinung nach hat deine Mutter recht. Entschuldige, aber ich habe euch auf der Treppe gehört… Es ist ein Kinderreim, Joss, auch meine Schwestern singen ihn. Jetzt erinnere ich mich gerade nicht, aber es ist so was in der Art. Du hast ihn gehört, und er ist in deinem Traum aufgetaucht, ein wunderschöner Traum, großartig, schrecklich, aber es ist ein Traum. Träume erscheinen uns manchmal wie wahr, und vor allem…«

»Ich kannte diese Namen nicht«, unterbrach ihn Joss. »Mein Vater ist vom Verwaltungsrichter ermordet worden? Mir hatte das nie jemand gesagt! Das ist der Beweis dafür, dass Inskay existiert.«

»Joss, hier bei uns ist mindestens einmal am Tag die Rede vom Verwaltungsrichter. Du achtest nicht auf das, was die Leute sagen, wenn sie sich nicht direkt an dich wenden, aber es ist völlig ausgeschlossen, dass du die Königin und den Seneschall nicht einmal über… über deinen Vater hast reden hören… und darüber, wie er gestorben ist. Vielleicht hat Erbrow es dir erzählt, oder sie hat es Arduin erzählt, während du daneben saßt, sie war dabei… als es passierte. Du… du erinnerst dich nicht an die Dinge, aber manchmal tauchen Sachen, die wir gehört haben und an die wir uns nicht erinnern, im Traum auf.«

Joss' Geist arbeitete unter Hochdruck. Der Verwaltungsrichter war der Mörder seines Vaters und von Inskays Bruder. Er und die Zwerge hatten einen gemeinsamen Todfeind.

Atàcleto zog Joss das Festgewand an, die schwarze Samthose, putzte ihm die Schuhe, versuchte, die wirre Masse der kastanienbraunen Locken zu kämmen. Und er redete ununterbrochen. »Auch mir… ist das schon passiert… ein Stück von einer Geschichte hier, ein anderes Stück da… all das wandert in die Träume. Und am Morgen ist es dann nicht leicht, sich zu erinnern, dass es ein Traum ist, vor allem wenn man… wenn man…«

»Blöd ist?«, fragte Joss voller Groll. »Zurückgeblieben und blöd?« Er und die Zwerge hatten einen gemeinsamen Todfeind, und statt etwas zu unternehmen, wussten alle nichts Besseres zu tun, als Schwachsinn zu erzählen.

»Klein. Ich wollte sagen, wenn man klein ist, ein Kind.«

Atàcletos Stimme war sanft und vernünftig. Untröstlich hörte Joss zu. Ihn beschlich der Verdacht, dass die anderen recht haben könnten, und seine Gewissheit, dass Inskay genauso wirklich war wie er selbst, wie Daligar, wie seine Mutter und seine Geschwister, geriet ins Wanken. Seine Gewissheit war wie die Bäume im Herbst: Zuerst wurde ein Blatt gelb und löste sich ab, doch dann wurden sie alle eins nach dem anderen vom Wind der Ungewissheit und des gesunden Menschenverstands davongeweht. Es war ein Traum gewesen.

Und außerdem, wann war es denn je vorgekommen, dass er mehr verstand als die anderen, wie konnte es sein, dass er recht hatte und die anderen unrecht? Seine Mutter, Atàcleto, der Seneschall, sie waren die Weisen und Klugen, er war er. Joss erinnerte sich daran, wie er in den Audienzsaal gestürzt war, und die Tränen traten ihm in die Augen. Er suchte nach den beiden Knöpfen, mit denen Atàcletos Schulterklappen verschlossen waren: Darauf war ein Stern abgebildet, der ihm sehr gefiel und ihn immer beruhigte. Als sein Blick darauf fiel, riss er die Augen vor Verwunderung weit auf, der Atem stockte ihm.

»Deine Knöpfe!«, stammelte er.

»Was ist mit meinen Knöpfen?«, fragte Atàcleto.

»Das ist gar kein Stern. Das sind zwei quer übereinandergelegte Quadrate. Und sie sind aus Bronze, während die Basis des Knopfes aus Messing ist! Eine schöne Arbeit und eine gute Legierung«, schloss er.

»He, ich hab gar nicht gewusst, dass du Bronze von Messing unterscheiden kannst. Das ist schwierig, wirklich schwierig!«, rief Atàcleto begeistert. Er suchte immer nach Beweisen dafür, dass Joss gar nicht so viel anders war als die anderen, und ausnahmsweise schien er einmal recht zu haben.

Joss hatte noch nie eine Ahnung davon gehabt, was Bronze und was Messing war. Und auch nie eine davon, wie die Figur des Sterns zusammengesetzt war. Gewöhnlich war er derjenige, der nichts unterscheiden konnte, wo andere die Dinge erkannten.

Er lenkte den Blick auf Atàcletos Rüstung, dann auf die Schlaufen seines Hemds. Jede einzelne Riefelung der Rüstung, jeder Faden im Gewebe wurde in jeder Einzelheit sichtbar. Joss sah Atàcletos Augen an: Er hatte die Iris immer als einen einzigen grünlichen Fleck gesehen, jetzt entdeckte er da plötzlich eine Myriade von sternförmig angeordneten zuckenden, winzigen Pinselstrichen, jeder in einem eigenen Farbton. Eine Weile war Joss wie gebannt. Die Welt war viel schöner, klarer, war von einer absoluten, verzehrenden Schönheit.

Inskay existierte. Zunächst hatte Joss nur sein Gedächtnis gehabt. Jetzt hatte er auch seinen Blick.

Da war kein Zweifel möglich.

Der Kinderreim kam ihm in den Sinn. Die Gewissheit, ihn nie zuvor gehört zu haben, war ebenso unumstößlich wie jene, dass Inskay kein Traum gewesen war. Andererseits erzählte der Kinderreim das, was geschehen war. Wenn dieser Kinderreim existierte und allgemein bekannt war, dann wusste er, Joss, vielleicht nicht als Einziger von Inskay.

»Wenn ich brav bin, nimmst du mich dann mit zu dir nach Hause?«, fragte er.

»Aber sicher!«, versicherte Atàcleto befriedigt. »Wir fragen die Königin. Sie sagt bestimmt Ja.«

»Und deine Schwestern kennen den Kinderreim? Den vom Zwerg?«, fragte Joss. Atàcleto nickte.

»Ja, ja, sie kennen ihn. Die Kleinere spielt immer dazu, aber auch die Größeren haben das früher getan.«

Womöglich hatte Joss einen Weg gefunden.

Die Freitreppe des Königspalasts, die auf den Marktplatz ging, stammte noch aus der Zeit Arduins. Wie der Rest der Stadt war sie aus roten Ziegelsteinen errichtet worden und sie war gewaltig. Jahrzehntelang wurde sie nicht benutzt. In seinem fieberhaften Drang, alles zu zerstören und neu aufzubauen, hatte der Verwaltungsrichter eine der Seiten des Palasts zur Hauptfassade gemacht, sodass wer hier ein- und ausging, nicht den Markt mit seinen Verkaufsständen von Orangen- und Hühnerhändlern vor sich sah. Die gewaltige Treppe war ganz von Efeu überwuchert, und die Bevölkerung nutzte sie als Sitzgelegenheit im Sommer, um den Schatten zu genießen, im Winter, um etwas von der Wärme vom Königspalast abzubekommen.

Die Königin Hexe hatte dann die ursprüngliche Ordnung wiederhergestellt.

Jetzt war die Freitreppe der Ort, wo Gäste offiziell begrüßt oder verabschiedet wurden. Die Königskinder standen auf den drei obersten Stufen, hinter ihnen drängten sich die anderen Kinder das Palasts, die Kinder aller, die hier arbeiteten, vom Koch bis zum Küchenjungen, von den Ratsherren bis zu den Wachsoldaten. Insgesamt etwa dreißig Kinder, zweiunddreißig, um genau zu sein, wenn keines krank war. Die Königin Hexe mochte es, dass sie dabei waren, auch bei offiziellen Anlässen. Um daran zu erinnern, so sagte sie, dass die Kinder die Zukunft eines Volkes sind, Garant für sein Fortbestehen und seinen Traum, jenen Traum, den jedes Volk träumt, dass, was kommt, besser sein wird als das, was bisher war.

Weiter unten standen all jene, die im Palast arbeiteten, die besser Gekleideten vorn, die anderen weiter hinten. Jedoch alle, selbst die Küchenmagd, im Festtagsstaat, um einen besseren Eindruck zu machen.

Nach außen etwas darzustellen oder besser dazustehen, als man wirklich ist, das war der maßgebliche Streitpunkt der wiederkehrenden Diskussionen zwischen der Königin und dem Seneschall. Im Gedenken an die Belagerung von vor neun Jahren hatte die Königin von Daligar für Vorratshaltung gesorgt. Anstelle von Eichen und Weiden waren Orangen-, Apfel- und Nussbäume gepflanzt worden; anstelle von Glyzinien Bohnen. Die Taubentürme oben auf den Häusern waren stets gut gefüllt, und Tauben- und Möwenschwärme lösten sich auf den dreihundert Pfählen ab, die ringsum auf den Stadtmauern aufgestellt worden waren. Hühner gackerten friedlich auf den Straßen, wodurch alles wirkte wie ein riesiger Bauernhof, eine Ähnlichkeit, die der Königin ebenso wenig entging wie dem Seneschall. Sie fand sie beruhigend, während ihm die Haare zu Berge standen, sooft er das sagte.

Auf dem Platz hatten die Soldaten der Stadt in zwei Flügeln Aufstellung genommen, in der Mitte dazwischen standen die Königin, der Seneschall und Ser Anrico, der Oberbefehlshaber der Truppen. Außerhalb des linken Flügels standen Flötenspieler, rechts davon die Dudelsackspieler.

»So wirkt das alles kultivierter, weniger plump«, erklärte der Seneschall.

»Sicher, so sind sie geblendet von dem Glanz und merken nicht, dass unser Heer bloß ein Klacks ist«, ergänzte Ser Anrico.

Die Zeremonie hatte einen genau festgelegten Ablauf: Die Gäste traten aus dem Palast und schritten die Treppe hinunter, während die Königin, der Seneschall und Ser Anrico sie unten erwarteten. Es gab das Abschiedszeremoniell, dann fing die Musik an zu spielen, woraufhin die Gäste sich durch die Menge hindurch entfernten. Diese hatte niemand zusammengerufen, sie fand sich von selbst ein, sobald die Musiker Aufstellung nahmen. An diesem Morgen war Markt und daher war mehr Volk versammelt als üblich.

Als Joss außer Atem an der Hand von Atàcleto daherkam, waren seine beiden Geschwister schon auf ihren Plätzen. Sein Bruder Arduin stand auf der zweiten Stufe und Erbrow auf der dritten. Ihn stellte man auf die oberste Stufe, damit ihre Köpfe mehr oder weniger auf gleicher Höhe waren.

»Für den schwachsinnigen Sohn der Königin die Amme spielen – eine schöne Art, seinen Dienst zu leisten!«, raunte ein Soldat mit großem Schnurrbart seinem Nachbarn zu, der daraufhin kicherte. Sie standen weit entfernt, im mittleren Teil des rechten Flügels. Joss hörte sie und das war wie ein Schlag ins Gesicht. Zu den Dingen, die er am meisten auf der Welt hasste, gehörten die Silben des Ausdrucks »der schwachsinnige Sohn der Königin«. Und auch die Beleidigung Atàcletos tat ihm weh.

Scharenweise Fremde waren wegen des Markts nach Daligar gekommen. Joss konnte sogar die Klagen einer kleinen Alten hören, die am hinteren Ende des Platzes saß und aus der Hand las. Sie schimpfte vor sich hin, dass die Welt knauserig geworden sei, keiner wolle mehr sein Schicksal wissen. Neben ihr zischte der Feuerschlucker giftig den Hundedresseur an, dass er das Herz der Vorstellung sei und daher besser bezahlt werden wolle. Der andere entgegnete ihm, jeder Idiot könne Feuer schlucken, hingegen einen Hund dazu zu bringen, auf den Hinterbeinen zu laufen, dafür brauche es Genie. Der Feuerschlucker sagte etwas, was Joss nicht verstand und was mit dem Beruf der Schwester und der Mutter des anderen zu tun haben musste, dann begann die Tänzerin, die zu ihnen gehörte, das Tamburin zu schlagen, und das übertönte das weitere Gespräch.

»Kennst du den Kinderreim mit dem Zwerg?«, fragte Joss Erbrow.

»Ich spiele solche Spiele nicht«, erwiderte sie abfällig. Erbrow war ja ein liebes Mädchen, aber das Alter hatte sie verdorben. Seitdem sie zehn Jahre alt geworden war, verhielt sie sich schnippisch und unerträglich.

»Brüderchen, was fällt dir ein?«, griff ruhig und sanft sein Bruder Arduin ein, der auch ein lieber Junge war, aber schon seit jeher, schon seit frühester Kindheit, verdorben, da besessen von der Idee, dass die Welt eine Logik haben müsse.

Endlich erschienen die zwei Botschafter.

»Ist das die Königin? Die sieht ja aus wie eine Köchin. Ihr gebt euch mit wenig zufrieden hierzulande«, bemerkte jemand in einer Gruppe weiter unten, versteckt hinter den Zitronenbäumchen, die die Treppe schmückten.

Joss sah seine Mutter an, unten auf dem Platz. Sie trug ihr übliches braunes Wollkleid, das Joss so sehr mochte, weil es weich war und es am Rock solche Zöpfe hatte, die an Baumstämme im Wald erinnerten.

»Sie hat den Krieg gegen die Orks gewonnen«, gab jemand anders erzürnt zurück. »Als alle geflohen waren und die Orks uns belagerten, da war es jene Königin, die uns gerettet hat. Wo zum Teufel wart ihr denn, als wir kämpften? Jenseits der Berge des Nordens, wo die Orks nie hingekommen sind, weil sie sie aufgehalten hat.«

»Sie muss sie aufgefressen haben, die Orks«, sagte kichernd die Stimme von vorher. »Und wo habt ihr denn eine Winde gefunden, um sie aufs Pferd zu hieven, und wo ein Pferd, das sie trägt…«

Beleidigungen seiner Mutter wie auch die seiner eigenen Person hatten immer dazu geführt, dass er sich klein fühlte, dann stolperte er den ganzen Tag lang noch mehr und erinnerte sich an noch weniger als sonst. Alles in allem betrachtet, war seine Fähigkeit, alles zu hören, ein Fluch. Wenn er weniger hörte, würde er vielleicht mehr verstehen.

Im Festtagsstaat auf der obersten Stufe der Freitreppe von Daligar stehend, spürte Joss ein merkwürdiges Gefühl in sich aufsteigen: zusammengebissene Zähne. Hitze. Kurzer Atem.

Das war Wut. Wie bei Arduin.

Wie bei Inskay.

Joss hatte noch nie Wut empfunden.

Er versuchte herauszufinden, wer es war, der seine Mutter beleidigt hatte. »Kannst du einen Menschen in einen Kakerlaken verwandeln?«, fragte er seine Schwester Erbrow im blauen Samtkleid, das die Mutter ihr geschenkt hatte. Wieder verloren sich Joss' Augen im Stoff und entdeckten daran jeden einzelnen Faden, jede Farbnuance. Er schaute Erbrow ins Gesicht und sah ihre Augen so klar wie noch nie. Sie schüttelte den Kopf.

»In einen Frosch? In eine Maus?«, schlug Joss noch vor.

»Bruder, sei jetzt still«, flüsterte Arduin den beiden zu. »Das ist nicht der Augenblick.«

»Aber was für eine Hexe bist du denn dann?«, beharrte Joss. »Kannst du gar nichts? Warum hasst dich ein Haufen Leute, wenn du gar nichts kannst?« Er war gefährlich laut geworden. Einer der beiden Leichenbitter warf ihm einen bösen Blick zu, der ihn zum Verstummen brachte. Im Audienzsaal hatte er das nicht bemerkt, aber jetzt sah er das feine Netz von parallelen Narben, das beide auf den Wangen trugen. Die waren zu präzise gezeichnet und vollkommen gleich in Länge und Position, sie mussten vorsätzlich erzeugt worden sein. Die Vorstellung, dass man sich vorsätzlich selbst verletzen konnte, erschütterte ihn. Er hielt dem boshaften Blick des anderen stand wie das Mäuschen vor der Schlange, am liebsten aber hätte er sich verkrochen.

Seine Mutter hatte die Szene von unten beobachtet.

»Wer die Regel erfunden hat, dass man Botschafter nicht mit Fußtritten traktieren darf, hat diese zwei nie kennengelernt. Noch ein solcher Blick zu meinem Sohn hinüber, und ich schwöre, ich bringe sie um«, bemerkte sie finster.

»Herrin, ich bitte Euch«, erwiderte der Seneschall.

»So lasst die Kinder doch endlich einmal in Frieden, die kommen schon allein zurecht«, zischte Anrico.

»Warum hassen mich so viele Leute? Gute Frage«, sagte Erbrow, als die beiden Botschafter an ihr vorüber waren. Sie hatte mit Arduin den Platz getauscht, um näher bei Joss zu sein. »Ich kann Wunden heilen, wenn sie nicht zu schwer sind, auch wenn das für mich schrecklich anstrengend ist. Ich kann das aber nur bei Wunden, weil… nun, weil in meinem Kopf völlig klar ist, was ich zu tun habe, ich muss dafür sorgen, dass die Dinge wieder so werden wie vorher, ich weiß, wie sie vorher waren: Die Haut war glatt, das Blut blieb drinnen, die Knochen waren heil. Wenn jemand krank ist, kann ich ihn nicht heilen. Ich weiß nicht, was tun, ich weiß nicht, wo man ansetzen muss.

Es gelingt mir nicht einmal bei Fieber, auch wenn unser Vater mich kuriert hat, wenn ich welches hatte. Das ist ein Verhängnis. Nicht dass ich nicht will, ich kann einfach nicht. Jedes Mal, wenn jemand krank wird, hoffen die Leute, dass ich ihn heile, und sie hassen mich, weil ich es nicht kann.«

»Das stimmt!«, erinnerte sich Joss betrübt. »Du hast so und so oft meinen Kopf berührt und ich bin trotzdem dumm geblieben. Das heißt«, setzte er hastig hinzu, weil er den Kummer in den Augen der Schwester sah, »einer, der sich an nichts erinnert. Hör mal, mir tut das Knie weh. Kannst du machen, dass es vergeht?«

Erbrow beugte sich hinunter und legte ihre Hände um das Knie des Bruders. Joss fühlte die Wärme der Hände, aber sonst nichts. Der Schmerz war nicht seiner, er gehörte Inskay.

Von jenseits der Orangenbäume, die den Platz säumten, drang eine Stimme herüber.

»Die Königin von Daligar ist eine Hexe, hast du das gewusst?« Es war derselbe Mann wie vorher, der aus dem Norden. »Angeblich hat sie ihren Mann umgebracht, aber die Götter haben sie dafür gestraft. Es heißt, eins ihrer Kinder sei ein untergeschobenes Kind.«

»Untergeschoben?«, fragte ein anderer.

»So nennt man das. Es beherrscht die einfachsten Dinge nicht, die jeder Normale kann. Man sagt, die Seele eines solchen Kindes ist bei der Geburt gegen die eines Teufels ausgetauscht worden.«

Joss hatte ja schon viel über sich selbst gehört, das aber noch nie. Dumm zu sein war eine Schuld? Der Beweis dafür, dass seine Mutter böse war?

»Es ist schließlich kein Vergnügen, blöd zu sein«, murmelte er empört. Und seinen Vater, hatte den nicht dieser andere Kerl da umgebracht, den man Verwaltungsrichter nannte?

»Der Verwaltungsrichter sollte der eigentliche Herrscher dieser Welt sein«, flüsterte noch jemand, dann setzte glücklicherweise die Musik ein, und Joss hörte nichts mehr. Er fragte sich, was diese ganzen Reden zu bedeuten hatten. Nicht er hatte unrecht, weil er wenig begriff. Die anderen hatten unrecht und sagten grausame Dinge.

Auch dies, dass nämlich die anderen falschliegen konnten, war ein neuer Gedanke. Er war ganz entzückt davon, so sehr gefiel er ihm, und er fragte sich, warum er nicht schon früher darauf gekommen war.

Die Musik begleitete die beiden Botschafter, unter deren abschätzigen Blicken der Feuerschlucker eine Flammenkaskade ausspie, der Dompteur seine beiden Hündchen auf den Hinterbeinen laufen ließ, die Tänzerin Pirouetten drehte, und außer den Tamburins klingelten auch die Glöckchen, die sie an den Handgelenken trug, festgebunden mit geflochtenen bunten Wollfäden; Joss konnte oben von der Treppe aus die einzelnen Zöpfchen erkennen.

Als die Botschafter endlich am Haupttor von Daligar angelangt waren und auf der Zugbrücke den Dogon überquerten, verebbte die Musik, erstarb in einem Wirr-Warr von Tönen, und einzelne Stimmen wurden wieder laut. Gleich würde jeder seiner Wege gehen, und Joss und seine Geschwister waren dazu verdammt, zusammen mit dem Seneschall in die Bibliothek zu gehen, der zu ihrem höchsten Leidwesen der einzige Mensch in Daligar war, der als Hauslehrer für sie fungieren konnte.

Die Alte am hinteren Ende des Marktes hatte es aufgegeben, die Hand lesen zu wollen, da niemand sein Schicksal kennenlernen wollte.

»Wer will eine Geschichte hören?«, fragte sie klagend. »Eine schöne Geschichte, wie ihr sie noch nie gehört habt. Ich kenne sämtliche Geschichten der Menschenwelt. Ich kann auch aus der Hand lesen. Ich kenne die Zukunft. Ich weiß alles. Für einen halben Soldo sage ich euch alles.«

Joss zuckte zusammen. Vielleicht war die Alte seine Chance, die Möglichkeit zu erfahren, ob außer ihm irgendwer die Geschichte von Inskay kannte, aber er musste sich beeilen, der Seneschall begann schon, die Treppe hinaufzusteigen. Jeden Augenblick würde er bei ihm sein, ihn anschauen und seufzen, wie jedes Mal wenn er ihn ansah, und würde den Satz sagen: »Nur Mut, Prinz, vorwärts, vielleicht gelingt es mir ja heute, Euch etwas beizubringen!«

Joss sah die Treppe hinunter und über den Platz, der ihn von der Alten trennte. Er würde eine Menge Stufen hinunterlaufen müssen, und es war nicht wahrscheinlich, dass er das schaffte, ohne auch nur einmal, womöglich zweimal hinzufallen, dann musste er zwischen den Ständen des Trödlers und des Eisenwarenhändlers durch bis zum Wursthändler und zum Verkäufer von Orangen- und Rosenwasser, wobei er eine scharfe Kurve nehmen musste, was mindestens einen Sturz bedeutete. Er würde das niemals schaffen. Dann fiel ihm ein, dass es mit dem Gleichgewichtssinn sein konnte wie mit dem Knie und dem Gedächtnis. Vielleicht wenn er ein paar Augenblicke lang fest an Inskay dachte, würde er wenigstens in einer Sache so sein wie Inskay.

Joss konzentrierte sich mit aller Macht auf die Bewegungen des Bergarbeiterzwergs, der von Wurzel zu Wurzel hinunterkletterte und keinen Tritt verfehlte.

Er stürzte die Treppe hinunter, am Seneschall vorbei, der eben heraufstieg, und an der Mutter, die unten stand. Er fiel nicht hin. Für einen, der sein Leben auf den Steigen in Bergwerken zugebracht hat, war es nicht schwer, die Stufen hinunterzulaufen, aber der Schmerz im Knie entlockte ihm ein Stöhnen. Schmerz hatte Joss immer aufgehalten, jede Art von Schmerz: Kopfweh, Magenschmerzen, der kleinste Stoß hielt ihn auf. Stillhalten war der Normalzustand bei ihm, nur selten gab er diesen auf, nur in sehr wenigen Augenblicken, wenn er sich wirklich sehr wohlfühlte. Zum ersten Mal in seinem Leben ließ Joss sich nicht aufhalten. Er rannte aus Leibeskräften wie noch nie, beim Stand des Trödlers schlug er einen Haken, der ihm noch einmal einen Stich im Knie versetzte, und er musste sich an den Gedanken an Lylin klammern, um nicht einzuknicken. Bei der Alten angelangt, konnte er nicht rechtzeitig haltmachen und landete praktisch auf dem Schoß der Bettlerin, sie saß auf einer Decke, die aus vielen verschiedenen Stoffstücken zusammengenäht war wie ihr Kleid. Sie musste lachen.

»Hallo, alles in Ordnung? Bist du ein Junge oder ein Mädchen?«

Joss fand die Frage eigentümlich von einer, die vorgab, alles zu wissen. Er schaute ihr ins Gesicht, um zu antworten. Was er sah, erschreckte ihn. Die Augen der alten Frau waren weißlich und trübe, verloren im Nichts, wie nicht einmal bei den Ungeheuern unter seinem Bett. Joss erstarrte und unterdrückte ein Stöhnen.

»Nein, ich bitte dich, erschrick nicht. Ich bin nur blind. Ich bin so auf die Welt gekommen. Ich kann nichts sehen. Das kommt vor, ist aber nichts, wovor man Angst haben muss.«

Joss hatte keine Angst. Inskay hätte auch keine Angst gehabt.

»Kennst du die Geschichte von einem Zwerg?«, fragte er. »Er ist geflohen. Da ist sehr viel Schnee und da sind Krähen.«

»Das ist keine Geschichte, das ist ein Kinderreim. Ich erzähle keine Kinderliedchen. Sie sind langweilig, immer dasselbe. Man kann nichts daran ändern, kein einziges Wort, jedes Mädchen kennt sie auswendig.«

»Ich bin kein Mädchen«, protestierte Joss. Blöd, ja vielleicht, aber kein Mädchen.

»Ich lese dir aus der Hand!«, schlug die alte Frau vor. »Hast du einen halben Soldo?«, fragte sie. Doch dann, ohne die Antwort abzuwarten, die er nicht geben konnte, weil er keine Ahnung hatte, was ein ganzer Soldo ist, geschweige denn ein halber, nahm sie seine kleine Hand in ihre alten, runzeligen Hände. Fasziniert sah Joss ihr zu.

»Ho, was für ein langes Leben, voll von allem. Reichtum. Ho, du wirst alles haben, eine ganz große Liebe, und du wirst reich sein.«

Ein Schatten fiel auf Joss. Der Junge schaute auf: Es war seine Mutter. Die Königin streckte die Hand aus, um die ihres Sohnes zu fassen, aber die Alte ergriff sie.

»Ihr seid die Mutter? Kommt her, Herrin, ich lese Euch auch die Hand. Ho, was für ein langes Leben! Ho, welche Freude! Ihr werdet noch ein Kind bekommen, einen hübschen Jungen, der zu Außerordentlichem berufen ist. Bis zum Tod wird Euer Gatte an Eurer Seite sein…«

Die Königin zog die Hand zurück und packte damit die des Sohnes, um ihn wegzuziehen. Sie war wütend.

»Müssen wir uns nicht verabschieden?«, fragte Joss zweifelnd.

»Nein«, antwortete seine Mutter kurzangebunden.

»Ich muss ihr etwas geben. Was ist ein halber Soldo?«, fragte Joss weiter und wandte sich noch einmal zu der Alten um, die ihm aus leeren Augen und mit enttäuschtem Gesicht nachsah.

»Etwas, was wir ihr nicht geben werden«, brüllte seine Mutter wutentbrannt. »Ich verstehe ja, dass jeder versucht, über die

Runden zu kommen, so gut er kann; ich verstehe, dass eine arme blinde Frau nicht viele Mittel zur Verfügung hat und sich damit behelfen muss, Blödsinn zu erfinden, aber alles hat eine Grenze. Es gibt Dinge, die, zum Falschen gesagt ... einfach grausam sind.«

»Sie ist blind geboren«, betonte Joss noch einmal, stolz darauf, dass er etwas wusste. »Man braucht keine Angst zu haben«, setzte er hinzu, in der Hoffnung, seine Mutter durch seine Kenntnisse zu beeindrucken. Seufzend blieb die Königin stehen.

»Ja, ich weiß. Sie ist blind, aber das erlaubt ihr nicht ... na ja«, sagte sie schließlich. »Sie ist blind, sie kann mich nicht sehen, und sie verdient sich etwas, wie sie halt kann. Für die meisten Menschen ist das, was sie gesagt hat, ein guter Wunsch, kein Hohn.«

Seine Mutter kehrte um und warf ihr eine Goldmünze hin. Sie hatte immer welche in einer kleinen schwarzen Samtbörse, die sie am Gürtel trug. Die Münze fiel der Alten in den Schoß, sie nahm sie an sich und befühlte sie mit den Fingern, wobei ein zahnloses Lächeln ihr Gesicht aufhellte, und sogar ihre blinden Augen verloren vorübergehend etwas von ihrer Trübheit.

»Du wirst gesegneten Leibes sein!«, rief sie glücklich. »Noch ein Sohn ... ein Leben voller Liebe.«

»Ist diese Münze ein halber Soldo?«, erkundigte Joss sich vorsichtig. Endlich hatte er etwas gelernt: Oft bekommt man, worum man gebeten hat.

»Nein«, antwortete seine Mutter. »Sie sehen sich nicht einmal von ferne ähnlich.« Und bei Joss stellte sich wieder das gewohnte Gefühl ein, dass die Welt sein Fassungsvermögen überstieg.

»Warum hast du ihr etwas anderes gegeben, als sie wollte? Wird man so reich? Werde ich auch Goldmünzen bekommen?«

Joss war stur. Was ihm an Brillanz fehlte, das ersetzte er durch Hartnäckigkeit. »Werde ich auch so eine Arbeit machen? Es ist eine schöne Arbeit, nicht wahr, Mama? Das heißt, Frau Mutter. Man muss nur auf der Straße sitzen und nette Dinge sagen. Das kann sogar ich«, setzte er begeistert hinzu.

»Stimmt«, bestätigte seine Mutter finster. »Aber du könntest etwas Besseres tun. Joss, ich bitte dich, mach voran«, versuchte sie, das Thema zu beenden. Sie zog ihn nicht mehr und jetzt trottete der Junge hinter ihr her.

»Warum bist du so ärgerlich? Sie hat doch nicht zu dir gesagt, dass du blöd bist«, beharrte Joss. »Sie hat dir nette Dinge gesagt.« Wenn sich jemand die Mühe machen wollte, ihm Erklärungen zu geben, dann würde er vielleicht etwas begreifen. »Sie hat gesagt, du wirst Freude haben, Liebe und ein schönes Baby. Das sind doch nette Dinge, oder? Über nette Dinge ärgert man sich doch nicht. Einer ärgert sich, wenn man ihm sagt, dass er blöd ist. Sie hat gesagt, dein Gemahl wird an deiner Seite sein. Und dann ist da das Brüderchen. Dann bin ich nicht länger der Jüngste. Wie geht das vor sich? Man braucht einen Vogel dazu. Einen Reiher. Nein, einen Storch. Und einen Kohlkopf. Haben wir einen Kohlkopf? Die Störche sind auf dem Dach von Atàcletos Haus. Kann Parzia deshalb die Kinder zur Welt bringen? Hat sie einen Kohlkopf?« Joss verschlug es den Atem, und er verstummte: Inskays Erinnerungen drangen alle auf einmal auf ihn ein. Inskays Hochzeitsnacht stand ihm in all ihrer Erbärmlichkeit klar und deutlich vor Augen. »Nein, nein, das hat nichts damit zu tun. Der Storch, der Kohlkopf, das hat nichts damit zu tun. Es geht so, dass man zusammen in einem Bett liegen muss, und besser, wenn man vorher ordentlich was gepichelt hat. Ooooh! Ja, so. Und wann wirst du mein Brüderchen bekommen?«

»Joss«, brüllte seine Mutter. »Hör auf!«

»...Die Königin ist schwanger?«, flüsterten Stimmen in der Menge, erregt und gehässig.

»...Nicht schlecht für eine, die seit einem Jahrzehnt Witwe ist...«

»...Fett wie sie ist, könnte sie auch zehn Kinder im Bauch tragen...«

»...Und besser, wenn man was gepichelt hat?...«

»...Dieses Kind muss ja schöne Sachen zu sehen bekommen...«

»Joss«, fing seine Mutter wieder an. Sie hatte sich heruntergebeugt und sprach sehr leise. »Joss, willst du wohl still sein?« Ihre Stimme war leise, aber Mama war böse. »Erinnerst du dich, was das Wort Gemahl bedeutet? Das heißt Ehemann. Das heißt, dein Vater, der nicht an meiner Seite sein kann, weil er tot ist.«

Erneut fühlte Joss, wie ihm vor Scham die Tränen in die Augen stiegen. Er war ein Idiot gewesen, wie immer. Seine Mutter sah die Tränen und umarmte ihn.

»Verzeih mir«, sagte sie. »Entschuldige, ich bitte dich, mein liebes Kind, nicht weinen. Ich darf nicht die Geduld verlieren, und dir gegenüber schon gar nicht. Wie konnte ich nur so... gemein sein! Sie hat recht, die Alte, hundertmal hat sie recht. Du und deine Geschwister, ihr seid am Leben. Mein Leben ist die reine Freude. Die kleine alte Frau hat recht, sie hat nur etwas verwechselt. Anstelle von Kindern hat sie Gemahl gesagt. Anstelle von Kindern. Du, mein vergöttertes Kind, wirst mein Leben versüßen durch deine Gegenwart, und es wird herrlich sein.« Mama lächelte ihn an. »Verzeih mir, wenn ich mich aufrege, das ist albern. Ich bin müde, verstehst du, schrecklich müde. Und wenn Leute müde sind, regen sie sich dauernd und ohne jeden Grund auf.«

Es war Mamas schönstes Lächeln.

Es war schön, wenn man ihm die Dinge erklärte.

Joss fühlte sich wichtig.

Wunderbar und wichtig.

Er fühlte sich mächtig. Er konnte seine Mutter trösten.

Von dieser neuen Feststellung ermuntert, beschloss er, aufs Ganze zu gehen.

»Gehst du Inskay retten?«

»Joss, hör auf mit dem Unsinn. Ich kann nicht mehr!«, schrie die Königin so laut, dass diesmal ganz Daligar es hörte.

»Inskay sagt immer Verdammtnochmal«, setzte Joss hinzu. Endlich war ihm das Wort eingefallen, das die Existenz von Inskay, dem Zwerg, unwiderlegbar beweisen würde.

»Das sagt man nicht, niemals!«, rief seine Mutter.

»Habt ihr gehört, was der Prinz gesagt hat?«, kicherte jemand hinten auf dem Platz.

Erschrocken sah Joss seine Mutter an.

»Wird er deshalb gehenkt?«, fragte er. »Weil er verdammtnochmal sagt?«

»Was hat er gesagt?«, erkundigte sich dieselbe Stimme hinten auf dem Platz. »Wenn man schlimme Worte gebraucht, wird man gehenkt?«

»Joss, red keinen Unsinn!«, zischte die Königin.

Und wieder, zum soundsovielten Mal an diesem Tag, traten Joss die Tränen in die Augen.

Jammernd lief er bis zur Treppe neben seiner Mutter her.

»Die Ärmste, auch wenn sie eine Königin ist, aber ein schwachsinniges Kind hat sie nicht verdient«, flüsterte eine große Frau im langen dunkelgrünen Rock einer kleinen grau gekleideten zu.

»Man sagt, er ist tot geboren worden, und Parzia hat ihn wiederbelebt. Vielleicht hat er zu lang nicht geatmet. Man kommt nicht ungestraft aus dem Totenreich zurück«, entgegnete die kleine Frau.

Joss hob den Kopf, um sie anzuschauen, rasend vor Zorn, wieder erstaunt über dieses neue Gefühl, das er von Inskay gelernt hatte und das an die Stelle der üblichen Beschämung getreten war. Warum kümmerten sie sich nicht um ihre eigenen Angelegenheiten? Er hatte doch niemandem etwas getan.

Die beiden sahen ihn an, erstaunt über seinen empörten Blick.

»Kann er uns gehört haben?«

»Aber sicher nicht, red keinen Unsinn. Er ist weit weg. Und auch wenn er es gehört hat, verstanden hat er es ja doch nicht.«

Joss hätte stehen bleiben wollen, aber seine Mutter zerrte ihn mit in Richtung auf die Freitreppe. Dort blieb sie stehen und lächelte ihm zu. Das war nicht ihr übliches Lächeln, wenn sie froh war, jenes Lächeln, das sie für ihn hatte, wenn sie allein waren. Es war ein aufmunterndes Lächeln, eine bemühte Grimasse, die sagen sollte: »Los, mein Junge, lass den Mut nicht sinken, du wirst sehen, diesmal fällst du nicht hin.« Joss seufzte. Er begann, die Treppe hinaufzusteigen, während sie unten stehen blieb.

Aber die Erinnerung an Inskay war verblasst, er stolperte und fiel hin.

»Er kann sich ja nicht einmal auf den Beinen halten«, bemerkte die Frau in Grau unten auf dem Platz.

Unter den Kindern auf der Treppe wurde Gekicher laut.

»Untersteh dich, meinen Bruder auszulachen, oder ich verwandle dich in einen Frosch«, sagte mit eisiger Stimme Erbrow.

»Untersteh dich, meinen Bruder auszulachen, oder ich brech dir sämtliche Knochen im Leib«, sagte mit wutentbrannter Stimme Arduin, der noch nie jemanden geschlagen hatte, ebenso wie Erbrow nicht einmal eine Kaulquappe in einen Frosch hätte verwandeln können, aber das Gekicher hörte sofort auf. Joss überlegte sich, dass Lügen nicht immer schlecht waren: In manchen Fällen ließen sich dadurch Probleme lösen, ohne jemandem wehzutun.

Joss' Sturz hatte einen positiven Effekt. Mama eilte die Treppe herauf, beugte sich zu ihm herunter, und sobald sie wieder Luft bekam, fragte sie ihn, ob es ihm gut ginge, und sagte ihm noch einmal, wie lieb sie ihn hatte, und endlich sprach sie die magischen Worte: »Heute ist dir schon alles Mögliche zugestoßen, mein Junge. Du kannst zu Atàcleto nach Hause gehen. Heute Abend schicke ich deine Geschwister, sie sollen dich abholen.«

Glücklich lächelte Joss und stand auf. Atàcletos kleine Schwestern kannten den Kinderreim, vielleicht würde er eine Lösung für diese wirre Geschichte finden, die bei Inskay begann und bis zu ihm reichte.

Bienen-
königin

KAPITEL 3

*Dum-dara-dum-dum-dara-dei, Zwergenkönig
kommt wieder frei, entflieht dem Tod nun irgendwie
ohne Flügel oder Magie.*

Atàcletos Haus lang außerhalb der Stadtmauern am Ufer des Dogon, durch den nördlichen Flussarm von der Stadt getrennt und durch die kleinere der beiden Zugbrücken mit ihr verbunden.

Seinen Nachhauseweg nahm Atàcleto durch den Orangenhain des Königspalasts, sodass er eigentlich nur das kurze Stück über die Brücke auf der öffentlichen Straße gehen musste und die Kommentare »Da schau, der Prinz« oder »Das blöde Kind mit dem blöden Soldaten« auf ein Minimum beschränkt blieben.

»Es ist eine gute Sache, dass Daligar auf einer Flussinsel erbaut ist. Die beiden Flussarme bilden so etwas wie einen Wassergraben und der hat uns immer vor Belagerungen geschützt«, erklärte Atàcleto, während sie durch das Stadttor schritten. Schweigend gingen sie über die Brücke, sahen hinab auf die Enten, die im Wasser schwammen, und die Möwen, die darüber hinsegelten. Als sie im Schilf angelangt waren, sagte Atàcleto: »Daligar hat zwei Belagerungen mitgemacht. Das erste Mal war es Sire Arduin, der die Stadt gerettet hat, das war vor dreihundert Jahren, das zweite Mal deine Mutter, das ist jetzt neun Jahre her.« Wenn Atàcleto mit Joss über die Geschichte Daligars redete, wiederholte er immer an denselben Stellen dieselben Dinge mit denselben Worte, sodass sogar in Joss' lückenhaftem Gedächtnis etwas hängen blieb. Atàcleto sprach nur mit dem größten Respekt von der Herrscherin von Daligar, wie im Übrigen alle, die die letzte Belagerung mitgemacht hatten, als die Stadt dem Tod ins Angesicht sehen musste, und als nur der verzweifelte, visionäre Mut der Königin Hexe, der Witwe des letzten und größten Angehörigen des Volks der Elfen, sie gerettet hatte.

Diejenigen, die sich aus dem Staub gemacht hatten, die nicht dabei gewesen waren, diejenigen, die von außerhalb kamen, sie waren es, die sich lustig machten über das Hühnernest von einer Stadt und ihre Königin, die mehr einer Bäuerin glich als einer Herrscherin.

»Die Königin weiß, dass der Verwaltungsrichter übles Gesindel schickt, das sie schlecht machen soll, aber sie sagt, solange die Vorratskammern gefüllt sind und die Erinnerungen an die Orks lebendig, besteht keine Gefahr. Außerdem ist Eure Mutter der Ansicht, dass es falsch ist, jemanden für etwas zu bestrafen, was er gesagt hat, auch wenn es schrecklich ist. Anständig ist ein Land, wenn dort alle, auch die Dummen, die Bösen und die Heuchler das Recht haben, ihre Meinung zu sagen. Gehe ich zu schnell für dich? He, Joss«, bemerkte Atàcleto zum Schluss, »du bist ja kein einziges Mal hingefallen!«

Joss strahlte: Er war nicht hingefallen. Das war der absolut gültige Beweis dafür, dass Inskay in der wirklichen Welt, außerhalb seines Geistes existierte.

»Weißt du, warum?«, fragte er triumphierend.

»Sicher!«, antwortete Atàcleto noch triumphierender. »Du hast gelernt! Wie alle! Es hat nur ein bisschen länger gedauert.«

»Nein, nein, siehst du, es ist so«, stammelte Joss, »es ist, weil der Zwerg Inskay in meinem Kopf ist, und der fällt nie hin, weil er in den Bergwerksstollen herumläuft, und weil ich ihn im Kopf habe, falle ich auch nicht hin…«

»Nein, Joss, genug davon«, enttäuschte ihn Atàcleto. »Genug von dieser Geschichte. Es tut dir nicht gut, immer wieder über dieses Zeug nachzugrübeln. Das sind Hirngespinste. Träume. Jetzt ist es genug.«

»Das sind keine Hirngespinste…«, beharrte Joss, aber Atàcleto unterbrach ihn mit einer Handbewegung.

Sie waren da. Atàcletos Haus lag an einer Flussbiegung, es war ganz aus Holz, außer der Schwelle, die aus solidem Stein war, und dem Dach aus Schilf und Tonziegeln. Es war ganz umstanden von Schilf, das es im Winter vor Wind, im Sommer vor der Hitze schützte. Dahinter lagen ein kleiner Garten mit ordentlichen Reihen Kohl- und Wirsingpflanzen, und ein schöner Hühnerstall, zu dem auch ein kleiner Tümpel gehörte, eine Wasserfläche, die der Fluss bei seinem gelegentlichen Übertreten der Ufer hier zurückgelassen hatte. Er beherbergte eine Schar Hausgänse, die nicht nur untereinander ständig zankten, sondern auch mit den Flussenten und Möwen, die kamen und ihnen ihr Futter aus Maiskolben und Kohlstrünken streitig machten, das Atàcletos Mutter im Winter für sie bereitstellte. An der höchsten Stelle des Daches stand auf einem flach liegenden Wagenrad und von der Rauchfahne des Kamins erwärmt das Storchennest.

Joss mochte Atàcletos Zuhause. Es gab dort eine besondere Ruhe, die ihn angenehm durchströmte, wenn er hinkam, die ihm beim Denken, Verstehen und Erinnern behilflich war.

Die drei Schwestern hießen Ambra, Astra und Luna. Ambra war um einiges größer als Erbrow; kräftig und voller Sommersprossen; sie trug immer ein Kleid, dessen gelbbraune Farbe an die Farbe der Erde im Winter erinnerte, bevor das Getreide zu sprießen beginnt. Astra war kleiner und hatte ebenfalls Sommersprossen, ihr Kleid war heller, von der Farbe sehr reifen Getreides. Während Luna, ein Jahr älter als Joss, rundlich war, hellblonde Locken hatte und ein dunkelgrünes Kleid trug, in der Farbe des Schilfs im Sommer.

Auch Joss hätte gern eine einzige Kluft gehabt, immer dieselbe. Da hätte er sich morgens keine Gedanken zu machen brauchen, was er anziehen sollte, und nicht die zum Himmel verdrehten Augen des Seneschalls sehen müssen, nachdem der ihn gemustert hatte, weil er wieder einmal die Sachen vom Vortag mit den Flecken darin trug. Und dann gefiel ihm das auch, weil er Gesichter verwechselte und sich Namen nicht merken konnte, aber Atàcleto und seine Schwestern erkannte er, einmal, weil er sie liebte, dann aber auch, weil sie immer gleich angezogen waren.

Als sie ankamen, waren Ambra und Astra gerade beim Wäschewaschen, noch so eine herrlich festliche Angelegenheit, die im Königspalast nur in der Küche stattfand, wo Joss nicht hindurfte. Große Tücher aus festem grasgrünen Baumwollstoff wurden zum Trocknen über das Schilfrohr gebreitet, nachdem sie mehrfach ausgewrungen worden waren.

Wenn die Mädchen die Tücher wrangen, entstand jedes Mal ein Sprühregen, der immer feiner wurde. Luna und zum ersten Mal in seinem Leben Joss rannten hin und her, um den Tropfen auszuweichen. Einen Augenblick lang vergaß Joss völlig, wie weh ihm das Knie tat, doch dann begann er wieder zu hinken.

»He, du fällst ja gar nicht hin heute!«, riefen die beiden größeren Schwestern lachend. Die Wassertropfen funkelten in der Wintersonne. Joss fühlte sich glücklich, stark und glücklich, ein Gefühl, das er noch nie empfunden hatte, so berauschend, dass er einen Augenblick lang Inskay und seine grauenhafte Lage vergaß und ihn ohne Hilfe im Schnee zurückließ.

Doch das dauerte nicht lang, denn sogleich griff Parzia ein und sorgte dafür, dass er sich wieder schwach und zerbrechlich fühlte.

»Prinz, dass Ihr Euch nicht erkältet…«

Die Sorge, mit der sie darauf achtete, dass es Joss nicht zu kalt und nicht zu warm wurde, dass er sich nicht überanstrengte, nicht nieste, nicht schwitzte und ruhig atmete, war größer selbst als die um ihre eigenen Kinder, und das war einer der Gründe, weshalb die Königin Hexe ihr Joss gern anvertraute.

Sie holte ihn von draußen herein, da die Wintersonne noch nicht warm genug war, prüfte, ob er auch nicht feucht oder außer Atem war, und setzte ihn mit Luna ans Herdfeuer.

Das Haus war etwa so groß wie der Audienzsaal. In der Mitte war der Raum durch eine kleine Steinmauer geteilt, auf der, blank und rot und der Größe nach aufgereiht, Kupferkessel und -pfannen standen, dazwischen große geflochtene Weidenkörbe mit Nüssen, kleinen, schrumpeligen Äpfeln und Maiskolben darin.

Hinter dem Mäuerchen war das Lager der Mutter und der Mädchen, Atàcletos Lager war neben dem Kamin: haufenweise sauberes Stroh in einen Baumwollsack gestopft, darüber eine Wolldecke, die aus verschiedenen Flicken zusammengenäht war. Einige davon waren mit Blümchen bedruckt, und Joss gefiel das alles sehr, denn an manchen Stellen sah es aus wie eine Landschaft. Es war wirklich ein Pech, als Prinz auf die Welt gekommen zu sein. Die anderen schliefen beieinander, im selben Bett, manchmal zusammen mit Schweinen und Hühnern. Bei armen Leuten schliefen die Kinder oft in einem Bett, statt jedes für sich allein verbannt im unendlichen Dunkel eines eigenen Zimmers. Ja, sie, die Armen, sie hatten es gut, sie hatten nicht einmal jeder ein eigenes Bett. Ihr Strohsack lag auf der Erde. Und sollte es den Ungeheuern der Nacht und der Einsamkeit unwahrscheinlicherweise gelingen, bis in ihre überfüllten Häuser vorzudringen, so würden sie dort nirgends Platz finden, um sich einzunisten.

»Kennst du die Geschichte von einem Zwerg, der flieht, und da sind Krähen?«, fragte Joss schließlich Luna, nachdem er tief Luft geholt hatte, um sich Mut zu machen.

Luna zuckte die Achseln.

»Das ist keine Geschichte, das ist ein Kinderreim. Ich bin groß, ich spiel solche Spiele nicht mehr«, antwortete sie trocken. »Und du, warum spielst du Kleinmädchenspiele?« Das war nicht in abfälligem Ton gesagt, sondern nur neugierig.

»Ich glaube, der Zwerg aus dem Reim existiert wirklich«, antwortete Joss ernst.

»Das ist unmöglich«, meinte das Mädchen kategorisch. »Dieser Reim ist immer gleich. Uns hat ihn die Mama beigebracht und sie hatte ihn von ihrer Großmutter und so weiter. Man muss immer dieselben Dinge sagen, und wenn du dich vertust, hast du verloren. Man muss auch bestimmte Schritte machen auch da immer dieselben. Alle Mädchen wiederholen die Schritte und den Reim: Das ist das ganze Spiel.«

»Ich sage, diesen Zwerg gibt es wirklich«, wiederholte Joss. »Ich weiß, dass es diesen Zwerg wirklich gibt und dass er etwas Magisches hat«, berichtigte er sich ruhig und selbstgewiss. »Er sagt immer Verdammtnochmal«, setzte er schließlich hinzu, als unumstößlichen Beweis, der jeden Zweifel ausräumen und jede Diskussion beenden würde.

Beeindruckt schaute Luna ihn an.

»Auch die Soldaten und die Verkäufer am Markt sagen das. Glaubst du, die sind auch magisch?«, fragte sie.

Joss wusste es nicht. Er breitete die Arme aus. Vielleicht wollte seine Mutter nicht, dass er das sagte, weil es ein magisches Wort war.

»Wie heißt der Kinderreim?«, fragte er schließlich.

Das Mädchen nahm einen kupfernen Schöpflöffel von dem Mäuerchen und zeichnete mit dem Holzgriff einen Rhombus mit verlängerten Seitenlinien auf den Lehmboden.

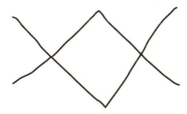

»Das ist die wilde Biene, die Bienenkönigin«, sagte das Mädchen.

»Und warum soll das eine wilde Biene sein?«, wandte Joss ein. Das Mädchen schien verwundert über seine Frage, aber die Zeichnung am Boden erinnerte wirklich nicht sonderlich an eine Biene, nicht mehr jedenfalls als an irgendein anderes geflügeltes Wesen: einen Sperling, einen Adler, eine Fledermaus oder einen Drachen. Es konnte auch ein Fischlein sein, mit diesen Dingern, die Fische an der Seite haben.

»Es sieht aus wie eine Biene«, erklärte Luna knapp. »Das ist der Körper und das sind die ausgebreiteten Flügel.«

»Es sieht ihr überhaupt nicht ähnlich«, versteifte sich Joss. Hartnäckigkeit war die einzige Tugend, die er durch das Zusammenleben mit dem Seneschall erworben hatte.

Luna beugte sich hinunter und ergänzte die Zeichnung durch ein paar Linien, sodass Fühler und Flügel erkennbar wurden. Dann machte sie zwei tiefe Rillen, das sollten die schwarzen Streifen sein, die sich am Bauch des Insekts mit dem Gelb abwechseln.

Joss war nicht überzeugt.

»Und warum soll das eine wilde Biene sein und nicht eine normale Biene?«

Luna wurde langsam ungehalten.

»In Kinderreimen sind die Dinge nun einmal so, und damit basta. Da gibt es nichts zu erklären. Das ist die wilde Biene, und damit basta.«

Joss beharrte nicht weiter. Wenn es da nichts zu erklären gab, dann war da auch nichts zu verstehen. Das Spiel war nicht schlecht. Und dann musste es wunderschön sein, am Boden zeichnen zu können.

»Wirst du nicht ausgeschimpft?«, fragte er ängstlich. Einmal, als er ein winziges Blümchen an die Wand seines Zimmers hatte zeichnen wollen und dazu den Finger in die Tinte tauchte, hatten die Klagen des Seneschalls so lange angehalten, dass selbst er sich noch daran erinnerte.

»Nein«, antwortete Luna gleichmütig. »Das geht mit Wasser wieder weg. So machen wir auch unsere Schreibübungen.«

Das Wort »schreiben« ließ Joss erstarren. Er hasste schreiben.

Aus ganzer Seele. Auch lesen. Er verwechselte das »p« mit dem »q«, das »s« mit dem »z« und »d« und »b«. Ganze Nachmittage brachte er damit zu, einen Buchstaben zu lernen, und hatte ihn doch am nächsten Tag schon wieder vergessen. Nun aber dachte er, wenn er es auch so hätte machen können, am Boden, das wäre schön gewesen, er hätte die Fehler mit ein bisschen Wasser weggewischt. Die Angst, etwas falsch zu machen, wäre vergangen.

Das Mädchen stellte sich in die Mitte des Rhombus' und fing an: »*Dum-dara-dum-dum-dara-dei, Zwergenkönig kommt wieder frei, entflieht dem Tod nun irgendwie ohne Flügel oder Magie.*«

»*Dumdaradumdumdaradei, Schnee rieselt sanft herab, juchhei, Krähen versinken tief im Eis, alles ist nun schwarz und weiß.*«

»Der Zwergenkönig?«, unterbrach Joss sie. Inskay hatte nie erwähnt, dass er ein König war. Er wirkte wie ein Herrscher über gar nichts, außer über das Heer von Läusen, die er mit dem wenigen Blut ernährte, das ihm nach zwei Monaten der Verhöre noch geblieben war. »Der König der Zwerge, nicht der kleine Zwerg?«

»Der Zwergenkönig«, bestätigte das Mädchen ohne Zögern. »Nun schau, man darf sich nicht vertun. Das ist der schwierige Teil. Ein Fuß rührt sich nicht, er bleibt in der Ecke der Figur stehen. Mit dem anderen Fuß berührt man die Spitzen der Flügel und die andere Ecke. Das ist leichter gesagt als getan. *Dumdara-dum-dum-dara-dei* Kreuzschritt vor, Kreuzschritt zurück. *Zwergenkönig kommt wieder frei*: Doppelschritt zur Seite; *entflieht dem Tod nun irgendwie*: Kreuzschritt nach vorn und nach hinten; *ohne Flügel oder Magie*: Seitschritt Seit; *Dumdaradumdumdaradei*, Kreuzschritt nach hinten und dann nach vorn; *Schnee rieselt sanft herab, juchhei*: zweimal zur Seite; *Krähen versinken tief im Eis:* ein Schritt zurück und einer vor; *alles ist nun schwarz und weiß:* Seitschritt, Seitschritt und Wechsel.«

»Was heißt Wechsel?«, fragte Joss.

»Das bedeutet, mit einem Dreifachschritt den Fuß wechseln.«

Gebannt sah Joss auf die Füße der Kleinen, die immer erregter und fröhlicher wurde.

Er würde das nie schaffen, nicht einmal wenn er an Inskay dachte, aber es fiel ihm schwer, sich zurückzuhalten.

»Du hast ja einen irren Spaß daran«, sagte er fröhlich. Das war kein Vorwurf, sondern eine Feststellung. Luna wurde rot, schüttelte den Kopf, aber am Ende nickte sie und lachte.

»Das stimmt. Wenn du das spielst, macht es dich fröhlich, ich weiß auch nicht, warum. Deshalb verbringen wir ganze Nachmittage damit. Und dann schämst du dich, weil die anderen dich hänseln. Man muss immer wieder dasselbe wiederholen und immer dieselben Schritte machen: Es ist kein kluges Spiel. Früher oder später kommt jemand daher und fragt dich: ›Warum spielst du dieses Spiel? Das ist doch was für Idioten.‹ Sie wissen nicht, dass man dabei ganz von selbst sehr froh wird und das dann auch bleibt. Das ist eine Art Geheimnis, aber man hat Angst, dass das bloß etwas für kleine Mädchen wäre.«

Joss sagte sich immer wieder vor, dass er es nicht durfte, das war etwas für Mädchen, und sogar bei denen galt es als eine Sache für kleine, dumme Dinger, und dann würde er das nie hinbringen, ohne zu stolpern. Seine Füße allerdings widerstanden der Versuchung nicht: ein Schritt vor, ein Schritt zurück, Seitschritt, Seitschritt.

»Dum-dara-dum-dum-dara-dei, Zwergenkönig kommt wieder frei, entflieht dem Tod nun irgendwie ohne Flügel oder Magie«, sang er mit dem Mädchen. Dann hüpften seine Füße los: Kreuzschritt nach vorn, Kreuzschritt nach hinten, Seitschritt Seit…

Bei jedem Schritt versetzte es ihm einen Stich ins Knie.

»*Dum-dara-dum-dum-dara-dei, Zwergenkönig kommt wieder frei, entflieht dem Tod nun irgendwie ohne Flügel oder Magie. Dumdaradumdumdaradei, Schnee rieselt sanft herab, juchhei, Krähen versinken tief im Eis, alles ist nun schwarz und weiß.*«, brüllten er und das Mädchen gemeinsam weiter. Mit jeder Runde verspürte Joss mehr Kraft in sich, wurde seine Stimme kräftiger. Sie begannen, im Rhythmus der Schritte in die Hände zu klatschen. Joss biss die Zähne zusammen und ertrug die Schmerzen im Knie, tanzte weiter.

Draußen vor dem einzigen schmalen Fenster des Raums ging die Wintersonne unter und das Haus lag nun im Schatten von Daligar. Das letzte Licht verschwand vom Himmel und hoch droben funkelten die Sterne. Joss dachte, er würde nie wieder aufhören können, auch wenn die Tür aufgegangen und der Seneschall höchstpersönlich erschienen wäre oder die beiden Geier mit den Narben im Gesicht. Aber er täuschte sich. Die Tür ging auf, und es waren weder der Seneschall noch die Geier, sondern Parzia und Atàcleto, sie mit einem Korb voll Kohl und er mit zwei Wassereimern.

»Kinder! Was macht ihr denn da?«, fragte sie entsetzt. »Prinz, nein, wie könnt Ihr nur! Ich werdet Euch erkälten! Ihr bekommt wieder Husten. Eure Mutter hat mir solche Vorsicht geboten...«

Die beiden Kinder hielten inne. Joss sah Luna an: Sie war rot wie eine reife Tomate, durchgeschwitzt, die Locken klebten ihr an der Stirn. Er bemerkte, dass auch ihm die Schweißtropfen über die erhitzte Stirn liefen. Er musste mit offenem Mund atmen, weil er durch die Nase nicht genug Luft bekam, um den Brustkorb zu füllen, der sich so schnell hob und senkte, dass es ihm wehtat. Er hätte etwas sagen wollen, aber er wusste nicht, was, und dann war er auch zu sehr außer Atem. Dabei hatte er während des Hüpfens genug Luft bekommen, er hätte stundenlang so weitermachen können.

Der Kinderreim war ein Zauberspruch, da war er sich sicher.

Parzia, Ambra und Astra stürzten herbei, um Joss mit ihren Schürzen und Rockzipfeln abzutrocknen. Luna saß in einer Ecke beim Kamin, schon daran gewöhnt, dass, was auch immer geschah, der kleine Prinz den Vortritt vor ihr hatte.

»Luna ist auch nass«, bemerkte Joss. »Ihr müsst sie auch abtrocknen.«

»Sie ist robuster als Ihr, sie wird nie krank…«, entgegnete Parzia kurzangebunden, aber Atàcleto horchte auf und sah Joss erstaunt an, dann nickte er, ging zu seinem Schwesterchen und kümmerte sich um sie.

»Das macht nichts«, wehrte sie mit einem Seufzer ab. »Ich weiß ja, er ist der Prinz, und er ist immer krank. Wirklich, ich weiß das.«

Aus einem der Eimer goss Astra Wasser in einen Kupferkessel und setzte diesen aufs Feuer. Der Eimer war von einem stumpfen Grau. Joss wurde klar, dass das Zink war. Laut sagte er es und wieder horchte Atàcleto auf und sah ihn aufmerksam an.

Ambra schloss den Fensterladen und zündete ein kleines Talglicht an, das in einem tönernen Kerzenhalter steckte, und setzte es auf eine Konsole oberhalb vom Kamin.

Luna war nun trocken und lächelte Joss an. Atàcletos Mutter tat etwas Honig und ein paar Kamillenblüten in das heiße Wasser und gab das den beiden Kindern zu trinken.

Es klopfte an der Tür und Astra ging öffnen. Es waren Erbrow und Arduin, sie kamen, um Joss abzuholen. Auf beiden Seiten erfolgten Begrüßungen und Verneigungen und der Austausch von Höflichkeiten mit »Euer Gnaden« und »meine Herrin«. Der Herr Atàcleto, wie Erbrow ihn höflicherweise anredete, würde, da er ohnehin seinen nächtlichen Dienst antreten musste, die Güte haben, sie zu begleiten.

Die Nacht war hell, der Dogon leuchtete im Mondlicht. Hunderte von Möwen schliefen auf den Pfählen von Daligar, den Stacheln der »Igelstadt«, wie Daligar genannt wurde.

Sie gingen an der Mauer mit dem Orangenhain dahinter entlang, um durch das Hauptportal in den Palast einzutreten, das an der großen Treppe. Arduin ging neben Joss und Atàcleto zwischen ihm und Erbrow.

Endlich wies Arduin darauf hin, dass Joss sehr gut lief.

»Das stimmt!«, rief Erbrow. Und diesmal war das nicht die übliche falsche Fröhlichkeit, dieses »immer nur lächeln, vielleicht gelingt es uns ja, so zu tun, als wärst du wie alle anderen«. Diesmal war es echte Begeisterung.

»Das stimmt!«, bestätigte Atàcleto. »Joss macht heute viele neue Dinge, er weiß Dinge, die er nie gewusst hat, sagt Dinge, die er nie gesagt hat. Das ist merkwürdig.« Im flackernden goldenen Lichtschein der Laterne beugte er sich zu Joss hinunter und lächelte ihm mit einer kleinen ermunternden Kopfbewegung zu. »Das kann unmöglich nur Zufall sein«, fügte er hinzu. »Joss behauptet, er hat heute Nacht einen Traum gehabt. Nein, keinen Traum, eine Vision. Aber nicht der Zukunft, denn es ist etwas, was gestern passiert ist, nicht wahr? Am ersten Wintertag des Jahres dreihunderteinundzwanzig nach der Befreiung Daligars durch Sire Arduin, hast du gesagt, als du mit der Königin gesprochen hast... Nun, das ist, als ob im Schlaf die Erinnerungen eines anderen in deinem Kopf gelandet wären... Joss, erzähl du das.«

Joss fühlte, wie heiße Liebe zu Atàcleto ihm das Herz weitete. Er wünschte sich, sehr mächtig zu sein, um ihm jeden Wunsch erfüllen zu können.

Sie gingen weiter. Joss versuchte zu erklären. Weil er nicht überstürzt alles auf einmal erzählen musste, und weil Atàcleto an seiner Seite ihm große Ruhe verlieh, gelang es ihm, die ganze Geschichte in eine logische Reihenfolge zu bringen.

»Es ist eine Vision«, wiederholte Atàcleto, als er fertig war. »Das kann nicht bloß ein Traum sein, dazu sind zu viele Einzelheiten darin. Verzeiht, vielleicht ist das ja bloß Aberglauben, aber man hat mir gesagt, bei Elfen wären solche Dinge möglich. Die Gedanken der anderen zu spüren, meine ich.«

Langes Schweigen.

»Soweit wir wissen, ist so etwas noch nie vorgekommen«, erwiderte schließlich Erbrow. »Jedoch gibt es sehr viele Dinge, die wir nicht wissen über diejenigen, die einmal unser Volk waren. Elfen konnten die Gefühle und Empfindungen der anderen spüren, vor allem Schmerz und Hass, aber nicht ihre Gedanken und ihr Gedächtnis lesen. Viele Männer und noch mehr Frauen begreifen, was in der Seele des anderen vorgeht, wenn sie ihnen ins Gesicht schauen und zuhören. Sie ahnen es. Sie können sich täuschen. Wir spüren das innen im Kopf. Wir ahnen nicht, wir wissen. Wir können uns nicht täuschen. So ist das bei mir und so war das bei unserem Vater. Ich habe keine anderen Elfen kennengelernt, aber mein Vater hat mir viel von dieser Fähigkeit erzählt, auch weil er wusste, dass ich es geerbt habe. Die einzige Erklärung für das, was Joss erzählt, ist, dass Inskays Erinnerungen und sein Bewusstsein ins Bewusstsein und in die Erinnerung von Joss gewandert sind. Wenn das passiert ist, dann heißt es, dass es möglich ist. Mein Vater hat mir nie von so etwas erzählt, aber ich war erst zwei, als er gestorben ist.«

»Konnten sie wirklich die Gefühle spüren? Ist das nicht nur Aberglauben? Unsinn, damit man die Elfen noch mehr hasst?«, fragte Arduin.

»Unser Vater konnte es. Ich kann es. Die magische Begabung war von Elf zu Elf verschieden. Bei unserem Vater war sie außerordentlich stark und ich habe sie zum Teil geerbt. Nur einen einzigen zusammenhängenden Gedanken habe ich im Geist eines anderen lesen können. Kurz vor seinem Tod war der Gedanke unseres Vaters: Wer unter den Flügeln des Leidens geht, verkommt entweder, oder er gelangt zu wahrer Größe. Also hat er versucht, mich zu trösten, aus Furcht, dass ich über den Schmerz, ihn zu verlieren, die Fähigkeit einbüße, Mitleid zu empfinden. Der Schmerz kann nämlich in Gewalt umschlagen, willkürliche, lustvolle Gewalt, wie bei den Orks. Aber wo es Trost gibt, mehrt das Leiden nur unsere Kraft und führt uns weg vom Abgrund. Daher hat er für mich in seinem Geist das Bild der endlosen Wiesen unter grenzenlosen Himmeln geschaffen, das er schon den Erinnyen beschrieben hatte.«

»Warum hast du uns das nie erzählt?«, fragte Arduin. »Du hast uns gezeigt, wie du mit einer Handbewegung Feuer machen kannst, du hast unsere kleinen Wunden geheilt. Warum hast du uns davon nie etwas erzählt?«

Erbrow schwieg, den Blick traurig ins Leere gerichtet.

»Weil es nicht schön ist. Es kann schrecklich sein. Kennt ihr das Haus unten an der Ecke vom Orangenhain, das mit der Laube? Wenn ich kann, vermeide ich es, denn da lebt eine sehr alte Frau, ich glaube, sie ist der älteste Mensch in der Stadt. Sie stirbt und sie stirbt allein. Sie hat sich mit allen zerstritten, glaube ich. Und es ist schrecklich, voller Reue, Groll und Bedauern zu sterben. Jedes Mal, wenn ich in der Nähe vorbeikomme, ist es, als ob sich eine Ladung von Schlamm und Eis in mein Inneres ergießen würde, versteht ihr? Von den Häusern rings um den Palast weiß ich, in welchen gestritten wird, und zwar bloß durch einen Blick oben vom Turm auf das Licht ihres Herdfeuers. Ich kann sagen, welche Kinder nicht erwünscht waren und welche nicht geliebt werden. Fühlt ihr nicht den Schmerz, den unsere Mutter in sich trägt, auch wenn sie lacht und fröhlich scheint?«, sagte Erbrow. »Das ist wie ein Hohlraum in ihrem Inneren, ein Mangel. Daher kommen ihre plötzlichen Wutanfälle und ihr unersättlicher Hunger.«

Arduin schüttelte den Kopf. »Diese Begabung habe ich nicht«, murmelte er.

»Männliche Halbelfen erben sie gewöhnlich auch nicht. Ihr Geist ist genial, ganz Verstand und Zahlenlogik. Das Mitleid ist unser, der Elfenmädchen Teil, weil wir Mütter werden.«

»Wir erben nicht einmal die Fähigkeit, Feuer zu machen«, bemerkte Arduin. »Dabei wäre das für alle recht praktisch.«

Joss verschlug es den Atem, er wagte nicht, Luft zu holen. Endlich war ihm klar, was für ein gruseliges und eisiges Gefühl das war, das ihn überfiel, jedes Mal wenn er vom Orangenhain auf die Straße hinunterging. Und auch diese Leere, dieses Gefühl von Mangel, das er bei der Mama verspürte, wenn er bei ihr war, was aber sein Bedürfnis, bei ihr zu sein, in nichts schmälern konnte.

Deshalb also war er am liebsten in geschlossenen Räumen. Deshalb, so wurde ihm jetzt klar, gefiel es ihm bei Atàcleto zu Hause so sehr. Das war ein heiterer Ort, wo alle sich lieb hatten.

Wenn diese Entdeckung einerseits tröstlich für ihn war, so bedrückte sie ihn doch auch. Diese Gabe, die er da besaß, war eine Angelegenheit für Frauen, das heißt, es war schlimmer, als blöd zu sein. Vielleicht besaß er diese Gabe, gerade weil er ein bisschen blöd und nicht ganz vollkommen war. Wenn der Geist von männlichen Halbelfen mit all dem ausgefüllt war, was Erbrow gesagt hatte, dann war da kein Platz für Magie. In seinem halb leeren Schädel dagegen war Platz für alles.

Einen Augenblick lang war er versucht, es seinen Geschwistern zu sagen, an diesem Abend der vertraulichen Bekenntnisse, doch dann beschloss er, dass er niemals, niemandem gegenüber und unter gar keinen Umständen davon reden würde. Alles andere war besser, Angst und Einsamkeit, als die Schmach, wie ein Weib zu sein.

»Jetzt wo ich darüber nachdenke...«, murmelte Arduin. »Jetzt wo ich darüber nachdenke, der Geist eines Zwergs in den Träumen eines Elfen... So etwas Ähnliches habe ich vor ein paar Jahren irgendwo in einer der ältesten Chroniken der königlichen Bibliothek gelesen. Dort ist die Rede von einem alten Mythos. Ich habe das für eine Art Legende gehalten, bloß eine Sage ohne geschichtliche Bedeutung, und ich habe es nicht einmal zu Ende gelesen.«

Arduin schüttelte den Kopf. Sie waren bei der großen Treppe angekommen. »Kommt!«, forderte er sie auf.

Sie stürmten die Treppe hinauf. Die beiden Wachsoldaten am Portal nahmen beim Vorübereilen der Königskinder einen Augenblick lang Haltung an.

Sie eilten durch die verwaisten Korridore, liefen über dunkle Stiegen und erreichten schließlich die Bibliothek, das Reich des weisen Arduin, Herrn über das Wissen. Eine Fackel erhellte die Treppe. Arduin nahm sie mit und lief zwischen den Bücherwänden umher, wobei er riesige Schatten an die Wände warf, die sich mit ihm bewegten, bis er an einem großen Lesepult in der Mitte des Saals ankam. Arduin steckte die Fackel in eine der drei eisernen Halterungen beim Pult und legte den schweren Folianten, den er aus einem der Regale gezogen hatte, darauf.

Dann lächelte er triumphierend: »Der Seneschall kann kein Elfisch. Ich habe es mir selbst beigebracht, indem ich Bücher in beiden Sprachen miteinander verglich. Hier ist die Erklärung. Elfen und Zwerge haben sich nie sonderlich gemocht, die Zwerge fanden immer, die Elfen seien, wie soll man sagen, hochnäsig. Und doch, nach dem Verfasser dieses Textes gibt es einen seltsamen Zauber, der sie miteinander verbindet. ›Wenn Schmerz und Grauen…‹, wartet, wo war das noch mal. Ach ja, da: ›Wenn der Schmerz und das Grauen darüber, das eigene Fleisch verbrannt, verspottet und den Hunden zum Fraß vorgeworfen zu sehen, die Nachkommen zum Untergang verurteilt, der eigene Stamm ohne alle Hoffnung, dann widerfährt dem König der Zwerge das dunkle, geheimnisvolle Wunder, dass sein Geist den Herrscher der Elfen im Schattenreich des Traums um Hilfe anfleht.«

Langes Schweigen machte sich breit.

»Und was heißt das?«, erkundigte Joss sich zaghaft.

»Dass der König der Zwerge dich, liebster Bruder und Herr der Elfen, im Traum um Hilfe gebeten hat«, erklärte Arduin sanft. Dazu geboren, groß und stark zu sein, war Arduin ebenso der geborene ältere Bruder. Manchmal spielte er diese Rolle auch Erbrow gegenüber. »Sein Volk ist ausgerottet worden. Der Schmerz, der sein Herz erfüllt, hat das Maß überschritten, das eine Seele ertragen kann, und ist übergelaufen.«

Joss dachte darüber nach.

»Wie zu viel Wasser in einem Krug?«, fragte er.

»Wie zu viel Wasser in einem Krug«, bestätigte Arduin. »Vermutlich sollte dich ursprünglich nur ein Hinweis erreichen, wie von einer Brieftaube, nur eben ohne Taube. Hingegen sieht es jetzt so aus, als hätte sich Inskays Geist in dir breitgemacht und als würdest du nun seine Erinnerung und Kenntnisse in dir tragen.«

Das konnte stimmen. In seinem leeren Kopf konnten sich Inskays Kenntnisse bequem ausbreiten.

»Aber ich bin nicht König der Elfen, und Inskay ist nicht König der Zwerge, er ist bloß irgendein Zwerg. Bevor er Sklave wurde, hat er auch in den Gruben geschuftet wie alle anderen.«

Erbrow nickte. Ausnahmsweise schien sie einmal ihm zuzustimmen und nicht Arduin.

»Bei den Zwergen ist das Königsamt keine dauerhafte und erbliche Würde«, erklärte Arduin weiter. »Wenn alles gut läuft, kommen die einzelnen kleinen Gemeinschaften mit einer Art Bürgermeister aus. Aber in Kriegen, wenn die Gefahr droht, geschlagen zu werden, wenn gekämpft werden muss, wird der mit den besten Führungseigenschaften zum König gemacht.«

»Gut, die Zwerge mögen ja einen König haben, aber die Elfen nicht, denn sie sind alle tot«, wandte Erbrow nun ihrerseits sanft und traurig ein. »Der Letzte, der Größte und Mächtigste der Elfen ist vor meinen Augen getötet worden, und sein Körper hat sich nicht vom Scheiterhaufen erhoben. Und wenn es noch ein Volk der Elfen gäbe, so wärst du der König.«

Sehr bewegt legte Arduin das Buch beiseite, holte ein anderes, schlug es auf und übersetzte aus der alten Sprache: »Unser Volk besteht aus denen, die sind, und aus denen, die waren, also wird es immer sein.« Dann verstummte er und die Worte blieben im Raum stehen.

Joss mochte die Zwerge sehr. Wenn Inskay sprach, verstand man immer alles; wenn die Elfen redeten, klang das zwar schön, aber man verstand einfach kein bisschen.

»Hochnäsig, bedeutet das, dass man sie nicht versteht, wenn sie reden?«, fragte er.

»Ja«, antwortete Arduin fröhlich. »Mehr oder weniger.« Dann erklärte er: »Das Volk der Elfen setzt sich zusammen aus denen, die jetzt leben, das ist keiner, und denen, die in der Vergangenheit gelebt haben, das sind alle. Das Volk der Elfen existiert also noch, es wird immer existieren, auch wenn kein Elf mehr am Leben ist, nicht nur weil es uns gibt, Erbrow, dich und mich und die ganze, unter den Menschen verstreute Nachkommenschaft der Elfen. Und auch nicht, weil alles, was sie geschrieben und gebaut haben, noch da ist, sondern weil jene, die ermordet und zu Dünger für Unkraut und Brennnesseln wurden, jetzt auf unendlichen Wiesen unter grenzenlosem Himmel wandeln.«

»Das habe ich verstanden«, verkündete Joss befriedigt. Er hatte wirklich verstanden. »Die Toten mitzuzählen, um die eigene Zahl aufzubessern, das ist ein Trick, auf den nur Elfen verfallen können.«

»›Ein Trick, auf den nur Elfen verfallen können‹«, wiederholte Arduin. »So würde ein Zwerg reden. Das Volk der Elfen existiert noch und du bist sein König. Erbrow ist ein Mädchen, und bei den Elfen sollten die Herrscher möglichst männlichen Geschlechts sein, und auch in den Zeiten ihrer größten Macht ist es vorgekommen, dass die Herrscher Halbelfen waren. Das Übermaß an Mitleid bei den weiblichen wie bei den reinen Elfen kann nämlich für ihr Volk gefährlich werden, denn dadurch fallen sie ihren Feinden wehrlos in die Hände.«

»Du bist größer«, widersprach Joss ruhig. Er verwendete das Wort »groß«: Es war ein schönes Wort. Es bedeutete vielerlei, und was immer es bedeutete, es traf auf Arduin zu.

»In der Welt der Menschen gilt von Zwillingen derjenige als der Ältere, der zuerst geboren wird«, erwiderte Arduin. »Aber bei den Elfen ist derjenige der Ältere, der zuerst empfangen wurde.«

»Was heißt empfangen?«, fragte Joss.

»Der zuerst im Bauch der Mutter entsteht. Bei den Elfen ist der Zwilling, der als Zweiter auf die Welt kommt, der zuerst Empfangene, also in Wirklichkeit der Erstgeborene. Der König.«

»Aber wo ich doch Angst vor meinem eigenen Schatten habe«, beharrte Joss. Es war schon ein Wagnis und eine Herausforderung, man selbst zu sein, geschweige denn, König von irgendwas zu sein, und sei es auch nur von einem Volk von Toten.

Seine Mutter sagte immer, dass er, bevor er auf die Welt kam, im Reich der Toten gewesen war, von wo Parzia ihn zurückgeholt hatte. Vielleicht war er ja deshalb jetzt König eines Volks von Toten? Wer weiß, ob die Toten auch »p« und »q« verwechselten und »d« und »b«?

»Angst zu haben, ist kein Zeichen von Unterlegenheit, und keine Angst zu haben, kein Zeichen von Überlegenheit«, ermunterte ihn Arduin. »Angst ist die Summe aus Vorstellungskraft und Wahrnehmung von Schmerz. Die Orks haben vor nichts Angst, weil sie keine Vorstellungskraft haben. Und da sie von niemandem geliebt werden, betrachten sie ihr Überleben als einen bloß relativen Wert.«

»Du hast vor nichts Angst«, wandte Joss ein. Nichts bewunderte er mehr als Mut. Es war der Mut, leben zu können, ohne ständig von all seinen Ängsten überwältigt zu werden, worum er Arduin am meisten beneidete. Nicht dass er neidisch gewesen wäre auf seinen Bruder, er hätte nur gewollt, dass die Leute einmal in seinem Leben so von ihm sprechen sollten, wie sie von Arduin sprachen.

»Doch, ich habe Angst«, entgegnete Arduin heiter. »Aber ich kann mich verstellen. Der Mut der Orks ist ein Mangel an Angst, der Mut der Menschen ist nur mehr oder weniger erfolgreiche Schauspielerei.«

»Da ist noch was. Der Kinderreim«, sagte Joss. Er zögerte. Endlich einmal nahmen sie ihn ernst.

Wenn er diese Geschichte ins Spiel brachte, benahm er sich wirklich wie ein Trottel, das begriff sogar er. Andererseits konnte er es nicht für sich behalten Die Geschichte in dem Reim war der von Inskay zu ähnlich. »Wisst ihr, das Spiel, das ich mit Luna gespielt habe, wo es heißt: ›*Dum-dara-dum-dum-dara-dei, Zwergenkönig kommt wieder frei, entflieht dem Tod nun irgend-*

wie ohne Flügel oder Magie. Dumdaradumdumdaradei, Schnee rieselt sanft herab, juchhei, Krähen versinken tief im Eis, alles ist nun schwarz und weiß.‹«

Allein diese Verse zu wiederholen, versetzte Joss gleich wieder in eine fröhliche Stimmung, er musste sich Mühe geben, seine Füße ruhig zu halten.

»Das Knie!«, rief er dann plötzlich; erst in diesem Augenblick hatte er es bemerkt: »Das Knie tut mir nicht mehr weh!«

»Hat dir das Knie wehgetan?«, fragte Arduin.

»Das, das ich heute versucht habe zu heilen?«, fragte Erbrow.

Joss nickte. »Du konntest es nicht heilen, Erbrow, weil der Schmerz nicht meiner ist. Es ist Inskays Schmerz. Mit dem Reim ist er vergangen. Es war ein schrecklicher Schmerz und der Reim hat ihn geheilt. Dieser Reim hat Zauberkraft.«

»Moment!«, warf Arduin ein, der plötzlich skeptisch geworden war. »Nur weil der Schmerz vergangen ist, heißt das noch lange nicht…« Erbrow unterbrach ihn mit einer Handbewegung. Sie schwiegen lang. Ihre Schatten tanzten groß und düster wie Gespenster im flackernden Licht der einzigen Fackel an den Wänden. Dann sprach die Prinzessin.

»Der Kinderreim erzählt die Geschichte von… Inskay, richtig? Und als du die Schritte zu dem Reim gemacht hast, ist der Schmerz vergangen. Der Reim hat einen musikalischen Rhythmus, tatsächlich ist er wie ein Tanz: *Dum-dara-dum-dum-dara-dei, Zwergenkönig kommt wieder frei, entflieht dem Tod nun irgendwie ohne Flügel oder Magie.* Ein Tanzrhythmus mit acht Schlägen. Eins, zwei, drei, vier, fünf, sechs, sieben, acht. Schritt vor, Schritt zurück, Seitschritt, Schritt. Ich habe das auch gespielt, bis die anderen anfingen, mich zu hänseln, weil ich zu groß dafür war. Man empfindet eine merkwürdige Fröhlichkeit dabei, aber nur, wenn man alles richtig macht.«

»Ihr wollt mir sagen, es gibt einen Kinderreim, der auch eine Prophezeiung ist und gleichzeitig ein Heilzauber für Knieschmerzen? Was denn sonst noch?«, wandte Arduin gereizt ein.

»Wenn es sein kann, dass der Herr der Elfen durch ein geheimnisvolles Wunder in der Schattenwelt des Traums um Hilfe gebeten werden kann, dann kann es auch einen Beschwörungstanz geben«, entgegnete Erbrow.

»Was ist ein Beschwörungstanz? Das klingt weniger blöd als Kinderreim«, bemerkte Joss.

»Das ist eines der wenigen magischen Rituale, das die Orks kennen, und sie verwenden es im Krieg«, erklärte Erbrow. »Ein ständig wiederholter Laut, begleitet vom Klang der Trommeln, das stellt eine Verbindung zwischen den Kriegern her. Die Musik… der Rhythmus, versteht ihr? Eins, zwei, drei, vier, fünf, sechs, sieben, acht, der Rhythmus geht ein und erfasst die Seele. Kerle, die sich hassen, werden so fähig, Seite an Seite im selben Graben zu kämpfen. Leute, die sich gegenseitig abgeschlachtet hätten, um sich ein Stück verschimmeltes Brot abzunehmen, sind plötzlich zu heldenhafter Selbstlosigkeit fähig.«

Das flackernde Licht der Fackel ließ ihre Schatten an den Wänden ringsum tanzen.

»Ihre Trommeln«, erinnerte sich Atàcleto. »Ihre Trommeln während der Belagerung. Sie waren der Albtraum unserer Nächte. Man wünschte sich, schon tot zu sein, dass alles schon aus und vorbei wäre.«

Betretenes Schweigen machte sich breit und Erbrow und Atàcleto wechselten kurz einen Blick. Sie konnten sich an die Belagerung noch erinnern, sie waren dabei gewesen.

»Verfluchte Hitze«, flüsterte Erbrow. »Kaum Wasser, fauliges Wasser, Mama verrückt vor Schmerz und Angst, dicke Fliegen mit schillernden Flügeln, die sich an den Toten gütlich tun.

Trommeln in der Dunkelheit, um uns daran zu erinnern, dass es früher oder später keinen Morgen mehr geben wird.«

»Aber es hat ein Morgen gegeben. Wir haben sie geschlagen«, antwortete Atàcleto. Sie sprachen leise wie zwei Verschwörer, zusammengeschweißt durch ihre Erinnerungen.

Joss versuchte, das Gespräch wieder auf den Kinderreim zu bringen.

»Der Reim stammt von den Orks? *Dumdaradumdum-dara-dei*?«, fragte er alarmiert. »Orks haben keine Reime. Sie sind böse und wir sind gut.« Das war eine seiner wenigen Gewissheiten.

»Sire Arduin war ein Mong-hahlu-Ork und er ist unser Vorfahr«, antwortete Erbrow fröhlich. »Um genau zu sein, sind wir zur Hälfte Elfen und zur Hälfte Menschen, aber in unserer menschlichen Hälfte ist etwas Orkblut.«

Diese Neuigkeit erschütterte Joss. Wie ein Guss eiskaltes Wasser, hätte Inskay gesagt. Aber alle anderen, Atàcleto eingeschlossen, schienen überhaupt nicht überrascht.

»Wäre Eure Mutter nicht eine Nachfahrin von Sire Arduin, wäre sie nicht imstande gewesen, die Orks aufzuhalten«, versuchte Atàcleto, dem seine Bestürzung nicht entgangen war, ihn zu besänftigen.

Wenn alle es wussten, dann hatten sie es wahrscheinlich auch ihm schon einmal gesagt, aber die Abstammung Sire Arduins und folglich auch seiner Mutter von den Orks musste sich in den Tiefen seines Gedächtnisses verloren haben, zusammen mit der Geschichte vom Tod seines Vaters und dem Unterschied zwischen Addition und Multiplikation.

»Wenn der König von Varil ein halber Ork ist, heißt das also nicht, dass er böse ist?«, fragte er befriedigt. Ein weiterer Pluspunkt für Inskay.

»Sire Rankstrail ist ein halber Ork?«, fragte Atàcleto.

Joss sah Erbrow an, und angesichts ihrer Miene fürchtete er schon, etwas Falsches gesagt zu haben, aber dann lächelte sie.

»Ja, wie Sire Arduin ist auch Sire Rankstrail mit den Orks verwandt. Aber du, Bruderherz, woher weißt du das? Weil Inskay es weiß?«

Joss nickte.

»Gut, ein Beweis mehr für seine Existenz. Der Reim wurde von jemandem ersonnen, der in die Zukunft schauen kann, um uns zu warnen und zu wappnen. Das Volk der Zwerge soll ausgerottet werden. Sein König hat den König der Elfen um Hilfe gebeten. Das ist wie die Prophezeiung über den letzten Elfen. Sie wurde in eine Mauer des Königspalasts gemeißelt, wo alle sie lesen konnten. Diese hier wurde in einem Kinderreim versteckt, der auf den Straßen zu einem Hüpfspiel gesungen wird, wo alle ihn hören können«, schloss Erbrow ruhig.

So betrachtet klang das alles glaubwürdig.

»Warum haben nur alle eine solche Schwäche für Prophezeiungen?«, fragte Arduin. »Sie sind zu nichts gut. Niemand versteht so recht, was sie bedeuten: Man versteht sie erst, wenn das vorhergesagte Ereignis schon eingetreten ist.«

»Wenn es eine Prophezeiung gibt, bedeutet es, dass die Zukunft irgendwo festgelegt ist«, antwortete Erbrow. »Es bedeutet, dass es ein Schicksal gibt, und das existiert nur im Geist der Götter. Eine Prophezeiung ist der Beweis, dass ein Gott spricht und dass er unser Schicksal im Sinn hat, dass es ihm am Herzen liegt. Es bedeutet, dass unser Leiden und unsere Verzweiflung keine bloßen Spielbälle des Zufalls sind. Irgendjemand hat von uns gewusst, bevor wir zu existieren begannen, jemand beobachtet uns, jemand wird uns trösten.«

»Ich sehe nicht, dass der hellsichtige König von Varil einen

Schritt vor, einen zurück, einen zur Seite hüpft«, wandte Arduin ein.

Erbrow lachte.

»Da bin ich deiner Meinung«, sagte sie. »Es ist klar, dass diese Prophezeiung nicht von ihm stammt, sonst hätte er sie in Stein oder Eisen ritzen lassen, er hätte Gesetze zum Schutz des Volks der Zwerge erlassen, und vielleicht hätte er, als weitere Schutzmaßnahme, Alyil dem Erdboden gleichgemacht. Wir müssen davon ausgehen, dass der visionäre Geist ein anderer ist. Mit Sicherheit war es eine Frau, sonst hätte sie nicht einen Kinderreim zu Hilfe genommen, und mit Sicherheit war es eine Nachfahrin Sire Arduins, sonst hätte sie ihre Visionen nicht ernst genommen. Sie wusste, dass das Eingeständnis dieser Verwandtschaft ihr bei den Machthabern nicht unbedingt Gehör und Aufmerksamkeit verschaffen würde. Nach dem Tode Arduins waren das wieder die Menschen, die weder Zwerge noch den Ork-König liebten, dem sie alles verdankten und den sie zu vergessen suchten. Mit Sicherheit musste sie Arduin ziemlich nahestehen, um sich ihrer Sache so sicher zu sein, also keine Enkelin, sondern eine Tochter. Eine der sechs Töchter, die als Prinzessinnen geboren wurden, dann aber verborgen im Schoß des Volkes ein unauffälliges Leben führten.«

»Sie hat ihre Vision dem einzigen Ding anvertraut, das so unveränderlich ist wie Stein, den Versen eines Kinderreims. In dieser Gestalt wird sie von Mund zu Mund weitergegeben werden, von Generation zu Generation. Wenn ein Mädchen je versucht hätte, auch nur eine Silbe daran zu ändern, hätten die anderen sie zurechtgewiesen, und so wurde von Hüpfspiel zu Hüpfspiel der genaue Wortlaut bis in unsere Zeit übertragen. Wir, unsere Mutter und ich, haben Visionen, weil wir Orkblut in uns haben. Die Vision betrifft immer uns oder jemanden, der uns sehr nahe-

steht. Sie hat nicht Inskay gesehen, sondern Joss, ihren Nachfahren. Dass Joss selbst tatsächlich eine Vision gehabt hat, daran besteht kein Zweifel mehr; dass ein alter Kinderreim von
derselben Sache handelt, ist bewiesen, weil Joss durch das Aufsagen und Hüpfen Inskays Schmerz geheilt hat. Und dass sein
Geist von Stunde zu Stunde stärker wird und immer mehr wie
der Inskays…«

»Erbrow«, fiel Joss ihr ins Wort. »Wenn Inskay stirbt, spüre
ich dann seinen Tod? Wie meinen eigenen?«

Erbrow erbleichte und musste sich am Lesepult festhalten, um
nicht ins Wanken zu geraten. Auch Arduin stöhnte.

»Erbrow, wenn Inskay stirbt und ich fühle seinen Tod, bin ich
danach wie vorher? Erbrow, ich will nicht Inskays Tod spüren
und dann wieder wie vorher sein, ich will nicht nichts wissen
und immer hinfallen. Ich will nicht, dass Inskay stirbt.«

Erbrow und Arduin nickten.

»Wir müssen sofort zu Eurer Mutter gehen«, sagte Atàcleto.
»Wir haben einen ganzen Tag vertrödelt. Wir dürfen keinen
Augenblick mehr verlieren.«

Eine zweite Lichtquelle neben der Fackel erleuchtete den
Raum und vervielfachte die Schatten. Alle drehten sich um. Der
Seneschall stand in der Tür, reglos und groß wie ein Standbild,
eine Laterne in der Hand.

»Habt Ihr je etwas davon gehört, dass es sich gehört, zur fest-
gesetzten Zeit zum Abendessen zu erscheinen?«

»Ja, aber wir wissen auch, dass es dringlichere Erfordernisse
geben kann als die Pünktlichkeit. Es ist unerlässlich, dass wir
auf der Stelle unsere Mutter sehen. Uns ist bewusst, dass wir
nur Kinder sind und als solche nicht ganz vollzunehmen, und
dass es üblich ist, nicht auf unser Geschwätz zu achten Aber wir
geben Euch unser Wort, es ist von immenser Wichtigkeit, dass

wir mit unserer Mutter sprechen«, erklärte Arduin nachdrücklich, ruhig, ohne laut zu werden oder die Tonlage zu verändern.

Joss fragte sich, ob er in seiner Eigenschaft als Herrscher der Toten auch je einen solchen Ton würde finden können. Sogar der Seneschall war einen Augenblick lang sprachlos, es hatte ihm den Atem verschlagen. Doch dann fand er ihn wieder.

»Eure Mutter ist außer Haus«, entgegnete er hochmütig. »Wenn sie zu fortgeschrittener Nachtstunde heimgekehrt sein wird, liegt es bei Euch zu entscheiden, ob Ihr ihr die wohlverdiente Ruhe noch länger versagen und ihr erzählen wollt, was Ihr zu erzählen habt, was für das Überleben, das Wohl und Wehe der Grafschaft von fundamentaler Bedeutung ist, nehme ich an.«

»Gut, dann werden wir heute Nacht mir ihr sprechen«, schloss Arduin ungerührt. »Wir können zum Essen gehen. Entschuldigt uns für die Verspätung.«

Wieder spürte Joss im Bruder das Gefühl von Hitze und zusammengebissenen Kinnladen. Wut.

Der Seneschall wandte sich um und schritt dem kleinen Zug voraus zum Festsaal.

Im Festsaal gab es einen großen Tisch für die Gäste und einen kleineren, wo während der großen Bankette die Platten mit Braten abgestellt wurden; wenn keine Gäste da waren, wurde auf diesem kleineren Tisch gedeckt. Ringsum standen Schränke und Kredenzen, wo das zusammengestoppelte Geschirr des kleinen Königreichs sich alle Mühe gab, Staat zu machen. Die beiden Tische waren aus schönem dunklen Holz – Joss wusste, dass es Nussbaum war –, mit Schnitzereien, die geflügelte Kinder darstellten und über die Joss gern seine Finger gleiten ließ. An den Wänden hingen auch wunderschöne Wandteppiche, idyllische Szenen mit Bauern in Weinbergen, freundlichen Hügeln, grünen

Wäldern, wo sich Hirschgeweihe und das Geäst der Bäume ineinander verflochten, und sie tauchten den Raum in ein goldenes Septemberlicht, auch im Winter. Die Wandteppiche gefielen Joss, obwohl er diesen Raum aus ganzer Seele gehasst hatte, da er Schauplatz ewig gleicher, qualvoller Szenen war. Abwechselnd die eine oder die andere oder alle gemeinsam, seine Mutter, Parzia, Jara, die Köchin, und sogar Morgentau, eine Angehörige des Volks der Zwerge, hatten sich hier abgelöst in einer endlosen Folge von »ich bitte dich, mein Junge, noch ein bisschen was, lass sehen, was für ein hübsches Mäulchen du hast, oh, so viele schöne Zähnchen, mach hamham, mach den Mund schön weit auf, der kleine Drache fliegt und fliegt in seine Höhle, oooh, der kleine Drache kann nicht in seine Höhle und jetzt weint er; so ist's brav, der kleine Drache kann in seine Höhle und jetzt ist er glücklich. Los, schluck runter, mein Schatz, Joss, jetzt ist Schluss damit, alles im Mund zu behalten, du hast genug gekaut, mein Schatz, schluck jetzt runter, ooh nein, ich bitte dich, nicht ausspucken«. Und das Absurdeste bei der Sache war, dass es immer so aussah, als wäre er der Idiot. Oft mischte sich auch der Seneschall ein und erzählte, dass die Kinder von armen Leuten wenig zu essen hatten, was Joss' Neid auf die armen Leute nur noch steigerte. In letzter Zeit waren die Hoffnungen seiner Mutter, ihn zu ernähren und groß und stark zu machen, endgültig zerstoben, weshalb man ihn ein wenig in Frieden ließ.

Joss hatte noch nie im Leben Hunger gehabt, außer in der Nacht zuvor, daher konnte er dieses Gefühl von Leere im oberen Bauch, das kein Brechreiz war, nicht gleich identifizieren. Der Geruch von frischem Brot berauschte ihn. Er stopfte sich den Mund voll damit, und ihm schien, als könnte er nie genug davon kriegen. Jara servierte ihm die Hühnersuppe, die er immer gehasst hatte, und Joss verschlang sie mit einer solchen Ge schwindigkeit, dass ihm die Frau mit einem freudigen Lächeln übers ganze Gesicht den Teller noch einmal füllte.

»Hast du Speck mit Bohnen?«, fragte Joss sie leise. Er hatte das noch nie im Leben gegessen, war aber sicher, dass er das wollte.

»Ich habe welche für uns in der Küche, aber ich kann dir das nicht geben. Was, wenn du dich dann erbrechen musst?« Sie war jung, klein und für eine Küchenmagd ungewöhnlich mager. Sie hatte ein breites Gesicht und eine gebogene Nase wie eine Eule, eine Ähnlichkeit, die noch weiter unterstrichen wurde vom grauen Wollstoff ihrer Kleider, der gestärkten weißen Haube und den beiden schneeweißen Schürzen, die sie übereinander trug.

»Lässt du mir ein bisschen was übrig, in der Küche? Ich komme später, wenn mich keiner sieht.«

Jara verschlug es vor Staunen die Sprache.

»Prinz Yorsh«, fing der Seneschall an. Joss hasste es, so angeredet zu werden. Bei dieser Silbenfolge fühlte er sich wie ein Marienkäfer, der an einem windigen Tag unter einem Blatt auf dem Rücken gelandet ist. »Ich sehe, dass Ihr einen Bärenhunger habt. In der farbigen Ausdrucksweise des gemeinen Volkes würde ich sagen, Ihr esst wie ein Scheunendrescher. Merkwürdig bei jemandem, der so krank ist, dass er meinem Arithmetikunterricht heute Nachmittag fernbleiben musste. Wollt Ihr nichts lernen?«, fragte der Seneschall. »Macht doch wenigstens einen Versuch. Ihr müsst zählen lernen.«

»Ich kann schon bis zwei zählen«, antwortete Joss entnervt.

»Prinz Yorsh, was wollt Ihr mit zwei anfangen?«

»Ich bin ja der König der Toten. Wenn einer lebendig ist und einer tot, kann ich die beiden unterscheiden, wenn ich bis zwei zählen kann. Sollte ich jemals etwas erobern, lerne ich bis drei zählen, sodass ich es zählen kann.«

Joss unterbrach sich. Tatsächlich, jetzt wo er daran dachte: Er kam bis drei. Noch ein Stück von Inskays Gedächtnis und er würde seine Mathematikkenntnisse verdoppeln. Er wusste auch, was Verdoppeln bedeutete. Wer weiß, ob der Seneschall an dem Unterschied zwischen eisenhaltigem Gestein und Feuerstein interessiert war, oder daran, wie man herausfand, wo Torf und wo Kohle vorkamen? Komisch, dass die Erdstoffe niemanden interessierten. Alle setzten als selbstverständlich voraus, dass sie immer da sein würden, auch wenn sich niemand die Mühe gab, sie zu erforschen, sie zu begreifen und ihre Bedeutung anzuerkennen. Joss dachte, dass diese Stoffe das Wesen der Erde sind, dass sie in ihrem ausgeweideten Inneren, in ihrer geschändeten Seele die einzigen Wahrheiten barg, die eine Zukunft ermöglichten. Wenn er groß war, würde er die Erdstoffe studieren. Ihm wurde bewusst, wie schnell sich sein Bewusstsein veränderte, seitdem er zu dem Reim getanzt hatte. Am Vormittag hatte er etwas flüssiger gesprochen und war etwas besser gelaufen als sonst, heute Abend aber schwangen sich seine Gedanken in die Höhe, getragen von Worten, über die er jetzt verfügte, Worte, die Inskay seit jeher gekannt hatte, und solche, die er eben von dem verfluchten Gaukler gelernt hatte. Vorerst kehrte er zu den Zahlen zurück. Daran gewöhnt, nie etwas zu wissen, hatte er übersehen, dass heute anders war als gestern. Eins zwei drei vier fünf sechs sieben acht: die Zahl der Schritte. Mit Sicherheit kam er bis acht.

»Prinz!«, rief der Seneschall außer sich. »Mein allerliebster Prinz. Ihr könnt bis drei zählen.« Vor Rührung traten dem alten Herrn Tränen in die Augen.

Fasziniert sah Joss ihn an. Zuerst schimmerten sie und kullerten dick und rund zwischen den Falten herab, dann verliefen sie sich ein wenig auf der nassen Haut, und der Seneschall wischte sie rasch mit einer Handbewegung ab. Der Alte umarmte ihn. Er verströmte einen feinen, unangenehm durchdringenden Geruch, den Joss tapfer zu ertragen beschloss.

Er hatte immer geglaubt, die Reden und Taten des alten Höflings hätten den einzigen Zweck, ihm das Leben schwer zu machen. Jetzt hingegen begriff er zum ersten Mal, dass er ihn auf seine Weise liebte. »Die Geschichte mit den Toten habe ich nicht begriffen, aber das macht nichts. Heute seid Ihr bis drei gekommen. Seht Ihr!«, fuhr der Alte fort. »Ich hatte recht, man muss Euch anspornen, keinen Augenblick lockerlassen im Kampf gegen Eure Faulheit!«

»Bis acht«, rief Joss. »Ich komme bis acht. Eins – zwei – drei – vier – fünf – sechs – sieben – acht«, zählte er in einem Singsang auf. Bis wohin kam Inskay? »Ich kann bis zwanzig zählen«, setzte er unsicher hinzu. Eins zwei drei vier fünf sechs sieben acht neun zehn elf zwölf dreizehn vierzehn fünfzehn sechzehn siebzehn achtzehn neunzehn zwanzig. Finger und Zehen zusammengenommen. Aber über zwanzig komme ich nie hinaus, das nützt mir nichts. Ein guter Stollen ist maximal zwanzig Spannen hoch und zwanzig Fuß lang. Danach muss man ihn verstärken, sonst stürzt er ein.«

»Ein guter Stollen? Ein Stollen wo?«

»In einem Bergwerk.«

»Bergwerk für was?«

»Was weiß ich, das hängt davon ab, für irgendwas. Zinn, Silber. Am schönsten sind die Salzbergwerke, sie sind trocken und schimmern hell. Am gefährlichsten sind die Kohlebergwerke. Sie können nicht nur einstürzen, sondern auch giftige Gase verströmen; in Kohlebergwerken kann auch Feuer ausbrechen. Blei- und Quecksilbergruben bringen einen um, auch wenn sie einem nicht auf den Kopf fallen. Das dringt ins Blut ein, in die Haut und in die Haare. Auch in die Seele. Sie wird grau und krank.«

Die Tür ging auf und einer der Pagen erschien. Es war ein großer junger Mann, ruhig und mit breitem Gesicht. Er trug die Winteruniform; Jacke und Hose aus grünem Samt, gesteppt und mit leichten Gänsedaunen gefüttert. Er machte eine Verbeugung zum Gruß.

»Meine Herrschaften!«, begann er fröhlich. »Die Königin schickt mich, Euch zu sagen, dass sie ein paar Tage abwesend sein wird. Sie hält sich in Villapetrosa auf, um mit dem dortigen Bürgermeister zu verhandeln. Sie lässt Euch grüßen. Und mit Eurer Erlaubnis möchte ich das auch tun und nach Hause gehen, wo meine Mutter mit Polenta und Würsten auf mich wartet.«

Interessiert sah Joss ihn an. Polenta und Würste schienen etwas zu sein, was Inskay mögen würde. Auch das hatte er noch nie bekommen. Mit Polenta und Würsten hätte der kleine Drache den Weg in seine Höhle vielleicht auch allein gefunden und wäre dann nicht mitsamt den gedünsteten Karotten, dem gedünsteten Spinat und den gedünsteten Rüben wieder ausgespien worden.

»Ja, gewiss, der Staudamm von Villapetrosa!«, kommentierte der Seneschall. »Gewiss, gewiss, geht nur!«

Nach einer letzten Verbeugung, die noch tiefer ausfiel als die zuvor, ging der junge Mann heim zu seinen Würsten.

Joss seufzte. »So lang können wir nicht warten«, murmelte er.

»Prinz!«, rief der Seneschall. Es war mehr ein kleiner Ausruf der Freude als der Überraschung. »Prinz Yorsh, ich verstehe nichts von dem, was Ihr sagt, aber heute Abend sagt Ihr Dinge, die ... nun, die ...«

»Mein Herr«, griff Arduin ein. »Unsere Mutter ist abwesend und nur Ihr könnt rasche Entscheidungen treffen. Es ist unbedingt notwendig, dass wir Euch die Lage erklären ...«

Doch Joss unterbrach ihn. »Nein, lass, ich erzähle es ihm. Das ist nicht so schwierig.«

Jetzt war alles viel leichter zu erzählen. Am Morgen, als er seine Mutter hatte überzeugen wollen, waren nur Inskays Schmerz und Verzweiflung in ihm gewesen. Sein Geist war noch der von Joss, dem Prinzen aller Idioten. Im Lauf dieses langen Tages hatte sich nicht nur der Gleichgewichtssinn bei ihm eingestellt, sondern auch die Bergbaukenntnisse; die Abfolge der ersten zwanzig Zahlen und die sämtlicher Buchstaben des Alphabets sowie die Logik waren in ihn eingeströmt wie Wasser, das endlich gurgelnd in einen leeren Krug läuft. Und mit der Logik auch die Fähigkeit, eine seltsame und unwahrscheinliche Geschichte so zu erzählen, dass sie Glauben finden konnte.

»Arduin«, sagte er ruhig und ernst, »kannst du das Buch holen, aus dem du vorgelesen hast? Nein, die beiden Bücher: das, aus dem du uns vorgelesen hast, und das andere, ältere, die... die Chronik?« Er verstummte, sammelte sich, dann stand er auf und wandte sich an den Seneschall: »Mein Herr, ich benötige Eure Weisheit und Euren Mut. Ich weiß, dass Ihr die irgendwo besitzt. Ich, Prinz Yorsh, König eines vernichteten Volkes, das aber nicht ausgelöscht sein wird, solange die Erinnerung daran lebt, ich bitte Euch um Eure Hilfe für das Volk der Zwerge.«

Zum Glück hatte der verdammte Gaukler Inskay eine gewählte Ausdrucksweise beigebracht, denn sowohl Joss, König der toten Elfen, als auch Inskay, König der noch lebenden Zwerge, würden sie benötigen.

Joss erzählte alles der Reihe nach, ohne Ausschmückungen oder Abschweifungen.

Aber auch ohne Arduins zwei Bücher wäre die Geschichte glaubwürdig gewesen. Es waren Joss' Ruhe, seine Ausgeglichenheit und Kraft, die bewiesen, dass an jenem Tag ein mächtiger Zauber stattgefunden hatte.

Als er seine Erzählung beendet hatte, herrschte absolute Stille in dem großen Saal unter den Wandteppichen mit Weinbergen und Wäldern darauf. Erbrows Wolf, der seinem ungewöhnlichen, aber verdienten Namen Treu alle Ehre machte, kam aus der Küche getrottet, wo er gewöhnlich nahe dem großen Herdfeuer schlief, und rollte sich zu ihren Füßen ein, wobei er die Schnauze auf ihre blauen Schuhe legte. Man hörte Flügelschlagen vor dem Fenster und etwas rumpelte gegen die Läden. Atàcleto öffnete sie und ließ Angkeel herein, den Adler, der ebenfalls der Prinzessin gehörte. Er setzte sich auf ihre Schulter, großartig, majestätisch und finster. Dem Wolf begann man seine Jahre anzusehen, sein Fell wurde grau, und er entwickelte eine gewisse abgeklärte Alterswcisheit. Angkeel dagegen musste von seinen Phönixahnen eine fabelhafte Langlebigkeit geerbt haben. Die Zeit ging spurlos an ihm vorüber. Das Gefieder war noch immer genauso prächtig und sein Charakter immer noch genauso unerträglich, durch nichts gemildert. Jedes Frühjahr verschwand er in Richtung Westen, in Richtung des Ortes »Erbrow« mit seinem Strand und seiner Steilküste, der Heimat seiner Sippe. Im Sommer tauchte er wieder auf, die Flügel von Salz verklebt, arroganter und streitsüchtiger denn je.

Inzwischen hatte der Seneschall mehr als einmal die Hände erhoben, die er immer sehr viel benutzte, auch wenn er die simpelsten und banalsten Dinge sagte, und hatte mehrmals den Mund aufgemacht, um etwas zu äußern, doch dann hatte er darauf verzichtet und lediglich den schönen weißen Kopf geschüttelt. Schließlich war es die kleine Jara mit ihrer hohen Stimme, die das Schweigen brach.

»Aber der Kinderreim ist damit nicht zu Ende. Da ist noch ein Stück. Und wie wollt Ihr wissen, was zu tun ist, wenn Ihr das letzte Stück nicht kennt?«

»Und wie heißt das letzte Stück?«, fragten alle gleichzeitig.

»Das weiß ich nicht. Ich weiß nur, dass es das gibt. Als ich als kleines Mädchen das Hüpfspiel spielte, hat meine Oma mir einmal gesagt, dass es da noch ein Stück gab, als sie selbst klein war, man es aber wegließ aus Angst, es könnte Unglück bringen.«

»Und ihr habt sie nicht gefragt, wie das ging?«, fragten wieder alle mehr oder weniger gleichzeitig.

»Sicher haben wir sie gefragt. Aber sie hat uns nicht geantwortet. Weil es Unglück brachte, das auch nur zu erwähnen, nicht wahr?« Jara seufzte und setzte sich auch hin. Sie schüttelte den Kopf, sah allen Anwesenden reihum ins Gesicht, dann ergriff sie wieder das Wort.

»Entschuldigt, wisst Ihr, ich bin hier Dienerin. Wenn ich die Kartoffeln geschält, die Töpfe blank gescheuert und den Tisch abgedeckt habe, ist für mich der Tag zu Ende, und ich kann schlafen gehen. Jeder auf seinem Platz. Ihr seid Königskinder und Befehlshaber und müsst etwas unternehmen. Ich weiß nicht, ob Ihr mit Herumsitzen Euren Zwerg rettet. Warum macht Ihr Euch nicht auf und rettet ihn, derweil kann ich den Tisch abdecken? Geht aber ein bisschen weiter weg, irgendwohin, wo ich dann nicht sauber machen muss.«

»Zu meiner Zeit…«, begann der Seneschall steif, aber er konnte nicht weitersprechen.

»Nun, gewiss, ich weiß«, unterbrach ihn Jara liebevoll. »Zu Eurer Zeit, da herrschte Respekt, und jeder war auf seinem Platz. Aber wisst Ihr, die Zeiten ändern sich. Ständig ändern sich die Zeiten. Seitdem die Welt steht, ändern sich die Zeiten.«

König
der Toten

KAPITEL 4

Hat man Euch das zu Hause im Königspalast,
beigebracht, eine so ausgefallene,
gemeine und raffinierte Ungezogenheit?

Am Ende hatte Joss keinen Speck mit Bohnen bekommen. Und auch keine Würste. Der Adler voraus, der Wolf hinterdrein, machte sich das Grüppchen auf den Weg in den Audienzsaal, durch Korridore, die nur spärlich von ein paar Fackeln erhellt waren, sie steckten in schmiedeeisernen Halterungen mit Messingverzierungen. Wie in der Bibliothek brannte kein Feuer im Kamin. Mittlerweile hatte sich der Nachtfrost über den Palast herabgesenkt und drang durch sämtliche Ritzen und Spalten herein, von denen es überall reichlich gab. Eisige Luftschwerter fuhren zwischen den Fensterläden herein, die nicht wirklich schlossen, und zogen unter den alten Türen durch, die am Boden breite Ritzen ließen.

Atàcleto wurde von Erbrow geschickt, Morgentau zu holen, die einzige Angehörige vom Volk der Zwerge, die auch während der Belagerung neun Jahre zuvor schon in Daligar gewesen war. In den darauffolgenden Jahren waren vereinzelt Zwerge nachgekommen, Flüchtlinge aus Alyil. Unter den Einwohnern von Daligar gab es mittlerweile eine stattliche Gruppe von ihnen, die ein eigenes kleines Viertel bewohnten, bestehend aus winzigen Häusern, die das Entzücken der Kinder waren, darunter auch die beste Schenke der Stadt.

Morgentau war eine weise alte Frau, die der Prinzessin von Daligar geholfen hatte, den Wolf zu zähmen und zu erziehen, und dabei immerhin erreicht hatte, dass er die Hühner in Ruhe ließ, die in Daligar alle Straßen, sämtliche Plätze und Höfe bevölkerten. Sie lebte in einem kaum mannshohen Haus, das die Königin an der Außenmauer des Orangenhains hatte errichten lassen, und züchtete im Schilf unten beim Fluss Esel. Morgentaus Esel waren berühmt; kräftige und geduldige Tiere, klug und ausdauernd. Manch einer legte viele Meilen zurück, um einen bei ihr zu kaufen, aber nicht jeder bekam einen. Zu zahlen genügte nicht, man musste eine gründliche Prüfung bestehen und jede Menge Fragen beantworten, was nicht nur grausame Herren vom Kauf ausschloss, sondern auch geizige und gleichgültige. Nur wer Esel wirklich liebte, durfte einen besitzen.

Während man auf Morgentau wartete, schichtete Arduin große Scheite in den Kamin, die daneben lagen, und mit einer leichten Handbewegung entzündete Erbrow sie. Der Seneschall, der sich auf einen Stuhl hatte fallen lassen und weiterhin nach Luft rang, fuhr hoch und fand endlich etwas zu sagen. »Gebt acht…«, mahnte er. Wie jedes Mal verrichtete Erbrow dieses kleine Wunder vor allen. »Denkt daran, nie in der Öffentlichkeit, nie vor den andern, sie werden Euch hassen. Denkt daran.«

»Ich werde daran denken«, antwortete Erbrow wie jedes Mal gelassen und traurig.

»Auch Ihr, Prinz Yorsh«, fuhr der Seneschall fort. »Auch Ihr schweigt, um Himmels willen, schweigt, schweigt still, immer. Dass niemand außer uns je erfährt, dass der Geist eines anderen in Euch ist, sonst trifft Euch der alte Vorwurf, Elfen würden Gedanken rauben. Von allen menschlichen Ängsten ist die, dass ein anderer unsere Gedanken lesen kann, die schlimmste. Der Hass auf den, der unser Haus anzündet, ist nichts im Vergleich zum Hass auf den, der die schwindelnden Abgründe unserer Gemeinheit entdecken kann. Versteht Ihr?«

»Ich raube doch nichts!«, protestierte Joss. »Inskay ist in meinen Kopf gekommen! Und dahin ist er gekommen, weil er verzweifelt und König der Zwerge ist. Es kann schließlich nicht irgendwer in meinen Kopf kommen, so stand es in dem Buch geschrieben. Es muss schon der König der Zwerge sein, und es muss ihm wirklich alles schiefgegangen sein!« In der Aufregung hatte er wieder angefangen zu reden wie Joss, der Trottel.

»Ich weiß, dass Ihr nichts raubt, aber hört auf mich: Ihr müsst schweigen. Nur Eure Geschwister, Atàcleto, Eure Mutter und ich dürfen von Inskay wissen. Ihr seid Sohn eines Elfen. Nicht einmal Eure Mutter kann Euch retten, wenn der Verdacht, der Elfensohn könne Gedanken rauben, sich ausbreitet und die Seelen vergiftet. Doch vermutlich täusche ich mich, sie wird Euch wohl retten. Aber nur durch Kampf und Blutvergießen.«

Ein leises Geräusch war zu vernehmen und endlich erschien Morgentau. Sie war sehr klein und sehr alt. Gesicht und Hände waren zerfurcht von tiefen Falten und die grauen Haare waren in schlampig geflochtenen Zöpfen irgendwie um den Kopf gelegt. Auch das Kleid war aschgrau und etwas zerrissen. Und doch lag in der Art, wie sie den Kopf trug, in ihren schwarzen und ruhigen Augen etwas nahezu Königliches. Joss fragte sich, ob das vielleicht schon immer so gewesen war. Es musste an

149

ihm gelegen haben, dass er es nicht bemerkt hatte, weil er in seiner Torheit gefangen war.

Morgentau ließ jede Höflichkeitsfloskel beiseite. Atàcleto musste ihr schon alles erklärt haben. Sie setzte sich auf einen Hocker und sah alle an, ruhig, einen nach dem anderen. Zuletzt verweilte ihr Blick auf dem Seneschall.

»Man muss die Königin zurückrufen, sofort. Noch heute Nacht.« Morgentaus Blick wanderte weiter zu Atàcleto. »Und nur Ihr könnt das übernehmen«, schloss sie leise.

Der Seneschall zuckte leicht, einen Augenblick lang zogen sich seine weißen Augenbrauen bekümmert zusammen. Joss begriff. Jetzt da er nicht mehr dumm war, enthüllten sich ihm im Licht des neu erworbenen Verständnisses traurige Tatsachen, und dazu gehörte das Versagen des Seneschalls. Letztlich hatte der hohe Würdenträger keinerlei Entscheidung getroffen. Man hatte warten müssen, bis Morgentau eintraf, damit endlich jemand auf die Idee kam, die Königin zu rufen. Solange es darum ging, das Hofzeremoniell in untadeliger Weise einzuhalten, war der Seneschall ein Meister, doch wenn entschieden werden musste, was zu tun war, versagte er. Joss, der ihn sein ganzes bisheriges Leben lang gefürchtet und gehasst hatte, empfand nun Mitleid mit ihm. Trotz all seiner Seiden- und seiner Damastkleidung war er ein armer Kerl. Es waren Menschen wie seine Mutter, wie Inskay, vielleicht auch Morgentau, die das Kommando übernahmen, wenn alles zusammenzubrechen drohte.

»Nur Ihr könnt gehen«, bestätigte Morgentau noch einmal. »Der Seneschall darf die Stadt in Abwesenheit der Königin nicht verlassen. Wir haben hier die Spione des Verwaltungsrichters, der nur auf einen unbewachten Augenblick wartet, um die Stadt wieder einzunehmen. Und wir können auch keine Botschaft schicken. Was geschieht, ist dermaßen groß und so unvorstellbar, dass man es nur mündlich erklären kann. Ich kann es nicht tun, weil mich jemand angreifen und aufhalten könnte. Es muss ein Soldat gehen, und das könnt nur Ihr sein, weil niemand anders von dieser Geschichte wissen darf, sonst wäre Joss in Gefahr.«

»Aber sicher!«, rief der Seneschall. Jetzt da jemand anders erklärt hatte, was zu tun war, kam es ihm zu, sich das anzueignen und es möglichst kompliziert zu machen. »Aber sicher. Ihr, Ihr heißt Atàcleto, stimmt's? Legt die Paradeuniform an, das ist unerlässlich, um mit der Herrscherin in Kontakt zu treten. Ich gebe sofort Befehl in den Stallungen, dass man ein Pferd für Euch sattelt...«

»Nein, nichts da, Paradeuniform. Je weniger er auffällt, desto besser ist es. Irgendein Soldat, der irgendeine Depesche überbringt«, unterbrach ihn Morgentau. »Noch nie hat jemand für einen jungen Rekruten ein Pferd gesattelt, also sollte er es lieber selber satteln...«

»Ich bin nicht besonders gut zu Pferd«, stammelte Atàcleto und errötete bis über die Ohren. »Man hat versucht, es mir beizubringen. Pferde sind schrecklich...«, fing er an, aber unter dem Blick des Seneschalls verstummte er.

»...groß«, beendete Joss betrübt den Satz für ihn.

»Ihr könnt nicht reiten?«, platzte der Seneschall heraus. »Ein Soldat muss, darf nicht...«

Auch er konnte seinen Satz nicht beenden. Morgentau unterbrach ihn.

»Man braucht gar kein Pferd, um heute Nacht noch nach Villapetrosa zu kommen. Da ist ja immer noch der beste Freund des Menschen.«

»Ein Hund? Und was soll man damit anfangen?«, fragte Atàcleto.

»Mein Junge«, entgegnete Morgentau. »Der beste Freund, den der Mensch auf Erden hat, ist der Esel. Er ist weniger groß als das Pferd, sogar ein Kind kann hinaufsteigen und bequem darauf sitzen. Er ist nicht so schnell wie ein Pferd, aber er wird nie müde und trägt einen weiter. Brecht sofort auf zur Königin. Und Ihr«, wandte sie sich an den Seneschall, »Ihr schreibt an den König von Varil. Ihm können wir schreiben, denn was wir ihm zu sagen haben, ist einfach: Wir haben von erneuten Verfolgungen des Volks der Zwerge gehört und von einem neuen Krieg, den die Orks vielleicht vorbereiten.«

»Ich? An den König von Varil schreiben?« Der Seneschall wirkte verschreckt. »Das könnte unziemlich sein. Das ist Sache der Königin. Morgen werde ich in den Annalen nachprüfen, ob je ein Seneschall an einen auswärtigen Herrscher geschrieben hat… Gegebenenfalls müsste ich ein passendes Pergament aussuchen, und dann der Stil, oh, nun je, der geeignete Stil…«

»Auf der Stelle«, brüllte Morgentau. »Jetzt sofort. Heute Abend noch schreibt Ihr diesen Brief. Nehmt irgendwelches Pergament und schreibt so klar wie möglich. Erklärt, dass wir erfahren haben und mit Bestimmtheit wissen, *mit Bestimmtheit*, wenn ich bitten darf, dass der Verwaltungsrichter die Absicht hat, das Volk der Zwerge zu vernichten, und dass die Orks aufrüsten.« Morgentau verstummte einen Augenblick und sah dem Seneschall ins empörte Gesicht. »Ich selbst werde mit den Soldaten mitgehen, die den Brief befördern. Ich kenne den König von Varil seit meiner Kindheit. Ich weiß, dass er mir glauben und uns helfen wird.«

Entrüstet sah der Seneschall sie an, dann nickte er. Joss fragte sich, warum die Rolle des Ratgebers einem solchen armen Nichtsnutz anvertraut war, während die kleine Königin in einer Hütte lebte und Esel züchtete. Er nahm sich vor, seine Mutter danach zu fragen, wenn sie denn endlich zurück sein sollte.

»Und ihr drei«, sagte Morgentau schließlich zu Joss, Arduin und Erbrow, »ihr geht schlafen. Es ist Nacht und Ihr werdet müde sein. Euch, Prinz Yorsh, Sohn Eures Vaters, Herr der Elfen, Euch wünsche ich, dass die Angst aus Euren Träumen weichen möge. Seit unvordenklichen Zeiten ist an den dürftigen Feuern unserer Lager entlang der Flussläufe oder in den Bergwerken ein Geheimnis weitergegeben worden, die Kunde von einem uralten Zauber, einem sagenhaften Pakt, der am Anbeginn der Welt zwischen dem Himmels- und dem Erdvolk geschlossen wurde. Im Augenblick der höchsten Gefahr werde die Warnung so schnell fliegen wie Gedanken und werde mit dem Flügelschlag eines Traums alle Entfernung überwinden. Ich habe oft gedacht, das ist ein freundlicher Trug, eine barmherzige Lüge, wie man sie manchmal Kindern erzählt, um sie in der Illusion zu wiegen, dass es Gerechtigkeit gibt und dass das Leiden der Welt nicht immer ohne Hilfe bleiben wird. Jetzt aber weiß ich, dass diese Mär wahr ist.«

Morgentau sah immer noch Joss an und verneigte sich, dann wandte sie sich zu Atàcleto und machte ihm Zeichen, ihr zu folgen.

»Kommt, ich will Euch einen kräftigen Esel aussuchen, tapfer und ausdauernd«, verkündete sie ihm. »Ich will Euch Sambuco geben. Er ist der jüngste und der schönste.« Trotz des Ernstes der Situation strahlte Morgentau einen Augenblick vor Begeisterung. »Ein Esel ist eine Mischung aus Kraft und Sanftmut, aber glaubt ja nicht, er habe keinen Stolz. Sambuco ist grau, sein Fell glänzt wie Seide, und wenn man mit ihm redet, ist es, als würde er einen verstehen.«

Nachdem Atàcleto auf dem Rücken des jüngsten und schönsten von Morgentaus Eseln losgeritten war, nachdem der Seneschall sich mit großem Brimborium verabschiedet hatte, und nachdem Morgentau, nunmehr schon tief in der Nacht, nach Hause gegangen war, zogen Joss und seine Geschwister sich in ihre Zimmer zurück.

Der Adler und der Wolf hatten keinen Zutritt zu den höher gelegenen Räumen im Königspalast, die waren das Reich von Krümel, der Katze. Krümel war als Name lächerlich für eine ausgewachsene Katze, ebenso wie Treu für einen Wolf, aber beide Namen blieben ihnen, einmal weil sie den Tieren nun mal vertraut waren, zum anderen weil sie mit Bedacht und Liebe ausgesucht worden waren.

Ihrem Namen zum Trotz, den man ihr angehängt hatte, als sie nicht mehr als ein winziges Wollknäuel war, wuchs Krümel zu einer riesigen pechschwarzen Katze mit funkelnden grünen Augen und festem, wildem Blick heran. Wie Parzia, die Amme, bemerkt hatte, mussten unter ihren Vorfahren auch Wildkatzen sein. Den Köchinnen zufolge war sie dagegen die Reinkarnation einer Hexe. Es war ein im Volk weitverbreiteter Aberglaube, weshalb schwarze Katzenjungen oft zum Tod durch Ersäufen oder, was schlimmer war, auf dem Scheiterhaufen verdammt wurden. Krümel war, als sie bereits im Wassereimer lag, nur um ein Haar von einer mitleidigen Küchenmagd gerettet worden, und die hatte sie an Arduin weitergegeben, in der begründeten Hoffnung, dass ihre Abstammung ihr das Leben retten würde.

Krümel verbrachte nicht alle ihre Nächte im Königspalast, oft war sie auf den Dächern oder in den unterirdischen Gängen der Stadt unterwegs. An diesem Abend hingegen tauchte sie mit ihrem geschmeidigen Gang auf. Joss hatte immer Angst vor ihr gehabt und stets versucht, ihr aus dem Weg zu gehen, aber nun trafen sich kurz ihre Blicke. Joss lief ein Schauder über den Rücken, und er hatte das Gefühl, als würden diese grünen Augen ihn erforschen, dann drehte die Katze den Kopf endlich zu Arduin und sprang ihm mit einem Satz auf den Arm.

»Brauchst du Hilfe beim Ausziehen?«, fragte Erbrow freundlich. Joss hatte das nie allein gekonnt. Aber auch wenn an diesem Abend weder seine Mutter noch Atàcleto da waren, schüttelte er den Kopf. Heute Abend war er ein anderer. Er wollte nicht mehr, dass man ihm half.

Endlich schloss sich die Tür. Erschöpft ließ Joss seine Blicke zu den Schnürsenkeln wandern, mit denen seine Schuhe verschlossen waren. Die Tatsache, dass er nun wusste, wie man sie löste, bedeutete nicht, dass er Lust dazu hatte.

Er ließ sich aufs Bett fallen. Seine Glieder waren schwer vor Müdigkeit. Kränklich und unsicher, hatte Joss sich immer sehr wenig bewegt. Ein paar zaghafte Schritte, eine halbe Treppe, manchmal ein Gang durch den Orangenhain, mit vielen Pausen und immer jemandem an seiner Seite. An diesem Tag dagegen war er von früh an ständig in Bewegung gewesen. Die Schritte des Kinderreims waren mitreißend gewesen, hatten seine schmächtigen Beinchen aber arg strapaziert.

Er hoffte, dass der Schlaf gleich kommen würde, aber so war es nicht. Er erinnerte sich an den Namen seines Goldfischs: Bop, vermutlich weil er ständig den Mund auf und zu machte. Joss drehte sich auf den Bauch. Die Brüder und ihre Äpfel kamen ihm in den Sinn. Die Brüder würden acht Äpfel verdienen, und wenn sie die mit der Mutter und dem dritten Bruder zu gleichen Teilen aufteilten, würden sie zwei Äpfel pro Kopf bekommen. Das war ein miserabler Lohn, auch wenn man bedachte, dass das Feld klein war und der Bauer den Pflug samt Ochsen zur Verfügung gestellt haben musste. Diese vier mussten Leute sein, die mit wenig auskamen, sie hatten nur kleine Körper zu ernähren, mit Sicherheit waren sie Zwerge. Leute, die jedwede Arbeit annahmen, weil sie nichts hatten, also noch einmal Zwerge. Wenn sie sich weigerten, für vier Äpfel zu arbeiten, hätte sich jemand gefunden, der das Feld auch für zwei Äpfel und eine Zwiebel pflügte. Joss nahm sich vor, wenn er je König von irgendwelchen Lebenden werden sollte, so würde er Gesetze erlassen, damit im Lohn der Arbeitenden immer auch ein Stück Schinken oder Fleisch enthalten war.

Er drehte sich auf die Seite. Das war bequemer, aber so konnte er das gestreifte Ungeheuer sehen. Joss drehte sich auf die andere Seite.

Er konnte nicht schlafen. Nicht mit Inskay und seinen Erinnerungen im Kopf. Außerdem war er hungrig.

Joss stand auf, nahm die Kerze, die er noch nicht gelöscht hatte, und trat in den Korridor hinaus. Riesige Schatten bewegten sich an den Wänden, aber er beachtete sie nicht. Das waren bloß Schatten, Stellen, wo das Licht nicht hinkam, weil es davor auf etwas anderes traf. Auch das gestreifte Ungeheuer war nur ein Spiel von Schatten, Licht und Halbschatten. Er war Yorsh, der Herr der Toten. Er würde nie wieder Angst vor der Dunkelheit haben.

Das leere und dunkle Zimmer seiner Mutter erschien ihm noch größer als sonst. Der Kamin war kalt, das Bett glatt gestrichen, die Decken wurden von keinem Atemzug bewegt. Auf dem Tisch waren jedoch am Morgen wie immer die Schälchen mit Honig bereit gestellt worden sowie der Korb mit Brot und Käse. Joss zündete die Kerzen im Leuchter an. Die Dunkelheit wich, aber Kälte und Leere blieben. Joss setzte sich. Er nahm die Schale mit Kastanienhonig, tauchte den Finger hinein und steckte ihn in den Mund. Der Hunger wurde weniger, aber er empfand überhaupt keinen Trost. Seine Mutter fehlte ihm ganz entsetzlich. Es brauchte sie mehr denn je und sie war nicht da. Bis zu diesem Augenblick hatte ihn die Notwendigkeit, Erbrow, Arduin, Atàcleto und den Seneschall zu überzeugen, vollauf beschäftigt. Jetzt war er allein mit seinen neun Jahren und dem Schmerz des Herrn der Zwerge in sich. Er brach in Tränen aus.

Ein Geräusch ließ ihn hochschrecken, Krümel war mit einem Satz auf dem Tisch gelandet. Im goldenen Licht der Kerzen schimmerte ihr glänzendes Fell. Die grünen Augen funkelten wie das Wasser in Teichen, wie Blätter, wie Heu, wie Getreide, bevor es reif wird, wie der Efeu auf Hauswänden und Bäumen, wie Wind auf den Hügeln.

Wieder spürte Joss, wie ihm ein Schauder über den Rücken lief.

»Willst du ein bisschen Honig?«, versuchte er es unsicher mit einem Angebot. Die Katze wandte nicht einmal den Kopf nach dem Schälchen um, das er ihr hingehalten hatte, und setzte sich. »Brot und Käse?«, fragte der Junge noch einmal. Die Katze sah ihm weiterhin unverwandt in die Augen. »Du bist nur eine Katze«, brachte Joss heraus, um sich selbst Mut zu machen. Joss wusste, dass sein Vater einen Drachen mit grünen, mit Arabesken verzierten Flügeln gekannt hatte.

In seiner Kinderzeit hatten sich die abendlichen Erzählungen um die Erinnerungen an den Drachen gedreht. Sogar er hatte verstanden, dass diese Geschichten erfunden waren, um ihn zu beruhigen und abzulenken. Aber eine Sache kehrte darin immer wieder. Es war eine besondere Freude, dieses Grün anzuschauen, eine Freude, die Mut machte.

»Ich habe getan, was ich tun musste«, sagte Joss zu der Katze. »Du brauchst mich gar nicht so böse anzuschauen. Ich habe es den anderen gesagt, und sie werden tun, was sie tun müssen. Ich bin nur Joss. Und du bist nur eine Katze.« Die Katze gähnte, dann richtete sie ihren Blick wieder auf Joss. »Es fehlt ein Stück von dem Kinderreim«, erinnerte sich Joss. »Vielleicht kennt das jemand, der sehr, sehr alt ist…« Der älteste Mensch in der Stadt, so hatte Erbrow gesagt, war die alte Frau, die qualvoll und allein in dem Haus unten an der Ecke im Sterben lag.

Die Katze streckte sich und begann, ihr Fell zu lecken, dabei wandte sie endlich den Blick von ihm. Joss trat ans Fenster und schaute zwischen den Fensterläden auf die Stadt Daligar hinunter. Große Fackeln ließen einzelne Dächer oder Häuserwände aus dem Dunkel heraustreten. Das Haus unter dem Orangenhain, das ganz von einer nun kahlen Pergola überdeckt war, lag still da. Wieder fuhr Joss zusammen. Die Katze, die kurz zuvor auf dem Tisch gelegen hatte, saß wieder neben ihm, sie kauerte auf dem schmalen Fensterbrett, den Blick starr auf die winterlich kahle Pergola gerichtet. In dem Haus unten war jemand wach.

»Na und?«, fragte Joss. »Gut und schön, da ist jemand wach, es wird die alte Frau sein. Aber ich, wie soll ich da hinunterkommen? Und selbst wenn ich hinkomme, was mache ich dann da?«

Die Katze sah ihn an, dann sprang sie davon. Sie durchquerte den Raum, lief in den Korridor und setzte sich vor die Zimmertüren von Erbrow und Arduin. Joss lief ihr nach. Die beiden Türen gingen auf.

Auch sie schliefen nicht. Nacheinander traten beide in den Türrahmen, beide vollständig angezogen und in Schuhen. Auch sie wussten jetzt von Inskay, der Schmerz hatte im Königspalast von Daligar Einzug gehalten, mit all der Grausamkeit von ausgerissenen Nägeln und der ganzen Niedertracht des Verrats. Die Zeit der Unschuld, als man in einem warmen, weichen Bett schlafen konnte, mit Gedanken einzig an den Goldfisch, war für alle vorbei.

»Die alte Frau«, sagte Erbrow. Auch sie hatte an sie gedacht.

Joss nickte, aber Arduin hatte nicht verstanden. »Die in dem Haus an der Ecke, die im Sterben liegt und deren Schmerz wir fühlen«, erklärte Erbrow. »Sie ist der älteste Mensch in der Stadt. Wenn es jemanden gibt, der den Vers vielleicht kennt, dann ist sie es.«

»In ihrem Haus ist Licht«, setzte Joss hinzu.

Arduin war verblüfft. Zutreffender wäre vielleicht zu sagen, er war entsetzt. »Wir können da nicht hingehen. Es ist Nacht. Man geht nicht zu nachtschlafender Zeit ins Haus von Leuten, und schon gar nicht, wenn sie krank sind. Wir kennen sie nicht. Sie wird uns davonjagen, und zu Recht.«

»Wir müssen sofort dorthin gehen«, erwiderte Erbrow. »Sie ist uralt und sehr schwer krank. Jeder Augenblick könnte ihr letzter sein. Ihr Atem wird immer schwächer, schmerzhafter, wie bei einem Seestern am Strand oder einer kleinen Möwe, die ins Wasser gefallen ist. Der Tod ergreift Besitz von ihr. Wenn sie geht, nimmt sie die letzte Strophe des Verses mit sich. Dieser Vers enthält womöglich den einzigen Hinweis darauf, wie man Inskay und sein Volk retten kann. Wenn er uns verloren geht, haben wir gar nichts mehr.«

»Das ist nicht logisch«, insistierte Arduin. »Wir wissen nicht einmal, ob die alte Frau den Vers wirklich kennt, oder ob sie tatsächlich im Sterben liegt, und wir wissen nicht, ob nicht vielleicht noch jemand anders unter den Einwohnern von Daligar ihn kennt. Und wenn sie wirklich im Sterben liegt, erscheint es mir schrecklich, hinzugehen und sie zu stören. Und dann, unsere Mutter und der König von Varil werden alles Erforderliche unternehmen, auch ohne den Vers. Seid ihr sicher, dass wir jetzt hingehen müssen?«

»Ja«, antwortete Erbrow. Joss hatte sich auf ein Nicken beschränkt. »Wir sind sicher.«

Arduin breitete die Arme aus.

»Aber wie könnt ihr denn bei so absurden Dingen sicher sein?«, fragte er noch.

»Das ist nicht leicht, man muss es üben«, erklärte Erbrow. »Mit Überzeugung und Ausdauer, sonst lenkt dich die Logik ab und die Intuition geht dir verloren.«

Arduin seufzte. »Und wie wollt ihr vorgehen?«, fragte er. »Wollt ihr alles dem Seneschall erklären und ihn bitten, uns um diese Zeit hinausgehen zu lassen?«

»Das würde ich ausschließen«, sagte Erbrow, während Joss den Kopf schüttelte. »Selbst wenn es uns gelingen sollte, ihn zu überzeugen, wird er doch nie den Mut haben, eine Entscheidung zu treffen. Als Mama und ich auf der Flucht vor dem Heer der Orks nach Daligar kamen, war er nicht einmal imstande, den Befehl zu geben, die Brücken hochzuziehen. Wir müssen sofort zu der alten Frau. Wir können über die Dächer gehen, wenn wir im Audienzsaal über die Terrasse laufen, kommen wir auf die Einfassungsmauer des Orangenhains.«

»Seid ihr hundertprozentig entschlossen?«, fragte Arduin. Erbrow und Joss nickten.

Traurig schüttelte Arduin den Kopf.

»Wenn man schon dumme Sachen machen muss, dann ist es mir lieber, man macht sie auf möglichst wenig dumme Art und Weise. Geht durch mein Zimmer.«

»Aber dein Zimmer liegt höher«, wandte Erbrow ein, begleitet von Joss' stummem Nicken.

»Sicher«, pflichtete Arduin bei, »aber da ist die Glyzinie. Über die kann man leicht hinunterklettern, das habe ich von Krümel gelernt.«

Arduin ging in sein Zimmer, die anderen beiden folgten ihm. Es war in Größe und Mobiliar ganz ähnlich wie Joss' Zimmer, mit dem Unterschied allerdings der ununterbrochenen Reihe von

Pergamentrollen und Büchern, mit denen sämtliche waagerechten Flächen bedeckt waren, Regale wie Boden, einschließlich des kleinen Schreibtischs. Da es ein Eckzimmer war, hatte es, das war der einzige weitere Unterschied, zwei Fenster, wovon das kleinere direkt auf den Orangenhain ging. Es war winzig und hatte einen aufklappbaren Fensterladen, um Krümel zu erlauben, ungestört ein und aus zu gehen. Die Öffnung war groß genug für eine dicke Katze, aber nicht für drei Kinder. Arduin lächelte jedoch und wies auf die großen Nägel, mit denen der Laden am Fenster befestigt war. »Ich kann ihn abnehmen. Und wieder einhängen«, bekannte er.

Zwischen seinen Pergamenten holte er einen großen spitzen Eisenhaken hervor, der dort versteckt war, und setzte ihn vorsichtig an den Nägeln an. Arduin nahm den Laden ab. »So kommen wir durch«, sagte er heiter.

Unter ihnen, auf der anderen Seite des Fensters, lag Daligar.

Auf allen vieren krochen sie hinaus, hinter der Katze her, die beschlossen hatte, ihnen vorauszugehen. Zuerst Erbrow, weil sie die Älteste war. Es war bitterkalt. Joss biss die Zähne zusammen und dachte an Inskay, weil den weder Müdigkeit noch Angst aufhalten konnten. Am Himmel leuchtete ein Dreiviertelmond, hoch und eisig kalt über mit Raureif überzogenen Feldern und Wäldern. Daligar lag inmitten dieser Helligkeit wie ein großer schlafender dunkler Igel an einem silbern glänzenden Fluss. Die Katze lief über die Dächer bis dorthin, wo Joss den Schornstein über dem Kamin im Zimmer seiner Mutter erkannte. Von dort kletterte sie die kräftige Glyzinie hinunter, die im Frühjahr in der ganzen Stadt ihren süßen Duft verströmte. Joss schaute auf das Gewirr von schwarzen Ästen; als sie den halben Abstieg hinter sich hatten, hob die Katze die Schnauze zu ihm, und ihre Augen funkelten.

»Für jemanden, der sein Leben in Bergwerken verbracht hat, ist das nicht schwer«, sagte Joss leise zu sich selbst.

»Man braucht nur die Katze anzuschauen und zu denken, man sei sie«, empfahl Erbrow, die sich trotz ihres blauen Samtkleids behände und ruhig bewegte wie ein Fischlein im Wasser. Das war ein guter Rat, nicht nur wegen der Beweglichkeit, sondern auch wegen der Kälte. Joss hatte das Gefühl, Krümels dichtes, warmes Fell bedecke auch ihn. Arduin beschloss die Reihe, langsamer und unsicherer als die Geschwister, obwohl er als Einziger den Weg schon erkundet hatte.

Joss stieg von Ast zu Ast, wie Inskay einst in Alyil, und die Angst wurde nach und nach kleiner. Sie gelangten auf den höchsten Punkt der Einfassungsmauer des Orangenhains und von dort ließen sie sich am Stamm der Glyzinie hinuntergleiten. Joss stand schon unten auf dem Straßenpflaster, Erbrow neben ihm, als Arduin herunterstürzte und dabei einen Glyzinienzweig mitriss. Er fluchte leise.

»Du hättest dir vorstellen müssen, du bist die Katze!«, rief Erbrow.

»Bei mir funktioniert das nicht«, rief Arduin ihr ärgerlich in Erinnerung und besah sich seine zerkratzten Hände. »Ich bin so steif gefroren, dass ich den Halt verloren habe. Aber ist euch beiden denn nicht kalt?«, fragte er.

Erbrow schüttelte den Kopf.

»Wir stellen uns vor, wir hätten ein Katzenfell«, murmelte Joss.

Arduin schüttelte den Kopf und seufzte gereizt.

Sie duckten sich in den Mauerschatten, um nicht von den beiden Soldaten gesehen zu werden, die am Eingang des Königspalasts Wache hielten, und huschten bis zu dem Eckhaus.

»Was ist unser Plan?«, fragte Arduin. »Wir haben doch einen Plan, oder?«

»Wir klettern über die Pergola hoch und steigen durch das erleuchtete Fenster ein«, antwortete Erbrow.

»Und dann?«

»Gehen wir zu der alten Frau und fragen sie nach dem Vers.«

»Das ist das Blödeste, was ich je gehört habe«, schimpfte Arduin. »Verzeiht, gute Frau, wir brauchen einen Vers, den Ihr vielleicht als Kind einmal gehört habt. Ohne Euch zu nahetreten zu wollen, aber könnt Ihr uns den recht schnell sagen, weil wir nicht sicher sein können, dass Ihr morgen noch am Leben seid. Und wenn wir schon mal da sind, würde es Euch etwas ausmachen, uns was Gutes zum Essen bringen zu lassen und einen heißen Tee, wir sind nämlich völlig durchgefroren.«

»Nein, das stimmt nicht, du hast schon Blöderes gehört«, entgegnete Erbrow, die die Fähigkeit besaß, sich in Diskussionen nie aufzuregen, aber zugleich auch keinen Zollbreit nachzugeben. »Das wird nicht so schwer sein. Sicher werden wir sie nicht mit der Frage überfallen. Erst stellen wir uns vor, dann reden wir übers Wetter und am Schluss kommen wir zur Sache. Sie ist ganz bestimmt wach. Ich spüre ihren Schmerz, er ist lebhaft und deutlich. Schliefe sie, wäre er gedämpft.«

»Und wenn man uns entdeckt? Jemand aus der Familie?« Arduin wurde immer ängstlicher. Daran gewöhnt, ständig in allem absolut perfekt zu sein, hatte er überhaupt keine Erfahrung damit, gescholten zu werden: Die Möglichkeit, dass das geschehen könnte, verwirrte ihn völlig.

»Niemand von ihrer Familie ist bei ihr. Sie stirbt allein«, erklärte noch einmal Erbrow. »Wenn du wirklich meinst, es sei aussichtslos, gehen Joss und ich allein.«

»Ich *meine* nicht, dass es aussichtslos ist«, antwortete Arduin, »ich bin hundertprozentig davon überzeugt. Gerade deswegen aber gehe ich mit euch. Um euch nicht allein zu lassen.«

Die Pergola des alten Häuschens bestand aus zerbrechlichen Weinranken, zum Klettern schwieriger als die Glyzinie, aber es gelang ihnen doch hinaufzukommen. Krümel war im Dunkel der Nacht verschwunden, und sie mussten sich allein zurechtfinden, als Anhaltspunkt nur das goldene Rechteck des erleuchteten Fensters.

Trotz der bitteren Kälte stand Joss vor Anstrengung der Schweiß auf der Stirn. Ohne Krümel in seiner Nähe spürte er nicht die Wärme ihres Fells und mit den klammen Händen fand er nur schlecht Halt. Und doch erschien ihm die Vorstellung, die Wand eines Hauses hinaufzuklettern, nachdem er zuvor am eigenen Haus herabgestiegen war, von Minute zu Minute selbstverständlicher. Er bemerkte ein seltsames Gefühl: Er fühlte sich nicht allein. Das Gefühl, das ihn sein ganzes bisheriges Leben begleitet hatte, von den anderen getrennt zu sein, auch von den eigenen Geschwistern, als ob da ein unsichtbarer Schleier zwischen ihm und den anderen läge, es war verschwunden.

Endlich erreichten sie das Fensterchen. Erbrow schaute hinein.

»Das ist ein Flur«, flüsterte sie. Sie stieg als Erste ein, dann Joss und zuletzt Arduin.

Der Flur war prächtig und schäbig zugleich. Das Licht kam von einer einzigen Fackel an der Wand und erhellte nur spärlich einige vergoldete Holzstatuen in großen Nischen und an der Wand aufgereihte Tonkrüge und Silbergefäße. Alles war schmutzig, verstaubt und von Spinnweben überzogen. Vorhänge aus zerschlissenem Brokat, von eisiger Zugluft gebläht, hingen vor den Fenstern ohne Fensterläden. Die drei gingen langsam weiter und bemühten sich, nirgendwo anzustoßen.

»Hier entlang«, flüsterte Erbrow. »Die Tür dahinten, gegenüber von der Treppe. Der Schmerz kommt von dort.«

Kühn preschte Joss an seinen Geschwistern vorbei und gelangte zu der großen Holztür, doch da fand sein Überschwang ein jähes Ende. Von der Tür her traf ihn etwas wie ein ekelerregender, heißer Pesthauch, der all seine Abenteuerlust vergehen ließ, es war ganz unverwechselbar der Schmerz einer Sterbenden. Joss wankte. Er versuchte, sich auf seine neue Rolle als Prinz der Toten zu besinnen, in der vergeblichen Hoffnung, Mut zu fassen. Er drehte sich zu dem Fensterchen um, durch das er hereingekommen war, und ihm wurde klar, dass sein einziger Wunsch darin bestand zu fliehen, aber dass er es nie und nimmer schaffen würde, noch einmal über Weinranken und Glyzinie zu klettern und zurückzukehren zu seinen harmlosen Schattenmonstern.

Durch die abrupte Bewegung verlor er das Gleichgewicht. Mit einer Hand fasste er nach den Vorhängen, griff daneben und riss im Fall eine Ritterstatue um, die dort in einer der Nischen stand, sie fiel auf einen Zinnteller, der seinerseits gegen einen Silberkrug stieß. Es folgte ein langer Augenblick der Stille, währenddessen Joss verzweifelt versuchte, sich davon zu überzeugen, dass niemand etwas gehört hatte. Dann kamen besorgte Stimmen vom unteren Ende der Treppe. Kerzen wurden angezündet und man hörte Schritte die Stufen heraufkommen.

Arduin stürzte zur Treppe, sodass er zwischen seinen Geschwistern und den Heraufkommenden stand. Joss reckte den Hals und sah zwei grimmige, dicke Haushälterinnen in zerknitterten und geflickten Nachthemden Besen schwingend die Treppe heraufkommen.

Arduin ging ihnen entgegen.

»Meine Damen!«, begann er. »Meine wundervollen, meine verehrungswürdigen Damen, entschuldigt unser Eindringen. Ich bin Arduin, Prinz von Daligar, und ich habe gewagt, Eure herrliche Wohnstatt zu betreten, um meine schrecklich unfolgsame Katze einzufangen…«

Von dieser Anrede wie vom Blitz getroffen, blieben die beiden stehen. Überdies war Arduin in den Lichtschein ihrer Kerzen getreten, und sie hatten in ihm ganz zweifelsfrei den Prinzen von Daligar erkannt. Sie ließen ihre Besen sinken und waren sprachlos, die eine von beiden reckte aber den Hals, um zu sehen, ob da jemand hinter ihm war. Und sie hätten Joss gesehen, wenn Erbrow sich nicht vor ihn gestellt hätte.

»Meine Damen«, zwitscherte die. »Verzeiht, dass wir Eure wohlverdiente Nachtruhe stören. Mein Bruder, dieser leichtsinnige Kerl, ist der Katze nachgelaufen und jetzt ist er ganz steif vor Kälte. Ich bitte Euch, meine werten Damen, hättet Ihr nicht vielleicht ein Schälchen heiße Suppe für ihn?«

Einen Augenblick waren die beiden Matronen völlig verdutzt, dann ergingen sie sich in einer Flut von »Euer Gnaden« und »Meine Herrin«. Die beiden konnten es kaum fassen, dass sie zwei echte Königskinder im Haus haben sollten; und unterdessen sagten die Hoheiten ihnen, wie freundlich, liebenswürdig, ja sogar schön und sympathisch sie waren, und schoben sie in die Küche, wo die beiden, munter gackernd Teewasser aufsetzten für den zauberhaften und so höflichen Prinzen. Die Katze hatten sie nicht gesehen, aber früher oder später würde die bestimmt auftauchen. Das Wichtigste war jetzt, den Prinzen aufzuwärmen.

Joss blieb allein in dem staubigen Flur, er kauerte vor der Tür. Der Schmerz, der von der anderen Seite kam, erdrückte ihn. Er musste sich erbrechen. Die einzige Hoffnung, die ihm blieb, war das Fenster, in dem groß und klar der Mond stand. Joss beschloss zu gehen. Er war nicht sicher, ob seine erschöpften Beine den Ab- und Aufstieg noch einmal schaffen würden. Aber das war auf jeden Fall besser als all dieser Schmerz. Auf allen vieren kroch er auf das Mondlicht zu, das beim Fenster hereinfiel, als er plötzlich einen schwarzen Umriss sah. Es war Krümel. Mit der Kraft und Geschmeidigkeit ihrer Muskelkraft landete sie im Flur und sah Joss aus großen grünen Augen an. Vor dem Geruch nach frisch gemähtem Gras auf den Hügeln wich das Grauen und löste sich auf. Mit ihrem ganzen Gewicht warf sich die dicke Katze gegen die Tür und sie sprang auf.

»Darf man wissen, was das für ein ungehöriger Lärm ist?«, fragte eine erschöpfte Stimme. »Wer ist so töricht und dreist, die mir ohnehin verwehrte Ruhe zu stören?«

Joss seufzte. Er konnte nicht mehr fliehen.

Er stand auf, wischte seine staubigen Knie ab und fuhr sich mit den Händen durchs Haar. Er holte noch einmal tief Luft, dann trat er ein.

Der Raum war groß und es war warm darin. Außer dem Kaminfeuer brannten noch zwei Kohlebecken. Zwei Gerüche lagen in der Luft: ein angenehmer Duft nach Orangenschalen und Harz, der von den Kohlebecken kam, und ein übler Geruch, der Joss an denjenigen in seinem Zimmer erinnerte, als Krümel eine tote Maus unter einer Truhe hatte liegen lassen und diese begonnen hatte zu verwesen. Auf dem Kaminsims brannte ein Dutzend Kerzen, ihr Licht warf große, schwankende Schatten an die Wände. Das Bett war groß mit einem Baldachin aus dunkelgrünem Samt darüber. Die alte Frau war mager wie ein Skelett und ebenso bleich. Nur die großen und sehr hellen Augen, die inmitten von riesigen dunklen Augenringen lagen, schienen lebendig. Der Schmerz rührte vom Atem her, der sich seinen Weg nicht bahnen konnte, und von den Knochen, die von etwas Schrecklichem zerfressen wurden.

Joss versuchte, sich zu erinnern, was Erbrow gesagt hatte. Sich vorstellen, übers Wetter reden, ein wenig von den Angelegenheiten der alten Frau reden und dann fragen.

Er trat ans Bett. »Ich bin Joss, der Sohn der Königin, aus dem Palast gleich gegenüber«, dann aber überlegte er, dass das der Zeitpunkt war, Würde zu zeigen, aber auch so schnell wie möglich hier wieder wegzukommen. »Ich bin Yorsh, König der Toten. Draußen ist schöner Mondschein, aber es ist saukalt, meine Hände sind eisig, alles andere auch, wenn ich ehrlich bin. Ihr liegt im Sterben und es ist ein schlimmes Sterben. So stirbt man nicht. Ihr seid allein wie ein Hund, nein, schlimmer als ein Hund. Ihr braucht jemanden, der Euch in der Einsamkeit Eures Todes beisteht. Und könnt Ihr mir dann den Kinderreim vom Zwerg sagen, der flieht? Dann gehe ich nach Haus und lasse Euch in Frieden.«

Die alte Frau verzog keine Miene. Joss fragte sich, ob sie überhaupt noch imstande war, ihren Gesichtsausdruck zu verändern.

»Hat man Euch das zu Hause im Königspalast beigebracht, eine so ausgefallene, gemeine und raffinierte Ungezogenheit? Hat man Euch dort dazu erzogen, Alten und Kranken mit so absoluter Respektlosigkeit zu begegnen?«

»Nein«, antwortete Joss aufrichtig. »Der Seneschall hat alles darangesetzt, mich zu erziehen. Aber das ging wirklich über seine Kräfte.« Da hatte er etwas angerichtet; er versuchte, wieder aus der Patsche herauszukommen. Dem Seneschall gegenüber hatte er sich wie ein König benommen. Dieses grauenhafte, schäbige und stinkende Sterben, so ganz zerfressen von Schmerz, hatte ihn niedergeschmettert, und Joss, der Tölpel, mit seiner ganzen Tölpelei war wieder zum Vorschein gekommen.

»Seid Ihr hierhergekommen, um meinen Tod zu verhöhnen?«, fragte die Alte.

»Nein.« Tapfer widerstand Joss der Versuchung, sich umzudrehen und wegzulaufen, durch den staubigen Flur dem Mondlicht entgegenzueilen. »Das war nur die Einleitung. Vom Wetter reden und ein wenig von Euch, bevor man zur Sache kommt. Ich bin gekommen, um Euch nach einem Kinderreim zu fragen. Habt Ihr je einen Kinderreim von einem Zwerg gehört, der flieht? Habt Ihr ihn je beim Spielen gesungen, als Ihr Kind wart? Erinnert Ihr Euch daran?«

»Seid Ihr gekommen, mich wegen eines Kinderreims in meinem Sterben zu stören? Ich bekomme kaum Luft, mir fehlt der Schlaf, weil der Schmerz meine Knochen zerfrisst, Durst quält mich, und doch vermag kein Wasser ihn zu löschen. Was mir allerdings nicht fehlt, ist die Nähe eines Menschen an meinem Bett. In Eurer Anwesenheit wie in der jedes andern sehe ich nur eine Beleidigung und schmähliche Störung meiner Einsamkeit. Der Schmerz ist allen völlig gleichgültig. Alle wollen etwas, einen Teil vom Erbe, ein Schmuckstück. Einen Kinderreim! Ihr wollt mir Trost sein in der Einsamkeit meines Todes? Indem Ihr mich nach Albernheiten fragt, während mein Atem jeden Augenblick mehr ins Stocken gerät? Ich bin froh, dass ich alle wegschicken konnte.«

Sie verzog keine Miene, als ob sie vom Wetter spräche, und dieser ruhige Ton war grausamer als jede Verzweiflung. Joss wurde klar, dass er etwas unternehmen musste. Er beschloss, die Vorsicht, die er dem Seneschall versprochen hatte, fahren zu lassen.

»Das ist keine Albernheit. Durch einen Zauber habe ich das Gedächtnis von Inskay im Kopf und dadurch bin ich weniger dumm. Inskay ist einer, der immer ›Verdammtnochmal‹ sagt«, erklärte er. »Verdammtnochmal« hatte bei Luna Eindruck gemacht, vielleicht würde es bei der alten Frau auch funktionieren.

»Es hat also Zeiten gegeben, in denen Eure Intelligenz geringer war als das, was Ihr heute Abend erkennen lasst?«, fragte die Frau. »Und dann war da diese Art Zauber, und das Ergebnis ist Eure derzeitige Intelligenz, dank derer Ihr die sublime Fähigkeit besitzt, ›verdammtnochmal‹ zu sagen, sehe ich das richtig?«

Joss nickte. Er hatte das falsch angefangen und versuchte es zu berichtigen.

»Hört zu. Glaubt mir. Ich bin Prinz Yorsh, König der Toten, und ich weiß, dass in den Worten des Kinderreims eine alte Prophezeiung verborgen ist, dazu bestimmt, ein Volk und seinen König zu schützen.«

»Eine Prophezeiung? In einem Kindervers?«

»Warum nicht? Die Worte in einem Kinderreim bleiben sich immer gleich, wie wenn sie in Stein gehauen wären.«

Die alte Frau verzog eine der tiefen Falten, die ihr von der Nase zum Mund liefen, was vielleicht ein ansatzweises Lächeln sein sollte.

»Warum habt Ihr alle so viel übrig für Prophezeiungen? Eine meiner Dienerinnen liest die Zukunft aus der Asche im Kamin, die andere aus den Blättern, die auf dem Grund der Teekanne übrig bleiben. Sie sind zu ungebildet und arm im Geiste, als dass sie den Lauf der Gestirne beobachten und ihre Zukunft daraus ablesen könnten. Sagt Eure Prophezeiung vorher, dass morgen schönes Wetter wird? Dann macht man besser keine Gemüsesuppe, die etwas für kalte Tage ist. Das ist der Grund, nehme ich an, weshalb alle Prophezeiungen so lieben, weil sie einem die Illusion geben, dass man weiß, was zu tun ist, und dass es möglich ist, eine unvorhersehbare und unkontrollierbare Wirklichkeit zu beherrschen.«

Plötzlich war da eine rasche und leichte Bewegung. Krümel

war mit einem Satz aufs Bett gesprungen und hatte sich neben dem Oberkörper der alten Frau zusammengerollt. Aus ihren grünen Augen sah sie Joss an und der verlor sich in dem Blick. Der ekle Fäulnisgeruch verschwand vor dem Duft nach frisch geschnittenem Gras und Wind auf den Hügeln. Dann wandte sich die Katze um und sah die alte Frau an, sehr lang. Eine knöcherne Hand kam unter der Decke hervor und strich sanft über das glänzende schwarze Fell.

»Ja, aber nicht nur«, antwortete Joss, plötzlich selbstsicher. »Es ist nicht nur das. Wenn es eine Prophezeiung gibt, dann bedeutet es, dass die Zukunft irgendwo festgelegt ist. Es bedeutet, dass es ein Schicksal gibt, und das existiert nur im Geist der Götter. Eine Prophezeiung ist der Beweis, dass ein Gott spricht und unser Schicksal im Sinn hat, dass es ihm am Herzen liegt. Es bedeutet, dass unser Schmerz und unsere Verzweiflung keine bloßen Spielbälle des Zufalls sind. Irgendjemand hat von uns gewusst, bevor wir zu existieren begannen, jemand beobachtet uns, jemand wird uns trösten.«

Joss schwieg, angenehm überrascht. Sein Gedächtnis nahm von Stunde zu Stunde zu. Er hatte wortwörtlich Erbrows kleine Rede wiederholt.

Das hatte die alte Frau wohl beeindruckt.

»Gut, Yorsh, Prinz der Verblichenen. Schließen wir beide einen Pakt. Ich kenne den Kinderreim und erinnere mich daran. Das Gedächtnis der Menschen ist so schwankend wie ihr Schicksal. Es gibt Tage, an denen ich mich am Abend nicht mehr erinnere, was am Morgen geschehen ist. Manchmal finde ich Dinge, von denen ich nicht mehr wusste, dass ich sie besitze, und selbst wenn ich sie vor Augen habe, erinnere ich mich nicht, dass ich sie besessen habe, aber ich erinnere mich an den Reim und die dazugehörigen Schritte. Wenn es Euch gelingt, mich im Schmerz über meinen

Tod zu trösten, wenn es Euch gelingt, mir zu erklären, warum es mein Schicksal ist, mit einem Haufen Skorpionen in den Knochen dahinzugehen, wenn Ihr mir begreiflich machen könnt, welcher Gott mich im Herzen trägt, während mein Körper ganz der Zersetzung und dem Schmerz preisgegeben ist, und warum ich ihn deshalb nicht verfluchen soll, dann will ich Euch diese vollkommen alberne Sache, die Verse, die Euch fehlen, verraten, dann werdet Ihr endlich gehen und mich in Frieden sterben lassen.«

Joss schwieg. Wieder wollte er sich verloren geben, als er noch einmal dieses völlig neue Gefühl verspürte, nicht allein zu sein, jemanden bei sich zu haben, der ihn unterstützte, wie eine Kraft, die von außen in ihn eindrang. Seine Geschwister waren in der Küche, weit weg, ihre Gegenwart konnte es nicht sein, die ihm half. Er sah Krümel an und Krümel ihn.

»Sie ist schön, Euere Katze«, bemerkte die alte Frau. »Wisst Ihr, einer alten Legende zufolge lebt in schwarzen Katzen mit grünen Augen die Seele einer Hexe weiter. Aber das sind Albernheiten, Märchen für Kinder und Dummköpfe.« Joss nickte. Er kannte die Legende und eigentlich hatte er immer daran geglaubt. Aber warum auch nicht, hatte er doch stets in die Kategorie der Kinder und der Dummköpfe gehört. Außerdem entstammte Krümel der edlen Sippe der streunenden Katzen auf dem Hauptplatz von Daligar, ein Ort, wo einst tatsächlich Hexen verbrannt worden waren. Außerdem lag in Krümels Blick etwas zugleich Beruhigendes und Beängstigendes. Das aber, so vermutete er, sahen nicht alle, vielleicht nur er, weil er ein Kind und zugleich dumm war. Und zum ersten Mal wurde ihm klar, dass das auch als eine Gabe angesehen werden konnte.

»Die letzte Hexe, die wir in Daligar hatten, ist vor fünfzehn Jahren verbrannt worden, ungefähr, vielleicht auch vor zwanzig«, erzählte die Alte. »Das ist weder eine Albernheit noch ein

Märchen. Sie war etwas jünger als ich, damals muss sie ungefähr vierzig Jahre alt gewesen sein. Sie hatte einen Sohn, ein hübscher Bursche, der dann bei den Söldnern gelandet ist, glaube ich. Die Söhne von Hexen wollte niemand, nur am Galgen oder bei den Söldnern. Sie war eine brave Frau, sie hieß Achijra. Als ich niedergekommen war und als ich mir ein Bein gebrochen hatte, hat sie mir einen Sud aus Kamille, Belladonna und Mohn gebracht, und der Schmerz ist vergangen. Und doch, als sie gekommen sind, um sie abzuholen, hat keiner was unternommen, sie aufzuhalten. Im Gegenteil, wir haben uns gesagt, der Grund des Übels, der Grund aller Übel sei sie und ihr Pakt mit dem Bösen, mit dem Schmerz. Sie selbst erzeuge die Krankheiten, verdrehe im Augenblick der Geburt die Kinder im Mutterleib, um mit ihrer Behandlung etwas zu verdienen. Wir haben uns gesagt, nach dem Scheiterhaufen würde alles gut werden, ein Neuanfang. Sogar das Elend würde ein Ende nehmen und aufhören, Landstrich um Landstrich die ganze uns bekannte Welt zu verschlingen. Nur dass sie dann nicht mehr da war, um uns bei der Geburt die Hände zu halten. Und wir haben sie gefangen nehmen und verbrennen lassen, wir, ihre Leute, die hätten für sie kämpfen müssen. Eine Berührung von ihr linderte den Schmerz, ihre Kräuter, sicher, ihre Stimme auch, vor allem aber die Berührung. Und wir haben sie vernichtet.«

Joss schluckte. Die alte Frau schwieg und sah ihn an. Jetzt musste er etwas sagen. Die knöcherne Hand der alten Frau streichelte weiterhin die schwarze Katze, die sie aus ihren grünen Augen ansah. Die Alte zog sich etwas hoch im Bett und holte tief Luft. Ihre forschenden Augen waren ruhiger geworden.

»Ich…«, begann Joss unsicher; er wollte den Augenblick des Einvernehmens, den dieses Bekenntnis geschaffen hatte, nicht ungenutzt verstreichen lassen.

»Nun, mein Kind, Herr der Toten, streng dich an«, drängte ihn die Alte. »Nur wenn du mir zeigen kannst, was Schönes daran ist, unter den Flügeln des Schmerzes ins Reich deiner Untertanen einzugehen, sage ich dir deinen Vers.«

Joss versuchte, sich etwas einfallen zu lassen, was nicht vollkommen albern oder höhnisch klang.

»Meine Schwester Erbrow«, sagte er schließlich unsicher in dem Versuch, aus einer Erinnerung zu schöpfen, die nicht die seine war, Dinge, die er aufgeschnappt hatte, ohne sie zu verstehen, und die jetzt aus dem Dunkel auftauchten, in dem sie versunken gewesen waren. »Sie kann sich erinnern, wie sie auf die Welt gekommen ist.«

»Tatsächlich? Der Storch hat sie gebracht, nehme ich an, und hat sie unter einem Kohlkopf abgelegt. Großartige Sache. Auf dem Kohlkopf war oben eine rosa Schleife aus Samt und Seide. Die Geschichte kenne ich.«

»Meine Schwester Erbrow«, fing Joss unbeirrt wieder an, »kann sich erinnern, wie sie auf die Welt gekommen ist. Das war in einer Hütte am Meer. Da war mein Vater, der sang, aber erst später, als sie schon geboren war. Vorher war es schrecklich. Mamas Körper erdrückte sie und sie schaffte es nicht hinauszukommen. Ihr Kopf und ihr Gesicht mussten durch einen ganz engen Schlund. Alles tat ihr weh und sie fühlte sich wie ein Seestern am Strand.«

»Ein Seestern am Strand?« Der Tonfall der alten Frau war weniger sarkastisch.

»Ja«, antwortete Joss mit wachsender Sicherheit. »Ein Seestern, der am Strand stirbt, oder eine kleine Möwe, die ins Wasser gefallen ist.« Er trat zu der alten Frau und legte eine Hand auf die Decke. »Alles war Angst und Schmerz, Angst und Schmerz und weiter nichts als Angst und Schmerz.« Er verstummte.

»Ein Seestern am Strand, eine ins Wasser gefallene Möwe. Wollt Ihr sagen, wie wenn man keine Luft bekommt? Kuriose Theorie. Das ist mir noch nie in den Sinn gekommen. Ich habe vier Kinder zur Welt gebracht, aber ich habe mich nie gefragt, was die Kinder bei der Geburt leiden.«

»Es ist schrecklich«, fuhr Joss fort. »Wenn man erst einmal geboren ist, dann sind da die Arme und die Milch der Mama, und aller Schmerz vergeht. Aber wo kein Schmerz ist, da gibt es auch keinen Trost. Wenn es nicht so schrecklich wäre, auf die Welt zu kommen, wäre es vielleicht auch nicht so schön zu leben. Ich glaube, so ist das auch beim Tod«, murmelte er. Er versuchte, sich zu erinnern, was Erbrow gesagt hatte, als sie ihm und Arduin erzählt hatte, wie ihr Vater gestorben war. Da war ein Satz, den sein Vater gedacht hatte und den er an Erbrow weitergegeben hatte.

Die alte Frau sah ihn aus ihren sehr hellen blaugrünen Augen an, die fiebrig auf dem Grund ihrer Augenhöhlen glänzten. Die bleiche Hand glitt in langen, langsamen Streichelbewegungen über das Fell der Katze.

»Der Tod ist schrecklich, weil es ohne Schmerz keinen Trost geben könnte? Das halte ich für eine Torheit. Ich habe Leute gekannt, die selig an Altersschwäche verschieden sind. Diese Kneifzange, die Schwester meines Vaters, ist im Schlaf hinübergegangen. Wird sie deshalb weniger getröstet sein?«

Joss war verwirrt. Er fühlte sich nicht wohl. Er spürte die Übelkeit und die Schmerzen in den Knochen, als wären es seine eigenen. Obendrein die Müdigkeit. Es war ein Fehler gewesen: Er, der sowohl von der geistigen wie der körperlichen Konstitution dafür geeignet war, er hätte das dumme Kind spielen sollen, das der Katze nachläuft, während einer von den Aufgeweckteren und Höflicheren mit der alten Frau hätte sprechen sollen. Aber jetzt war es einmal passiert Die anderen beiden waren in der Küche, und er, der Dümmste von der ganzen Truppe, war bei einer sterbenden, über den eigenen Tod verzweifelten Frau. Inskays Geist in ihm versetzte ihn in die Lage zu verstehen, wie die Bolzen ineinandergefügt waren, die die Rückwand des Bettes oder den Baldachin zusammenhielten, aber auch Inskay wusste keinen Trost im Angesicht des Todes. Er musste sich Mühe geben und tun, was er konnte. Nicht nur wegen Inskay, sondern auch für sie, diese arme alte Frau, die nur noch Haut und Knochen war und blanker Schmerz in den großen leuchtenden blaugrünen Augen. Er hatte es nicht vorsätzlich getan, aber Joss hatte ihren Schmerz vermehrt. Er trauerte der Zeit nach, in der er die eigenen Dummheiten nicht begriff und sich nicht an sie erinnerte. Wo keine Einsicht, da keine Verantwortung, und Scham ist unmöglich, wo es keine Erinnerung gibt. Doch die Zeit der Unschuld war ein für alle Mal vorbei. Endlich fiel ihm Erbrows Satz wieder ein, der letzte Satz seines Vaters.

»Wer unter den Flügeln des Leidens geht, verkommt entweder, oder er gelangt zu wahrer Größe«, zitierte er triumphierend. Er hatte sich erinnert, das war, als ob die Stimme seines Vaters die ehernen Schranken von Zeit und Tod überwunden hätte. Was von so hoch oben und fern kam, konnte nicht anders als vollkommen und großartig sein. Jetzt würde alles gut werden. Joss schluckte und atmete auf, ein langer Atemzug der Erleichterung weitete ihm die Brust.

Doch auch das rührte die alte Frau nicht im Geringsten.

»Also bin ich wirklich verkommen«, schloss sie nachdenklich. »Auch viele andere, die ich kenne, sind heruntergekommen. Malval, der Milchmann: Nachdem ihm die Tochter gestorben war, hat er seine Kühe verkauft und sich ins Wirtshaus gesetzt, wo er am Suff und am Elend gestorben ist. Auch die He… nein, auch Achijra hat die Welt verflucht, als sie auf dem Scheiterhaufen stand. Sie hat uns allen gewünscht, dass wir mit Feuer im Leib sterben sollen wie sie. In meinem Fall trifft das fast zu, aber viele andere, angefangen bei ihrem Henker, sind friedlich und ohne Schmerzen im Schlaf gestorben. Auch sie muss die Gelegenheit verpasst haben, zu wahrer Größe zu gelangen.«

Für Joss war das wie ein Schlag ins Gesicht. Die Worte seines Vaters, der doch alles über das Leben, den Tod und den Schmerz gewusst hatte, bewirkten nichts. Die paar Gewissheiten, die er hatte, gerieten ins Wanken.

Joss nahm die eisige und schweißnasse Hand der alten Frau in seine beiden Hände.

»Es tut mir leid. Ich kann Euch nicht trösten. Das tut mir sehr leid. Ich würde es so gern.« Er versuchte, sich zu fassen, zu beruhigen. »Nun, meine Dame, da habe ich einen Trost für Euch. Was meine Mutter immer sagt, der Tod ist viel leichter zu ertragen, wenn man Kinder hat. Ihr habt vier. Und noch ein Trost, wenn Ihr sterbt, seht Ihr Euren Gemahl wieder. Meine Mama sagt das immer, wenn sie stirbt, sieht sie meinen Vater wieder.«

»Prinz, von allen Blödsinnigkeiten, die Ihr sagen konntet, war das wirklich die schlimmste. Ich verstehe ja, dass sich bei Euch zu Hause alle ganz ungemein lieb haben und es gar nicht erwarten können abzukratzen, um sich im Jenseits wiederzufinden, aber das ist nicht die Regel. Es ist mir noch nicht in den Sinn gekommen, dass ich im Jenseits, wenn es das denn gibt, meinen erlauchten Gatten wiedersehen könnte. Vielleicht habe ich Glück, und die Dämonen haben ihn bereits gefressen, oder wenigstens die Kakerlaken. Ich nehme an, Ihr seid nicht so recht vertraut mit den Tatsachen des Lebens.«

»Doch, sie sind mir vertraut«, wagte Joss müde einzuwenden. »Ich habe diesen Zwerg, Inskay, im Kopf, versteht Ihr. Er ist ungefähr fünfzig und hat eine Frau, die heißt Onyx, sie kaut an den Nägeln, und er mag sie nicht, und vor der Hochzeitsnacht musste er sich betrinken…«

»Prinz«, unterbrach ihn die alte Frau. »Mit Verlaub, ich würde meinen irdischen Lebensweg gern beschließen, ohne weitere Details der Hochzeitsnacht von Inskay dem Zwerg zur Kenntnis nehmen zu müssen, wer auch immer das ist.« Sie seufzte. »Und was meine Kinder angeht, die meinen sind keine Kinder, sondern raffgieriges Pack.« Die Worte kamen ihr nur mühsam über die aufgesprungenen Lippen. »Sie wollen nur mein Zeug.«

Joss schnappte nach Luft. Das hatte gerade noch gefehlt. Dann kam ihm in den Sinn, dass auch der Seneschall gelegentlich sagte, die Untertanen seien bloß raffgieriges Pack, dass Mama sich aber nicht darüber aufregte.

»Da ist nichts Schlechtes dabei.« Er versuchte, sich an die genauen Worte seiner Mutter zu erinnern. »Es ist normal, dass man etwas will. Wir alle fühlen uns schwach, und je mehr Dinge wir haben, desto weniger schwach fühlen wir uns. Die Dinge, die wir besitzen, beschwichtigen unsere Angst. Eure Kinder haben Angst, deshalb wollen sie Eure Sachen. Das bedeutet nicht, dass sie Euch nicht lieben. Ich bin wegen des Kinderreims hierhergekommen, aber das heißt nicht, dass ich Euch nicht lieb habe. Es heißt nicht, dass es mir nicht unendlich leidtut zu sehen, wie schlecht es Euch geht. Ich bitte Euch, alte Frau, helft mir, Inskay zu retten, auch wenn Ihr nicht daran glaubt. Lasst mich nicht allein. Ich kann Euch nicht retten. Helft mir wenigstens, Inskay zu retten.«

Joss ließ die Hand der alten Frau los und schlug die Hände vors Gesicht. Er fing an zu weinen.

Alles hätte er darum gegeben, dass jemand auftauchte und alles in Ordnung brachte. Aber da war niemand, nur er, und alles, was er konnte, war zu weinen wie ein Blöder, nachdem er eine sterbende alte Frau belästigt hatte. Welchen Sinn hatte es, einer alten Frau von seiner Bestimmung zu erzählen, die darin bestand, Inskay zu retten, wenn es niemanden gegeben hatte, der die Bestimmung gehabt hatte, sie zu retten? Er war noch nicht lang genug klug, um erklären zu können, welchen Sinn das Leiden hat.

Die Stimme der alten Frau holte ihn zurück.

»Einverstanden, Yorsh, Prinz der Toten. Ihr habt mich überzeugt. Sterben ist wie Schuhe ausziehen, je enger sie waren, desto angenehmer ist es, sie abzulegen. Und meine Kinder sind ein habgieriges Pack, weil es normal ist, gierig zu sein. Das ist die intelligenteste Unterredung, die ich seit langer Zeit geführt habe, das muss ich Euch lassen. Und wenn ich die Sache mit der Größe recht bedenke, warum sollte ich nicht mit etwas Glanz hinübergehen? Es ist mein letzter Auftritt. Nehmt nur Achijra: Uns zu verzeihen und uns zu segnen, hätte ihr nach Eurer Theorie wahre Größe verliehen. Ich muss zugeben, das wäre wunderbar gewesen. Jedes im Todeskampf gesprochene Wort gewinnt vermehrte Kraft. Ich will meine Kinder segnen. Ich werde lügen. Ich werde sagen, ich hätte sie immer geliebt und wäre immer stolz auf sie gewesen. Vielleicht ereignet sich ja das Wunder und sie werden tatsächlich zu Menschen, auf die es sich lohnt, stolz zu sein. Warum soll man es nicht versuchen? Es bleibt mir keine Zeit mehr, sie zu rufen, aber ich kann ihnen eine Botschaft hinterlassen. Könnt Ihr schreiben, Prinz?«

»Ich nicht sehr gut, aber Inskay ein bisschen besser.«

»Inskay, ist das der, den Ihr im Kopf habt und ohne den Ihr dümmer wärt?«

Joss nickte. Die alte Frau sagte nichts dazu. Mit der Hand wies sie auf eine Truhe, auf der Pergament lag, eine lange Gänsefeder, daneben ein mit einem Holzpfropfen verschlossenes Tintenfass.

»Schreibt: ›Geliebte Kinder, ich habe euch immer geliebt. Jedes von euch war ein kostbares Gut für mich.‹ Dann bringt es mir.«

Joss schrieb. Wie immer war er von nervtötender Langsamkeit. Dank Inskay, der etwas besser schreiben konnte als er, unterschied er das »b« vom »d«, aber »s« und »z« waren nach wie vor ein Problem. Er machte zwei Kleckse auf das Pergament und hatte seine Zweifel, ob Gut groß oder klein geschrieben wurde, aber er wagte nicht zu fragen. Er schrieb mit eckigen, weit auseinander stehenden Buchstaben, wie Inskay es machen würde, dann trat er zu der alten Frau, die nichts sagte wegen der Kleckse und der Orthographie. Dann unterzeichnete sie langsam und mit zitternder Hand »Eure Mutter« und ließ sich erschöpft in die Kissen zurücksinken.

Sie war außer Atem. Joss lief und legte das Pergament beiseite, kam wieder zurück, froh über die Reihe von einfachen Befehlen, die ihm das Gefühl gegeben hatten, doch etwas tun zu können.

Die Frau brauchte eine Weile, bis sie wieder sprechen konnte.

»Ich will Euch den Vers sagen. Danach geht Ihr, nicht wahr?« Sie verstummte noch einmal, um Luft zu holen, dann begann sie langsam und schlug mit der Hand den Takt dazu: Es war klar, dass ihr der Rhythmus noch immer gefiel.

»Dum-dara-dum-dum-dara-dei, Zwergenkönig kommt wieder frei, entflieht dem Tod nun irgendwie ohne Flügel oder Magie.

Dumdaradumdumdaradei, Schnee rieselt sanft herab, juchhei, Krähen versinken tief im Eis, alles ist nun schwarz und weiß.

Dum-dara-dum-dum-dara-dei, Zwergenkönig kommt wieder frei, entflieht dem Tod nun irgendwie ohne Flügel oder Magie.

Dumdaradumdumdaradei, Tochter des Orks eilt rasch herbei,
dorthin, wo die Schatten schweifen, Furcht und Angst wird sie
ergreifen.

Dumdaradumdumdaradei. Den Zwergen geht's bald einwand-
frei, durch Geschichten ganz nebenbei.

Dumdaradumdumdaradei, nun springt dem Zwerg der Ork-
sohn bei, den goldnen Drachen mit dabei.

Dumdaradumdumdaradei, der goldne Drache ist wieder frei,
Orksohn flieht samt der Reiterei.«

»Seid Ihr wirklich sicher, Prinz, dass Ihr mit den Tatsachen des
Lebens vertraut seid? Die letzte Strophe ist nämlich ein bisschen
romantisch.«

Joss nickte.

»*Dumdaradumdumdaradei, die Königin sehnt ihn herbei, der*
schöne König kommt zurück, beide haben so viel Glück!«

Völlig außer Atem ließ die alte Frau sich in die weißen Lei-
nenkissen fallen, die nicht weißer waren als ihr blutleeres Gesicht.

»Entschuldigt, Prinz, wenn ich nachfrage: Seid Ihr wirklich sicher, dass jetzt, wo ich Euch von dem Glück der Königin mit dem
schönen König erzählt habe, die Welt besser wird?«

Joss nickte.

»So wie Ihr absolut sicher seid, dass es eine Zeit gegeben hat,
in der Ihr, wie soll ich sagen, noch konfuser wart als jetzt?«

Joss nickte wieder.

»Gut, in dieser Epoche der Unsicherheiten ist es eine Wohltat,
jemanden zu treffen, der noch Gewissheiten hat.«

Das Sprechen hatte die alte Frau erschöpft. Unter der Decke
ging ihr Atem so flach und mühsam, dass Joss Angst bekam, jeder Atemzug könne der letzte sein.

»Als die Orks anfingen, die Grenzen unsicher zu machen,

wurde der letzte Teil nicht mehr aufgesagt. Ich spreche nicht von dem großen Überfall, vor dem Sire Rankstrail uns errettet hat. Nein, von den ersten kleinen Übergriffen. Ein niedergebranntes Gehöft hier, und dann wieder drei Jahre lang Ruhe. Ein ermordeter Kaufmann dort, dann wieder sechs Monate Ruhe. Nicht um uns zu erschrecken, nur um uns wissen zu lassen, dass die Orks noch am Leben sind«, fing die alte Frau wieder an. »Von den Orks zu sprechen, fand damals niemand mehr zum Lachen. Viele sagten, es brächte Unglück. Die letzten beiden Strophen wurden weggelassen, als ich drei oder vier Jahre alt war, ein Jahr mehr oder weniger. Ja, ich glaube, ich bin wirklich der letzte Mensch in Daligar, der sie noch kennt. Jetzt kennt Ihr sie. Ich bin unendlich müde, aber ein seltsames Wunder ist geschehen. Mit dem Aufsagen des Verses ist der Schmerz vergangen. Völlig vergangen. Ich bin noch müde und habe noch immer Durst, aber der Schmerz ist vergangen. Ich bin Euch unendlich dankbar, kleiner Prinz, und nun geht!«

Die alte Frau ließ sich in die Kissen sinken und schloss die Augen. Joss blieb einen Augenblick stehen und sah sie an. Er dachte, zum Gehen habe er immer noch Zeit. Er trat zum Bett, betrachtete die runzlige und vertrocknete Haut der alten Frau; ihr Mund stand leicht offen, um den Atem ein und aus zu lassen, und der Geruch war schrecklich. Joss bückte sich und küsste sie auf die Stirn. Sie schlug noch einmal die großen hellen Augen auf und sah ihn an.

»Danke«, murmelte Joss.

»Gute Nacht, Prinz der Toten. Soll ich Euren Untertanen im Jenseits etwas ausrichten? Ich glaube, ich werde ihnen in Kürze begegnen.«

Joss schwieg; ihm war nicht klar, ob das ein Scherz war, oder ob er etwas antworten sollte.

»Sie sollen mir helfen«, sagte er schließlich. »Sagt ihnen, sie sollen mir helfen.«

Die alte Frau nickte, dann schloss sie die Augen.

Joss blieb stehen und sah sie an, auch wenn er versprochen hatte zu gehen. Krümel lag neben ihr auf der Decke.

Der Atem der alten Frau setzte aus.

Das Leiden schwand aus dem Raum. Der Mond schien durchs Fenster und einen Augenblick lang gab es da eine Wellenbewegung im Licht.

Krümel erhob sich, schnupperte ein letztes Mal am Gesicht der alten Frau, dann sprang sie vom Bett.

Joss trat aus dem Zimmer, Krümel hinter ihm. Die Katze war ungewöhnlich langsam, sie schleppte sich dahin, als ob eine unendliche Müdigkeit ihrer Kraft und Beweglichkeit Fesseln angelegt hätte. Mit Mühe nahm Joss sie auf seine schwachen Arme und bemerkte, dass sie zitterte. Er streichelte sie, dann folgte er den Stimmen bis zur Küche, wo Arduin und Erbrow ununterbrochen schwatzten, gelegentlich unterbrochen von begeisterten kleinen Aufschreien der beiden Küchenmägde.

»…Nein wirklich, so eine schöne Küche… ja, und da, diese… diese Kupferkessel, so blank und solide…!«

»Oh, Euer Gnaden, aber wirklich…!«

Als Joss mit der Katze auf dem Arm in eine Küche trat, die wesentlich kleiner und schmutziger was als die im Königspalast, wurde er von einer Reihe von Ausrufen empfangen. Wie froh alle waren, dass die Katze gefunden worden war, wie froh die beiden Mägde waren, auch ihn kennenzulernen, wie froh alle miteinander waren, dass alle anderen froh waren. Es folgte eine weitere Reihe von kleinen Jubelrufen seitens der beiden Mägde wegen des jüngsten Prinzen, der eingewilligt hatte – in Wahrheit hatte er darum gebeten –, Speck mit Bohnen zu essen, und sie nun in sich hineinschlang wie ein Bauer. Es war rührend, ihm beim Essen zuzuschauen.

Schließlich gingen die drei Königskinder. Sie verabschiedeten sich mit großer Freundlichkeit von den beiden Mägden und endlich schloss sich die Tür des alten Hauses hinter ihnen. Der Mond stand immer noch hell und klar am nächtlichen Himmel.

Joss' Blick wanderte zu dem erleuchteten Fenster und verweilte lange dort. Er fragte sich, ob er den Geschwistern sagen sollte, dass die alte Frau tot war, aber er hatte keine Lust dazu. Die Frau hätte es nicht gewollt. Das war eine Sache zwischen ihnen beiden gewesen, und basta.

»Wie ist es gelaufen?«, fragte Arduin. »Ich musste die beiden Mägde aufhalten, aber ich hoffte, Erbrow würde hinaufgehen und mit der Frau sprechen…«

»Es ist mir gelungen«, antwortete Joss dem ungläubigen Bruder. Er sah in die Augen seiner Schwester, blau wie das Licht vor Sonnenaufgang. Ihr brauchte er nicht zu sagen, dass die alte Frau tot war. Sie wusste es.

»Ich habe den Vers: ›*Tochter des Orks eilt rasch herbei, dorthin, wo die Schatten schweifen, Furcht und Angst wird sie ergreifen. Den Zwergen geht's bald einwandfrei, durch Geschichten ganz nebenbei. Nun springt dem Zwerg der Orksohn bei, den goldnen Drachen mit dabei. Der goldne Drache ist wieder frei, Orksohn flieht samt der Reiterei. Die Königin sehnt ihn herbei, der schöne König kommt zurück, beide haben so viel Glück!*‹«

Verdutztes Schweigen.

»Ich will ja nicht immer mäkeln, aber das klingt ziemlich wirr und unverständlich. Und irgendwie finde ich das alles nicht so optimistisch«, bemerkte Arduin finster.

»Der goldene Drache…«, murmelte Erbrow. »Es gibt keine

Drachen mehr. Aber irgendjemand rettet am Ende den König der Zwerge. Ein Orksohn. Sire Rankstrail. Mir gefällt dieser Vers.«

»Mir nicht. Entflieht dem Tod nun *irgendwie*…«, bemerkte Arduin. »Wenn er irgendwie am Leben bleibt, wird er von einem Wesen gerettet, das es nicht gibt. Das ist eine höfliche Art, um zu sagen, dass Inskay verloren ist. Wo die Schatten schweifen… Inskay wird von den Orks gefangen genommen und stirbt in ihren Bergwerken. Eine Geschichte rettet ihn. Was soll das heißen?«

»Der goldene Drache ist Symbol für irgendetwas und Sire Rankstrail existiert wirklich. Die Geschichte mit dem König, der zurückkommt, das ist bestimmt er. Er war so lange weg und wenn er wiederkommt, sind alle glücklich und sicher. Was die Geschichten angeht, so weiß ich, was das heißt. Euch hat unsere Mutter das nie erzählt, weil es ihr zu wehtut, von unserem Vater zu reden. Aber am Strand, wo ich auf die Welt gekommen bin, wurde ständig wiederholt, dass unser Vater seine Leute in die Freiheit geführt hat, indem er ihnen Geschichten erzählte.«

»Indem er Geschichten erzählte? Was für Geschichten?«, fragte Arduin.

»Geschichten, Erzählungen. Die Geschichte vom Prinzen, von der Fee und dem Drachen. Von der traurigen Prinzessin. Von den drei Söhnen des Böttchers. Geschichten sind dazu da, Mut zu machen. Das ist die einzige Form von Magie, die den Menschen zur Verfügung steht, wenn ihnen die Kraft ausgeht und sie neue schöpfen wollen. Genauso wie die Musik für die Orks.« Erbrows Stimme war weich geworden, voller Wehmut. Joss verspürte wieder das innige Vergnügen, das ihm dieser Ton in der Stimme seiner Schwester verschaffte und das Arduin wohl nicht spürte, denn er unterbrach sie.

»Mir scheint, die Märsche der Orks sind wirksamer als unsere Geschichten. Die haben vor nichts Angst. Vor neun Jahren sah es so aus, als wären sie besiegt. Aber sie sind immer noch da und bedrohen unsere Grenzen.«

Joss wankte.

»Ich kann mich nicht mehr auf den Beinen halten«, sagte er zähneklappernd. Nach der Wärme in der Küche war die Kälte unerträglich. Seine Geschwister unterbrachen sofort ihre Unterhaltung und wandten sich zu ihm. Arduin stützte ihn. Erbrow nahm ihren Schal ab und legte ihn um seine Schultern, dann wärmte sie ihm die eisigen Hände.

»Schaffst du es, über die Glyzinie wieder hinaufzuklettern?«, fragte Arduin.

»Nein. Lieber schlafe ich hier auf der Straße. Und auch Krümel hat heute Nacht Probleme. Sie ist auch müde, vielleicht sogar krank. Schaut nur, sie zittert!«

Die drei Königskinder überquerten die Straße und präsentierten sich den verdutzten Soldaten, die am Palasttor Nachtwache hielten. Die beiden hatten sie nicht hinausgehen sehen und waren hocherfreut, sie wieder hineinzulassen; und noch mehr freute es sie, ihnen das Versprechen zu geben, niemandem zu sagen, dass die Königskinder ohne ihr Wissen nachts in Daligar unterwegs gewesen waren.

Als sie endlich in ihre Zimmer gelangten, ließ sich Joss angezogen aufs Bett fallen. Die Augen fielen ihm zu und er sank in den Schlaf wie ein Stein ins Wasser. Er schlug die Augen kurz noch einmal auf, um zu sehen, dass Krümel sich neben ihm eingerollt hatte, dann schlief er wieder ein.

Tief in der Nacht wachte er frierend auf. In dem Durcheinander am Abend zuvor hatte Atàcleto vergessen, den Kamin anzuzünden, aber er hatte ihn hergerichtet, ein kleines Häufchen schöner Holzscheite zwischen den Feuerböcken. Joss stand auf, ging zu dem Holz und sah es an. Die großen Scheite oben, Stroh und Reisig unten. Joss strich mit der Hand darüber hin, und die Flammen loderten auf, zuerst schmal und zaghaft, dann über die ganze Breite. Joss betrachtete das warme Licht und kehrte mit der Katze ins Bett zurück.

»Ich weiß, wie man Metalle schmilzt, und ich habe auch das Feuer, um es zu tun«, murmelte er.

Die Flucht

KAPITEL 5

*Es war nicht so schwer zu verstehen, warum viele meinten,
diese Religion sei bloß ein Zeitvertreib für Schwachsinnige,
nur dazu gut, die Frauen ruhig zu halten,
während die Männer im Bergwerk waren.*

Die erste Nacht in eisiger Freiheit war merkwürdig und
schrecklich für Inskay. Die Erinnerung an den Galgen, dem er
soeben entronnen war, der Schmerz über den Verrat und die
Angst um seine Tochter rissen ihn abwechselnd mit der Kälte
alle Augenblicke aus dem Schlaf. Zu all diesen Sorgen kam noch
ein Traum hinzu, der furchtbare Traum von zwei Ungeheuern,
eins mit waagrechten Streifen, das andere eine Art violetter
Fleck, der sich in der Dunkelheit regte, sie jagten einander und
warfen Schatten in seine gequälte Seele und wurden ihm zum
Inbegriff der Angst. Sogar die Erinnerung an die Folterkammer
war weniger grausam als die Wahngebilde dieser Nacht, weil
dieser Schmerz Namen und Grund hatte. Er versuchte, den Ungeheuern Namen zu geben, aber es kamen ihm nur »gestreiftes

188

Ungeheuer« und »rosa Ungeheuer« in den Sinn, die nicht nur wenig originell, sondern auch bloße Kindernamen waren, die nichts von dem Grauen wiedergaben, das ihn beim bloßen Gedanken an sie erfüllte.

Endlich brach fahl der Morgen an.

Inskay blieb nichts anderes übrig, als sich nach Westen zu wenden.

Ein enges, schattiges Tal zog sich zwischen schroff abfallenden Waldhängen dahin. Unzählige Male stieß er auf Abzweigungen, die nach Süden zu führen schienen, aber durch die völlig unsichtbare Sonne hatte er keine Orientierung. Er versank bis an die Schenkel im Schnee und das rechte Knie tat nach wie vor qualvoll weh. Das Gehen war unendlich mühsam, und er musste oft völlig außer Atem stehen bleiben, um Luft zu schöpfen.

Am Nachmittag dieses seltsamen Tages begann er, über die Bienen nachzudenken.

Vielleicht wäre es zutreffender zu sagen, dass ihm plötzlich der Gedanke an die Bienen in den Sinn kam und ihn nicht mehr losließ.

Die Zwerge waren Herren der Erde, der Hölzer und der Metalle, aber auch der Bienen, nicht nur wegen des Honigs, der die Wonne der Erde ist, sondern wegen des Wachses. Wachs ist unverzichtbar für Gussformen, für jemanden, der Metalle bearbeitet, ist es wie für den Maler das Licht. Auch wenn es nicht Bestandteil des endgültigen Werkes ist, macht es dieses doch überhaupt erst möglich.

Die Elfen hatten sich darauf beschränkt, die Bienenstöcke zu plündern, nachdem sie die Bienen mit der tödlichen Anmut ihrer betörenden Gesänge außer Gefecht gesetzt hatten; die Orks hatten sie genommen wie alles andere auch, durch Feuer und Zerstörung; die Menschen in ihrer unnachahmlichen Dummheit und Berufung zum Leiden nahmen die Waben, indem sie sie aus den Stöcken herausbrachen, wobei sie über und über mit den schmerzhaftesten Stichen bedeckt wurden. Eines der ersten Dinge, die ein Zwerg lernte, war, Waben und Bienenstöcke zu bauen und sich ohne süßliche Gesänge zwischen ihnen zu bewegen, behutsam, respektvoll und umsichtig. Bei jedem seiner Schritte trat Inskay an diesem Nachmittag das Bild der Bienen mit solcher Macht vor Augen, dass er den Talgrund verließ, wo das Gehen ohnehin sehr beschwerlich war, und in die dichten Wälder trat, die sich an den Steilhängen im Süden hinaufzogen.

Und dort ereignete sich das Wunder, er fand einen Bienenstock. Er war klein und schien sehr alt zu sein, denn er war aus Stein, was Inskay noch nie gesehen hatte. Der Erbauer musste ein Fachmann der Bienenzucht gewesen sein, nach dem doppelten Boden zu urteilen, der erlaubte, den Honig einzusammeln, ohne etwas zu zerstören. Die Wabe war in der Mitte von einer Wand aus sehr hartem Holz geteilt. Inskay erkannte, dass sie mit einer Mischung aus Wachs, Kupfer- und Bronzestaub bestrichen war, um sie so wasserundurchlässig und fest zu machen wie Stein, aber der Zweck dieser Mittelwand war ihm unklar.

Inskay sah sich um. In der Ferne bei einem verfallenen Turm sah er ähnliche Bienenstöcke wie diesen hier, einen neben dem anderen schön ordentlich aufgereiht. Sie waren alle noch belebt und in Betrieb. Generation um Generation, Jahr um Jahr waren die Bienen hierhergekommen. In ferner Zeit musste dieses Tal von Bienenzüchtern bewohnt gewesen sein Ohne sie wäre Inskay Hungers gestorben, so hatte er Honig im Überfluss.

Der doppelte Boden in dem ersten Bienenstock saß schief. Bei dem Versuch, ihn zurechtzurücken, zerbrach ihn Inskay und hielt die Waben, triefend von Honig, in Händen. Andächtig schleckte er ihn bis auf den letzten Tropfen auf. Zurück blieben in seinen Händen die genau ineinandergefügten Sechsecke aus Wachs. Beim Betrachten dieser vollendeten Formen schöpfte er wieder Mut und überlegte sich, wenn es die Schönheit gab und sie nicht zufällig war, so würde vielleicht auch über ihn und Lylin die Vorsehung wachen.

Er fragte sich, ob es angebracht sei, die Götter um Hilfe anzuflehen. Aber wenn man ihre zweifelhafte Hilfe erbat, ging ihm dann durch den Kopf, setzte man ja in gewissem Sinn als selbstverständlich voraus, dass all jene, die wie Hunde abgemurkst worden waren, das auch verdient hätten und etwas an ihnen sie abstoßend und damit göttlicher Hilfe unwürdig gemacht habe. Vielleicht empfahl deshalb die Religion der Mütter, nie um etwas Praktisches, Handfestes, Wirkliches zu bitten.

Mit den Feuersteinen, die er in der Tasche bei sich trug, zündete Inskay ein Feuerchen an und verbrannte die Rahmen der Waben aus hartem, altem Holz, erwärmte das Wachs, formte es mit den Fingern und kleidete damit seine Schuhe aus, sodass der Schnee nicht mehr eindringen konnte. Auch seine Lumpen bestrich er überall mit Wachs, um sie wasserdicht zu machen. Ein komischer Singsang ging ihm im Kopf herum, wie eine Musik, eine Art von »dumdaradumdumdaradei«, wodurch er sich besser fühlte, weniger müde und schmerzgeplagt. Schließlich kehrte er zurück zur Talsohle, um vor Anbruch der Dunkelheit noch ein paar Meilen zurückzulegen, in der Hoffnung, einen Weg nach Süden zu finden, der ihn zurückführen würde in die Welt der Menschen und zu Lylin. Als er in seinen eigenen ungleichen Fußstapfen zurückging, wurde ihm bewusst, dass der Schmerz im Knie völlig vergangen war. Er zog das Bein nicht mehr nach. Vorsichtig legte er die Hand auf den rauen Stoff und betastete das Knie, zuerst behutsam, dann mit mehr Nachdruck. Es tat an keinem Punkt mehr weh, während dieser seltsam rhythmische Singsang »*dumdaradumdumdaradei*« in seinem Kopf weiterging. Wieder kehrte die Hoffnung zurück, das Gefühl, da könne es jemanden oder etwas geben, was in unerforschlicher Weise über ihn wachte.

Der Abend brach herein. Inskay stieß auf die Überreste eines winzigen Steinhauses, es lag eingeklemmt zwischen zwei riesigen Felsblöcken, die senkrecht in die Höhe ragten und die Seitenwände des Häuschens bildeten. Es hatte kein Dach mehr und war von Kletterpflanzen überwuchert, aber es bot wenigstens Unterschlupf. Inskay sammelte Laub und etwas Reisig und machte sich ein Feuerchen, das einsam in der vollkommenen Dunkelheit des finsteren Tals leuchtete, wohin vom bedeckten Himmel kein Lichtschein drang. Seine letzten Gedanken galten Lylin, dann übermannte ihn der Schlaf.

Er träumte von einer grünen Ebene, wo Lichter funkelten, das waren die smaragdgrünen Augen einer schwarzen Katze. Dann leuchtete ein riesiger Mond über einem Fluss, an dessen Ufern eine Stadt lag, friedlich schlummernd und stachelbewehrt wie ein Igel. Er fühlte die Anstrengung des Hinunter- und Hinaufkletterns zwischen Ästen und Blättern, dann sah er ein äußerst merkwürdiges Wesen, leichenblass und völlig verzehrt von Schmerzen, mit großen hellen Augen, blaugrün wie klares Wasser, es schwebte in einem dunklen Nebel. Eine Art Kobold, ängstlich und freundlich, nahm dieses Wesen bei der Hand und konnte es in ein weniger dichtes Dunkel führen, bis es schließlich seinen Schmerz hinter sich ließ und sich auf den Mondstrahlen in die Höhe schwang. Es ging ein in unendliche Wiesen unter grenzenlosen Himmeln, worin kleine Lichter funkelten, und das waren wiederum die grünen Augen der Katze. Alles ging unter in Grün, im sanften Duft nach Heu, dem bitteren Geruch von Klee, den der Wind von den Hügeln herwehte.

Er fühlte keinen Schmerz mehr, stattdessen drangen vertraute Küchendüfte heran, der Geruch von Speck mit Bohnen und Würsten.

Beim Morgengrauen erwachte Inskay, erfüllt von Frieden und Zuversicht. Dann fiel ihm wieder ein, in welcher tödlichen Gefahr Lylin schwebte, und beides schwand.

Er ging über Obstwiesen, wo an den Apfelbäumen noch ein paar unreife und verschrumpelte Früchte hingen. In teils zugefrorenen Teichen tummelten sich nur wenige Spannen unter der Wasseroberfläche Frösche und Forellen, und zwar so dicht, dass man nur die Hand auszustrecken brauchte, um sie zu fangen, und so stillte er seinen Hunger.

Als er satt und wieder bei Kräften war, suchte er noch lang die Berge nach einem Durchlass nach Süden ab, nach einer Öffnung, einer Möglichkeit, die Felsen, die senkrecht über dichten Wäldern in die Höhe stiegen, zu überqueren aber das war undenkbar. Stattdessen entdeckte er, dass auf einer gewissen Höhe, parallel zum Tal, breite Steinpfade durch die Wälder liefen, auf denen es sich bequem gehen ließ. Hinter ihm lag Alyil mit seinen Henkern. Ihm blieb nichts anderes übrig, als den Wegen nach Osten zu folgen und damit den Orks in die Arme zu laufen.

Wieder wurde es Nacht. Inskay kroch zwischen die Wurzeln einer großen Ulme, hockte sich vor sein Feuerchen und erwartete dort sehnsüchtig, dass der Schlaf ihm wieder Trost bringen möge. Als er endlich kam, war es ein ganz blauer Schlaf mit dem freundlichen Kobold, der unentwegt wiederholte, ausgerechnet ihn, Inskay, retten zu wollen. Da war auch eine kleine, in Samt gekleidete Fee. Sie war sehr jung, jünger als man es sich von einer Fee erwartet, aber sie hatte große Augen in der Farbe des Himmels vor Sonnenaufgang, wenn es unmöglich ist, verzweifelt zu sein. Auch die Fee sprach von ihm, Inskay, und von einem goldenen Drachen, der ihn retten würde. Wenn man bedachte, dass es keine Drachen mehr gab, hieß das, dass nichts und niemand ihn retten würde, aber es war immerhin schön gesagt.

Im Traum hielt er sich an einem warmen Ort auf, in einem Haus voller Zärtlichkeit, Sanftmut, Feuerschein von Kaminen und von Kerzen, die sich abwechselten, damit kein Winkel dunkel oder kalt blieb. Es war ein Ort, wo nichts Böses geschehen konnte, wo für die Hungrigen und die Unglücklichen immer Brot und Honig da waren.

Beim Erwachen fand Inskay sich in seiner eiskalten Wirklichkeit wieder und klammerte sich so lang wie möglich an jeden Augenblick, jeden Fetzen seiner fantastischen Träume von Wärme und Freundlichkeit. Der Himmel war düster und die Kälte beißend, und doch war ihm, als wäre die Welt erfüllt vom Blau der Feenaugen.

Die Tage folgten aufeinander, einer so leer und ereignislos wie der andere, gefüllt mit Angst. Aufgeheitert wurden sie nur vom Geräusch der Pinienzapfen, die in den Schnee fielen, dem Flügelschlag eines Sperlings in der Ferne. Jedes Geräusch drang klar und deutlich an Inskays Ohr; Hören war plötzlich ein solches Vergnügen, wie es nie zuvor gewesen war.

Die Nächte waren fantastisch, voller großartiger Visionen, Düfte und Aromen. So allein und verzweifelt er in Wirklichkeit war, so sehr wimmelte es in seinen Träumen von bereitwilligen, vermögenden und mächtigen Helfern. Selbst wenn letztlich auch im Traum niemand ihn retten kam, tat er doch wenigstens allen leid.

Schließlich begann Inskay, sich zu überlegen, dass man seit Anbeginn der Welt, seitdem man sich Geschichten erzählte, noch nie etwas davon gehört hatte, dass zwei Monate Verhöre und eine Flucht im Schnee das Gehör schärften und die Traumwelt bereicherten. Je länger er darüber nachdachte, desto abwegiger erschien ihm das. Hätte er das nicht seit jeher für baren Unsinn gehalten, würde er vermuten, er stünde unter einem Zauber. Inskay erinnerte sich auch an die uralte Sage, die man sich an sämtlichen Lagerfeuern der Zwerge längs der Flüsse zwischen den Minen erzählte, das Geheimnis eines alten, am Anbeginn der Welt gewirkten Zaubers, eines dunklen Pakts, der das Volk der Erde und das Volk der Luft zusammenschmiedete. Im Augenblick der höchsten Gefahr würde die Warnung so schnell fliegen wie Gedanken und mit dem Flügelschlag eines Traums alle Entfernung überwinden. Zum ersten Mal stieg eine Ahnung in ihm auf, dieses Geheimnis könnte vielleicht doch nicht nur eine der vielen barmherzigen Lügen sein, die man Kindern erzählte, um sie in der Illusion zu wiegen, dass es Gerechtigkeit gibt und dass das Leiden der Welt nicht immer ohne Hilfe bleiben wird.

Inskays Träume wurden immer lebhafter. Anschaulich, realistisch, voller Farben und Töne, Nacht für Nacht in logischer Folge fortgesetzt und voller Einzelheiten, die ihm deutlich und nachhaltig im Gedächtnis haften blieben und nicht beim Erwachen verflogen, wie das normalerweise bei Träumen geschieht.

Die Träume wurden nicht nur schöner, sondern von Mal zu Mal auch immer klarer, konkreter und im Detail besser zu erkennen. Inskay war noch nie in Daligar gewesen, aber er hatte davon gehört. Man hatte ihm von den Pfählen erzählt, die in der Stadtmauer steckten und der Stadt das komische Aussehen eines Igels verliehen. Er wusste, wenn auch nur ganz vage, von der Königin- Hexe, die dort herrschte und selbst einen Charakter wie Igelstacheln besaß: verschlossen und aggressiv.

Die kleine Fee in den Träumen war die Prinzessin von Daligar, ihre Mutter war eine fettleibige Frau, offenbar Ihre Majestät die Königin von Daligar. In den ersten Träumen war sie wie ein großer dunkler Fleck erschienen, etwas Eisiges, ein Abgrund an Leere und Kälte. Es folgten andere Träume, immer wahrscheinlicher und glaubwürdiger. Die kleine Fee hatte einen Wolf. Manchmal tauchte eine schwarze Katze mit grünen Augen auf und die Erinnerung an sie hielt den ganzen Tag vor.

Ein alter Herr, ein hoher Würdenträger mit Bart, sprach vom König von Varil, der an der Grenze im Süden festgehalten wurde, Meilen und Meilen entfernt, und den man noch nicht hatte benachrichtigen können, damit auch er sich um Inskays Rettung kümmerte, um dessen Überleben aller Gedanken kreisten.

Das Erwachen am Morgen brachte nichts als Einsamkeit und eisige Kälte, doch irgendwo hallte das Echo dieses großen, wenn auch letztlich unnützen Geredes über den unermesslichen Wert seiner gefährdeten Existenz nach.

Die Träume, wo alle ihn retten wollten und es keinem gelang, waren tröstlicher als die Wirklichkeit, wo niemand auch nur einen Versuch dazu unternahm und sein Tod nicht mehr zählte als ein Spucken in den Schnee.

Immer häufiger tauchten auf Inskays Weg zwischen Obstgärten verfallene Gehöfte auf, niedrige Gebäude mit runden Fenstern und ovalen Türen, die schief in den Angeln hingen. Die Siedlungen waren verlassen und verwahrlost, aber es konnte kein Zweifel bestehen, dass diese Orte einst von Zwergen bewohnt gewesen waren. Versteckt unter Bäumen, die sich zu beiden Seiten des Tals an den Hängen hinaufzogen, waren viele eingezäunte Viehweiden zu erkennen, aber keine Spur von Bergwerksstollen, kein Bogen im Fels, kein See, die auf das mythische Helausia hingedeutet hätten.

Endlich, nach einer Reihe von Tagen, die zu zählen Inskay aufgegeben hatte, drang plötzlich von ferne ein undeutliches Geräusch an seine ungewöhnlich empfindlichen Ohren und erschreckte ihn. Ein unverwechselbarer Gestank überlagerte den Geruch nach Schnee in kalter Luft. Inskay ging weiter, bis das Tal sich an seinem Ende öffnete und er plötzlich Hunderte, ja vielleicht Tausende Schweine vor sich sah. Als er das letzte Mal Schweine gesehen hatte, wurden sie in Herden gehalten; diese hier waren voneinander und vom Rest der Welt durch ein kompliziertes System von Holzzäunen und Steinmäuerchen getrennt. Das war kein gutes Zeichen Die Schweinehaltung schien wesentlich straffer und effizienter organisiert. Am Horizont zeichnete sich blau eine Hochebene ab; im Norden ragte breit und gedrungen ein Berg mit einer senkrecht abstürzenden Felswand über dem Tal in die Höhe: der Geborstene Berg.

Inskay war im Land der Orks.

Er hätte weinen mögen.

Man hatte ihn aus Alyil entkommen lassen, ohne sich auch nur die Mühe zu machen, ihm nachzustellen, ganz einfach weil er in eine Falle lief, die so unausweichlich und tödlich war wie der Galgen.

Es blieb ihm nichts anderes übrig als umzukehren, in der verschwindend geringen Hoffnung, eine Abzweigung nach Süden zu finden, die so klein und versteckt sein musste, dass er sie trotz seiner scharfen Zwergenaugen übersehen hatte.

Falls er sie nicht fand, was wahrscheinlich war, würde er sich im Tal versteckt halten und abwarten müssen, bis der Hunger, eine Krankheit oder gar die Wölfe ihn töteten. Oder vielleicht, was schlimmer war, Jahr um Jahr ein unnützes Dasein fristen, während Lylin und die anderen durch seine Schuld den Märtyrertod starben.

197

Vorher aber wollte Inskay sich noch einmal so richtig den Bauch vollschlagen. Teiche mit Forellen darin gab es schon seit Tagen keine mehr, der Honig war nur noch eine ferne Erinnerung. Er war am Ende: Wenn er nichts in den Magen bekam und einen kleinen Essensvorrat mitnehmen konnte, würde er nirgendwohin mehr kommen.

Die Schweine waren zahllos viele, keiner würde es merken, wenn eines fehlte.

»Verdammtnochmal«, murmelte Inskay.

Niemand war zu sehen. Der Abend brach herein. Inskay lief bis zu einem der Mäuerchen, das ihn überragte, folgte ihm bis zu einem groben, sehr schweren Holztor, das mit einem schönen großen schmiedeeisernen Riegel verschlossen war. Inskay bewunderte die getriebene Arbeit und fluchte. Die Orks hatten ihre Schweine gut weggesperrt. Inskay betrachtete die Zäune. Sie waren aus robustem Holz, die Scharniere aus Eisen, so stark und widerstandsfähig, dass er sie mit bloßen Händen nicht ausheben konnte. Die einzige Möglichkeit, ein Schwein zu stehlen, bestand darin, es auf den Arm zu nehmen, mehr oder weniger wie eine Katze, und es leicht und elegant über den Zaun zu werfen. Das Problem war nur, dass ein Schwein drei Mal so viel wog wie ein Mensch, das heißt sechs Mal so viel wie ein Zwerg.

Inskay betrachtete die Pferche genauer. Sie waren unregelmäßig angelegt, manchmal nach einer Seite merkwürdig in die Länge gezogen, aber in jedem davon waren exakt zehn Schweine. Wenn von zehn Schweinen eines fehlt, fällt das auf. Wenn er eines stahl, stets vorausgesetzt, er konnte es hochwuchten, würden sie es sofort bemerken und keine Ruhe geben, bis sie seiner schon morschen Knochen wieder habhaft wurden.

In den Pferchen war nichts mehr zu fressen, kein einziger Kohlstrunk, auch nicht die Spur eines Maiskolbens. Die großen hölzernen Futtertröge waren leer. Offenbar war seit der letzten Futterverteilung einige Zeit vergangen, da alles bis auf den letzten Rest vertilgt war. Vielleicht würde jeden Augenblick jemand zum Schweinefüttern kommen, noch am selben Abend oder am nächsten Morgen. Vorsicht und gesunder Menschenverstand rieten Inskay, sich mitsamt seinem Hunger auf die Socken und davonzumachen, möglichst weit weg von diesen Pferchen, und deren Bewohner in Ruhe zu lassen, von der dicksten Sau bis zum kleinsten Ferkelchen.

Zeit seines Lebens waren Vorsicht und gesunder Menschenverstand für ihn die leitenden Grundsätze gewesen, wie für jeden Angehörigen seines verhungerten Sklavenvolks. Das Erste, was man bei ihnen den Kindern beibrachte, abgesehen davon, niemals die doppelte Ration zu verlangen, war, den Kopf zu beugen und zuzusehen, wie man über die Runden kam.

Das hatte er immer versucht.

Der Traum von einer möglichen Befreiung der Zwerge war rein zufällig in seinem Kopf entstanden, und er hatte ihn gehegt, mit unendlicher Geduld und grenzenlosem gesunden Menschenverstand. Und was war das Ergebnis? Dass er jetzt hier festsaß, inmitten von grauem Schlamm und schmutzigem Schnee, während die Letzten seines Volkes und seine Tochter der Vernichtung entgegensahen, durch seine Schuld. Wenn er es recht bedachte, wusste er gar nicht, was er mit einem Schwein anfangen sollte. Mit bloßen Händen war es schwierig, es abzustechen und so in Teile zu zerlegen, dass sie sich auf einem kleinen Feuer braten ließen.

Unschlüssig strich Inskay noch um die Pferche herum, als er zu einem kam, worin eine Sau mit einem halben Dutzend Ferkeln war. Neugeboren waren sie nicht mehr, aber entwöhnt auch noch nicht. In diesem Pferch waren nur sie, kein anderes ausgewachsenes Schwein. Wer weiß, ob sie auch die Ferkel gezählt hatten, fragte sich Inskay. Wahrscheinlich nicht: Sechs oder sieben Ferkel, welchen Unterschied machte das schon?

Und welchen Unterschied machte es für ihn? Er hatte schon alles verloren; das einzig Gute an seiner Lage war, dass er nichts mehr zu verlieren hatte. Er sprang über die Mauer und nahm das kleinste Ferkel auf den Arm, eine kleine Sau, die verzweifelt quiekte. Die Mutter hatte etwas zu fressen und war so sehr damit beschäftigt, dass sie nicht einmal den Kopf hob. Inskay warf ihr einen Blick zu, dann machte er sich mit seiner Beute auf dem Arm davon. Er stolperte und fiel hin, das Ferkelchen landete am Boden und quiekte noch lauter als zuvor. Inskay fluchte und versuchte, wieder auf die Beine zu kommen. Die Sau hörte auf zu fressen und wandte ihm ihren riesigen Rüssel und ihre winzigen Äuglein zu.

Im Maul hatte sie einen Arm samt Hand daran.

Sie fraß die Reste eines Menschen.

Inskay starrte sie an.

Er wankte.

Er fing sich wieder.

Er drehte sich um, setzte so schnell er konnte über das Steinmäuerchen, ließ sich fallen und kauerte sich zusammen, den Kopf zwischen den Händen. Dann sprang er auf, ohne abzuwarten, dass der Ekel sich legte, und begann zu rennen, um so viel Schlamm und Schnee wie möglich zwischen sich und diese Gräuel zu legen.

Er hatte schon davon gehört, er wusste es. Und doch war es ihm entfallen gewesen. Seine Erinnerung hatte die entsprechenden Worte gelöscht, wie eine Hand eine haarige Raupe fortwischt.

Er hatte es gehört. Die äußerste Schmach, die die Orks ihren Opfern zufügten, ging über den Tod hinaus. Es war die absolute Entwürdigung: die Verwandlung des Körpers in Abfall, in Schweinefutter, in Dünger für den Kohl. Inskay dachte, dass nicht nur sein eigener Tod, sondern auch der seiner einzigen und über alles geliebten Tochter weniger schrecklich sein würde, wenn er nur wusste, dass an dem Ort, wo sie ruhte, eine Blume stand und eine Kerze brannte.

»Ich weiß nicht, wer du bist, aber ich werde für dich beten«, versprach er leise. »Ich glaube an nichts und niemanden mehr, aber ich werde trotzdem für dich beten.«

Inskay rannte und rannte. Vereinzelt schwebten langsam Schneeflocken durch die Luft, zu wenige und zu langsam, um seine Spuren zu bedecken. Er hätte anhalten und sie selbst verwischen müssen, und ab und zu tat er das auch, aber die Eile fortzukommen war zu groß. Es wurde Nacht, aber er lief weiter, bis er nicht mehr konnte, und fand Zuflucht unter einem Stein, der auf allen Seiten von riesigen Bäumen umstanden war. Unvorsichtigerweise machte er ein kleines Feuer, die einzige Alternative zum Tod durch Erfrieren, und fiel in einen unruhigen Schlaf.

Er träumte von Lylin, sie war umringt von Schweinen mit riesigen Hauern und schrie laut. Er träumte von dem kleinen Friedhof, wo sein Vater und seine Mutter begraben lagen, ein Fleckchen Erde, eingefasst von großen Steinen und Rosmarin- und Lavendelbüschen, das alles verwandelte sich in einen riesigen Futtertrog. Er träumte von Tod und Schmerz, doch dann verschwand alles, seine Albträume zergingen wie Schnee in der Sonne. Alles wurde dunkelblau und leuchtend zugleich, wie vor Sonnenaufgang. Das Blau in den Augen der kleinen Fee: »Inskay ist nicht allein. Wir werden ihm helfen. Ein Drache wird ihn retten.« In ihrer Stimme verbanden sich Heiterkeit und Leidenschaft. Inskays Angst schwand, Hoffnung regte sich in seinem Herzen, doch dann kamen die Schweine wieder, riesengroß und mit fürchterlichen Hauern, die sich über seinem Arm zusammenschlossen, was ihm heftigen Schmerz verursachte. Er wachte auf. Auch als er die Augen geöffnet hatte, ließ der Schmerz nicht nach. Da waren keine Schweine, sondern Orks, und die traten ihn mit Füßen. Drei Orks standen über ihm im Licht des Sonnenaufgangs, dunkelblau und leuchtend zugleich.

Die Spuren, die er bei seiner überstürzten Flucht hinterlassen hatte, mussten sie schließlich zu seinem kleinen Feuer geführt haben.

Die Orks waren riesengroß. Sie trugen keine Kriegsmasken und die Hakennasen in den breiten, platten Gesichtern machten sie Raubvögeln ähnlich. Einer, der Jüngste, hatte die rötlichen Haare der Orks aus dem Norden, die anderen beiden trugen den Kopf bedeckt von einer Kappe aus gekochtem Leder, die fast bis zu den Augen ging. Alle drei waren in lange dunkle Mäntel gehüllt, die Krägen mit Fuchsbesatz. Alle hatten mehrere gerade, parallel verlaufende Narben zwischen Backenknochen und Mundwinkel, die mit einem scharfen Messer oder einem glühenden Eisen beigebracht sein mussten. Sie dienten dazu, die Unempfindlichkeit der Orks gegen erlittene Schmerzen zu unterstreichen sowie die noch viel größere Unempfindlichkeit gegenüber zugefügten Schmerzen.

Die Orks schlugen ihn lang und traten ihn mit Füßen, unterdessen unterhielten sie sich liebenswürdig miteinander in ihrer ihm unverständlichen Sprache. Inskay hatte schon Erfahrung mit Schmerz, der ohne Wut, von Berufs wegen zugefügt wurde; jetzt machte er die Bekanntschaft mit Schmerz, der ohne Wut aus Gewohnheit zugefügt wird.

Als sie aufhörten, ihn zu schlagen und zu treten, banden sie ihn mit einem kräftigen Seil an Händen und Füßen und hängten ihn an einen langen Stock, den sie abwechselnd, jeweils zu zweit auf den Schultern trugen, wie man es mit erlegten Wölfen oder Wildschweinen macht. Als der Himmel im anbrechenden Morgen sich schon ganz mit Blau überzogen hatte, kamen sie an den zahllosen Schweinepferchen vorbei. Inskay fragte sich, welche Sau seine Hände abnagen würde.

Seine Mutter und die anderen Priesterinnen ihrer kleinen Gemeinde, in der Kohlköpfe wichtiger waren als Altäre, hatten immer gesagt, man dürfe die Götter nicht darum bitten, die eigenen Lebensumstände zu ändern, sondern nur die Art, wie man sie betrachtete. Zu bitten, aus der Gewalt der Orks befreit zu werden, kam also nicht infrage. Man musste darum bitten, sich in ihrer Gesellschaft wohlzufühlen und es genießen zu können, in ihrer Gewalt zu sein.

Es war nicht so schwer zu verstehen, warum viele meinten, diese Religion sei bloß ein Zeitvertreib für Schwachsinnige, nur dazu gut, die Frauen ruhig zu halten, während die Männer im Bergwerk waren.

Königin von Daligar, Kriegerin der Menschenwelt

KAPITEL 6

*» Wenn Ihr in einem Eurer Bücher lest,
dass eine belagerte Stadt mit nur sechs Männern
und sieben Pferden gerettet wurde, so wisset,
dass da von Eurer Mutter die Rede ist. «*

Zusammengekauert hockte Rosalba auf ihrem steinernen Thron, der einst der Thron ihres Urahns Arduin gewesen war. Sie dachte nach über ihr Leben, über alles, was ihr widerfahren war und was ihr noch bevorstand.

Sie war in dem Dorf Arstrid geboren, am Eingang zu der Schlucht, worin der Dogon das Gebirge durchquerte, um an ihrem Ende in einem schwindelerregend hohen Wasserfall ins Meer zu stürzen.

Wie alle Bauernkinder konnte sie nicht lesen und schreiben und kannte daher ihr Geburtsdatum nicht. Wenn man sie nach ihrem Alter fragte, sagte sie dreißig Jahre, auch wenn sie wusste, dass es nicht mehr als siebenundzwanzig sein konnten, wahrscheinlich sogar erst sechsundzwanzig. Sie sagte das nicht, um älter und weiser zu wirken, und auch nicht, um zu vertuschen, wie jung sie geheiratet hatte, was alles andere als aristokratischer Brauch war. Sie sagte es, weil sie genug davon hatte, auf der Welt zu sein, weil sie jeden Abend erleichtert dachte, dass endlich wieder ein Tag herum war. Die Anzahl ihrer Jahre zu erhöhen, war, wie von den verbleibenden, die sie noch zu leben hatte, etwas wegzunehmen.

Gleich nach dem Sieg über die Orks, als sie sah, dass die Stadt und ihre Kinder wider alle Erwartung noch am Leben waren, hatte Rosalba sich vorgestellt, dass sie froh und zuversichtlich sein könnte, aber das war ein stilles, fast unfassbares Gefühl gewesen, das in den Ängsten ihrer schlaflosen Nächte und der verzehrenden Sehnsucht nach ihrem Leben als Gemahlin bald unterging. Mit zwanzig oder vielleicht neunzehn Jahren war sie schon nicht mehr Yorshs Gemahlin, sondern seine Witwe. Nie mehr würde sie seine Stimme hören oder das Blau seiner Augen sehen.

Es gab das Glück, sie hatte es erlebt. Es hatte die Gestalt ihres Gemahls gehabt, die Gestalt seiner Hände, wenn er sie in den vom Meeresrauschen durchströmten Nächten auf sie legte. Es war sein Geruch gewesen, seine Stimme. Sein Dasein.

Jetzt war er tot. Dass er nicht mehr da war, schien wie ein Abgrund, der alles verschlang.

Solange die Sonne auf die Erde, auf Daligar und die Köpfe ihrer Kinder schien, vermochte die Königin geistig in der Gegenwart zu bleiben, in ihrem schrecklich mühsamen Alltag.

In ihrer kurzen und großartigen militärischen Laufbahn, als von ihren Entscheidungen Leben oder Tod abhingen, hatte sie nie auch nur ein Zweifel gestreift. Ihre visionäre Kraft machte jede Unsicherheit zunichte, hinzu kam die absolute Gewissheit, dass sie, Nachfahrin Arduins und Mutter der Kinder des letzten

Elfen, der einzig mögliche Kommandant und Kämpfer war, der in der Menschenwelt noch übrig geblieben war.

Sie und solche wie sie hatten von der Schöpfung eine Gabe mitbekommen, ein winziges Zeitintervall Vorsprung. In den Kämpfen sah sie die Bewegung des Feindes den Bruchteil einer Sekunde voraus, auf der Jagd die der Beute.

Jetzt da von ihren Entscheidungen bloß der graduelle Unterschied zwischen Wohlstand und Knappheit abhing, wenn sie festlegte, um wie viel nach einem Jahr der Dürre der Getreidepreis gesenkt werden musste oder wie viele Bewässerungskanäle ausgehoben werden mussten, um das Wasser des Dogon auf die Äcker und Felder zu lenken, wozu den Viehhirten Weidegründe abgenommen werden mussten, verlor sich die Königin in tausend Zweifeln und Überlegungen, ständig in der Annahme, dass ein Haufen Leute bestimmt fähiger wäre als sie. Manchmal tauchte allerdings auch eine Ahnung auf, dass gerade ihre Zweifel sie zur geeigneten Herrscherin über ein kleines Reich machten, das sich nach Jahrhunderten der Plagen allmählich erholte, doch dann siegte die Müdigkeit, und der Gedanke an die Fehler, die sie bei den Kanälen und in der Preispolitik gemacht hatte, wuchs ins Gigantische und verdrängte den an die vielen kleinen richtigen Entscheidungen. Yorsh, ja, der hätte gewusst, wie man regierte, was man sagen musste, wann man nachgeben und wann man hart bleiben musste.

Als ob das nicht genügte, war ihr Alltag ständig ausgefüllt mit anderen wichtigen Entscheidungen, deren Verantwortung auf ihr lastete, Entscheidungen, ihre Kinder betreffend. Erbrow besaß die ganze Zauberkraft ihres Vaters. Rasch eignete Arduin sich dessen Wissen an, in der Königlichen Bibliothek, die allerdings wesentlich bescheidener war als die unermesslich große, uralte Bibliothek, in der Yorsh einen Gutteil seines Lebens in Gesellschaft eines brütenden Drachen zugebracht hatte. Die Bibliothek von Daligar war nicht übel, aber sie würde bald nicht mehr ausreichend sein. Dann war da Joss, der in den Geburtswehen einen Teil der ihm bestimmten Kraft eingebüßt hatte. Wäre Yorsh noch am Leben gewesen, er hätte ihm die Hände aufgelegt oder abends für ihn gesungen, und Joss wäre der geworden, der er sein sollte. Und auch wenn er ihn nicht hätte heilen können, Yorsh wäre bestimmt so geduldig und sanft gewesen, die Zartheit und die Unbeholfenheit des Kleinen ohne sinnlose Schreierei anzunehmen.

Alles war unangemessen für die Königskinder von Daligar, sie selbst, grob und ungebildet, wie sie war, und ebenso der aufgeblasene und hochmütige Seneschall. Es war klar, dass sowohl Erbrow als auch Arduin mittlerweile mehr wussten als der Seneschall, und sogar Joss hätte bei einem geduldigen und kenntnisreichen Erzieher wahrscheinlich mehr gelernt.

Das Problem war, wo einen finden. Sosehr das Wissen des Seneschalls hinter dem Erbrows und Arduins auch zurückblieb, und so verschwindend gering es im Vergleich zu dem ihres verlorenen Gatten sein mochte, so war es dem der meisten Menschen in diesen finsteren Zeiten doch weit überlegen.

Ganz abgesehen von der Dankbarkeit, die sie dem alten Herrn gegenüber empfand, der beschlossen hatte, sein Leben aufs Spiel zu setzen, um das der Königin von Daligar und ihrer Tochter zu retten. Rosalba hatte die Verzweiflung nicht ertragen können, die sich auf dem Gesicht des alten Edelmannes abzeichnete, als sie auf die Möglichkeit angespielt hatte, ihm einen Erzieher an die Seite zu stellen.

»...Nicht dass Euer Wissen, nun ja, nicht ausreichend wäre, es ist bloß, nun ja, Euretwegen, damit Ihr Euch nicht zu sehr ermüdet. Joss, wisst Ihr, manchmal habe ich den Eindruck, nun ja, dass von meinen Söhnen einer das ganze Wissen meines Gemahls geerbt hat und der andere seine ganze Unschuld. Ich denke, nun ja, für einen weisen Mann Eures Alters könnte Joss eine Last sein…« Von einem »nun ja« zum anderen ging das Gesicht des Seneschalls immer mehr in die Länge und wurde kreidebleich.

Außerdem, der Seneschall langweilte die Königskinder zwar bestimmt oder fiel ihnen auf die Nerven, aber er würde ihnen nie die Kehle durchschneiden, während sie über ihre Pergamente gebeugt dasaßen. Ja, er würde wen auch immer daran hindern, das zu tun, und in Zeiten, da es von Spionen und Verrätern im Dienst des Verwaltungsrichters oder der neun Orkreiche nur so wimmelte, war das nicht wenig.

Und so war Rosalba immer davor zurückgeschreckt, einen Ausrufer durch die Menschenwelt zu schicken, um bekannt zu machen, dass die Königin von Daligar einen Erzieher suchte.

Aber der Seneschall, von Selbstzweifeln geplagt, hatte seine ohnehin schon schlechten Leistungen mittlerweile noch weiter verschlechtert. Er tadelte Joss noch strenger und verlangte von Erbrow und Arduin, dass sie ihre kindliche Lebhaftigkeit ablegten und sich das Benehmen von zwei Miniaturwürdenträgern aneigneten. Er hatte den Kindern beigebracht, sie mit »Ihr« anzureden und nicht »Mama«, sondern »Frau Mutter« zu nennen. Rosalba hatte nicht gewagt, etwas zu sagen, aber alles, was sie wollte, war, dass jemand zu ihr sagte »Ich hab dich lieb, Mama«. Zum Glück war ihr noch Joss geblieben, der sie weiterhin »Mama« nannte, bis er schließlich lernte, die ganze Silbenfolge von »Frau Mutter« herauszubringen, eines der wenigen Unternehmen, die der Seneschall erfolgreich zum Abschluss brachte.

Aber wenn er nachts kam und Trost suchte und ihr dabei Trost brachte, nannte Joss sie zum Glück immer noch Mama, fast immer wenigstens.

Als ob das nicht genug wäre, kamen zu all diesen Nöten in jüngster Zeit immer drängendere Sorgen militärischer Art hinzu. Die Tatsache, dass Rosalba in der Vergangenheit imstande gewesen war zu kämpfen und ein Heer zu befehligen, bedeutete nicht, dass es sie in irgendeiner Weise gereizt hätte, das noch einmal zu tun. Aber die Gefahr, wieder in den Kampf ziehen zu müssen, nahm von Jahr zu Jahr zu.

Die Orkstämme erhoben wieder ihr Haupt. Es waren neun an der Zahl, und sie trugen unaussprechliche Namen, weshalb die Menschen ihre Reiche nach den Himmelsrichtungen benannten: Nordosten, Osten, Südosten, Norden, Mitte, Süden, Nordwesten, Westen und Südwesten.

Bei der Invasion vor neun Jahren hatten die Orks sämtliche Nationen und Stämme zusammengeführt und Kommandanten unterstellt, die vom Ältestenrat ausgewählt worden waren. Die Menschen konnten die Kämpfer nicht voneinander unterscheiden, bemerkten lediglich, dass sie in der Mehrheit groß und dick waren, mit Ausnahme derer aus den Sumpfgebieten im Mittelreich, die kleiner waren, und dass ungefähr zwei von drei unter ihren Kampfhauben feuerrote Haare hatten.

Nach der Niederlage, die die Menschenwelt ihnen durch Rosalba und den Söldnerhauptmann, der jetzt König von Varil war, zugefügt hatte, waren die Orks erheblich umgänglicher geworden. Ob sie wollten oder nicht, hatten sie engsten Kontakt zu den Menschen, so eng wie nie zuvor. Viele von ihnen waren lang Kriegsgefangene gewesen, hatten die Felder bestellt oder mit den Handwerkern zusammengearbeitet, hatten dabei die Sprache der Menschen und ihre Fertigkeiten erlernt. Das Ergebnis davon war, dass sie, wenn sie nach ihrer Entlassung nach Hause zurückkehrten, neue Bräuche einführten, wie zum Beispiel den Fruchtwechsel auf den Feldern oder die Technik des Wachsgusses, der die Herstellung von feineren Kunstgegenständen ermöglichte. Sie hatten ihre Landwirtschaft erheblich verbessert, hatten gelernt, in Teichen Forellen zu züchten, das Vieh gut zu halten, vor allem aber über große Strecken Leitungen zu bauen, um sauberes Trinkwasser heranzuführen. Sie hatten angefangen, sich zu waschen, eine Gewohnheit, die bei den Orks immer für verrückt gegolten hatte und lange Zeit wegen des übermäßigen Wasserverbrauchs verboten gewesen war. Seither hatten die fürchterlichen Epidemien mit Darmfieber, die seit jeher unter ihnen wüteten, abgenommen. Die Orks hatten sogar auf den Gebrauch ihrer schrecklichen Kriegsmasken verzichtet, da sie bei den Soldaten Entzündungen und Hautkrankheiten verursachten.

Durch all diese Veränderungen waren sie zivilisierter geworden, um mit den Menschen zu reden, oder sie waren verdorben worden, um es mit den Worten der Ältestenräte in den neun Reichen zu sagen.

Woran es aber keinen Zweifel geben konnte, war die Tatsache, dass die Orks durch die Dinge, die sie in der Gefangenschaft gelernt hatten, stärker geworden waren, besser ernährt und besser gerüstet, nicht mehr hilflos Dürren, Überschwemmungen und Hungersnöten ausgeliefert. Was sie jetzt noch von der Menschenwelt unterschied, war nicht mehr der Beuteinstinkt, sondern es war der blanke Hass, unendlich viel stärker als früher, als man ihre Krieger wie räudige Hunde mit einem einzigen Schwertstreich oder dem Stoß einer Hellebarde erledigt hatte.

»He, Eure Hoheiten, König von Varil und Königin von Daligar«, hatte Lisentrail einmal gesagt. Er war Ratgeber des Königs von Varil und ein Krüppel, seitdem er sich von den Orks hatte massakrieren lassen, um seinem Hauptmann Gelegenheit zu geben, den Krieg zu gewinnen. »Als Ihr sie in Stücke gehauen habt, hassten sie Euch weniger. Auch weil einer, wenn er erst mal tot ist, mit niemandem mehr streitet, da herrscht ewiger Frieden. Lässt man die Leute am Leben, fühlen sie sich gedemütigt und hassen einen noch ärger, als wenn man ihre Mutter umbringt.«

Das stimmte.

Die erlittene Niederlage, die Demütigung der Gefangenschaft, der Groll darüber, gezwungen gewesen zu sein, etwas zu lernen, was zwar nützlich, aber von anderen entdeckt worden war, hatten den Hass der Orks um ein Vielfaches gesteigert.

Es war Rankstrail, dem die Orks auf den mächtigen Leib rücken würden, sobald sie von den Grenzen her vordrangen, während die kleine Grafschaft Daligar theoretisch zwar die Hauptstadt der Menschenwelt war, praktisch aber über ihrem Fluss hockte, im schützenden Schatten des Riesen von Varil. Das hieß aber nicht, dass die Anwesenheit der Orks und der immer drohendere Ton in ihren Botschaften die Königin nicht im Geist ständig beschäftigt hätten.

Schwerfällig erhob Rosalba sich vom steinernen Thron und machte sich auf den Weg in ihre Gemächer. Sie war erbärmlich dick; sie watschelte wie eine Ente, und sie war sich nicht sicher, ob sie je wieder würde reiten können. Sich bücken und etwas aufheben, ein paar Stufen hinaufsteigen, das war lächerlich mühsam geworden. Sie als Person war lächerlich, eine alberne Königin, wie böse Stimmen auf der Straße manchmal tuschelten.

Gelegentlich versuchte Rosalba, sich einzureden, dass niemand albern ist, dass Lächerlichmachen eine Waffe der Gemeinen gegenüber den Unschuldigen ist, die nichts Böses getan haben und die zu verachten es keinen Grund gibt.

Die Erinnerung daran, wie stark und beweglich sie gewesen war, als sie hochschwanger mit den Zwillingen die Attacke geritten und die Belagerung der Orks durchbrochen hatte, schien einem früheren Leben anzugehören.

»Die und ein Angriff zu Pferd? Die hat das Pferd doch schon zum Frühstück verspeist«, hatte sie vor ein paar Tagen die Menge tuscheln hören.

Dicke Leute werden immer wieder bezichtigt, sie würden alles auffressen, auch das, was für die Schmächtigen und Armen bestimmt ist. In Wirklichkeit war der ganze Honig, den sie in sich hineinschlang, nicht einmal einen Bruchteil dessen wert, was der Verwaltungsrichter für ein einziges seiner bestickten Gewänder ausgab. Und viel von dem Brot und Honig aß sie ja nur, um die Kraft zu finden, eine passable Königin zu sein, fähig, allen Bedürfnissen ihrer Leute gerecht zu werden, ihre Klagen anzuhören und nicht einfach in die Bucht von Erbrow zu fliehen, wo sie glücklich am Ufer des Meeres gelebt hatte.

Denen, die sich über ihr Gewicht lustig machten, hätte sie am liebsten entgegnet, dass der Verwaltungsrichter und die Orks, wenn sie lernen würden, ihre Gier statt durch Massaker an Menschen mit Brot und Honig zu stillen, dicker wären und die Welt besser.

Nicht nur das Fett trennte sie von der Robi von früher. Etwas in ihrem Blick war erloschen.

»Der Blick Eures Sohnes Arduin ist genau wie der Eure, aber nicht wie er heute ist«, hatte der Seneschall einmal gesagt, der ungefähr alle zwei Jahre einmal etwas Kluges von sich gab. »Seine Augen sind so wie die Euren, als Ihr barfuß und mit kahl geschorenem Schädel gekommen seid, um die Stadt zu retten«, hatte er hinzugesetzt, dann war er verlegen verstummt. Die Königin wusste, dass er recht hatte.

Es war der Alltag, der sie in die Knie gezwungen hatte. Joss' Gesundheit, seine schwachen Beine, die wenigen gestotterten Worte, die er sagen konnte in einem Alter, in dem andere längst schreiben lernten, hatten ihr den Rest gegeben. Irgendwann wurde ihr einmal die fantasievolle Foltermethode beschrieben, welche die Henker des Verwaltungsrichters anwandten: stetig und unaufhörlich einen Tropfen Wasser auf den Kopf eines zum Halseisen Verurteilten fallen lassen. Es hatte sie damals nicht sonderlich beeindruckt, als sie diese Schilderung hörte. Später hatte sie begriffen. Der Tropfen. *Tock.* Herrin, wir haben nicht mehr genug Mittel, um das Heer zu bezahlen. *Tock.* Herrin, die große Brücke muss dringend instand gesetzt werden. *Tock.* Herrin, Euer Sohn tut nicht... Herrin, der Zustand der Straßen... *Tock.* Herrin, verzeiht, dass Euer älterer Sohn intelligenter ist, wisst Ihr ja; wisst Ihr aber auch, dass der kleinere dumm ist und immer dumm bleiben wird? *Tock.*

Auf dem Thron zu sitzen, war nicht so viel anders, als im Halseisen zu stecken.

Eine Königin durfte nicht weinen.

Niemals. Lieber sich Mund und Bauch vollstopfen.

Einen Monat zuvor in Villapetrosa, nachdem sie einen ganzen Tag lang versucht hatte herauszufinden, ob es richtig oder falsch war, einen Staudamm zu bauen, war plötzlich Atàcleto auf einem Esel vor Rosalba gestanden. Der junge Soldat hatte ihr die unwahrscheinliche Geschichte von Joss erzählt, der nicht mehr er selbst war, weil etwas von dem Geist Inskays, des Zwergs, in ihn gefahren war, und das, weil sein Volk, nein, nicht das von Joss, das von Inskay, kurz davorstand, ausgelöscht zu werden.

Seit acht Jahren, seitdem sie bemerkt hatte, dass Joss nicht wuchs wie Arduin und dass sich hinter seiner ungeschickten Zunge und seinen ungeschickten Beinen eine kränkliche Anfälligkeit verbarg und ein noch anfälligerer Geist, hatte Rosalba immer gedacht, falls er je durch ein Wunder wieder in den Vollbesitz seiner Kräfte kommen sollte, werde ihre Freude riesengroß sein und ihre innere Leere vollkommen ausfüllen.

Doch durch Atàcletos Erzählung voller Erstaunen und glücklichem Überschwang hatte Rosalba sich eher erschreckt gefühlt als erfreut. Sie hatte gelernt, misstrauisch zu sein. Alles, was das Leben schenkte, verlangte es früher oder später zurück. Was würde der Preis für dieses unverhoffte Geschenk sein?

Mit einer Selbstsucht, die ihr im Grunde nicht zu eigen war, dachte sie, dass Joss, solang er schwach und anfällig blieb, still und brav an ihren Röcken hängen würde, wo ihm nichts Böses geschehen konnte. Sie ging sogar so weit – und das war wirklich egoistisch – zu denken, dass sie ihn so immer bei sich haben könnte und er ihr »ich hab dich lieb, Mama« sagen würde, was ihr ein Gefühl von Klugheit und Stärke geben würde.

Wie immer hatte sie nichts begriffen. Sie hatte ihn ausgeschimpft, während er verzweifelt versucht hatte, Alarm zu schlagen, weil Unschuldige in Todesgefahr schwebten.

Wie immer in ihren eigenen Ängsten befangen und ihren überflüssigen Wutausbrüchen ausgeliefert, hatte sie nicht bemerkt, wie vor ihren Augen Körper und Geist ihres Sohnes im Lauf dieses halben Tages an Kraft zugenommen hatten.

Im Eiltempo war Rosalba nach Daligar zurückgekehrt, in ihrem zweirädrigen Wagen, der einst dem Verwaltungsrichter gehört hatte, Atàcleto hinter ihr auf seinem Esel. Auf der

Treppe kam Joss ihr entgegengelaufen, ohne zu stolpern. Rosalba schloss ihn fest in die Arme und wenigstens in diesem Augenblick war die Freude überwältigend und vollkommen.

»Mama, Mamilein!«, rief ihr Junge. Dann korrigierte er sich, während sie diesen Lichtblick genoss. »Frau Mutter!«

»Nein«, lachte sie. »Untersteh dich, wehe dir!«

Weniger schön war die Ratssitzung gewesen, die sie im Thronsaal mit ihren Kindern und mit Atàcleto abgehalten hatte, der mittlerweile so etwas wie ein Berater geworden war.

Während Joss noch einmal die ganze Geschichte erzählte, hatten die anderen sie erwartungsvoll angesehen, ob sie Befehl geben würde, Kavallerie und Infanterie in Bewegung zu setzen, um Inskay zu befreien und die Rechnung mit Alyil, der unzugänglichen Falkenstadt, zu begleichen, dieser Brutstätte von Feiglingen in einem Reich von Dummköpfen.

»Wie gedenkt Ihr, den Angriff zu organisieren?«, hatte Arduin gefragt.

»Den Angriff?«, stammelte sie.

»Den Angriff«, bekräftigte der Junge. »Jetzt wo wir wissen, dass das Volk der Zwerge vernichtet werden soll, können wir doch nicht gleichgültig bleiben.«

Rosalba sah wieder den Krieg vor sich, verstümmelte Leiber, Blut, das, unter den Staub der Felder gemischt, zu Schlamm wurde, Frauen, denen man sagen musste, dass der geliebte Mann nicht heimkehren würde. Wahrscheinlich war das schon die Rechnung, die das Leben für ihren Augenblick der Freude über Joss präsentierte.

»Einer der vielen Stämme aus dem Volk der Zwerge«, hatte sie abgewiegelt. »Wir können nicht wegen eines Traums Krieg führen.« Der Satz war falsch, sie hatte es gemerkt, noch während sie ihn aussprach.

»Mama!«, protestierte Joss empört.

»Mutter!«, stimmten die Geschwister ein.

»Ich, nun ja…«, hatte Rosalba wieder angefangen, »mir blutet das Herz wegen Inskay, dem Zwerg, und seinen Leuten. Aber ich habe weder die Mittel noch die Männer, einen Krieg zu führen. Die Hälfte der Armee von Daligar ist vor acht Jahren mit dem Verwaltungsrichter nach Alyil gezogen und dort geblieben. Die Hälfte unserer Söldner ist nach Varil gegangen, die anderen haben ihren Abschied genommen und betreiben jetzt Gänsezucht oder Getreideanbau. Morgentau ist losgezogen, um Sire Rankstrail zu rufen. Er ist der Kriegerkönig, er wird kämpfen und siegen.«

»Aber das könnte zu spät sein«, beharrte Arduin. »Ihr könnt nicht so lang warten, Frau Mutter, das dürft Ihr nicht.«

»Ihr habt mich überzeugt«, hatte sie gesagt, die Geduldige mimend. »Die Geschichte von Inskay ist kein Traum, aber ich habe kein Heer in diesem armen Reich, das noch keine zehn Jahre frei von der Tyrannei und von den Orks ist. Kriege fängt man nur an, wenn man die Sicherheit hat, zu gewinnen. Gegen Alyil haben wir die Sicherheit zu verlieren. Und ein Krieg gegen die Orks kommt gar nicht infrage. Wenn der König von Varil beschließt, diesen Krieg zu führen, werde ich ihn unterstützen. Das ist alles, was ich tun kann.«

»Wie wollt Ihr ihn unterstützen?«, fragte Arduin mit funkelnden Augen, wie ihre wohl gewesen waren, als sie noch Robi war.

»Einverständnis und Ratschläge«, hatte die Königin knapp geantwortet. »Bedingungsloses Einverständnis und viele gute Ratschläge.«

»Aber Frau Mutter, wir sind doch auch ein Königreich. Auch Ihr seid eine Königin«, hatte Arduin eingewandt. Die Enttäuschung in seiner Stimme begann, in Groll umzuschlagen.

»Mein Sohn«, erwiderte seine Mutter, »offenbar ist Euch entgangen, dass wir in Frieden und Sicherheit leben, weil der König von Varil uns schützt und in seiner Milde und Großherzigkeit davon absieht, Schutzgelder von uns zu verlangen. Sobald er das tun würde, müssten wir unseren letzten Groschen dafür hergeben und wären offiziell seine Vasallen.«

Seither waren die Tage langsam dahingeschlichen. Joss war mit Rosalba an sämtlichen Türangeln im Palast vorübergegangen und hatte ihr erklärt, aus welchen Metallen die Legierungen bestanden. Der Eindruck, ein Fremder spreche durch den Mund ihres Sohnes, war ihr unheimlich und bedrückte sie.

Unterdessen trafen von der Grenze im Süden wenig beruhigende Nachrichten ein. Man hatte Sire Rankstrail noch nicht erreichen können. Jedes Mal wenn Morgentau dorthin kam, wo der König von Varil sein sollte, fand sie nur die Reste seines Lagers vor, und das Heer war schon weitergezogen. Der König musste sich irgendwo zwischen dem Geborstenen Berg und Pontetremulo aufhalten, in dem Landstrich, der an das Orkreich im Südwesten grenzte, das theoretisch in Frieden mit dem Menschenreich lebte, von dessen Gebiet aber immer häufiger Banditen herüberkamen und Bauerngehöfte verwüsteten. Es handelte sich um ehemalige Kriegsgefangene, die sich mit der Sprache und den Örtlichkeiten auskannten. Die Militärkommandanten und Botschafter des Orkreichs im Südwesten schworen alle Eide, nichts davon zu wissen, beteuerten, untröstlich zu sein, dass sie die Übeltäter nicht fassen konnten, und verurteilten ihre Überfälle in aller Schärfe.

Zwischen einer scharfen Verurteilung und der nächsten nahmen die Überfälle zu. Natürlich gab es Wachposten und Warnfeuer, aber die schönen Zeiten, da die Orks Kampfmasken trugen und durch lautes Gebrüll miteinander kommunizierten, das sogar Steine aufgeweckt und erschreckt hätte, waren seit einer Weile vorbei. Jetzt versteckten die Orks ihre Waffen in den Karren von fahrenden Händlern, und ihre Harnische stanken auch nicht mehr, weil sie die Schmiedetechnik erlernt hatten, und die einzelnen Plättchen nicht mehr durch Rindersehnen zusammengehalten wurden, sondern durch raffinierte kleine Kettenscharniere.

Mühsam erreichte Rosalba ihre Gemächer. Der Tag war zu Ende: Sie konnte zu Bett gehen, die schmerzenden und eiskalten Füße vor dem Kaminfeuer hochlegen und ihre bodenlose Trostlosigkeit mit Brot und Honig zu dämpfen versuchen.

Sie hatte die Schuhe schon ausgezogen und sich ausgestreckt, als es an der Tür klopfte. Arduins Stimme erklärte von draußen, ihre Kinder und Atàcleto bäten um Audienz. Rosalba fluchte still vor sich hin: Von ihrem Vater hatte sie ein paar Flüche gelernt, die sie nur bei sehr seltenen und ganz besonderen Gelegenheiten verwendete.

»Frau Mutter!«, hub Arduin entschieden an, als die vier in den Raum getreten waren. »Wir sind gekommen, um die Erlaubnis zu erbitten, einen Kundschafter auszuschicken, der Inskay und seine Leute ausfindig macht, sodass wir nicht noch einen Monat ungenutzt verstreichen lassen wie den letzten und Sire Rankstrail Bescheid geben können, sobald Morgentau und unsere Boten ihn erreichen.«

»Frau Mutter!«, schaltete sich Erbrow ein. »Heute Nacht hat unser Bruder die Gefangennahme Inskays gesehen. Wir können nicht länger warten.«

Rosalba fühlte Wut in sich aufsteigen, wie immer, wenn jemand sie der Unfähigkeit oder Feigheit zieh. Sie hatte längst begriffen, dass es eine genaue Entsprechung zwischen Jähzorn und Unglücklichsein gab. Je mehr die Schlaflosigkeit sie plagte, je mehr Brot und Honig sie in sich hineinstopfen musste, um noch einen Tag durchzuhalten, je härter der Augenblick war, da sie aus dem Bett kriechen und die Füße auf eine Erde setzen musste, auf der sie nicht länger weilen wollte, je größer die Anstrengung war, mit der sie die Vorstellung des eigenen Todes beiseiteschieben musste, umso heftiger und impulsiver war der Wutausbruch, der sie packte, immer im falschen Augenblick, immer den Menschen gegenüber, die sie am meisten liebte.

»Ein Kundschafter?«, fragte sie. »Großartige Idee. Habt ihr vier das gemeinsam ausgeheckt? Wohin schicken wir ihn? Nach Alyil? Keiner kommt nach Alyil hinein. Die Wachsoldaten kennen jeden Einzelnen der Bauern, die in die Stadt hineingehen, um Kohl und Ziegenkäse zu verkaufen. Und auch wenn er hineinkäme, wen soll er denn fragen, ob hier die Zwerge verschleppt und getötet werden? Was wir einen Kundschafter nennen, das nennen sie Spion, und Spione, wenn sie gefasst werden, nehmen kein schönes Ende. Oder denkt ihr daran, ihn direkt zu den Orks zu schicken, so braucht er sich gar nicht erst entdecken zu lassen, um ein fantasievolles Ende zu nehmen? Und ist er erst einmal vor Ort, was wäre der Plan? Herumfragen? ›Entschuldigt, ich komme gerade zufällig hier vorbei. Schön hier mit all den Wäldern, Feldern und Galgen! Nette Idee, die gehäuteten Leute an die Bäume zu hängen. Habt ihr vielleicht einen Zwerg gesehen, der Inskay heißt? Ich habe ihm vor zwei Jahren einen halben Scudo geliehen, den will ich wiederhaben, deshalb suche ich ihn.‹ Und hat jemand von euch eine Idee, welcher meiner Männer für einen so sicheren wie sinnlosen Tod am besten geeignet wäre?«

Es war Atàcleto, der den Mut fand zu antworten.

»M-meine Herrin«, stotterte er und wurde rot, »i-ich w-w-würde gehn, w-wenn Ihr ge-gestattet.«

»Atàcleto«, herrschte die Königin ihn in kalter Wut an. »Bitte, redet keinen Schwachsinn. Es war schon ein Wunder, dass Ihr es bis Villapetrosa geschafft habt. Ihr könnt nicht einmal reiten.«

»I-ich w-w-ürde mit dem E-esel gehen«, konnte Atàcleto erwidern. »Als Salzhändler verkleidet.« Er wurde immer röter, aber fast gelang es ihm, nicht zu stottern.

Die Königin wandte sich an Erbrow und Arduin. »Wer von euch ist auf diese Idee gekommen?«

»M-meine Herrin«, fing Atàcleto tapfer wieder an. »Es war unsere Idee«, und dabei zeigte er auf sich und Joss. »Auf die Idee mit dem Salzhändler bin ich gekommen. Es gibt da einen Kerl, der Salz verkauft, um Gänsesalami zu machen, und er hat mir erzählt, dass er auch in den Norden zieht. Er ist jetzt hier. Ich könnte ihm seine Ladung abkaufen und losziehen. Heute Nacht noch. Joss hat wieder Inskay gesehen: Er ist gefangen genommen worden, ihn erwarten der Tod und ein Ende im Schweinetrog. Meine Herrin, wenn Inskay stirbt, wird Joss im Geist seinen Tod durchleben.«

»Ihr zwei?«, höhnte Rosalba. »Da ihr schon einmal zwei Strategen geworden seid, könnt ihr mir wohl auch erklären, welchen Vorteil Inskay, der Zwerg, davon hat, wenn Ihr, Atàcleto, Euch ermorden lasst?«

»Meine Herrin, wenn Inskay stirbt, wird der Schmerz Eures Sohnes unvorstellbar sein.«

»Und glaubt Ihr wirklich, ich wüsste das nicht?« Rosalba hatte genug von diesem Idioten und seiner Überheblichkeit. »Atàcleto, ob Ihr es glaubt oder nicht, wenn ich imstande wäre, etwas für Inskay, den Zwerg, zu tun, dann hätte ich es längst getan.

Wenn ich nichts tue, dann nicht aus Feigheit oder mangelndem Willen, sondern weil wirklich gar nichts in meiner Macht steht. Und ich verbiete Euch, Dummheiten zu begehen, nicht nur, damit Eure Mutter nicht ein Kind verliert, sondern wegen Inskay, dem Zwerg, selbst, er hat schon genug Scherereien, ohne dass Ihr sie noch vermehrt. Ja, denn auch wenn Ihr nach Alyil oder ins Orkreich des Nordwestens gelangt, was ich bezweifle, werdet Ihr mit Sicherheit festgenommen. Mit SICHERHEIT!«, betonte die Königin. »Und mit ebensolcher Sicherheit wird man Euch foltern, unter Einsatz der besten Folterknechte der Welt. Und wenn Euch unter der Folter der Name Inskay entschlüpft, muss der arme Teufel erklären, wie er es angestellt hat, Euch zu benachrichtigen. Und das Schönste ist, dass er es nicht weiß!«

»Meine Herrin«, entgegnete Atàcleto. »Unter der Folter werde ich nur aussagen, dass ich ein Salzhändler bin.«

»Gut«, sagte die Königin, mit einem Mal entspannt und gelassen. »Ich bin froh zu hören, dass Ihr wisst, dass Eure Reise nur dazu dienen würde, Euch unter der Folter sterben zu lassen. Das ist kein schöner Tod und Inskay und seine Leute hätten rein gar nichts davon. Heute Nacht könnt Ihr bei Eurer Mutter schlafen, und von morgen an seid Ihr dem Wachposten an der Südbrücke zugeteilt, wo Ihr von nun an wie alle anderen auch Dienst tun werdet. Wenn ich es bedenke, so glaube ich nicht, dass irgendein Übeltäter bis zu meinem Schlafgemach vordringen kann, und falls doch, werde ich mich selbst verteidigen. Und nun, meine Herrschaften, raus hier alle miteinander.«

Rosalba verbrachte eine besonders unruhige und schlaflose Nacht, in der die Schmerzen in den Füßen das geringste Problem waren. Im Vordergrund stand ihr Ärger über Dummköpfe, insbesondere über denjenigen, den sie aus Mitleid mit ihm und seiner Familie ihren Kindern zur Seite gestellt hatte.

Am Morgen begann es leicht zu schneien, und sie sah zu, wie sich die Stadt allmählich mit Weiß überzog, wenn nicht mit Freude, so doch wenigstens in der Hoffnung, dass ihre Kinder an dem seltenen Ereignis ihr Vergnügen haben würden. Als alle drei sie darum baten, gab sie ihnen daher gern die Erlaubnis, miteinander hinauszugehen. Wenig später sollte sie das bereuen, als Joss mit schneeverklebten Hosen, wie immer ohne anzuklopfen, in den Audienzsaal stürzte, wo sie mit dem Seneschall bei der Arbeit saß.

»Prinz!«, setzte der Seneschall voller Empörung an, aber Joss würdigte ihn nicht einmal eines Blickes. »Atàcleto! Es ist schrecklich! Wirklich schrecklich! Wir sind zum großen Tor gegangen, wo auch Atàcleto ist. Es war schrecklich, weißt du, Mama?«

Gleich darauf kamen auch Erbrow und Arduin, alle beide mit hochroten Wangen vom Laufen, und Rosalba hielt einen Augenblick inne und dachte, wie schön sie waren.

»Schrecklich!«, bestätigte Arduin. »Gemein. Niederträchtig. Schändlich. Da waren ein Gefreiter und die zwei Soldaten, die manchmal am Tor zum Palast Wache stehen. Sie haben Atàcleto in ihre Mitte genommen und dann… dann haben sie ihm ins Gesicht gespuckt. Mutter, sie haben zu ihm gesagt, er sei ein fettes Schwein, ein vollgefressener Parasit, hat der Gefreite gesagt, er habe immer gefressen, ohne etwas zu tun und je etwas zu lernen. Auch von seinem Vater haben sie schlecht geredet.«

»Von seinem Vater? Von welchem Vater?«, fragte die Königin.

»Mutter, erinnert Ihr Euch nicht? Atàcletos Vater ist von einem Karren überfahren worden. Sogar über seinen Großvater haben sie gelästert. Atàcleto hat gesagt, sein Großvater sei einer der Helden dieser Stadt, einer von denen, die beim Anrücken der Orks Alarm gegeben haben, und wisst Ihr, Mutter, was sie ihm geantwortet haben? Er solle keinen Schwachsinn erzählen, sein Großvater sei bloß ein armes Schwein gewesen, er habe die Warnfeuer angezündet, dann aber sei er zu blöd gewesen davonzulaufen, bevor man ihn pfählte, genau wie sein Vater zu blöde gewesen sei, dem Karren auszuweichen.«

Rosalba schlug mit der flachen Hand auf den Tisch und stand auf.

»Das tut mir leid«, sagte sie ernst. »Das tut mir wirklich sehr leid, und ich verspreche euch, dass ich die Schuldigen bestrafen lassen werde.«

»Frau Mutter, ich bitte Euch, das würde die Sache nur verschlimmern«, griff Erbrow ein. Wenn Erbrow sie »Frau Mutter« nannte, war das schlimmer als bei Arduin; dessen Ausdrucksweise war so gewählt wie die eines echten Erbprinzen, dass diese beiden Worte nicht weiter darin auffielen. Erbrow dagegen war an einem Strand geboren, wo keiner Herrscher über irgendwas war, es sei denn über sich selbst, und das erste Wort, das sie nach »Mama« gesagt hatte, war »Papa« gewesen. Ihr »Frau Mutter« zu hören, war, wie eine Grabplatte auf sich herabsinken zu sehen.

»Wenn sie seinetwegen bestraft werden, halten sie Atàcleto für einen, der sie verraten hat«, fuhr Erbrow fort.

»Der richtige Ausdruck ist hier ›angezeigt hat‹, und man kann in einem Reich keine Rechtsordnung aufrechterhalten, wenn jemand, der eine Ungerechtigkeit erleidet oder eine solche beobachtet, sie nicht anzeigt«, wies die Königin sie zurecht. »In einem solchen Fall keine Anzeige zu erstatten, nennt man ›stillschweigende Billigung‹. Und nach diesem kurzen Ausflug in die Sprachlehre, über den unser Seneschall sich gefreut haben dürfte wie ein Schneekönig, können wir die Frage für erledigt betrachten?«

»Aber sie werden es ›verraten‹ nennen und ihn in Stücke reißen. Sie werden ihn noch mehr hassen und bespucken. Mutter, die Schmach, die Atàcleto empfunden hat, ist unsäglich. Alle haben es gesehen, heute ist Markt am Großen Tor, es war alles voller Menschen. Auch Ambra war dabei, Atàcletos große Schwester. Atàcletos Scham war so schlimm, dass ich sie gefühlt habe wie... wie...«

»...wie ein Brennen innen drin«, ergänzte Joss flüsternd. Arduin sah ihn erstaunt an und errötete.

»Ein Brennen innen drin«, wiederholte Erbrow. »Feuer und Eis zugleich. Mutter, die Scham war noch schrecklicher, weil wir dabei waren. Die drei Schufte haben uns nicht gesehen, Atàcleto aber wohl.«

»Ja, ich habe verstanden«, unterbrach Rosalba sie, »aber ich kann die Schuldigen nicht straffrei ausgehen lassen. Wenn sie euch gesehen haben, dann wissen sie, dass ich von dem Vorfall erfahren habe. Schauen wir mal, ob ich es errate: Ihr wollt mich bitten, Atàcleto seinen Platz als Amme wiederzugeben, das heißt, ich wollte sagen, seinen Platz als nächtlicher Wachposten vor meinem Zimmer?«

Erbrow schüttelte den Kopf. »Nein, Mutter, auch das würde die Sache nur verschlimmern.«

Rosalba wurde nun ernstlich ungehalten. Manchmal erinnerte sie die Unterhaltung mit ihren Kindern daran, wie dumm sie sich im Gespräch mit Aurora immer gefühlt hatte, das war die Tochter des Verwaltungsrichters und nun treue Verbündete und Gemahlin des Königs von Varil, folglich glücklicherweise außer Reichweite.

»Die Scham, die Atàcleto empfunden hat, ist so enorm«, fuhr

Erbrow fort, »so abgrundtief, dass er… dass er…«, sie suchte nach Worten.

»Dass er alles tun wird, damit ihm das nicht noch einmal passiert«, ergänzte Joss. »Auch etwas Schlimmes. Auch das Allerschlimmste.«

»Er könnte… ich habe in seinen Gedanken ein absolut glühendes Dunkel gespürt. Er hat gedacht, er könnte sich umbringen.«

»Ich habe es auch gespürt, ein glühendes, absolutes Dunkel«, bestätigte Joss.

»Was soll ich also tun?«, fragte Rosalba gereizt.

»Mutter, Ihr solltet Atàcleto die Erlaubnis geben, auf die Suche nach Inskay, dem Zwerg, zu gehen«, brachte Erbrow schließlich vor. Die anderen nickten. Was nun auf den Tisch schlug, war nicht die flache Hand, sondern die Faust der Königin.

»Genug mit diesen Albernheiten«, zischte sie, aschfahl im Gesicht. »Genug mit diesen…«, sie suchte nach einem hinlänglich scharfen Wort, »…Kindereien.« Mit einer gewissen Genugtuung sah sie aus den Augenwinkeln, dass Arduin zusammenzuckte. »Atàcleto ist von drei Idioten beleidigt worden. Das tut mir sehr leid, und ich bin mir sicher, früher oder später wird auch er lernen, sich seinen Kameraden gegenüber zu behaupten. Er hat an Selbstmord gedacht? Kann sein. Früher oder später vergeht ihm das. Wir alle denken mal an Selbstmord und früher oder später vergeht das. Ich schicke keinen Mann in einen sicheren und *sinnlosen* Tod«, betonte sie, »weil er mit Füßen getreten wurde und ihn das gekränkt hat, sonst müsste ich für alle Rekruten Massaker anordnen, da sie am Anfang von den Älteren immer gepiesackt werden. Und jetzt raus, alle drei. Ich werde Atàcletos Peiniger bestrafen, weil das das Richtige ist, und ich bin untröstlich, dass ich weiter nichts für euch tun kann.«

Während ihre drei Kinder hinausgingen, setzte sie blöde hinzu: »Geht im Schnee spielen, das wird euch guttun.« Tatsächlich hätte sie es gern gesehen, dass sie sorglos im Schnee spielten. Arduin warf ihr einen funkelnden Blick zu, bevor er sich verneigte und die Tür schloss.

Rosalba seufzte und ließ sich wieder auf ihren Stuhl fallen. Sie begegnete dem finstren und empörten Blick des Seneschalls.

»Ist was?«, fragte sie.

Der alte Herr sah sie vorwurfsvoll an. »Die Kränkung. Eure Kinder haben mich völlig übergangen. Joss hat mich nicht einmal einer Antwort gewürdigt.«

Rosalba hätte gern auch ihn erwürgt, mitsamt seinem ganzen untröstlichen Beleidigtsein, aber sie hielt sich zurück.

»Sicher«, murmelte sie mit tonloser Stimme, mehr brachte sie nicht mehr zuwege. »Sicher, ich werde etwas unternehmen.«

Am nächsten Morgen war schönes Wetter und das bisschen Schnee war bald dahingeschmolzen.

Am späteren Vormittag bat Ser Anrico um Audienz, seit zehn Jahren war er der Militärkommandant von Daligar. Mit seinem energischen Gesicht und der Hakennase, die ihm Ähnlichkeit mit einem Falken verlieh, trat Anrico vor die Königin und verkündete die gute Nachricht. Ihre Befehle vom Vorabend waren ausgeführt worden, die drei saßen schon im Arrest. Es gab jedoch einen Deserteur. Ein Soldat hatte sich im Morgengrauen nicht zu seinem Wachdienst gemeldet und war unauffindbar. Im militärischen Fachjargon hieß das Desertion.

»Wer?«, fragte Rosalba und hoffte dabei aus ganzer Seele, den Namen irgendeines beliebigen Soldaten zu hören.

»Atàcleto, meine Herrin, der Sohn der Parzia, der für Joss die Amme spielt.«

»Er spielt nicht die Amme für Joss.«

»Ich bitte um Verzeihung. Der in den Nächten tapfer im Korridor Wache hält und alle erdenklichen Angriffe abwehrt. Der, wenn er nicht seine ganze Zeit wie angewurzelt vor einer Tür zubringen würde, auch etwas Vernünftiges lernen könnte und nicht unbedingt der schlappste Kämpfer in der ganzen Truppe zu sein bräuchte.«

»Bestimmt ist er krank«, erklärte Rosalba hoffnungsvoll. »Das ist keine Desertion. Man braucht nur jemanden zu ihm nach Hause zu schicken.«

Anrico seufzte. Er hatte den Kommandanten des Postens am Großen Tor bereits zu ihm nach Hause geschickt. Er war nicht krank, sondern verschwunden, zusammen mit dem Esel, den die Zwergin ihm geschenkt hatte.

»...wisst Ihr, Herrin, der Esel, mit dem er zu Euch nach Villapetrosa gekommen ist. Ich habe noch immer nicht begriffen, warum der Seneschall den unfähigsten aller Soldaten auf einem Esel losgeschickt hat. Wir haben doch schließlich eine Kavallerie. Einen tüchtigen Reiter hätte ich ihm schon ausgesucht...«

Atàcletos Mutter hatte zuerst gedacht, der Sohn sei zum Wachdienst gegangen. Erst später hatte sie entdeckt, dass die Zivilkleidung des Jungen fehlte: Hemd, Mantel und Hosen.

»Was gedenkt Ihr zu tun?«, fragte Ser Anrico.

»Nichts«, antwortete Rosalba knapp.

»Herrin, er ist Euer Schützling, aber das ist Desertion«, erwiderte Ser Anrico aufgebracht. »Und in einem ordentlichen Heer darf es keine Begünstigung geben. Das Verlassen der Truppe wird mit sechs Monaten Haft und einer Geldstrafe geahndet, die für die Familie sofort fällig wird.«

»Haltet die Anzeige wegen Verlassens der Truppe noch zurück. Ich muss mir das noch überlegen.«

»Herrin, beliebt Ihr zu scherzen? Das ist keine Disziplinlosig-
keit, das ist ein schweres Vergehen. Wir müssen sofort etwas
unternehmen, sonst verbreitet sich noch die Vorstellung, dass
Soldaten nur dann ihren Dienst tun, wenn es ihnen passt, und
im Übrigen tun und lassen können, was sie wollen. Beschlag-
nahmen wir die Güter der Familie«, schlug der Kommandant vor.
»Sie haben ein Häuschen am Fluss. Oder schicken wir die Kavallerie, ihn zu suchen. Wir haben nämlich eine Kavallerie, wisst
Ihr?«

»Nein«, antwortete die Königin. »Ich gebe Euch Bescheid, sobald ich eine Entscheidung getroffen habe. Danke, Ihr könnt gehen«, entließ sie ihn.

Doch Anrico machte keine Anstalten zu gehen, er war sichtbar wütend und enttäuscht.

»Da wäre noch eine andere Frage«, fing er wieder an. »Die
Hälfte der Rüstungen muss erneuert werden. Und ein Drittel der
Schwerter ist durch Jahre und Jahre des Nachschleifens so dünn
geworden, dass sie an einem Brotmesser zerbrechen könnten.
Die Pferde werden alt und man muss sie ersetzen. Seit fünf Jah-
ren haben wir schon kein Pferd mehr gekauft.«

»Ser Anrico«, antwortete Rosalba gereizt und ungeduldig, weil
er nicht ging; sie wollte sich endlich mit Atàcleto und ihren Kindern beschäftigen, die mit Sicherheit für diese Sache verantwortlich waren. »Wiederholt mir nicht immer dieselben Dinge. Das
habt Ihr mir letzten Monat auch schon gesagt.«

»Gewiss, Herrin, und auch im Monat davor, aber Ihr habt ja
nie Mittel zur Verfügung, also sind die Harnische immer noch
dieselben, die Schwerter auch, und die Pferde sind auch nicht
jünger geworden.«

»Im Augenblick kann ich keine Mittel bereitstellen«, antwortete Rosalba. »Ich brauche alles Geld, das gesamte verfügbare

Eisen und die Schmiede für Äxte und Pflugscharen. Wir sind dabei, auf den Hügeln zu roden und Terrassen anzulegen, um das Land urbar zu machen. Und wir sind dabei, am Dogon Mühlen zu bauen. Kopf hoch, in ein paar Jahren sind wir wieder reich, und Ihr bekommt alles Geld, das Ihr wollt, für Euer Heer. Für Eure Exerzierübungen sind die Waffen, die Ihr habt, vollkommen ausreichend.«

»Und wenn sie uns angreifen?«, fragte Anrico gereizt.

»Wer? Die Orks? Zwischen den Orks und uns ist Varil, da ist Sire Rankstrail.«

»Aber entschuldigt, Herrin, wozu ist dann Euer Heer gut? Da können wir ja gleich alle nach Hause gehen, da könntet Ihr eine Menge sparen.«

»Es ist dazu gut zu zeigen, dass wir ein Heer haben, um den Verwaltungsrichter von einer eventuellen Rückkehr abzuhalten.«

»Das heißt, es ist dazu gut, so zu tun, als ob wir ein Heer hätten? Euer Majestät, ich bin von Beruf Soldat; wenn wir hier bloß eine Posse aufführen, wäre ein Theaterdirektor vielleicht geeigneter. Mittlerweile sind wir doch gar nicht mehr so arm, es geht doch schon wieder bergauf.«

»Es geht bergauf, weil sämtliche Mittel dafür eingesetzt werden. Noch ein bisschen weiter bergauf und dann stelle ich Gelder für Euch bereit. Die vorrangige Tugend eines guten Militärs ist Flexibilität: Tun, was dem Lande dienlich ist, je nach den Umständen, und es mit Heldenmut tun. Im Augenblick ist es Eure Pflicht, das Heer weiterzuführen mit den geringstmöglichen Kosten, einem Maximum an Disziplin und einem guten Maß an Theater. Euer Besuch war mir ein Vergnügen und ist hiermit beendet.«

Ser Anrico nickte und tat ein paar Schritte zur Tür, doch er konnte sich nicht entschließen zu gehen.

»Ich könnte mit Holzschwertern exerzieren lassen, so schonen wir die echten«, schlug er vor.

Rosalba nickte, sie tat so, als bemerke sie den Sarkasmus nicht. Sie standen sich gegenüber und sahen sich an.

»Habe ich Euch schon gesagt, dass ich einer Familie von hochrangigen Militärs entstamme?«, fragte Anrico niedergeschlagen.

»Ja.« Rosalba wurde weich, als sie ihm antwortete. »In den zehn Jahren, die wir uns kennen, habt Ihr es schon einmal erwähnt. Mehr als einmal, scheint mir.«

Ser Anrico seufzte und entschloss sich zu gehen. Leise schloss er hinter sich die Tür.

Rosalba ließ auf der Stelle ihre Kinder rufen. Erbrow und Arduin waren unauffindbar, dafür kam Joss.

»Atàcleto ist desertiert«, eröffnete sie ihm eisig. »Verweigert ein Soldat den Dienst, verliert seine Familie ihr Hab und Gut. Noch ehe es Abend wird, landen Ambra, Astra, Luna und Parzia unter dem Bogen der großen Zugbrücke und können um Almosen betteln, bevor sie vor Hunger und Kälte umkommen. Weißt du, wo dieser Idiot geblieben ist?«

Joss sah sie lange an, offenbar unentschieden, welche Antwort weniger verheerend sein würde. Zuletzt zog er eine Pergamentrolle aus der Tasche und übergab sie ihr.

»Meine Königin, ich bitte um Verzeihung für meinen Ungehorsam und appelliere an Eure Güte und Barmherzigkeit, nicht meine Familie dafür büßen zu lassen…«, so begann das Schreiben. Atàcleto informierte sie, dass seine Tat keine Desertion war, weil die Liebe zu seinem Land und seiner Herrscherin übergroß war, aber…

Nachdem er das Pergament übergeben hatte, huschte Joss aus

dem Raum. Er kam aber gleich wieder und diesmal waren auch seine Geschwister dabei.

»Joss, ich bitte dich, sag mir, dass das nicht wahr ist«, flehte Rosalba. »Atàcleto ist als Salzhändler verkleidet in Richtung Norden aufgebrochen, um Inskay, den Zwerg, zu retten. Ist es so? Ich bezweifle nicht, dass Inskay, der Zwerg, eine Person mit den größten Vorzügen ist, und von seiner realen Existenz bin ich mittlerweile felsenfest überzeugt. Aber Atàcleto bleibt Atàcleto: Er ist nicht einmal imstande, einen Pfeil gerade abzuschießen. Es wird keine zwei Tage dauern, bis man ihn ermordet hat. Inskay wird nichts dabei gewinnen und Parzia wird einen Sohn verloren haben.« Rosalba stand auf und atmete lang und tief durch. Sie sah ihre drei Kinder der Reihe nach an, dann ließ sie ihren Blick auf Erbrow und Arduin ruhen, voraussichtlich die künftigen Herrscher von Daligar. »Regieren bedeutet nicht zu tun, was richtig ist, sondern es ist die Kunst des Möglichen«, fuhr sie mit königlicher Würde fort. Sie war die Königin von Daligar. Sie hatte die Stadt von den Orks und vom Hunger befreit; diese beiden jungen Hüpfer, und sollten sie auf sämtlichen Gebieten des menschlichen Wissens auch noch so bewandert sein, mussten doch von ihrem hohen Ross heruntersteigen und aufhören, sie von oben herab zu behandeln und ihr alles erklären zu wollen. Bis zu diesem Augenblick war ihre Besserwisserei harmlos gewesen. Jetzt hatten sie einen Menschen in den Tod geschickt. »Man beginnt keinen gerechten Krieg, wenn er von vornherein verloren ist. Man schickt keinen Menschen in den Tod, nur weil er verspottet worden ist.«

»Nein, Mutter, Ihr irrt Euch«, erwiderte Arduin ruhig und bestimmt.

Wieder fühlte Rosalba Wut in sich aufsteigen und diesmal konnte sie sich nicht bezähmen. Es war eine lang aufgestaute

Wut noch aus der Zeit, als man sie im Waisenhaus wie Dreck behandelt hatte; als sie sich neben Yorshs Großartigkeit, seinem umfassenden Wissen, seinem vollkommenen Verständnis jeder Bewegung des Universums, vom Wachsen eines Grashalms bis zum Lauf der Gestirne, wie ein Nichts gefühlt hatte; als die Einwohner von Daligar, von den Orks und vom Tyrannen befreit, angefangen hatten, ihr bäuerisches Benehmen zu kritisieren. Aber es war nicht nur Wut über erlittene Demütigungen, sondern auch der Zorn desjenigen, der wider alle Erwartung siegreich gewesen ist, weil er allein imstande war, Rettung zu bringen, als alles verloren schien.

»Ich habe die Verantwortung für jeden Einzelnen meiner Untertanen«, brüllte sie. »Auch die Zecken, die sich in sein Fleisch bohren, sind meine Angelegenheit. Ich muss für Atàcleto seiner Mutter gegenüber geradestehen, ihr erklären, wie er, angestiftet von meine eigenen Kindern, dem sicheren Tod entgegengehen konnte. Ich habe nicht genug Soldaten, um irgendwem den Krieg zu erklären, aber sie werden ausreichen, um diesen Idioten wieder an die Rockzipfel seiner Mutter zurückzubringen, mitsamt seinem Esel, der vermutlich noch der Intelligenteste bei der ganzen Partie ist.«

»Nein, Mutter, Ihr irrt Euch, und zwar sehr«, beharrte Arduin, weiterhin ruhig wie ein General, der seiner Truppe den Schlachtplan erklärt. »Ihr seid unsere Mutter und die Königin Eurer Untertanen, aber niemand ist Euer Eigentum. Jeder von uns bleibt selbst Herr über seine Entscheidungen. Das gilt für mich und meine Geschwister, die Ihr in den häuslichen vier Wänden eingesperrt habt, wodurch Ihr uns ein Leben frei von aller Gefahr, aber auch ohne jeden Wert beschert habt. Es ist mir noch nie zu Ohren gekommen, dass man die Kavallerie ausschickt, um einen Deserteur zu fangen. Kein Gesetz auf der Welt verpflichtet Euch, einen armen Kerl zu verfolgen und hierher zurückzubringen, womit Ihr ihn dann endgültig dermaßen beschämen würdet, dass ihm wirklich nichts anderes übrig bleibt als der Selbstmord. Nicht nur alle Soldaten, sämtliche Einwohner der Stadt, jeder Lausebengel wird sich berechtigt fühlen, ihn auszulachen. Atàcleto hat seine Entscheidung getroffen. Und die wird nicht unnütz sein, auch wenn er Inskay nicht findet, und selbst dann nicht, wenn er morgen sterben würde. Joss hat bemerkt, dass sein Geist im Schlaf mit Inskay kommuniziert. Inskay weiß nun von Daligar, er weiß, dass Erbrow blaue Augen hat, er trägt unser Bild in seinem Geist. Also wird er auch bald wissen oder weiß es bereits, dass jemand sein Leben für ihn riskiert. Ihr verzieht den Mund. Findet Ihr das wenig? Überlegt doch nur, wie Ihr Euch fühlen würdet, wenn Euer Leben, unseres und das unserer Leute in Gefahr wäre und sich niemand verpflichtet fühlen würde, auch nur das Geringste für uns zu riskieren. In dem Wissen sterben zu müssen, dass sich alle zu gut waren, um etwas zu unternehmen, heißt krepieren wie ein Hund. Und wenn Atàcleto auch nur eine halbe Meile von hier den Tod findet, so wird er doch ein Held gewesen sein, ein kluger Held, kein dummer Held. Er hat seine Entscheidung getroffen, und jetzt trefft Ihr die Eure, das Einzige, was Euch zusteht. Entscheidet, ob Ihr Atàcleto als Deserteur verfolgen lassen wollt, oder ob Ihr erklären wollt, er sei auf Euren Befehl losgezogen. Befördert ihn. Die anderen Soldaten werden wissen, dass der, den sie immer für einen Tollpatsch gehalten haben, für eine geheime Mission auserwählt wurde, und seine Mutter wird stolz auf ihn sein.«

»Seine Mutter wird bei seinem Leichnam weinen, und da wird kein Stolz dabei sein«, erwiderte Rosalba. »Sie wird ihren Sohn beweinen, der für nichts gestorben ist.«

»Richtig«, stimmte Arduin zu. »Wenn Ihr ihn einfangen und

zurückbringen lasst, wie man es mit einem dummen, ungezogenen Kind macht, dann bleibt ihm nichts anderes übrig als der Selbstmord, und seine Mutter wird bei seinem Leichnam weinen, weil er für nichts gestorben ist. Ihr hättet die Vorhut unseres Heeres auf die Suche nach Inskay schicken können.«

»Wir haben keine Vorhut! Nicht einmal eine Nachhut, wenn du das meinst. Wir haben ein Häuflein von einem Heer, das immer zusammen bleibt, eingerollt wie ein Igel, denn wenn es ausschwärmte, würde man es mit einer Partie Ausflügler verwechseln. Unter Belagerung, da geben wir unser Bestes, genau wie die Igel. Wir stechen nur, wenn man in Reichweite unserer Stachel kommt. Für alle anderen Belange zählt man besser nicht auf uns.«

»Manchmal werden Igel auf der Straße von Karren überfahren«, wandte Arduin ein.

»Sicher. Wenn sie aus ihrer Höhle herauskommen und hingehen, wohin sie nicht gehen sollen.« Rosalba, die Königin von Daligar, Herrscherin der Menschenwelt, hatte genug davon, als feige und kleinmütig angesehen zu werden. »Wenn Ihr am Leben seid«, schrie sie ihren älteren Sohn wutentbrannt an, »dann nicht nur, weil ich Euch in meinem Schoß getragen habe, sondern weil ich den aussichtslosesten aller Kriege geführt und gewonnen habe. Wenn Ihr in einem Eurer Bücher lest, dass eine belagerte Stadt mit nur sechs Männern und sieben Pferden gerettet wurde, so wisset, dass da von Eurer Mutter die Rede ist. An dem Tag, da Ihr imstande seid, Gleiches zu tun, gestatte ich Euch, mich lehren zu wollen, was Frieden, was Krieg und was Mut sind. Und jetzt raus hier, Ihr und die beiden anderen auch.«

Erbrow und Joss wischten sofort hinaus, wie immer verschreckt und eingeschüchtert von der Wut ihrer Mutter.

Arduin ging hinaus, langsam und gelassen, blieb aber zuvor

stehen, um seiner Mutter einen verächtlichen Blick zuzuwerfen. Dann schloss er die Tür mit übertriebener Langsamkeit und Höflichkeit.

»Dummer Rotzjunge, dir werde ich nicht erlauben, in den Tod zu gehen«, murmelte Rosalba, als die Tür geschlossen war. »Und wenn ich dich für den Rest deiner Tage im Keller einsperren müsste, damit du am Leben bleibst, ich würde es tun.«

Ihre Wut verflog und ließ sie wie immer mit dem deutlichen Gefühl der eigenen Unzulänglichkeit und Mittelmäßigkeit zurück. Rosalba rief Ser Anrico noch einmal zu sich und unterrichtete ihn davon, dass sie Atàcleto in den Rang des Ausgewählten Kämpfers befördert und ihn auf eine Mission geschickt hatte. Ja, sicher, er war noch ein Kind, aber trotzdem ein Ausgewählter Kämpfer und in geheimer Mission unterwegs.

»Das ist keine Desertion, sondern die Ausführung meines Befehls«, erklärte sie Ser Anrico, der in strammer Haltung auf dem Teppich vor dem Tisch stand. Er nickte.

»Lasst Atàcletos Mutter den durch die Beförderung erhöhten Sold schicken«, befahl sie. »Ihr könnt gehen.«

Ser Anrico nickte noch einmal, rührte sich aber nicht vom Fleck.

Rosalba begegnete seinem festen Blick.

»Herrin«, sagte der Mann, »Ihr seid meine Kommandantin und meine Königin. Vor neun Jahren habe ich beschlossen, an Eurer Seite gegen die Orks zu kämpfen, und es noch nie bereut. Ich könnte nicht behaupten, dass ich immer begeistert gewesen wäre von Euren Befehlen, da würde ich lügen, aber ich habe es nie bereut, an Eurer Seite zu stehen. Aber könnt Ihr mir jetzt bitte verraten, warum der unfähigste und – verzeiht den Ausdruck – schlappste meiner Soldaten allein da draußen ist, und um was zu tun? Herrin, der Junge ist sechzehn! Wozu habt Ihr einen Sechzehnjährigen ausgeschickt? Könnt Ihr mir das erklären, sodass ich es verstehe? Denn Ihr seid meine Kommandantin und meine Königin, und wenn ich im Dienst eines Menschen stehe, der den sympathischeren unter seinen Leuten erlaubt zu desertieren und den unfähigsten seiner Soldaten, der überdies noch ein Kind ist und kein Mann, ins Verderben schickt, dann möchte ich das gern wissen. Ich werde an Eurer Seite bleiben, Herrin, bis zum Tod, das wisst Ihr, aber wenn ich im Dienst einer Wahnsinnigen stehe, Herrin, dann möchte ich das doch wenigstens gern wissen.«

Schweigend sah Rosalba ihn an, lange, dann wies sie ihm die Tür. Diesmal schlug Ser Anrico sie beim Gehen heftig zu.

In dieser Nacht grübelte Rosalba lange über ihre weise Abgeklärtheit nach, die sie dem Leichtsinn und dem Draufgängertum ihrer Jugendjahre mühsam hatte abringen müssen. Damals hätte sie in einem Fall wie diesem Ser Anrico und die Kavallerie genommen und sie mit wehenden Fahnen in den Untergang geführt, um Inskay doch nicht retten und die Verschleppung seines Volkes doch nicht verhindern zu können. Alle hätten den Tod gefunden, aber sie wären zufrieden gewesen: Sie wären als Helden gestorben. Wenigstens hätte sie einen Mann, den tüchtigsten, in den sicheren Tod geschickt. Jetzt hatte sie nichts unternommen, und das Ergebnis war, dass der Unfähigste in den Tod gehen würde, der sich freiwillig für die Rolle des Helden gemeldet hatte, angestiftet von ihren drei Kindern.

Damals, in ihren mutigen Tagen, hatte sie den Namen Robi getragen, den Namen, mit dem ihre Eltern und Yorsh sie genannt hatten.

Wenn sie noch Robi gewesen wäre, hätte sie vielleicht Ser Anrico gepackt, die Kavallerie und die Infanterie, den Seneschall, die Marschälle, Stallmeister, die Köchin und die Standarten, wäre in den Kampf gezogen und hätte gesiegt, einen Weg findend, wo es keinen gab, indem sie ihn erfand.

Jetzt war sie Rosalba, die fette, traurige Königin, die ihre Albträume mit Brot und Honig erstickte. Rosa Alba, Igel-Königin einer Igel-Stadt, krampfhaft nur auf das eigene Überleben bedacht und sich wohlweislich an den einzig gangbaren Weg haltend, auf Rankstrail zu warten.

Rosalba fragte sich, wo die Weisheit aufhörte und die Feigheit anfing; wo die Grenze verlief zwischen Bewahrung des Friedens und der unterlassenen Hilfeleistung für die Zwerge.

Rosalba betete, dass Atàcleto nicht den Tod erleiden möge, aber auch nicht Gefangenschaft, Kälte oder Hunger, und dass ihm die Beschämung erspart bleiben möge, kleinlaut und unverrichteter Dinge zurückzukommen. Sie hoffte aus ganzem Herzen, ihn wiederzusehen. Sie nahm sich vor, am nächsten Tag zu Parzia zu gehen und die Verantwortung für die Mission des Jungen auf sich zu nehmen. Im Falle eines Unglücks wäre man dann wenigstens bei ihm zu Hause stolz auf ihn.

Sie fragte sich, ob es klug oder sträflich gewesen war, die Kavallerie nicht auf die Suche nach Atàcleto zu schicken.

Sie beschloss, die laufende Inventur sämtlicher Bestände der Grafschaft an Herden und Weinbergen gleich am nächsten Tag einzustellen. Es war erneut Zeit für das Schwert. Die Ferien waren vorbei. Wenigstens Ser Anrico würde zufrieden sein.

An die ständigen Zweifel war sie gewöhnt. Neu war allerdings die vollkommene Einsamkeit.

Das seltsame Wunder, durch das der Geist Inskays mit Joss in Verbindung getreten war, hatte ihrem Sohn Intelligenz und Mut beschert. Ihr geliebter kleiner Kobold war nicht mehr gekommen, um bei ihr Schutz und Trost vor den Ungeheuern der Dunkelheit zu suchen und sie dadurch selbst zu trösten, und es war nunmehr auch klar, dass das nicht mehr vorkommen würde.

Nie wieder würde Rosalba sich beklagen, weil ihr Kind den wenigen Schlaf, der ihr vergönnt war, störte.

Sie war zuletzt allein.

Zeit
der Prüfung

*Wahrscheinlich ist Heldenmut nur eine Frage der Übung,
ein bisschen wie Holzhacken.*

Im Grunde wusste Atàcleto, dass das alles eine Dummheit war.
So blöd war er nicht, dass er es nicht gewusst hätte. Aber hingehen und sich töten zu lassen, war besser, als sich am Balken
der Mühle von Daligar selbst zu erhängen, eine Perspektive, die
ihrerseits jedoch entschieden rühmlicher war, als wieder in seine
Uniform als Aushilfssoldat zu schlüpfen und sich von den Kameraden schikanieren zu lassen.

In einem verborgenen Winkel seines Herzens hoffte er, dass
er Inskay finden und ihn retten würde, ein Held würde, aber das
war ein wirklich sehr verborgener Winkel.

Die meiste Zeit aber fragte er sich mit einer gewissen Gelas-
senheit, wie lange er wohl durchhalten würde, bevor er getötet
wurde, und derweil schritt er im milden Winter der Grafschaft
Daligar voran. Er ging zu Fuß, gefolgt von dem Esel Sambuco,
der vornehm wenig beladen war. In seinen Säcken trug er ein

paar Pfund Salz, das Gut der Erde, die vornehmste aller Waren. Je weiter er sich vom Meer entfernte, ohne dabei in die Nähe der Salzbergwerke in den Bergen des Nordens zu kommen, desto mehr wuchs sein Wert. Von jeder anderen Ware, Stoffen oder Käse, hätte er viel mehr mitschleppen müssen. Der hohe Wert des Salzes dagegen ließ auch die kleine Menge, die Atàcleto mit sich führte, glaubwürdig aussehen. Nicht nur das, es war auch völlig selbstverständlich, dass ein Salzhändler bewaffnet war, um sein kostbares Gut verteidigen zu können. Unter dem Hemd trug Atàcleto sein Schwert und eine kurze Axt. Er hatte auch den Bogen mitgenommen, für alle Fälle, auch wenn er noch nie in seinem Leben einen Pfeil geradeaus abgeschossen hatte, und das Medaillon mit dem eingravierten Igel, das seinem Vater gehört hatte und von dem er sich niemals trennte.

Auf die Idee mit dem Salz war Atàcleto gekommen. Erbrow hatte einen goldenen Anhänger in Form eines Igels zu Geld gemacht, um das Salz kaufen zu können, und Arduin hatte den Preis ausgerechnet, den er in den verschiedenen Bezirken verlangen konnte.

Schon auf der kurzen Reise von Daligar nach Villapetrosa hatte Atàcleto Gelegenheit gehabt, Sambuco kennen und aus ganzer Seele hassen zu lernen, ein Gefühl, das mit störrischer Inbrunst erwidert wurde.

Als Atàcleto schüchterne Ansätze gemacht hatte, sich zu beschweren, hatte Morgentau sich empört gezeigt: »Der beste Freund des Menschen«, hatte sie ihn streng zurechtgewiesen. »Nicht sein bester Diener.«

Wenn man Sambuco sich selbst und seinem Bedürfnis nach Schlaf und Grasen überlassen hätte, wäre er vermutlich ein überaus liebenswürdiger, sanfter und anhänglicher Charakter gewesen. Als Gesellschafter und Begleiter tadellos. Es war die unwürdige Rolle des Lasttiers, die ihn zum Inbegriff der Widerborstigkeit, Sturheit und Böswilligkeit werden ließ.

Ab und zu schaute Atàcleto zurück, um zu sehen, ob ihm auch niemand auf den Fersen war. Festzustellen, dass es nicht so war, wirkte anfänglich beruhigend. Dann dachte er, die Königin-Hexe habe Vertrauen zu ihm, nicht nur als Kindermädchen, sondern auch als Kämpfer, und ihr Vertrauen sei so groß, dass sie den Bitten seiner Mutter Parzia nicht nachgegeben hatte, die bestimmt drängte, dass man ihn zurückholte. Dann dachte er, wahrscheinlich habe Joss seine Botschaft zwischen Brotkrumen, Eicheln und bunten Steinen in seiner Hosentasche vergessen, und sein Stolz schwand wie der dünne Nebel an diesem Morgen; an seine Stelle traten Angst und Ekel wegen der Demütigung, die er vor den Augen von Ambra, Erbrow, Arduin und Joss hatte erleiden müssen.

Atàcleto war lächerlich. Er war immer lächerlich gewesen und er wusste das.

Wenn er sich jemals unterstanden hätte, das zu vergessen, so wären in Daligar stets zahllose Freunde und Kameraden bereit gewesen, ihn umgehend wieder daran zu erinnern. Jede Arbeit, die man ihm anvertraute, hatte er stets nach besten Kräften erledigt, nie hatte er es irgendjemandem gegenüber an Respekt fehlen lassen. Ohne ihn wäre seine Mutter ärmer gewesen und hätten seine Schwestern sich keine Mitgift leisten können. Jeden Augenblick seiner freien Zeit hatte er dafür genutzt, sich Buchstabe für Buchstabe etwas Wissen anzueignen, Lesen und Schreiben zu lernen, um es auch den Schwestern beibringen zu können. Aber er war lächerlich. Er war pummelig, hatte ein breites Gesicht, eine platte Nase, und die äußeren Augenwinkel zeigten etwas nach unten, was ihm ein Aussehen zwischen einem schlafenden Uhu und einer traurigen Ente verlieh. Aber das

241

Schlimmste an seinem Äußeren, was die Ähnlichkeit mit einer Ente oder einem Uhu noch verstärkte, war, dass die Proportionen nicht stimmten. Atàcleto war nicht klein, aber sein Rumpf war zu lang im Verhältnis zu den Beinen. In einfachen Worten, in den dummen Worten der Kinder, die grausamer sein können als die Zangen des Henkers, wenn sie jemanden verspotten wollen: Atàcleto hatte einen tief sitzenden Arsch.

Der ungenügende Abstand seines Allerwertesten zum Boden war für die Kinderschar von Daligar unverzeihlich. In den Legenden und den Erzählungen der Menschen hatte es alle Arten von Helden gegeben, von höchstem Adel oder aufgestiegen aus dem Nichts, Retter der Welt oder verfluchte Helden, die eigentlich gar nicht hätten geboren werden sollen, wie Arduin oder Sire Rankstrail, aber einen Helden mit tief sitzendem Arsch hatte man noch nie gesehen.

Atàcleto lief und lief. Seine Beine waren müde, aber wirklich schrecklich waren die Fußschmerzen. Voller Stolz auf sein erstes, einziges und unverhofftes Abenteuer, überrumpelt und verwirrt von seinem eigenen Mut, hatte er sich nicht die üblichen Lumpen mit Lederstücken um die Füße gewickelt, sondern die neuen Schuhe angezogen, die seine Mutter ihm zum Fest des ersten Wintertags geschenkt hatte. In den frühen Morgenstunden, als der Weg sich zwischen Bauernhöfen, Weingärten und dunklen, gepflügten Ackerflächen dahinschlängelte, hatte er tüchtig ausschreiten können, aber gegen Ende des Vormittags, als der Weg in den Wald hineinführte und es keine Türen mehr gab, an denen man klopfen und um Hilfe bitten konnte, begann Atàcleto, langsamer zu werden.

Oft machte er halt und setzte sich auf einen dicken Baumstamm, den die Holzfäller am Straßenrand hatten liegen lassen, während Sambuco beschaulich die paar Halme Wintergras fraß. Es war früher Nachmittag, als Atàcleto die Schuhe auszog, und seine von Blasen bedeckten Füße schauderten in der kalten Winterluft. Auf bloßen Füßen hüpfte er zu Sambuco hinüber, um sich etwas Brot und Käse zu holen. Er hob die große Hanfplane hoch, die die Säcke bedeckte, und fuhr zurück: Krümel, die Katze des Prinzen Arduin, lag gemütlich eingerollt zwischen dem, was von seinem Proviant noch übrig war. Atàcleto blieb wie angewurzelt stehen und betrachtete die Bescherung. Die Katze hatte nicht nur seine Vorräte auf ein paar abgenagte Brotrinden reduziert. Das größere Problem war, dass sie hier war, in Gefahr und fern von Arduin, der sie lang suchen würde, und von Joss, dem die Katze in der letzten Zeit wie ein Schatten nicht von der Seite gewichen war. Atàcleto fragte sich, wie sie es angestellt haben mochte, da unterzuschlüpfen, ohne gesehen zu werden, und sich so viele Stunden lang völlig ruhig zu halten. Aus den Augenwinkeln bemerkte er da eine Bewegung am Himmel und sah, dass Angkeel über ihm große Kreise zog. Einen Augenblick lang fürchtete er, der Adler sei der verhassten Katze bis hierher gefolgt, um ihre üblichen Zankereien fortzusetzen, was im Umkreis von einer Meile unweigerlich die Aufmerksamkeit aller, die nicht blind und taub waren, auf Atàcleto gezogen hätte, aber zum Glück flog Angkeel davon.

Atàcleto fragte sich, ob er nicht umkehren und Krümel zurückbringen sollte, doch dann sah er sich in Daligar ankommen, den Esel neben sich und die Katze auf dem Arm, und die ganze sich vor Lachen biegende Kompanie.

»Nein, kommt überhaupt nicht infrage«, sagte er zu der Katze, die ihn satt und zufrieden anstarrte. »Du bist eine ausgewachsene Katze, du findest dich überall zurecht. Arduin und Joss kommen ohne dich aus. Ich kann nicht deinetwegen alles ruinieren.« Die Katze gähnte. Atàcleto klaubte zusammen, was von seinem Brot und Käse noch übrig war und was an diesem Tag seine ganze Mahlzeit sein würde, erbärmlich wenig und von der Katze angenagt. Er überlegte sich, dass man nicht von einem Tag auf den anderen zum Helden wurde. Wahrscheinlich ist Heldenmut nur eine Frage der Übung, ein bisschen wie Holzhacken. Nach der Verwandlung in einen Helden würde er noch immer lächerlich sein, das wusste er, Lächerlichkeit ist wie die Augenfarbe, unveränderlich. Aber wie die Augenfarbe zählt sie ein bisschen weniger, wenn man zum Helden wird.

Als er seine karge Mahlzeit beendet hatte, zog Atàcleto die Schuhe wieder an und setzte sich auf den Esel, in der Hoffnung, wenigstens ein Stück weit getragen zu werden, aber sein Gewicht zusätzlich zu dem des Salzes musste zu viel sein für Sambuco. Er rührte sich nicht vom Fleck.

»Los, komm schon«, seufzte Atàcleto. In der Ferne flog ein Schwarm Krähen auf, in einem nahe gelegenen Teich ließ sich eine Ente vernehmen. »So schwer sind wir doch nicht. Das Salz wiegt weniger als eine Rüstung. Los, komm schon!« Die Ente verstummte, die Krähen kamen wieder. Sambuco stand immer noch am selben Fleck; Atàcleto stieg ab. Ein echter Held hätte wahrscheinlich geflucht, aber er hatte das noch nie getan und ließ es bleiben.

»Blöder Esel«, brummte er ärgerlich. Der Esel sah ihn aus seinen großen feuchten Augen an.

Schritt für Schritt machte Atàcleto sich auf den Weg, Sambuco neben sich, die Katze schlich widerwillig hinterdrein.

Der Gebirgswind fegte die Luft rein: Das Blau des Himmels wurde so intensiv, dass es in den Augen fast wehtat. Zwei Reihen Bäume bildeten finstere Mauern entlang der Straße, erschreckend und erregend zugleich. Im Grunde war Atàcleto sehr glücklich, dass Arduins Katze bei ihm war. Ihr weiches Fell zu streicheln, beschwichtigte seine Angst und erinnerte ihn an die Königskinder von Daligar, diese drei wunderbaren Kinder, die Vertrauen in ihn setzten, in seine zweifelhaften Kräfte, seinen nie erprobten Mut.

Morgentau hatte ihm empfohlen, an diesem ersten Tag recht weit nach Norden zu ziehen, bis zu einer Weggabelung am Eingang zu einem großen Kastanienwald, und im Gasthaus »Zum Hinkenden Wildschwein« Rast zu machen, wo man ihm zu essen und einen Schlafplatz geben würde, und, was das Wichtigste war, einen bequemen und sauberen Stall für Sambuco mit reichlich trockenem Heu. Aber die Sonne sank bereits und Atàcleto wurde immer langsamer. Endlich sah er in der Ferne Lichter blinken. Nach der Karte, die er bei sich trug und ausgiebig studiert hatte, musste das Campomoro sein, das erste der Runddörfer. Hinter den Häusern zog sich eine große Lichtung bis zum Waldrand hinauf, wo in schönen Reihen Kohl und Wirsing gepflanzt waren, daneben lagen ein Pferch mit Schweinen und ein Obstgarten. Darin standen auf der einen Seite die kahlen Bäume, auf der anderen lag ein kleiner Teich, darauf schwammen ein paar Enten und ein Paar wunderschöner Schwäne. Am Ufer lagen umgedreht zwei winzige Boote aus rohem Holz.

Mit den schmerzenden Füßen und dem sturen Esel kam Weitergehen überhaupt nicht infrage. Atàcleto beschloss, hier Rast zu machen und um Herberge zu bitten.

»Ich weiß nicht, ob sie hier einen bequemen und sauberen Stall haben, aber da du mich nicht bis zum Gasthaus ›Zum Hinkenden Wildschwein‹ gebracht hast, sieh zu, wie du zurechtkommst«, raunte er Sambuco schlecht gelaunt zu.

Die Runddörfer waren Siedlungen im nördlichen Teil der Grafschaft Daligar, hervorgegangen aus Militärlagern. Über ein Jahrhundert war das jetzt her, als man Soldaten ausschickte, um die Barbaren aufzuhalten, die vom hohen Norden her einfielen. Die ersten Militärs hatten einen Pfahl mit ihrer Standarte in den Boden gerammt, eine Schnur von hundert Fuß Länge daran festgebunden und einen Kreis gezogen, innerhalb dessen sie dann ihre Zelte aufschlugen. Zwischen einer Schlacht und der nächsten machten die Soldaten den Boden urbar, pflanzten Kohl und züchteten Hühner. Als es nach zwanzig Jahren Krieg endlich an der Zeit war, die Stellungen aufzugeben, hatten etliche der überlebenden Soldaten kein Zuhause mehr, wohin sie hätten zurückkehren können, und viele blieben bei ihrem urbaren Boden, ihren Kohlköpfen und Hühnern, der einzigen Form von Familie, die sie noch hatten. Dazu gesellten sich die Marketenderinnen oder andere von den Frauen, die sich um die Soldaten kümmerten, wie Frauen sich eben um Soldaten kümmern. Ursprünglich entstammten die meisten dieser Frauen den Barbarenstämmen, die zu bekämpfen die Soldaten ja gekommen waren, und als diese Stämme in den Schlachten einen Großteil ihrer Männer verloren hatten, waren die Frauen in einer ihnen unbekannten und feindlichen Welt allein zurückgeblieben, hilflos und auf sich selbst gestellt, und wenn sie überleben wollten, blieb ihnen keine große Wahl.

Aus den Soldaten waren Bauern geworden, aus den Zelten Hütten. In ihrer unverwechselbaren Form bewahrten diese Dörfer die Erinnerung an ihre harte Geschichte, ihre unsicheren Anfänge, die erlittenen Demütigungen, unzählig und nie verziehen. Die Häuser waren im geschlossenen Kreis dicht aneinandergebaut, sodass sie nach außen so etwas wie eine Festungsmauer bildeten, und es gab darin nur einen einzigen Zugang nach der Seite zur Straße hin, der mit einem schweren Tor verschlossen wurde.

Die Wintersonne sank langsam zum Horizont herab und ein leichter, eisiger Nebel stieg auf. Atàcleto erreichte das Dorf, schritt durch das noch offen stehende Tor und gelangte auf den Hauptplatz. Die Häuser waren aus unterschiedlichem Holz, an vielen Stellen waren nachträglich Bretter eingefügt, um Löcher zu schließen, wie bei einer Decke mit vielen Flicken. Die Dächer waren allerdings solide mit Schiefer gedeckt, und die Fundamente waren aus festem Stein, sodass die Häuser trocken blieben. Zu den höher gelegten Türen gelangte man über kurze Holztreppen, die Fenster waren klein, um die Wärme im Haus zu halten, darin sah man den warmen Schein des Herdfeuers. In der Mitte des Platzes voller Hühner war ein Holzdach zu sehen, schützte ein kleines Bauwerk, das Atàcleto im Licht der Dämmerung nicht erkennen konnte. Die Hühner kehrten eins nach dem anderen in ihre niedrigen, mit Kot verschmierten und dreckigen Holzställe zurück, die vor jedem Haus unterhalb der Treppe angebracht waren. Krümel, die etwas zurückgeblieben war, tauchte plötzlich auf dem Platz auf und verscheuchte sämtliche Hühner, die den Rückzug in ihre Ställe unter großem Gegacker rasch zu Ende brachten. Mit einem Knall flog eine der Haustüren auf. Darin erschien eine große, dicke Frau mit breitem Gesicht und langem schwarzen Haar, das offen auf die Schultern herabfiel. Sie trug ein tief ausgeschnittenes Kleid, das ihr bis über die Waden reichte, sie war barfuß und schwang eine Heugabel, mit der sie ihm drohte.

»Heda, Missgeburt von einem Idioten, scher dich weg da mitsamt deiner Katze«, schrie sie.

»Herrin«, begann Atàcleto. »Meine Herrin, verzeiht mein Eindringen. Ich bin Salzhändler und suche eine Herberge für mich und meinen Esel. Ich kann dafür bezahlen. Die Katze gehört nicht zu mir…«, fing er an, konnte den Satz aber nicht beenden.

Überdrüssig, auf den eigenen Beinen zu stehen, sprang Krümel mit einem Satz auf die Treppe neben die Füße der Frau, dann mit einem weiteren Satz Atàcleto auf den Arm.

»Meine Herrin, das kannst du zu deiner Schwester sagen«, brüllte die Frau. »Und auch, dass die Katze nicht dir gehört.«

Atàcleto war fassungslos. »Ihr kennt eine meiner Schwestern? Das ist doch nicht möglich«, murmelte er.

»He, edler Herr!«, rief da von dem Schutzdach in der Mitte des Platzes her eine etwas heisere Männerstimme. »Die Rede ist nicht von Euren wirklichen Schwestern. Das ist eine blumige rhetorische Figur, wie sie in diesen schönen Landen gern verwendet wird. Sie bedeutet, dass nur eine Schwester von Euch und von vermutlich gleichen Geistesgaben wie Ihr die erforderliche Unschuld mitbringen würde, um zu glauben, was Ihr erzählt. Im Unterschied dazu ist die treffliche Dame, mit der Ihr die Ehre habt zu sprechen, zu schlau, als dass sie solche Albernheiten schlucken würde.«

Atàcleto versuchte, irgendwie wieder Haltung zu gewinnen. Krümel schmiegte sich an ihn und schnurrte zufrieden.

»Meine He… ähm, meine Dame, verzeiht, ich bin untröstlich, Euch das Gefühl gegeben zu haben, ich wolle es Euch gegenüber an Respekt fehlen lassen. Die Katze gehört dem Sohn meiner, nun ja, meiner Nachbarin. Ich bin Salzhändler und bitte um Unterkunft für die Nacht.«

Weitere Türen waren aufgegangen. Männer, Frauen und Kinder traten heraus, alle schäbig gekleidet, stämmig und kerngesund, mehr oder weniger wie ihre Häuser. »Ich bin Salzhändler und bitte um eine Herberge«, wiederholte Atàcleto. »Ich bitte um Entschuldigung für die Katze, aber sie hat ja keinen Schaden angerichtet.«

»Ich mag keine schwarzen Katzen mit grünen Augen«, sagte

die Frau. »Sie tragen die Seele einer Hexe in sich. Ich will keine Hexe auf der Schwelle meines Hauses. Bei uns werden solche Katzen verbrannt.«

»Herrin, ich bitte Euch!«, ereiferte sich Atàcleto, der sich mit der Idee einer Nacht im Freien anzufreunden begann. »Das sind Vorstellungen, für die es bisher überhaupt keinen Beweis gibt.« Noch bevor er ausgeredet hatte, war ihm bewusst, dass er etwas Falsches gesagt hatte.

»Das heißt, dass eure abergläubischen Vorstellungen dumm und einfältig sind«, übersetzte die Stimme von der Mitte des Platzes, der nun fast völlig im Dunkeln lag. Ein allgemeines feindseliges Murren erhob sich. Zwei Männer näherten sich Atàcleto. Sie waren nicht barfuß, sondern trugen schwere Holzschuhe, bei deren Anblick Atàcleto sich beklommen fragte, wie weh es wohl tun würde, damit getreten zu werden. Krümel drehte sich mit einem Ruck zu den Männern um und zeigte ihnen Zähne und Krallen. Die Bewegung brachte Atàcleto aus dem Gleichgewicht, er tat einen Schritt, um sich wieder zu fangen, dabei öffnete sich sein Mantel: Im schwachen Licht der Dämmerung blinkten der Griff seines Schwerts und das Medaillon seines Vaters.

»Er ist bewaffnet«, rief jemand.

»Schau nur, das Medaillon!«, rief der Mann, der am nächsten bei ihm stand, ein großer mit einer Narbe im Gesicht, der aus dem Haus der barfüßigen Frau getreten war. »Da ist der Igel drauf, das Zeichen der Königin-Hexe.«

»Das heißt Siegel!«, brüllte die heisere Stimme. »Oder Wahrzeichen oder Stempel.«

»Vielleicht sind wir nicht so gut im Reden«, entgegnete der Mann mit der Narbe. »Dafür stehen wir aber auch nicht am Pranger.«

»Und wir stehlen nicht«, legte die barfüßige Frau nach.

»Was ich im Sinn hatte, war ein nicht vereinbarter Kauf mit langer Zahlungsfrist«, antwortete die Stimme.

»Das nennt man Stehlen«, verhöhnte ihn die Frau.

»Ich wäre im Frühjahr wiedergekommen, um es euch zu bezahlen, dieses Huhn«, beharrte die heisere Stimme. »Das Frühjahr ist eine gute Saison für das Theater. Und ich kann immer in natura zahlen. Früher oder später wird einer einen faulen Zahn oder eine Beule haben, die man behandeln muss.«

Die barfüßige Frau zuckte die Achseln und beschloss, sich wieder Atàcleto zuzuwenden.

»Bist du immer noch hier?«, fragte sie bissig. »Wenn mein Mann, dieser Trottel, rechtzeitig daran denken würde, das Tor zuzumachen, würde ich dich gar nicht kennenlernen, und das wäre besser so.«

»Wenn mein Mann, dieser Trottel, rechtzeitig ans Zumachen *gedacht hätte, hätte* ich dich gar nicht *kennengelernt,* und das *wäre besser so gewesen*«, berichtigte die heisere Stimme aus dem Dunkel. »Spürt Ihr nicht, wie störend der falsche Sprachgebrauch ist? Unerträglich und misstönend, es kreischt, wie wenn Eisen an Eisen reibt. Ich könnte euch Sprachunterricht geben, im Tausch für Euer Huhn.«

»Wollt ihr nun dieses Salz oder nicht?«, fragte Atàcleto in dem Versuch, sich wieder in den Mittelpunkt der Unterhaltung zu bringen. Er hatte neuen Mut geschöpft. Das Schwert und das Medaillon schienen ihn zu schützen. Im Übrigen war die Toleranz für den Mann mit der heiseren Stimme und seine Aufschneidereien ein Beweis dafür, dass diese Menschen nicht so grausam waren, wie sie gern erscheinen wollten. »Wollt ihr es wirklich nicht? Liegt euch nichts daran, euer Schweinefleisch haltbar zu machen für die Zeiten, wenn ihr nichts habt, esst ihr es lieber gleich alles auf einmal? Na bitte sehr, wenn das so ist…

Danke schön und verzeiht die Störung. Ich geh und mach mir im Wald ein Feuerchen, und wir tun so, als wären wir uns nie begegnet.«

Er machte kehrt, mit der Rechten fasste er Sambuco am Zügel, die Katze nach wie vor auf dem linken Arm, und tat ein paar Schritte in Richtung auf das Tor zu. Im Auftrag seiner Mutter hatte er auf dem Markt von Daligar bereits Hühner verkauft, noch ehe die Königin-Hexe nach Daligar kam, um es zu retten. In der Kunst des Feilschens konnte ihm keiner etwas vormachen. Er zählte im Kopf: eins, zwei, drei, vier, fünf, sechs, sieben… wenn er bis zehn kam, würden es sehr zähe Verhandlungen. Acht. »He, Fremder«, sagte der Mann hinter ihm. »Eine Unze Salz könnte uns vielleicht schon interessieren.«

Es war noch einmal gut gegangen. Dass er dringender verkaufen wollte, als sie kaufen wollten, weil er dringender einen Platz zum Schlafen brauchte als sie das Salz, das wusste nur er.

Eine Unze war ein Zwölftel von einem Pfund. Auf dem Grund der Säcke, die Sambuco trug, führte Atàcleto drei Messbecher bei sich, einen für eine Unze, einen für ein halbes und einen für ein ganzes Pfund.

»Eine Unze?«, fragte Atàcleto und sah verächtlich zurück, ohne jedoch den Esel umkehren zu lassen und ohne die Hand vom Zügel zu nehmen. »Für eine Nacht im Warmen und etwas zu essen? Eine Unze, das ist ein Vermögen.«

»Eine Unze reicht noch nicht einmal für eine Schweineschulter«, erwiderte der Mann, der nun von einer Traube von Männern umringt war, alle mit Holzschuhen an den Füßen, während die Frauen, dürftig bekleidet, mit tiefen Ausschnitten und barfuß, nicht über die Schwelle ihrer Häuser traten.

»Das reicht ja bloß, um etwas Geschmack in die Suppe und

an die Schleien zu bringen. Ohne Salz schmeckt eine Schleie nach Schlamm und die Suppe nach dem Kohl, der drin ist. Aber wir leben trotzdem. Also, entweder du machst uns einen guten Preis oder du kannst im Wald schlafen gehen und erfrieren. Für eine Unze kannst du unter dem Schutzdach für den Pranger kampieren, das ist nicht völlig geschlossen, aber auch nicht wirklich offen, ich geb dir zwei Bündel Reisig fürs Feuer, Zwiebel, Stockfisch, Brot und auch ein bisschen Öl.«

»Und einen Ballen Stroh für den Esel«, feilschte Atàcleto weiter. »Und zwei frische Eier. Und dann möchte ich lieber im Haus schlafen, danke. Das Schutzdach des Prangers ist bestimmt ein sehr angenehmer Ort, die Sterne zu sehen, aber ich habe eine empfindliche Haut, und die Mücken stören mich.«

»Im Winter gibt es keine Mücken«, wandte der Mann ein.

»Das ist Ironie«, erklärte die heisere Stimme. »Noch eine rhetorische Figur. Es gibt keine Mücken, weil es saukalt ist, und eben weil es saukalt ist, will unser Freund nicht draußen schlafen. Das ist eine witzige, ironische Bemerkung.«

Die Miene des Mannes verfinsterte sich. »Wir haben schon einen Witzbold. Gib dir also keine Mühe«, sagte er zu Atàcleto. »Bist du auch Zahnzieher? Nein? Also dann sag die Dinge so, dass ich sie auch verstehe, weil ich nicht so raffiniert bin. Im Haus will ich dich nicht. Du hast ein Schwert und da weiß man nie.« Dann wurde er versöhnlicher. »Aber ich geb dir drei Bündel Reisig, so hält die Glut die ganze Nacht. Eier bekommst du eines. Im Winter gibt es nur wenige und man braucht sie für die Kinder. Das Heu lassen wir, dein Esel kann grasen.«

»Was soll er denn grasen? Das Gras vom nächsten Frühjahr?« Atàcleto war wesentlich weniger ruhig, als es den Anschein hatte. Er hatte noch nie im Freien geschlafen, und schon gar nicht im Winter. Er hatte Angst, buchstäblich im Schlaf zu

erfrieren. Sechzehn Jahre seines Lebens hatte er damit zugebracht, die Ermahnungen seiner Mutter anzuhören und zu be-
folgen: nie ohne Wollhemd und Wollsocken ins Bett. Bei ihm zu
Hause trug man auch im Sommer Wollsocken.

Aber der Kerl mit der heiseren Stimme verbrachte seine
Nächte offenbar unter dem Schutzdach und überlebte; der Gedanke tröstete ihn. »Ein Ballen Stroh für den Esel und eine ordentliche Menge Brot, einen ganzen Laib.«

»Verlangt doch auch ein Schlückchen Schnaps, edler Herr, und
wenn Ihr ihn nicht mögt, dann gebt ihn an mich weiter«, fügte
die heisere Stimme begeistert hinzu.

»Ist gut, aber im Haus schläfst du nicht. Und nix da Schnaps«,
schloss der Mann.

Atàcleto ging zu dem Schutzdach. Nach drei Seiten war der
Bau geschlossen, und auf dem knappen Raum im Inneren waren zwei Männer, lange Ketten um die Hälse. Der eine war alt,
klein und trug einen weißen Bart, der andere war dunkel, sehr
jung und sehr schön.

Beide trugen Pelze, weshalb sie der Kälte trotzen konnten.

Der Mann, der verhandelt hatte, stellte vor: »Hühnerdieb und
Pferdedieb«, sagte er, auf die beiden weisend. »Wer du bist, weiß
ich nicht, du magst sein, wer du willst, Hauptsache du bleibst
mir aus dem Haus.«

»Ich bin großzügig mit dem Salz, und Ihr gebt mir auch ein
Pint Bier«, schlug Atàcleto vor.

Die Begeisterung unter dem Schutzdach steigerte sich zum Jubel.

Atàcleto öffnete einen der Säcke auf dem Esel, um das Salz
hervorzuholen. Er tastete etwas Dickes und Weiches. Er beugte
sich vor und sah, dass auf dem Grund des Sackes, zusammen-
gefaltet mit seiner Decke, die drei Fuchspelze der Königskinder

von Daligar lagen. Tränen traten ihm in die Augen. Mit denen brauchte er keine Angst mehr vor der Kälte zu haben. Er maß die Unze reichlich ab, wobei er die drei Kinder segnete, und zündete vor der offenen Seite des Schutzdaches sein Reisigfeuerchen an. Vergnügt sahen ihm die beiden Diebe zu. Atàcleto gab Sambuco das Stroh, nahm ihm das Zaumzeug ab und breitete die aufgefaltete Satteldecke über den Esel. Endlich setzte er sich unter das schützende Dach, zwei Fuchspelze auf den Knien und einen um die Schultern gelegt. Neben sich hatte er den Korb mit allem, was er verlangt hatte.

»He, edler Herr!«, rief die heisere Stimme. »Du gibst uns doch auch etwas zu essen? Im Tausch kurier ich dir dafür die Füße. Ich heiße Ferrain, er Salvail. Ich komme aus dem Süden und Salvail aus dem Norden. Und dein Name, wenn's beliebt?«

»Kein edler Herr mehr, abgemacht? Ich heiße Atàcleto. Warum sagst du, dass ich es an den Füßen habe?«

»Ich bin ein genauer Beobachter«, antwortete Ferrain im Vollgefühl seiner Überlegenheit. »Wer mit kleinen Schritten trippelt und dabei hinkt, übt entweder, um Gaukler zu werden, oder ihm tun die Füße weh.«

Atàcleto teilte das Brot unter ihnen auf. Ferrain zeigte ihm, wie man es mit ein paar Körnchen Salz und einem Tropfen Öl darauf isst. Das schmeckte herrlich, eine wahrhaft königliche Mahlzeit. Es füllte den Mund mit dem Geschmack nach Salz, gemildert durch die Weichheit des Brotes und das Öl.

»Siehst du, es ist das Salz, was das Leben kostbar macht. Was wäre das Leben ohne Salz? Die Welt besteht aus Erde, Wasser und etwas Salz. Auch der erste Mensch wurde aus Wasser, Erde und etwas Salz geknetet. Hast du je das Meer gesehen? Nein? Auch das Meer ist Wasser, Erde und Salz.«

»Ja, aber du kannst es nicht ganz aussaufen.« Zum ersten Mal ließ sich Salvails tiefe Stimme vernehmen.

»Lass ihn reden«, sagte Atàcleto versöhnlich. Sein erster Tag in Kälte und Freiheit erfüllte ihn mit Stolz und Begeisterung. »Salz haben wir genug.«

»Bier dagegen haben wir wenig«, erwiderte Salvail. »Jedes Mal wenn er eine Prise Salz nimmt, schluckt er jede Menge Bier. Das Salz musst du verkaufen, nicht essen. Du bist kein richtiger Kaufmann, nicht wahr? Du bist bloß ein Junge, aber du bist bewaffnet. Kaufleute achten auf so etwas. Hat dich die Königin von Daligar mit einem Auftrag hierhergeschickt? Ich helfe dir, ich bin ein Krieger. Schwert habe ich keines, aber wenn du mich jetzt befreist, bin ich dir zu Diensten, sobald ich eins habe.«

Atàcleto beschloss, auf der Stelle mit dem Trinken aufzuhören. Er brauchte seine ganze Geistesgegenwart. Mit ein paar Blicken hatten sie schon so gut wie alles von ihm erfahren.

»Meinst du denn, die Königin von Daligar würde einem Jungen wie mir etwas anvertrauen? Ich komme dir nicht wie ein Salzhändler vor, weil ich es zum ersten Mal mache. Zum ersten Mal vertrete ich meinen Vater. Und ich brauche keine Hilfe.«

»Jetzt schaue ich mir deine Blasen an«, sagte Ferrain. »Hast du zufällig Stoffbinden dabei? Macht nichts, ich habe welche. Ich zeige dir, wie man den Schmerz lindert und die Blasen austrocknet. Ich bin Bader, Geschichtenerzähler und Zahnreißer, und die unschätzbare Wohltat, die ich für Körper und Geist des Menschen zu bieten habe, besteht darin, den Schmerz zu nehmen. Man muss lügen als Zahnreißer, aber auch als Bader. Wenn du versprichst, dass es nicht wehtun wird, dann fällt die Angst weg, und der Schmerz wird weniger schlimm. Wenn du ankündigst, dass es wehtun wird, dann verschlimmert die Angst den Schmerz. Eigentlich ist das keine Lüge, sondern Weisheit. Wenn du imstande bist, den Schmerz zu lindern, bist du eine Stufe höher gestiegen auf der Leiter, die uns zu den Göttern bringt – stets vorausgesetzt, dass es sie gibt. Wer gelernt hat zu erzählen, das Zahnziehen sei wie das leise Streichen des Winds über die Hügel im Frühling, kann auch Geschichtenerzähler werden, kann von den guten Tagen erzählen, wenn schlechte Tage sind, und an die furchtbaren Tage mahnen, wenn es endlich wieder heiter geworden ist. Auch Geschichten sind Lügen, Lügen, die Verletzungen lindern und die Leere ausfüllen. Nur die Orks, diese armen Geschöpfe, erzählen keine Geschichten. Für sie ist das eine Schändung der Wahrheit. Deshalb sind die Orks immer so verzweifelt, wütend und trostlos.

Siehst du, in dieser Feldflasche ist Johanniskrautöl. Man setzt dafür acht Johanniskrautblüten in einer Unze Olivenöl an und lässt sie einen Monat lang ziehen. Gegen Blasen und Abschürfungen gibt es nichts Besseres. Siehst du, mein Freund, die Besserung macht sich schon bemerkbar. Umsicht empfiehlt, dass du den Verband heut Nacht drauflässt, und Weisheit würde empfehlen, ihn auch morgen früh nicht abzunehmen. Wenn du die Schuhe darüber ziehst, wirst du sie gar nicht spüren. Gut. Wie ich dir gesagt habe, vermag ich die Seele der Menschen zu trösten. Ich komponiere Balladen, ersinne Geschichten und erzähle sie. In Campovento, dem nördlichsten und freundlichsten der Runddörfer, hatte ich eine regelrechte Bühne und ein begeistertes Publikum. Salvail, kennst du meine Balladen? Bist du je in mein Theater gekommen, um mich zu hören?«

»Nein«, antwortete der andere. »Ich war immer schlau genug, mich von solchem Blödsinn fernzuhalten.«

»Sicher, du hast recht. Wer dein natürliches Talent für Bettelei und Biertrinken besitzt, darf sich nicht mit Nebensächlichkeiten abgeben.«

»Ich bin ein Krieger. Wenn mein Mut auf der Welt nicht gebraucht wird, setzt sich mein Arsch zur Ruhe. Aber ich bin ein Krieger.«

»Und mit wem hast du es denn aufgenommen, außer mit dem Bier?«, fragte Ferrain boshaft.

»Machst du Witze?«, entgegnete Salvail, während er mit großen Bissen eine Zwiebel verschlang. »Bring mir eine Kompanie Orks hierher, denen brauche ich bloß einmal ins Gesicht zu hauchen, das haut sie um.«

Vor Müdigkeit wurde Atàcleto der Kopf schwer. Die Füße taten ihm nicht mehr weh. Sein Körper war im Warmen, das Gesicht in der Kälte, und in der frischen Luft konnte er gut atmen. Auf seinem Bauch unter dem Fuchsfell schnurrte Krümel und wärmte ihn noch zusätzlich. Alles in allem war es so angenehmer, als in der verrauchten Luft einer Schenke zu sitzen, im Essensdunst und dem Gestank von den Füßen der anderen Gäste. Auf der offenen Seite ihres Verschlags stoben tausende Funken von dem Feuer auf und erhellten das Dunkel.

»Weit sind die Pforten und breit die Wege, die in die Versuchung führen«, murmelte Ferrain begeistert, den Blick zu den Sternen gewandt und den Mund voller Brot und Salz. »So ist das Leben. Wenn es nicht saukalt ist, gibt es Mücken, und wenn es keine Mücken gibt, ist es saukalt, doch wir sind alle Geschöpfe des Herrn des Universums.«

»Stimmt, aber als er mich gemacht hat, fühlte er sich wohler als bei dir. Er hat wohl auch manchmal Schnupfen«, bemerkte Salvail.

»Aber wenn ihr beide euch nicht ausstehen könnt, warum seid ihr dann zusammen?«, fragte Atàcleto.

»Man muss zu zweit sein, um ein Huhn zu stehlen, ohne erwischt zu werden. Der Held fängt es ein, und ich stehe Schmiere«, antwortete Ferrain gleichmütig. »Gewiss wäre der Erfolg allerdings, wenn man zu dritt wäre: Einer fängt das Huhn, und zwei lenken den Besitzer ab, aber in dem Fall wäre das kein Diebstahl mehr, sondern Raub, und wir sind ehrbare Diebe.«

»Bist du Dieb oder Zahnreißer?«

»Man kann nicht den ganzen Tag Dieb sein. Das ist langweilig. Etwas Arbeit ab und zu, das ist regelrecht eine Erholung. He, edler Bruder. Den Adel der Seele erkennt man an den Gesichtszügen. Die Größe der Seele gibt sich in der Haltung, im Gang zu erkennen…«

»Aber hast du nicht gesagt, er würde watscheln wie eine Ente, als du ihn kommen sahst?«, brummte Salvail, wobei er das restliche Bier austrank.

Mit einer Handbewegung brachte Ferrain ihn zum Schweigen.

»Etwas Salz. Ein halbes Pfund. Du hast doch so viel. Damit löst du uns aus und schenkst uns das höchste Gut, die Freiheit, wieder, die Verfügungsgewalt über unsere Bewegungen. Du willst uns doch nicht im Käfig zurücklassen, hochedler Bruder und blutjunger Freund?«

»Wenn ich euch befreie, dann geht ihr eurer Wege, nicht wahr?«, fragte Atàcleto, schon sehr schläfrig.

»Sicher, jeder geht seiner Wege. Wir machen uns auf die Suche nach einem warmen Stall, wo wir liebevolle Aufnahme finden.«

»Nach was?«, fragte Atàcleto noch einmal, schon halb im Schlaf.

»Ein Haus von Tölpeln, die so blöd sind, uns einzulassen und zu essen zu geben«, übersetzte Salvail. »Das Gegenteil von diesen hier, die eine Kreuzung zwischen einem Geier mit Zecken und einem Schakal mit Spulwürmern sein müssen. Du befreist uns, und wir verpflichten uns zu verschwinden. Und dich in unsere Gebete einzuschließen, das kann nie schaden. Ehrenwort.«

»Ehrenwort, sicher«, bestätigte Ferrain. »In puncto Ehre sind wir unschlagbar. Fast wie bei den Gebeten.«

Noch vor Morgengrauen wurde Atàcleto geweckt vom Krähen der Hähne und von der brüsken Bewegung, mit der Krümel voller Erwartung auf den Platz sprang. Die anderen beiden schliefen noch, während die Männer im Dorf aus ihren Häusern traten, bewehrt mit Mistgabeln, Hacken, Angeln sowie einem Korb mit Kohlstrünken für die Schweine, und sich auf den Weg zu ihren Feldern und zum Teich machten.

Am Horizont stand eine Wolkenbank, oberhalb davon war der Himmel klar, leuchtend rot und golden im Morgenlicht. Ein Schwarm Krähen flatterte auf, und der schon helle Teil des Himmels spiegelte sich im Teich, wodurch der inmitten des noch dunklen Schilfs aussah wie eine Pfütze aus Licht.

Atàcleto begann die Verhandlungen über die Freilassung der beiden. Ferrain hatte ein Huhn gestohlen. Salvail wurde anscheinend anderswo gesucht wegen Diebstahls eines Fohlens, begangen im letzten Frühjahr in der Gegend der Nördlichen Berge, und auf seinen Kopf war eine Prämie ausgesetzt. Die Verhandlungen dauerten länger als erwartet. Die Dorfbewohner waren weniger einfältig, als Atàcleto gehofft hatte, und hatten verstanden, dass ihm an den beiden schon etwas lag, da halfen alle seine Bemühungen nicht, das Gegenteil zu bekräftigen.

»…Nicht dass mir was daran liegen würde… Nur so, um unterwegs etwas Gesellschaft zu haben…«

Außerdem hatte er es eilig, sowohl zu seiner Mission zurückzukehren, als auch die Katze dort wegzuschaffen, bevor die Hühner auftauchten. Sie pressten ihm anderthalb Pfund Salz ab, genug, um ein ganzes Schwein zu pökeln.

»Aber wir geben dir auch was mit: Brot, Stockfisch und Knoblauch. Und ein halbes Pint Bier. Du wirst sehen, das wirst du brauchen, wenn du die beiden mitschleppst.«

Bei Sonnenaufgang brachen sie auf. Voller Energie lief die Katze voraus, aber Sambuco schleppte sich nur mühsam voran.

»Ist dieser Esel krank?«, fragte Salvail erstaunt.

»Nein, nein, an Gesundheit fehlt es ihm nicht«, antwortete Atàcleto. »Aber er hasst mich. Er ist dickköpfig, stur und störrisch. Unerträglich.«

»›Dickköpfig, stur und störrisch‹ bedeuten alle dasselbe«, bemerkte Ferrain, den niemand gefragt hatte, aber nicht immer achtete er auf solche Feinheiten. »Wiederholungen machen eine Rede nur langweilig.«

»Das stimmt nicht«, entgegnete Atàcleto bestimmt. »Wiederholungen erhöhen die Kraft des Ausdrucks.«

»Dieser Esel gehört nicht dir«, schloss Salvail. »Du hast ihn gestohlen.«

»Dieser Esel gehört mir, und er ist dickköpfig, stur und störrisch«, wiederholte Atàcleto ärgerlich.

»Esel sind nie dickköpfig, stur und störrisch«, erwiderte Salvail milde. »Esel sind sanftmütig, stark und ausdauernd, aber nur, wenn sie bei ihrem Herrn sind, bei ihrem wirklichen Herrn.«

»Aber ich bin sein wirklicher Herr«, gab Atàcleto gereizt zurück. Es war wohl sein Schicksal, dass alle Menschen, die ihm begegneten, sogleich anfingen, ihm Ratschläge und Belehrungen zu erteilen. Aber er hatte keine Lust, sich die Grundzüge der Ehrbarkeit von einem Pferdedieb beibringen zu lassen.

»Du hast ihn wohl gekauft. Das heißt noch lange nicht, dass er deiner ist. Esel sind wie Pferde, sie haben eine Seele. Keine Seele wie du und ich, eine kleinere, wie ein Hund ungefähr, aber immerhin eine Seele. Dein Esel liebt jemand anderen. Solange du nicht erreichst, dass er dich liebt, ist er nicht deiner. Liebe

kann man nicht kaufen.« Salvail seufzte. »Und auch nicht verkaufen. Vor einigen Jahren verarmten wir. Mein Vater, will ich
sagen. Da gab es…. nun ja, da gab es eine Krankheit, dann sind
erst die Heuschrecken, dann die Ratten über die Ernte herge-
fallen. Mein Vater hat alles verkauft, auch mein Pferd. Aber es
war meins. Und es wollte nicht bei dem bleiben, der es gekauft
hatte, da ist es weggelaufen und zurückgekommen. Es ist zu mir
zurückgekommen, weil es meins war. Dann hat man es geholt
und dem anderen zurückgegeben und ich musste fliehen. Dieses Eselchen weiß schließlich nicht, dass es gekauft worden ist.
Er gehört noch dem, der es vorher besaß.«

»Ich habe verstanden«, sagte Atàcleto etwas verlegen, aber
noch immer gereizt. Es mochte ja sein, dass Salvail kein richtiger Pferdedieb war, er hatte aber keine Lust, sich von ihm be-
lehren zu lassen. Außerdem hatte er eine Mission zu erfüllen
und das musste er allein tun. »Etwas ganz anderes. Ich erinnere
mich mit hundertprozentiger Sicherheit, dass ihr euch verpflichtet habt zu verschwinden, alle beide. Also, meine Herrschaften,
ich gehe nach Norden, da bleiben für euch drei Himmelsrichtungen, in die ihr euch wenden könnt. Es war mir ein Vergnügen,
eure Bekanntschaft zu machen, aber ein Übermaß an Vergnügen kann schädlich werden, wisst ihr, man gewöhnt sich daran.
Ich wünsche euch alles Glück, das ihr begehrt, und ich denke, es
wird in Zukunft mehr sein als in der Vergangenheit.«

Nach zwei Jahren des Zusammenlebens mit einer traurigen
und sarkastischen Königin, einem albernen, aber gebildeten alten Würdenträger, einer Mädchen-Hexe, die sich an die Reden
ihres Vaters erinnerte, und ihrem genialen Bruder, der alles wiederholen konnte, was in Büchern geschrieben stand, wusste
auch Atàcleto nicht schlecht mit Worten umzugehen. Im Königspalast hatte er sich wie für alles dafür geschämt und sich auf die

Ausdrucksweise eines gewöhnlichen Soldaten beschränkt, aber als er Ferrain reden hörte, hatte er beschlossen, das zu ändern. Die Sprache war ein Reichtum, war Macht, und nur ein Dummkopf verzichtet darauf, die Macht und den Reichtum zu nutzen, die er besitzt.

Und es war gut, dass Salvail erklärte, kein Pferdedieb zu sein. Wenn es Atàcleto widerfahren wäre, zu Unrecht angeklagt zu werden, er hätte sich geschämt und selbst ausgeliefert, um der Anklage nicht auch noch die Schmach der Flucht hinzuzufügen. Salvail dagegen wusste, dass er kein Dieb war, und was die anderen dachten, berührte ihn gar nicht. Er war er; nicht das, wofür die anderen ihn hielten.

Ein paar Meilen verlief die Straße noch im Wald, auf einer kleinen Anhöhe mit einer Lichtung gabelte sie sich. Ein Weg führte direkt nach Nordosten und ein schmalerer Weg bog scharf nach Westen ab. Atàcleto nahm den ersten, die beiden anderen den zweiten. Der Abschied war kurz und zumindest auf Seiten des jungen Soldaten nicht ohne eine gewisse Rührung, die er jedoch sorgfältig zu verbergen suchte, in diesem seinem ersten Abenteuer als erwachsener Mann, fern von allen Weiberröcken bei ihm zu Hause.

Der Tag verging mit endlosen Haltepausen des Esels, der ohne erkennbaren Grund stehen blieb, in diesem dichten Wald, wo nur hier und da eine Holzfällerhütte stand. Die Straße führte langsam aufwärts bis zu einer Hochebene. Früher oder später würden sie das Wirtshaus »Zum Hinkenden Wildschwein« erreichen, da würde es eine heiße Suppe und vielleicht ein Stück Wildschweinbraten geben. Atàcleto hatte in seinem Leben noch nie Wildschwein gegessen und auch Schwein eher selten. Bald saß Krümel oben auf dem Rücken des Esels, bald lief sie selbst durch den Wald, der endlos schien. Aber endlos war er nicht. Die Bäume lichteten sich, traten zurück, und eine weite Hochebene tat sich vor dem Blick auf, im Hintergrund Hügel und Berge mit schneebedeckten Gipfeln. In der Ferne, am Ende einer weiten Kurve, in der die Straße ein kleines Tal umging, erhob sich in seiner ganzen Pracht das Wirtshaus »Zum Hinkenden Wildschwein«, in dessen Fenstern der warme Schein der Kaminfeuer leuchtete.

Es gab eine Abkürzung, um hinüberzugelangen. Ein Pfad führte direkt in das Tal hinunter, stieg auf der anderen Seite gerade wieder hoch und schnitt so die große Kurve. Auf dem Talgrund, in einer tiefen, von Efeu überwucherten Felsschlucht, dem einzigen grünen Flecken im Wintergrau ringsum, floss ein reißender Bach. Über die Schlucht führte eine kleine Brücke aus Holzbohlen, die von zwei dicken Seilen gehalten wurde. Atàcleto beschloss, die Abkürzung zu nehmen, und führte den Esel am Zügel. Doch als sie an der Brücke ankamen, blieb Sambuco wie angewurzelt stehen und rührte sich nicht mehr vom Fleck.

»Los, mein Hübscher«, versuchte Atàcleto, ihn zu ermuntern. »Na komm schon, heute Abend erwartet dich ein schöner Stall mit recht viel Hafer. Los, Kleiner.«

Krümel war aufgewacht und betrachtete die Szene von Sambucos Rücken herab. Träge stieg sie von dem Esel herunter, setzte vorsichtig ihre Pfoten auf die Brücke, kam etwa bis zur Mitte, dann machte sie blitzartig kehrt, sprang wieder auf den Rücken des Esels, rollte sich zusammen und schlief ein. Atàcleto zerrte mit aller Kraft an den Zügeln, aber der Esel rührte sich nicht vom Fleck. Da lud er die Salzsäcke ab, das Zaumzeug, überhaupt alles, was sich abnehmen ließ, einschließlich der Katze, die ihn empört ansah, und versuchte, den Esel zu schieben, dann wieder zu ziehen. Sambuco knickte in den Hinterbeinen ein und setzte sich mit dem Hinterteil auf den eisigen Boden.

Atàcleto trat auf die Brücke, schritt über die ersten Bohlen, und in der Mitte drehte er sich zu dem Esel um.

»Schau doch nur, du dummes Vieh, die Brücke hält«, rief er ihm verärgert zu. »Solides Holz. Sie würde dich samt einem Pferd auf dem Rücken tragen. Ich bin es, der denkt. Du brauchst bloß auszuführen.«

Atàcleto hüpfte ein paar Mal, um die Tragfähigkeit des Holzes vorzuführen. Und das Holz hielt auch tatsächlich. Was nachgab, war eines der beiden Seile. Im Sommer zuvor war ein fahrender Teppichhändler hier vorbeigekommen. Ein kleiner Termitenstamm war von seinen Teppichen auf das Seil übergewechselt. Die Termiten hatten sich ein Nest von genialer Einfachheit gebaut, wo ein Netzwerk von Gängen in einem zentralen Raum zusammenlief, der das Herz des Termitenbaus war. Genau an dieser Stelle zerriss das Seil nun in tausend Fasern. Außer den Brückenbohlen stürzten auch die Termiten in den darunter fließenden Wildbach, dessen eiskaltes Wasser ihrem irdischen Leben ein jähes Ende bereitete.

Atàcleto fand sich mit beiden Händen an den einzigen vorstehenden Felsen in der ganzen Wand geklammert wieder. Er suchte nach Halt für seine Füße, aber da war nichts, er hing im Leeren. Der Abgrund unter ihm war so schrecklich nicht, das musste man zugeben, das war keine von diesen Schluchten, die fast bis zum Mittelpunkt der Erde reichten, nein, das nicht. Vermutlich würde er sich, wenn er hinunterfiel, nur die Beine brechen, mit etwas Glück nur eines. Wahrscheinlich würde er dort unten auch nicht Hungers sterben. Nach ein oder zwei Tagen würde wohl irgendein barmherziger Wandersmann vorbeikommen, ihn auflesen, verarzten, auf seinen Esel laden und samt der Katze zu seiner Mama nach Daligar zurückschicken. Die Kämpen würden lang zu lachen haben über das mysteriöse Abenteuer von Atàcleto, dem Helden, der es länger als einen ganzen Tag fern von zu Hause ausgehalten hatte.

»Eher krepier ich hier in der Luft hängend«, murmelte Atàcleto.

Von der Stelle aus, wo er hing, konnte er den verdammten Esel sehen. Sambuco hätte seinen knochigen Arsch bloß hochheben und drei Schritte zur Seite gehen müssen, dann hätte Atàcleto mit der linken Hand die Zügel fassen können. Und wenn er sich mit der Rechten fest von dem Felsen abstieß, an dem er hing, würde er wohl genug Schwung bekommen, um sich hochzuziehen.

»Hierher, Kleiner«, rief Atàcleto. »Hierher, mein allerliebstes Eselchen. Du bist der schönste Esel der Welt. Hierher, du verdammtes Rindvieh. Komm hierher und hilf mir.«

Reglos starrte Sambuco ihn an. Atàcleto fühlte, wie die Verzweiflung ihn packte. Der Abend sank herab. Die Augen der Katze, die neben dem Esel saß, leuchteten im abnehmenden Licht. Die ersten Sterne funkelten. Mit jedem Augenblick, der verstrich, wurden Atàcletos Arme schwächer, sein Körper insgesamt steifer.

»Ist da jemand?«, rief er verzweifelt. »Kann mir jemand helfen? Ist da jemand außer meinem verfluchten Esel?«

Der Esel erhob sich.

Er tat einen Schritt.

Zwei.

Drei.

Er warf Atàcleto einen Blick zu, dann streckte er ihm das Maul entgegen, und der Junge konnte mit der Linken die Zügel greifen. Mit der Rechten stieß er sich mit aller Kraft, die ihm verblieben war, vom Felsen ab, das war nicht viel, aber er setzte alles daran. Es langte, um zuerst mit einem Knie, dann mit dem anderen auf sicheren Boden zu gelangen. Sambuco tat einen Schritt zurück, damit er ins Gleichgewicht kommen konnte.

Atàcleto blieb auf den Knien liegen und rieb sich die schmerzenden Arme, dann stand er langsam auf.

Er umarmte den Esel. Sambuco versuchte, sich loszumachen, aber Atàcleto hielt ihn fest. Er atmete den starken, bitteren Geruch seines glänzenden Fells. Er spürte, wie sich die Ohren leise unter seinen Fingern bewegten. Der Esel scharrte mit dem Huf und schüttelte den Hals, aber Atàcleto ließ ihn nicht los. Endlich gab Sambuco nach und überließ sich der Umarmung. Es war eine sehr lange Umarmung. Als er die große, raue Zunge des Esels im Gesicht spürte, wusste Atàcleto, nun war es geschafft, und zwar für immer.

Er hatte einen Esel, und der Esel hatte ihn, wie bei jeder wahren Freundschaft.

Der große Schankraum im Wirtshaus »Zum Hinkenden Wildschwein« war fast leer. Es war Nacht geworden, und alle waren schon schlafen gegangen, nur noch zwei Gäste und der Wirt waren übrig. Die beiden Gäste waren Ferrain und Salvail, sie erwarteten ihn munter und guter Dinge.

»Wir haben gesagt, du würdest für uns bezahlen. In einem halben Monat schlachten sie ein Schwein und brauchen dringend Salz«, erklärte Ferrain.

»Wir haben dich an dem Felsen hängen sehen. Wir wollten dir schon helfen kommen, aber dann haben wir gedacht, dass du ja deinen Esel hast und zurechtkommen würdest«, fuhr Salvail fort. »Ich habe im Stall einen Platz für ihn herrichten lassen. Seinen Hafer hat er sich verdient.«

»Ihr habt gesagt, dass ihr mich in Ruhe lassen würdet«, schimpfte Atàcleto, verärgert und glücklich, sie zu sehen.

»Wir haben gelogen«, antwortete Ferrain gleichmütig. »Wir folgen dir, wohin du auch gehst. Wohin gehst du?«

»Irgendwohin, ich weiß es selbst noch nicht.«

»Das ist mein Lieblingsort«, erklärte Ferrain.

»Meiner auch, es stört dich doch nicht, wenn wir mit dir kommen?«, fragte Salvail.

»Das würde mir sehr gefallen, aber es ist nicht möglich. Das heißt, nichts für ungut, aber es ist besser, wenn ich allein gehe«, erklärte Atàcleto knapp.

»Bestens!«, jubelten die beiden. »Dann kommen wir mit.«

»Siehst du, mein Junge, wir sind uns begegnet«, erklärte Ferrain sanft. »Das ist ein Zeichen. Alles, was geschieht, hat einen Grund.«

»Erzähl keinen Unsinn«, widersprach Salvail. »Nur in deinen einfältigen Märchen, die du erzählst, hat alles einen Sinn. Wenn vor dem Ende der Geschichte ein Bogen auftaucht, kannst du wetten, dass davon wenigstens ein Pfeil abgeschossen wird. Aber im Leben ist das nicht so. Einer wird zufällig geboren und ebenso stirbt er. Wäre der Wein schlechter gewesen und hätte meine Mutter sich nicht betrunken, dann hätte sie bestimmt nicht einen Fremden in den Heuschober mitgenommen, von dem sie nicht einmal den Namen kannte. Und ich wäre nicht geboren worden.«

»Genau das, was ich sage. Alles geschieht aus einem bestimmten Grund. Aber bist du wirklich Salzhändler? Du kannst zu gut reden, du könntest Zahnreißer werden.«

»Ich bin Händler. Das ist nicht viel anders als Zahnreißer. Ich brauche eine rasche und geschickte Zunge, um die Leute davon zu überzeugen, dass das, was ich verkaufe, mehr wert ist als das Geld, was sie dafür ausgeben.«

»Aber du verkaufst Salz. Salz braucht man immer, es ist das Nützlichste überhaupt. Man kann Schweinefleisch damit haltbar machen.«

»Geld ist das Einzige, was noch nützlicher ist. Denn womit soll man sonst das Schwein kaufen? Wollt ihr euch nun entschließen, mich in Ruhe zu lassen?«

»Niemals«, erklärten sie wie aus einem Mund.

»Und aus welchem Grund sollte ich eure Zeche bezahlen?«

»Die Wohltätigkeit erwirbt sich Verdienste im Himmelreich«, erklärte Ferrain.

»Wenn du barmherzig bist zu den Armen, dann werden dir ein paar Schweinereien erlassen«, übersetzte Salvail. »Er und ich, wir sind arm, und ein paar Schweinereien zu vergeben haben wir alle«, setzte er gelassen hinzu.

Krümel war Atàcleto gefolgt. Sie setzte sich mitten in den Raum und sah alle aus ihren grünen Augen hochmütig an.

»Schöne Katze«, bemerkte der Wirt. »Man sagt, schwarze Katzen hätten die Seele einer Hexe in sich.«

»Das ist ein Aberglauben«, gab Atàcleto müde zurück. »Es ist eine Katze wie alle anderen.«

Die Nacht verlief ruhig. Atàcleto und die beiden schliefen am Boden des großen Schankraums auf Strohlagern, bequem, sauber und warm. Irgendwo im Stall tat sich Sambuco an seinem Hafer gütlich.

Atàcleto fühlte sich glücklich. Es war seine zweite Nacht als Held. Oder doch wenigstens als Mann.

Herrin
der Gänse

KAPITEL 8

Jeder hatte einen Grund zum Beten:
Der Vater dankte dem Geist der Welten dafür,
dass er ihn nicht als Frau erschaffen hatte;
sie, Parsala, dankte ihm, dass sie nicht als Schwein
hatte zur Welt kommen lassen.

Bei den Orks Frau zu sein, war kein Vergnügen. Als im Hühnerstall der Hahn krähte, schreckte Parsala mit Herzklopfen von ihrem Lager hoch. Stöhnend stand sie auf: Schon wieder hatten sie verschlafen. Die Nacht ging zu Ende, und um diese Zeit hätten schon längst die Ziegenställe sauber gemacht und die Hühner, vor allem aber die Gänse gefüttert sein müssen. Sie lebten in einem Gebiet mit trockenem Hügelland und Seen, einer Gegend für Gänse also, die in diesem Netzwerk von Gewässern prächtig gediehen. Sie ging und rüttelte ihre jüngeren Schwestern wach, die noch schliefen. Aus Angst vor der Wut des Vaters war ihr der Mund trocken geworden, und so brachte sie kaum Schimpfworte heraus, dabei schüttelte sie die Schwestern mit einiger Brutalität, die freilich nichts war im Vergleich zu der, die der Vater anwenden würde, wenn er bemerkte, dass sie zu spät dran waren. Die jüngeren Schwestern Corhia, Marlah und Gaya murrten gar nicht. Hastig stürzten sie hinaus, wobei sie den »Zandel« überwarfen, ein schweres Baumwolltuch, das Kopf und Gesicht bedeckte und ohne das eine Orkfrau bei Todesstrafe nicht in die Welt hinaustreten durfte.

Bei den Orks waren Frauen für einen Krieger nicht mehr als das Mittel, einen neuen Krieger zu zeugen, am besten mehr als einen, dabei beruhte die Ehre der Männer aber doch auf den Frauen, auf ihrem unvollkommenen Sein, auf der Schande, die sie darstellten. Eine Frau war wie ein Tongefäß, gefüllt mit Gold. An sich war sie nichts wert, aber wenn sie ihre Keuschheit verlor, konnte das die Väter, Brüder, Ehemänner, den Stamm, ja, die gesamte Orkwelt die Ehre kosten.

Die Frauen gehörten nicht zur Welt, wie die Welt nicht ihnen gehörte. Wenn sie keine Kinder gebaren, konnte man unglücklicherweise doch nicht auf sie verzichten, wer hätte sonst den Boden bestellt und die Schweine versorgt? Das waren unreine Tätigkeiten, denen Männer sich unmöglich widmen konnten. Sie waren von den Orkgottheiten nach ihrem Ebenbild erschaffen worden, um die Welt zu erobern und mit Feuer und Schrecken zu überziehen, weil sie sich nicht hatte erobern lassen. Niemals hätten sie sich dazu erniedrigt, den Ackerboden oder Schweine zu berühren.

Parsala stürzte hinaus, gefolgt von den jüngeren Schwestern, Angst in den Augen und mit leerem Magen, denn sie waren zu spät dran, um sich den Haferbrei mit Feigen zu bereiten, der sonst ihr Frühstück darstellte. Sie schickte ein kurzes Stoßgebet zu den Göttern, in der Hoffnung, mit diesem Gebet, unter den letzten nächtlichen Sternen und im Laufen zum Ziegenpferch hastig hervorgestoßen, das schwere Versäumnis wettzumachen, dass sie das eigentliche große Morgengebet ausgelassen hatte.

Jeder hatte einen Grund zum Beten. Der Vater dankte dem Geist der Welten, dass er ihn nicht als Frau erschaffen hatte, und sie, Parsala, dankte ihm, dass er sie nicht als Schwein hatte zur Welt kommen lassen.

In der Welt der Orks standen an oberster Stelle die Priester und die wenigen Magier; denn kamen Könige, Offiziere und Soldaten, vor allem diejenigen, die möglichst viele Feinde töteten und im Krieg fielen; danach kamen die Männer, die zum Kämpfen zu alt und Bauern geworden waren. Darunter kamen die Unter-Orks, die ihre Ehre verloren hatten. Darunter hätten gleich die Frauen rangieren müssen, aber es war nicht immer so eindeutig, ob in der natürlichen Ordnung der Dinge nicht doch vorher noch die Schweine kamen. Parsala konnte sich nicht erinnern, dass ihr Vater je ein Schwein getreten, beschimpft oder geprügelt hätte oder es eine Nacht lang an einen Zaun gefesselt und geknebelt hätte, wie er es mit ihr und ihren Schwestern machte, jedes Mal, wenn sie seiner Ansicht nach etwas falsch gemacht hatten oder bloß, weil er mit sich und der Welt im Hader lag. Es verging kein Abend, an dem ihr Vater nicht sein Schicksal verfluchte, sie und ihre Schwestern um sich zu haben, es verging kein Tag, an dem er nicht sie und ihre Schwestern für ihr bloßes Dasein verfluchte. Parsala hatte ihn aber noch nie ein Schwein verfluchen hören.

Und doch wusste Parsala, dass sie etwas wert war. Sie hatte es in den Augen eines blutjungen Kriegers gelesen, dem sogenannten Prinz der Füchse. Eines Tages hatte ihr der Wind den Zandel vom Kopf gerissen, er hatte ihn aufgehoben, und als er ihn ihr reichte, hatte er sie angesehen. Noch am selben Tag war er in den Krieg gegen die Menschen gezogen, die ihn gefangen genommen und ihm damit das Kostbarste und Heiligste geraubt hatten, die Ehre.

Der König von Varil, Rankstrail der Verfluchte, der halb Ork, halb Mensch war, eine der vielen Missgeburten von Müttern, die zu feige gewesen waren, sich nach der Schändung selbst zu töten, hatte ein Gesetz erlassen, wonach Gefangene nicht mehr getötet wurden. Auf diese Weise stiegen die im Kampf verwundeten Orks nicht mehr in den Rang von Helden auf, wie sie es verdient hätten, sondern wurden zu einer widerwärtigen Gefangenschaft verdammt, zur Feldarbeit und zum Viehhüten.

Ganze Dynastien von Orks waren so zerstört und entehrt worden.

Der Prinz der Füchse war der erste Gefangene, den die Menschen gemacht hatten, damit war er am schlimmsten entehrt, und bei seiner Heimkehr war er einen ganzen Nachmittag bis aufs Blut ausgepeitscht und an dem Pfahl in der Mitte des Dorfplatzes aufgehängt worden. Parsala hatte ihn vom Fenster aus gesehen und geweint, so verzweifelt, dass es ihr gleichgültig gewesen war, ob sie entdeckt wurde.

Der Prinz der Füchse hatte nicht mehr um Parsalas Hand anhalten können, auch wenn ihre eigene Ehre zweifelhaft war.

Ihr Vater war der König von Tanko, dem nordöstlichen Reich der Orkwelt. Theoretisch war er der mächtigste Mann in seinem Stamm, aber er hatte eine unverzeihliche Schuld auf sich geladen. Er hatte die Tochter eines Unterorks zur Frau genommen. Der Himmel hatte ihn bestraft, indem er ihm nur Töchter bescherte, und für einen König war das eine große Schande. In der Tat hatte noch kein Bewerber von Rang um die Hand einer seiner Töchter angehalten. Andererseits war ein Bewerber von nicht königlichem Geblüt nicht standesgemäß, also vergingen die Jahre, und nur Gänse füllten die Einsamkeit der Prinzessinnen aus.

Es gibt viele Wege für die Barmherzigkeit der Götter, sich zu offenbaren. Der Prinz der Füchse war zu entehrt für Parsala, aber zum Glück war sie selbst zu ehrlos, um irgendjemand anderem zur Frau gegeben werden zu können.

Durch das Gewebe des Zandels hindurch sah Parsala auf den frisch gefallenen Schnee, der die Welt in den Stand der Unschuld zurückversetzte. Schweineställe, Pferche und Teiche, gewöhnlich eine Abfolge unterschiedlicher Erscheinungsformen von Schlamm, waren nun überzogen von einer makellos weißen Schicht, auf der das schwache Morgenlicht spielte.

Die vier Schwestern gingen voran und hielten sich dabei dicht an den Zäunen, um nicht in die unter dem Schnee verborgenen Pfützen einzubrechen. Doch auch so hatte dieser Gang durch das Weiß, mit den Spuren, die sie als einziges Zeichen in der Gleichförmigkeit des Schnees hinterließen, etwas Heiteres. Fast hatte Parsala das Gefühl einer ungewollten Tabuverletzung. Sie wunderte sich, dass noch kein Priester bemerkt hatte, dass das Hinterlassen von Spuren im Schnee in gewisser Weise über die zulässige Existenzform der Unsichtbarkeit der Frauen hinausging. Es war ein Wunder, dass es nicht genauso verboten war, wie den Kopf unbedeckt zu tragen, die eigene Stimme vernehmen zu lassen, zu spielen oder zu lachen.

Kaum hatten die vier Schwestern die Einfriedungen hinter sich gelassen, da tauchten plötzlich drei männliche Gestalten vor ihnen auf. Automatisch duckten Parsala und ihre Schwestern sich auf den Boden, wo ihre Mäntel im Schnee schwarze Kreise bildeten, aber die drei Orks besaßen die elementare Höflichkeit, so zu tun, als sähen sie sie nicht. Einer von ihnen schritt munter aus, zwei von ihnen gingen mühsamer voran, sie trugen einen Stamm auf der Schulter, woran an Händen und Füßen gefesselt ein lebender Zwerg hing.

»Ein Zwerglein«, flüsterte Marlah, vor Freude vorlaut und unvorsichtig. Es stand die Todesstrafe darauf, wenn Frauen es wagten, außerhalb der häuslichen vier Wände ihre Stimme zu erheben. Auch wenn die drei recht weit weg waren, antwortete Parsala nichts, aber auch sie war voller Freude. Ein Zwerg! Ein Sklave, sie hatten wieder einen Sklaven! Das bedeutete nicht, dass er an ihrer Stelle arbeiten würde, und auch nicht, dass er durch die Geringfügigkeit seiner eigenen Existenz ihr Dasein als Frauen aufgewertet hätte. Tatsache war, dass der Zwerg seit nunmehr neun Jahren der erste Angehörige der Menschenwelt war, der gefangen genommen wurde. Seit der Großen Niederlage, als das Volk der Orks nicht nur besiegt, sondern auch gedemütigt worden war. Eine Demütigung, die Tag für Tag weiterging, nicht nur im Gedächtnis derer, die die Gefangenschaft hatten ertragen müssen, sondern auch fortlebte in all dem, was die Menschen in ihrer Überheblichkeit den Orks beigebracht hatten.

»Sie sind gut in Sklavendingen, weil es ihre Bestimmung ist, unsere Sklaven zu sein, andernfalls wäre die Überlegenheit, die die Götter uns zur Belohnung für unseren Gehorsam versprochen haben, ein Witz«, sagte ihr Vater.

Er musste es wissen. Er war der König. Er stand damit fast auf derselben Stufe wie die Priester.

Die Demütigung der Orks musste gerächt werden. Die Menschen würden für ihre Kavallerieangriffe und ihre Bewässerungskanäle büßen.

Jetzt da das Darmfieber nicht mehr jedes zweite Kind hinwegraffte, waren die Orks viele und wurden mit jeder Generation mehr.

»Die Niederlage ist nur momentan«, schloss Parsala flüsternd, nachdem die Männer und ihre Beute verschwunden waren.

»Ja, aber es ist ein langer Moment«, wandte Corhia ein, wie immer die skeptischste von den vieren, und auch die am wenigsten fromme. Schon mehr als einmal hatte Parsala bemerkt, dass die Schwester nur so tat, als bete sie. »Seit neun Jahren stecken wir ein. Wir haben bloß einen Zwerg gefangen. Er wird aus ihren Bergwerken geflohen sein.«

»Ein Jahr mehr oder weniger, man muss mit der Ewigkeit rechnen. Das ist nicht bloß ein Zwerg, das ist ein Zeichen«, entgegnete Parsala mit fester Stimme.

Aber Corhia gab nicht nach.

»Zwerge, das heißt Bergleute, um immer mehr Quecksilber zu fördern«, flüsterte sie verzweifelt. »Das Quecksilber wird für uns gebraucht, um unseren Schoß in Ketten zu legen.«

»Sicher«, antwortete Marlah mit geheimnisvoller Miene. »Es wird für uns gebraucht. Um unsere Reinheit zu schützen. Und die Ehre der Orks.«

Der König
der Orks

KAPITEL 9

Sie waren ausdauernd und tapfer,
sicherlich rein.

Inskay erinnerte sich, wie er als Kind mit seinem Vater und den anderen Männern aus dem Dorf zur Jagd gegangen war. Auch sie hatten es so gemacht, die Beute an eine Stange gehängt, die zwei Jäger dann auf den Schultern trugen. Aber sie hängten nur tote Tiere daran, nicht wenn sie betäubt oder verwundet waren, sondern nur wirklich tote Tiere, denn bei lebendigem Leib war das sehr schmerzhaft. Das war das Minimum an Respekt. Sie hatten getötet und würden diese Tiere verzehren, wie es nun einmal in der Ordnung der Dinge lag, alles sinnlose Leiden aber war verpönt.

Bei den Orks dagegen musste das Maximum an sinnlosem Leiden die Regel sein. Hätten die drei ihn auf seinen eigenen Beinen laufen lassen, wäre das wesentlich weniger anstrengend für sie gewesen. Inskay hing da mit hochrotem Kopf, weil ihm das bisschen Blut, das ihm noch verblieb, in den Kopf geschossen war. Hände und Füße waren geschwollen, eiskalt und fast noch schmerzhafter als die geplagten Schultern, Handgelenke und Knöchel, wo die Stricke ihm tief ins Fleisch schnitten. Es war schwer festzustellen, welcher Körperteil ihm mehr wehtat, sodass er bereit gewesen wäre, ihn sich abschneiden zu lassen, nur um ihn nicht mehr zu spüren.

Mit einer gewissen Bewunderung betrachtete er die heldenhaften Anstrengungen derer, die ihn trugen. Ihre verzerrten Gesichter waren schweißüberströmt, und die Holzstange, an der er hing, schnitt ihnen mit ihrem Gewicht in die Schultern, doch sie gaben nicht auf. Sie steigerten ihre Anstrengung bis zur Qual und brachten so dem allgemeinen Ideal der sinnlosen Grausamkeit und Gewalttätigkeit ihr Opfer dar. Sie waren ausdauernd und tapfer, sicherlich rein. Wären sie etwas gewöhnlicher gewesen, feige, faule und bestechliche Typen, wäre Inskay auf seinen eigenen Beinen gelaufen, und sein Körper wäre kein Klumpen von Schmerz und Eiseskälte gewesen.

Seit zwei Tagen dauerte nun schon dieser Gewaltmarsch. Wenn sie haltmachten, einmal in der Mitte des Tages und dann am Abend, nahmen sie Inskay von dem Pfahl, lösten aber nicht die Stricke an Händen und Füßen, sodass er sich nur irgendwie schief auf allen vieren vorwärtsbewegen konnte, worüber sie sich vor Lachen ausschütteten.

Sie warfen ihm Stücke Brot auf den Boden, und er nahm sie zum Essen in beide Hände, das Wasser musste er aber notgedrungen wie ein Hund aus den Pfützen trinken. Am ersten Tag waren sie in dem engen Tal am Fuß des Geborstenen Bergs geblieben und hatten die Nacht in einer tiefen und trockenen Höhle verbracht, die ein sommerlicher Unterstand für Schäfer sein musste, ausgestattet mit einer Feuerstelle aus großen Steinen unter einer Öffnung in der Mitte als natürlichem Kamin. Inskay hatten sie ganz hinten in der Höhle abgesetzt, wo er sicher nicht fliehen konnte. Seine Hand- und Fußgelenke waren wund von den Stricken, und er war halbtot vor Hunger und Durst, trotzdem übermannte ihn die Müdigkeit, und ein paar unruhige Augenblicke lang träumte er wieder von all jenen, die ihn retten sollten. Wieder sah er die dicke Königin, die seinetwegen keinen Krieg anfangen konnte, er sah die Fee und die beiden Kobolde, den größeren und klügeren und den kleineren, der manchmal in einem goldenen und grünen Nebel verschwand. Auch ein schüchterner, junger Soldat tauchte auf, mit Sommersprossen und Pickeln im runden Gesicht, auch er von dem ehernen Willen beseelt, Inskay zu retten, der scheinbar sehr verbreitet war. Aber im Unterschied zu allen anderen, die außer Bedauern nicht viel unternahmen, wollte der Soldat ernsthaft nach ihm suchen.

»Ich werde Inskay suchen gehen und ihm helfen. Oder wenigstens verlässliche Nachricht von ihm bringen. Ich gehe mit meinem Esel. Ich werde mich als Händler ausgeben.«

Der Soldat mit dem Gesicht einer traurigen Ente sagte, dass er ihn retten oder bei dem Versuch dazu sterben würde. »...Inskay soll wissen, dass er nicht allein ist... ich bin bereit, mein Leben für ihn zu opfern... mit Eurer Hilfe, auch ohne die Erlaubnis Eurer Mutter werde ich gehen...«

Kurzum, da die Königin von Daligar nicht so recht wollte und man vom König von Varil nicht wusste, wo er war, kam, um ihn zu retten als Einziger der Soldat mit dem Gesicht einer traurigen Ente, ein braver Kerl, um Himmels willen, bestimmt ein anständiger Mensch, aber Helden sahen anders aus. Und vor allem würde er heimlich kommen, nur mit der Hilfe einer Kinderprinzessin und zwei Jungen, von denen der eine klug war und der andere sich in den Schatten verlor.

Inskay erwachte mit einem bitteren Geschmack im Mund: In

der gesamten Menschenwelt, die voller Heere und Helden war, wo selbst ehemalige Galeerensträflinge sich mit Ruhm bedeckten, wo sogar die Mütter das Waffenhandwerk geübt hatten, war der Einzige, der ihm und dem Volk der Zwerge zu Hilfe kam, ein halbwüchsiger Soldat, der es bisher mit nichts anderem auf der Welt aufgenommen hatte als mit den Schatten der Rockzipfel seiner Mutter.

Am zweiten Tag war der Geborstene Berg in die Ferne gerückt und im Nebel verschwunden. Die Landschaft hatte sich verändert, nun war da eine Reihe von Hügeln und kleinen Teichen, der schlammige Schnee wurde in den Schatten gestellt durch das blendende Weiß der Gänse, die leicht über das Wasser der halb zugefrorenen Kanäle dahinglitten.

Die Stricke an Inskays Handgelenken und Fußknöcheln schienen puren Schmerz in seine Haut zu brennen.

Sie überquerten einen Hügel, auf dessen Anhöhe sich vier schwarz gekleidete Bündel vor ihren Blicken in den Schnee duckten, Orkfrauen. Hinter denen lag ein Dorf aus kleinen Bauernhöfen, jeder mit einem Hühnerstall und einem Gemüsegarten, wo Kohl und Wirsing in Reihen standen wie in jedem x-beliebigen Gemüsegarten im Winter. Der Anblick der zwei Kohlreihen war das Einzige, was Inskay tröstete. Der einzige Schimmer einer Gemeinsamkeit zwischen ihm und den Orks.

Sie hatten ihn nicht ermordet. Das war nicht notwendigerweise ein gutes Zeichen. Vielleicht war ihm nur ein spektakuläreres Ende bestimmt, als mit durchgeschnittener Kehle im Wald liegen zu bleiben.

Das Dorf war ihr Ziel. Die Höfe waren zylinderförmige, niedrige Gebäude mit sehr hohen Spitzdächern aus flachen, konzentrisch verlegten Steinplatten.

Hier begrüßten sie Jubel und Willkommensschreie. Inskay wurde endlich losgebunden und unter dem Gejohle der kleinen Gemeinde auf die Beine gestellt. Die von den Stricken wund gescheuerten Knöchel trugen ihn nicht und wieder musste er wie ein Hund auf allen vieren laufen. Dann packte ihn jemand bei der Schulter und schleifte ihn in das größte Haus in der Mitte, vor das Angesicht dessen, der hier der Herrscher sein musste.

Der Ork hatte spärliches aschblondes Haar und ein breites rotes Gesicht, mit einer vogelartig gebogenen Nase, eine Ähnlichkeit, die noch weiter unterstrichen wurde von den nach innen stehenden Zähnen und dem Fehlen eines Stücks der Kinnlade, weshalb die Wangen nahtlos in den sehnigen Hals übergingen.

Der Raum war schmucklos, karg. Das ganze Mobiliar bestand aus einem großen Tisch in der Mitte und zwei Schemeln. Der einzige Luxus waren ein Schälchen mit Honig, zwei Becher aus roher Keramik und ein Krug, aus dem der unverwechselbare Duft von Minze, Thymian und Fenchelsamen aufstieg. Inskay war eiskalt. Es gab keinen einzigen Punkt in seinem Körper, in dem nicht Schmerz und Eiseskälte geherrscht hätten.

Er dachte, wie schön, nein, wie herrlich es gewesen wäre, etwas Honig in den Becher zu geben, ihn mit dem Trank aufzufüllen und dann einen Schluck dieses Nektars zum Mund zu führen. Er hätte ihn Tropfen für Tropfen geschlürft, mit noch kleineren Schlückchen als ein neugeborenes Kätzchen. Inskay fragte sich, für wen der zweite Becher war.

Er hatte auch keine Angst mehr. Er hätte nur ein Schlückchen von dem heißen Trank mit Honig haben wollen und dann in Frieden sterben, ohne Schmerzen. Im Tod würde er sich in Nichts auflösen, oder es wäre da etwas gewesen, eine schöne Wiese, eine Wolke, so etwas in der Art. Er würde seinen Großvater treffen, und sie würden ordentlich miteinander trinken, in der Hoffnung, dass der Atem seines Großvaters im Jenseits etwas weniger stank, denn zu seinen Lebzeiten hätte er ein Pferd niedergestreckt. Und früher oder später würde er auch Lylin treffen, weil man auch sie getötet hätte.

Der Gedanke an Lylin ließ ihn aufschrecken und holte ihn zurück in die Gegenwart mit all ihrem Schmerz. Er versuchte, seine ganze Aufmerksamkeit auf den Ork zu konzentrieren, den er vor sich hatte, in dem Versuch, am Leben zu bleiben, denn nur als Lebender konnte er eine gewisse Hoffnung haben, seine Tochter vor dem Tod zu bewahren. Er versuchte, eine zugleich intelligente, respektvolle und aufmerksame Miene aufzusetzen. Sein Gesicht war geschwollen von den Tritten, die man ihm versetzt hatte, und das rechte Auge ließ sich nur wenig öffnen. Er hoffte, dass das andere, präsentable Auge ausreichend sein möge, um Aufmerksamkeit und Respekt zum Ausdruck zu bringen. Er fragte sich, ob es angezeigt wäre, Kopf und Schultern zu heben, dann beschloss er, besser nicht. Einem Ork gegenüber konnte man nie genug Demut zeigen. Er hätte sich auch niedergekniet, wenn er sicher gewesen wäre, dass die Geste Beifall fand, doch er fürchtete, dass jedwede Art von Initiative keinen guten Eindruck machen würde.

Der Ork sagte etwas zu ihm in seiner Sprache. Inskay erkannte das Wort Angst.

Die Zwerge kannten etliche Worte der Orksprache. Die Lingua franca in den Bergwerken war eine Mischung aus den Sprachen der Menschen, der Zwerge und der Orks. Sie hatte sich vor Jahrhunderten herausgebildet, als die Orks zu viel Eisen und Kohle benötigten, um es zu kaufen. Es hatte eine schlichte und zweifelhafte Abmachung zwischen den Orks und den Zwergen gegeben. Die Zwerge würden ihnen die Grundbegriffe der Metallverarbeitung beibringen, im Austausch für einen fragwürdigen Schutz, der sich von einer Art Nichtangriffspakt zu einer Art der Leibeigenschaft entwickelt hatte. Nach weniger als zwanzig Jahren hatten die Orks die neu erworbenen Kenntnisse dazu benutzt, einen Krieg gegen die Welt der Menschen zu führen, der alle in die Knie gezwungen hätte, wäre da nicht irgendwann der selige Sire Arduin aufgetaucht.

Worte wie Angst, Feuer, Einsturz, Überschwemmung, Mühe, Schmerz, Brot, Kartoffel, Suppe, Peitsche, Strafe, Ordnung und Chaos waren aus der Sprache der Orks in den finsteren Jargon der Grubenarbeiter übergegangen.

»Ich habe dir gesagt, du brauchst keine Angst zu haben«, übersetzte der Ork langsam und schwerfällig in die Sprache der Menschen. Er sprach in ruhigem und gelassenem Ton. »Dein Tod nützt mir nicht.«

Nach wie vor reglos dastehend, atmete Inskay erleichtert auf. Erst in diesem Augenblick bemerkte er, dass er zitterte, und versuchte, sich zu beherrschen, aus Angst, das könne den Ork ärgern. Der musste wesentlich bedeutender sein als ein Dorfvorsteher. Er trug ein goldenes Abzeichen, eine Schließe in Form einer Wolfsschnauze, die seinen strengen, schlichten Mantel schloss. Der Ork setzte sich und betrachtete Inskay wohlwollend.

»Mein Name ist Arnhank. Ich bin der König dieses Reichs, das Oberhaupt dieser Region. Das hier ist unsere Hauptstadt. Du bist ein Fest, mein Fest«, erklärte er. »Ein Sklave, der erste wirkliche Sklave seit acht Jahren. Und du bist mir nützlich. Lebend und arbeitsfähig.«

Inskay bemerkte, mit welcher Genugtuung der andere diese Worte aussprach.

Solange er Lust hatte zu reden und ein Publikum brauchte, wäre Inskay in Sicherheit. Seine Sprache war gewählt, mit einer leichten Betonung der Konsonanten. Inskay bemerkte und wunderte sich darüber, dass der andere ihn beeindrucken wollte. Er konnte mit ihm machen, was er wollte, aber jetzt wollte er ihm nur Eindruck machen, wollte, dass Inskay ihm zuhörte. In gewisser Weise wollte er, wie soll man sagen, seine Bestätigung, seine Bewunderung. Die Erklärung lag in dem Wort »erster«: der erste Sklave aus der Welt der Menschen.

In diesem Augenblick repräsentierte er, Inskay, die Welt der Menschen insgesamt.

Inskay legte einen Ausdruck von ergebener und erstaunter Bewunderung in sein Gesicht. Es kamen ihm Zweifel, das könne übertrieben wirken, doch dann erinnerte er sich wieder daran, dass er ja durch die Tritte entstellt war, also konnte in dem Rot und Violett, wovon sein Gesicht überzogen war, nur etwas wirklich Übertriebenes bemerkt werden.

»Weißt du, was die Welt in Bewegung hält?«, fragte Arnhank. Er war gut gelaunt und zu Scherzen aufgelegt. Einen Augenblick lang dachte Inskay, wenn er die richtige Antwort gäbe, würde der andere ihn nicht schlagen und ihm sogar etwas Tee mit Honig anbieten.

»Mein Herr, ich bitte um Verzeihung. Ich bin nur ein Wicht und mein Hirn ist zu klein«, antwortete Inskay mühsam. Der Ork zog eine Augenbraue hoch. Inskay begriff, dass er so billig nicht davonkommen würde: Er musste sich eine Antwort einfallen lassen. Seine Idee war, dass zu den Antriebskräften der Welt die Unart einiger gehört, nicht auskommen zu können, ohne einem anderen auf die Nerven zu fallen, aber er beschloss, diese Beobachtung lieber für sich zu behalten. »Ich glaube, mein Herr, es ist das Gold«, antwortete er, um nur irgendetwas mit Sicherheit Falsches zu sagen, sodass der andere das Vergnügen hatte, ihn zu korrigieren.

Arnhank lachte.

»Wie alle Zwerge denkst du an nichts anderes, nicht wahr? Quatsch«, konterte er scharf. Inskay starrte ihn weiterhin mit hingerissenem Gesichtsausdruck an, aber nicht zu sehr, wobei er all die Idioten verfluchte, die zu dumm waren zu begreifen, dass Verfolgte immer eine schamlose Leidenschaft für Gold haben wie für alles, womit man den Hunger stillen und den Henker bestechen kann.

»Sieh mich an«, fuhr der Ork fort und deutete mit der Hand auf den leeren und nüchternen Raum. »Es ist nicht das Gold, das mich beherrscht. Ich bin es, der die Welt der Menschen beherrschen wird, nachdem wir sie erobert haben. Auch das ist zu viel«, sagte er, indem er auf die Spange mit Wolfszähnen wies. Inskay betrachtete sie, ein Wachsguss. Das Gold war von guter Qualität, aber die Legierung nichts Besonderes. »Ich brauche diesen Flitter nicht, um ich zu sein, um sicher zu sein, dass meine Befehle ausgeführt werden«, setzte Arnhank hinzu, wobei er seine Stimme hart und drohend werden ließ; dann sah er Inskay an und schenkte ihm ein Lächeln. Inskay fragte sich, ob es angebracht sei, es zu erwidern. Er beschloss, es bleiben zu lassen, und schlug die Augen nieder, wie aus Scham darüber, an materiellen Gütern zu hängen. »Was die Welt in Bewegung hält, ist die Lust«, fing der andere wieder an. »Alles ist Lust: trinken, wenn wir Durst haben, oder das Ende des Schmerzes, wenn glühendes Eisen unsere Haut verbrennt.«

Der erste Teil des Satzes hatte in Inskay die delirierende Hoffnung geschürt, dass er vielleicht einen Schluck heißen Tee bekommen würde, der zweite Teil erfüllte ihn mit Schrecken.

»Der Hass«, fuhr der andere fort, »ist eine wesentlich größere

Lust als das Gold. Hass ist die absolute Lust, überlegen allem, was eine Frau uns geben kann oder dem Besitz irgendwelcher Güter. Hass ist Macht im Reinzustand. Ich glaube, wer uns erschuf, hat das getan, weil er uns hasste, und nur mit unserer Unterwerfung können wir hoffen, ihn zu beschwichtigen.«

Um ehrlich zu sein, hatte auch Inskay seine Zweifel an der Theorie eines allmächtigen und gütigen Gottes, der Völkerscharen erschafft und zum Leiden verdammt, weil er sie so sehr liebt. Ein gütiger Gott hätte ihn bestimmt nicht erschaffen, um ihn mit wund gescheuerten Hand- und Fußgelenken zu peinigen sowie mit einer ebenso wunden Seele, er hätte ihn nicht vor einer Bestie mit Weisheitsallüren dastehen lassen, in einem Fliegenschiss von einem dreckigen Dorf mit Hauptstadtallüren, in Erwartung, dass die Bestie sich entscheidet, ob sie ihn in Stücke reißen oder ihm einen Schluck Tee mit Honig geben soll, je nachdem, wie ihre Laune ist. Wenn er nur gewusst hätte, welche Art von Güte dieser Gott von ihm wollte, er hätte sich danach gerichtet. Aber die zahlreichen Gläubigen in seinem Volk, die Frommen und die Bigotten, hatten auch kein besseres Ende genommen als alle anderen. Das Einzige, was das Leben Inskay gegeben hatte, war seine Tochter Lylin gewesen, aber anscheinend nur, um sich dann das hämische Vergnügen zu machen, sie zu vernichten.

Arnhank unterbrach sich, goss sich Honig und Tee in einen der beiden Becher und führte ihn zum Mund. Inskay hätte die ganze Unsterblichkeit seiner Seele für einen Schluck von dem Zeug hingegeben.

»Weißt du, warum ich eure Sprache kann?«, fragte der Ork. Die Andeutung eines Lächelns, bitter und verächtlich, zog ihm die Mundwinkel nach unten, seine Stimme war wieder hart. Inskay beeilte sich, nach unten zu schauen, zwischen seine Fußspitzen. Vielleicht hatte er die Sprache als Gesandter gelernt. Er sprach gewählter als ein Zahnausreißer, das war nicht unmöglich. Wenn er sie allerdings in der Gefangenschaft gelernt hatte, so wünschte Inskay von ganzem Herzen, dass er nette Gefangenenwärter gehabt haben möchte, Vorbilder an Milde und Meister der Barmherzigkeit, gutherzige Leute, die den Gefangenen auf der Laute vorspielten und ihnen zum Frühlingsfest auch einen Lammbraten machten, denn wenn sie gewöhnliche grausame Kerkermeister gewesen waren, dann würde er das jetzt büßen.

»Ich bin euer Gefangener gewesen«, bestätigte der Ork, und um die Ungeheuerlichkeit zu unterstreichen, betonte er die Silben einzeln.

»Ich! Euer Gefangener!«, wiederholte er und machte einen Schritt auf Inskay zu, der instinktiv gern zurückgewichen wäre, sich aber beherrschte und reglos stehen blieb. Der Impuls zu der Bewegung war seinem Gesprächspartner jedoch nicht entgangen, er lachte wieder, diesmal mit einem offenen Lachen.

»Ich habe dir gesagt, du brauchst keine Angst zu haben«, erinnerte er ihn. »Ich wiederhole mich nicht gern. Ihr glänzt nicht gerade durch Mut, ihr Gnome, stimmt's!«

Inskay wünschte sich, dass die Hölle existierte und dass darin ein Kreis für die Idioten vorgesehen war. Sein wohlmeinender Gastgeber würde die Ewigkeit dort verbringen, inmitten von bösartigen Riesen, die doppelt oder dreimal so groß waren wie er, dann würde er endlich begreifen, was man da fühlte.

»Ich war ein Jahr lang in einem eurer Verliese«, fing der andere wieder an. »Die Sonne ging auf, und das war das Einzige, was sich bewegte. Der Schatten begann aus der westlichen Ecke zu weichen, und von dort breitete das Licht sich aus und drang ins Untergeschoss vor, bis zu meinen Füßen an dem Pfahl, um den meine Kette gelegt war, die mir elf Monate lang den Hals wundschabte. Ich habe schimmliges Brot gegessen. Ich habe fauliges Wasser getrunken. Mein Hals war dicker, als ich kam, alle zwei oder drei Monate musste der Schmied die Kette enger machen.«

Nix mit Lautenspiel und Lammbraten.

Trotzdem empfand Inskay kein Mitleid. Er wusste, was die Orks mit ihren Gefangenen anstellten, mit all denen, die ihnen je in die Hände gefallen waren, auch wenn es keine Kämpfer waren, sondern Frauen, Alte, Kinder, Unschuldige. Immer noch besser, an einen Pfahl gekettet zu sein, als mit Feuer und glühenden Eisen ermordet zu werden.

Doch wie allen Idioten fehlte dem Ork der Sinn für die Relationen.

»Dann hat man mich da rausgeholt«, fuhr Arnhank fort, »und ich musste den Boden der Menschen bestellen. Ich. *Ich* den Boden der Menschen bestellen«, er brüllte fast. Inskay hielt die Augen niedergeschlagen. Er konnte sein Zittern nicht beherrschen. Was den Pfahl im Verlies anging, konnte er dem Ork ja recht geben, aber was die Feldarbeit anging, nicht, das war gute Arbeit. Im Freien, in der Sonne, mit Wolken und Vögeln.

Man hatte ihn nicht getötet, diesen ausgewachsenen Trottel, den er da vor sich sah, man hatte ihm eine gute Arbeit gegeben, und er jammerte. Wie ein kleines Kind.

»Das werden sie büßen«, zischte Arnhank, »auch wenn sie uns nützliche Dinge beigebracht haben. Wenn man alle drei Jahre den Getreideanbau aussetzt und Bohnen aussät, kann der Ackerboden sich erholen und wird fruchtbarer. Und wir haben gelernt, Wasser zu leiten, auf die Felder und in die Häuser. Es ist schön, wenn überall sauberes Wasser fließt. Hat man sich erst einmal daran gewöhnt, fällt es schwer, ohne auszukommen. Sie haben uns zivilisiert, wie sie das nennen, die Idioten. Weißt du, was das heißt? Dass wir angefangen haben zu bewässern. Wenn wir ein Seengebiet und eine trockene Hügellandschaft haben, können wir die beiden Dinge verbinden und Bewässerungskanäle bauen. Oder einen Krieg führen, um genügend Sklaven zu bekommen, die für uns die Bewässerungskanäle ausheben.«

Inskay versuchte zu schlucken. Sein Mund war so trocken, als ob er Kohlestaub gegessen hätte. Er wusste, was fließendes Wasser bedeutete: Leitungen.

»Blei«, murmelte er.

Um Wasser zu verlegen, braucht man Rohre. Diese sind aus Blei, dem verfluchtesten der Schwermetalle. Blei dringt den Bergarbeitern ins Blut und vergiftet es. Es dringt in die Haare ein, die schütter werden wie bei alten Leuten, in die Zähne, die schwarz werden und einer nach dem anderen ausfallen wie Blätter im Herbstwind. Es dringt in die müden, eiskalten Beine, in die Haut, die grau und schuppig wird. Es dringt in den Bauch der jungen Mädchen, tötet die Kinder, die ihnen bestimmt waren.

»Blei!«, lachte der Ork. »Du begreifst schnell. Du wirst Blei bearbeiten. Nicht nur du, auch deine Leute. Wir haben dich erwischt, weil wir dich erwarteten. Wir haben eine Nachricht bekommen, überbracht durch einen Falken. Falken sind verlässlicher als Tauben. Wir haben viele Freunde in Alyil, der Falkenstadt. Wir haben dieselben Feinde und jetzt werden wir auch dieselben Sklaven haben. Du bist ein Verräter, du hast mit deinem Stamm einen Aufstand geplant...«

»Nur eine Flucht«, wagte Inskay zu unterbrechen. »Ich wollte niemandem wehtun, mein Herr, nur fortgehen...«, aber der Ork hörte ihm gar nicht zu. Inskay dachte an Lylin, wie sie in einer Bleigrube schuftete, grau wurde und im Lauf weniger Jahre um Jahrzehnte alterte.

»Es wird Bewässerungskanäle geben, Brunnen in den Höfen, Obstgärten in der Steppe. Wo heute Staub ist, wird Getreide wachsen, die Flussläufe werden sich mit Wasser füllen. Ich brauche Sklaven. Alyil ist einverstanden, mir deinen Stamm zu verkaufen. Ihr werdet unser Blei abbauen. Bald wirst du deine Familie wiedersehen. Bist du froh, Zwerglein? Und dann, du weißt es, nicht wahr? Wir sind Orks. Wir brauchen Quecksilber.«

Vor Entsetzen tat Inskays Herz einen Sprung, oder vielleicht war es nicht das Herz, sondern der Magen, wie sein Onkel selig Artico behauptete, auf jeden Fall hatte Inskay das Gefühl, einen Faustschlag bekommen zu haben. Wenn Blei das schlimmste von den Schwermetallen war, dann war nichts verfluchter als das Quecksilber. Es lief nach allen Seiten auseinander wie ein irrwitziger Kobold. Quecksilber zersetzte Worte und Gedanken, die Essenz des Lebens selbst. Seit jeher ging das Gerücht, die Orks suchten und verwendeten es, aber niemand hatte je herausgefunden, was zum Teufel sie damit machten.

Der Ork griff nach dem Krug und goss den Trank auch in den zweiten Becher. Mit einer angedeuteten Bewegung bot er ihn Inskay an. Der Duft nach Minze, Thymian und Fenchel weckte Inskays Hoffnungen, doch der Zwerg schüttelte den Kopf, den Blick unverwandt auf den Boden geheftet.

»Ich bin nicht würdig.«

Ein böses Lächeln erschien auf dem Gesicht des Orks.

»Du wusstest, wenn du gewagt hättest anzunehmen, hätte ich dir das Zeug ins Gesicht geschüttet. Ich sehe, du weißt, was Respekt ist. Gut so. Du kannst gehen.«

Man brachte Inskay in einen leeren Stall und schloss ihn dort ein. Der Raum war eiskalt, aber man hatte Stroh für ihn hergerichtet, Brot und einen Krug Wasser.

Inskay streckte sich aus, aß das Brot bis auf den letzten Krümel und verwendete einen Teil des Wassers, um seine Wunden zu verarzten. Blei, Quecksilber und das verlorene Leben seiner Tochter gingen ihm weiterhin im Kopf herum, mit dem Blei und dem Quecksilber im Blut, in den Haaren und im Bauch wäre sie für immer vergiftet.

Er dachte an die Menschen, die auf seiner Seite waren, an diejenigen, die sich für ihn und seine Sicherheit einsetzten. Die Aufzählung war nicht lang. Da waren Joss, der Tölpel, Maschak, die Dicke, und Atàcleto, der Erpel. Ein Esel vielleicht, und da man sie in Daligar nicht mehr sah, vielleicht auch eine Katze und ein Adler.

»Verdammtnochmal«, murmelte er.

Keiner von denen entsprach der gewöhnlichen Beschreibung eines Helden, setzten aber alles, was sie hatten, aufs Spiel, ihre hässlichen Körper und ihr lächerliches Leben. Aber sie waren ganz und gar nicht lächerlich. Die Tatsache, dass sie schwach waren, steigerte den Wert ihres Einsatzes über jedes Maß, und sobald Morgentau, die Zwergin, den König von Varil, den unbezwinglichen Krieger, fand, würde er kommen und für Inskay kämpfen, und auch diesen Krieg würde er gewinnen, und Lylin würde nicht auf dem Grund einer Blei- oder Quecksilbermine sterben.

Eine Maus huschte durch den Stall, und das Geräusch ihrer winzigen Krallen auf dem Boden dröhnte in Inskays Ohr, er fuhr hoch und verschreckte das Tier.

Wie er das Trippeln des winzigen Wesens gehört hatte, so spürte er nun dessen Angst.

Nicht nur hörte er die kleinsten Geräusche, sondern auch die Gefühle seines Gegenübers unterschied er so genau, wie er seit jeher eisenhaltige Steine von holzartigen unterschieden hatte.

Ohne diese Fähigkeit hätte er das Angebot des Orks angenommen und sein Gesicht wäre jetzt verbrannt.

Hätte er dieses Unterscheidungsvermögen schon in der Gefängniszelle in Alyil besessen, wäre ihm die Hinterlist des Gauklers klar geworden, ehe er in den schwarzen Abgrund seines Verrats stürzte.

Bevor Inskay in den Schlaf hinüberglitt, überlegte er sich zuletzt noch, dass er keine Flüche oder Verwünschungen mehr verwenden sollte, sonst würden sie im Kopf des kleinen Prinzen landen, der ein Kind war, und es schickte sich nicht, dass der Kleine redete wie er.

Das Blau der Augen der kleinen Fee füllte ihn ganz aus.

Sie saß auf dem Bett in einem Zimmer mit einem rosa und einem gestreiften Ungeheuer am Boden. Das Kaminfeuer spiegelte sich in ihren Pupillen. Der freundliche Kobold saß da und weinte: Hand- und Fußgelenke taten ihm weh. Unerträglich weh. Wenn er das Hüpfspiel hätte machen können, wäre der Schmerz vergangen, aber er hatte zu große Schmerzen, als dass er diese Bewegungen hätte ausführen können.

»Hab keine Angst«, sagte die kleine Fee. »Bis Rankstrail, König von Varil, Sohn eines Ork und Beschützer der Menschenwelt, mit seinem Heer anrückt, sind wir Inskays Beschützer. Wir müssen ihm mit Geschichten helfen. Ich bin mir nicht ganz sicher, aber ich glaube, wir müssen Geschichten erfinden, die ihm wieder Mut machen, wie unser Vater es mit seinen Leuten gemacht hat.«

»Aber Geschichten vertreiben doch kein saumäßiges Weh«, wandte der Kleine ein, und in seiner Untröstlichkeit verlor sich der Traum wie in einem rußigen und finstren Nebel. Doch fast sofort leuchtete der Nebel in Goldtönen auf und verzog sich.

Der größere und klügere Kobold saß gleich daneben und hatte

ein Pergament in der Hand. Er hatte es auf den obersten und verborgensten Regalen der Bibliothek gefunden, die nie abgestaubt werden, wo man wertlose Manuskripte ablegt, die aber doch nicht weggeworfen werden sollten. Er hatte es für Inskay gesucht, dann hatte er es zusammen mit seiner Schwester geändert, jeder hatte eine Idee dazu beigesteuert; jetzt las er es im Mondlicht.

»Es war einmal ein Bauer, der hieß Alier«, fing die Fee an. »Alier war ein starker und guter Mann. In seinem Land waren die Trauben golden und hinter den Olivenbäumen glänzte das Meer. Große Kühe grasten auf den Weiden und über den Blumen summten die Bienen. Doch dort, wo die sanften Hügel endeten und die Flüsse zusammenflossen, lag ein fauliger und dunkler Sumpf. Im verrotteten Schilf unter Mückenschwärmen hausten Dämonen, die in Neumondnächten aus den Dünsten aufstiegen, die Viehherden vernichteten und Kinder raubten. Alier, der ein beherzter Mann war, nahm in einer mondlosen Nacht Sense und Fackel und ging, es mit den Dämonen aufzunehmen. Die Fackel fiel ihm ins Wasser und Alier musste in vollkommener Dunkelheit kämpfen. Die ganze Nacht hindurch griffen die Dämonen an und die ganze Nacht hindurch gelang es ihm standzuhalten.« Die Kobolde und die Fee waren für Inskay immer verschwommene Bilder gewesen, manchmal nur Flecken aus Licht und Schatten. Die Geschichte hingegen war so klar, als würde er sie selbst erleben. Er roch den Geruch von Moder und Tod des Sumpfes, er hätte die Haare auf Aliers Kopf zählen können. Er fühlte seine Angst, als die Fackel erlosch, seinen Schrecken, wenn das Rascheln im Dunkeln lauter wurde. Er war Alier geworden. Aus dem Dunklen kamen Krallen, die seine Hand- und Fußgelenke festhalten wollten, doch Alier hielt stand und kämpfte bis zum Morgengrauen.

»Aber was hat ihn dazu gebracht? Er brauchte sich doch nur vom Sumpf fernzuhalten.« Inskay meinte, er hätte diese Frage gestellt. Warum überließ er diese verdammten Ungeheuer nicht sich selbst und warum gingen sie nicht alle nach Hause? Dann merkte er, dass die Stimme nicht die seine gewesen war, sondern die des freundlichen Kobolds.

»Das ist eine symbolische Erzählung«, erklärten die anderen beiden, und die Geschichte ging weiter. Inskay wurde wieder Alier. Das Morgengrauen war da, Alier hatte gesiegt. Seine Handgelenke und Fußknöchel waren Schmerz und Blut und Alier fiel erschöpft zu Boden. Er war überzeugt, allein zu sein, doch alle Geschöpfe der Erde segneten ihn, weil er für sie gekämpft hatte. So gaben die Pfirsichbäume ihre Blütenblätter, und die Schmetterlinge brachten sie im Flug herbei und ließen sie fallen, während die Sonne hochstieg, die Erde wärmte und den Sumpf, der sich mit frischem Schilf und Fröschen füllte. Und es fielen Blütenblätter und noch mehr Blütenblätter, und sie verwandelten sich in Fleisch und Blut, auf dass Alier gesund werde. Als er die Augen aufschlug, war von dem nächtlichen Kampf nur noch eine Erinnerung übrig.

Ein rauer Schrei weckte Inskay. Er stand auf, ärgerlich über die Dummheit des Traums. Er war in den Händen der Orks und Blei und Quecksilber würden ihn umbringen.

Was scherte ihn Alier, der Idiot, und wie seine Wunden geheilt waren?

Endlich sah er sich selbst an. Verheilt waren sie nicht, aber seine Wunden waren sauber, mit glatten Rändern und innen schön rosa. Sie taten fast nicht mehr weh.

Eine gute Geschichte konnte ein saumäßiges Weh heilen.

Die tiefe Magie der Erdstoffe hatte er immer begriffen, Worte aber hatte er immer nur für Mittel gehalten, um die Dinge zu bezeichnen, Pyrit und Malachit beispielsweise waren zwei verschiedene Worte, um einen sehr eisenhaltigen Stein, rostrot, zu bezeichnen und einen kupferhaltigen Stein, grün wie die Talböden im Sommer.

Doch auch Worte konnten Dinge verändern: Das war der Sinn des Zaubers.

Vor allem aber wusste er, dass jemand über ihn wachte. Hätte er die Wahl gehabt, wäre ihm der König, der ein halber Ork war, an der Spitze eines unüberschaubaren Heeres lieber gewesen, aber das war nicht möglich, und die Geschichten der Fee waren die einzige Waffe, die er hatte.

Der kleine Prinz trug einen Teil seines Schmerzes.

Inskay wollte beten. Er kniete auf dem Boden nieder. Es war ein stilles Gebet. Er dankte für das Leben und bat darum, dass jemand über Lylin wachen möge, über Maschak, über den kleinen Prinzen und Atàcleto. Auch über den Esel. Und die Katze. Und den Adler, wenn er auch mitgekommen war.

Die Stunde der Helden

KAPITEL 10

»Es würde einer von diesen ein bisschen
vermurksten Tagen sein,
an denen einfach gar nichts passiert.«

Beim Hahnenschrei wachte Atàcleto im Wirtshaus »Zum Hinkenden Wildschwein« auf. Es war noch dunkel. Im großen Saal erhob sich ein Gemurmel leiser Flüche. Krümel, die eingerollt neben Atàcleto schlief, reckte interessiert den Kopf in die Höhe. Außer der Katze und den beiden hartnäckigen Dieben, die ihm unverlangt ewige Treue geschworen hatten, war da noch ein Wandersmann, der in der Nacht angekommen war und sich auf eine der Bänke hinten im Saal schlafen gelegt hatte.

Ferrain und Salvail schliefen bald wieder ein.

Atàcleto beschloss, zu gehen und die beiden hier zu lassen. Es waren brave Leute, aber er wollte sie nicht um sich haben. Ihre Neugierde würde es nicht erlauben, seine Mission geheim zu halten, und ihre lautstarke Gesellschaft raubte ihm die Hoffnung, unbemerkt durchzukommen.

Atàcleto versteckte das Medaillon mit dem Abzeichen des Igels in seinen Kleidern. So nützlich es innerhalb der Grafschaft gewesen war, so verhängnisvoll konnte es ihm werden, je weiter er sich davon entfernte. Dann stand er auf, zog sich an und packte seine Sachen zusammen, ohne das kleinste Geräusch zu machen. Der Wanderer tat dasselbe. Er war groß und dunkelhaarig und hatte eine stolze Haltung. Er trug einen zerrissenen Quersack, einen zerrissenen Mantel, hohe, neue Lederstiefel und einen gepflegten Bart.

Atàcleto und der Wanderer verließen gemeinsam den großen Saal. Der Wirt, ein großer Kerl mit sanftem Wesen und einem großen, hängenden Schnurrbart, war schon auf. Er begleitete Atàcleto zum Stall und half ihm, Sambuco Zaumzeug und Sattel anzulegen. Er war wirklich ein guter Kerl, Atàcleto dankte ihm und segnete ihn.

In der Morgendämmerung brach er auf. In der Nacht hatte es geschneit und das Gelände war weiß. Der Wanderer ging schweigsam ein paar Schritte vor ihm dahin. Der Weg führte in immer dichtere und finsterere Wälder. Sie erreichten Civita, noch eins dieser Runddörfer, sie ließen es hinter sich, nach wie vor schweigend, der Wanderer vorneweg, Atàcleto und sein Eselchen hinterdrein. Der Wanderer hatte aber keinen Sambuco bei sich, der ab und zu stehen blieb, um am Straßenrand die paar Grasbüschel zu fressen, die aus dem Schnee herausragten, und so hängte er ihn bald ab und war nicht mehr zu sehen.

Atàcleto überlegte sich, dass ein normaler Wanderer bei ihm geblieben wäre, um mit ihm zu plaudern, Kommentare zu Sambuco abzugeben, zu versuchen, etwas von dem kostbaren Salz zu ergattern und so unterwegs womöglich einen niedrigeren Preis als üblich herauszuhandeln. Er hätte ihm von den Gründen seiner Reise erzählt, den Charakter seiner Frau geschildert, wenn er eine hatte, oder über seine Einsamkeit geklagt, wenn nicht. Entweder war er vom Charakter her extrem abweisend oder er war ein falscher Wandersmann wie er selbst.

Gegen Abend tauchte das Kreisrund der Lichter eines anderen Dorfes auf, Casamozza, das nördlichste der Runddörfer, erheblich größer als Campomoro und Civita, mit zwei konzentrisch angeordneten Häuserreihen, die äußere von einer hohen Mauer umgeben.

Atàcleto sah auf seine Landkarte. Casamozza lag nordöstlich von Daligar und südlich von Alyil. Er hatte mehr oder weniger ein Drittel des Wegs hinter sich. Etwas weiter im Osten endete die Grafschaft Daligar und begann das Gebiet von Alyil.

Das Dorftor war geschlossen, aber der Wachsoldat war ein guter Kerl; nachdem er ihn befragt, gemustert und dann noch einmal befragt hatte, ließ er ihn ein und wies in die Mitte des Dorfs, das heißt auf das Wirtshaus, das »Zum schwarzen Rösslein« hieß.

Der Wanderer saß schon in dem großen Wirtsraum und aß eine Zwiebelsuppe, deren Duft einen Toten wieder zum Leben erweckt hätte. Als er eintrat, sah der Wanderer ihn kurz mit einem Anflug von Missbilligung an, dann begrüßte er ihn mit einem Kopfnicken. Atàcleto war sicher, dass er ihm lieber aus dem Weg gegangen wäre, ein weiteres Zeichen dafür, dass er etwas zu verbergen hatte.

Nachdem er für Sambuco einen Platz im Stall gefunden hatte, setzte er sich und begann gerade, ebenfalls die herrliche Zwiebelsuppe zu essen, als Ferrain und Salvail eintrafen.

»Du hättest auf uns warten können, Gevatter«, sagten sie fröhlich. In der Tat gingen sie alle in dieselbe Richtung, und da es nur eine einzige Straße gab, mussten sie sich immer wieder begegnen. Der Wanderer war naiv gewesen, wenn er gehofft hatte, ihm zu entkommen, und er war ebenso naiv gewesen, wenn er gemeint hatte, die anderen beiden abzuhängen. Weder er noch der Wanderer waren besonders gut in der Kunst des Tricksens.

»Erfreut, euch zu sehen«, log Atàcleto. »Aber um nichts in der Welt werde ich eure Zeche bezahlen«, setzte er entschieden hinzu, in der unbestimmten Hoffnung, sie loszuwerden. Der Versuch schlug fehl. Während er noch mit dem Wirt über die Bezahlung verhandelte, entdeckte Ferrain, dass der Mann schreckliches Zahnweh hatte, und das Problem wurde mit einem Naturalientausch gelöst. Ein Malventee und eine Extraktion, ausgeführt mit einer einzigen Bewegung der Zange, einfach und präzise, in gewissem Sinne elegant.

In der allgemeinen Hochstimmung gab der Wirt für alle eine Runde Schnaps aus und die Stimmung stieg noch weiter. Als am Ende des Abends die Kerzen niedergebrannt waren und in dem großen Raum nur mehr das Licht der beiden Kamine blieb, waren alle Freunde. Auch der Wanderer wurde gezwungen, an der allgemeinen Verbrüderung teilzunehmen. Ferrain fragte ihn, ob er einen Namen habe und einen Ort, wo er zu Hause war. Der andere zögerte, dann brummte er eine Antwort.

»Taldo«, murmelte er. »Ich komme aus Varil«, setzte er mit einer unbestimmten Handbewegung hinzu.

»Wo in Varil? Welcher Bezirk?«, fragte Ferrain sanft. »Ich habe viele Freunde dort. Kennt Ihr Travor, den Wasserträger?« Taldo nickte. »Ja? Und den Wurstmacher? Wisst Ihr, den im dritten Laden rechts vom großen Tor? Rechter Hand, wenn man hineingeht. Die Würste sind nicht besonders, denn meiner Meinung nach tut er Schweineabfälle hinein.« Taldo nickte wieder. »Wie klein die Welt doch ist«, kommentierte Ferrain. Sobald Taldo sich umdrehte, schüttelte Ferrain rasch den Kopf in Richtung auf Atàcleto. Der verstand. Es gab keinen Wasserträger des Namens Travor und der dritte Laden rechts vom großen Tor verkaufte keine Würste. Er würde auf der Hut sein.

Die Nacht verlief ruhig. Wieder weckte sie der Hahnenschrei.

Es war kurz vor Sonnenaufgang. Atàcleto stand auf und ging den Esel holen, begleitet nur von der Katze, denn der Wirt schlief noch seinen Rausch vom Vorabend aus.

Als er endlich auf der Straße war, erwarteten ihn dort Ferrain und Salvail.

»Unser Freund Taldo aus Varil ist schon fort«, verkündete Ferrain ungewöhnlich wenig heiter. »Wenn ich nicht sicher wäre, ja, hundertprozentig sicher, dass du nicht lügst und nichts anderes bist als ein ehrlicher Salzhändler, würde ich sagen, dass der ein Spion ist, der dich abschütteln will, um von dir und deinem Esel berichten zu gehen.«

»Wem berichten?«, fragte Atàcleto mit erzwungener Heiterkeit, als ob diese Vermutung die absurdeste Sache der Welt wäre.

»Das weiß ich nicht«, antwortete Ferrain immer ernster. »Vielleicht dem nie zufriedenen Verwaltungsrichter, gegenwärtig Herrscher über das arme Alyil, die uneinnehmbare Falkenstadt, die vielleicht, wenn sie weniger uneinnehmbar wäre, ein besseres Ende genommen hätte. Oder dessen Verbündeten Arnhank, dem König der Orks in Tanko, dem nordöstlichen Teil ihres Reichs. Es sei denn, er ist ein Abgesandter des Königs von Varil, wie du einer der Königin-Hexe bist.«

»Ich bin Salzhändler«, entgegnete Atàcleto unwirsch. In Wirklichkeit war er erschrocken, und zum ersten Mal war er froh, nicht allein zu sein, Ferrain und Salvail bei sich zu haben.

Der Tag verlief ruhig und störungsfrei. Ein warmer Südwind hatte sich erhoben und der Schnee schmolz überall. Sie sahen den Wanderer nicht mehr, andererseits gab es aber auch keine Dörfer mehr und damit keine Wirtshäuser, in denen man sich treffen konnte. Sie schliefen im Freien, nachdem sie sich aus Pinienzweigen einen Unterschlupf gebaut hatten, um ihre warmen Körper wenigstens ein wenig gegen den Nachtfrost zu schützen. Sie zündeten ein Feuerchen an und teilten brüderlich das Brot und Salz, das sie in ihren Quersäcken hatten, und schließlich kam das Morgengrauen.

Der nächste Vormittag wurde aufgeheitert durch den Fang eines Hasen, den sie über eine Lichtung laufen sahen. Salvail legte einen Pfeil in seinen Bogen.

»Du musst denken, die bist die Spitze«, erklärte Atàcleto, nur um etwas zu sagen. Erbrow hatte das gesagt, aber es schien ihm nicht viel Sinn zu haben.

»Ja, ich weiß«, flüsterte der andere. Sein Pfeil schoss schnell durch die klare Luft des Wintermorgens und durchbohrte den kleinen Hasen.

Sie beschlossen, mit dem Essen nicht bis zum Abend zu warten, und machten ein kleines Feuer aus Pinienzapfen. Der Duft nach gebratenem Fleisch verbreitete sich ringsum. Krümel lag flach auf dem Boden und beobachtete den Spieß mit verträumtem Blick.

»Hoffen wir, dass es nicht andere Wanderer anzieht«, wünschte Ferrain, der allerdings nicht viel Glück zu haben schien, denn er hatte den Satz noch nicht beendet, als in der Ferne auf der Straße wild gestikulierend eine Figur auftauchte. Es war kein Wanderer. Es war *der* Wanderer, Taldo aus Varil oder besser, derjenige, der vermutlich nicht Taldo war und nicht aus dem Äußeren Bezirk von Varil kam.

Wer er auch war und woher er auch kam, der Duft nach Hasenbraten musste ihn zu umgänglicheren Manieren bewegt haben.

Er kam heran, aber im Gegensatz zu dem, was sie gedacht hatten, wollte er kein Stück Fleisch.

»Wollt ihr wohl dieses Feuer ausmachen, ihr Idioten?«, schimpfte er wütend aufbrausend. »Da sind Orks eine halbe Meile von hier. Wollt ihr, dass sie euch auch in ihre verfluchten Bergwerke bringen, zusammen mit den Zwergen?«

»Zwerge?«, fuhr Atàcleto auf, aber es war keine Zeit, das Thema zu vertiefen.

Sie löschten das Feuer, warfen Erde und Schnee darauf, ließen den Hasen aber nicht zurück. Ferrain steckte ihn so, wie er war, noch halb roh, in seinen Quersack.

»Weg von der Straße«, sagte der Wanderer, aber vielleicht wäre es richtiger zu sagen »befahl« er, denn der Tonfall war der von jemandem, der gewohnt ist zu befehlen, und für den es selbstverständlich ist, dass die anderen gehorchen. »Wenn wir zurückgehen, können wir ihnen vielleicht ausweichen. Aber nicht auf der Straße, im Wald.«

Sie banden Sambuco im Gestrüpp an und duckten sich zwischen den Bäumen im Wald oberhalb der Straße ins trockene Gras. Mit pochendem Herzen sahen sie von dort, wo Taldo aufgetaucht war, vier Orks näher kommen.

Zum ersten Mal seit der Belagerung von Daligar sah Atàcleto solche in Waffen. Sie hatten keine Kampfmasken, sondern trugen alle Helm und Panzer, alle unterschiedlich, aber solide, leicht und beweglich. Auch die Waffen waren schön. Die Schwerter aus gutem Stahl leuchteten im Halbdunkel des Unterholzes.

Bei den Resten des Feuers angelangt, sah der Anführer der kleinen Patrouille sich um, während seine Untergebenen den Boden untersuchten. Der Blick des Führers wollte schon auf Atàcleto fallen, als eine schwarze, glänzende Kugel aus dem Gebüsch hervorschoss und im Gesicht des Orks landete. Atàcleto erhielt von dem Wanderer einen Stoß in die Rippen. Solange die Orks durch die Katze abgelenkt waren, war der rechte Zeitpunkt, sich weiter hinten im Gebüsch zu verstecken. Unterdessen war Krümel den anderen beiden zwischen die Füße gesprungen und dann auf der Straße davongelaufen, verfolgt von der ganzen Patrouille.

»Man sieht, dass das keine wilde Katze ist. Sie werden denken, sie führt sie zu uns«, flüsterte Salvail. »Braves Tier. Nix wie weg, solange wir können.«

Der Wanderer umwickelte Sambuco die Hufe, um deren Geräusch zu dämpfen.

Sie hielten sich Richtung Osten, im Wald, um der Patrouille aus dem Weg zu gehen, sie kletterten ein paar Dutzend Fuß in die Höhe, bis sie zu einer Lichtung zwischen Kastanienbäumen kamen. Dort überfiel sie ein ekelhafter Gestank. Weiter unten in der Ebene lagerten etwa vierzig Orks und hundert Zwerge, Letztere mit einer Kette Handgelenk an Handgelenk gefesselt. Da waren Männer, Frauen, ein paar Kinder, sogar Neugeborene am Hals der Mütter. Atàcleto dachte sich, dass unter ihnen auch Lylin sein musste, Inskays Tochter.

»Aber was zum Teufel geht da vor?«, fing Salvail an. »Was machen die Orks hier? Wir sind im Gebiet von Alyil, was noch Menschenland ist. Und auch ziemlich weit von der Grenze entfernt.«

»Sie sind gekommen, um sich die Zwerge abzuholen, die der Verwaltungsrichter ihnen verkauft hat«, antwortete der Wanderer.

»Woher wisst Ihr das?«, fragte noch einmal Salvail.

»Man hört so dies und das«, antwortete der andere mit einem Achselzucken.

»Und warum dieser höllische Gestank?«, fragte Atàcleto leise.

»Exkremente, der unverwechselbare Gestank von Leuten in Gefangenschaft«, antwortete Ferrain traurig und ernst. »Wenn du an einer Kette hängst, kannst du dich nicht einmal in die Büsche schlagen, um dein Bedürfnis zu verrichten, du hast keine andere Wahl, als vor aller Augen deine Würde zu verlieren und dann in dem Gestank zu leben. Das ist keine unnötige Grausamkeit. Wer sich schämt, kämpft nicht und lehnt sich nicht auf. Erste Regel für diejenigen, die Sklaven transportieren: Sie daran hindern, dass sie sich absondern, und sie dann in diesem Gestank leben lassen.«

»Warum machen sie hier halt?«

Diesmal war es der Wanderer, der die Antwort gab.

»Weil zwei Tagesmärsche westlich von hier, längs dem unteren Saumpfad, der durch die Klamm von Capolivero von Varil nach Daligar führt, eine Einheit des Königs von Varil liegt. Die haben sie gesehen und beschlossen, schön brav ruhig zu halten. Sie wollen nicht, dass man in Varil von ihren Geschäften mit den Zwergen erfährt. Die Ebene, durch die sie jenseits des Flusses ziehen müssen, ist von der Höhe der Klamm aus zu überblicken. Wenn möglich, möchten sie lieber hier warten, bis die anderen abziehen.«

»Seid Ihr ein Abgesandter des Königs von Varil?«, fragte Ferrain. »Uns könnt Ihr vertrauen. Er ist ein Abgesandter der Königin von Daligar«, setzte er gelassen hinzu und deutete auf Atàcleto. »Er hat ihr Siegel.«

»Das ist nicht wahr!«, versuchte Atàcleto, mit erhobener Stimme zu leugnen. »Ich verkaufe Salz. Das Siegel von Daligar habe ich wie alle Händler, um an den Stadttoren leichter durchgelassen zu werden.«

»Wollt ihr wohl still sein!«, zischte der Wanderer. »Die Orks haben ein feines Gehör.«

Sie blieben lang regungslos und still, während das Licht allmählich abnahm. Endlich sahen sie die vier, die versuchten, über die Lichtung zu den anderen zu stoßen.

»Wenn es mir gelingt, über das Lager hinauszukommen und die Truppen des Königs zu erreichen, könnten wir die Zwerge retten«, sagte der Wanderer. Die Verstellung hatte ein Ende. Er war ein Mann des Königs von Varil. Atàcleto fühlte sich vollkommen überflüssig und wunderbar erleichtert.

»Wie hat der König von Varil von all dem erfahren?«, fragte er.

»Eine Frau vom Volk der Zwerge hat ihm Bescheid gegeben, eine alte Frau, die er von Kindheit an kennt. Unterhalb von Scannaruzzu, wo wir lagerten, hat sie ihn gefunden und ihm von der Todesgefahr erzählt, in der die Leute in dieser Gegend schweben. Der König hat mich mit dreißig Männern ausgeschickt, um nachzusehen, was vor sich geht, und es womöglich zu verhindern.«

Morgentau hatte es geschafft. Atàcleto freute sich. Seine Reise von Daligar bis hierher war entzückend überflüssig gewesen, vollkommen redundant. Pleonastisch, wie der Seneschall sagen würde.

Er war ein Held gewesen, das konnte niemand leugnen. Und jetzt konnte er nach Hause gehen. Besser hätte es nicht kommen können.

»Ihr habt dreißig Reiter und das sind vierzig Fußsoldaten, es ist wahrscheinlich, dass es Euch gelingt«, bemerkte er, noch erfreuter, einen Funken von militärischem Verstand unter Beweis stellen zu können.

»In der Tat«, bestätigte der Mann. »Es ist sehr gut möglich. Aber ich brauche euch. Ich brauche euch für ein Ablenkungsmanöver. Sie haben überall an den Waldrändern Wachposten aufgestellt. Ich komme nirgendwo durch auf die Lichtung, ohne gesehen zu werden. Ich muss die Sicherheit haben, dass ich die Männer von Varil erreiche, und die kann ich nur haben, wenn jemand die Wachposten ablenkt und ihnen etwas zum Verfolgen gibt.«

Mit einem Schlag fühlte Atàcleto sich weniger überflüssig.

»Ist es nicht sinnvoller, dass Ihr das Ablenkungsmanöver übernehmt? Ihr seid der Beste, der Geübteste im Waffenhandwerk. Wir drei sind schüchtern, ängstlich und ungeschickt, wir gehen die Soldaten suchen«, schlug Ferrain vor. Atàcleto konnte nur mit einem würdevollen Kopfnicken zustimmen.

Der Wanderer sah sie lange an, bevor er etwas erwiderte. Dann schlug er seinen Mantel auf und schob das Hemd über der Brust beiseite.

Er trug eine Halskette aus abwechselnd goldenen und eisernen Platten.

»Ich habe weder meine Waffen noch meine Rüstung bei mir. Um diese Aufgabe übernehmen zu können, habe ich etwas Widerwärtiges getan. Ich habe mich verkleidet. Wenn ich ohne Waffen begraben werde, wird mein Geist die kommenden Jahrhunderte in der Dunkelheit umherirren. Meine Vorfahren werden mich nicht erkennen.«

Atàcleto brauchte einen Augenblick, um zu begreifen, dann wurde er wütend.

»Glaubt Ihr das wirklich? Was soll es denn den Herrschern im Jenseits ausmachen, ob die Würmer uns in einer Rüstung fressen oder im Schlamm?«

»Ihr begreift nicht«, beharrte der andere auf seiner Meinung. »Ich bin Markgraf Aseago von der Geißblattlaube. Ich gehöre einem großen Fürstengeschlecht an. In der Kette, die ich trage, wechselt sich das Gold unserer Königswürde mit dem Eisen unserer Tapferkeit ab.«

Atàcleto fühlte, wie ihn der Mut verließ. Das waren sie, die großen Helden: Sie trugen Ketten aus Gold und Eisen, hatten Angst vor nichts, aber sie konnten nicht den Tod riskieren, wenn sie nicht in großer Uniform waren, denn sonst würde sie der Opa im Jenseits nicht wiedererkennen. Sein Vater würde ihn auch ohne Hosen wiedererkennen, für ihn war das also kein Problem.

Er dachte an seinen Großvater, einen gemeinen Soldaten, der bei den Signalfeuern Dienst getan und sein Leben gelassen hatte, um die Stadt Daligar zu warnen, als die Orks anrückten. Sein Vater war von einem Karren überfahren worden, während er für die Familie arbeitete. War das nicht auch Heldentum?

»Gut«, sagte Atàcleto mit tonloser Stimme. »Der Ork, der Euch umbringt, wird gewiss eine außergewöhnliche Tat vollbracht haben und vielleicht befördert. Er wird sich an den Tag erinnern. Er wird auch seinen Kindern davon erzählen, immer vorausgesetzt, dass die Orks ihren Kindern etwas erzählen. Wer mich umbringt, wird ein x-beliebiger Kerl sein und bleiben, und dieser Tag wird ein x-beliebiger Tag sein. Wenn er nach Hause kommt, nachdem er mich in Stücke gehauen hat, werden die anderen ihn fragen: ›Na, und wie ist es dir ergangen?‹, und er wird antworten: ›Na ja, soso lala, weißt du, einer von diesen ein bisschen vermurksten Tagen, an denen einfach gar nichts passiert.‹«

Der Markgraf wurde nicht böse. Man musste zugeben, trotz aller Großsprecherei war er ein guter Kerl.

»Gut. Mache ich das Ablenkungsmanöver und ihr geht zu meinen Männern. Vorausgesetzt ihr findet sie, wie wollt ihr sie dazu bewegen, mitzukommen? Ihr müsst wissen, Soldaten haben die Angewohnheit, die Befehle ihrer Vorgesetzten auszuführen, nicht solche von irgendwelchen Passanten.«

»Edler Herr, leiht uns Eure Kette«, schlug Ferrain vor. »Für

Eure Männer wird das der Beweis sein, dass wir in Eurem Auftrag handeln.«

»Meine Männer werden denken, dass ihr sie meinem Leichnam abgenommen habt, und euch am nächsten Baum aufhängen.«

Atàcleto schaute auf die aneinandergeketteten Zwerge. Ein Volk von Sklaven, das schon bald ein Volk von Toten sein würde, aller Dinge beraubt, einschließlich der elementaren Würde, seine Notdurft hinter einem Gebüsch verrichten zu dürfen. War er bis hierhergekommen, nur um sich als Salzhändler auszugeben und mit seinem Esel diskret aus dem Staub zu machen und zu erwarten, dass die Männer des Königs von Varil das irgendwie in Ordnung brachten? Und dann? Dann konnte er nach Daligar zurückkehren und für die Königskinder die Amme spielen, stets vorausgesetzt, sie waren nicht in der Zwischenzeit so mutig geworden, dass sie ihn nicht mehr brauchten.

Tatsächlich war das einzig Vernünftige, dass sie drei das Ablenkungsmanöver übernahmen und der Markgraf seine Soldaten holen ging.

»Männer, nur Mut, wir lenken die Orks auf uns ab«, sagte er zu den anderen beiden.

Ferrain schüttelte den Kopf.

»Mein Junge, ich glaube, du verwechselst uns mit jemand anderem. Du bist ein falscher Salzhändler, und er ist ein falscher Wanderer, wir aber sind wahrhaftig ein Pferdedieb und ein Hühnerdieb. Ihr beide werdet bezahlt dafür, dass ihr die Helden spielt, und im Falle eures Ablebens gibt es da auch für etwaige Verwandte eine Entschädigung. Von uns könnt ihr nicht verlangen, dass wir die Helden spielen. Wenn ihr an einem Huhn oder einem Pferd Interesse habt, stehlen wir es gerne für euch, aber alles andere übersteigt unsere Fertigkeiten.«

Salvail nickte.

»Wir werden improvisieren«, entgegnete Atàcleto sehr ruhig und bestimmt. Er hatte während der Belagerung Daligars vor neun Jahren gehört, wie Sire Rankstrail sprach, mit der Bestimmtheit eines Schneiders, der seinen Lehrlingen erklärt, wie man den Samtstoff für Hosen zuschneidet. Der Mut der Männer ist eine gelungene Inszenierung, hatte Arduin einmal gesagt. Es war nicht schwer. Er brauchte nur so zu tun, als wäre er der Hautmann, und brauchte sich nur zu überlegen, was der sagen und tun würde.

»Wo steht denn geschrieben, dass man nur Dinge tun kann, die man gelernt hat? Die dort unten, zum Beispiel. Niemand hat ihnen beigebracht, Sklaven zu sein, und doch sind sie es. Niemand hat ihnen beigebracht zu sterben, und doch, wenn wir sie da nicht herausholen, werden sie das bald tun. Wenn das alles vorbei ist und wir noch am Leben sind, werde ich die Königin von Daligar bitten, euch ab dem heutigen Tag als aktive Kämpfer zu betrachten und euch den geschuldeten Sold zu bezahlen.«

»Und wenn wir bis dahin tot sind?«, fragte Ferrain.

»Nun, dann werde ich sie nicht darum bitten. Sie wird froh sein. Sie hasst es nämlich, Geld aus der Tasche ziehen zu müssen«, schloss Atàcleto ungerührt. Die beiden schienen den Witz nicht so gut zu finden.

»Ich bin nie von irgendwem gerettet worden. Warum sollte ich mein ohnehin schon unseliges Leben aufs Spiel setzen, um Leute zu retten, die ich nicht einmal kenne?«, fragte Ferrain.

»Du standest am Galgen, da bin ich gekommen«, entgegnete Atàcleto.

»Es wäre besser gewesen, ich hätte dich nie getroffen«, jammerte Ferrain. Es war geschafft. Sie waren überzeugt.

»Ich hatte euch gesagt, ihr sollt mir nicht folgen«, rief Atàcleto

308

ihnen sanft in Erinnerung. »Es wird alles gut gehen, wir retten Inskays Leute und dann kehren wir gemeinsam ins Wirtshaus ›Zum Schwarzen Rösslein‹ zurück und fressen wie die Schweine. Wir saufen ihnen den Keller leer.«

»Woher wisst ihr Inskays Namen?«, fragte der Markgraf.

Atàcleto zeigte das Medaillon mit dem Igel vor.

»Mich schickt die Königin von Daligar. Auch wir sind benachrichtigt worden.«

Der Markgraf nickte. »Wie? Mit welchen Mitteln verständigt sich Inskay mit euch? Sire Rankstrail hat sich geweigert, uns zu sagen, wie die Zwergin davon erfahren hat.«

»Auch uns wurde Geheimhaltung auferlegt«, antwortete Atàcleto und breitete bedauernd die Arme aus. Da wurde der Markgraf wieder hochmütig und aggressiv.

»Das ist ein Zauber der Königin-Hexe, nicht wahr? Ich kann nicht begreifen, warum die Königin einen Jungen geschickt hat. Ihr scheint mir kein großer Kämpfer.«

Hochmütig, aggressiv und auch ein bisschen dumm. Das war nicht der rechte Zeitpunkt, Atàcletos Glaubwürdigkeit anzutasten. Und Atàcleto wollte sie auch nicht antasten lassen.

»Eben deshalb. Niemand kann sich vorstellen, dass ich mehr bin als ein Rotzbengel, der für seinen Vater Salz verkauft. Aber ich habe verborgene Fähigkeiten«, beteuerte er. Tatsächlich konnte er die Amme spielen und Joss trösten. Und er konnte auch Schafe und Hunde nachmachen.

»Die beiden aber haben Euch enttarnt, sie wussten, dass die Königin von Daligar Euch schickt«, wandte der Edelmann mürrisch ein.

»Aber das sind außergewöhnliche Männer. Der eine ein weiser Alter, der andere ein Bogenschütze mit unfehlbarem Ziel. Und wenn es darum geht: Wir hatten auch Euch enttarnt. Da weder ich noch Ihr besonders gut im Spionieren sind, könnten wir vielleicht etwas anderes tun. Also, wie soll das Ablenkungsmanöver aussehen?«

Der Markgraf hörte auf mit seinem dummen Gerede.

»Irgendetwas, was ihre Aufmerksamkeit auf den Wald lenkt«, antwortete er sofort. »Ich überquere die Lichtung und gelange zur Klamm. Dort sind meine Männer.«

»Mehr nicht, edler Herr? Nur irgendetwas, ein Mittel unserer Wahl, was ihre Aufmerksamkeit auf uns zieht? Und dann, wenn wir sie angezogen haben, wie können wir es anstellen, dass wir sie dann auch wieder loswerden, bevor sie uns abschlachten?«, fragte Ferrain.

Der Markgraf sah Sambuco an.

»Er wird eines der Hilfsmittel sein«, erklärte er. »Er soll schreien. Ihr lauft in Richtung Nordwesten davon, und zwar auf dem ersten Stück Weg ziemlich laut, abgebrochene Zweige, Schreie, rollende Steine, dann wendet ihr euch nach Süden und seid dabei ganz leise, ohne Spuren zu hinterlassen. Die Orks werden sich nicht mehr auskennen und im Zweifelsfall dem Esel nachlaufen. Wenn sie ihn geschnappt haben, werden sie sich mächtig freuen über die Ladung Salz. Sie werden davon überzeugt sein, dass seine Herren Salzhändler sind, und beschließen, dass es sich nicht lohnt, sie zu verfolgen. Sie müssen schließlich die Zwerge beaufsichtigen. Sie haben keine Zeit zu verlieren und Männer ebensowenig.«

Atàcleto sah Sambuco an und ihm traten die Tränen in die Augen.

»Wenn sie Gulasch aus ihm machen, werde ich mir das nie verzeihen«, flüsterte er.

»Denkt nur, wie weh es mir tun würde, wenn man aus euch dreien Gulasch machen würde«, versetzte der Markgraf.

Ein bisschen aufgeblasen, ein bisschen dumm, aber im Grund ein guter Kerl.

Sein Plan besteche durch Einfachheit und Genialität, bemerkte Ferrain. Sie würden den armen Sambuco am Rand der Lichtung allein lassen. Aus angemessener Entfernung würde Salvail, der Schütze in der Truppe, mit einem Stein auf seinen Hintern zielen.

Das Eselsgeschrei wäre das Signal. Ferrain, Salvail und Atàcleto würden nach Westen laufen, auf die von Orks besetzten Gebiete zu, während der Markgraf listig und voll unermesslicher Tapferkeit, wie er nicht versäumte zu unterstreichen, am Rand der Lichtung entlanglaufen würde, bis er das westliche Ende davon erreichte und damit den Saumpfad nach Capolivero.

»Unser Part ist gefährlicher«, stellte Ferrain fest.

»Die pure Wahrheit«, räumte der Markgraf ein. »Ich werde meinem König davon erzählen und er wird euer Andenken mit Dankbarkeit und Bewunderung wahren.«

»Ich gehe mit Euch«, sagte Salvail überraschend zum Markgrafen, ruhig und bestimmt. »Ich laufe nicht langsamer als Ihr, und wenn Euch etwas zustößt, ist es besser, zu zweit zu sein. Außerdem bin ich der beste Bogenschütze, der Euch über den Weg laufen konnte.«

Der Markgraf dachte einen Augenblick lang nach, dann nickte er.

Salvail musste beschlossen haben, dass seine Laufbahn als Pferdedieb beendet war zugunsten einer als Krieger.

Sie ließen Sambuco mit seiner Ladung Salz am Waldrand stehen. Atàcleto kraulte ihm lang das weiche Fell an den Ohren, während ihm sein herber Geruch in die Nase stieg, dann brachen er und Ferrain in Richtung Westen auf. Salvail zielte mit der Schleuder und traf eine der mageren Hinterbacken des Esels, der laut aufschrie. Der Markgraf und Salvail liefen schnell auf den östlichen Teil des Waldes zu. Atàcleto und Ferrain ließen Steine rollen und riefen sich Wortfetzen zu, dann rannten sie wieder weiter. Sambuco schrie immer noch, diesmal war es ein lang gezogenes und erschrockenes Iah, dann nichts mehr.

Sie liefen und liefen. Die kahlen Äste des Waldes schossen zu beiden Seiten an ihnen vorbei, über ihren Köpfen die Wolken.

Atàcleto tat von der Anstrengung der Brustkorb weh, aber er biss die Zähne zusammen und hielt durch. Erst nach Westen und dann nach Süden. Am Ende bemerkte er, dass er ein ganzes bewaldetes Tal zwischen sich und die Orks gelegt hatte.

Die Sonne ging unter. Ferrain ließ sich ins Gras fallen und Atàcleto tat es ihm gleich. Sie konnten nicht sprechen. Die ganze Luft wurde zum Atemholen gebraucht.

Wenige Augenblicke später hörten sie das gedämpfte Geräusch der umwickelten Hufe Sambucos, der als Köder hätte dienen sollen. Er, der Esel, er musste wahrhaft verborgene Gaben an Geschwindigkeit und strategischem Geschick haben. Unglaublicherweise war es ihm gelungen, den Orks zu entkommen, eine Möglichkeit, die keinem von ihnen, den schlauen Strategen, in den Sinn gekommen war, und als treuer Freund des Menschen, mehr noch als der Hund, hatte er sie folgsam und in zärtlicher Anhänglichkeit aufgespürt. Und sämtliche Orks mitgebracht.

Atàcleto und Ferrain sprangen wieder auf die Beine und liefen noch weiter, immer weiter weg. Sie waren erschöpft, aber es gelang ihnen, ein Tal hinter sich zu lassen und noch eines.

Sambuco blieb ihnen stets auf den Fersen. Sie beschimpften ihn, warfen auch mit Steinchen nach ihm. Das Tier sah sie verwundert und traurig an und lief unbeirrt weiter.

Sie sahen niemanden mehr.

Die Nacht brach herein und die Dunkelheit hüllte sie ein. Ihre

Angst wuchs ins Unermessliche. Sie aßen den halb rohen Hasen mit einem Stück Brot aus dem letzten Wirtshaus, in dem sie gewesen waren. Die Fuchsmäntel schützten sie vor der Kälte. Sie saßen Rücken an Rücken, um sich gegenseitig zu wärmen und zu schützen.

Endlich brach der Morgen an. Ihnen war eiskalt, aber sie waren am Leben.

Am Fuß eines breiten Hügels, bewachsen mit niedrigem Gestrüpp, stießen sie auf einen Bach und tranken, immer nur einer, während der andere Wache hielt. Nach dieser höllischen Nacht waren ihre Kehlen ausgetrocknet vor Angst und vom Laufen und schienen nicht genug bekommen zu können. Sie waren nun außer Gefahr.

Atàcleto atmete auf vor Erleichterung. Sie hatten es geschafft, es war vorbei. Gemeinsam würden sie nach Daligar zurückkehren. Den Rest ihres Lebens würden sie damit verbringen, jedem, der es hören wollte, von diesem außerordentlichen Lauf zu erzählen, das würde schön sein.

In der Ferne rupfte Sambuco trockenes Gras, das da und dort noch von Schnee bedeckt war.

Atàcleto und Ferrain erstiegen den Hügel oberhalb des Baches. Das Erdreich war mit Wasser gesättigt, das sich in Pfützen und von Schilf gesäumten Kanälen sammelte.

Sie hörten ein scharfes Geräusch im Gras. Ein Schwarm Wachteln flog auf und Atàcleto verfolgte mit den Blicken den leisen Wirbel ihres Flügelschlags vor dem winterlichen Himmel. Noch ein scharfes Geräusch. Pfeile schwirrten durch die Luft, trafen nichts und verloren sich zwischen Wasser und Erde in dieser seltsamen Landschaft. Unverständliche Worte wurden laut, zweifellos des Unmuts, und Lachen.

Orks.

Atàcleto und Ferrain standen reglos da wie Statuen, wagten nicht einmal zu atmen und wechselten einen entsetzten Blick, dann begannen sie, ganz langsam rückwärts zu kriechen, jeweils nur eine Spanne weit, wobei sie sich bemühten, nichts zu berühren, was rascheln, abbrechen oder wegrollen konnte, währenddessen schauten sie nach oben zur Höhe des Hügels hinauf, in der Angst, dort die Köpfe und Schultern der Bogenschützen auftauchen zu sehen.

Atàcleto hätte alles darum gegeben – alles, was er besaß, alles, was er je besessen hatte, und alles, was er hoffen konnte, je zu besitzen –, in Daligar geblieben zu sein, bei der Mutter, den Schwestern und Tanten und den Soldaten, die ihn verspotteten. Es war dann doch nicht so schlimm, wenn man ihm sagte, dass er lächerlich sei. Er war ja wirklich ein bisschen lächerlich, warum sollte man das leugnen, vor allem in diesem Augenblick, während er Handbreit um Handbreit den Hügel hinunterrobbte. Und auch ein bisschen Bespucktwerden hatte letztlich noch niemanden umgebracht.

Ein verzweifelter Eselsschrei hallte in der klaren Luft wider. Sambuco hatte soeben mit den Orks Bekanntschaft gemacht. Die beiden erreichten das Gebüsch aus Latschenkiefern unten beim Fluss und versteckten sich dort.

Sambuco schrie noch verzweifelter.

In die Latschen geduckt, verbrachten Atàcleto und Ferrain einen langen Tag des Hungers, des Dursts und des Schreckens. Mal ferne, mal fürchterlich nah, hörten sie die Stimmen der Orks, die das ganze Buschwerk nach ihnen absuchten. Sie hatten nichts mehr zu essen, und die Pelzmäntel hatten sie an der Stelle liegen lassen, wo sie geschlafen hatten.

Die Nacht war lang, bei jedem Knacken und jedem Käuzchenschrei fuhren sie zusammen. Dann kam Wind auf und übertönte alle anderen Geräusche. Atàcleto dachte, das wäre der rechte Augenblick, um zu fliehen. Er stieß Ferrain an, und die beiden fingen wieder an, vorsichtig rückwärts zu kriechen. Der Himmel war klar und mondlos. Auf allen vieren folgten die beiden im Gras dem Verlauf des Bachbetts und noch vor dem Morgengrauen waren sie bis zum Wald gelangt. Da wurden sie geschnappt.

Trotz des absoluten Schreckens, der ihn erfasste und zu Eis erstarren ließ, verspürte Atàcleto doch auch Enttäuschung.

Er hatte gedacht wie Sire Rankstrail, hatte gesprochen wie er. Der einzige Unterschied war, dass Sire Rankstrail eben Sire Rankstrail, genannt der Hauptmann, war, der unbezwingliche Krieger. Er hingegen war Atàcleto, genannt Erpel, der geniale Stratege, der nicht einmal vorhergesehen hatte, dass sein Esel ihm folgen würde.

Sie wurden geschnappt wie zwei Mäuschen in der Speckfalle.

»Ihr habt geglaubt, ihr könnt so einfach fortgehen, meine Kleinen?«, sagte wohlwollend der Ork, offenbar einer von denen, die die Menschensprache gut beherrschten. Er war ein junger Ork, sehr groß und verflucht schön. Der Krieger hatte das rötliche Haar der Orks aus dem Norden und war Führer einer Patrouille von sechs Orks. Er trug einen alten Harnisch aus Metallplättchen, zusammengehalten von Lederbändern, mit Stücken Fuchspelz hier und dort. An diesem Harnisch erkannte Atàcleto ihn, es war der Prinz der Füchse, der erste Gefangene, den man in Daligar gemacht hatte, der erste Ork, den es kränkte, nicht getötet zu werden. Vor neun Jahren, als Atàcleto ihn in Ketten gesehen hatte, war sein Gesicht noch entzündet gewesen vom Klebstoff der Maske, und er hatte eine Verwundung an der Schulter. Jetzt strahlte er in seinem ganzen Glanz.

315

Sein Harnisch schien gut, wenn auch von der alten Art. Leicht und robust, und er wäre auch schön gewesen, wenn er nicht unten links von einer Reihe schlecht abgenagter und übel riechender Knöchelchen verschandelt gewesen wäre, die so zusammengenäht waren, dass sie eine Figur bildeten, wie ein nach oben offener Kreis. Atàcleto hatte etwas Ähnliches schon einmal gesehen. Einer der gefangenen Orks war von seinen Kameraden gezwungen worden, ein aus Knöchelchen gefertigtes Mal zu tragen, denn auch in der Gefangenschaft wurde die militärische Hierarchie der Orks aufrechterhalten. Dieses Abzeichen war eine Art Rhombus gewesen, das »dei« genannt wurde, der erste Buchstabe von »dallemolk«, feige, wörtlich übersetzt »Kanalratte«.

Das hier aber war ein anderes Zeichen.

Atàcleto brüstete sich. Er erklärte, ein sehr reicher Salzhändler zu sein. In Daligar würde jemand für ihn und den anderen, der sein Stallbursche war, zahlen.

»Gut, in Alyil wird man sich über das Lösegeld freuen«, kommentierte der Ork gelassen. Er und seine kleine Mannschaft waren keine Plünderer, sondern Teil der regulären Truppe, und in diesem Augenblick standen sie im Dienst des Verwaltungsrichters. Sie waren der Geleitschutz für einen hohen Würdenträger von Alyil.

»Das kannst du dann dem Richter erklären, wer du bist und wer für dich zahlen kann. Aber da schau, hier haben wir ja einen der seinen bei uns, einen hohen Würdenträger von Alyil, ein wahres Prachtstück. Erklär ihm, dass man dich besser nicht umbringen sollte. Ich habe mir für heute meinen Sold verdient. He, Messere Stramazzo, die sind für Euch.«

Der hohe Würdenträger der Stadt Alyil kam langsam näher, er schnaufte wegen der Steigung. Es war ein alter Mann mit spärlichen, langen grauen Haaren, die er in einem Schwanz trug, zusammengefasst von einem karmesinroten Samtband, das zerrissen und fleckig war. Er war bekleidet mit einem Gewand aus schwarzem Samt mit dem Abzeichen des Falken darauf. Der Stoff hatte schon bessere Zeiten gesehen und die lagen schon weit zurück.

Er hatte dunkle Augen, die Augäpfel waren gelblich und gerötet, und er hatte tiefe Augenringe. Er sah wie ausgehöhlt aus. Am Hals, der früher erheblich dicker gewesen sein musste, hingen schlaffe Falten herab. Endlich war er vor den Gefangenen angelangt.

»Wir sind Salzhändler«, begann Atàcleto. Seine Stimme schwankte.

»Wirklich? Für Salzhändler seid ihr gut im Davonrennen.«

»Das waren nicht wir, Exzellenz, da waren Bewaffnete aus Varil im Wald. Wir haben sie gesehen und haben uns versteckt«, log Atàcleto.

»Zu zweit Salz verkaufen?«, fragte der andere wieder. Seine Stimme war so ausdruckslos wie sein Gesicht und fast ebenso traurig.

»Sicher, so ist es leichter«, mischte Ferrain sich ein. »Mein Freund hier hat das Bargeld für die Ware und den Esel beigesteuert. Ich kümmere mich um die Verhandlungen und striegle das Tier, edler Herr. Er ist kaum mehr als ein Kind, muss seinen Vater ersetzen, der vor Kurzem gestorben ist. Er muss die Mutter und sämtliche Geschwister ernähren, elf an der Zahl. Elf Geschwister hat er. Und da helfe ich ihm.«

Der Würdenträger Stramazzo schien nicht beeindruckt.

»Wir haben für die Händler, die auf unser Gebiet kommen, ein Passwort und ein Siegel ausgegeben, um sicherzugehen, dass wir es nicht mit Räubern und Spionen zu tun haben«, antwortete er eisig und tonlos. »Das Siegel habt ihr nicht. Man hat euch schon durchsucht, stattdessen habt ihr das von Daligar, was zu euren Ungunsten spricht. Kennt ihr wenigstens das Passwort für die Salzhändler?«

Atàcleto schwieg, auf der Suche nach etwas, was er sagen könnte. Leider hatte Ferrain etwas gefunden.

»Salz gibt dem Leben Salz«, schlug er vor. Das Gesicht ihres Gesprächspartners verfinsterte sich noch mehr.

»Willkommen Salz, Würmer adé? Nein? Weiß, rein, stets reif. Salz gibt dem Leben Salz. Nein, das habe ich vielleicht schon gesagt.«

Der Würdenträger räusperte sich. Ferrain verstummte. Atàcleto dachte, dass es in seinem Leben jetzt nicht mehr viele Möglichkeiten gab und lauter erbärmliche, und er bedauerte, dass unter diesen nicht die Möglichkeit war, Ferrain gründlich ins Zahnfleisch zu treten.

»Ich liebe den Verwaltungsrichter mehr als Salz, als die Sonne und mein eigenes Leben«, rezitierte Messere Stramazzo barsch.

»Aber sicher doch!«, rief Ferrain und schlug sich mit der flachen Hand vor die Stirn wie jemand, der sich endlich an etwas erinnert. Stramazzo wurde ärgerlich.

»So blöd bin ich nicht«, bemerkte er.

Atàcleto versuchte einzugreifen.

»Verzeiht meinem Freund, mein Herr, er wollte es Euch gegenüber nicht an Respekt fehlen lassen und Euch auch nicht belügen, aber die Ehrfurcht, die Ihr ihm einflößt, und die panische Angst, die ihm die Vorstellung vom Gefängnis einjagt, haben ihn dazu verleitet, sich wenig weise aufzuführen. Tatsache ist, mein Herr, dass uns nicht bewusst war, uns auf dem Gebiet von Alyil zu befinden, wir dachten, wie wären noch immer auf dem Gebiet der Grafschaft.«

»Ich weiß, dass ihr aus Daligar seid. Ihr führt das Siegel mit euch. Daligar, verlorenes Land. Das Weib, das dort jetzt unrechtmäßig auf dem Königsthron sitzt, war eins von den Kindern in dem Waisenhaus, in dem ich Vorsteher war. Gemein und undankbar, un-dank-bar. Sie ist am Leben, weil ich, ICH, sie ernährt habe, beschützt und gekleidet. Ich habe sie behütet in ihrem Schlaf, sie getröstet in der Krankheit. Ich hoffe, dass sie verschimmelt auf diesem Thron. Ihr kommt also aus Feindesland.«

»Wir leben rein zufällig dort, mein Herr, rein zufällig sind wir dort geboren. Man kann sich seinen Geburtsort nicht aussuchen. Wir haben nicht bemerkt, dass wir die Grenze überschritten hatten, das ist alles.«

»Dann habt ihr mich also gleich zweimal belogen«, schloss Messere Stramazzo, eintönig und unabwendbar wie der Herbstregen oder wie die Sommerdürre. »Als ihr so getan habt, als würdet ihr das Passwort kennen, und jetzt wieder, denn bei euren Sachen ist eine Landkarte. Die Grafschaft endet in Casamozza.«

»Wir können nicht lesen, mein Herr!«, versuchte Ferrain es erneut.

»Und zu welchem Zweck habt ihr dann eine Landkarte bei euch?«

»Sie ist schön anzuschauen, mein Herr, findet Ihr nicht? Wisst Ihr, abends beim Feuer. Das ist auch eine Frage des Gefühls. Lesen können wir nicht, aber wir wissen, dass auf der Karte auch unser Dorf eingezeichnet ist. Das ist ein bisschen wie sich zu Hause fühlen.« Sogar das ausdruckslose Gesicht des Würdenträgers verzog sich vor Verachtung etwas.

»Bringt sie weg«, zischte er den Orks zu. »Fesselt sie ordentlich. Or-dent-lich.«

»Herr!«, rief Ferrain noch. »Ich bin auch Zahnausreißer und Arzt. Kann ich Euch dienen?«

»Danke, wir erfreuen uns beneidenswert guter Gesundheit«, antwortete Stramazzo ungerührt.

»Herr, man weiß nie. Das Unglück kann einen schnell ereilen. Im Übrigen tendiert das Weiß in Eurem Augapfel ein wenig ins Gelbliche, das Rosa Eurer Lider ins Rote. Ich wäre mir da nicht so sicher…«

Sie wurden gefesselt, entschieden ordentlich.

»Was zum Teufel ist dir denn in den Sinn gekommen, einen solchen Unfug zu erzählen? Jetzt sind wir verloren«, schrie Atàcleto.

»Wir waren schon vorher verloren, mit Verlaub gesagt. Und nicht durch meine Schuld, mein Sohn. Du hattest das Siegel der Händler von Daligar und die Landkarte bei dir. Indem ich den Dummen spielte, habe ich die Chance, dass sie uns tatsächlich nur für Salzhändler halten, um ein Quäntchen erhöht. So blöd, wie ich mich aufgeführt habe, werden sie nie und nimmer denken, einer von uns könnte von ihren Feinden entsandt sein, um sie auszuspionieren. Siehst du, mein Sohn, unsere Lage könnte noch viel unangenehmer sein. Wenn sie uns getrennt hätten, dann wären wir wirklich verloren. Gemeinsam können wir unsere Antworten auf ihre Verhöre absprechen, sagen, dass wir uns seit Langem kennen, dass wir beide aus Campomoro stammen und hierhergekommen sind, um Geschäfte zu machen. Wir werden erzählen, dass wir hierherkommen mussten, weil dein schändlicher Schwager dir den Markt in deiner Heimat weggenommen hat. Ein paar Züge mit dem Folterstrick wird uns niemand ersparen, aber im Übrigen werden wir wohl glimpflich davonkommen.«

»Ein paar Züge mit dem Folterstrick wird uns niemand ersparen?«, wiederholte Atàcleto, aschfahl im Gesicht.

»Oh nein, mein Sohn, die wird uns niemand ersparen«, bestätigte Ferrain. »Bevor er sich Verwaltungsrichter nannte, war Erlingo von Daligar ein großer Elfen- und Hexenjäger und trug den mühsam erkämpften Titel Großinquisitor; solche Angewohnheiten verliert man nicht. Aber Leute zu hängen, ist in jedem Fall mühsam, man hängt Feinde, aber keine Dummköpfe. Dummköpfe zwirbelt man ein bisschen, aber dann lässt man sie laufen.«

Sambuco war nicht zu schlecht behandelt worden. Seine Ladung Salz wurde mit Freuden begrüßt. Die beiden Gefangenen würden sie transportieren, gerecht zwischen ihnen aufgeteilt, und der Esel würde die Ehre haben, den Hintern des Messere Stramazzo höchstpersönlich zu tragen.

In Gewaltmärschen gelangten sie auf den oberen Teil des Hügels. Dort lief auf der Hangseite ein Saumpfad entlang, von dem aus man die Ebene überblickte.

Von hier aus sahen sie die aneinandergeketteten Zwerge und das Bataillon Orks, das sie zu den Bergwerken brachte. Die Orks hatten begriffen, dass die Männer aus Varil nicht abziehen würden, vielleicht hatten sie geahnt, dass sie angreifen würden. Zu weit oben, um den Gestank zu riechen, konnte Atàcleto aber ihren Gesang noch hören. Ein Schauer lief ihm über den Rücken. Seine Mutter kam ihm in den Sinn und die Schwestern Astra, Ambra und Luna, die vielleicht ohne ihn Frauen werden würden; die Möwen von Daligar, ihr Kreischen und der Reflex ihrer Flügel auf den Wassern des Dogon.

Plötzlich war die Ebene überschwemmt von Reitern. Sie beide waren bestimmt verloren, aber die Zwerge würden vielleicht ge rettet. Auch von ferne war der Wanderer oder Taldo oder der Markgraf Aseago von der Geißblattlaube zu erkennen, an der Spitze seiner Männer. Das Banner von Varil flatterte im Wind: drei goldene Bienen in einer weißen Diagonale auf goldenem Feld. Neben ihm ritt Salvail und die Strahlen der untergehenden Sonne fielen schräg auf sein Haar und brachten es zum Leuchten wie das der Königskinder von Daligar.

»Du und Salvail, ihr seid Halb-Elfen?«, flüsterte Atàcleto.

»Nicht halb. Nur ein bisschen. Ich zu einem Viertel und er zu einem Achtel, aber erzähl das nicht weiter. Wir haben wenig Liebhaber hierzulande.«

Atàcleto nickte.

»Hast du irgendwelche Kräfte? Kannst du etwas tun, um uns aus dieser Patsche zu helfen?«, fragte er mit einem Anflug von Hoffnung.

»Mein Sohn, auf unserem Höhepunkt hatten wir eine solche Macht, dass wir angefangen haben auszusterben«, seufzte Ferrain. »Wenn du willst, komponiere ich dir eine Ballade.«

Der Markgraf ließ seine Reiter auf der Lichtung ausschwärmen. Man musste zugeben, er war ein großer militärischer Führer, und das Manöver war von bestechender Schönheit, vor allem in den Augen Atàcletos, der überhaupt keine Mächte besaß, nicht einmal die, sich in die zusammengelegten Hände zu schnäuzen. Der Galopp dieser Pferde, die er nicht reiten konnte, die Kraft dieser Reiter, die nicht als Gefangene enden würden, erfüllten ihn mit dem bitteren und unnützen Bewusstsein seiner eigenen Minderwertigkeit. Eine alte Zwergin blieb zurück und wurde von einem Ork mit einem einzigen Schwertstreich enthauptet.

Die Männer versuchten, den Orks den Weg abzuschneiden, bevor sie an die Brücke über einen Abgrund gelangten, aber die ganze Operation hatte mit einem Moment der Verzögerung begonnen, eine verschwindend kleine Zeitspanne im Vergleich mit der Ewigkeit. Und doch ausreichend, dass die ganze Operation misslang.

Die Männer kamen an die Brücke, als die Flüchtenden sie schon alle passiert hatten. Die Hufe der ersten Pferde berührten gerade das Holz, als auf der anderen Seite die Flammen auflloderten. Die Orks hatten ihre Schläuche auf die Holzbohlen geleert und Feuer gelegt. Die Pferde scheuten und drängten heftig zurück. Einer der Männer fiel vom Pferd und wurde nur um ein Haar vor dem Sturz in den Abgrund gerettet.

»Spiritus aus Haferflocken und Hopfen«, erklärte Ferrain. »Damit kann man sowohl Brücken als auch Kehlen und Eingeweide in Flammen setzen. Wenn man zu viel davon trinkt, wird die Seele schwach und der Geist wirr. Aber ein Tröpfchen davon, an einem Winterabend beim Feuer, zusammen mit einem Stück Fladenbrot mit Honig und Rosmarin, das ist eins von den Dingen, die einen davon überzeugen, dass die Götter existieren und dass sie uns nicht allzu sehr verabscheuen.«

Salvail und ein paar andere Schützen nahmen ihre Bögen hoch und legten an. Ein paar Orks näherten sich den Kindern, packten sie und setzten ihnen die kurzen, krummen Schwerter an dic Kehlen.

Die Bögen wurden gesenkt.

Der Prinz der Füchse bog sich vor Lachen.

»Und wenn man bedenkt, dass wir jahrhundertelang geglaubt haben, sie hätten keinen Sinn für Humor«, zischte Atàcleto.

»Man unterschätzt schnell jemanden«, kommentierte Ferrain.

Der Markgraf und seine Leute wendeten ihre Pferde und stürzten in Richtung Süden.

»Sie versuchen, die Brücke von Bagnola zu erreichen, etwa

zwanzig Meilen von hier, mehr oder weniger«, bemerkte Ferrain nachdenklich.

Die Orks unten auf der anderen Seite des Abgrunds schienen nicht im Geringsten beeindruckt und hatten keine Eile, die Zwerge wegzuschaffen. Sie lachten und deuteten auf die Kavallerie, die in Richtung Süden eilte.

Atàcleto und Ferrain sahen sich an, ohne etwas zu sagen. Atàcleto hätte gewettet, dass die Brücke von Bagnola schon abgebrannt war.

Wie immer hatten die Menschen ihren Gegner unterschätzt.

Atàcleto wurde von einer stummen, wütenden Verzweiflung gepackt. Dieser ausgemachte Dummkopf von einem Markgrafen war heroisch unterwegs zu einer abgebrannten Brücke. Es würde keinen Zusammenstoß mit den Orks geben. Sicher, er war bereit, für den Ruhm zu sterben, aber er sollte das besser noch etwas aufschieben. Was er jetzt gleich tun konnte, war, sie beide zu retten, die kein Abgrund von der Rettung trennte, nur ein Abgrund an Dummheit. Atàcleto betrachtete die Schweife der galoppierenden Pferde, dann den Staub, den sie aufgewirbelt hatten, und als der sich gelegt hatte, sah er noch lang ihre Hufspuren an.

Atàcleto fühlte den Tod in sich.

Sie hatten ihn gefasst. Er war zu nichts nütze gewesen. Er hatte ein Ablenkungsmanöver vollführt, um einen Kavallerieangriff zu ermöglichen, der zu spät gekommen war. Er würde nie wieder nach Daligar zurückkehren.

Und noch heftiger als die Verzweiflung war der Neid, der in ihm aufstieg. Ein harter, böser Neid, wie er nie gedacht hätte, dass er ihn empfinden könnte. Der Markgraf und Salvail, sie waren in Sicherheit. Sicher tat es ihnen leid, sehr leid, aber sie waren am Leben. Die Sonne würde weiterhin ihren Schatten auf die Erde werfen. Früher oder später würden sie Kinder bekommen und auch die würden ihren Schatten auf die Erde werfen.

Früher oder später würde der Markgraf seine Heldentat vollbringen, mit allen Bannern und Abzeichen, um bei seinen Vorfahren Aufnahme zu finden.

Wer weiß, wenn dieser verdammte Idiot von der Geißblattlaube nicht Zeit damit vertrödelt hätte, sich umzuziehen, wenn er die Attacke in den Kleidern des Wanderers geritten hätte, vielleicht wäre er dann rechtzeitig gekommen, um die Zwerge zu befreien und womöglich auch ihn und Ferrain.

Und wenn Sire Rankstrail die Gefangenen hätte in Stücke hauen lassen, wie das in allen Kriegen üblich war, hätten sie es jetzt mit ein paar weniger Orks zu tun gehabt, angefangen beim Prinz der Füchse, der seinen bezaubernden Humor jenseits der Pforten des Todes würde entfalten müssen.

Atàcleto verschlug es fast den Atem. Er verspürte einen bleichen und absoluten Neid, ohne Hoffnung, auf die, die weiter leben würden, während er tot wäre.

Tot. Das Wort ging ihm unaufhörlich im Kopf herum und verscheuchte jeden anderen Gedanken. Er betrachtete seine Hände. Wenn er tot war, wären seine Hände es auch. Er wollte nicht sterben. Er wollte, dass sein Hände weiterhin da wären.

»Was macht denn dieser Adler da immer über uns?«, fragte Messere Stramazzo ärgerlich. »Hält der uns für Kaninchen?«

Atàcleto sah nach oben. Es war Angkeel. Die Orks schossen ein paar Pfeile ab und der Adler stieg höher. Atàcleto hörte ein Rascheln im Unterholz: Er sah sich um und zwischen den Bäumen erblickte er Krümels grüne Augen; sofort verschwand die Katze wieder im Schatten.

Seine Angst blieb, aber ein Funken Hoffnung wärmte ihn.

Alles in allem war es besser, dass der Markgraf und Salvail am Leben und in Freiheit waren. Sire Rankstrail hatte ihm schon einmal das Leben gerettet, als er sich schon für verloren hielt. Vielleicht würde er das noch einmal tun. Helden sind manchmal Gewohnheitstäter.

»Herr Militär!«, rief Ferrain leise den Prinz der Füchse an. »Verzeiht, wenn ich Eure Hoheit, nein, Euer Exzellenz belästige. Wenn es Euch nicht zu viele Umstände macht, würdet Ihr die Freundlichkeit besitzen, mir zu sagen, welches Los die Zwerge erwartet?«

»Es wird ihnen gut gehen, inmitten der Natur, wie sie es gerne mögen«, antwortete der andere in gönnerhaftem Ton.

»Wirklich? Auf den Feldern, inmitten von Erde und Grün?«

»Nun, nicht wirklich. Solange sie am Leben sind, halten wir sie in den Bergwerken, Metalle sind schließlich auch Natur, und wenn sie tot sind, geben wir sie den Schweinen zum Fraß – mehr Natur kann man nicht verlangen! Du wirst sehen, die Zwerge sind zufrieden.«

Atàcleto verspürte einen Schauer entlang der ganzen Wirbelsäule.

Grauen und Wut. Eine blinde Wut über all diese zerstörten und mit Füßen getretenen Leben.

Wut war eine gute Sache, die einzige Gefühlsregung, die die Angst überwand.

Als sich der Ork entfernt hatte, schüttelte Ferrain den Kopf.

»Sie sind echt immer wieder eine unglaubliche Überraschung. Unvorhersehbar und verblüffend. In gewissem Sinn ein Wunder«, sagte er.

»Aber wer denn?«, fragte Atàcleto gereizt.

»Die Orks«, erwiderte Ferrain. »Als sie vor acht Jahren in die

Menschenwelt einfielen, konnten nur wenige von ihnen ein paar Brocken unserer Sprache. Ihr Gestammel ließ uns glauben, sie seien dumm, aber wir haben uns getäuscht.«

»Wirklich?«

»Wirklich. Es war keine Dummheit, sondern Desinteresse. Sie betrachteten die Sprache der Menschen als eine mindere Ausdrucksform, und sie korrekt zu sprechen als entehrend. Aber wer sie erlernt, der spricht sie gut, und einige von ihnen besitzen sogar einen gewissen Sinn für Humor.«

»Ja, sicher«, bestätigte Atàcleto. »Zum Totlachen.«

Sie brauchten zwei Monate, bis sie Alyil erreichten. Sie machten enorme Umwege. Wenn ein Weg gerade verlief, verlängerten sie ihn, indem sie durch die Wälder zogen. Offenbar suchten die Männer des Markgrafen sie und die Orks wollten sie abhängen. Einmal waren sie fast in Sichtweite, aber den Orks und Stramazzo gelang es, sich wieder unsichtbar zu machen.

Atàcleto und Ferrain waren mit den Handgelenken an eine verrostete Kette von etwa fünf Fuß Länge geschlossen, die sie zusammenhielt. Sie liefen zusammengekettet, sie aßen zusammengekettet, sie schliefen zusammengekettet, was auch immer sie taten, sie taten es zusammengekettet. Wenn es Abend wurde und die Mannschaft haltmachte, wurden sie, um ja kein Risiko einzugehen, auch noch an einen Baum gekettet.

Zu all den anderen Schmerzen kam noch Sambucos Blick hinzu; das arme Tier war allein gelassen unter dem Hintern von Stramazzo, der niemals abstieg, auch bei Steigungen nicht, nicht einmal, wenn das Eselchen keuchte. Erschöpft schaute Sambuco Atàcleto mit vorwurfsvollem Blick an, wie um ihn zu bitten, er solle doch endlich etwas unternehmen, aber Atàcleto konnte nichts tun.

Wenn der Abend hereinbrach, wurde das schmierige Zelt von Messere Stramazzo aufgeschlagen und ein schönes Feuer gemacht, an dem sich die Wachmannschaft der Orks wärmte. Die beiden Gefangenen wurden außerhalb des Lichtkreises festgekettet, wo auch die Wärme fast nicht hinkam.

»Zum Glück sind wir hier auch abseits von ihrer Aufmerksamkeit und ihren Späßen«, sagte Ferrain, während sie Kälte und Hunger fest im Griff hatten.

»Ja, zum Glück lassen sie uns in Frieden«, bestätigte Atàcleto, aber er klapperte derart mit den Zähnen, dass seine Worte oft unverständlich waren. Zum Geruch des Feuers aus Pinienzapfen trat noch der verlockende Duft der Bratenspieße hinzu. Jeden Tag erlegten die Orks irgendetwas und jeden Abend gaben sie ihnen schimmliges Brot und Wasser.

Einziger Trost: Vor dem Einschlafen ließ Atàcleto seine Augen umherwandern, bis sie auf ein grünes Funkeln in der Dunkelheit trafen. Über alle Erwartung treu und ausdauernd, folgte Krümel ihnen beharrlich. So verging die Nacht, sie schliefen Rücken an Rücken, er und Ferrain, sodass sie sich wenigstens ein bisschen Wärme bewahrten. Dann kam der Morgen und es begann wieder die Plackerei des Salztragens.

Ferrain kannte die Orks gut. Als junger Mann war er bei einer gut situierten Familie in Alyil Hauslehrer gewesen. Er erzählte die fantastische Geschichte, dass er von den Orks entführt worden sei, um den Spross irgendeiner ihrer Adelsfamilien in der Sprache der Menschen zu unterweisen. Und dann frei gelassen worden sei.

»Frei gelassen?«

»Ja, frei gelassen. Sie haben mich frei gelassen. Der Großvater des Jungen wollte nicht, dass mir womöglich wehgetan würde, und hat mich befreien lassen. Sie haben mich bis vor das Tor von Alyil gebracht und dort ausgesetzt. Ich war in Lumpen, hatte einen langen Bart, und niemand hätte mich für einen Hauslehrer gehalten. Das war der Beginn meiner Laufbahn als Dieb, Bader und Zahnausreißer, sicher, aber das ist die Wahrheit. Sie haben mich frei gelassen.«

An einem der letzten Tage erlegten die Orks ein enormes Wildschwein. Das Tier war so riesig, dass sogar die Gefangenen ein Stück Fleisch abbekamen. Der Anführer der Orks persönlich brachte es ihnen, er war an diesem Abend besonders leutselig.

»Verzeiht, wenn ich Euch störe«, wagte Ferrain zu ihm zu sagen. »Herr Militär, aber gestattet mir, Euch zu danken für Eure Freizügigkeit und Euer Mitgefühl. Gestattet mir auch, Euch zu fragen, wo habt Ihr unsere Sprache erlernt? Ihr sprecht sie mit mehr Fertigkeit als so mancher im Land der Menschen.«

»An einen Ork gerichtet, ist das eine idiotische Frage, mein Kleiner«, antwortete der andere, ohne jedoch zu lächeln aufzuhören. »Wir alle haben sie in der verdammten Gefangenschaft in euren Landen gelernt, wenn nicht eure Mütter und Schwestern persönlich kamen, sie uns beizubringen.« Dann ging das Lächeln über in eine Grimasse. »Deine Frage ruft Erinnerungen wach, und zusammen mit den Erinnerungen könnte auch die Lust aufkommen, mit dem Erstbesten ein paar alte Rechnungen zu begleichen. Aber bei dir wird das Stramazzo tun. Du interessierst mich nicht. Ob du ein unschuldiger Tölpel bist oder ein gerissener Komödiant, geht mich nichts an. Warum wagst du es, das Wort an mich zu richten?«

»Ich möchte Eure Geschichte kennenlernen«, sagte Ferrain. Er meinte es ernst. Er schaute dem Ork in die Augen und der wurde nicht unwillig. Wieder lachte er.

»Und was willst du damit anfangen? Das wird dich nicht retten.«

Ferrain blieb ungerührt. Er zuckte mit den Schultern.

»Wenn ich sterben muss, kann es Euch nicht stören, dass ich sie kenne. Wenn mich der Tod erwartet, so ist meine Neugier der letzte Wunsch eines Verurteilten. Seid großzügig. Was ist das Zeichen, das Ihr tragt? Gibt es etwas, was Euch zwingt, es zu tragen?«

»Niemand auf der Welt kann mich zwingen, etwas zu tun, was ich nicht will«, antwortete der andere. Er lachte nicht mehr. Atàcleto hatte Angst, er könne von einem Augenblick auf den nächsten beschließen, sie beide zu verprügeln, etwas, was die Orks recht häufig taten, wenn sie verärgert waren. »Ich bin es, der sich erinnern will. Ich will mich daran erinnern, dass ich der erste Gefangene eures vermaledeiten Königs war. Sire Rankstrail hat mir das Leben gerettet, das ich ohne das geringste Bedauern zu opfern bereit war, auf Verlangen einer zweijährigen Rotzgöre. Und damit hat er mir die Soldatenehre geraubt, das Einzige, worauf ich nie und nimmer hätte verzichten wollen. Ich bin für immer entehrt, ich habe das Recht des Erstgeborenen verloren, und ich kann kein Mädchen zu meiner Frau machen. Also habe ich mir diese Knöchelchen angenäht, um mich daran zu erinnern.«

Mit einem letzten verächtlichen Grinsen ging der Prinz der Füchse davon.

»Das Mädchen«, murmelte Atàcleto, der ihn hätte erwürgen können. »Erbrow. Jetzt ist sie zwölf Jahre alt. Sie hat ihn gerettet. Was hat sie bloß dazu gebracht? Sonst hätten wir jetzt einen Gegner weniger. Du sei jetzt ganz schön still und brav. Genug damit, sie überzeugen zu wollen, dass du dumm bist. Du hast sie längst überzeugt. Ich glaube, alle sind bereit, ihre eigene

Mutter zu verwetten, dass du der vollkommenste Trottel bist, den sie je in ihrem Leben getroffen haben.«

Ferrain war ein sturer Typ, vor allem in Katastrophensituationen. Nie hatte er genug Ausdauer besessen, länger als ein paar Tage bei einer nützlichen Arbeit auszuharren, dafür hatte er sich stur an Atàcleto gehängt. Auch in der Hartnäckigkeit, mit der er die Rolle des lästigen Dummkopfes spielte, lag etwas Heldenhaftes. Tatsächlich funktionierte es aber, man ließ die beiden Gefangenen in der Nacht zusammen und miteinander reden, eine Freiheit, die man zwei der Spionage Verdächtigen nie und nimmer gewährt hätte. Atàcleto und Ferrain stimmten sich bis in die kleinsten Details über ihr vergangenes gemeinsames Leben ab, das es nicht gab, von den Namen erfundener Tanten bis zu denen fiktiver Ziegen. Sie waren imstande, den Bauernhof, auf dem sie nie gelebt hatten, bis in jedes Detail zu schildern, und sie hatten auch ein paar Anekdoten über den Salzverkauf und die Reise parat.

Für Atàcleto bedeutete Ferrains Anwesenheit den Unterschied zwischen Überlebenkönnen oder nicht. Allein wäre jeder Augenblick dieser Reise der blanke Schrecken für ihn gewesen. Ferrain erklärte ihm auch das richtige Benehmen. Niemals einem Ork, dessen Gefangener man ist, in die Augen schauen, den Blick immer zu Boden gesenkt halten, sonst massakrieren sie einen, und schließlich brachte er ihm die Sprache des Feindes bei. Nur der Prinz der Füchse beherrschte die Sprache der Menschen. Atàcleto lernte, die Kommandos zu verstehen, und so vermied er Wutausbrüche und Schläge. Gelegentlich konnte er sich auch nützlich machen und bekam ein paar Happen zugeworfen.

Am ersten wärmeren Tag dieses beginnenden Frühlings lagerten sie am Flussufer; in einem Akt, den Atàcleto für tollkühn hielt und der mehr Angeberei war, als dass er echtem Bedürfnis entsprang, zog der Prinz der Füchse sich aus und begann, sich in dem eiskalten Wasser zu waschen. Am Rücken hatte er tiefe Narben. Er musste erbarmungslos ausgepeitscht worden sein.

Als Alyil in Sichtweite rückte, war es Anfang April. Es war ein klarer, windiger Tag, und die Stadt lag wunderschön hoch oben auf ihrem Felsen, die Mauern und Türme schienen sich in die Höhe, bis in den Himmel hinauf zu recken. Der Wind führte aber Wolken heran und nach zwanzig Tagen relativ heiteren Wetters brach am Nachmittag ein sturzbachartiger Regen über die Gruppe herein.

Die Straße verwandelte sich in einen Fluss aus rötlichem Schlamm. Das Vorankommen war eine Qual für alle, einschließlich des armen Sambuco. Seit einiger Zeit schon vermied es der Esel, Atàcleto anzusehen, und die seltenen Male, die der Junge sich ihm hatte nähern können, drehte er den Kopf weg.

Endlich kamen sie am Fuß des Felsens an, der von einer sehr dicken, im Regennass glänzenden Schicht Efeu überwuchert war. Von dort führte die Straße, die ein reißender Strom aus Schlamm war, bis hinauf zum Eingang der Stadt. Ferrain fiel hin und riss Atàcleto mit. Sogar die Orks schienen Schwierigkeiten zu haben, sich auf den Beinen zu halten. Sambuco rutschte mit seinen Hufen weg.

»Mein Herr, ich glaube, Ihr müsst von diesem Esel heruntersteigen«, bemerkte der Prinz der Füchse ruhig.

Messere Stramazzo, völlig durchnässt, sah ihn lang mit einem scheelen Blick an und konnte sich nicht entschließen.

»Messere«, sagte der Ork sanft. »Ihr müsst Euer Gesäß, dessen Umfang viel größer ist als seine Entfernung vom Erdboden, vom Rücken dieses Esels erheben und mit der Kraft Eurer eigenen Beine fortbewegen, sonst können wir hier auch verrecken, denn das Tier schafft es nicht, Euch zu tragen. Wenn Ihr Euch dabei Eure schönen, bestickten Schuhe schmutzig macht, kann Euer Weibchen sie putzen, und sie werden wieder wie neu, so hat sie wenigstens etwas zu tun, die Ärmste. Es heißt nämlich, sie wisse nie, wie sie ihre Zeit ausfüllen soll, wenn sie immer ganz allein auf Euch warten muss.«

Die letzte Bemerkung war begleitet vom Grinsen der anderen Orks.

Weiterhin geduckt im Regen sitzend, schien Stramazzo die Bemerkung lang abzuwägen, dann entschloss er sich zu einer Antwort.

»Ich mag es nicht, dass man über Tracarna, meine verehrte Gattin, redet. Wenn ein Mann das unermessliche Glück hat, eine Gemahlin zu erobern, die schöner und jünger ist als er selbst, wird viel bös geredet. Ich weiß, dass ihre außergewöhnliche Schönheit üble Nachrede provoziert, üb-le Nach-re-de, sogar jetzt, da sie nicht mehr die Jüngste ist. Die Treue und Keusch-heit, Keusch-heit, meiner Gemahlin sind über jeden Zweifel erhaben. Dass so viele Leute schlecht über mich und meinen Herrn und Herrscher, den Verwaltungsrichter reden, zeigt das ganze Ausmaß der menschlichen Undankbarkeit, Un-dank-bar-keit; dass man den guten Namen meiner Gemahlin in den Dreck zieht, zeigt die Grenzenlosigkeit der menschlichen Falschheit. Man hat mir gesagt, jemand habe anzudeuten gewagt, die halbe Stadt sei im Bett meiner Gemahlin zu Gast.«

Wieder Blicke und Gekicher. Der Prinz der Füchse seufzte.

»Aber nein, sicher nicht«, beschwichtigte er, den Blick voll verträumter Sehnsucht. »Das ist alles falsch. Das genaue Gegenteil ist wahr, die halbe Stadt ist nicht im Bett Eurer Gemahlin empfangen worden. Aber nun auf, nur Mut, jetzt steigt herunter von diesem Esel, so könnt Ihr heimkehren zu Eurer Gemahlin.«

Mit gesenktem Kopf blieb Stramazzo auf dem Esel sitzen.

»Davon kann gar keine Rede sein«, sagte er schließlich langsam und entschieden. »Ich steige nicht ab. Wir nehmen den unterirdischen Gang.«

Der Führer der Orks zuckte zusammen und wurde auf der Stelle ernst. Atàcleto schien es, als sei er auch etwas blass geworden.

»Das kommt überhaupt nicht infrage«, erwiderte er hart. »Und es wäre besser, ihn überhaupt nicht zu erwähnen.«

»Tatsächlich frage ich ja auch nicht«, krächzte Stramazzo auftrumpfend. »Ich bin der Chef. Der Chef. Ich befehle. Wir benützen den unterirdischen Gang, und das ist alles«, sagte er mit Nachdruck.

»Messere!«, brauste der Führer der Orks auf. »Kein Lebender, der nicht zur Verwaltung der Stadt gehört, darf diesen Gang kennen.«

»Die beiden da sind ohnehin nicht mehr lang am Leben«, kicherte Stramazzo, so stolz auf diesen Witz, dass sich sein Mund vor Heiterkeit in die Breite zog und seine faulen Zähne sehen ließ.

Atàcleto hasste ihn so sehr, wie er es nie für möglich gehalten hätte.

Bis zu diesem Augenblick hatte er noch Hoffnung gehabt. Ferrain hatte ihn beinah überzeugt. Nur ein paar Hiebe mit dem Folterstrick, keine Zeitverschwendung, um Idioten zu hängen. Früher oder später würden sie sie laufen lassen. Sie würden nach Daligar zurückkehren. Sie würden ihre Hände noch haben.

Wenn es sein Schicksal sein sollte, so überlegte er, gehenkt zu werden, würde der Hass auf den Henker, der ihm die Schlinge um den Hals legte, geringer sein als der, den er für Stramazzo empfand.

Der obere Teil des enormen Felsens, auf dem sich die Stadt erhob, war in Wolken gehüllt. Die Gruppe wandte sich nach rechts, verließ die Straße und drang vor in den Wald, der zunehmend dichter wurde, immer am Fuß des Felsens entlang. Atàcleto versuchte, zwischen den Efeublättern den Einlass zu erspähen.

Immer noch auf Sambucos Rücken sitzend, räusperte sich Stramazzo, richtete sich zu seiner freilich geringen vollen Größe auf und rief: »Tor, öffne dich: MODREIZWAFRÜ!« Der Ruf schien zu verhallen im Regen, der immer noch dicht und unaufhörlich fiel, und ein Weilchen lang geschah gar nichts. Dann hörte man ein leises, immer stärker werdendes Knarren und der Efeu teilte sich vor zwei Eingängen.

»Mein Herr!«, rief Ferrain erschüttert aus. »Ich kann nur staunen angesichts Eurer Größe! Ihr könnt durch Zauberkraft ein Tor öffnen! Eure Macht ist gewaltig! Noch lang wird die Nachwelt davon reden!«

Messere Stramazzo sah ihn an und nicht einmal da verzog er eine Miene; in seiner Stimme schwang allerdings Mitleid mit.

»Auf der anderen Seite, da sind ein Diener und eine Einheit Soldaten«, erklärte er. »Ich habe nur einen Befehl gegeben.«

»Ob es in der Hölle wohl einen Kreis für Idioten gibt, was meint ihr?«, fragte der Führer der Orks, wobei er vergnügt den armen Ferrain ansah, der in Schlamm und Wasser zu ertrinken schien. »Der wäre wohl so voll, dass man einen neuen aufmachen müsste«, gab er sich selbst die Antwort. »Für den da findet sich aber bestimmt ein Plätzchen. Und was Gewitztheit angeht!«, setzte er dann, zu den Gefangenen gewandt, hinzu. »Glaubt bloß nicht, dass unser Messere Stramazzo auf eine so plumpe Schmeichelei hereinfällt. Da müsst ihr euch schon etwas

Besseres einfallen lassen. Messere Stramazzo weiß ganz genau, dass es der pure Spott ist, ihn ›groß‹ zu nennen.«

Stramazzo blieb ungerührt im strömenden Regen auf dem Rücken des Esels sitzen.

Er beugte die Schultern nach vorn.

Er seufzte.

Was sich da öffnete, war eine riesige Tür, die sich in einer einzigen zentralen Angel drehte, sodass sie zwei Eingänge freigab. Die Efeuzweige spannten sich bei dieser Bewegung, rissen aber nicht. Einer nach dem anderen traten sie durch die Tür, zuerst Sambuco mit Stramazzo, dann die beiden Gefangenen und zuletzt die Patrouille. Alle waren nass bis auf die Haut und froren, die Gefangenen aber noch mehr als alle anderen, gründlicher, mehr in den Tiefen der Seele. Und nicht nur, weil sie kein gewachstes Tuch, keinen Pelz und kein Leder hatten, um sich zu schützen, sondern weil Angst und Verzweiflung ihnen schlimmer zusetzten als das Wasser.

Atàcleto versuchte, alles aufmerksam zu betrachten, auch die belangloseste Sache, weil dies die letzten Tage seines Lebens waren, und er sicher war, dass er all dies zum letzten Mal sah.

Das Innere war nur schwach erhellt von ein paar seitlichen Luken her und durch eine einzige Fackel, deren flackerndes Licht das fantastische Gewirr von Spinnweben unter der feuchten Decke golden aufleuchten ließ.

Die Wacheinheit, von der Stramazzo gesprochen hatte, war in Wirklichkeit nur ein einziger Soldat, der an einem riesengroßen metallenen Zahnrad stand, das in kleinere Zahnräder griff. Sie waren alle aus Eisen, überzogen mit winzigen Ritzzeichnungen, die, begraben unter Staub und zerfressen von Rost, kaum zu erkennen waren.

Was den Diener anging, der war alt und weißhaarig, gelblich und vertrocknet wie eine alte Käserinde, der er nicht nur vom Aussehen, sondern auch vom Geruch her ähnelte, und er war kein Diener, sondern ein Sklave, denn seine Füße waren mit einer verrosteten Kette festgemacht. Er saß an einem Tischchen, das so schmutzig war wie seine Kleider, auf dem Kopf trug er eine kegelförmige Mütze, die in besseren Zeiten einmal gelb gewesen sein musste. Atàcleto erkannte das Abzeichen, das die Schreiber in Daligar zu Zeiten des Verwaltungsrichters gezwungen gewesen waren zu tragen. Eine Hakennase und ein kurzer grauer Bart kamen unter der Mütze zum Vorschein. Er war über ein Pergament gebeugt, das er auf dem Tisch vor sich liegen hatte, fleckig und mit ausgefransten Rändern, zerfressen von Zeit und Achtlosigkeit, und auf dem in einem Raster aus Linien in verschiedenen Blautönen winzige Schriftzeichen erschienen.

»Falls ihr armen Einfaltspinsel euch in der Illusion wiegen solltet, ihr könntet überleben und hierher zurückkommen, sage ich euch gleich, dass der Befehl zum Öffnen in einem Geheimcode gegeben wird, der dreimal am Tag geändert wird, sodass ein Fremder, auch wenn er ihn hören sollte, ihn nicht nachahmen kann. Nur der Schreiber kann ihn entschlüsseln. Und das ist, unnötig zu sagen, Frucht meines Erfindungsreichtums.« Auch da änderte sich Stramazzos Gesichtsausdruck nicht, aber kurz blitzte Stolz in seinen Augen auf.

»Niemand hätte je bezweifelt, dass ein so komplexer Code Ergebnis Eures Erfindungsreichtums ist«, bemerkte der Prinz der Füchse, ohne seine Ironie zu verbergen.

»In Wirklichkeit ist er ganz einfach«, raunte Ferrain Atàcleto zu, während die große Tür sich unter großem Kreischen schloss. »Das Pergament, das der Schreiber bei sich hat, ich hab es erkannt, das ist ein Elfenkalender: ›dreizwafrü‹ steht für den dreiundzwanzigsten Tag des Frühlings, was heute ist. Das ›Mo‹ bedeutet Morgen, nehme ich an. Morgen, dreiundzwanzig, Frühling. Morgen Nachmittag wird dann Nachvierzwafrü sein: Nachmittag, vierundzwanzig, Frühling. Gar nicht so blöd, im Grunde. Wenn man den Elfenkalender nicht kennt, kann man den Code nicht entschlüsseln. Sie hätten ihn noch komplizierter machen können, indem sie den Tag vor oder nach dem tatsächlichen Datum angeben, aber das hier sind alles schlichte Gemüter, und jede weitere Komplikation hätte früher oder später einen Fehler verursacht. Der Mechanismus mit den Zahnrädern dagegen ist über jeden Begriff genial. Ein einziger Mann kann eine Tür, so schwer wie ein Mühlrad, bewegen, als ob er ein Riese oder ein Dämon wäre. Man erzählt sich, das sei die Frucht einer Zusammenarbeit zwischen Elfen und Zwergen. Der unzerreißbare Efeu ist zweifellos elfisch. Die Zwerge müssen den Elfen ihr handwerkliches Können zur Verfügung gestellt haben, im Tausch für was, weiß man nicht. Weder Geld noch Reichtum. Manche behaupten, im Tausch dafür habe es das Versprechen auf Hilfe im Fall einer extremen Gefahr gegeben, woraufhin der Niedergang der Elfenmacht begann und sie niemandem mehr helfen konnten. Die armen Zwerge haben für nichts gearbeitet, ja, sie haben für den Verwaltungsrichter, ihren erbittertsten Feind, einen Fluchtweg gebaut.«

Von dem Raum aus, in den sie eingetreten waren, führte ein sechs Fuß hoher und drei Fuß breiter Gewölbekorridor in die Höhe. Der Prinz der Füchse und die beiden größten Orks mussten sich bücken. Am äußeren Rand dieses Gangs verlief ein Kanal, in dem ab und zu kleine Dämme das Wasser zu Tümpeln aufstauten. Von der Decke troff das Regenwasser herab und wurde durch unendlich viele Rillen in den Wänden in den Kanal geleitet. Unter das Dröhnen der Schritte mischte sich das fröhliche Geräusch der fallenden Tropfen, in denen sich das goldene Licht der Fackeln an den Wänden spiegelte. Die Windung des Korridors ging stets in dieselbe Richtung.

»Ein Wasserreservoir«, erklärte Ferrain. »In Form eines Wendelgangs.«

Während der Korridor sanft und regelmäßig allmählich immer höher stieg, wurden die Wassertümpel immer größer, und auch das Licht nahm zu. Sie gingen einer hinter dem anderen. Das Ziegelgewölbe und die Wände aus Stein zeigten in regelmäßigen Abständen Spuren, wo Verzierungen und Inschriften weggemeißelt worden waren. An manchen Stellen waren noch Reste davon zu sehen, die die flüchtig ausgeführte Arbeit überstanden hatten: Reiher im Flug, Teile von Buchstaben, Efeuzweige.

Der Aufstieg war langsam und dauerte ewig.

Die Luken in den Außenwänden des Ganges wurden immer größer, regelrechte Öffnungen, groß genug, um einen Menschen aus- und einzulassen. Atàcleto konnte durch eine davon hinausschauen. Trotz des Regens erkannte er eine schwindelerregende Anzahl von senkrecht übereinandergestaffelten Gärten, die auf winzigen, in den Stein gehauenen Terrassen angelegt und von unten vollkommen unsichtbar waren. Atàcleto begriff, worin die Kraft von Alyil lag, in einem geheimen Zugang und einer unvermuteten Menge an Feldern. Aber vor allem in einer unbegrenzten Menge an Wasser.

Es war das Wasser, oder besser sein Fehlen, was Belagerten gewöhnlich zum Verhängnis wurde.

Über den Gärten erhoben sich überall enorm große Taubentürme aus rotem Ziegelstein und überall mischte sich Gurren in das Geräusch des Regens.

Auch Daligar hatte der Belagerung standhalten können dank

der Tauben, die sich jenseits der feindlichen Linien, wo alles reichlich vorhanden war, gütlich taten und wohlgenährte Bäuche zurückbrachten, um den Hunger ihrer Besitzer zu stillen.

Wenn er nicht die Last des Salzes zu tragen und nicht so viele Tage schon Schmerzen in den Beinen gehabt hätte, wäre es vielleicht schön gewesen, sich die Gärten und die Taubentürme anzuschauen. Aber Atàcleto konnte nicht mehr, und Ferrain, der alt war, ging es noch schlechter als ihm. Auch Sambuco schleppte sich nur mit Mühe vorwärts.

Immer müder und verzweifelter, fragte Atàcleto sich, was aus Krümel geworden war. Er hatte sie schon seit dem Tag zuvor nicht mehr gesehen. Wahrscheinlich hatte die Katze nicht durch die große Tür gehen wollen oder können, um ihm in sein letztes, elendes und verzweifeltes Abenteuer zu folgen. Das Fehlen der grünen Augen machte Atàcleto Angst. Er war wirklich allein. Alles, was ihm blieb im Leben, war die unnütze Freundschaft eines Baders, Zahnausreißers und Hühnerdiebs.

Sambuco war eine Windung um die andere hinaufgestiegen und dabei immer langsamer geworden. Irgendwann blieb er endgültig stehen. Stramazzo belegte ihn mit der kompletten Serie von Schimpfwörtern, die Atàcleto in seiner ganzen Militärlaufbahn je gehört hatte, was aber letztlich immer auf dieselben zwei oder drei Sachen hinauslief, dann schlug er ihn mit einer Weidenrute, und an einigen Stellen, wo das Fell schon abgeschürft war, fing das Tier an zu bluten.

»Messere!«, rief der Prinz der Füchse ungehalten. »Der Esel ist erschöpft. Steigt ab und macht Euch die Mühe, aus eigener Kraft weiterzugehen, die so gering nicht ist. Es ist klar, dass Ihr sie aus bloßer Bescheidenheit unterschätzt. Nur Mut, ein paar Schrittchen, und vielleicht gelingt es uns, vor Ende der Jahreszeit oben anzukommen.«

340

Das war ein Fehler. Stramazzo, der schon erste Ansätze gemacht hatte abzusteigen, hielt inne, beugte die Schultern noch weiter nach vorn und fuhr mit den Händen in die Mähne des Esels, wie um sich darin festzukrallen.

Sambuco begann zu zittern. Vielleicht vor Müdigkeit oder vor Kälte, denn er war triefnass, und niemand hatte sich die Mühe gemacht, ihn abzutrocknen. Stramazzos Peitsche schlug wieder zu und lockte noch ein paar Blutstropfen hervor.

»Wenn dieser Esel sich nicht vom Fleck rührt, bringe ich ihn auf der Stelle um«, zischte er. Stramazzo war nicht wiederzuerkennen. Die Wut hatte seine Züge zur Grimasse eines Wahnsinnigen verzerrt. Es war, als könnte nur sein Triumph über den Esel die tödliche Mischung aus Demütigung, Grausamkeit und Ohnmacht, woraus sein Leben bestanden haben musste, wettmachen.

Atàcleto erschrak.

»Mein Herr, verzeiht! Ich will es versuchen. Schlagt ihn nicht. Ich werde alles daransetzen, ich bin sicher, dass es mir gelingen wird. Lasst uns nur einen Augenblick Zeit. Wenn Ihr nur einen Augenblick absteigt, dann schafft er es. Er ist müde, aber er braucht nicht lang, um sich auszuruhen.«

Stramazzo überlegte lang, während die Orks murrten und die Blutstropfen langsam über das Fell des Esels herabrannen und sich am Boden unter das Wasser mischten.

»Mach schnell«, sagte er schließlich sauer. »Aber ich steige nicht ab.«

Atàcleto legte das Salz ab, und da er noch immer mit Ferrain zusammengekettet war, musste er diesen hinter sich herschleifen, als er sich dem Esel näherte. Mit einem Zipfel seiner durchnässten Jacke versuchte er, das Tier abzutrocknen, die kahlen Stellen im Fell vermeidend. Die ganze Operation war natürlich unnütz und wurde begleitet vom Gelächter der Orks und von den Bemerkungen Stramazzos, wer denn nun dümmer sei, der Esel oder der Junge. Aber Atàcleto fuhr unbeirrt fort, Sambuco zu streicheln, ihm mit den Fingern das weiche Fell an den Ohren zu kraulen. Der Esel wandte die Augen nicht vom Boden, um nicht dem Blick des Jungen zu begegnen. Er wollte nicht noch einmal einem Verräter vertrauen. Atàcleto umschlang seinen Hals und drückte ihn fest.

»Dauert diese Szene noch lang?«, fragte Stramazzo.

Atàcleto fasste die Zügel des Esels und zog sanft daran. Sambuco rührte sich nicht, als ob seine Hufe im Felsen Wurzeln geschlagen hätten, die bis in den Mittelpunkt der Erde reichten. Mit der ganzen Zärtlichkeit und Autorität, deren er fähig war, das heißt fast keiner, flüsterte der Junge ihm ins Ohr, wenn er sich nicht rührte, würde man ihn umbringen. Nach langem Zögern bewegte sich der Esel. Atàcleto atmete auf vor Erleichterung.

Die Orks brachen in Gelächter aus.

»Schau mal, du bist ihm ganz egal, er folgt der Katze«, informierte ihn in einem heftigen Ausbruch von Heiterkeit der Prinz der Füchse.

Atàcleto sah sich um. Krümel war endlich wieder aufgetaucht, hinter ihm: Sie schaute Sambuco ganz fest in die Augen und der bewegte sich auf sie zu. Als er sie erreicht hatte, rieb die Katze sich an seinen Beinen. Dann machte sie sich auf den Weg nach oben und der Esel folgte ihr.

Sie kamen beim Richtplatz heraus, als es bereits Abend war. Der Versuch des Prinzen der Füchse, Krümel zu fangen, schlug fehl, und die Katze verschwand im Dunkeln. Es regnete immer noch.

Sie trafen auf drei Bettler, einen Mann ohne Arm, eine schwangere junge Frau und eine Alte im schwarzen Schal, die sich an einem Feuerchen unter einem Bogengang eine Wurst brieten.

»Jedes Lebewesen hier, auch die Katzen und Hunde auf den Straßen, gehören unserem Herrn Verwaltungsrichter und müssen ihm bezahlt werden. Welches Tier wird hier eurer Fresslust zum Opfer gebracht?«

Entsetzt starrten die drei ihn an. Die Alte fasste sich zuerst. »Keines, edler Herr!«, sagte sie bestürzt. »Es ist eine Wurst aus Schwänzen, Schwänze von der Kuh, von der Ziege, vom Eichhörnchen und von der Ratte. Sie sind alle noch am Leben, nicht so ganz glücklich, aber zufrieden und am Leben.«

»Was macht ihr überhaupt auf der Straße? Es besteht Ausgangssperre«, fing der Würdenträger wieder an.

»Wir haben keine Bleibe, edler und erhabener Herr, nicht mal ein Mäuseloch«, antwortete die Alte.

»Das ist keine stichhaltige Entschuldigung«, fing Stramazzo ungerührt wieder an, aber der Prinz der Füchse wurde ungeduldig und schleifte ihn fort, zur sichtbaren Erleichterung der drei.

Endlich stieg Stramazzo von Sambucos Rücken herunter.

»Bringt ihn in die Stallungen und brandmarkt ihn«, krächzte er zufrieden. »Er gehört mir. Die beiden«, setzte er mit Blick auf die Gefangenen hinzu, »schafft in die vaterländischen Gefängnisse und trennt sie. Der Verwaltungsrichter ist zu Besuch beim Herrscher des Reichs des Nordwestens, Arnhank, und der Oberhenker ist Teil seiner Eskorte. Es ist also niemand da, der euch betreffend Befehle geben könnte, und niemand, sie auszuführen. Für jeden von euch eine bequeme Zelle, ernährt auf Kosten der Allgemeinheit. Ihr habt Glück.«

»Herr«, schlug Ferrain vor. »Ihr könntet das Gut der Allgemeinheit sparen und uns laufen lassen.«

Sogar die Orks bedachten Ferrain mit Blicken entnervten Mitleids.

»Idioten im Glück«, seufzte Stramazzo zufrieden. Jemanden

gefunden zu haben, der dümmer war als er, musste ihm ein unerhörtes Gefühl der Genugtuung verschaffen.

»Zwei Unbedarfte!«, schwächte der Prinz der Füchse ab. »Irgendein Spaßvogel muss ihnen erzählt haben, dass man in Alyil auch anderes tun kann als verrecken, und sie sind darauf hereingefallen. Es ist schwer vorstellbar, dass jemand vorsätzlich hierherkommt, wenn er es vermeiden kann, durch unser Gebiet zu ziehen, aber bei den beiden muss man auf alles gefasst sein.« Der Ork schüttelte den Kopf. »Sie sind gekommen, um uns Salz zu verkaufen!«, erinnerte er sich. »Uns, die wir im Land von Milch und Honig leben!«

Zu den Kerkern war es nicht weit. Sie gingen durch Straßen, die von ein paar Fackeln und vom Licht, das durch die Ritzen der Fensterläden fiel, erhellt waren. Es lag eine solche Leichtigkeit, eine so fantastische Anmaßung in der schwindelerregenden Höhe der Häuser, im spiraligen Schwung ihrer Wendeltreppen und in den reinen Formen ihrer ungleichen Bogenfenster, dass sich die Schönheit der Stadt gegen Verwahrlosung und Elend behauptete. Gegen die geborstenen Steine in der Straßenpflasterung, gegen Risse in den Häuserwänden und abgeschlagene Verzierungen. Überall schlang der Efeu sich mit dicken Armen um das Mauerwerk.

Sogar das Kerkergebäude besaß von außen eine luftige Anmut, die jedoch im Inneren in steilen und dunklen Gängen endete. Es herrschte ein schrecklicher Gestank nach Verwesung und Exkrementen.

Atàcleto wurde in eine sehr hohe Zelle gesperrt. Der Boden war ein kleines Quadrat, aber im Unterschied zu der Zelle von Inskay hatte sie nur eine Ebene und eine normale Tür. Sie musste für die weniger verhassten Gefangenen bestimmt sein.

In Inskays Zelle war jedes Detail darauf berechnet gewesen, ein Höchstmaß an Demütigung und Schmerz zu verursachen. Bei ihm hatte man sich nicht so viel Mühe gemacht.

Atàcleto hörte, wie sich der Schlüssel im Schloss zahllose Male umdrehte. Die Zelle erhielt ihr Licht von einem schmalen, vergitterten Fenster, durch welches von der Straße her ein schwacher Lichtschein hereinfiel. Als sich seine Augen daran gewöhnt hatten, sah Atàcleto, dass da rein gar nichts war, nicht einmal ein Lager oder eine Decke, kein Krug Wasser, nichts von jener Minimalausstattung, die gewöhnlich auch in Gefängniszellen vorhanden ist.

Ein krampfhaftes Zittern befiel ihn, in dem sich Kälte, Hunger und Angst mischten. Das Gekläff streunender Hunde durchbrach die Stille.

Der Zauber, von dem Ferrain erzählt hatte, den die Zwerge als Entlohnung für ihre Grubenarbeiten bekommen sollten, hatte stattgefunden.

Der Geist Inskays, König der Zwerge, und der des erstgezeugten Sohnes des Letzten Elfen waren in einem Augenblick nächtlicher Angst miteinander verschmolzen. Und das war das Ergebnis, er saß eingesperrt in einem Gefängnis, aus dem er zusammen mit einem anderen Unschuldigen nur herauskommen würde, um auf den verstümmelten Füßen bis zum Galgen zu hüpfen. Eine Einheit Kavallerie hatte in einem unnützen Angriff die deportierten Zwerge verfolgt und keinen Einzigen von ihnen befreit.

Vielleicht würde Sire Rankstrail kommen, der König von Varil, der halb Ork war, würde ein oder zwei Monate vor den Toren der Stadt lagern und dann wieder abziehen.

Atàcletos Ausflug nach Alyil, dem Land, wo Milch und Honig flossen, war ohne jedweden praktischen Nutzen gewesen; sein Tod und der Ferrains wären bloßer Zeitvertreib, ein reiner Spaß.

Sein ganzes lächerliches Leben lang hatte Atàcleto die Zeit der Träume und Wünsche, wenn man, schon im Bett liegend, den Schlaf erwartet, damit vergeudet, dass er von einer mütterlichen Fee träumte, die ihm den einzigen Wunsch erfüllte, den er je gehegt hatte, in jemand anderen verwandelt zu werden.

Mangels Magie hatte er versucht, das Wunder selbst zu wirken, ein legendärer Held zu werden wie Sire Arduin oder Rankstrail, stark und unbesiegbar, tapfer und unerschrocken. Helden, die bei jeder Laune des Schicksals ihr Leben aufs Spiel setzten, mit einer Nonchalance, mit der reiche Leute beim Würfelspiel ihr Geld riskierten. So würde die Welt ihren Irrtum bemerken, die Seele eines legendären Helden steckte im Körper von Atàcleto, dem Erpel.

Indessen war er bloß ein verängstigter Dummkopf. Er war sechzehn Jahre alt und würde bald sterben, einen grausamen und lächerlichen Tod, den er sich selbst zuzuschreiben hatte und der niemandem etwas nutzen würde.

Der letzte Zauber, der Elfen und Zwerge miteinander verband, würde nur bewirken, die Zahl der Opfer des Verwaltungsrichters um zwei zu erhöhen. Vielleicht würde man ihn denselben Foltern unterziehen wie Inskay und dann am Richtplatz aufhängen und niemand würde davon Notiz nehmen. »Atàcleto wer?«

Es würde einer von diesen ein bisschen vermurksten Tagen sein, an denen einfach gar nichts passiert.

Auf dem Boden hockend, den Kopf zwischen den Händen, bat Atàcleto seine Mutter für dieses sein albernes Abenteuer um Verzeihung.

Die Sehnsucht nach seinen Schwestern überwältigte ihn. Er hätte sie gern noch einmal wiedergesehen. Vielleicht wäre es mit ihm für sie etwas leichter gewesen, zu leben und groß zu werden, etwas weniger beschwerlich. Er wünschte sich, dass die Königin-Hexe seiner Familie eine Rente auszahlen möchte, und dieser Gedanke überwältigte ihn. Er brach in Tränen aus.

Eine flauschige Kugel fiel ihm in die Arme und ließ ihn zusammenzucken.

Krümel war endlich gekommen.

All diese Zeit war sie ihm unbeirrbar gefolgt. Sie war aufgetaucht, um Sambuco zu retten. Sie hatte in ganz Alyil gesucht, bis sie das Gitterfenster fand, hinter dem man ihn eingesperrt hatte, sie war hindurchgeschlüpft, und jetzt war sie hier bei ihm in der Zelle.

Atàcleto drückte sein Gesicht in Krümels Fell und hörte nicht auf zu weinen, aber weniger verzweifelt. Er war nicht allein, Arduins Katze war bei ihm. Das war immerhin etwas. Krümel besaß die merkwürdige Fähigkeit, die Angst zu lindern.

Atàcleto weinte noch lange, das ungewöhnlich geduldige Tier im Arm. Ohne es zu bemerken, glitt er in den Schlaf, einen ruhigen Schlaf, wo sich Hügel voller Blumen und Luzerne ins Unendliche erstreckten. Er erwachte, als fast schon der Morgen graute. Mit einem kräftigen Satz sprang Krümel auf das Brett vor dem Gitter.

Atàcleto stellte sich auf die Zehenspitzen und konnte ebenfalls hinausschauen.

Die Katze huschte davon, und Atàcleto folgte ihr mit den Augen in den darunterliegenden Hof, in dem in Pfützen das Wasser stand und der von ein paar rauchenden Fackeln schwach erleuchtet war.

Da war jemand, eine Gestalt, die ihn einen Augenblick lang an die Königin-Hexe erinnerte, die starke und verzweifelte Frau, und einen Augenblick lang hüpfte sein Herz in einer närrischen

Hoffnung. Doch in diesem Hof stand nicht die Königin-Hexe, die ihn holen gekommen war, sondern eine junge Frau. Atàcleto fiel Maschak, die Dicke, ein, wie Joss sie beschrieben hatte, nachdem er sie in Inskays Geist gesehen hatte.

Eine mächtige und gütige Figur, die schon dem Zwerg zu Hilfe gekommen war und vielleicht auch ihm helfen würde.

Allein in der Stille der Nacht und offenbar nicht ahnend, dass sie beobachtet wurde, tanzte Maschak und klatschte dabei mit den Händen den Rhythmus. Es war ein kraftvoller Tanz, ein Kriegstanz. Indem er ihr zusah, fühlte Atàcleto, wie sein Mut wuchs und die Angst sich verzog in das wirre Nebelgespinst, das auf dem Grund der Träume liegt.

Maschak drehte sich in dem verlassenen Hof, der vor allen verborgen war. Ihre Röcke drehten sich mit ihr. Der Regen hatte aufgehört und das Wasser der Pfützen spritzte überall herum. Bei jedem Schritt sah das Mädchen sein Spiegelbild, zwei symmetrische Tänze, zu denen ein dritter hinzutrat, der der Wassertropfen, die sie aufwirbelte, und ein vierter, der der Ringe, die die Tropfen beim Zurückfallen in die Pfützen bildeten.

In den Tropfen spiegelte sich das schwache Licht der Fackeln wider und schuf eine Aura aus Gold um die Schritte, die acht waren: Kreuzschritt vor, zurück, Seit, Seit, vor, rück, Seit und Wechsel.

Atàcleto erkannte Joss' Kinderreim und die Schritte, die die Figur der wilden Biene bildeten.

Er reckte sich so hoch hinauf, wie er konnte, an die Gitterstäbe geklammert, betrachtete er gebannt den Tanz. Auch seine Füße, die den Boden kaum berührten, gerieten in Bewegung. Vor, rück, Seit, Seit, vor, rück, Seit und Wechsel.

Eins, zwei, drei, vier, fünf, sechs, sieben, acht.

Beim Tanzen hatte Maschak, die Dicke, eine unerwartete Anmut, fast Leichtigkeit. Die hartnäckige Kraft der Königin-Hexe und noch etwas anderes, was die Königin nicht mehr besaß, Verlangen, vielleicht Leidenschaft.

Der beharrliche Mut, den Gras und Bäume haben, um weiterzuleben, das Wasser der Flüsse, um weiterzufließen.

Die Widerstandskraft der Pflanzenkeime, die nach einem Brand neu entstehen.

Der eiserne Wille, den in Kriegszeiten geborene Kinder besitzen.

Dum-dara-dum-dum-dara-dei. Eins, zwei, drei, vier, fünf, sechs, sieben, acht.

Gut, er würde sterben. Früher oder später musste man ohnehin sterben, und für Inskay, den Zwerg, zu sterben, war eine gute Sache. Ein Haufen Leute war für viel weniger gestorben.

Auf jeden Fall hatte er sich den Grund für seinen Tod selbst ausgesucht. Er war ein Kämpfer, kein Opfer. *Dum-dara-dum-dum-dara-dei.* Eins, zwei, drei, vier, fünf, sechs, sieben, acht.

Milch und Honig

KAPITEL 11

In der Ferne, auf dem Gebiet der Orks,
erhoben sich fantastische Türme, bekränzt
von Bögen aus kleinen blauen Steinen.

Seit dem Tag, an dem sie Inskay die Flucht ermöglicht hatte, sah sich Maschak, die Dicke, auf Schritt und Tritt verfolgt von der Erzählung dieses Vorfalls, der einzigen Neuigkeit im stets gleichbleibenden Elend der Grafschaft.

Wenn sie ging, hielt sie stets den Kopf gesenkt, und alle verspotteten sie, aber das war schon immer so gewesen, solang sie denken konnte. Jetzt aber gab es da, verborgen unter ihrer Demut, einen Hauch von Fröhlichkeit und Siegesgewissheit.

Wenigstens einen hatte sie gerettet. An jenem Tag war sie gerade rechtzeitig auf den Großen Platz gekommen, um die Reitereinheit ausschwärmen zu sehen, die den Flüchtenden verfolgen sollte. Sie hatte die Flüche der Soldaten, als sie unverrichteter Dinge zurückkehrten, nicht selbst gehört, aber man hatte ihr davon berichtet, und das hatte sie mit einer wilden Freude erfüllt.

Sie war mit einem kahl rasierten Schädel und ein paar Schlägen davongekommen. Wäre sie nicht die Tochter des Oberhenkers gewesen, hätte sie für ihre Dummheit bestimmt empfindlicher büßen müssen. Glücklicherweise war ihr Vater beim Verwaltungsrichter sehr gut angesehen, wahrscheinlich sein liebster Untertan.

Und Maschak war einziges Kind ihres Vaters.

Die Götter waren dem Oberhenker nicht hold gewesen. Keine der sechs Frauen, die er geheiratet und eine nach der anderen verstoßen hatte, war imstande gewesen, ihm ein Kind zu gebären. Erst die siebte hatte empfangen. Und Maschak war auf die Welt gekommen, die allerdings den Makel hatte, ein Mädchen zu sein.

Bis ins Alter von acht Jahren hatte sie bei ihrer Mutter gelebt. Es waren acht Jahre voller Milch, Honig und Zärtlichkeit gewesen. Auch voller Angst, wenn der Vater nach Hause kam, und vor allem wenn er getrunken hatte, aber es war eine geteilte Angst gewesen, ein Teil für sie, ein Teil für die Mama, und wie alles geteilte Leid nur halb so schlimm.

Dann war alles vorbei gewesen. Die Mutter war bei der Geburt gestorben, zusammen mit dem Brüderchen, das nicht einmal einen Atemzug hatte tun können.

Maschak war allein geblieben. Keine Milch mehr. Kein Honig. Keine Kinderreime.

Nur Angst. Ständig. Riesige Angst. Mit niemandem mehr geteilt. Sie ganz allein mit der Angst.

Für den Oberhenker war freilich das Schlimmste nicht der Tod seiner Gattin gewesen, sondern der des männlichen Erben: Das sagte er sofort und wiederholte es dann mindestens zwei Mal am Tag, jeden Tag, außer wenn er sich ernstlich betrank, denn dann konnte er auch nicht mehr sprechen.

Seitdem war Maschaks Leben inmitten von Staub und Schlamm verlaufen, bis zu ihrem einzigen Triumph – Inskays Flucht. Sie hatte gesiegt, allein gegen alle. Sämtliche Opfer hatte sie vor ihren Augen vorüberziehen sehen, bis auf eines. Maschak dachte, wenn der Zwerg noch am Leben war, wenn er es geschafft hatte zu überleben, würde er sie vielleicht segnen, und das verschaffte ihr eine kleine Erleichterung inmitten der entsetzlichen Last, die ihr Leben war.

Maschaks Vater hegte eine grenzenlose Liebe zu Falken.

»Das sind die Söhne, die ich nicht gehabt habe«, erklärte er, einen Falken streichelnd. »Den Vaterstolz, den das Schicksal mir versagt hat, haben sie mir gegeben.«

Die Raubvögel dienten als Boten. Ein Falke hatte Arnhank, dem elenden Herrscher des elenden Orkreichs des Nordwestens, die Nachricht überbracht, dass Inskay, der Zwerg, geflohen war und früher oder später auf seinem Gebiet aufkreuzen würde. Und jetzt hatte ein Falke als Antwort die frohe Botschaft seiner Gefangennahme gebracht. Im Grunde war es ein Glück gewesen, dass er dank Maschak verschont worden war. Ein Sklave mehr, schon regulär bezahlt, der Erste seines ganzen Stamms, der deportiert und den Orks übergeben würde. In einer langen Serie von Botschaften hin und her war der Handel perfekt gemacht und der Preis für die Deportation des gesamten Zwergenvolks festgelegt worden, zuerst Inskays Stamm, dann unter dem Vorwand seines Verrats alle anderen. Die Zwerge waren treulos und der Verwaltungsrichter brauchte Geld und Schutz.

Die Parfümherstellung, die ihn in Daligar reich gemacht hatte, wollte in Alyil nicht gelingen. Das Klima war zu kalt. Obwohl er zu ihrer Düngung alle verfügbaren Nahrungsmittel einsetzte, gediehen die Blumen nicht so, wie sie sollten.

Mit der Deportation der Zwerge würde man zwei Fliegen mit einer Klappe schlagen: die öffentliche Ordnung aufrechterhalten und die Wirtschaftslage verbessern.

Maschak war zu nichts gut gewesen.

Wie immer.

Die Gefangenen, denen sie geholfen hatte, indem sie ihnen Verbandszeug, Malzgeist und sauberes Wasser verschaffte, waren am Ende alle gehenkt worden. Der einzige Entkommene war wieder gefasst worden, um in einer Blei- oder Quecksilbermine vor Erschöpfung umzukommen.

Die weißen Gipfel, die sich rings um sie türmten, nicht beachtend, stand Maschak hoch oben auf dem Gefängnisturm und starrte unverwandt in die Leere, die sie von dem darunter gelegenen Platz trennte.

Sie schloss die Augen.

Die Versuchung, sich so weit vorzubeugen, bis sie vornüber kippte, wurde jeden Augenblick stärker. Ein Flug wie der eines Engels, der nur einen Flügelschlag lang dauern würde, und endlich das Nichts. Doch noch trug sie den sturen Wunsch zu leben in sich, den albernen Traum von einer Leidenschaft, aber das waren Dummheiten, sie wusste es, Hirngespinste.

Seitdem sie denken konnte, schob sie den Selbstmord von Tag zu Tag auf, von Morgen zu Morgen. Jeden Tag hatte es da in den äußeren Zellen, die sie erreichen konnte, einen Gefangenen gegeben, dem sie etwas bringen konnte.

Jeden Tag hatte es in ihrer Küche reichlich Abfälle gegeben, die sie an die Bettler verteilen konnte. Jeden Tag hatte es da einen Schmerz gegeben, den man lindern konnte. Sie hatte sich immer gesagt, solange da jemand war, dem man helfen konnte, würde sie den Selbstmord aufschieben.

Jetzt war alles vorbei, die äußeren Zellen waren leer, niemand brauchte sie, sie konnte gehen.

Maschak schloss die Augen und alles war erfüllt von Farben und Licht.

Da war kein Schnee mehr. Auch von Elend und Angst keine Spur.

Sie spürte die warme Sommersonne über Alyil, das sich herrlich inmitten von Tälern voller Obstbäume erhob, zwischen Weiden, auf denen zahllose Herden grasten.

Da waren majestätisch große weiße Kühe mit gebogenen Hörnern und Hunderte von Bienenstöcken, wie sie sie im Thronsaal einmal auf einem Fresko gesehen hatte, welches das legendäre Land von Milch und Honig darstellte.

Ihr Blick schweifte durch diese Landschaft, ging hinaus über die Berge, den Geborstenen Berg, das enge Tal. In der Ferne, auf dem Gebiet der Orks, erhoben sich fantastische Türme, bekränzt von Bögen aus kleinen blauen Steinen.

Verwundert und erschrocken öffnete sie die Augen. Sie fragte sich, ob sie im Begriff war, verrückt zu werden. Sie schloss die Augen noch einmal, aber diesmal sah sie nur die Dunkelheit hinter geschlossenen Lidern, doch spürte sie eine Bewegung, ein Huschen, ein sanftes Geräusch vor sich, und schlug die Augen wieder auf.

Vor ihr auf den Turmzinnen saß eine schwarze Katze. Maschak hatte sie noch nie gesehen. Es war eine große Katze mit kräftigen Muskeln, die sich unter dem glänzenden Fell abzeichneten. Sie hatte zwei fantastisch grüne Augen, in der Farbe des Windes auf den Hügeln.

Maschak und die Katze sahen sich an, wer weiß wie lang. Dann wandte die Katze sich um, lief die steile Treppe hinunter, überquerte die Terrasse und schlüpfte durch eines der darunter liegenden Gitter, wo sie von einer Stimme begrüßt wurde. Aus der Zelle daneben kam noch eine Stimme.

Die äußeren Zellen waren also nicht mehr leer.

Es waren die einzigen Zellen, zu denen sie gelangen konnte, diejenigen, in die man die armen Würstchen steckte, Gefangene, die so harmlos waren, dass es nicht nötig war, den Kontakt mit der Außenwelt zu unterbinden.

Nicht dass es an Unschuldigen in den Gefängnissen dieses von Grausamkeit und Misstrauen beherrschten Reiches gefehlt hätte, aber wenn jemand in die äußeren Zellen gesteckt wurde, so deshalb, weil man sich wirklich sicher war, dass er nie etwas angestellt hatte und dies auch nie tun würde.

Maschak hatte wieder eine Aufgabe. Und sie hatte Zeit. Ihr Vater und der Richter waren fern. Es würde länger dauern, bis sie wiederkamen. Wochen. Der Weg war frei. Wieder überkam sie die Erregung, wie in dem Augenblick, als sie Inskay rettete.

Sie würde ihnen in einem Korb frisches Brot und sauberes Wasser hinunterlassen. Dann fiel ihr ein, dass sie ja wusste, wo ihr Vater die Schlüssel aufbewahrte, natürlich nicht die zu den Zellen, aber die zu den Korridoren. Sie war imstande, bis zu den Zellentüren zu kommen, und sie konnte die Sachen durch die Luke schieben.

Sie konnte mit den Gefangenen sprechen, ihnen irgendwie helfen.

Sie würde in Erfahrung bringen können, ob es stimmte, dass es eine Welt draußen gab.

Die Ungeheuerlichkeit dieses Regelverstoßes verursachte ihr Schwindel.

Sie dachte auch, wenn sie die Gefangenen in den äußeren Zellen erst kennengelernt hätte, würde das Grauen ihres Todes sie vernichten, aber ein Blick in die Tiefe beruhigte sie wieder. Danach würde sie das tun, was sie ständig aufschob. Der Gedanke an ihren eigenen Tod war tröstlich für sie. Ein schöner Flug von der Höhe des Turms und alles, wirklich alles wäre vorbei. Die Erinnerungen, die Sehnsucht. Auch der sture Wunsch zu leben, ihr alberner Traum von einer Leidenschaft.

Herren
der Bergwerke

KAPITEL 12

»Die Wirklichkeit ist ein Traum der Götter,
und sie ist größer als unsere Träume,
weil die Götter größer sind als wir.
Manchmal sind sie grausamer, manchmal richtig gemein,
und ganz zweifellos sind sie oft dumm,
in jedem Fall aber sind sie größer.«

In den ersten Tagen war Inskay so etwas wie eine Sensation. Er war angekettet, und die Leute kamen ihn anschauen, der erste Sklave seit der Niederlage. Der Bär fiel Inskay ein, der von Jahrmarkt zu Jahrmarkt zog und seine Wildheit ausstellte, an der Kette geführt von der Frau, die mit ihm tanzte. Es war ein beängstigendes und zugleich faszinierendes Schauspiel. Die Erinnerung daran erfüllte ihn mit solcher Wehmut, dass ihm die Tränen in die Augen traten. Er dachte, nie wieder würde er einen Bärenführer oder Märkte sehen.

Er selbst war weder beängstigend noch faszinierend, aber das, was er darstellte, war für die Orks der Beginn einer neuen

357

Ära des Glanzes und der Raubzüge. Die Zeit der Niederlage war zu Ende.

Seine Ketten symbolisierten den Traum von der Vernichtung der Welt der Menschen, davon, dass ihre ganze Macht, ihre unerträgliche Arroganz, ihre perverse Überzeugung, die Herren der Wissenschaft und der Bewässerungssysteme zu sein, vernichtet werden könnten.

Nachdem alle ihn bestaunt hatten und ihn dabei, um ihn nicht zu beschädigen, nur mit ein bisschen Dreck oder ein paar Steinchen beworfen hatten, wurde festgelegt, dass er in den Bleigruben arbeiten würde, während man darauf wartete, dass die anderen aus seinem Dorf nachkämen. Dann, nach einem oder zwei Monaten, würde die Arbeit in den Quecksilbergruben beginnen.

Inskay würde also in den Bleigruben bei den Unterorks landen, die sie in den letzten acht Jahren betrieben hatten.

Die Gruben lagen hinter dem Haus des Königs Arnhank, außerhalb des erbärmlichen Dorfes, das die Hauptstadt des Nordwestens war.

Das Haus des Königs war kaum mehr als eine Hütte, hinter der sich schiefe Zäune mit schlammigen Höfen abwechselten. In der Tat wusste man, dass die Orks sich zur Verachtung von Reichtum und Wohlstand bekannten. Für den König war es Ehrensache, in irgendeinem Loch zu hausen, dieselben elenden Bohnen mit Speck zu essen wie irgendein Bettler, Töchter mit schwieligen Händen zu haben, die Schweine und Gänse hüteten.

Wenn es jemandem gelang, sein Feld besser zu bestellen, es besser zu bewässern und eine bessere Ernte zu erzielen, wurde er offen verachtet und gehasst.

Vielleicht geleitet von einem Wunsch nach Gleichheit, richteten sie es so ein, dass niemand etwas hatte, statt dafür zu sorgen, dass es keine Armen mehr gab. Das war das zweite große Unglück der Orks. Das erste war der ständige Krieg. Bei den Orks führten die Männer Krieg, die Arbeit blieb den Frauen und den Sklaven überlassen, das heißt Leuten, die in einem derartigen Zustand von Erschöpfung und Elend dahinvegetierten, dass sie kaum noch denken konnten.

Inskay wurde am Brunnen hinter dem Haus festgekettet, unter den knorrigen Ästen eines großen Apfelbaums. Ein Zinkeimer hing an einem ausgefransten Seil ohne Flaschenzug. Wer Wasser holte, musste es von unten nach oben ziehen und ruinierte sich dabei den Rücken. Rings um den Brunnen am Boden lag Abfall. Bei genauerem Hinsehen fand Inskay ein Stück Gürtel und den Fetzen einer gelblichen Kinderhaube, ein Stück verknitterter Stoff, der Rand mit Gänsefedern gefüttert. Während er in diesen letzten Augenblicken des Nichtstuns im Schlamm sitzend den Abstieg in die Hölle der Zwangsarbeit erwartete, beschloss Inskay, den Orks ein Angebot zu machen. Er würde die Segnungen des Wassers und des Erfindungsreichtums in diese steinige und primitive Gegend bringen.

Er nahm das Seil vom Brunnen, das mit einem Knoten fixiert war, und führte es über einen großen Ast des Apfelbaums. Mit dem Stück Gürtel fixierte er die Haube, deren gefütterter Rand die Rolle eines primitiven Flaschenzugs bildete. Das würde nicht lang halten, aber es vermittelte eine Idee davon, was man mit einer echten, nach allen Regeln der Kunst gefertigten Eisenscheibe würde ausrichten können.

Das Seil lief um die Haube, und das Stück Gürtel verhinderte, dass es abrutschte. Inskay machte zwei kleine Knoten, damit es nicht ausfransen konnte.

Voller Stolz betrachtete er das Ergebnis. Jetzt war es nicht einmal mehr halb so viel Mühe, das Wasser heraufzuholen. Vielleicht würde dem einen oder anderen Ork etwas Zeit und Kraft übrig bleiben, um auf andere Ideen zu kommen, als alle abzuschlachten. Der Abend brach an, ein schöner, klarer Abend. Inskay war kalt und er hatte Hunger. Endlich kam jemand, Arnhank, der König der Orks des Nordwestens.

Arnhank ging langsam, er hinkte. Er stützte sich auf einen Stock, der ein bloßes Aststück war, in das nicht einmal ein Griff geschnitzt war. Er sah den Flaschenzug und blieb stehen. Inskay war so stolz darauf, dass er ihm vorführte, wie man ihn benutzte. Er holte einen Eimer Wasser aus dem Brunnen herauf, indem er das Seil nach unten statt nach oben zog. Als er den Eimer auf dem Brunnenrand abstellte, erlaubte er sich auch die Andeutung eines Lächelns, das jedoch sofort erstarb. Geblendet vom Stolz auf seine Arbeit, hatte er die eiskalte Wut des Orks nicht bemerkt.

Endlich hatte Inskay ihm einen Vorwand geliefert, ihn zu massakrieren. Er, der Zwerg, ein minderes Wesen, hatte es gewagt, einem auserwählten Sohn Gottes und der Natur etwas beibringen zu wollen.

Arnhank hieb lange mit dem Stock auf ihn ein und trat ihn mit Füßen, das Schlimmste waren die Prügel auf die Beine, wo er von den vorherigen Schlägen noch große blaue Flecken hatte.

»Was glaubst du denn, du gemeiner, dreckiger Wicht, dass wir allein nicht imstande wären, Schleusen und Mühlen zu bauen? Meinst du, wir brauchen dich, du Wurm der Schöpfung, um uns das beizubringen? Meinst du, die Götter, die euch euren Intellekt gegeben haben, waren besser als diejenigen, die uns den unseren gaben? Du willst uns Mühe ersparen? Und wer hat denn gesagt, dass wir sie uns ersparen wollen? Unsere Aufgabe ist es, die Welt zu erobern und sie im Namen der Gottheit, die sie uns zugesprochen hat, zu beherrschen. Elend und Mühsal spornen unseren Zorn an, Staub und Spinnweben sind uns von Nutzen. Wäre unsere hiesige Welt nicht elendig, würden unsere Soldaten keine andere erobern wollen, das Heimweh würde ihre Angriffslust schwächen. Nur wenn das Leben die Hölle ist, erscheint der Tod in der Schlacht als Befreiung. Niemand soll es wagen, Elend und Not zu lindern, bevor die Welt erobert ist.«

Der Mond ging auf.

Endlich kehrte Arnhank in sein Haus zurück.

Inskay blieb am Boden liegen, wurde ohnmächtig, kam zu sich, wurde wieder ohnmächtig. Vier Gespenster weckten ihn, vier schwarze Gestalten, die sich vor dem Sternenhimmel abzeichneten.

An Inskays Körper war jeder Zoll eiskalt. Einen Augenblick lang meinte er, tot zu sein und die Furien seien gekommen, ihn zu holen. Die Idee fand er gar nicht so schlecht, aber während er sich noch daran erfreute, erinnerte er sich, dass es drei Furien waren, dass hier also eine zu viel war.

Eine der schwarzen Gestalten bedeckte ihn mit einem Lammfell und stellte ihm eine Schüssel heiße Suppe und ein Stück Brot hin.

Eines der Gespenster sagte etwas. Die Stimme klang schüchtern: Befehlen durfte sie wohl nur Wesen, die nicht größer waren als eine Gans oder ein Huhn.

»Herrin, schlagt mich nicht«, sagte Inskay dummerweise. Es war klar, dass die Gespenster kein Wort verstanden. Sie verschwanden in der dunklen Nacht. Inskay verschlang die Suppe so schnell er konnte, aus Angst, dass jemand sie ihm wegnehmen könnte. Er aß das Brot, kauerte sich unter dem Lammfell zusammen und versank wieder im Nichts.

Bei Morgengrauen erwachte Inskay. Der provisorische Flaschenzug war zerstört worden. Vier schwarz gekleidete Gespenster machten sich am Brunnen zu schaffen. Sie schöpften Wasser und zogen den Eimer wieder von unten nach oben.

Inskay wurde in die Bleiminen gebracht, wo ihn eine Mannschaft von Unterorks empfing. Einer, der Chef, hatte nur ein Bein, ein anderer nur ein Auge. Dann waren da ein Buckliger, ein Krüppel und zwei, die normal und unversehrt schienen, die wurden aber von allen am schlechtesten behandelt. Insgesamt waren sie ein halbes Dutzend, alle mit dem ausgemergelten Gesicht und dem unbestimmbaren Alter derer, die sich bei der Arbeit im Bergwerk schon völlig verausgabt hatten.

Am schlechtesten war es früher in den Bergwerken den Elfen ergangen, die man dorthin deportiert hatte. Ohne Luft und fern der Wälder wurden sie krank und starben binnen weniger Tage. Die Orks, Unterorks und Menschen hielten es besser aus, aber auch nicht sehr viel besser. Sie waren größer als die Zwerge, aber nicht so widerstandsfähig. Sie wurden schnell grau, in einem Bergwerk groß zu sein, ist ein Unheil. Man braucht mehr Luft und erstickt, wenn nicht genug da ist, die Stollen müssen höher sein und stürzen dadurch leichter ein.

Die Unterorks im Bergwerk sprachen die Menschensprache mehr oder weniger gut. Sie konnten Inskay sagen, sie seien glücklich, ihn zu sehen, denn jetzt waren nicht mehr sie die Sklaven, sondern wurden Aufseher. Wenn seine Leute kämen, würde man sie aufteilen. Die Frauen würden in den Bleigruben arbeiten, während die Männer das Quecksilber abbauten, so waren auch die Unterkünfte leichter zu organisieren.

Der Unterork gab ihm regelrechten Sprachunterricht, damit Inskay die Befehle verstand und es übernehmen konnte, sie den anderen Zwergen beizubringen.

Im Lauf von zwei Wochen war Inskay imstande, die Orksprache zu verstehen und auch zu sprechen, wenngleich holprig. Das war weniger schwierig, als er gedacht hatte. Trotz ihrer harten Kehllaute war die Orksprache der Menschensprache doch ziemlich ähnlich und gleichzeitig einfacher. Weil er schon einmal dabei war, erklärte der Ork ihm die Grundzüge ihres Gemeinwesens. Festgelegte Feste gab es zwei: Aussaat und Ernte. Die Mythen waren wenige und schrecklich; die Gesellschaftsstruktur einfach und schrecklich. Die Unterorks waren nicht die Letzten auf der Stufenleiter, darunter gab es noch die Ehrlosen, die Missgeburten, Ungeheuer, Krüppel und Aussätzigen, all jene, die der göttliche Fluch gezeichnet hatte. Sie lebten alle zusammen im Mittelreich, an einem merkwürdigen Ort aus so weichem Gestein, dass das Wasser riesige Höhlen, Gänge und Grotten hineinfraß, eine Art widerwärtig poröses Loch, wo die Toten in Verwesung neben den Lebenden lagen, die dort aßen und schliefen.

Die Arbeit war immer anstrengend, manchmal erträglich, manchmal schrecklich. Die Suppe war manchmal passabel, manchmal übel riechend und faulig.

Das Werkzeug war Orkzeug, in miserablem Zustand, aus schlechtem Material nach einem idiotischen System gefertigt. Es hätte genügt, die Stiele an den Spitzhacken etwas länger zu machen, um die Mühe auf die Hälfte zu reduzieren, und sie glatter zu hobeln, damit sie besser in der Hand lagen. Einzige Ausnahme war ein besonders gut gearbeiteter Meißel. Seine Klinge bestand aus einer guten Legierung und der Griff aus festem Kirschbaumholz, an seiner Basis war ein Quadrat eingeritzt, darin ein Kreis, darin wieder ein Quadrat, und so weiter, bis die Zeichnung nicht mehr erkennbar war.

»Bei uns ist dies das Symbol für das Unendliche«, hatte der

Oberste der Unterorks erklärt. »Dieses Ding ist ein Werkzeug der Zauberer. Du weißt schon, solche, die Hände auf Wunden legen. In Kriegszeiten sind die nützlich. Seit wir Quecksilber abbauen, wird der Meißel nicht mehr gebraucht, deshalb ist er hier gelandet.«

Inskay nickte, auch wenn er nicht viel verstanden hatte.

Gab es bei den Orks etwa Heiler?

Die Welt war doch voller Überraschungen. Und was sollte ein Zauberer mit einem Meißel anfangen? Auch wenn man berücksichtigte, dass die Heiler auf den Schlachtfeldern eher Knochenklempner waren und ihre Ausrüstung verdammt dem Werkzeugkasten eines Schmieds oder eines Tischlers glich, blieb der Meißel doch rätselhaft. Und was hatte das alles mit dem Quecksilber zu tun?

Ungewöhnliche geometrische Symbole waren in den ältesten Stollen zu sehen, den höheren und in der Mitte gelegenen. Die Wände waren von winzigen Zeichnungen bedeckt, in einer tadellosen und kühnen Geometrie. Es waren Zeichnungen nie gesehener Art. Baumartig verzweigte Arabesken waren unterbrochen von Zeichen, die an allen Windungen der Gänge identisch wiederkehrten. Allgegenwärtig war das Zeichen der Spirale. Das mussten Reste aus ältester Zeit sein, als die Reiche der Orks noch getrennt waren, jedes mit seiner Geschichte und seinen Geschichten.

»Unsere Reiche sind neun, eure nur zwei«, wiederholte bei Gelegenheit der Orkchef, der Kaiur hieß. »Neun Reiche, acht außen rings um das älteste in der Mitte angeordnet. Acht äußere Blütenblätter und eins in der Mitte, wie beim Sternanis, der unser Symbol ist. Stets vereint, im Leben wie im Tod.«

Vor allem im Tod, wünschte sich Inskay im Stillen.

Außerhalb der Bergwerksmine fand er unter einem Schutzdach ein paar Häufchen Kalk und Siliziumsand sowie den unverkennbaren Ofen zum Glasbrennen. Inskay arbeitete schon seit über einem Monat dort, als er sich endlich dazu durchrang, die Unterorks um Aufklärung zu bitten. Sie konnten sich aber nicht erinnern, den Ofen je in Betrieb gesehen zu haben. Auf ihre Bitte hin gab Inskay eine kleine Vorführung. Es war kein Rohr da, um das Glas zu blasen, und alles, was dabei herauskam, war ein Klumpen glühender Masse. Die anderen gingen mit einem Schulterzucken davon, doch als Inskay allein zurückblieb, machte er sich, ohne zu wissen, warum, einen Spiegel. Mit ein paar Schlägen schlug er den Klumpen flach, dann strich er ihn mit einem Spatel glatt, schmolz ein Stückchen Blei, und als es fast kalt war, strich er es auf einer Seite auf. Zinn wäre besser gewesen, noch besser Silber, aber auch so erhielt er eine spiegelnde Oberfläche, allerdings klein, dunkel und uneben, die das Bild in der Mitte etwas verzerrte. Furchtbares Heimweh überfiel ihn.

Damals als er in den Wässern der Flüsse Ork und Dora in den Bergen des Nordens nach Gold suchte, war Inskay in einer Zinngrube gewesen. Zwischen den beiden Flüssen gelegen, bot die Zinnmine im Winter Arbeit, wenn das wenige Gold der beiden Flüsse unter Eis lag. Das war die letzte Zeit relativer Freiheit gewesen, die Zwerge wurden noch bezahlt, wenn auch schlecht, aber sie waren noch keine Sklaven. Inskay hatte gelernt, Spiegel herzustellen, echte, gute Spiegel, und hatte angefangen, sie zu verkaufen. Den ersten hatte er Pillay für dessen Frau verkauft, die sich etwas gewünscht hatte, das so schön sein sollte wie der Mond, und er, der sie wunderschön fand, hatte ihr den Spiegel geschenkt. Inskay hatte auch einen verschenkt, an Esmeralda, die sein Herz erfüllte, seit er auf der Welt war. Er hatte Pillays Satz wiederholt, er hatte ihr gesagt, sie würde darin etwas anschauen können, das so schön war wie der Mond. Esmeralda hatte ihn benutzt, um ihre Zöpfe zu richten und Rodonays Braut zu werden. Inskay hatte sich Onyx andrehen lassen und sie zu seiner Frau gemacht. Seither hatte er seine verfluchten Spiegel nur noch an Schmuggler und Wilddiebe verkauft, die sie in der Sonne blinken ließen und sich so untereinander Zeichen gaben, wenn die Soldaten anrückten. Den letzten Spiegel, seinen schönsten, hatte er am Tag seiner Hochzeit weggegeben, im Tausch für eine Tasse Belladonna-Tee und einen blöden Ratschlag von der weisen Alten des Dorfes.

Inskay seufzte.

Er dachte an Esmeralda und Rodonay und Pillay und seine Frau, die ehrlich gesagt eher hässlich war. Sie waren alle tot, unter den ersten Opfern des Verwaltungsrichters, wie alle, die etwas besaßen, zusammen mit Schmugglern und Wilddieben, die wenigstens wirklich etwas verbrochen hatten.

Von ihnen blieb nur die Erinnerung, die er bewahrte.

War er tot, blieb nichts mehr von ihnen.

Jetzt würde niemand mehr seine Spiegel kaufen, um ihn seiner Gemahlin zu schenken, die er so schön fand wie den Mond, kein Schmuggler oder Wilddieb würde ihn mehr benutzen, um Blinkzeichen zu geben.

Inskay betrachtete sich. Die Wangen waren hohler als beim letzten Mal, als er sein Gesicht gesehen hatte. Er versuchte zu lächeln und sah die Lücken, die die Zangen des Henkers hinterlassen hatten. Sein Haar war in diesen letzten Monaten fast völlig ergraut. Und doch, als er sich in die Augen sah, empfand er ein Vergnügen, das er nie verspürt hatte, wenn er sich als freier Mann im Spiegel betrachtete. Damals hatte er es aus einem bestimmten Grund getan, um den Bart zu richten, Haare oder Schnurrbart zu stutzen.

Jetzt wollte er sich nur in die Augen schauen. Er wollte dem eigenen Blick begegnen.

Etwas anderes sehen als Gesichter und Augen von Orks.

Er wurde gerufen: Die Pause war zu Ende. Inskay riss einen Zipfel von seiner Jacke ab, um den Spiegel einzuwickeln, steckte ihn in die Tasche und ging.

Aber man hatte ihn nicht zur Arbeit gerufen, diesmal nicht, sondern um ihm etwas zu zeigen. Von oberhalb des Bergwerks aus sah Inskay seine Leute, die in Ketten herangeführt wurden. Unter den Ersten war Lylin, seine Tochter.

Sie war am Leben. Inskay hatte so lang ihren Tod gefürchtet, dass es ihn einen Augenblick lang glücklich machte, sie am Leben zu sehen. Doch nur einen Augenblick. Lylin war auf Orkgebiet, in gewisser Weise eine wandelnde Tote, zum vorzeitigen Tod bestimmt.

Sie war abgemagert und durch den Marsch in der Sonne tiefbraun geworden. Ihre Zöpfe waren schmutzig und verfilzt. Sie begrüßten sich mit einer Handbewegung. Da war auch seine Frau, auch sie schmutzig und mager, und zum ersten Mal in seinem Leben verspürte Inskay einen Anflug von Zärtlichkeit auch für sie.

Sie waren am Leben, wenigstens hatten sie einander gesehen.

Tags darauf sah er alle anderen wieder. Amay, den Weisen, Dolobay, den Jammerer, Uroday, den Dorftrottel, Ronay, den Wahrhaftigen, alle. Sie waren derart verzweifelt, dass die Flüche auf ihn und seinen Bruder, die beiden Helden, deretwegen sie in diesem grauenhaften Exil gelandet waren, nach nicht einmal zehn Tagen schon seltener geworden und nicht mehr das einzige Gesprächsthema waren.

»Wenn nicht heute, dann morgen, einen Vorwand, uns an die Orks zu verkaufen, hätten sie in jedem Fall gefunden«, versuchte Inskay, sie zu beschwichtigen.

»Morgen wäre besser gewesen als heute«, gab Amay, der Weise, barsch zurück. »Und übermorgen besser als morgen.«

»Es ist ein Leiden, eine Katastrophe, alles ein Schmerz«, sagte Dolobay, der Jammerer.

»Es ist wahrhaftig ekelhaft und es ist wahrhaftig deine Schuld«, sagte Ronay, der Wahrhaftige.

Etwas weniger schimpfte Uroday, der keine sonderliche Achtung genoss. Er hatte ein rundes Gesicht und große Augen, die er unaufhörlich auf- und zuklappte, was den Ausdruck von Dummheit auf seinem Gesicht noch verstärkte, daher sein Beiname Dorftrottel, auch wenn er vermutlich nur etwas langsam war und schlecht sah. Wenn es im Umkreis einer halben Meile irgendwo eine spitze Kante gab, so lief Uroday unweigerlich dagegen.

Wie der Führer der Unterorks gesagt hatte, waren Männer und Frauen getrennt worden.

Die Männer wurden in ein seltsames Haus gesteckt, wo die Fenster ohne Läden waren und das halb eingestürzte Dach durch Eisengitter gestützt wurde. Sie schützten vor nichts, aber hielten sie gefangen, bemerkte Amay.

»Es ist eine Qual, hier zu sein, bei all der Zugluft, dabei tun mir ohnehin schon alle Knochen weh«, jammerte Dolobay.

»Es ist wahrhaftig ekelhaft«, erklärte Ronay.

»Im nächsten Leben werde ich Schweinsbratwurst oder Brathuhn. Das wird in jedem Fall besser als jetzt«, kommentierte Uroday.

Mit dem Frühling waren die erste Primeln auf den Wiesen erschienen und gleich darauf ein riesiger Schwarm Mücken, der von den Sümpfen aufstieg und sich auf alles stürzte, was auf seinem Weg lag, vor allem auf die Zwerge.

Die Unterorks, die sie freundlich begrüßt hatten, da sie dank ihrer nun von Sklaven zu Aufsehern aufstiegen, erklärten ihnen, was zu tun war und wie. Die Männer arbeiteten in den Quecksilberminen, die Frauen im alten Bleibergwerk. Sie konnten sich weder mehr sehen noch grüßen. Das brach allen das Herz. Die Kinder bis sieben Jahre blieben bei der Mutter. Ab acht Jahren wurden sie als Erwachsene eingestuft. Nachts hörte man neben dem Schnarchen Weinen und »Mama«-Rufe.

Unter Inskays Werkzeugen war immer noch der merkwürdige Meißel mit dem Symbol des Unendlichen. Er war ein herrliches Stück, aus einem Metall, so leicht wie Holz und so stark wie Stahl. Der einzige Fehler war, dass er bei dem, was sie machten, überhaupt nichts nutzte. Doch es war ein Vergnügen, ihn in der Hand zu halten, und in einem der wenigen Augenblicke der Muße benutzte Inskay ihn, um seinen Namen in die Wand des Stollens zu ritzen, den er grub. Das war ein wenig wie sich im Spiegel betrachten.

Nach ihm taten Dolobay, Uroday und Ronay das Gleiche. Amay zeichnete einen Weinberg, seinen Weinberg, wie er wirklich gewesen war, klein, auf der Kuppe eines Hügels gelegen, mit so riesigen Trauben, wie sie nie gewesen waren.

Am nächsten Tag, als Inskay zusammen mit Ranskay, dem Sohn seines Bruders, und den beiden Söhnen Amays an diese Stelle kam, begannen der kleine Weinberg und die Trauben in einem blendenden Licht zu leuchten. Das Licht entstand von selbst, auf dem Grund der Zeichnung. Es bestand aus Tausenden Funken, die sich wie Glühwürmchen ständig bewegten. Alle versuchten, mit dem Meißel irgendein Zeichen zu machen, aber nur die von Amay leuchteten. Dann kamen die Unterorks und verprügelten alle, damit sie aufhörten, Unfug zu treiben, und an die Arbeit zurückkehrten. Sie waren weder erstaunt noch verärgert. Nur gelangweilt. Wenn die Zeichen an der Wand zu funkeln begannen, waren die Leute abgelenkt, also musste man sie schlagen.

Dafür erhellte das Leuchten den Stollen und machte die Arbeit leichter, das musste der Sinn dieses Meißels sein.

Und doch hatte keiner der Unterorks ihn je benutzt, um Zeichen zu ritzen.

An den folgenden Tagen und in den äußerst seltenen Augenblicken der Muße stellten Inskay und die anderen alle möglichen Experimente und Versuche an. Es zeigte sich, dass außer Amay nur acht weitere Zwerge imstande waren, Lichtzeichen einzuritzen, die jedoch nicht immer sehr hell leuchteten. Manches Mal war das Leuchten enorm, manchmal kaum angedeutet.

Im Schlafraum waren Inskay und Uroday nebeneinander gelandet, auch weil bei Inskay keiner sein wollte und Uroday im Grunde ein gutmütiger Kerl war. In einer Nacht, als das Weinen der Kinder besonders laut war, überlegte sich Inskay, dass sie alle jetzt noch in Alyil wären, wenn er nicht geplaudert hätte, als Sklaven des Verwaltungsrichters natürlich, was aber im Vergleich zur Gefangenschaft bei den Orks geradezu paradiesisch war. Er fragte sich, wie er so idiotisch hatte sein können.

»Alle machen wir mal was falsch«, flüsterte er verzweifelt. »Dann können wir es nicht fassen, dass wir das getan haben, und würden unsere Seele dafür geben, es rückgängig machen zu können. An bestimmten Tagen würde der Teufel, wenn er sich ein wenig umsähe, fantastische Geschäfte machen, aber er sieht sich nicht um, er sitzt mit seinem bleiernen Arsch auf dem Grund der Hölle, und wir können nicht zurück. Weißt du, warum der Teufel seinen Arsch nicht bewegt?«

»Weil unsere Seelen ohnehin ihm gehören. Bei diesem Elend verlieren wir sie sowieso an die Verdammnis. Wenn man verzweifelt ist, streitet jeder mit jedem, und alle hassen sich«, antwortete Uroday.

»Du bist kein Trottel«, bemerkte Inskay.

»Nein, aber ich tue so, da sind alle zufrieden und haben ihre Ruhe. Jedes Dorf muss seinen Trottel haben, sonst fehlt etwas. Der Posten des Weisen war schon vergeben, der des Nörglers auch, blieb nur noch der Trottel. Apropos, weißt du, warum die Orks nie Zeichen mit dem Meißel machen? Die ihren würden nicht leuchten. Die Zeichen leuchten nur für den auf, der direkter Nachkomme dessen ist, der sie eingeritzt hat. Also leuchten sie hell auf vor dem Sohn, schwächer vor dem Enkel. Wenn irgendwer hier die Chance hätte, Urgroßvater zu werden, bevor er verreckt, würden die Zeichen vor dem Urenkel ein paar schwache Funken sprühen. Die Unterorks haben keine Nachkommen, deshalb schreiben sie keine Zeichen.«

»Und woher weißt du das?«

»Dazu muss man nur genau hinschauen. Erzähl niemandem, dass ich dir das gesagt habe. Ich habe Jahre gebraucht, um der Trottel zu werden und ich lege Wert darauf.«

Inskay dachte nach.

Uroday hatte recht. So funktionierte das: die Söhne und die Enkel. Ein schöner Zauber, wunderschön, rührend. Auch nützlich. Aber warum dann…

»Aber der Meißel ist nicht so schön, wie es scheint«, fing Uroday wieder an. »Ich glaube, er dient dazu herauszufinden, wer genau der Vater ist. Du weiß ja, wie es heißt, die Mutter ist immer sicher, der Vater nicht. Ich bin Experte auf dem Gebiet, ich kam auf die Welt, elf Monate nachdem mein Vater in die Bergwerke gezogen war. Die Schwangerschaft meiner Mutter war die längste im ganzen Dorf. Und ich sah dem Bäcker ähnlich. Behaupte nicht, dass du das nicht wusstest.«

Inskay behauptete es nicht. Alle wussten das. Mindestens dreimal am Tag wurden über diese Sache Witze gerissen.

»Als mein Vater oder besser der Mann meiner Mutter aus den Bergwerken heimkam, gab es eine große Schlägerei zwischen ihm und dem Bäcker, und dann wurde alles wieder normal. Nun ja, fast«, schloss Uroday. Abgesehen von den drei Witzen jeden Tag. Das also war der Grund, warum Uroday es als Erster begriffen hatte. »Deshalb lege ich solchen Wert auf meinen Titel als Dorftrottel. So bin ich nicht länger das überzählige Kind des Bäckers. Ich stelle mir vor, wenn hier ein Kind zur Welt kam, ritzte der vermeintliche Vater in seiner Anwesenheit ein Zeichen in die Wand. Leuchtete das Zeichen auf, wurde gefeiert und ein Schwein geschlachtet. Wenn nicht, freute sich das Schwein, denn Mutter und Neugeborenes wurden in Stücke gehauen und ihm zum Fraß vorgeworfen. Warum dieses Ding in einem Bergwerksstollen ist? Ich bin noch nicht vertrottelt genug, um das zu verstehen.« Uroday drehte sich auf die andere Seite.

»Es dient dazu, die Stollen zu beleuchten, oder? Wir arbeiten leichter und man braucht keine Fackeln. Eine nützliche Sache«, erklärte Inskay. Urodays Grunzen klang nicht überzeugt.

Inskay starrte in die Dunkelheit. Er versuchte, sich zu erinnern, wie oft er mitangehört hatte, dass Uroday verspottet wurde. Er hatte das selbst nie getan, aber er war ihm ehrlich gesagt auch nie zu Hilfe gekommen, wenn andere es taten.

»Es tut mir leid, Uroday«, sagte er schließlich.

»Es war gar nicht so schlecht«, entgegnete der andere, ohne sich umzudrehen. »Bis man die Bäckerei geschlossen und den Bäcker deportiert hat, war das erste süße Fladenbrot am Morgen immer für mich.«

Die Quecksilberminen lagen am Fuß der Hügel, eher weit weg vom Schlafsaal, sodass zur Arbeitszeit noch der Hin- und Rückweg kamen. Es war ein trauriger Marsch über einen abschüssigen und steinigen Weg, der in Inskay den ganzen Schmerz des Exils aufsteigen ließ.

Abends half Inskay den Verletzten und Leidenden so gut er konnte: Manchmal waren es Stürze, manchmal Schläge, manchmal die Erschöpfung. Inskay legte seine Hände auf die schmerzenden Stellen, dann erzählte er mit ruhiger Stimme, wie der Schmerz sich löste, wie Salz in klarem Wasser, wie Honig in Kamillentee. Erstaunlicherweise funktionierte das und er konnte sich etwas Wohlwollen zurückerobern.

Um das Quecksilber dem Inneren der Erde zu entreißen, brauchte man zwei Mannschaften. Eine dritte, die der Kinder und Jüngeren, war fürs Putzen und für die Küche zuständig. Die erste Mannschaft hackte das Zinnober aus dem es umschließenden Gestein heraus, die zweite mahlte es.

Die Stollen, in denen Zinnober vorkam, zerfraßen denjenigen, die in sie eindrangen, das Blut. Die Bergleute wurden matt, ständig müde, verfroren, das Herz pochte heftig bei der geringsten Bewegung.

War das Metall gemahlen, musste man es über Feuer halten, gelbliche Dämpfe stiegen davon auf, Teufelsqualm genannt, man musste heftig husten davon, und die Dämpfe waren giftig. Erst nach dem Teufelsqualm und den Quecksilberdämpfen würde das Metall rein in die Behälter laufen.

Man musste sich ständig ablösen, einmal die erste, dann die zweite Mannschaft, um die Belastung zu verteilen und die Schäden irgendwie zu begrenzen.

Zweifelnd sah Inskay auf die Quecksilberbehälter, die klein waren, weil das Metall sehr schwer wog und man es in größeren Mengen unmöglich hätte transportieren können. Dafür hatte es eine seltsame Eigenschaft, war es einmal in eine Drehbewegung versetzt, hielt die an wie bei einem unaufhaltsamen Kreisel. Auf einem Jahrmarkt wäre das lustig gewesen. Sein Nutzen und Zweck waren unergründlich.

»Wozu ist es gut?«, fragte Inskay den Chefunterork. »Was macht ihr damit?«

»Das ist ein Geheimnis«, antwortete Kaiur mit einem schlauen Lächeln. »Und wer danach fragt, kriegt die Peitsche, aber diesmal erlasse ich sie dir, weil du es nicht wusstest und ich gutmütig bin.«

Bösartig war er wirklich nicht. Er schlug nur selten zu, wenn es notwendig war und einer vor Verzweiflung ausrutschte oder die Müdigkeit zu groß war, weil er wusste, dass ein kleiner Schmerz von einem großen abzulenken vermag. Er schlug, ohne wirklich wehzutun und nie zum Spaß.

Manchmal fand er ein paar Karotten oder Kartoffeln zusätzlich für die Suppe seiner Zwerge. Manchmal waren sogar Schweineschwänze oder Hühnerflügel darin. Wenig, sicher, zu wenig, Schwänze mit Haut und nicht gerupfte Flügelchen, aber trotzdem war es ein Fest.

Alles in allem war der Chefunterork ein guter Chef.

Alles Übrige war die Hölle, der Teufelsqualm und die Quecksilberdämpfe. Es war schwer, eins vom anderen zu unterscheiden, sicher war nur, dass beide verflucht waren.

Die Bergleute in den Stollen wurden krank vor Erschöpfung. Sie magerten ab, ihre Augen wurden gelb, sie mussten sich erbrechen. In ihrem Kot waren Blut und große, wie Haken gekrümmte Würmer. Inskay hatte schon davon gehört, sie hießen Bergwerkswürmer und fraßen das Blut der Bergleute.

Die den Dämpfen ausgesetzt waren, husteten sich die Seele aus dem Leib und konnten auch im Schlaf nicht damit aufhören.

Inskay verbrachte unruhige, schlaflose Nächte, geplagt von Gewissensbissen Lylin und seiner Leute wegen. Endlich, während eines heftigen Regens, der überall durch die Löcher im Dach eindrang, übermannte ihn der Schlaf, und der kleine Prinz kam wieder in seinen Geist. Er war in dem Zimmer, wo das rosa Ungeheuer und das mit Streifen waren, und die blaue Fee saß auch dabei. Der kluge Kobold las etwas aus einem Buch vor.

»…Im Gestein, das Zinnober enthält, leben krumme Würmer, die man Krummlinge nennt. Sie verursachen eine Krummnitis genannte Krankheit, die die Eingeweide des Bergmanns befällt und sein Blut zersetzt. Der ›Zinnober‹ genannte rote Stein enthält Quecksilber und Schwefel, aber wenn man ihn verbrennt, spaltet sich seine Materie, und es entstehen Quecksilberdämpfe, die das Blut schädigen, und Schwefeldämpfe, die man Teufelsqualm nennt, sie verursachen Husten und Atemnot…«

Beim Aufwachen war Inskay wütender als sonst. Dass dieses Zeug, welches von den Öfen aufstieg, Schwefel war, hatten sie schon von allein begriffen, ohne dass ihnen das jemand erklärte. Im Übrigen konnte ihm nur weniges auf der Welt gleichgültiger sein, als den genauen Namen des Wurms zu kennen, der sie bei lebendigem Leib auffraß. Auch tröstete es ihn nicht sonderlich zu erfahren, dass man in Daligar wusste, dass sie an Würmern, Schwefel- und Quecksilberdämpfen krepierten, die das Blut verseuchten. Auch wenn sie es wussten, hatte man doch hinter der düsteren Silhouette der von Bergwerksschutt verschandelten Hügel nie die Kavallerie von Daligar oder Varil auftauchen sehen, noch sonst jemanden, der nach ihnen suchte.

In seiner von Schwefel und Quecksilber verhutzelten Seele trug Inskay allen Schmerz der Welt.

Inskay hatte stets gedacht, dass, wenn es einen Gott gab, der die Welt erschaffen hatte, die Erdstoffe die Sprache waren, in der er sich der Welt mitteilte, und wenn kein Gott die Welt erschaffen hatte, die Erdstoffe selbst göttlich waren. Wem die Erdstoffe gleichgültig waren, wer meinte, dass sein Geist zu erhaben sei, um einen Holzstein zu betrachten, versündigte sich in gewisser Weise.

Jetzt entdeckte er, wie bösartig die Erdstoffe sein konnten. Inskay dachte, kein Schmerz sei dem vergleichbar, Quecksilber aus einer Mine zu holen, außer dem Schmerz darüber, dass er selbst es gewesen war, der seine Leute zu dieser Höllenpein verdammt hatte.

Ein paar Nächte später wurde Inskay im Schlaf wieder von einem Traum heimgesucht. Die Bücher des klugen Kobolds hatten eine Flut von Informationen ausgespuckt. Der Wurm drang durch die nackte Haut an Händen und Füßen in den Körper des Bergarbeiters ein. Sie mussten also Schuhe tragen und die Hände mit alten Stofffetzen umwickeln. Nicht alle Zwerge hatten Schuhe, aber wenn die an den Schmelzöfen darauf verzichteten, wären auch für die anderen genug da. Wer an den Öfen arbeitete, musste den Mund bedeckt halten mit Tüchern, die getränkt waren mit Wasser und Arnikaextrakt, um die Dämpfe nicht einzuatmen. Arnika war eine Pflanze mit kleinen gelben Blüten, durch die Augen des freundlichen Kobolds sah Inskay ihre Abbildung im Buch. Wer den Wurm schon hatte, musste Kürbiskerne essen, und um ihn ganz auszuscheiden, musste man einen Sud aus Brechnuss und rotem Johanniskraut trinken, aber sehr verdünnt, denn in höherer Konzentration konnte das giftig sein und die Symptome von Übelkeit und Erbrechen verstärken. Johanniskraut hatte eine Blüte mit fünf Blütenblättern auf einem hohen Stängel, die Brechnuss wuchs auf einem Baum und hatte die Form einer Pflugschar. Die Quecksilberdämpfe waren viel weniger giftig, wenn man etwas Alkoholisches trank, am besten Bier.

Wieder war Inskay beim Erwachen wütend. Die Mannschaft an den Öfen ohne Schuhe. Schöne Idee. Darauf konnte nur jemand kommen, der noch nie an einem Schmelzofen gestanden hatte. Und wenn das glühende Metall auf den Boden lief? Und woher sollten sie die Fetzen nehmen? Sollten sie sie als Geschenk zum Weinlesefest erbitten? Das Bier dagegen konnten sie zum Erntedankfest erbitten. Auch war es ärgerlich, dass diese drei jungen Hüpfer glaubten, sie müssten ihm, einem Angehörigen des Volks der Zwerge, der die Kräuter kennengelernt hatte, noch ehe er laufen lernte, erklären, wie Arnika und Brechnuss aussahen. Und Johanniskraut, jeder wusste doch, dass es gut war gegen Würmer, nicht umsonst hieß es auch Teufelsaustreiber. Und wo, glaubten sie, sollte er in einem Bergwerk teufelsaustreibendes Johanniskraut finden?

Dann verflog die Wut. Der Traum hatte den Sinn gehabt, ihn daran zu erinnern, dass es gegen Krankheit Waffen gibt. Die Unterorks hatten vielleicht welche oder konnten sie suchen. Schließlich stiegen auch sie mit den Zwergen ins Innere der Erde hinab und verseuchten sich die Eingeweide, auch sie atmeten den Teufelsqualm. Das Problem war, ein Tauschmittel zu finden.

Zwischen einem Albtraum und dem nächsten erfuhr Inskay schließlich, dass es auch für ihn wie für jeden Herrscher noch in der trivialsten Geschichte mit einem Minimum an epischem Anspruch eine Prophezeiung gab, die ihn betraf.

Endlich verstand er, was zum Teufel dieses Dumdaradadumdumdadei war, das ihm seit Monaten im Kopf herumging. Die ihn betreffende Prophezeiung war nicht in Stein gehauen, nicht in Eisen und noch viel weniger in Gold graviert, sondern sie war in einem Kinderreim verborgen. Vier Strophen, eine nach der anderen, wovon zwei schon Vergangenes betrafen. Jetzt blieben nur noch der goldene Drachen, von dem nicht einmal das Liedchen wusste, ob er kommen würde oder nicht, und ein König, der von unten kam. Wie nicht anders zu erwarten, war die Regel, derzufolge in allen Geschichten von Zwergen, ihrem Schmerz und ihrem Tod immer etwas Lächerliches stecken musste, eingehalten, aber Inskay war nicht verärgert darüber. Im Gegenteil, im Lauf der Zeit gefiel es ihm immer besser, dass niemand den Rücken hatte krumm machen müssen, um seine Prophezeiung irgendwo einzumeißeln, dass sie vielmehr etwas so völlig Gewöhnliches war wie ein Kinderreim. Jedes Mal, wenn ihm dieses Liedchen durch den Kopf ging, sah er einen Augenblick lang etwas Schönes, eine schwarz-weiße Katze, die ein von Weinreben gesäumtes Stoppelfeld überquert, einen Schwarm Sperlinge, der von einem Pflaumenbaum auffliegt, dessen Äste sich mehr blau als grün unter der Last der Pflaumen biegen. Einmal sah er sich selbst vor einer Hütte sitzen, er hielt ein Kind im Arm, Lylins Sohn. Ringsherum eine Wiese, gesprenkelt vom Weiß der wilden Kamille und vom Rosa des Klees. Das waren nicht nur hübsche Farben, sondern das war alles auch zum Essen und so freundlich, hier selbst zu gedeihen.

Der Kinderreim ließ auch die Schmerzen und die Müdigkeit vergehen. Inskay erinnerte sich, dass der kleine Prinz all seine Schmerzen mitfühlte. Von da an passte er besser auf, sich nicht wehzutun und keine Schläge zu bekommen. Abends im Schlafraum begann er, als ob nichts wäre, den Kinderreim zu summen. Dann deutete er die Schritte an, mittlerweile hatte er die Schrittfolge verstanden. Man fragte ihn, ob er mit Uroday um das Amt des Deppen wetteifern wolle. Inskay gab nicht auf. Abend für Abend machte er weiter. Am Ende breitete sich eine merkwürdige Stille aus. Wenn er aufhörte, bat ihn wer fortzufahren. Mit diesem Zeug ging es einem besser. Die Kinder waren die Ersten, die anfingen, ihn nachzuahmen, dann kamen die anderen. So erschöpft sie auch sein mochten, nachts hörte man im Schlafraum Schritte und Stimmen, die müde waren, aber nicht mehr verzweifelt und die Silben des Liedchens nachsangen. Irgendwem kam in den Sinn, die Melodie eines Liedes zu unterlegen, das sie bei der Arbeit sangen. Mit den Händen klatschten sie den Rhythmus dazu. Aus dem Kinderlied wurde ein Tanz, aufgeführt von zerlumpten und erschöpften Tänzern, dumpf, bedrohlich und voller Angst, aber auch voll einer dunklen Hoffnung und Wut.

Inskay dachte ununterbrochen daran. Der Kinderreim besagte, dass eine Geschichte sie retten würde. Eine Geschichte und ein goldener Drache. Das war nicht sehr klar, zugegeben, aber von einer Prophezeiung, die man auf Anhieb versteht, hatte man ja auch noch nie gehört. Der goldene Drache war eindeutig ein Symbol für irgendetwas, weiß der Kuckuck, für was. Was die Geschichten anging, so wiederholte die Fee Nacht für Nacht ihre Idee. Inskay sollte Geschichten verwenden, weil Geschichten schön sind. Sie und ihre Brüder würden welche suchen für ihn. Er musste sie seinen Leuten erzählen, damit sie wieder Mut schöpften, und dann musste er sie eintauschen. Die Welt der Menschen war voller Geschichtenerzähler. Leute, die herumzogen und im Tausch für ein paar Groschen einen Abend lang eine andere Wirklichkeit schufen, sodass jeder aus seiner eigenen heraustreten konnte. Inskay konnte im Tausch erhalten, was ihm fehlte, Schuhe, Fetzen, Kürbiskerne, die Frucht vom Brechnussbaum, der auf Orkgebiet wuchs, Arnika und Johanniskraut, im Tausch für die schönsten Geschichten der Menschenwelt. Traum um Traum kamen die Geschichten, aber die meisten rissen ab oder verloren sich in der Wirrnis der Traumwelt, und am Ende waren sie unverständlich und unmöglich zu erzählen.

Drei davon konnte Inskay behalten, die vom König der Maulwürfe, der für sein Volk einen sicheren Hügel sucht; die Geschichte vom Prinzen, der in einen Frosch verwandelt wird und eine Prinzessin küssen muss; die vom Wolf und der Ziege, die in einer Sturmnacht in derselben dunklen Hütte landen und sich nicht erkennen, weil jeder den anderen für seinesgleichen hält.

Noch am selben Abend begann er, seinen erschöpften und ausgepumpten Bergleuten die Geschichte vom Hügel der Maulwürfe zu erzählen.

Schon der Anfang war eine Katastrophe, ständig wurde er unterbrochen, und keiner interessierte sich die Bohne dafür. Es war sehr schwierig zu erklären, dass es die Maulwürfe nirgendwo gab, dass sie eine Erfindung waren. Viele fanden das schade, denn Maulwurfragout mit Lorbeer war gar nicht so schlecht, und sie fragten, warum man von Maulwürfen sprach, die es nicht gab und nie gegeben hatte und die man nicht essen konnte. Da erinnerte Amay sich an das Hochzeitsmahl seiner dritten Kusine, bei dem es Schweinefüße, Fledermausflügel und Eichkätzchenschwänze gegeben hatte, weil der Verwaltungsrichter schon an der Macht war und nichts mehr zu essen da war, aber auch so war es schön gewesen. Uroday wurde seinem Ruf als Dorfdepp gerecht, als er von einem Onkel erzählte, der einen Truthahn zum Markt trug und eine enorme Summe dafür verlangte, weil der Truthahn nicht singt wie die Vögel, aber denken kann. Inskay hätte nie gedacht, dass diese Geschichte wahr sein könnte, und ihm kam der Verdacht, die Rolle des Dorfdeppen könne in direkter Linie erblich sein, wie die der Könige bei den Menschen. Dolobay erzählte von seiner Schwägerin, die nichts mehr sah, das aber nicht zugeben wollte. Jedes Mal wenn sie etwas nicht erkannte, tat sie so, als sei sie blöd geworden und erinnere sich nicht mehr an den Namen dieser Sache. Auf die Frage ihres Mannes, warum sie das so mache, es sei doch besser, blind zu sein als blöd, antwortete sie, so fühle sie sich weniger einsam, weil es viel mehr Blöde gebe auf den Welt als Blinde. Auch Paonay hatte eine Kusine, die sagte, Erde und Dummheit seien im Übermaß vorhanden auf dieser Welt, und die daher verlangt hatte, dass ihr Bräutigam ein Rätsel lösen müsse. »Was zerbricht, sobald man es ruft?«, hatte sie eine Gruppe von Zwergen gefragt. Die Zwerge hatten angefangen zu murmeln, und der Dorfdepp, dem das Nachdenken schwerfiel und der sich von dem Lärm gestört fühlte, rief »Ruhe!«, und so hatte Paonays Kusine ihn heiraten müssen.

Der Abend war hinübergeglitten in eine Nacht voller Geschichten. Die Maulwürfe der Königskinder von Daligar hatten überhaupt niemanden interessiert, aber alle hatten ihre Geschichten erzählt, Geschichten von Zwergen, kleine, beliebige Geschichten voll verzweifelter Heiterkeit und herzzerreißendem Heimweh, und das war immerhin besser als Schweigen. Sie erzählten und erzählten, wobei die Sehnsucht nach einer vertrauten alltäglichen Umgebung immer stärker wurde, und so ging das bis in den frühen Morgen hinein, bis sie vor Müdigkeit umfielen, während Amay noch erzählte, wie er seiner Frau, die für einen anderen bestimmt war, den Hof gemacht hatte und sie am Ende doch ihn geheiratet hatte.

Im Morgengrauen beschloss Inskay, es bei Kaiur, dem Chefunterork zu versuchen.

Mit einem fröhlichen Lächeln im Gesicht ging er auf ihn zu.

»Wollt Ihr, dass ich Euch eine Geschichte erzähle?«, fragte er hoffnungsvoll.

Der andere sah ihn verwundert an.

»Wieso, was ist passiert?«, wollte er wissen.

»Keine Geschichte, die passiert ist, eine, die nicht passiert ist«, versuchte Inskay zu erklären.

»Eine Lüge? Warum willst du mir eine Lüge erzählen? Das ist falsch.« Der Unterork war geduldig, aber er wurde langsam ungehalten. Und doch war sich die blaue Fee so sicher; vielleicht musste er nur überzeugender sein.

»Keine Lüge, das heißt, ja, in dem Sinn, dass es nicht passiert ist, aber es ist die Geschichte von einem Prinzen, der sich in einen Frosch verwandelt…«, beharrte Inskay.

»Willst du bestraft werden?« Inskay schüttelte den Kopf. »Verschwinde hier und geh arbeiten.« Inskay nahm sein Lächeln etwas zurück, gab aber nicht auf.

»Eine schöne Geschichte«, sagte er. »Die Geschichte von einem Prinzen, der in einen Frosch verwandelt wird und eine Prinzessin trifft…« Er konnte den Satz nicht zu Ende bringen. Die Gefühle des Orks brachen wie eine Lawine über ihn herein. Dessen Ärger war fast so stark wie ein Geruch. Inskay verstummte, verschluckte sein Lächeln und huschte eilig davon wie eine Schwalbe im Frühling, verfolgt von der Stimme des anderen, der brüllte, er solle aufhören mit dem Quatsch, denn nur einem Menschen oder einem Elfen konnten derartige Blödsinnigkeiten in den Sinn kommen, und Inskay war weder das eine noch das andere.

Geschichten als Tauschmittel zu benutzen, war eine Idee, die nur drei Königskindern in den Sinn kommen konnte, die ihr Zimmer mit einem gestreiften und einem rosa Ungeheuer teilten.

Doch bald darauf rief der Chef ihn: »He, Zwerglein, lass uns einen Schluck Wasser trinken.«

Er war ein guter Chef, keine Frage. Inskay nickte, dankbar für diesen Augenblick des Friedens.

Das Wasser war in einer Kupferkanne. Sie tranken jeder einen Schöpflöffel voll, dann noch einen und noch einen. Inskay fühlte, wie der Staub von den aufgesprungenen Lippen gespült wurde, der Geschmack nach Erde aus dem Mund verschwand. Er beschloss, die Ratschläge der drei Königskinder fahren zu lassen und es mit eigenen Mitteln zu versuchen, schlechter als eben konnte es ja gar nicht enden.

»Herr Ork, würde Ihnen ein Spiegel gefallen?«, fragte er leise.

»Ein Spiegel?«, fragte der andere. Er war verblüfft, sicher, aber Inskay spürte die Neugier, wie er inmitten von Staub den Geruch nach Wasser wahrgenommen hätte.

»Seht Ihr, mein Herr, im anderen Bergwerk habe ich einen Spiegel gemacht, man kann sein Gesicht darin anschauen. Mit ein bisschen Glas und ein bisschen Blei. Mit Zink wäre es besser gewesen, aber es war keins da. Hier. Wollt Ihr ihn?« Inskay zeigte seinen kostbaren Gegenstand. »Wir brauchen Stofffetzen«, murmelte er dann. »Viele Fetzen.«

Der Chef schien wie vom Blitz getroffen. Er war verstummt und betrachtete lange den Spiegel.

»Ich weiß, was ein Spiegel ist«, sagte Kaiur schließlich. »Bei meinem Großvater zu Hause hat es einen gegeben. Das war nicht verboten, aber leichtsinnig. Wenn du dich im Spiegel anschaust, dann bist da nur du, wir Orks sind aber immer alle zusammen. Wir beten gemeinsam, das ist wichtig. Sich im Spiegel anzuschauen, das ist ein wenig wie alleine zu beten. Nicht eigentlich verboten, aber seltsam. Wenn du dich im Spiegel anschaust, sind die anderen nicht da. Das gehört sich nicht. Es sind glaube ich zehn Jahre, seitdem ich mich zuletzt…« Er beendete den Satz nicht. Zitternd streckte er die Hand aus, nahm den Spiegel und betrachtete sich, fuhr sich mit der Hand über die Backenknochen, übers Kinn. Sein Gesicht musste nicht schöner geworden sein in den letzten zehn Jahren. Er sah sich in die Augen, ohne den Gesichtsausdruck zu verändern.

»Wir brauchen Stofffetzen, Herr, und Lederstücke, Herr, und auch Kürbiskerne, wenn es möglich ist«, flüsterte Inskay. Der Ork besah sich weiter im Spiegel, doch dann gab er ihn zurück.

»Stofffetzen sind nicht leicht aufzutreiben«, sagte er leise und ging davon.

Inskay blieb mit seinem überflüssigen Spiegel in der Hand zurück, und einen Augenblick lang war er versucht, ihn an die Wand zu schleudern.

Glücklicherweise konnte er der Versuchung widerstehen.

Der Ork kam bald wieder. Er brachte eine Handvoll gute Lederreste mit und ein altes zerrissenes Gewand aus solidem Stoff, woraus man etliche große Fetzen machen konnte.

»Lässt du mich noch einmal hineinschauen?«, fragte er. »In den Spiegel, meine ich.«

Inskay reichte ihn ihm. Um die Hände frei zu haben, übergab ihm der Ork das Gewand und die Lederstücke. Inskay hielt die Luft an, aus Angst, ihn zu stören. Diesmal warf der Chefunterork nur einen flüchtigen Blick hinein. Inskay sah ihn an und spürte im Brustkorb des anderen eine vehemente Lust, sich auszudehnen, so stark wie die Notwendigkeit, Luft zu holen, nachdem man den Atem angehalten hat. Er versuchte zu verstehen, welches Bedürfnis Kaiur verspürte. Am Himmel, der zuvor klar gewesen war, waren große dunkle Wolken aufgezogen. Heftiger Regen fiel und durchnässte sie und das Zinnober. Sie brachten sich in Sicherheit. Endlich begriff Inskay.

»Wollt Ihr mir etwas erzählen?«, stammelte er.

Der andere zuckte zusammen bei dieser Frage, als ob eine haarige Raupe ihn berührt hätte, doch dann nickte er. Sie setzten sich mitten in dem Zinnoberstaub auf den Boden. Sie tranken noch jeder eine Kelle Wasser. Dann begann der Ork.

Er benutzte gern die Sprache der Menschen, das hatte Inskay schon bemerkt, er drückte sich gewählt und präzise darin aus, auch wenn er wie alle Orks die Angewohnheit hatte, die Konsonanten zu betonen, als ob es alles Doppelkonsonanten wären.

»He, Zwerg, hast du in deiner Gegend je eine Frau gesehen, die mit einem Bären tanzt?«, fragte er.

»Ja sicher«, antwortete Inskay. Zum zweiten Mal in wenigen Wochen begegnete ihm diese Erinnerung, aber diesmal wie aus einem früheren Leben. »Es gibt da eine Gruppe von Landstreichern, die ziehen von Jahrmarkt zu Jahrmarkt. Die Frau, die mit dem Bären tanzt, hat schwarzes Haar und Glöckchen an Fuß- und Handgelenken. Wenn der Bär kommt, kläffen alle Hunde der Stadt ihn an, aber wenn er sich nur einmal umdreht und sie anschaut, ducken sie sich zu Boden.«

»Diese Frau ist mein Traum, auch wenn es besser wäre, keine Träume zu haben. Manchmal sind sie schlimmer als hohes Fieber. Auch als Kind hatte ich schon einen Traum. Jetzt erzähle ich dir meine Geschichte, so bringen wir die Zeit herum, bis es wieder aufklart. Ich entstamme einer Familie von Rang, auch wenn man mir das jetzt nicht mehr ansieht, aber mein Großvater war Baron. Ich war dazu ausersehen, mit den Menschen umzugehen, deshalb kenne ich eure Sprache, ich habe sie nicht als Gefangener erlernt. Ich habe sie zuerst im Haus meines Großvaters gelernt. Man hatte einen gebildeten Menschen entführt, um sie mir beizubringen. Das war ein merkwürdiger Kerl. Er war auch Arzt und Zahnausreißer. Zum Schluss haben wir ihn freigelassen, weißt du? Mein Großvater hatte ein gutes Herz.«

»Wart Ihr dazu bestimmt, Würdenträger zu werden?«, fragte Inskay, seine Ungläubigkeit unter einer warmen, aber sachlichen Anteilnahme verbergend.

»Aber nein, Würdenträger gab es überhaupt keine. Ich war

dazu bestimmt, die Menschen zu befehligen, wenn wir sie besiegt und unterworfen hätten. Ich war dazu bestimmt, eins eurer
Oberhäupter zu werden, wenn wir den Krieg gewonnen hätten.
Wir hatten es schon fast geschafft, es schien zum Greifen nah,
aber dann haben sich dieser Rankstrail in Varil und die Hexe
von Daligar eingemischt, und es ist nichts daraus geworden.«

Kaiur seufzte, trank noch einen Schluck Wasser und fuhr fort.

»Das Schloss meines Großvaters stand auf einem Hügel. Im
Mittelreich sind die Hügel voller Schlösser, auf jeder Kuppe eines.
In früheren Zeiten war man sehr streitsüchtig hierzulande.«

»Eure Schlösser sind bemerkenswert«, sagte Inskay. Das
stimmte. Es lag etwas Beunruhigendes, aber auch etwas Schönes
in ihren Turmspitzen und Bögen, etwas Bedrohliches und Kraft-
volles, vergleichbar den Klauen eines Wolfs oder dem Schnabel
eines Raubvogels.

»Unseres war nicht so«, erwiderte der andere. »Es war mehr
ein befestigter Bauernhof als ein Schloss. Die Zinnen waren angeschlagen wie die Teller in der Küche, die Teller in der Küche
waren angeschlagen wie die Zinnen und einer verschieden vom
anderen, aber wir hatten wenigstens welche. Im Grunde waren wir Barone. Den Titel hatten sich meine Vorfahren erworben, die drei Jahrhunderte früher aus dem Nordwesten gekommen waren, zur Zeit der siegreichen Kriege, bevor als Führer der
Menschen diese verräterische Ratte von Arduink auftrat, dieser Hund und Sohn einer schamlosen Hündin. Wir waren sein
Volk, aber er hat uns verschachert für ein goldenes Schwert. Der
Hund hat die Menschen geführt, bis sie uns aus ihrem Land ver-
trieben, ich bin sicher, dass in der Hölle ein Kreis für Kanalratten
vorgesehen ist, und dass man Arduink, dem Verfluchten, den
die Menschen Sire Arduin nennen, sein goldenes Schwert dorthin steckt, wo ich meine.«

Der Ork verstummte. Inskay schluckte und ließ keine Regung erkennen. Der andere sprach weiter.

»Wir lebten auf dem Hof, außer an Festtagen, da putzte man uns heraus und schickte uns als Enkel des Barons zur Parade. Danach zogen wir die Schuhe wieder aus und kehrten zurück zu unseren Hühnern, Gänsen und Schweinen, die ausgesprochen sympathische Tiere sind, wenn man sie näher kennenlernt. Und dann waren da die Kirschbäume, ein ganzer Obstgarten voll. Kirschen sind in Orkland selten, weil Kirschen als dumme Früchte gelten, sie sind wenig nahrhaft, schwer zu ernten und verfaulen sofort. Unser Land ist das der Äpfel und des gepökelten Schweinefleischs.

Eines Tages kam mein Onkel heim, er war eben vom Hof verbannt worden, angewidert schaute er mich an und fragte, seit wann ein Baron sich mit Bauernkindern herumbalgt. Es war ein schöner Nachmittag im September, ich erinnere mich noch ganz genau. An dem Tag war meine Kindheit zu Ende.

Es ist merkwürdig, dass nicht Dinge an sich wichtig sind, sondern nur der Sinn, den wir ihnen geben. Bis zu diesem lichtdurchfluteten Herbstnachmittag war mir der Hof meines Großvaters mit seinen Pfützen, in denen sich der Himmel spiegelte, seinen Hühnern und Schweinen nie verächtlich vorgekommen. Von dem Augenblick an war er mir unerträglich.

Die Gegenwart färbt die Vergangenheit.

Mein Onkel war vom Kaiserhof in Flomink, der Hauptstadt des Mittelreichs, verjagt worden, weil er sich an Dingen vergriffen hatte, die er besser nicht hätte anrühren sollen. Durch ihn wurde die Erinnerung an meine Kindheit widerwärtig, eine ununterbrochene Schlammspur, nackte Füße und Bauernkinder. In meiner Erinnerung verblühten die Kirschbäume, die Gänseflügel waren nicht länger weiß.

An dem Tag begann mein Traum. Ich träumte davon, ein großer Ritter zu werden, ein Kämpfer, und die Menschenwelt, die uns gehörte, zurückzuerobern. Wir hatten sie schon einmal eingenommen und die verräterische Ratte Arduink hatte sie uns geraubt. Ich träumte davon, großartig, herrlich zu sein, ein großes Schloss zu besitzen mit reihenweise gleichen Tellern und Dutzenden von Pferden in den Ställen unter einer Reihe von tadellosen Zinnen auf granitenen Mauern.

Und so kam es, dass ich in den Kampf gegen die Menschen zog, um die Achtung des Kaisers und des gesamten Orkvolkes zu erringen.

Ich war zwölf Jahre alt. Aus dem, was ich zur Verfügung hatte, bastelte ich mir eine Kriegsmaske. Flügel von gemeinem Federvieh und Froschbeine. Ich bin in aller Stille aufgebrochen, vor Sonnenaufgang, ohne Abschied und den Segen von irgendwem, weil mein Großvater mich sonst zurückgehalten hätte. Seine Liebe zu mir war unendlich viel größer als das Interesse am Reich der Menschen, das zu erobern ich auszog.

Ich ging in aller Stille und ohne Abschied zu nehmen, weil ich die Erinnerung an meinen Onkel und seine Hände, seinen Geruch auslöschen wollte. Bedeckt von Ruhm und Ehre, würde ich wiederkommen, stark und unüberwindlich.«

»Mit zwölf Jahren seid Ihr in den Krieg gezogen?«

»Wir Orks sind Frühentwickler. Das normale Alter ist fünfzehn, aber ich gehörte nicht zur regulären Truppe. Unterwegs hatte ich eine Bande von Jungs in meinem Alter getroffen, sie trugen Kriegsmasken wie ich, gemacht aus Lehm und im heimischen Hühnerstall aufgelesenen Hühnerflügeln. Sie waren den Rockzipfeln ihrer Mütter entwischt, um sich im Land der Menschen Ruhm zu verdienen, oder waren von den Müttern selbst auf die Straße gejagt worden, um sie loszuwerden.

In den ersten Tagen eines ekligen März kamen wir im Land der Menschen an, in einem dunstigen Nebel, der uns in den eisigen Nächten im Freien zusetzte. Wir waren das letzte Aufgebot. Wir kamen, als alles schon vorbei war, die Unseren waren schon weitergezogen, und da waren nur noch rauchende Bauernhöfe und Obstgärten, niedergebrannt von den Unseren auf dem Vormarsch oder vielleicht von den Menschen auf dem Rückzug. Dann sahen wir Pfähle, auf denen die Köpfe von Feinden steckten, und das war mit Sicherheit das Werk der Unseren.

Wir rückten weiter vor im Nichts. Kälte, rauchende Trümmer und schon geplünderte Gärten.

Der Frühling ging zu Ende und der Sommer kam. Verfluchte Hitze, Mücken und Staub. Wir kamen nach Varil. Zu spät für den Sieg, aber gerade rechtzeitig für den Kampf gegen Rankstrail. Wieder sahen wir Palisaden, aber diesmal steckten auf den Pfählen die Köpfe der Unseren. Auch Rankstrail, der Bastard, schlug hart zu, wenn Köpfe auf Pfähle zu stecken waren, kannte er nichts.

Nicht mit Ruhm haben wir uns bedeckt, sondern mit Blut und Pferdemist. Das Blut war unseres, wohingegen die Pferde den Orks aus dem Süden gehörten, die uns nie eines Blickes würdigten, uns, die letzte halb verhungerte Fußtruppe – hätten wir Pferde gehabt, wir hätten sie aufgegessen. Außerdem waren wir Orks aus dem Norden, Orks zweiter Wahl, die mit den roten Haaren.

Und so fand ich mich erneut im Schlamm wieder, nicht im sauberen, warmen Schlamm wie bei mir zu Hause, wo die Kirschblütenblätter im Spiegelbild der Wolken und der Gänseflügel dahinsegelten, voller Frösche, die man braten, und Schnecken, aus denen man Ragout machen konnte.

Es war der harte Schlamm der Menschenwelt, der dreckige

Schlamm der Schlachten. Außer meinem Blut habe ich da auch ein Bein gelassen im Schlamm. Und da begriff ich endlich, dass mein Blut, mein Bein und meine Träume weder unsere militärischen Führer interessierten noch sonst irgendeinen Ork – nur meinen Großvater.

Keiner ließ sich rühren oder erweichen. Gleichgültiger hätte ich ihnen nicht sein können. Und nicht nur dem Kaiser, seinen Ministern und Generälen. Nein, auch den Obersten, Unteroffizieren, Gefreiten und Soldaten, die an mir vorüberzogen, während ich am Boden lag, mit dem Bein, das nur gebrochen war. Es hätte genügt, dass einer das Pferd beiseiteschob, das darauf lag und dort krepiert war.

Weder Mitleid noch Hunger konnten einen meiner schlammbesudelten Waffenkameraden dazu bewegen, den Zusammenstoß mit einer der Patrouillen von Rankstrail, dem Verfluchten, zu riskieren, haltzumachen und mich zu retten, und so wurde ich nicht gerettet.

Ich blieb da liegen. Varil befreite sich mit einem einzigen, gut gezielten Schlag von unserer Belagerung. Die Ehre meines Hauses wurde nicht wiederhergestellt. Ich hatte lediglich ein Bein weniger. Zwei Tage lang lag ich unter dem Pferd. Der Verwesungsgeruch seines Blutes vermischte sich mit dem Gestank meines Wundbrands. Das Schlachtfeld hatte sich auf die Hügel jenseits der Reisfelder verlagert. Um mich herum waren die Klagen von Sterbenden und das Summen von Millionen Fliegen. Meine Träume haben in Schlamm und Pferdemist ihr Ende gefunden, und wenn Träume zu Ende sind, bleibt nur die Wirklichkeit, die der Traum ist, den die Götter träumen.

Aus der eben befreiten Stadt kamen die Bärenführer. Das Pferd, das mich erdrückte, wurde endlich zu Gulasch verarbeitet, der Bär half mit, es beiseitezuschieben. Mein Bein wurde amputiert, meine armselige Habe wurde mir gestohlen, das Leben geschenkt.

Und während ich in einem schmutzigen Zelt lag, nichts mehr hatte, begegnete ich dem Glück, überwältigte mich die Freude, und sogar die Erinnerung an meinen Onkel ging darin unter. Das Bein hatte mir jene Frau abgenommen, die mit dem Bären tanzte. Eine junge Frau, die noch ein Kind an ihrem Busen stillte und schwarze Haare hatte, die ihr Gesicht umrahmten. Bei den Menschen bedecken die Frauen ihr Gesicht nicht. Das ist unerträglich und großartig. Lächeln, Staunen, Zorn, alles kann man ihnen vom Gesicht ablesen, in ihren Augen und von den Lippen. Die beiden Falten um den Mund stehen nie still. Die Gesichter von Frauen sind beweglicher als die von Männern.

Nachdem sie mich gerettet, amputiert und ausgeraubt hatte, lehrte mich die Frau, warum in der Schöpfung Mann und Frau vorgesehen sind. Eine Information, die mir bis dahin unbekannt geblieben war. Zwei Monate lang hielt sie mich in ihrem Zelt versteckt. Als man mich erwischte, wurden die Orks nicht mehr umgebracht, sondern gefangen genommen. Das Dumme war, dass ich nur ein Bein hatte, dass man für die Zwangsarbeit aber zwei brauchte. Diese Bastarde von Kerkermeistern setzten mich und andere Lahme auf einen Karren und schickten uns nach Hause.

Aber ich gebe nicht auf. Ich werde es schaffen, dorthin zurückzukehren. Heute müsste das Kind, das ich dieser Frau gemacht habe, acht Jahre alt sein. Wer weiß, ob es ein Junge oder ein Mädchen ist?«

»Ihr habt mit zwölf Jahren ein Kind gezeugt?«, fragte Inskay verblüfft.

»Zu dem Zeitpunkt war ich dreizehn. Sie wusste es nicht. Glaubte, ich wäre älter. Ich habe dir gesagt, wir Orks sind Frühentwickler. In einer Welt, wo es eine Ehre ist, sich umbringen zu lassen, versuchen wir, Dinge beizeiten zu erledigen.«

Inskay rechnete rasch nach. Entweder erzählte der Ork ihm einen Haufen Lügen oder er konnte nicht älter sein als dreiundzwanzig. Sein Haar war ergraut und schütter, seine Hände zitterten wie bei einem alten Mann, und die Haut war verschrumpelt.

Der andere musste den Blick bemerkt haben.

»Du rechnest nach?«, fragte er höhnisch. »Beim Bleischürfen zählt jedes Jahr wie zehn. Wir sind keine Zwerge. Auch für euch ist das Leben in den Minen nicht ohne Gefahren, aber für uns ist es ein nur um weniges aufgeschobenes Todesurteil.« Kaiur verstummte. Er schwieg lange, dann zuckte er mit den Achseln und fuhr fort: »Die Menschenwelt ist eine gemeine Welt, keine Regeln, die Kinder haben keinen Respekt vor den Vätern. Hier bei den Orks gibt es das nicht. Aber auf jeden Fall, auch wenn es ein bisschen drunter und drüber geht, ist es eine Welt, in der man leben kann. Auch ein Bär könnte dort leben.«

»Es ist ein Mädchen!«, sagte Inskay atemlos. »Ich habe sie gesehen. Da war ein Mädchen mit roten Haaren. Als ich sie sah, war sie sechs oder sieben Jahre alt, jetzt muss sie acht sein. Sie sammelte das Geld ein.«

»Ein Mädchen?«, fragte der Unterork enttäuscht. »Bist du sicher?«

Inskay bestätigte es: »Ein wunderschönes Mädchen. Sie hat lange rote Haare, rot wie der Sonnenuntergang im Sommer. Die Frau tanzt und sie geht im Tanzschritt mit einem Teller herum und sammelt die Münzen ein.«

»Und die Mutter lässt zu, dass sie ihr Haar zeigt, vor allen Männern?« Der Unterork war empört.

»Mein Herr, als ich sie sah, war sie sieben!«, entgegnete Inskay höflich. »Und dann, mein Herr, bei uns zeigen auch die erwachsenen Frauen ihr Haar.«

»Ich weiß«, versetzte der andere düster. »Eine Welt ohne Anstand. Ich muss sie finden. Ich muss sie beide finden. Weißt du wenigstens, wie das Mädchen heißt?«

Inskay versuchte, sich zu erinnern. Er hatte die Tänzerin mit dem Bären zwei Mal gesehen und beide Male hatte er die Vorstellung mit angehaltenem Atem bis zum Schluss verfolgt. In diesem Schauspiel lag eine tragische Verzweiflung, eine großartige und verzehrende Traurigkeit, über die unwiderstehliche und unmögliche Liebe zwischen der Schönen und dem Biest. Nach der letzten Verbeugung machte die Mutter dem Mädchen ein Zeichen, es solle das Geld einsammeln gehen, und sie nannte sie Kirua oder Kriuria oder etwas in der Art.

»Kaiura!«, rief Inskay schließlich. »Ich bin sicher, dass sie Kaiura heißt.«

»Kaiura!«, lachte Kaiur zufrieden. »Das ist schön. Kaiura ist auf der Welt und sie hat rote Haare. Da siehst du, dass ich recht hatte. Die Wirklichkeit ist ein Traum der Götter, und sie ist größer als unsere Träume, weil die Götter größer sind als wir. Manchmal sind sie grausam, manchmal richtig gemein, und ganz zweifellos sind sie oft dumm, in jedem Fall aber sind sie größer.«

Inskay nickte, wenig überzeugt. Dass die Götter oder der Gott, sofern es einen einzigen gab, niemals von einer Welt ohne Bergwerke und ohne Quecksilber geträumt hatten, minderte seine Achtung vor ihnen beträchtlich, aber er sagte es nicht. In diesem Augenblick erlaubte er sich, angesichts der Freude des Orks an sein Kind zu denken. Nicht Lylin, seinen Erstgeborenen, der im Alter von drei Jahren durch einen Sturz von der Schaukel gestorben war. Onyx hatte gerade Lylin bekommen, und damit der Kleine sich nicht zu einsam fühlte, während er in der Grube war und die Mutter sich um das Schwesterchen kümmerte, hatte Inskay ihm eine Schaukel gebaut. Er hatte sie niedrig gemacht, mit allen Sicherheitsvorkehrungen. Es war ihm nicht in den Sinn gekommen, dass der Junge ein Steinchen unter die Schaukel legen könnte, um eine Art fantastisches Schloss zu bauen. Es war ihm nicht in den Sinn gekommen, dass er im Stehen und nicht im Sitzen schaukeln könnte, wie er es ihm gezeigt hatte, und dass der Sturz auf ein kleines Steinchen ausreichen könnte, ihn zu töten. Als Inskay aus der Grube heimkam, hatte er ihn auf ein Meer von Blumen gebettet gefunden, umgeben von sämtlichen Frauen. Die Schwiegermutter Agata schrie, es sei alles seine Schuld, aber das war gar nicht nötig, das sagte er sich schon selbst. War das der göttliche Wille? Nur ein Idiot und Nichtsnutz konnte an einen Gott glauben, der gleichzeitig allmächtig und gut war. Ein bisschen blöd und ein bisschen gemein schienen ihm die glaubwürdigsten Attribute. Inskay merkte, was er da tat, und verscheuchte den Gedanken. Niemals durfte er an seinen Sohn denken, nie. Er musste nach vorne schauen, an Lylin denken und daran, wie er sie retten konnte. Plötzlich plusterte Kaiur sich auf vor Stolz und ein begeistertes Lächeln erschien auf seinem Gesicht.

»Als ich bei den Menschen war, habe ich eine Geschichte gehört. Eine Geschichte zum Lachen. Sie handelt von einem Zwerg und einem Truthahn.«

Inskays Stimmung hellte sich auf.

»Wirklich?«, sagte er entzückt. »Würdet Ihr mir die Ehre erweisen, sie mir zu erzählen?«

»Aber sicher doch.« Kaiur gefiel sich in seiner Rolle, triumphierte fast. »Ja, da war also dieser Zwerg, der verkaufte einen Truthahn, der denkt, und er verlangt zu viel Geld… das heißt, nein. Der Truthahn sagt, er denkt. Nein. Der Truthahn sagt gar nichts. Ach ja, so, ein Zwerg geht auf den Markt, um einen Truthahn zu verkaufen, und als man ihn fragt, wie viel er will, sagt er, der Truthahn denkt. Gefällt dir das?«

Inskay konnte nicht antworten, weil er vor Lachen keine Luft bekam. Tränen standen ihm in den Augen und nur mit viel Mühe konnte er aufhören. Kaiurs Glück darüber war fast mit Händen zu greifen.

Er holte Luft, trocknete sich die Augen und endlich wagte er zu sprechen.

»Wir brauchen noch Stofffetzen«, murmelte er.

»Ja sicher«, antwortete der Ork eifrig.

»Einen Haufen Fetzen und so viele Lederstücke wie möglich, um Schuhe zu machen und zu flicken.«

»Ja, ist gut«, willigte Kaiur wieder ein.

»Und auch Kürbiskerne. Kürbiskerne und Brechnuss«, ergänzte Inskay.

»He, Wichtel, übertreib's nicht«, bremste ihn der andere. »Lass mich noch einen Blick in den Spiegel werfen, dann bring ich dich in den Schlafraum.«

In dieser Nacht konnte Inskay fast nicht schlafen vor Aufregung.

Das war die Geschichte, von der in dem Kinderreim die Rede war. Aber es war nicht eine, es waren viele. Und sie mussten nicht erzählt werden, wie die drei Königskinder dachten, sondern angehört.

Den Zwergen, ja, denen musste er Geschichten erzählen, um sie zu heilen. Man erzählte eine komische Geschichte und ein Weilchen lang ließ der Schmerz nach und der Husten wurde weniger. Wenn in der Geschichte etwas vorkam, was irgendwie der Krankheit des armen Kerls ähnelte, den er behandelte, erhöhte das die Heilungschancen. Das war keine Magie, aber irgendetwas wies dem Geist den Weg zur Heilung.

Aber den Orks lag überhaupt nichts daran, von Fröschen zu hören, die mit Prinzessinnen sprachen, sie wollten ihre eigenen Geschichten erzählen und ihr Gesicht im Spiegel sehen.

Scheu und vorsichtig kamen sie zu ihm. Sie betrachteten sich im Spiegel, redeten, legten ihre Gaben in seine Hände und gingen wieder. Sie kamen oft, immer sehr diskret, und wiederholten immer wieder dieselben Geschichten, doch unfehlbar kam jedes Mal irgendetwas Neues hinzu, ein oder zwei Details, die ihnen plötzlich eingefallen waren, die vom Grund der Erinnerung aufgestiegen waren, wo sie scheinbar für immer begraben gewesen waren.

Einerseits schien alles bestens zu laufen, oder zumindest so gut wie möglich. Andererseits war dieses den Orks Zuhören mühseliger als die Arbeit mit der Spitzhacke. Sein Gesicht durfte nicht völlig reglos sein, man durfte aber auch nicht zu viel darin lesen können, wie zum Beispiel Empörung über verbrecherisches Verhalten von Eltern, über einen idiotischen oder grausamen militärischen Führer. Mit seiner neuen Fähigkeit, den Schmerz anderer zu spüren, suchte Inskay tastend nach dem, was zu sagen am besten beziehungsweise am wenigsten verkehrt wäre.

Es war nicht nur diese neue Anstrengung, die ihn fertigmachte, sondern auch das, was davon in ihm zurückblieb. Und dann waren da die Last des Geheimnisses und die Gewissensbisse, es nicht wahren zu können.

Schließlich hatten die Unterorks auch Arnika, Johanniskraut und Brechnuss aufgetrieben. Während sie ihm ihre unschätzbaren Güter überreichten, mahnte jeder von ihnen ihn zum Schweigen, unter Androhung von so grausamen und einfallsreichen Strafen, dass selbst die Henker von Alyil davon noch etwas hätten dazulernen können.

Um nichts in der Welt hätte Inskay etwas von dem preisgegeben, was sie ihm enthüllten, er hätte es nicht wiederholen können, selbst wenn er der letzte Überlebende auf der Welt gewesen wäre, doch das verhinderte nicht, dass aus seinem Geist alles wie fließendes Wasser in den Geist des kleinen Prinzen strömte. Inskay konnte überhaupt kein Geheimnis wahren, und noch viel weniger konnte er die Seele des freundlichen Kobolds schützen, in der dieser Unrat landete.

All dieses Leiden, das er sich wieder und wieder anhören musste, nagte innerlich an ihm. Über die Esse gebeugt, um Zinnober zu schmelzen, kamen ihm plötzlich der Onkel von Kaiur oder der Kräuterkundige von Berok in den Sinn.

Parkraik war der Einäugige, er beherrschte die Menschensprache weniger gut als Kaiur, er sprach langsam und unbeholfen und betonte die Konsonanten dermaßen, dass die Worte manchmal unverständlich waren. Aber zum Glück verstand Inskay allmählich genug von der Orksprache, dass der andere sich in der eigenen Sprache ausdrücken konnte. Parkraik verlangte den Spiegel und besah sich darin, starr und unbeweglich, ohne sich mit der Hand durchs Gesicht zu fahren, wie Kaiur das getan hatte, und ohne eine Miene zu verziehen. Dann erzählte er seine Geschichte. Mit sechs Jahren war er bezichtigt worden, auf einem Markt etwas gestohlen zu haben, aber das stimmte nicht. Parkraik, der Einäugige, war der Letzte von fünfzehn Vettern, und sein ganzes Leben lang hatte er von etwas Neuem geträumt, irgendetwas, das nicht schon durch die Hände aller anderen gegangen war. Deshalb war er stehen geblieben, um eine Pelzmütze anzuschauen, er hatte sie angesehen, bloß angesehen. Als die Mütze dann verschwunden war, hatte man ihn bezichtigt, aber er war es nicht gewesen. Wegen der Schande, einen Dieb zum Sohn zu haben, hatte der Vater ihn an den Zaun des Schweinekobens gebunden und ihn mit solcher Gewalt ausgepeitscht, dass er ihm ein Auge ausriss, und so war er nur noch ein halber Ork. Sein Vater hatte recht, ein Kind muss man zurechtbiegen, sonst kommt es auf die schiefe Bahn. Es war nicht seine Schuld, wenn er ihm mit einem Peitschenhieb das Auge ausgeschlagen hatte.

Inskay hatte in seinem Leben schon viel gesehen, jede Art von Verletzung und Knochenbrüchen, aber auf die Schilderung dieses kleinen Jungen, dem das Auge aus der Höhle gerissen wird, hätte er gern verzichtet. Und es gab keinen Weg, es für sich zu behalten, es würde unweigerlich im Geist des freundlichen Kobolds landen.

Er rührte sich nicht und schwieg. Aufmerksam und mit undurchdringlicher Miene nickte er.

»Euer Vater…«, fing er an, verstummte aber sofort. Er spürte die Empörung in der Brust des anderen. Der Einäugige wollte keinen Tadel an seinem Vater hören, das würde er nicht dulden. Er wollte nur, dass man ihm zuhörte. Jemand sollte hören und zur Kenntnis nehmen, dass er diese Mütze nicht geklaut hatte. Sein Auge hatte er durch ein unglückliches Zusammentreffen verloren.

Inskay schwieg und nickte noch einmal. Parkraik sah ihn an. Erst als er ganz sicher war, dass Inskay nicht die Absicht hatte weiterzureden, fuhr er fort. Er erzählte, wie dieses verlorene Auge ihn auch die Vorrechte des Erstgeborenen gekostet hatte, der natürlich körperlich perfekt sein muss. Denn er erbt Namen und Besitz, so vorhanden, denn dann besteht auch einige Wahrscheinlichkeit, dass er ein militärischer Führer wird.

Hier meinte Inskay, ihn unterbrechen zu können. Er musste

Sympathie zeigen, indem er die Ungerechtigkeit der Situation erwähnte, ohne sie allzu sehr herauszustreichen.

»Verzeiht!«, rief er in verwundertem Ton. »Viele Eurer militärischen Führer haben Narben wie Ihr oder noch viel schlimmere.«

Der andere machte eine wegwerfende Geste, aber Inskay bemerkte einen Funken der Genugtuung über seine Bemerkung.

»Das sind Wunden, die sie in der Schlacht davongetragen haben. Das ist etwas anderes.« Dann schwieg er.

»Herr, wir bräuchten etwas Brechnuss, das ist eine Nuss in der Form einer Pflugschar, sie wächst auf einem hohen Baum. Wir brauchen einen stark verdünnten Absud davon gegen die Bergwerkswürmer, und dann Kürbiskerne.«

»Ich weiß, was die Brechnuss ist«, erwiderte Parkraik. »Aber ich habe keine. Sie hilft gegen diese verfluchten Würmer? Dann kann sie auch für uns gut sein. Aber ich habe dir Kürbiskerne mitgebracht. Kaiur hat mir gesagt, dass du welche brauchst. Jetzt wo wir keine Sklaven mehr sind, können wir uns mit einer gewissen Freiheit bewegen. Was macht ihr damit?«

Inskay erklärte es ihm. Die Kürbiskerne wirkten Wunder. Nicht nur bei den Zwergen, sondern auch bei den Orks.

Die Bergwerkswürmer wurden weniger. Die Bergleute bekamen wieder Farbe. Wer weiterhin Farbe verlor, war Inskay. All dieses eklige Zeug blieb in ihm drin. Er wollte nichts wissen vom Onkel von Kaiur, er wollte nicht an den Vater von Parkraik denken. Nur in der Nacht, im unbestimmten Nebel der Träume, glitten all diese Geschichten von Grausamkeit und Schlamm von ihm ab. Der freundliche Kobold kam und holte sie ab, nahm sie mit dorthin, wo der Kinderreim sie lindern würde.

Brechnuss und noch mehr Fetzen brachte Berok, der schlimmste unter den Aufsehern, der am meisten Angst verbreitete. Berok schlug, er schlug oft, willkürlich und um wehzutun.

Die Gefangenen hatten ihn liebevoll »das Aas« benannt, aber der Spitzname wurde ihm nicht gerecht.

Berok sprach nur die Orksprache, nicht bemüht, sich Inskay besser verständlich zu machen. Seine Geschichte hatte nichts Beängstigendes. Er war in eine durchschnittliche Familie hineingeboren, durchschnittlich laut, durchschnittlich in allem. Er war Leutnant im Heer geworden, aber er hatte einen Trupp Soldaten verloren, ja, verloren, regelrecht verloren, wie einen Jackenknopf. Im Krieg gegen die Menschen vor neun Jahren hatte er nach Lust und Laune verstümmelt, vergewaltigt, getötet und ausgeraubt. Er beschrieb alles bis in die kleinsten Details. Im Bergwerk war er gelandet, weil er einem Fuchs nachgesetzt hatte und dabei seinen Trupp im Wald hatte stehen lassen. Den Fuchs hatte er erwischt. Die Idioten waren nicht imstande gewesen, ihm zu folgen. Er hatte auf sie gewartet und gewartet und sich währenddessen die fantastischsten Strafen ausgedacht, wenn sie sich blicken ließen. Dann hatte er beschlossen, sie seinerseits zu suchen. Der Trupp hatte sich in Luft aufgelöst. Später entdeckte Berok, dass sich die Versprengten aus Angst vor seinen grausamen Strafen, denen er sie unterziehen würde, lieber Rankstrail und den Seinen ergeben hatten.

Er war im Bergwerk gelandet, und außerdem musste er an sein Gewand genäht eine Reihe von Knöchelchen tragen, die zusammen den ersten Buchstaben des Wortes *dallemolk* bildeten: Feigling, Kanalratte.

»Die Grausamkeit, verstehst du, ist nützlich, eine Pflicht, aber im Grunde ist sie auch ein Vergnügen«, erklärte er. Er hatte Inskay auch erzählt, wie lustig es gewesen war, Hatz auf die Frauen zu machen, an den Grenzen zur Menschenwelt. Schade, dass es ihn vor den Zwerginnen so ekelte. Sie, die Orks, hiel-

400

ten diese Kleinwüchsigen wirklich nicht aus. Inskay dankte dem Himmel.

»Auch fischen ist sehr lustig«, murmelte Inskay mit einem freundschaftlichen Lächeln. »Wenn Ihr wollt, kann ich es Euch beibringen.«

Berok erwiderte das Lächeln, verbunden mit einem Klaps auf die Wange, und er zog ihn am Ohr.

»Im Grunde bist du ein braver Zwerg«, sagte er liebevoll zu ihm. »Deshalb habe ich dich noch nicht umgebracht.«

Inskay hoffte, dass das Ohr vor dem nächsten Morgen aufhören würde wehzutun.

Er hasste Berok, er hasste es, ihm zuhören zu müssen. Das ging so weit, dass er es vermied, die mit Arnika getränkten Tücher zu verwenden, wenn er mit den Dämpfen zu tun hatte, weil Berok, das Aas, sie besorgte und es ihn davor ekelte, sie zu berühren.

Und doch war auch Beroks Geschichte auf ihre Weise interessant, erhellend. Als er zum ersten Mal an einem Überfall auf die Menschenwelt teilnahm, war er von der Angst besessen, zum Töten nicht imstande zu sein. Die anderen von seinem Trupp hatten einen Kräuterkundigen gefasst und waren dabei, ihn zu verprügeln. Als sie dem Ärmsten die Nase brachen, hätte Berok sich am liebsten übergeben. Zum Glück trug man damals noch die Kampfmasken und keiner bemerkte es. Um sich nicht hänseln zu lassen, hatte er dann auch mitgemacht. Der erste Schlag traf auf den Rücken, der zweite und der dritte auf die Rippen. Dem Mann entfuhr ein Stöhnen. In diesem Augenblick hatte er sich wie ein Gott gefühlt.

»...Verstehst du, du fühlst, wie deine Kraft groß wird, aber wirklich groß, ganz groß. Du hörst den anderen winseln, und du fühlst dich wie ein Wolf mit einem Kaninchen... deshalb mag ich euch kleine Kerlchen so gern … es braucht so gut wie nichts, um euch kaputt zu hauen.«

Inskay hätte ihn umbringen können. Er hasste sein Gesicht, seine Nase, den Klang seiner Stimme, die Art, wie er schlurfte. Wenn er nicht gerade jemanden verprügelte, war Berok, das Aas, unterwegs auf der Suche nach Arnika, womit er das Zuhören bezahlte. Inskay hoffte jedes Mal, dass er nicht wiederkäme, dass er beschließen würde zu fliehen, er wünschte, dass eine giftige Schlange ihn beißen sollte, oder ein Skorpion oder eine Spinne oder ein ganzes Nest Hornissen, Wespen, Bienen oder Prozessionsspinnerraupen, er wünschte, die Heuschrecken sollten ihn fressen, er sollte in einen Graben fallen, besser noch in einen Abgrund, der Blitz sollte ihn treffen, eine Überschwemmung ihn hinwegspülen oder eine Lawine ihn mitreißen, ein scheuendes Pferd sollte ihn tödlich treffen, ein wütender Stier ihn auf die Hörner nehmen, aber es geschah nie etwas. Berok, das Aas, kam immer zurück. Und die Grausamkeiten von Berok, dem Aas, wanderten in die Träume des freundlichen Kobolds, damit er sie mit dem Kinderreim auflöste.

Dann waren da Volgoik und Varmionk, die immer alles gemeinsam machten und ausgestoßen waren, sogar unter den Unterorks waren sie die Unberührbaren, im eigentlichen Sinn des Wortes. Die anderen vermieden es, sie auch nur zu streifen. Obwohl sie sich nicht ähnlich sahen, verwechselte Inskay sie, und bei sich nannte er sie Er und der andere Er. Als Inskay und seine Leute kamen, waren sie nicht im Rang aufgestiegen, sondern sie mussten nach wie vor das zinnoberhaltige Gestein hauen, brachen es in Stücke und kochten es wie jeder beliebige Sklave.

Als sie vor ihm standen, blieben sie stumm und schauten auf ihre Füße. Sie waren zwei besonders schöne Orks, groß gewachsen, und in jeder Armee hätten sie eine gute Figur gemacht.

Inskay hatte noch nicht begriffen, aufgrund welchen Makels sie im Bergwerk gelandet waren. Auch sie baten um den Spiegel, aber sie hielten ihn vollkommen waagrecht zwischen sich, sodass sie nicht ihr eigenes Gesicht sahen, sondern das des anderen.

Endlich begriff Inskay.

Bei allen Völkern gibt es Ausnahmen von der Regel, dass Männer sich von Frauen angezogen fühlen und Frauen von Männern. Er und der andere Er mussten zu diesen Ausnahmen gehören. Bei keinem Volk sind diejenigen, die diese Regel verletzen, sonderlich beliebt. Am sorglosesten waren diesbezüglich die luftigen Elfen gewesen, gefolgt von den Zwergen mit ihrer Theorie, dass nichts, was in der Natur vorkommt, widernatürlich sein könne. Die Menschen hielten die Sache für eine Erbkrankheit wie angeborene Blindheit oder Hinken. Scheinbar galt das Phänomen bei den Orks als unterste Stufe der absoluten Verworfenheit.

Aufgrund seiner neuen Rolle als Zuhörer, seiner Fähigkeiten und Kenntnisse als Bergarbeiter und der Tatsache, dass die beiden Sklaven waren wie er, beschloss Inskay, auch den beiden die Frage zu stellen: Was machten die Orks mit dem Quecksilber? Kaum hatte er die Frage ausgesprochen, fühlte er ein Pulsieren, als hielte er einen Spatzen in der Hand. Die beiden brannten darauf, es jemandem zu erzählen.

»Das Quecksilber ist unsere Kraft.«

»Es ist das Herz unseres Volkes.« Die beiden sprachen abwechselnd, je einen Satz, mit betonten Konsonanten, ohne dass einer dem anderen ins Wort fiel.

»Und wir waren es, die roten Orks, die Füchse aus dem Norden, die es den Wölfen, den Orks aus dem Süden, zum Geschenk gemacht haben. Sie sind die Starken, die Unüberwindlichen. Wir sind weniger stark, dafür aber schlauer, jedenfalls heißt es so.«

»Schläue gilt bei den Orks nicht als Vorzug. Das ist was für Elfen und Menschen, das Hilfsmittel der Schwachen und Feigen.«

»Sogar ihr Zwerge habt eure kleine, miese Form der Schläue, wenn es darum geht, Metalle aus den Steinen zu pressen.«

»Wir Orks haben die Kraft, und wer die Kraft hat, lässt sich nicht dazu herab, schlau zu sein. Wir Füchse aber mit unserer Schläue haben dem ganzen großen Volk der Orks seine Kraft geschenkt.«

»Das Herz seiner Kraft.«

»Und was ist das Herz der Kraft eines Volkes?«, fragte Volgoik, während Varmionk nickte.

Inskay versuchte erst gar nicht, die Antwort zu finden. Aufmerksam und freundliche Neugier im Gesicht, schwieg er.

»Das ist der Schoß der Frauen«, erklärten die beiden wie im Chor.

Inskay begriff noch immer nicht. Es wurden doch überall Kinder geboren, es bestand keine Notwendigkeit für Zauber. Und selbst wenn Vater und Mutter zusammenlebten wie zwei Ochsen unter demselben Joch, kamen doch Kinder zur Welt und konnten auch hübsch werden wie sein Junge und Lylin und ein Haufen anderer.

»Alle Macht der Götter ist in den Zauber des Quecksilbers eingegangen.«

»Wir hätten großartig sein können«, murmelte Varmionk, und eine bittere Verzweiflung voller Groll lag in seiner Stimme.

»Wir hätten die Gabe haben können, die Steine zu verstehen, Pumpen zu bauen.«

»Oder zu heilen. Mit den Pflanzen und Tieren zu sprechen.«

»Die Elfen konnten sogar Fliegen wieder zum Leben erwecken. Nicht dass das zu irgendwas gut wäre. Es war die Genugtuung, es zu können.«

»Wir verrecken im Elend, wir können nur töten und uns töten lassen im Krieg, darin sind wir die Besten, aber am Ende verlieren immer wir, und alle Magie, die wir je besaßen, haben wir in diesen ekelhaften Zauber des Quecksilbers gesteckt, und das Quecksilber muss man auch noch ausgraben. Da war es doch besser, Fliegen zum Leben zu erwecken.«

»Aber was soll das heißen?«, fragte Inskay.

»Man braucht Soldaten, um die Welt zu erobern, unendlich viele Soldaten, denen es nichts ausmacht, ob sie sterben und wie viele Kriege verloren werden. Früher oder später siegen wir und dann gehört die Welt uns. Aber dazu braucht man Soldaten, so viele, dass man sie nicht zählen kann.«

»Das Quecksilber wird in eine Höhle hier in der Nähe gekippt. Man braucht sehr viel davon, und der Zauber ist im ganzen Orkgebiet wirksam, aber man muss immer neues hinzufügen, denn bei dem Zauber wird es verbraucht.«

»Und diese verdammte Grotte ist nicht einmal dicht. Man muss mehr und immer mehr Quecksilber hineingeben.«

Inskay glaubte, verstanden zu haben.

»Wegen dieses Zaubers kommen bei Euch so viele Kinder zur Welt!«, entfuhr es ihm, triumphierend und ungeschickt. Die beiden sahen ihn verwundert an, dann einander. Ihre Gesichter wurden verschlossen. Inskay verwünschte sich, dass er sie unterbrochen hatte. Die beiden hatten sich daran erinnert, dass sie letzten Endes Orks und im Begriff waren, das Geheimnis der Orks preiszugeben. Der magische Augenblick war vorbei.

»Auch«, antwortete Er.

»Auch«, bestätigte der andere Er.

»Auch« bedeutete, dass es da noch ein weiteres Stück der Geschichte gab, wahrscheinlich das wichtigste.

Inskay biss sich auf die Zunge, aber es war zu spät. Er hatte ihr Bedürfnis zu reden gespürt und hatte es mit seiner Wissensgier verscheucht.

Es kam der erste Sommertag.

Inskay dachte immer öfter an seine Heimat, wo es Wasser und Bäume gab. Das Land der Orks bestand aus Felsen und Schluchten, dürren Ebenen und Sümpfen. Es war ein hartes Land, spitz und schneidend wie der Wind, der den Staub aufwirbelte, der gleichförmig alles bedeckte, den Boden, die Dächer, überhaupt alles. Aber etwas außergewöhnlich Schönes gab es auch in diesem öden Land, das war der Flug der Enten, anrührend in ihrer Schönheit, nicht nur weil es schön gewesen wäre, sie zu essen, sondern wegen der Kraft ihres Flügelschlags. Und dann war da der Mohn. Er wuchs überall, am Rand des Weges zum Bergwerk, auf den Feldern, in den Mauerritzen der Häuser, auf den Dächern. Das Land der Orks war das Land des Mohns. Auf dem Weg zur Grube und auf dem Heimweg fielen die ersten und die letzten Sonnenstrahlen durch die Blütenblätter und wurden zum Inbegriff von Rot und Licht. Den Orks genügte es, wenn die Zwerge in einem halbwegs annehmbaren Tempo gingen, und sie regten sich nicht sonderlich auf, wenn sie stehen blieben und die Samenkapseln sammelten. Auch sie machten daraus einen Sud, den sie in Umschlägen gegen blaue Flecken, Knochenbrüche, Verbrennungen und Abschürfungen verwendeten.

Die Zwerge entdeckten, dass sich an den Wänden ihrer baufälligen Hütten eine Gemeinschaft von Geckos angesiedelt hatte und dort bestens gedieh. Sie waren langsamer als Eidechsen, wirkten sanft und vertilgten unglaubliche Mengen an Mücken. Nur mit einem gewissen Bedauern verzehrten sie sie schließlich, nachdem sie sie über dem Feuer ihrer Fackeln geröstet hatten, es gab davon eine pro Schlafraum, und sie mussten auch nachts brennen.

Dann fielen die Mücken erbarmungslos über sie her und machten den Läusen und Wanzen der Strohsäcke ihr Blut streitig. In den wenigen Ruhestunden voller Albträume und verzehrendem Heimweh wurden die Zwerge ständig wach und kratzten sich verzweifelt. Andere nahmen Mohnpulver, um sich etwas Tiefschlaf zu verschaffen, aber Inskay hütete seinen Mohn eifersüchtig.

»Das hilft schlafen«, rieten ihm alle.

»Deshalb hebe ich es auf«, antwortete Inskay rätselhaft und unerschütterlich.

Bald nach der Unterhaltung mit Volgoik und Varmionk wurde die Gruppe der Unterorks um eine Einheit erweitert.

Es kam Germeik, der Narbige.

Germeik, der Narbige, trug ein derartige Anzahl von Narben im Gesicht und am Körper, dass Inskay im Vergleich dazu glatt wie ein Neugeborenes wirkte.

Seit er da war, hatten nicht länger Er und der andere Er die unterste Stufe in der sozialen Hierarchie der Orks inne. Man behandelte ihn nicht mit der gleichen Verachtung, aber seine Hände waren gefesselt. Mit Entsetzen bemerkte Inskay, dass keine Schlösser daran waren, die Handschellen waren zusammengeschweißt.

Seine enorme Größe und die Ketten machten ihn besonders anfällig für Verletzungen. Er arbeitete für sich, die Spitzhacke in der Hand, schweißüberströmt. Obwohl er eindeutig keinerlei Macht besaß, einzig in der Hoffnung, ihm irgendeinen Trost zu spenden, erlaubte Inskay sich, ihn nach seiner Geschichte zu fragen.

»Ich bin geboren worden und warte darauf zu sterben«, antwortete der andere schroff.

»Ork, mein Herr«, erwiderte Inskay. »Verzeiht mir, dass ich Euch gestört habe.«

»Lass gut sein«, sagte Germeik, ohne seine Arbeit zu unterbrechen. »Mir brauchst du nicht in den Arsch zu kriechen. Auch wenn du mit der Hacke auf mich einschlägst, straft dich niemand dafür. Ich bin kein Ork. Nicht einmal ein Unterork.«

»Und was seid Ihr dann?«

Germeik hörte auf zu arbeiten. Er stellte die Spitzhacke sogar ab, um ihm ins Gesicht zu sehen.

»Ein Nicht-Ork, oder?«, gab er trocken zurück. »Ein Ork, der keiner mehr sein will. Einer, der hier geboren ist und damit Schluss.«

Inskay schluckte. Angst überkam ihn. Er wusste, wozu die Orks fähig waren, aber wenn er seine Leute retten wollte, brauchte er einen Verbündeten; jemand, der sechs Fuß groß war und sich in der Gegend auskannte, konnte da schon von Nutzen sein.

Er beschloss, es zu riskieren.

»Wollt Ihr uns helfen?«, wagte er zu fragen.

»Wobei?«

»Bei der Flucht«, murmelte Inskay. Der andere sah ihn an. Er war nicht wütend, die Narben in seinem Gesicht verzogen sich zur Andeutung eines freundlich ironischen Lächelns.

»Wir sammeln Mohnkapseln«, erklärte Inskay. »Wir bereiten ihr Essen zu«, setzte er noch leiser hinzu.

Germeik, der Narbige, lachte. Das heißt, eine seiner Narben wanderte von der Wange zur Oberlippe und zog sich etwas zusammen.

»Wenn sie all den Mohn finden, nimmt es kein gutes Ende mit dir«, raunte er ihm sanft zu. »Gib mir etwas davon zum Kauen am Abend und den Rest schüttet in die Suppe. In eure. Das ist das Beste, was ihr tun könnt.«

»Mein Herr, mein Herr Nicht-Ork, helft mir. Wir haben auch Kinder bei uns.«

»Eben weil Kinder dabei sind. Vertrau mir. Von allen möglichen Todesarten ist die Grubenarbeit nicht die schlechteste, und wenn hier einer böse wird, schaut er nicht lang, wer schuld ist und wer nur zufällig vorbeikam.«

Inskay senkte den Blick. Die Partie war verloren.

Mit hängendem Kopf schlich er davon. Er war fast am Ende des Stollens angelangt, als der andere ihn zurückrief.

»He, Zwerglein«, flüsterte er so leise, dass Inskay es ohne diese neue Fähigkeit, einen Floh husten zu hören, nicht vernommen hätte. »He, stimmt es, dass du einen Spiegel hast?«

Inskay blieb stehen und ging dann zurück. Er zog seinen kostbaren Spiegel aus der Tasche, wickelte ihn aus dem Tuch, in das er eingeschlagen war, und zeigte ihn ihm.

Der andere nahm ihn, drehte und wendete ihn nach allen Seiten, um ihn zu betrachten, vermied aber einen Blick auf die Oberfläche, was ihm sein verunstaltetes Gesicht gezeigt hätte, das eine Auge, die ausgefransten Ohren.

»Der taugt nichts«, bemerkte er und legte ihn Inskay wieder in die Hände. »Du hättest ihn besser polieren müssen und du hast zu viel Blei genommen. Aber ich muss zugeben, dass das ein gutes Geschäft ist. Hierzulande sind alle ganz verrückt nach Spiegeln, die Frauen mehr, sicher, aber auch die Männer fallen immer wieder darauf herein.«

Inskay ging. Er hatte einen über sechs Fuß großen Spiegelmacher getroffen, der ihm aber nicht helfen würde.

Noch eine Sackgasse.

Es blieb nichts anderes übrig, als hier auszuharren und auf den goldenen Drachen zu warten, wer oder was immer das auch war: Ork, Mensch, Gott oder Halbgott, Held, Bettler, wer auch immer,

409

in der Hoffnung, dass er unterwegs nicht verloren ging, dass er siegte, und zwar bald, denn sie hatten keine Zeit mehr. Sie hatten zwar ein Mittel gefunden, das Fortschreiten der Quecksilberkrankheit aufzuhalten, nicht aber, sie zu heilen. Winzige Tröpfchen würden trotzdem weiterhin in ihr Blut und in ihre Gedanken sickern und sie früher oder später umbringen. Das Blei würde sich weiter im Zahnfleisch und im Bauch der Frauen und Mädchen ablagern, würde sie zahnlos und steril machen, zugrunde gerichtet von einem vorzeitigen Alter und einem noch viel vorzeitigeren Tod.

Die Träume häuften sich. Der freundliche Kobold überließ sich dem Rhythmus des Kinderreims, der nun ständig erklang. Der kluge Bruder fertigte Zeichnungen über Zeichnungen an, die Inskay durch die Augen und den Geist des kleinen Prinzen erreichten, aber der Kleine verstand nicht viel davon, und die Zeichnungen gelangten wirr und bruchstückhaft zu Inskay.

Einmal aber konnte Inskay einen Augenblick lang die Zeichnung ganz klar erkennen und auf der Stelle war ihm alles klar. Es war der Bauplan für eine großartige Maschine, die ihnen die Arbeit abnehmen würde.

Zwei Flügel aus Stoff in einem Rahmen aus Rohr, alles so leicht wie ein Blütenblatt, verbunden mit einer starken Achse, die in einer Art spiralförmigen Egge aus Eisen endete. Der von den Öfen aufsteigende Dampf würde die Flügel in eine Drehbewegung versetzen und die Achse in ein Mahlwerk verwandeln. Fortan würden nicht länger die Arme der Bergarbeiter das Zinnober mahlen, sondern die Flügel. Nicht nur das, die Dämpfe würden sich nicht überall verbreiten, sondern zur Lüftung nach oben geleitet, und sie würden sie nicht mehr einatmen.

Er musste die Orks um das Material dafür bitten.

Inskay hörte ihnen allen zu, wieder und wieder. Als ihm Parkraik seine Geschichte so etwa zum fünfzehnten Mal erzählte, gelangte der Ork, obwohl Inskay nie die geringste Missbilligung hatte erkennen lassen, von selbst zu dem Schluss, dass sein Vater vielleicht doch ein bisschen übertrieben hatte und dass er vielleicht kein ganz so perfekter Ork war. Bei diesem fünfzehnten Mal hatte Inskay das Stück Eisen mitgebracht, das in ein Mahlwerk zu verwandeln war, das letzte Stück, das fehlte. Nachdem er Kaiur eine unbestimmte Zustimmung abgerungen hatte, gelang es Inskay und den anderen Zwergen, den »Engel« aufzubauen, wie sie die Maschine nannten.

Der Engel funktionierte, er arbeitete für sie, lenkte die Dämpfe ab und setzte sie zum Mahlen ein.

Sogar Germeik hob das Gesicht von seinen Ketten und lächelte mit einem Winkel seines von den Narben verzogenen Mundes.

Eines Abends kamen die Zwerge aus dem Bergwerk und sahen, wie Schwärme von Heuschrecken vor ihnen aufflogen. Es waren Tausende. Gefängniswärter und Gefangene stürzten sich darauf und versuchten, so viele wie möglich zu fangen. Sie gingen zurück, um sämtliche Körbe aus der Grube zu holen, die im Nu voll waren.

Kaiur beschloss, ein Fest zu feiern. Die Unterorks mit Ausnahme der drei Ausgestoßenen, die nachts im Bergwerk blieben, und sämtliche Zwerge, die Männer aus der Quecksilbergrube und die Frauen, die im Bleibergwerk arbeiteten. Es würde ein Festmahl mit gerösteten Heuschrecken und Bier werden.

Es war das erste Wiedersehen zwischen den Männern und Frauen der Zwerge. Alle fielen sich in die Arme und das Glück war unbeschreiblich groß. Inskay war sogar froh, die knochigen Schultern seiner Frau Onyx umschließen zu können. Von der allgemeinen Begeisterung mitgerissen, tauchte Kaiur mit einem Glas dunklem Honig auf, den man auf die Heuschrecken träufeln konnte.

»Die Frucht des goldenen Drachen«, sagte er befriedigt.

»Was?«, fragte Inskay.

»Des goldenen Drachen«, wiederholte Kaiur. »Das ist in unserer Sprache die wilde Biene.«

Inskay schwieg, wundersam getröstet und voll der Hoffnung, die er seit Jahren nicht mehr zu hegen gewagt hatte.

Er seufzte.

Er hätte vor Freude weinen mögen. Sogar er kannte das Wappen des Königs von Varil: drei goldene Bienen auf weißem diagonalen Feld.

Es war geschafft. Er hatte die Geschichten gefunden, die sie am Leben erhielten. Jetzt musste er nur noch auf den König von Varil warten, der ein halber Ork war. Alles würde gut werden. Sie würden irgendwo leben, wo eine schwarz-weiße Katze ein von Rebstöcken gesäumtes Stoppelfeld überquerte und ein Schwarm Sperlinge von einem Apfelbaum aufflog. Da würde es Kinder geben, die ihn Opa nannten.

Er musste die Orks nur dazu bringen, etwas mehr Bier herzugeben, um sie bei guter Gesundheit zu halten, bis die Kavallerie des Sire Rankstrail zu erscheinen geruhte. Sie würden mit all ihren Bannern anrücken, die mit Bienen bestickt waren. Sie würden auf den Hügeln rund um die Bergwerke Aufstellung nehmen und ihn, den König der Zwerge, befreien, zusammen mit allen, die von seinem Volk an Bergarbeitern noch übrig waren.

Onyx schmiegte ihren Kopf an seine Schulter und brach in haltloses Weinen aus, geschüttelt von Schluchzen.

Kaiur hatte begonnen, den Honig auf die Heuschrecken zu träufeln.

Wenn die dumme Kuh aufgehört hätte, da an seiner Schulter zu weinen, hätte er hingehen und zulangen können, bevor die anderen alles auffraßen. Auch Lylin kam herbei und umarmte ihn und auch sie fing an zu weinen. Inskay spürte den warmen Körper seiner Tochter, spürte, wie sie zitterte. Sie war hier, bei ihm, zum Tode verurteilt, vielleicht, aber in diesem Augenblick war sie am Leben und bei ihm. Er konnte ihren Atem spüren. Vielleicht war es nicht gesagt, dass sie alle wandelnde Leichname waren. Vielleicht würden sie es schaffen. Vielleicht würde er es hinkriegen, dass Lylin leben konnte. Vielleicht würde der kleine Prinz es hinkriegen.

Trotz der Umarmungen und dem Wiedersehensglück konnte Inskay die Augen doch nicht von dem Haufen Heuschrecken wenden. Glück war ein viel zu schwaches Wort, um diesen Augenblick zu beschreiben, aber der Hunger ist eine Bestie. Was auch immer geschieht, welches Gefühl auch immer im Spiel ist, sie gibt keine Ruhe. Wer nicht isst, stirbt, und als Toter kann man nicht viel machen, nicht einmal die eigene Tochter in den Arm nehmen.

»Großmutter ist tot«, flüsterte Lylin. Onyx' Schluchzen wurde stärker. Mit einem letzten, bedauernden Seufzer sah Inskay noch einmal die Heuschrecken an, denn er würde nichts mehr davon abbekommen, nicht mit dem Tod der Schwiegermutter am Hals. Er hatte sich nie etwas aus Agata gemacht, das Einzige, was er denken konnte, war, dass sie ihm in gewisser Weise auch nach ihrem Tod noch auf die Nerven fiel.

Endlich besann sich Inskay darauf, dass er der König war. Bisher hatte Inskay es stets vermieden, klar irgendwelche Autorität für sich zu beanspruchen, aber dies war der Augenblick, seine Stimme zu erheben, und tatsächlich erschallte sie laut und deutlich, fast eine Kommandostimme; andererseits musste man schon ein wenig schreien, um sich in diesem ganzen begeisterten Getöse Gehör zu verschaffen.

»Ranskay und Dolobay«, rief er. »Ihr seid verantwortlich für die Heuschrecken mit Honig. Zählt sie und verteilt sie auf die Familien, sodass jeder bekommt, was ihm zusteht, und keiner zu viel oder zu wenig.«

Augenblicklich trat Stille ein und der Befehl wurde sofort ausgeführt.

Der kleine Prinz, der weise Kobold, hatte recht.

Der König der Zwerge war er.

Lylin und Onyx sahen ihn erstaunt an.

Inskay fühlte sich gemein. Zum Teufel, es konnte keiner König sein, dem Heuschrecken mit Honig wichtiger waren als die eigene Tochter. Schließlich war ihre Großmutter gestorben, als König hätte er sich für jeden Einzelnen seiner Untertanen interessieren müssen, jedenfalls theoretisch. Er versuchte, sich an Agata zu erinnern. Er erinnerte sich an sarkastische Blicke, schmale Lippen, ständig zu einem vorwurfsvollen Ausdruck verzogen, er fragte sich, wie die beiden es anstellten, ernsthaft um sie zu trauern, dann verscheuchte er den Gedanken und versuchte, sich weiter zu erinnern. Der steife Turm aus gewundenen Zöpfen kam ihm in den Sinn, den die Schwiegermutter immer auf dem Kopf getragen hatte, dieser dumme Trick, um immer und überall die Größte und die Untadeligste zu sein, und er stellte sie sich im Gras liegend vor, während dieser Turmaufbau sich auflöste, sich mit Erde, Ameisen und Tau füllte. Endlich wurde ihm klar, dass sie tot war. Sie würde ihn nicht mehr hereinlegen, ihm keine Vorwürfe mehr machen, würde ihn nicht mehr fragen, wann er sich entschließen würde, ihrer Tochter ein angemessenes Heim zu schaffen. Sie würde ihm nicht mehr sagen, dass der Unfall mit der Schaukel seine Schuld war. Sie würde kein Fladenbrot mehr backen. Sie würde nicht mehr für Lylin Blaubeeren suchen gehen. Sie würde nicht mehr aus ein paar Fetzen eine Puppe machen.

Sie war eine von ihnen und tot.

Schluss aus.

»Verdammtnochmal«, murmelte er.

Und auch mit diesem Wort würde nun Schluss sein. Könige sagen nicht verdammtnochmal.

»Tut mir leid«, sagte er. Und das war wahr.

Inskay war freundlich zu Onyx, die ihm von der Arbeit in den Bleiminen erzählte, von Lylin, die abgemagert war, von den kleinen Kindern, die in diesem Dreck nicht leben konnten, die Erwachsenen übrigens auch nicht… Inskay musste sich noch einmal zusammennehmen.

Nicht dass sie nicht recht hatte, aber er begriff nicht, welchen Vorteil sie davon hatte, ihm von all diesem Elend zu erzählen, in dem Moment, da ein einziger kleiner Lichtblick in der Ferne am fernen Horizont sichtbar zu werden begann. Warum schwieg sie nicht einmal, warum schwieg sie nicht ein elendes einziges Mal?

Am Tag nach seiner Hochzeit mit Onyx war Inskay klar geworden, welche Dummheit er da begangen hatte. Das war der Zeitpunkt, da er seinen letzten Spiegel fertigte, den schönsten von allen, noch glatter und reiner als der, den er Esmeralda gegeben hatte. Er schenkte ihn der Hohepriesterin ihrer Gemeinde Rhododendra. Auf diesen schwülstigen Namen hörte eine hundertjährige Zwergin, die mit den Jahren völlig eingeschrumpelt war und ihr Leben fristete, indem sie einen dürren und unfruchtbaren Garten beharkte, wo die Steine zahlreicher waren als die Kohlköpfe und wo hauptsächlich das Unkraut gedieh. Im Tausch für den Spiegel hatte Inskay sie um Rat gebeten oder besser um eine Art moralische Rechtfertigung dafür, abzuhauen und alle beide, Onyx und Agata, sitzen zu lassen, damit sie sich gegenseitig Gesellschaft leisteten, was sie ja ohnehin so gewöhnt waren. Er wollte an die Flüsse zurückkehren, zu seinem »Ork« und seiner »Dora«, mit seinem Goldwäschersieb, um ein paar Körnchen Gold zu finden, um sich so recht und schlecht durchzuschlagen.

»Wenn sie eine Schar Brüder hätte, würdest du sie da auch verlassen?«, entgegnete Rhododendra und betrachtete sich befriedigt im Spiegel. »Womöglich auch einen Vater und ein paar Onkel, die bereit wären, dich auch am Ende der Welt ausfindig zu machen, um dir sämtliche Knochen zu brechen?«

Ehrlicherweise verneinte Inskay.

»Dann sei kein Feigling«, hatte die Priesterin geschlossen. »Früher oder später kommt für alle das Totenbett und es ruht sich besser darauf in Frieden. Eine Frau zu verstoßen, die einem nichts getan hat, das ist die Art der Orks, wir aber sind Zwerge.«

Die Vorstellung, sein ganzes Leben an der Seite von Onyx zu verbringen, mit Agata in der Nähe, war dem jungen Inskay als das schlimmste Unglück erschienen. Erst als er dem Verwaltungsrichter und dann den Orks in die Hände fiel, begriff er, dass es immer noch schlimmer kommen konnte.

»Es ist nicht nur, dass ich sie nicht liebe, ich kann sie wirklich nicht ausstehen. Sie ist dumm, aber auch das wäre nicht so schlimm, wenn sie wenigstens versuchen würde, es zu verbergen, indem sie ab und zu ein bisschen still ist«, hatte er zu erklären versucht und auf die intelligente Frage gewartet, warum zum Teufel er so blöd gewesen war, eine so schreckliche Ehe einzugehen.

Die alte Priesterin stellte die Frage nicht. Nach einem langen Leben, das sie damit zugebracht hatte, einem unfruchtbaren

Garten etwas abzupressen und sich um die Angelegenheiten der anderen zu kümmern, wusste Rhododendra, wie viele Möglichkeiten es gab, sich das Leben zu vermiesen. Die Vergangenheit ließ sich nicht ändern, und es war unnütz, sich zu beklagen.

»Es gibt nur eins, was du tun kannst, tu so, als ob. Wenn du sie behandelt, als ob du sie gern hättest, hast du sie am Ende wirklich gern. Wenn du sie behandelst, als ob sie klug wäre, wird sie klug.«

Inskay hatte sich bedankt und war gegangen, über den vergeudeten Spiegel nachgrübelnd und sich fragend, ob Rhododendra seit jeher blöd gewesen war und niemand es bemerkt hatte, weil alle ihre Blödheit für erhabene Weisheit gehalten hatten.

Er war bei Onyx geblieben und sie war ihm unsympathisch und unerträglich geblieben.

Als er sie an diesem merkwürdigen Festtag wieder in die Arme schloss, fiel Inskay Rhododendras Ratschlag wieder ein. In diesem Augenblick kam er ihm weniger unsinnig vor.

»Ich weiß, dass du mutig bist, stark und klarsichtig«, log er ungerührt. Onyx hörte sofort mit ihrem Geflenne auf und sah ihn wie erleuchtet an. »Ich kenne deinen Wert, auch wenn du ihn bisher verborgen hast. Versuch, die anderen zu trösten.«

Onyx nickte. »Für die Kinder, um sie bei Laune zu halten«, fuhr Inskay fort, »schau hier: ein Kreuzschritt vor, einer zurück und Seitschritt Seit *Dumdaradumdumdaradei, Zwergenkönig kommt wieder frei, entflieht dem Tod nun irgendwie ohne Flügel oder Magie*. Das ist ein schönes Spiel. Du wirst sehen, dass sie es mögen. So hören sie auf zu weinen.« Inskay sah sich um. Der merkwürdige Tanz, der ihre erschöpften Körper abends im Schlafsaal in Bewegung brachte, griff überall um sich. Jeder Mann brachte ihn seiner Familie bei und die Kinder ahmten ihn nach. Inskay holte Luft.

»Du kannst das, du bist gut. Erinnerst du dich noch, als Lylin ins Wasser gefallen ist? Du warst es, die sie gerettet hat. Wenn sie Husten hatte, hast du ihr geholfen.«

Das stimmte. Wenn er es jetzt bedachte, war Onyx eine dumme Gans, wenn alles glatt lief, aber im Unglück hatte sie Anwandlungen von Genialität. Jetzt steckten sie in einem gigantischen Schlamassel, also bestanden gute Möglichkeiten, dass Onyx anfing, etwas zu kapieren.

»Wenn die Dinge schlecht laufen, wirst du gut.« Nein, nein, so nicht. So hieß das, dass sie bei allen anderen Gelegenheiten nicht gut war. »Wenn die Dinge schlecht laufen, bietest du alle deine Kräfte auf. Du bist die Stärkste. Du bewahrst Lylin und die anderen vor der Verzweiflung. Die Frauen sind wichtiger als die Männer. Die Frauen sind die Zukunft.«

Inskay hörte sich zu, während er das sagte.

Die Frauen waren die Zukunft. In ihrem Schoß trugen sie die Kinder, und wenn der mit Blei verseucht war, würden sie das nicht mehr tun.

Alle Frauen. Er musste sie alle retten.

Aber sicher, sie mussten die Frauen retten und sie waren auch imstande dazu. Man brauchte nur mit Kaiur zu reden und ihm zu sagen, dass die Männer jetzt, da der Engel das Quecksilber herausholte, sowohl für die eine wie die andere Grube Zeit hatten. Es würde nicht mehr viel Zeit zum Schlafen bleiben, aber wegen der Wanzen und Läuse konnten sie das ohnehin nicht.

Die Frauen würden die Ställe sauber halten, die Gänse rupfen, Bohnen aussäen und ernten.

Kaiur würde Nein sagen. Inskay würde nicht darauf beharren und zwei Tage später würde er wieder davon anfangen. Im Lauf von zehn Tagen hätte er ihn überzeugt.

Sie würden sich zu Tode schuften, aber sie würden ihre Töchter und Frauen retten.

»Ich bin froh, dass wir wieder zusammen sind«, flüsterte Onyx. Inskay fuhr zusammen. Er war so sehr in seine Gedanken versunken gewesen, dass er sie vergessen hatte.

»Ja, es wird alles gut werden«, versicherte er ihr.

Er erklärte ihr, dass es ihm gelungen war, die Schäden des Quecksilbers zu beschränken, mit noch ein bisschen mehr Bier würden sie sie noch weiter reduzieren. Er beschrieb ihr den Engel, der für sie arbeitete.

Zum Schluss sagte er ihr, dass man nur auf den König von Varil warten müsse, der benachrichtigt worden war und kommen würde. Er war ein halber Ork, aber ein großer König, und er würde überall siegen, wo man siegen konnte.

»Woher weißt du das?«, fragte Onyx.

Inskay schluckte, bevor er antwortete. Er sah sie an. Er musste sie trösten, und das konnte er nur, indem er die Wahrheit sagte, denn die einzige Hoffnung lag in dieser seltsamen und absurden Wahrheit.

Er war der König der Zwerge.

Er wiederholte es für sich und für Onyx.

Er war Inskay, König der Zwerge, er würde sie alle in ein Land bringen, wo sie freie Herren über Gärten und Bergwerke waren, wo sie in den Wassern der Flüsse nach Goldkörnchen suchten, wo sie Spiegel herstellten, indem sie Zink auf ein Amalgam aus Siliziumsand aufstrichen, damit jedes Mädchen, wenn es sich darin betrachtete, etwas sehen konnte, was nicht weniger schön war als der Mond. Es würde von Rebstöcken gesäumte Kornfelder geben, übervolle Pflaumenbäume, die mehr blau als grün wären.

Er wusste das, weil er Inskay, König der Zwerge, war, und ein uralter Zauber seine Gedanken mit denen des Königs der Elfen verband. Der letzte König der Elfen war ein tollpatschiger kleiner Prinz, der in Angst vor den Schatten lebte.

Es waren trostlose Zeiten, finster und armselig; und was die Herrscher anging, musste man sich mit dem begnügen, was da war.

Kleine Herrin des Bären

KAPITEL 13

*Alles in allem betrachtet, das heißt, wirklich alles
in Betracht gezogen, was es zu betrachten gab,
war der kleine Prinz vielleicht doch nicht so dumm.*

Der Bär war müde.

Sein Käfig stand in der Mitte des Platzes vor dem Stadttor von Daligar, gleich außerhalb der Mauern. Daneben waren die Zelte der Bärenführer. Feuer brannten, darüber hingen die Töpfe fürs Abendessen. Der lange Sommersonnenuntergang war noch nicht zu Ende. Die Fackeln auf der Zugbrücke brannten nutzlos im letzten Tageslicht, darüber zogen Möwenschwärme.

Der Bär hatte seine Vorstellung am Nachmittag gegeben und jetzt war er müde, Kaiura wusste das. Es verlangte ihm ein Übermaß an Kraft ab, sich zurückzunehmen, ihre Mutter nur leise zu berühren, statt ihr mit der Pranke eins überzuziehen. Der Bär brauchte seine ganze Selbstbeherrschung, um nicht einen der Zuschauer wegen ihrer spitzen Schreie und den Albernheiten, die sie sagten, mit den Klauen zu packen. Der Bär musste seine ganze Kraft aufbieten bis auf den letzten Rest, um nicht aus einem dieser verdammten Hunde Hackfleisch zu machen, die ihn ankläfften, dann aber winselnd zurückwichen, sobald er sich nach ihnen umsah.

Kaiura saß ruhig an die Stäbe des Käfigs gelehnt. Ab und zu streckte sie eine Hand aus und streichelte die Pranke des Bären, die er zwischen den Gitterstäben heraushängen ließ. »Johannisbrot« war der Name des Bären, ein etwas seltsamer Name für ein acht Fuß großes Vieh, aber er liebte Johannisbrot nun einmal abgöttisch. Irgendjemand, der von dem düsteren Tanz ihrer Mutter mit dem Bären besonders begeistert gewesen war, hatte ihnen einen ganz Korb voll davon geschenkt, und nun teilten sie sich den Inhalt redlich.

Die Kehle des Mädchens war nur einige Zoll von den Pranken des Bären entfernt, und die wenigen Passanten sahen entsetzt hin, ein Schauer lief ihn über den Rücken, der war gratis.

Kaiura strich über das Fell des Bären und spürte an den Pranken die Narben von den Ketten, die man ihm angelegt hatte, als er gefangen genommen wurde.

Ein Junge kam durch das Stadttor und über die Zugbrücke. Die blaue Seide seiner Jacke leuchtete im letzten Licht. Es war feine Seide, mit Daunen gefüttert und gesteppt, warm, schwer, sie musste aber voller Läuse sein, denn der Junge kratzte sich unentwegt heftig. Er hatte weder Mütze noch Tasche bei sich, die zwei Dinge, die sich am leichtesten stehlen ließen. Unmöglich, ihn dazu zu bringen, dass er die Jacke auszog. Der Abend brach herein, und eine kühle Brise kam auf, da war jemand kaum dazu zu bringen, die Jacke auszuziehen und dann zu vergessen.

Der Junge blieb vor ihr stehen.

»Ich bin der Prinz von Daligar«, keuchte er. Na klar. Er war der

Prinz von Daligar. »Der zweite Prinz. Der erste ist mein größerer Bruder, der nur ganz wenig älter ist als ich, aber er ist jedenfalls mein größerer Bruder«, erklärte der Junge, sich unaufhörlich weiter kratzend.

Kaiura nickte und schwieg weiter, um ihm Zeit zum Sprechen zu lassen. Er war ein Prinz, aber der Kleinere. Vielleicht bekam das ganze Gold und Silber ja der Größere ab. Die Läuse, deretwegen er sich kratzte, schienen allerdings von königlichem Format. Die Jacke freilich war aus feiner Seide.

Glücklicherweise hatten die Götter, die auf der Welt erbärmlich wenig Brennholz, süße Kringel und Schweinebraten verteilt hatten, sie aber großzügigst mit reichen und leicht auszunehmenden Dummköpfen ausgestattet.

Der hier war von der Sorte, die Lügenmärchen erzählen. Na klar, der Prinz, Seine Majestät. Wenn's ihm Freude machte!

Die Junge war in Schwierigkeiten. Schweiß war ihm auf die Stirn getreten. Vielleicht würde er die Jacke ausziehen. Vielleicht würde er sie auch vergessen. Man durfte nicht die Hoffnung und nicht die Geduld verlieren, Kardinaltugenden für jeden möglichen Sieg.

Der Tanz des Bären, diese unerträgliche Pantomime, bei der er freiwillig alle Würde aufgab, verschaffte ihrer kleinen Gemeinschaft nur das Brot zum Leben. Für Zubrot, Kleidung, Brennholz, ausnahmsweise einmal ein Band ins Haar musste anderweitig gesorgt werden. Zum Glück gab es die Idioten, das größte Geschenk Gottes nach den Bären.

»Ich weiß, wer du bist. Seit Wochen warte ich schon auf euch, um mit dir zu reden«, sagte der Junge leise, in verschwörerischem Tonfall. Jeder wusste, wer sie war. Schwierig, nicht zu wissen, wer das Mädchen bei dem Bären war. »Ich weiß, wer du bist und dass du Kaiura heißt.« Alle wussten, dass sie Kaiura hieß. Bei jeder Vorstellung nannte ihre Mutter sie mindestens ein Dutzend Mal beim Namen. Trotzdem nickte Kaiura überzeugt, als ob der Junge etwas Außergewöhnliches gesagt hätte. Früher oder später würde er die Jacke ausziehen.

»Dein Vater ist ein Ork«, wisperte der kleine Idiot mit noch vertraulicherer Stimme. Er war um einen ganzen Kopf kleiner als Kaiura. Mit einem Faustschlag hätte man ihn niederstrecken können, aber aus irgendeinem unerfindlichen Grund beobachteten die Wachsoldaten am Großen Tor sie beide. Auch dass ihr Vater ein Ork war, wussten alle. Jedes Mal wenn ihre Mutter nicht hinhörte, beeilten sich viele, ihr das zuzuflüstern. Seitdem sie auf der Welt war, bekam Kaiura zu hören, dass sie Tochter eines Ork war, eines der großen Orks mit roten Haaren. Sie war viel größer als die anderen Kinder ihres Alters, sie hatte wesentlich breitere Schultern, wuchs viel schneller. Und so gering das Bildungsniveau des fahrenden Gesindels wie der Mehrheit ihrer Zuschauer auch sein mochte, so waren sie doch allemal imstande, bis neun zu zählen, die Anzahl der Monate, die zwischen der Invasion der Orks und Kaiuras Geburt vergangen waren.

»Dein Vater heißt Kaiur, er lebt im Reich des Nordwestens und denkt an dich. Er weiß, dass es dich gibt, er weiß, dass du auf der Welt bist, dass du rote Haare hast, er weiß, dass du auf den Bären aufpasst.«

Noch schaffte es Kaiura, ihm weder zu antworten noch ihn zu schlagen.

»Ich weiß das, weil die Gedanken des Königs der Zwerge nachts in meinen Geist kommen, und der König der Zwerge ist jetzt bei deinem Vater in einem Bergwerk. Das ist der letzte Zauber, der uns bleibt; damit er sich vollziehen kann, ist alle Magie, die auf der Welt noch übrig war, aufgeboten worden.«

Wieder nickte Kaiura. Der König der Zwerge, na klar. Und

wahrscheinlich eine Gold- oder Brillantenmine oder eine, wo die Diademe aus Gold und Brillanten seit Anbeginn der Zeiten schon fix und fertig im Gestein versteckt lagen.

Es gab zwei Theorien, um zu erklären, dass Geld so oft in Verbindung mit Dummheit auftrat. Der ersten zufolge sorgte ein wohlwollendes Schicksal dafür, dass die Dummen in bequeme Verhältnisse geboren wurden, weil sie es als Arme kein halbes Jahr durchstehen würden. Die zweite ließe sich in dem Sprichwort zusammenfassen, wonach Not erfinderisch macht. Alle kommen dumm auf die Welt, die Armen aber müssen, um zu überleben, ein bisschen schlauer werden.

»Deswegen kratze ich mich. Der König der Zwerge hat Läuse und im Traum kommt das Jucken auch zu mir. Es ist ein schreckliches Jucken. Zum Aus-der-Haut-Fahren.«

Die erste Theorie musste die richtige sein. Eine gütige Gottheit ließ die Idioten reich auf die Welt kommen. Der König der Zwerge aber in seiner Gold- und Brillantengrube, wo wahrscheinlich auch Blaubeeren und Erdbeeren wuchsen, hatte sich Läuse geholt und verbrachte seine Nächte damit, einen anderen träumen zu lassen, er habe sie. Und für dieses schlaue und alle Probleme lösende Wunder hatte die Welt ihre letzte Magie aufgeboten.

Vor Ablauf des Abends würde sie diese Jacke in die Finger bekommen. Es war nicht recht, dass all diese schöne Seide in Händen von einem bleiben sollte, der sich kratzte, weil er von den Läusen des Zwergenkönigs geträumt hatte.

»Dein Vater lebt und weiß, dass du lebst. Dein Vater weiß, dass du rote Haare hast. Er ist glücklich darüber, dass es dich gibt. Früher wusste er nicht, dass es dich gibt. Jetzt wo er es weiß, wird er es schaffen und zu dir kommen. Er hat dich lieb. Seit er weiß, dass es dich gibt, bringst du Licht in sein Leben.«

Reglos starrte Kaiura in das Gesicht des kleinen Idioten, das zu einem verschwommenen Fleck in dem noch mehr verschwimmenden Licht der Fackeln wurde, weil ihr Tränen in die Augen getreten waren und sie nichts mehr sah. Bei all ihrer Illusionslosigkeit und ihrem vollkommenen Mangel an jeglicher Naivität hatte Kaiura doch immer von einem Vater geträumt, der kommen würde, sie zu holen. Na klar. Wie ein König gekleidet. Auf einem weißen Pferd.

Er würde kommen und sagen: »Ich wusste nichts von dir. Jetzt wo ich es weiß: Hier bin ich. Du bist das Licht meines Lebens.«

Nicht nur die Augen liefen über, auch die Nase, und Kaiura wischte sie sich mit dem Ärmel ihrer dreckstarrenden Jacke, die aus dritter, wenn nicht aus vierter, fünfter oder fünfzehnter Hand sein musste.

»Diese ganze Geschichte war in einem Kinderreim enthalten«, fuhr der sogenannte Prinz unter Kratzen fort.

Na klar, in einem Kinderreim, wo denn sonst?

»In einem Kinderreim?«, fragte Kaiura und ließ damit zum ersten Mal ihre Stimme hören. Hätte sie sich angesichts einer so saftigen Lüge nicht erstaunt gezeigt, so hätte der andere begriffen, dass sie ihm bisher überhaupt nichts abgenommen hatte. Es gab gewisse feste Regeln, um sich ein Almosen oder ein Geschenk zu sichern, und auch, um sich vor einem Diebstahl das Vertrauen zu erwerben. Wer Lügenmärchen erzählte, durfte niemals bloßgestellt werden. Ihre Mutter erklärte ihr das ab und zu, an den wenigen Abenden, an denen sie gut aufgelegt war, sie beieinander waren und sich gegenseitig wärmten.

Der Junge nickte: »Ich weiß, dass das merkwürdig klingt, aber es ist so. Wenn ich danach tanze, vor allem wenn meine Geschwister mit mir zusammen tanzen, vergehen die Schmerzen in der Schulter und der Hunger. Mir vergeht all der Schmerz von denen, die dem Zwergenkönig ihre Geschichten erzählen.«

Entgeistert sah Kaiura den kleinen Jungen an, der aber so kindlich eigentlich nicht war: Auch wenn er kleiner war als sie, musste er mehr oder weniger in ihrem Alter sein. Selbstvergessen hatte der kleine Idiot angefangen mit einem Kreuzschritt vor, einem zurück, Seitschritt Seit und dazu gesummt: *Dumdaradumdumdaradei, Zwergenkönig kommt wieder frei.* Das war etwas für kleine Kinder, nein, für kleine Mädchen. Nervös schaute Kaiura nach den Wachsoldaten am großen Tor und fragte sich, warum die sie dauernd anstarrten. Hatten sie Angst, dass sie den Jungen dem Bären zum Fraß vorwerfen könnte? Sei's drum, sie würden sie zu dem Kinderreim hüpfen sehen. Der andere würde sich verausgaben, er würde ernsthaft ins Schwitzen kommen und würde die Jacke ausziehen.

Sie fing an, die gleichen Schritte zu machen, und trällerte dazu denselben Blödsinn wie der andere.

Sie spürte, wie unbändige Fröhlichkeit sie überkam. Das war unbeschreiblich.

Es war ihr alles gleich, sogar die Soldaten. Sie sah den Bären frei im Schnee herumlaufen unter einem gewaltig blauen Himmel, vor dem sich die Berge abzeichneten. Sie roch die klare Luft, ohne den Geruch nach fauligem Stroh voller Pisse und Kot.

Die Fröhlichkeit nahm bei jedem Schritt zu, bei jeder Wiederholung.

Am Ende waren sie außer Atem. Der andere war schweißgebadet, hatte die Jacke aber nicht ausgezogen.

»Es juckt nicht mehr«, sagte er dann glücklich.

Kaiura fragte sich, ob sie etwas antworten solle.

»Gut so«, bemerkte sie.

Aus der Dunkelheit, die sie mittlerweile umgab, tauchten zwei

Karren auf, hoch beladen mit Waren aller Art, dazu ein halbes Dutzend Händler, Männer und Frauen.

»He, Zigeuner«, rief einer von ihnen. »Könnt ihr aus der Hand lesen?«

Kaiura wandte sich um und holte Luft, bevor sie antwortete, aber der Anblick der Wachsoldaten am Tor lenkte sie ab. Jetzt da sie beide zwischen den Karren standen, hatten sie sich zur Seite geneigt, um sie nicht aus den Augen zu verlieren. Kaiura überschlug im Kopf kurz die Anzahl der kleinen, ungestraft gebliebenen Diebstähle, um zu erraten, ob sie es etwa auf sie abgesehen hatten.

»Ja sicher«, antwortete der Junge fröhlich. Noch bevor Kaiura etwas unternehmen konnte, hatte er schon die Hand der Frau ergriffen.

»Ihr erwartet ein Kind!«, rief er ganz erfreut. Kaiura hätte ihn ohrfeigen können. Das war ein Fehler. Man durfte nie Tatsachen vorhersagen, die sich bewahrheiten konnten oder nicht, wie ein Kind oder einen Ehemann. Man musste sich immer im Vagen halten. Der Junge hatte allerdings das Glück der Anfänger und der Idioten.

»He, das stimmt! Das ist wahr!«, lachte die Frau. »Du bist gut angezogen! Bist du vielleicht der Prinz der Zigeuner?«

»Nein, ich bin der Prinz eines anderen Reiches. Ihr erwartet einen Knaben, und es geht ihm gut«, fuhr der Junge fort. »Er hat Lust, auf die Welt zu kommen und Euch kennenzulernen. Eure Stimme kennt er schon. Er erkennt das Lied, das Ihr ihm am Morgen vorsingt, es gefällt ihm. Vergesst nicht, es ihm immer vorzusingen, auch wenn er auf der Welt ist.«

Die Frau hörte nicht auf zu lachen, glücklich. Sie erhob sich auf ihrem Karren, fuhr mit der Hand in eine Börse und warf einen Haufen Münzen in die Luft, die sich weit verstreuten. Es waren kleine Kupfermünzen. Sie hatten keinen großen Wert, man brauchte hundert davon, um einen Taler vollzumachen, aber es war doch ein schöner Regen.

Kaiura sah auf die Soldaten. Sie waren näher gekommen und ließen den Jungen keinen Moment aus den Augen. Unter diesem Blick wagte sie nicht, sich zu rühren. Wenn sie nichts aufhob, war es keine Bettelei.

Der Junge sammelte die Münzen ein, und ohne sie zu zählen, legte er sie ihr in die Hand. Der Karren zog weiter und die Soldaten kehrten an ihren Platz zurück.

Der Junge wandte sich um und lief weg. Die Seide der Jacke, die Kaiura ihm nicht gestohlen hatte, glänzte im Licht der Fackeln. Aber beim Großen Tor angelangt, machte der Junge halt, kehrte um und kam noch einmal zurück. Er deutete auf den Bären.

»Wenn ich groß bin, komme ich wieder. Wir beide, du und ich, bringen ihn in die Berge, wo Schnee liegt und die Luft rein ist, und wir lassen ihn frei.«

Kaiura nickte und sah ihn weiter an. Wieder traten ihr Tränen in die Augen. Alles in allem betrachtet, war der kleine Prinz vielleicht doch nicht so dumm.

»Schöne Jacke«, sagte sie schließlich.

Der Junge strahlte. »Möchtest du sie haben?«, fragte er.

Sie nickte.

Er zog sie aus und legte sie in ihre Hände. Die Seide raschelte.

»Möchtest du sonst noch etwas?«, fragte er. Da wäre alles gewesen, das bestickte Gewand, der Gürtel, aber man durfte nicht übertreiben, in dem Punkt war ihre Mutter kategorisch. Ob du etwas stiehlst oder ob du jemanden überzeugt hast, es dir zu schenken – nie mehr als eine Sache, sonst wird früher oder später jemand wütend. Sie schüttelte den Kopf.

Kaiura warf schnell einen Blick zu den Soldaten hinüber, die jedoch unbeteiligt dastanden.

Sie und der Junge sahen sich noch einmal an, dann drehte er sich um und ging. Als er durch das Große Tor schritt, nahmen die Soldaten Haltung an. Der Ranghöhere der beiden legte ihm seinen Mantel um die Schultern.

Kaiura setzte sich wieder bei dem Bären nieder und kraulte ihm das raue Fell, das an den Narben fehlte. Mit der anderen Hand strich sie über die blaue Seide.

Sie dachte noch einmal an den König, der von dem weißen Pferd steigen würde, um ihr zu sagen, dass er ihr Vater war und dass er ohne sie nicht leben konnte, aber dann verflog auch dieser Gedanke, und ein anderer drängte sich vor, wurde immer stärker: Der kleine Prinz würde wiederkommen und wäre dann kein Kind mehr.

Sie würden in die Berge ziehen und Johannisbrot frei lassen.

Zusammen.

In dem reinen Schnee.

Die Luft würde gut riechen.

Die Seide war glatt und warm.

Erneut wurde die Welt zu einer Reihe verschwommener Flecken, weil ihre Augen sich wieder mit Tränen gefüllt hatten.

König
und Königin
der Bären

KAPITEL 14

Sie würden der König und die Königin des reinen Schnees
und der freien Bären sein.

Joss rannte wie ein Verrückter. Er kletterte auf einen Apfelbaum und sprang über die Einfassungsmauer des königlichen Gartens, lief zwischen den Orangenbäumen durch und huschte am Küchentrakt entlang. Das Herz schlug ihm bis zum Hals, und er hoffte, rechtzeitig nach Haus zu gelangen, damit seine Mutter nichts von seinem Lauf durch Nacht und Dunkel erfuhr, leicht bekleidet und verschwitzt, sodass er sich erkälten würde und die Nase laufen würde, sodass die Frau Mutter tagelang noch finsterer dreinschauen würde als sonst.

Riesig und gelb hing tief am Himmel der Mond, dann verschwand er hinter Wolken, sodass am Ende nur mehr ein heller Strich zu sehen war, der in diesem Dunkel leuchtete, ebenso wie die Fenster der Häuser auf den Hügeln, die jetzt schwarz waren wie Wasser auf dem Grund eines Brunnens. Ab und an glitt eine Fledermaus still zwischen den paar Lichtern dahin.

Seitdem Kaiur Inskay von ihr erzählt hatte, war das Mädchen mit dem Bären eine fixe Idee für ihn geworden. Jetzt war es ihm gelungen, sie zu treffen, und zum ersten Mal seit Wochen quälte ihn nicht das Jucken auf der Haut. Joss war glücklich. Ein Mann baute sich vor ihm auf und hielt ihn in seinem Lauf auf. Der Mann war sehr schön und lächelte, und Joss hatte keine Angst vor ihm, vor dieser Gestalt, die da plötzlich aus dem Dunkel auftauchte und ihn ansprach.

»Verzeiht, junger Herr, ich habe ein Problem, eine Frage, und hier ist niemand, den ich fragen könnte. Darf ich Euch stören?« Bevor Joss noch antworten konnte, holte der Mann aus seinem Rucksack ein paar Münzen und ein altes Siegel hervor, auf dem das Symbol der Schnecke zu erkennen war. Joss betrachtete sie neugierig. So etwas hatte er noch nie gesehen.

»Verzeiht, mein junger Herr, ich muss diese alten Erinnerungsstücke meiner Familie verkaufen, und mir wäre bei den Verhandlungen sehr gedient, wenn ich ihre Zusammensetzung kennen würde. Seid Ihr zufällig ein Fachmann für Metalllegierungen?« Joss war überglücklich, die Frage nach den Legierungen beantworten zu können, zugleich seine Höflichkeit und sein Wissen unter Beweis stellen zu können.

»Das hier ist edle Bronze, Kupfer und Silber zusammen, die kleineren sind aus etwas geringerer Bronze, geringerem Kupfer und Zinn, aber es ist eine gute Legierung, es ist auch ein Quäntchen Beryllium dabei, das Siegel ist aus niederkarätigem Gold.« Der Mann schien außer sich vor Freude über seine Antwort. In seinen Augen schimmerten Tränen, fast schwankte er. Er kniete nieder.

»Erlaubt Ihr, Herr, behaltet eine davon, die kleinste, so tragt Ihr stets das Herz des Universums, das Bild des Schneckenhauses bei Euch, als Glücksbringer und Talisman und zum Andenken an mich, zum Dank für Eure Freundlichkeit.« Der Mann wandte sich um und verschwand so schnell in der Dunkelheit, dass Joss keine Zeit blieb, die Münze zurückzuweisen, die der andere ihm in die Hand gedrückt hatte.

Joss musste lachen.

Das war das zweite Geschenk, das ihm an diesem Abend gemacht wurde, erst der Tanz von Kaiura, nun das dieses Unbekannten.

Joss rannte und machte erst halt, als er die Mauern des Palasts erreicht hatte. Er kletterte über die Glyzinie hinauf, kam an das Fenster zu seinem Zimmer, stieg über das rosa Ungeheuer hinweg, das ihm immer weniger wichtig war, gelangte zu seinem Bett und ließ sich hineinfallen, mit all seiner Müdigkeit.

Im Einschlafen strich er über die Spirale auf der Münze.

Er träumte von reinem Schnee und vom Bären.

Er träumte von Kaiura mit den roten Haaren.

Er träumte von Inskay, dem Bergmann und König der Zwerge, der ihn dorthin führen würde, wo das Wasser klar war.

Alles würde gut werden. Sire Rankstrail, der Halb-Ork aus dem Reich der Menschen, würde ausziehen und Inskay befreien. Er würde Atàcleto finden, Atàcleto würde als Held nach Hause kommen und alle würden ihn bewundern.

Er und Kaiura würden den Bären zurückbringen in die Berge.

Alle würden froh und glücklich sein.

Er hatte es geschafft, es war ihm gelungen.

Sein Vater würde stolz auf ihn sein.

Alles würde gut werden.

Sie würden der König und die Königin des reinen Schnees und der freien Bären sein.

Und noch ein Traum entstand vor seinem inneren Auge. An einem Himmel so schwarz wie das Nichts bildeten Millionen von winzigen Sternen, weiß wie Schneeflocken, eine Spirale, und auf der tanzten Kaiura und der Bär, in immer größeren Kreisen.

Die Morgendämmerung kam, die Sonne ging auf, und erst als sie schon hoch am Himmel stand, erwachte Joss endlich.

Menschenwelt-König

KAPITEL 15

Der König der Menschenwelt war müde.

Der König der Menschenwelt war müde. Die Müdigkeit lastete nicht nur auf den unter dem Gewicht der Rüstung eingesunkenen Schultern, sondern auf seinem ganzen Geist.

Er konnte nicht mehr.

Er hob den Kopf. Kein Lüftchen regte sich, kein Geräusch hatte an diesem Sommernachmittag das Insektengesumm gestört, aber er wusste, dass von einem Augenblick auf den nächsten auf der Schotterstraße zwischen den Maisfeldern in einer Staubwolke die Reiterei des Markgrafen auftauchen würde. Er spürte das, wie er spürte, wo im nächsten Moment ein Hase auftauchen würde. Was er nicht wusste, war, ob die Soldaten es geschafft hatten, das Volk der Zwerge vor der Deportation zu bewahren. Wenn sie es geschafft hatten, dann bedeutete das, er und seine Unbesiegbarkeit waren nicht länger notwendig. Wenn es ihnen gelungen war, bedeutete das, er konnte die Angelegenheit mit Inskay, dem Zwerg, und seinem Volk, mit der verdammten Grenze zum Nordwesten, zum Südwesten und dem Osten jemand anderem übertragen, nach Hause gehen und dort bleiben. Der Schutz der Grenzen war eine nie gelöste Aufgabe. Wenn ein Abschnitt gesichert war, wenn die Wehrgänge erneuert, die örtliche Bevölkerung unterwiesen, die Garnison ordentlich installiert worden waren, wurden von einer anderen Stelle Überfälle gemeldet, dann von noch einer und noch einer, alle verdammt weit weg vom ersten Punkt. Angreifer war nicht mehr das Orkheer, es gab keine Grade und Hierarchien mehr. Die Kriegsmasken, die so ehrlichen und naiven Schrecken eingeflößt hatten, waren eine glückliche, aber ferne Erinnerung. Jetzt kamen die Orkhorden ins Land, mischten sich unter die Bevölkerung, massakrierten sie und verschwanden wieder. Die Orks waren oft groß mit flachen Backenknochen, die Hände gedrungener als beim Menschen. Viele Menschen glichen Orks, manche zufällig, manche, weil Frucht der Vergewaltigungen in den Grenzgebieten. Viele Orks glichen den Menschen, und eben die suchte man für die Überfallkommandos aus, welche die Welt der Menschen für ihre Arroganz bestrafen sollten. Das Ergebnis war eine verschwindend kleine Zahl an Toten im Verhältnis zu der in einem echten Krieg, doch diese verbreiteten ständig Schrecken und Misstrauen. Jeder Unbekannte konnte ein Mörder sein, gekommen, um der ganzen Familie die Kehle durchzuschneiden. Manchmal war er es tatsächlich, manchmal nicht. Es war auch schon vorgekommen, dass ehrbare Kaufleute, nur weil sie ein bisschen zu groß waren und zu gedrungene Hände hatten, gelyncht wurden.

Regelmäßig hatte der König der Menschen die Botschafter der Orks einbestellt. Sie hatten sich beklagt über seine ungerechtfertigte Wut, sie waren ehrlich gekränkt durch den grundlosen Hass, den er ihrer Welt entgegenbrachte. Was für Beweise gab es denn? War es nicht offensichtlich, dass diese Zwischenfälle absichtlich inszeniert wurden, um Zweifel an ihrer Unschuld zu säen? Und wenn etwas schiefgelaufen war und am Boden Leichen lagen, die zweifelsfrei Orks waren, hatte nichts die indignierte Empörung der Botschafter erschüttern können. Was konnten sie dafür? Jedes Volk hat seine verdorbenen Früchte, seine verrückten Außenseiter. Wie konnte der König der Menschen nur auf die Idee kommen, dass sie etwas davon gewusst oder es gar gebilligt hätten? Weshalb fragte sich der König der Menschen nicht vielmehr umgekehrt, warum die Orks, natürlich nicht alle, aber ein paar verrückte Außenseiter, die Menschen derart hassten, dass sie bereit waren, heldenhaft ihr Leben zu opfern, nur um Zerstörung zu bringen? Dachten die Menschen nicht daran, dass sie diesen Hass durch ihre maßlose Arroganz schürten? Jedenfalls, gegen verrückte Außenseiter konnten sie nichts ausrichten, außer die Gewaltexzesse zu beklagen.

Was an der Welt der Menschen als so herausfordernd und arrogant angesehen wurde, konnte Rankstrail nicht verstehen. Er vermutete, es wären die Mühlen, die Obstgärten, die von Jahr zu Jahr anwachsenden Herden, die Bewässerungskanäle, die mit meisterhafter Präzision parallel zueinander verliefen.

Aber aus welchem Grund all dies schändlicher sein sollte, als den Schädel von Kindern an Hausmauern zu zertrümmern, das konnte Rankstrail nicht verstehen.

Es war seine Schuld. Bis er vor acht Jahren den Befehl gegeben hatte, waren Orks immer getötet worden. Gleiches wurde mit Gleichem vergolten. Wenn sie konnten, murksten die Orks die Menschen ab, und die Menschen umgekehrt die Orks. Keiner fühlte sich dem anderen überlegen. Keiner fühlte sich entehrt, oder vielleicht doch, aber nach der Enthauptung war das schwer zu entscheiden.

Am selben Abend, als er den Befehl gegeben hatte, die Gefangenen nicht mehr zu töten, hatte Rankstrail eine Vision von der Orkwelt gehabt, die für immer befreit war von Barbarei und Tyrannei; er hatte Brücken gesehen, die sich kühn über Abgründe spannten, große blaue Kuppeln über Gärten und Zitronenhainen.

Natürlich hatten nicht alle seine Visionen einen Sinn. Die Brücken und Kuppeln mussten einem Moment der vollkommenen Freude entsprungen sein, denn er hatte eben Aurora gefragt, ob sie ihn heiraten wolle. Die Orks als Gefangene in der Menschenwelt zu halten und sie zu zwingen, neue Fähigkeiten zu erlernen, hatte sie stärker gemacht, geschickter, aber nicht herzlicher. Nur noch mörderischer.

Aber ein Zurück gab es nicht. Sie waren Menschen. Und sie würden weiterhin Gefangene machen.

Um der Logik und Geografie dieser Übergriffe an den Grenzen nachzugehen, war Rankstrail seit dem ersten Wintertag des dreihunderteinundzwanzigsten Jahres nach der Befreiung von Daligar durch Sire Arduin nicht mehr in Varil gewesen. Eine Zeit, die ihm unendlich lang erschien und mit jedem Tag schwerer auf ihm lastete. Er streckte die Hand aus, um den Kopf des Wolfes zu streicheln, der ihn seit neun Jahren begleitete. Das war eine mechanische Geste, fast unbewusst, die er machte, wenn er traurig war, auch jetzt da der Wolf nicht mehr da war. Er war vor einem Jahr an Altersschwäche gestorben. Rankstrail schloss die Faust und legte sie aufs Knie.

Rankstrail war der König von Varil, was gleichbedeutend war mit König der Menschenwelt, da das kleine Daligar, vom Verwaltungsrichter völlig ausgeplündert und an den Bettelstab gebracht, nur anstandshalber Königreich genannt wurde.

Das Leben und die Menschen hatten ihm alles gegeben. Im Tausch dafür musste auch er alles geben.

Man nannte ihn Sire, aber Rankstrail war der Hauptmann. Er war immer der Hauptmann gewesen und würde es immer sein, derjenige, der das Kommando übernimmt, wenn der Augenblick des Kampfes da ist. Es war nicht nur Strategie, es war nicht nur, dass seine Männer ihn liebten. Früher oder später würde sich jemand finden, der sich auf Strategie verstand, und früher oder später, vor allem wenn er für seine Männer sorgte, würden sie ihn auch dafür lieben.

Nein, Rankstrail war der Hauptmann und würde es immer sein, denn irgendwo war ihm bewusst, dass er unbesiegbar war. Er hätte das niemals laut gesagt, und auch innerlich versuchte er, sich Bescheidenheit aufzuerlegen, aber er wusste, dass es stimmte. Als verzweifelter Sohn eines Orks hatte er im Laufe seiner Lebensgeschichte eine Mischung aus Wildheit und Barmherzigkeit entwickelt, und außerdem besaß er die Gabe der Hellsicht. Die war unberechenbar und nicht immer vorhanden, aber in Kombination mit der Strategie, die, wie er als Kind entdeckt hatte, die Summe aus Geometrie und Mut war, führte sie unausweichlich zum Sieg.

Deshalb, wegen seiner mehr oder weniger realen Unbesiegbarkeit, konnte der Hauptmann sich von niemandem vertreten lassen. Wenn Grenzen fielen, wenn Nachrichten von Massakern eintrafen, musste er hin. Er war der König, oder besser, der Hauptmann. Der unbesiegbare Hauptmann der Welt der Menschen. Und es hatte keinen Sinn, jemanden zu schicken, der womöglich besiegt werden könnte.

Als Morgentau gekommen war, um Hilfe für das Volk der Zwerge zu erbitten, war Rankstrail gerade im Südosten festgehalten worden, wo die Überfälle keinen Augenblick abrissen.

Vier seiner Soldaten waren entführt worden. Um sie zurückzuholen, musste er notwendigerweise in das Orkreich des Südostens vordringen, es in einem Akt der Aggression überfallen, denn er war der König mit seinem regulären Heer, und die anderen waren verrückte Ausreißer, für die niemand verantwortlich war, weil es schließlich niemandes Schuld war, wenn Außenseiter verrückt wurden, provoziert von den Mühlen und Kanälen der Menschen.

Die einzige Hoffnung war, den Schaden sofort zu lokalisieren und zu begrenzen. Und das konnte nur ihm gelingen, nur einem, der wusste, wo ein Hase entlanglaufen würde, noch bevor man ihn sehen konnte.

Er war hingeeilt.

Er hatte die vier gefunden. Von zweien hatte er die Köpfe wie üblich auf Pfählen wiedergefunden, der Dritte war noch am Leben, hatte aber keine Arme und Beine mehr, und zum Glück war er am Blutverlust gestorben, während sie versuchten, ihn mitzunehmen. Der Vierte war noch heil und ganz und wenigstens den würde er seiner Frau heimbringen. Sie hatten keine Gefangenen gemacht.

Alles war sehr schnell gegangen.

Ein Krieg war nicht ausgebrochen. Zwei Mal waren sie unterwegs auf Orks gestoßen und hatten sie ohne Verluste auseinandergetrieben. Die dritte Formation hatte sie aufgehalten. Der Feind hatte die eigenen Kinder in Stellung gebracht, hatte sie bewaffnet und an der Grenzlinie entlang aufgestellt, wo sie sie erwarteten. Es waren etwa hundert, vielleicht mehr. Genug, um zu töten.

»Sire, was sollen wir machen? Das sind Kinder, Jungs und Mädchen, die Kleinsten sind noch nicht mal zehn«, sagte Trakrail, sein Militärarzt, der Elfenblut in sich hatte und unglaublich gut war in der Behandlung von Verwundeten, Kranken und Sterbenden, den man aber, wenn es ums Kämpfen ging, lieber vergaß.

»Es gibt wenige Probleme, die sich nicht mit Axthieben lösen lassen«, schlug Nirdly, der Zwerg, vor.

»Aber das sind Kinder«, protestierte Trakrail empört.

»Kinder sind zu Hause bei ihrer Mama«, wandte Nirdly ein. »Wenn sie, statt zu Hause bei der Mama zu sein, auf einem Schlachtfeld herumstehen, so bedeutet es, dass sie beschlossen haben, Soldaten zu sein. Sie sind größer als ich. Früher oder später werden sie ohnehin erwachsen, und dann muss man noch einmal herkommen, um sie in Stücke zu hauen, da kann man das auch gleich erledigen, spart uns Zeit und Hafer für die Pferde. Hauptmann, was tun wir, verdammt noch mal?«

Das war eine rhetorische Frage. Nirdly wusste so gut wie Trakrail, dass sie nichts tun konnten. Der Leutnant hatte seine Schwierigkeiten, zehn Worte aneinanderzureihen, die sich, ohne Anstoß zu erregen, wiederholen ließen, aber er besaß auch die übermenschliche Fähigkeit, auf einem Schlachtfeld stets im rechten Augenblick am rechten Ort zu sein, das heißt, als Rückendeckung für Rankstrail. Mindestens ein halbes Dutzend Mal hatte er ihm schon das Leben gerettet.

Sie taten nichts, zogen bloß schnell ab. Rankstrail hatte begriffen, ja, vorausgesehen, wie nur er es konnte, dass sie beim Rückzug auf einen Saumpfad treffen würden, der sie in Sicherheit bringen würde, indem er die Angreifer umging. Als sie schon in Sicherheit waren, kam der letzte Steinwurf. Rankstrail bemerkte ihn wie immer einen Augenblick früher, wich ihm aber nicht aus. Sein Pferd war gerade zwischen zwei Baumstämmen und einem Haufen Steinen und Gestrüpp, um dem Steinwurf auszuweichen, hätte er sich vom Pferd stürzen müssen, aber dazu war er zu müde. Der Stein würde ihn treffen und noch eine weitere Narbe hinterlassen, wenn er vom Pferd sprang, hätte er sich wahrscheinlich schlimmer verletzt.

Der Stein traf sein rechtes Knie.

Der Schmerz überfiel ihn, mörderisch und grausam. Am liebsten hätte Rankstrail kein Bein gehabt. Ein saumäßiger Schmerz, wie Nirdly sagen würde. Es war ein Fehler gewesen, er hätte sich ins Gestrüpp werfen müssen. Und als ihm klar wurde, dass er einen Fehler begangen hatte, war er in gewisser Weise erleichtert. Dies würde also sein letzter Feldzug sein. Mit allen weiteren würden der Markgraf oder ein anderer General zurechtkommen müssen. Er würde zu Hause bleiben bei seiner Frau und mit einem Knie, das ihn nicht trug.

»Der Knochen in Form eines flachen Kiesels ist gebrochen«, stellte traurig Trakrail fest. »Es ist eine Frage von Schwachpunkten und starken Punkten. Derselbe Schlag eine Viertel Spanne höher oder tiefer hätte fast gar keinen Schaden angerichtet.«

Was auch immer der Knochen in Form eines flachen Kiesels war, Rankstrail würde für immer den Zeiten nachweinen, da er nicht wusste, dass er einen solchen besaß. Er konnte das Bein weder beugen noch strecken. Nirdly schnitzte ihm einen Stock, glatt und kräftig, der mit einer Reihe merkwürdiger geometrischer Zeichnungen verziert war, und versteifte die rechte Beinschiene der Rüstung, um das kranke Knie zu stützen. Rankstrail hasste Beinschienen, aber er hatte keine Wahl.

Auf seinen Stock gestützt, musste Rankstrail dann auch noch die Botschafter empfangen und sich ihren tief empfundenen Schmerz über den ungerechten Überfall auf ihr geliebtes Land anhören, der von der Arroganz und Ungerechtigkeit der Menschen zeugte. Einige Menschen waren gefangen genommen und getötet worden? Welche Schuld hatten sie daran? Das konnten

Räuberbanden gewesen sein. Wenn nicht gar Provokateure. Der König der Menschen konnte nicht beweisen, dass diejenigen, die diese Verbrechen verübt hatten, Soldaten waren. Er konnte auch nicht mit Sicherheit nachweisen, dass es Orks waren. Sicher kein ausreichender Grund, um einen Krieg gegen Unschuldige anzuzetteln.

Als ihm Morgentau die Nachricht von der tödlichen Gefahr überbrachte, in der Inskay, der König der Zwerge, und sein Volk schwebten, hatte Rankstrail keine andere Wahl gehabt, als den Markgrafen zu schicken. Er hatte ihm mehr als die Hälfte der Kavallerie überlassen, die bessere Hälfte, und hatte aus ganzem Herzen gehofft, dass sie es schaffen möchten, wegen Inskay, dem Zwerg, und seinem unseligen Volk, aber auch um seiner selbst willen.

Zum ersten Mal in den zehn Jahren seiner Herrschaft hatte er einem anderen das Kommando überlassen. Er hätte nicht gewagt, das zu tun, wenn er nicht dazu gezwungen gewesen wäre, doch war er dabei glücklich wie ein Vogel im Käfig, der sieht, dass das Türchen einen Spaltbreit offen steht.

Der Markgraf besaß den bei Adeligen von Geblüt unvermeidlichen Hochmut, aber er war ein guter Kommandant, und die Soldaten mochten ihn.

Rankstrail blickte auf die Schotterstraße und der Gedanke an Aurora erfüllte ihn. Wenn sich herausstellte, dass der Markgraf die Zwerge befreit hatte, würde er nach Hause zurückkehren können. Die Südgrenze war befriedet, vorerst wenigstens. In höchstens zehn Tagen würde er in seinem eigenen Bett schlafen.

Das Insektengebrumm eines Sommernachmittags verstummte und in einer Staubwolke tauchte auf der Schotterstraße zwischen den Maisfeldern die Reiterei auf. Der Markgraf ritt an der Spitze, neben ihm ein junger, wunderschöner Bogenschütze, den Rankstrail noch nie gesehen hatte.

Keine Zwerge.

Um ein Haar wäre die Befreiung gelungen. Jetzt aber musste man sie im Orkreich des Nordwestens holen gehen. Und das bedeutete Krieg.

»...um ein Haar, Sire, wirklich nur ein Haar. Dafür ist ein Mann der Königin von Daligar vor Ort. Er ist sehr jung und muss verdammt tüchtig sein, wenn sie einen so blutjungen Kerl hingeschickt hat. Er hat sich gefangen nehmen lassen, und ich habe den Verdacht, er hat das vorsätzlich getan. Ich konnte keinen Kontakt zu ihm aufnehmen, aber mittlerweile habe ich keinen Zweifel mehr. Der Adler, mein Herr, es ist ein blauweißer Seeadler, und er pendelt zwischen uns und ihm. Der Junge hat Macht über den Adler.«

Rankstrail wandte den Blick zum klaren Himmel hinauf. Angkeel! Erbrows Adler zog Kreise über seinem Kopf. Hochmütig würdigte der Raubvogel ihn kaum eines Blickes.

Angkeel war ein magisches Tier, eines der letzten Zeichen der alten Welt, wo das Wunderbare und das Großartige gleichrangig neben zu pulenden Bohnen und Zwiebelsuppe standen. Ein Sohn des letzten Phönix, trug er die Erinnerung an die letzte Magie der Welt in sich, er hatte Yorsh gekannt. Jetzt war er hier bei ihm. Er kreiste über seinem Kopf, um ihn wissen zu lassen, dass sie einen mit magischen Kräften begabten Mann hinter den feindlichen Linien hatten.

»Der Krieger aus Daligar, den der Adler begleitet, muss wirklich ganz außergewöhnlich sein«, bestätigte Rankstrail. Und das war auch bitter nötig, denn mit dem halben Heer überall an diesen verdammten Grenzen blieb nicht viel für den Verwaltungsrichter und die Orks aus dem Nordwesten übrig.

Es würde kein Spaziergang werden, aber Angkeel war bei ihm. Es war, als hätte er wieder Erbrows Magie auf seiner Seite, wie damals auf dem Schlachtfeld. Mit einem Mann von Rosalba im feindlichen Lager und dem Adler, der den Boten zwischen ihnen spielte, würde er es schaffen. Und dann würde er nach Hause zurückkehren. Er würde bald zu Hause sein, bei Aurora. Der Herbst würde eine lange Folge von kühlen Nächten sein, erwärmt von ihren Körpern.

Früher oder später würde das Knie aufhören, wehzutun.

Herrin des Abwaschs

KAPITEL 16

Speckschwarten mit Bohnen,
Salbeibohnen mit Schweinerippchen,
Würste mit Bohnen und Polenta.
Polenta konnte es mit oder ohne Bohnen geben.

Soweit sie zurückdenken konnte in ihrem Leben mit dem Vater, machte Maschak den Abwasch. Ihr Reich war seit jeher die Küche der Gefängniswache, die wie alle Küchen dunkel war und tief unten lag, nah beim Brunnenwasser. Ihr früheres Leben hatte Maschak in der Nähe der vom Falkenflug durchpflügten Wolken zugebracht, im obersten Stock eines der höchsten Häuser von Alyil, von wo aus man die ganze Stadt und die ganze Grafschaft überblickte. Wann immer sie konnte, wuchtete Maschak ihre Pfunde die Treppen des Gefängnisturms hinauf und betrachtete die Welt von dort aus, aber das konnte sie nur dann, wenn ihr Vater nicht da, wenn er abgelenkt oder betrunken war.

Die übrige Zeit verbrachte sie in der Küche und wusch in einem Bottich Geschirr ab. Denn wenn die Wachmannschaften nicht gerade mit Hängen, Köpfen, Foltern oder sonstigen kleineren Unternehmungen beschäftigt waren, gaben sie sich dem Genuss stärkender Speisen hin, vor allem von Speckschwarten mit Bohnen, Salbeibohnen mit Schweinsrippchen, Würsten mit Bohnen und Polenta. Polenta konnte es mit oder ohne Bohnen geben, das war das Äußerste, was an Abwechslung gestattet war.

Alyil war die Stadt des immer Gleichen.

Auch die Welt der Orks war immer gleich.

Das Höchste in der Welt der Orks war die Vergangenheit. Das Großartigste, was es überhaupt je gegeben hatte, waren die alten Priester, die vor undenklichen Zeiten unmittelbar mit den Göttern gesprochen hatten. Deshalb musste alles, die Gewänder, die Utensilien, die Sprache, so bleiben wie damals zur Zeit der Priester. Alles, was sie gewesen waren, was sie getragen und was sie gegessen hatten, war verpflichtend.

Alles andere war verboten.

Soweit sie zurückdenken konnte in ihrem Leben mit dem Vater, pulte Maschak, wenn sie keine Teller abwusch, Bohnen. Wenn sie nicht gerade Bohnen pulte, sie kochte oder die Töpfe scheuerte, in denen sie gekocht worden waren, saß Maschak beim Essen. Die Menge an Lebensmitteln, die zu ihr nach Hause geliefert wurde, war enorm, eine Familie mit vier Kindern, zwanzig Enkeln, den Großeltern und noch einigen Cousins und Cousinen ersten und zweiten Grades hätte davon satt werden können. Die Leute wurden kurzgehalten, damit in ihrer Speisekammer, die stets abgeschlossen war und zu der nur ihr Vater den Schlüssel hatte, sackweise Essen verschimmeln konnte. Sie durfte nichts davon weitergeben, nur die Essensreste, die sie am hinteren Ende des Marktplatzes für die Bettler und an den Straßenecken für die Hunde auslegte. Die wenigen Gefangenen, an die sie herankam, hatte sie mit Speckschwarten und Bohnen vollgestopft, damit sie den Gang zum Galgen wenigstens mit vollem Bauch antraten. Den Rest hatte sie selbst aufgegessen, auch wenn sie nichts sehnlicher wünschte, als mit dem Essen aufzuhören und zu kotzen.

Es war etwas falsch daran, wenn man Essen wegwarf, eine Sünde gegen die Götter, das Leben und die Lebenden. Aber das war nicht das Einzige. All dieses Essen landete bei ihr, setzte sich an ihrem Körper an und schied sie von einer Welt, die ihr verhasst war, schützte sie vor Blicken, die sie nicht wollte und mit denen es gleich nach ihrer Ankunft losgegangen war.

Maschak bereitete frisches Brot zu, mischte Maismehl mit Öl und Honig und knetete daraus einen Fladen. Es war keine Polenta, sondern etwas Neues. Etwas Neues zu machen, darin lag in letzter Zeit ein merkwürdiger Zauber.

Seit einem Monat machte sie jeden Tag etwas Neues und brachte es den beiden Gefangenen in den äußeren Zellen, einem alten Heiler und einem jungen Salzhändler. Maschak wagte nicht, etwas zu sagen, sie grüßte nicht einmal. Sie brachte ihre Gaben und ging wieder. Manchmal jedoch kauerte sie sich, immer noch wortlos, vor der Eisentür zur Zelle des jungen Salzhändlers Atàcleto nieder, und dieser sprach zu ihr, erzählte ihr, als wolle er in gewisser Weise ihre Gaben erwidern, von fantastischen Orten, die sie bislang nur vom Hörensagen kannte, von den Straßen von Daligar, vom Dogon, von den Orangenhainen, den stacheligen Pfählen der Igelstadt, die Sire Arduin höchstpersönlich in den Stadtmauern hatte verankern lassen.

Ganz leise wagte Atàcleto, ihr auch von ihr zu erzählen, von der Hexe, der Königin von Daligar, Witwe eines Elfen, des letzten Elfen, und Mutter von drei Kindern. Von der in Alyil und bei den Orks meistgehassten Königin, der schrecklichsten Königin, die je den Erdboden betreten und zu Waffen gegriffen hatte. »…sie hat die mit Parfüm gefüllten Glasflakons des Richters verwendet, die waren mit einem spannenlangen Tuchfetzen zugestöpselt, und der Fetzen brannte… das Übrige besorgte der Wind… mit sechs Männern und sieben Pferden… die Belagerer zum Abzug gezwungen… meine Herrin, Ihr hättet sie sehen sollen, barfuß, mit ihrem kahl geschorenen Schädel, im blauen Mantel auf einem schwarzen Pferd… der Inbegriff des Muts…«

Feuer, Wind, Mut. Eine belagerte Stadt. Eine kämpfende Königin, die ebenso geschorene Haare hatte wie sie selbst. Enge Gassen, Laubengänge und Orangen.

Während Maschak ihr Gewicht die Treppen hinauf und durch die Küche schleppte, träumte sie und flog.

Und ich liebe dich, meine Herrin

KAPITEL 17

»*Der goldene Drache ist da.*«

Es waren die letzten sonnigen Tage eines prachtvollen Augusts. Atàcleto streckte sich. Hätte man ihn nicht töten wollen, wäre es ein großartiger Augenblick gewesen. Maschak brachte ihm sauberes Wasser, Fladenbrot und Honig und ihre schweigsame Gegenwart wurde ihm von Tag zu Tag lieber. Es gab das Geplauder mit Ferrain, den Himmel hinter den Gitterstäben durchkreuzte von Zeit zu Zeit Angkeel auf seiner Flugbahn. Im Halbdunkel waren die Augen der Katze zu sehen. Es gab Tage, an denen der Dunst sich lichtete und der Schnee auf den Bergen im Sonnenlicht funkelte.

Es gab den Kinderreim.

Atàcleto hatte keine Angst mehr.

Er liebte das Leben wie nie zuvor. Seine peinliche Unentschlossenheit, seine ewige Traurigkeit, die verheerende Schüchternheit, die ihm seit seiner Geburt zusetzten, waren vergangen, vorbei.

An einem windigen Tag wurde seine neue liebevolle Hinwendung zur Welt jäh unterbrochen.

Unten auf dem Platz gab es am Morgen seltsamen Lärm. Alle rannten atemlos durcheinander, die Stimmen flogen hin und her. Die Nachricht, der Verwaltungsrichter sei angekommen, sprach sich in Windeseile herum. Sie verbreitete sich unter den Wachposten auf den Wehrgängen und dann in den Zellen der Gefangenen.

Maschak, die Dicke, tauchte auf und wagte zum ersten Mal, das Wort an ihn zu richten. Sie hatte eine kräftige tiefe Stimme.

»Sie sind wieder da. Heute Nacht werden sie uns noch in Ruhe lassen und im Haus des Richters bleiben. Aber morgen werden sie nachschauen kommen«, brummelte sie. Es erübrigte sich zu fragen, wer.

Der Tod, der ihm seit über einem Monat keine Angst mehr machte, würde von einem Augenblick auf den anderen aus dem Bereich des bloß Wahrscheinlichen heraustreten und ein echtes Monstrum werden, mit echten Zangen, einem echten Richtbeil, einem echten Galgen. Atàcletos neugeborene Sicherheit geriet ins Wanken, aber der Junge biss die Zähne zusammen und riss sich am Riemen. Er musste das Beste daraus machen. Maschak saß zusammengekauert auf der anderen Seite der Tür.

»Brauchst du etwas?«, fragte sie. »Gibt es etwas zu essen, was du magst? Was kann ich dir bringen?«

Atàcleto nahm eine Bewegung wahr und drehte den Kopf zum Gitter. Krümel saß in der Fensteröffnung, und neben ihr kauerte unglaublicherweise Angkeel, den er immer nur in der Ferne am Himmel gesehen hatte. Atàcleto hatte sie noch nie so dicht beieinander gesehen, außer wenn sie miteinander stritten. Es war, als ob die beiden ihre Streitigkeiten ausgesetzt hätten, um ihm den letzten Besuch abzustatten.

Der Junge stürzte zur Tür und stellte sich vor das Guckloch, damit das Mädchen den Adler und die Katze nicht sehen konnte. Der Adler war ganz in seiner Nähe! Ihm war eine Idee gekommen. Wenn es ihm gelänge, eine Botschaft zu verfassen und sie ihm um den Hals zu binden, würde der Adler sie nach Daligar zu Erbrow bringen.

»Verzeiht mir, meine Herrin, gibt es hier Pergament?«, fragte er.

Eine blödsinnige Frage. Es konnte ja gar keines geben, Pergament war rar und kostbar. Er würde ein Stück seines Gewandes benutzen und darauf mit der einzigen Tinte schreiben müssen, die ihm zur Verfügung stand, seinem Blut. Aber selbst wenn er den Mut dazu gehabt hätte, war doch immer noch die Frage, wie er es anstellen sollte. Er hatte keinen spitzen Gegenstand, mit dem er sich eine Wunde zufügen oder schreiben konnte.

»So viel du willst. Wir haben ganze Schubladen voll davon«, antwortete Maschak finster. »Bei den Verhören ist immer ein Schreiber dabei, der alles aufschreibt, was der Verurteilte sagt. Auch seine Schreie, sein Stöhnen, seine Gebete. Wir haben mehr Pergament als die ganze übrige Stadt. Vielleicht haben sogar nur wir und das Haus des Verwaltungsrichters welches, denn in Alyil ist es verboten, welches zu besitzen.«

»Ich bitte Euch, meine Herrin, darf ich Euch in Eurer Güte um eine große, ungewöhnliche Gabe bitten? Könnt Ihr mir Pergament, eine Gänsefeder und Tinte bringen?«

»Ich heiße Maschak«, antwortete sie. »Wozu brauchst du denn Pergament?«

»Madame Maschak, ich bitte Euch.«

»Du sollst mich Maschak nennen und fertig. Sonst sieht es aus, als würdest du dich lustig über mich machen. Wozu brauchst du das Pergament?«

»Also, ich …«, fing Atàcleto unsicher an. Er wollte ihr nicht zu viel verraten, er durfte sie nicht in Verlegenheit bringen, aber auch nichts riskieren. »Wir haben große Zauberer bei uns, müsst Ihr wissen. Einer von ihnen hat mir einen Zauber beigebracht, den nur ich allein ausführen kann und der mir die Schmerzen nehmen wird. Ich muss die Formel aber aufschreiben.«

Maschak sah ihn an, machte den Mund auf, als wolle sie etwas sagen, schloss ihn aber wieder. Ganz offensichtlich hielt sie das Gehörte für Blödsinn, hatte aber beschlossen, es nicht zu sagen, weil sie ihm nicht noch den letzten Funken Hoffnung nehmen wollte. »J-ja, ich verstehe«, stammelte sie schließlich. »Ja, natürlich. Die Zauberformel, die dir die Schmerzen nimmt. Klar, davon habe ich auch schon gehört. Die Zauberer hier bei uns kennen sie alle. Ich bringe dir, was du haben willst.« Sie schlurfte davon und kehrte kurz darauf mit einer ganzen Rolle feinen, ziemlich hochwertigen Pergaments zurück, mit einer Gänsefeder und einem Napf, aus dem die Verurteilten zu trinken bekamen und in den sie ein wenig Tinte geträufelt hatte. Sie gab ihm auch ein kleines Fläschchen mit einer ihm unbekannten, stechend riechenden Flüssigkeit, die ihn irgendwie an Heide und Nebel denken ließ.

»Das ist destilliertes Malz mit Mohnessenz«, erklärte sie. »Eine Spezialität der Orks. Ich habe gelernt, wie man das macht. Den Mohn pflücke ich und das Malzdestillat stehle ich, davon kommen jede Menge Fässer ins Haus. Ich habe das allen Gefangenen gegeben, denen ich näher kommen konnte. Es verringert den Schmerz, es dämpft ihn und macht ihn leichter zu ertragen. Deine Zauberformel wirkt bestimmt auch, aber doppelt genäht hält besser. Trink alles aus, das ganze Fläschchen, mit dem Zeug spürst du nichts. Jetzt muss ich gehen und kann nicht wiederkommen. Bald kommt mein Vater nach Hause, dann muss ich da sein. Wenn du es leer getrunken hast, wirf alles durchs Gitter hinunter in den Graben, auch das Fläschchen und den Napf. Wenn sie herausfinden, dass ich dir etwas gegeben habe, schlagen sie nicht nur mich windelweich, ich bin es ja gewohnt, sondern es wird auch für dich böse ausgehen, und du bist ohnehin schon übel dran. Nimm. Ich habe frisches Brot gebacken und dir auch einen halben Ziegenkäse gebracht, so kannst du heute Nacht wenigstens essen. Diese Nacht wird noch gut sein. Bis morgen früh hast du Ruhe.«

In diesem Augenblick begann Atàcleto, sie zu lieben.

Es war kein Mitleid und auch keine Dankbarkeit. Und auch nicht Bewunderung für ihren schroffen Mut, der allem widerstand und nie nachgab, der verzweifelte Mut, der sie unzählige Jahre der Brutalität, Roheit, Einsamkeit und Erniedrigung mit unbeschadeter Seele hatte überstehen lassen.

Nein – es war reine, einfache und bedingungslose Liebe, von der er gedacht hatte, er könne sie nur für ein vollkommenes Wesen empfinden, für ein Wesen mit vollkommenem, von süßen blonden Locken umrahmten Antlitz, wie es die Bänkelsänger besangen.

Er liebte sie, weil sie sie selbst war. Und nichts sonst.

Er liebte den Schatten ihrer Augen, ihren schlecht rasierten Schädel, ihre dicken Finger, ihre schmutzigen und abgekauten Fingernägel, und er wünschte sich mit ganzer Seele, den Mut zu haben, seine Hand auszustrecken und sie zu berühren. Er liebte jeden einzelnen Zug in ihrem breiten Gesicht, die zu große Nase, die zu flachen Wangenknochen, und er glaubte, fortan würde ihm jedes Gesicht unvollkommen erscheinen, das nicht solche flachen Wangenknochen, nicht eine solche große Nase hätte.

Sie hatte ihm Mut geschenkt.

Es tat ihm leid, dass er er selber war.

Gern wäre er so schön gewesen, wie Arduin später sein würde, wenn er erwachsen war, gern so stark und unbesiegbar wie Sire Rankstrail. Gern wäre er hochherzig gewesen. Gern hätte er zu ihr gesagt: »Ich bin dein Preis. Das Leben hat mich für dich geschaffen.« Dabei war er nur Atàcleto, der unbedarfte Soldat, der das Schwert nicht zu führen verstand, der lediglich zur Amme getaugt hatte.

»Danke«, kam ihm nur über die Lippen. Maschak, die Dicke, nickte ihm zu und ging fort. Er folgte ihr mit dem Blick, bis sie im trüben Schein der einzigen Fackel ans Ende des Ganges kam. Maschak wandte sich um. Sie konnte ihn nicht sehen, denn er stand im Dunkeln. Sie blieb stehen und schaute zu seiner Zellentür zurück. Atàcleto hoffte, dieser Augenblick würde ewig dauern, denn es war das letzte Mal, dass er sie sah. Dann wandte sie sich um und verschwand auf der Treppe nach oben.

Atàcleto kauerte sich an die Tür. In der kleinen Fensteröffnung saßen vor dem Gitter die Katze, dahinter der Adler und betrachteten ihn merkwürdig ruhig. Atàcleto schrieb in einem fort und überzog das Pergament mit seiner kleinen Handschrift und mit zwei Zeichnungen, die zeigten, wo sich der Zugang zu den unterirdischen Verliesen von Alyil befand, die erste von vorn, die zweite von oben. Er erklärte, wie das auf dem Elfenkalender beruhende Passwort funktionierte, und wies darauf hin, dass hinter der Tür ein alter Schreiber angekettet war und ein Soldat, der ein stolzer Überlebenskünstler war.

Mit den Zähnen riss er ein Stück vom Ärmel ab und benutzte es, um das Pergament dem hinter dem Doppelgitter sitzenden Adler um den Hals zu binden.

»Los, Angkeel, los, mein Hübscher! Such Erbrow! Los!«, sagte er leise zu ihm.

Der riesige Raubvogel blieb noch einige Augenblicke sitzen und ließ sich die Halsfedern streicheln, dann spannte er stark und entschlossen seine Flügel und erhob sich zum Flug gen Süden, wo sich die Berge erhoben.

Atàcleto blieb am Fenster stehen und sah der Katze in die grünen Augen. Ihm kam in den Sinn, dass er auf die gleiche Weise, wie er das Band für das Pergament hergestellt hatte, sein Hemd in ein Seil verwandeln könnte, um sich damit zu erhängen. Wenn er erst tot wäre, hätte er sich zumindest die Folter erspart. Er war nicht Sire Rangstrail und auch nicht Inskay, der Zwerg, dessen Mut so unerschütterlich war wie die Felsen, die er mit der Spitzhacke bearbeitete.

Dann fiel ihm Maschak wieder ein. In einer Welt, in der sie war und atmete, wollte er so lang leben wie möglich. Inskay war es gelungen und auch er würde es schaffen. Seine Liebe für Maschak stand der Inskays für seine Tochter in nichts nach.

Atàcleto setzte sich auf den Boden. Mit einem Sprung landete Krümel in seinem Arm. Der Junge vergrub das Gesicht in ihr warmes Fell.

Die Nacht ging vorüber. Die Angst hatte ihm den Magen zugeschnürt, und Brot und Käse blieben unberührt, aber Atàcleto trank Schluck um Schluck die ganze Flüssigkeit aus dem Fläschchen. Eine seltsame Leichtigkeit kam über ihn. Durch das erste Gitter sah er das zweite und alle beide unterteilten den sommerlichen Himmel in einzelne Sternenfelder.

In der Morgendämmerung wurde er geholt. Er hörte die Schritte, den Lärm, er betete aus ganzer Kraft um ein Wunder, aber nichts geschah. Mit einem schrillen Kreischen, das sich für immer in Atàcletos Gedächtnis eingraben sollte, drehte sich der

Schlüssel im Schloss. Der Junge drückte die Katze an sich und tauchte noch einmal sein Gesicht in ihr glänzendes, weiches Fell, dann löste er sich von ihr.

»Lauf weg«, befahl er ihr leise und stand auf. »Los, lauf weg von hier, du kannst es doch, lass dich nicht schnappen!« Er streckte sich nach oben und schaffte es, sie vor dem Gitter in der Fensteröffnung abzusetzen. »Fort mit dir«, flüsterte er noch einmal. Die Katze rührte sich nicht von der Stelle. Die Tür ging auf, zwei Soldaten traten ein, während ein Dritter draußen blieb, neben Ferrain, der blasser war denn je und dem sie die Hände mit einem alten Stück Seil zusammengebunden hatten, an dem geronnenes Blut klebte. Atàcleto holte tief Luft.

Noch einmal dachte er an Maschak, an seine Mutter, an die Königin-Hexe, an den armen Inskay. Noch einmal dachte er an sich selbst. Noch einmal dachte er an Joss, den Tollpatsch.

In dem Moment geschah das Wunder.

Möglicherweise erinnerte sich Krümel auf einmal an all ihre wilden, streunenden Vorfahren. Von der Höhe des Gitters herab griff sie an wie ein wildes Tier und sprang dem ersten Soldaten wie ein Teufel mitten ins Gesicht. Der Soldat schlug die Hände vor das bereits blutüberströmte Gesicht und fiel auf die Knie. Krümel sprang den zweiten Soldaten an, der sie abzuschütteln versuchte. Ferrain versetzte dem Soldaten, der ihn festhielt, einen Stoß und machte sich los. Atàcleto verpasste seinerseits dem zweiten Soldaten, der immer noch mit der Katze kämpfte, einen Rempler und schaffte es, ihm das Schwert abzunehmen. Der Soldat stolperte und fiel zu Boden, wobei er die anderen beiden mit sich riss. Atàcleto packte Ferrain am Arm und rannte in den von einer einzigen Fackel erleuchteten Gang hinein.

»He, mein Freund, wo laufen wir hin?«, keuchte Ferrain. Atàcleto gab keine Antwort. Er rannte die Treppe hinauf, um in dem verdreckten, finsteren Labyrinth wenigstens irgendwohin zu gelangen. Man würde sich ihm in den Weg stellen, aber er hatte ein Schwert in der Hand. Etwas Kleines und Schnelles überholte ihn. Krümel war jetzt vor ihnen. Atàcleto lief ihr hinterher. Die Katze lief nach rechts, dann noch einmal rechts, nach oben und nach links, bis sie zuletzt auf eine Terrasse gelangten. Einen Augenblick lang war Atàcleto vom Sonnenlicht geblendet, das er seit Tagen nicht mehr gesehen hatte, aber das schwarze Fell der Katze verlor er trotzdem nicht aus den Augen. Hinter sich hörte er die Schritte Ferrains, der mit seinen gefesselten Händen langsamer war. Atàcleto wandte sich um und versuchte, mit der Schneide des Schwerts die Fesseln zu durchtrennen, aber er sah nicht gut und blinzelte. Außerdem war das Schwert schwer, man musste es mit beiden Händen halten, für Präzisionsarbeit nicht eben geeignet.

»He, Freund, weißt du auch, was du da tust?«, fragte Ferrain besorgt. »Schau fest auf die Klinge, mein Sohn, stell dir vor, du wärst die Klinge. Konzentriere dich auf das Seil und stell dir vor, du wärst die Klinge.«

Mit einem sauberen Schnitt durchtrennte Atàcleto die Fesseln, und dann kletterten sie, immer noch Krümel hinterher, eine schmale, verrostete Eisenleiter hinauf, die auf den höchsten Turm der Stadt führte und oben von zwei nicht sehr robust wirkenden, gefährlich quietschenden Haken gehalten wurde. Zwei Pfeile verfehlten sie nur knapp, der dritte ging erst gar nicht los. Von der Terrasse her war Schmerzensgeheul, vermischt mit schrillen Schreien, zu hören. Atàcleto wandte sich um. Angkeel, der eigentlich auf dem Flug nach Daligar sein sollte, hatte sich in einer Wolke aus weißen und blauen Federn auf die Bogenschützen gestürzt. Mit Mühe und Not erreichte Atàcleto die Spitze des Turms und gelangte auf ein Rund aus roten Backsteinen, das von einer niedrigen, von Schießscharten durchbrochenen Mauer umschlossen war. Der Junge brachte sich in Sicherheit, zog auch Ferrain nach oben, und mit einem Schwerthieb durchschlug er die Halterung der Leiter, sodass diese hinunterfiel. Die Sonne war schon kräftig und wärmte die Backsteine auf, Krümel hatte sich bereits der Länge nach ausgestreckt und leckte sich zufrieden das Fell.

»Ist da noch jemand?«, fragte Ferrain vergnügt und zeigte auf den Adler, der sich mit einem letzten majestätischen Schwung ebenfalls in Sicherheit gebracht und neben die Katze gehockt hatte.

»Seh ich recht? Wart ihr beide euch nicht spinnefeind?«, fragte Atàcleto empört. »Dieser dumme Vogel sollte eigentlich in Daligar sein! Wo ich es doch sogar geschafft hatte, mir Pergament zu besorgen, darauf den Zugangsweg aufgezeichnet und das Passwort erklärt und ihm die Nachricht um den Hals gebunden hatte. Er muss sie irgendwo im Gebüsch verloren haben, während er auf Kaninchenjagd ging.«

Angkeel warf ihm einen verächtlichen Blick zu.

Besorgt über die Ruhe, die bei den Soldaten herrschte, sah Atàcleto nach unten. Sie hatten eine Kette gebildet, um Reisigbündel von der Straße tief unten bis an den Fuß des Turms zu schaffen. In rhythmischer Bewegung gaben die Waffenknechte sie aneinander weiter. Es war ein geordnetes, schweigsames Arbeiten, für das man sogar eine gewisse Bewunderung hätte aufbringen können, wenn sie die Holzstöße nicht direkt unter ihnen aufgehäuft hätten.

Sie wollten sie also ausräuchern oder gar verbrennen.

Wind kam auf, er würde das Feuer so sehr anfachen, dass es wie ein wild gewordenes Ungeheuer in die Höhe schlagen würde. Wie auch immer die Dinge liefen, dies war ihr letzter Tag.

Atàcleto nahm das Brot und den halben Ziegenkäse, die Maschak ihm gegeben hatte, aus der Tasche, sie waren immer noch
in ein Tuch eingeschlagen. Er wickelte sie aus und begann langsam zu essen. Die Sonne am Horizont sandte ihre ersten Strahlen. Auf dem Rund der Berge, das sie umgab, funkelte Schnee.
Das Brot war noch frisch. Der Käse schmeckte so gut, dass er
meinte, es wären auch Heilkräuter darin, Klee von den Wiesen
und der Wind, der über sie hingestrichen war. Maschak hatte
sie berührt. In diesem Augenblick war er am Leben, und er ver-
zehrte das Brot und den Käse, die er von der Frau geschenkt
bekommen hatte, die er liebte. Atàcleto schloss die Augen. Auch
wenn sein Leben an diesem Tage zu Ende ging, wollte er ihn
bis zur Neige auskosten. Auch wenn diese Frau nie seine Braut
werden würde, er war ihr begegnet und aß gerade ihr Brot und
ihren Käse, der so weiß war wie der Schnee im Sonnenlicht.

Mit enormer Anstrengung öffnete er die Augen und bot dem
Mann, der mit ihm sterben musste, ein wenig von seinem Essen an.

»Was machst du denn?«, fragte Ferrain.

»Ich esse. Warum?«

»Die verbrennen uns bei lebendigem Leibe und du isst?«

»Das ist doch nicht verboten. Noch nicht einmal gefährlich.
Bevor man schwimmen geht, soll man nicht essen. Aber bevor
man verbrennt, darf man das sehr wohl.«

Atàcleto kaute weiter an seinem Brot. Durch die Schießscharten sah er hinunter auf die Soldaten und ihre verdammten Reisigbündel, die sich schon bis zum ersten Drittel des Turms hinauf stapelten. Von einem Augenblick auf den anderen würden
sie das Feuer anstecken. Zuletzt erschien auf der Terrasse, auf
derselben Treppe, über die auch sie hinaufgekommen waren,

ein Soldat mit einer Fackel, aber hinter ihm kam Maschak. Der Soldat hatte sie nicht gesehen. Sie ließ sich auf ihn fallen und brachte ihn aus dem Gleichgewicht. Sie packte die Fackel und schleuderte sie hinunter. Als sie unten auf der Straße auftraf, war die Flamme erloschen. Maschak hatte eine Hellebarde an sich gerissen, und damit traf sie die Soldaten in ihrer Reichweite, von denen sie zwei verletzte. Die anderen hielt sie auf Abstand und erreichte so den Fuß des Turms, pflanzte sich vor den Reisigbündeln auf und schützte sie mit ihrer Körpermasse und ihrer Waffe.

Auch Maschak, die Dicke, Tochter des obersten Henkers von Alyil, hatte ihre Entscheidung getroffen, wann, warum, wie und für wen sie ihr erbärmliches Leben beenden würde, als großartige Kämpferin.

»Es stirbt sich anders«, bemerkte Ferrain, »wenn jemand versucht hat, einen zu retten.«

Joss hatte zu Atàcleto dasselbe gesagt in Bezug auf Inskay, und er hatte es übernommen, dem Zwerg Beistand zu leisten.

Mit der Hellebarde in der Hand erwies Maschak sich als eine ernst zu nehmende Gegnerin, die entschlossen war, einen Kampf auszufechten, der nur der letzte sein konnte. Alle Soldaten stürzten auf sie los, aber sie konnte sie auf Abstand halten. Ihr Mut war grenzenlos und die Krieger von Alyil hatten immer nur mit sanften und unbewaffneten Leuten trainiert.

Atàcleto richtete sich auf und beugte sich über die Brüstung, damit sie ihn wenigstens sehen könnte. Mit beiden Händen umklammerte er das nutzlose Schwert, das nur den Zweck erfüllt hatte, die Halterung der Leiter abzuschlagen, sodass sie nicht miteinander sterben konnten. Das Einzige, was er tun konnte, um sie nicht alleine sterben zu lassen, war, sich aufzurichten und sie anzuschauen.

»Wenn du meine Braut geworden wärst, hätten wir vor unserem Haus Brot, Öl und Salz gegessen und mit den Nachbarn geplaudert«, murmelte er mehr zu sich selbst, zumal im allgemeinen Aufruhr niemand seine Stimme hören konnte.

Vielleicht angelockt durch die Schreie, vielleicht fasziniert von dem ungleichen Kampf, erhob Angkeel sich gemächlich in die Lüfte und kam der jungen Frau zu Hilfe. Er drehte noch einmal bei und setzte sich auf ihre Schulter. Maschak lächelte. Vorsichtig streckte sie die Hand aus und streifte das Gefieder des Raubvogels, der ruhig sitzen blieb.

»Glaubst du vielleicht, du kannst mit dem Vogel da bei uns Eindruck schinden?«, fragte der Anführer der Soldaten.

»Natürlich nicht«, antwortete sie. »Ich bin mir sicher, dass tapfere Krieger wie ihr auch noch kämpfen könnt, nachdem er euch die Augen ausgekratzt hat.«

Die Soldaten murrten. Etliche wichen einen Schritt zurück.

Ferrain war aufgestanden.

»Was für eine Kämpferin«, sagte er und deutete auf das Mädchen. »Tapfer und klug. Es wird uns zwar nichts helfen, wir werden lediglich einen halben Tag später sterben, aber sie ist wirklich eine beeindruckende Kämpferin. Angeblich hat ja auch der König von Varil, so wie König Arduin, Orkblut in seinen Adern.«

»Das habe ich auch gehört«, antwortete Atàcleto recht vage und allgemein.

»Hast du vielleicht noch ein Stück Brot?«, fragte Ferrain.

Brüderlich teilten sie, was noch da war.

Lauter Hörnerschall ertönte. Atàcleto löste den Blick von Maschak, um nach unten zu schauen. Auch die Soldaten, die sie umzingelten, liefen zu den Festungswällen.

Von überall her hörte man aufgeregtes Rufen, und Atàcleto

begriff, der König von Varil war gekommen und verlangte die Übergabe der Stadt. Er stand mit seinem Heer vor dem Tor der Stadt.

»Der wird nie und nimmer reinkommen«, sagte jemand.

»...auch vor acht Jahren hat er es nicht geschafft«, sagte ein anderer.

»Alyil ist uneinnehmbar. Wir sind uneinnehmbar«, lachten Stimmen von oben herab.

Alle waren zu den Wehrgängen gelaufen. Maschak war plötzlich allein. Angkeel blieb noch ein paar Augenblicke auf ihrer Schulter sitzen, dann flog er in hohem Bogen zu Atàcleto zurück.

»Alyil ist uneinnehmbar, es sei denn...«, setzte Ferrain an.

»Es sei denn...«, wiederholte Atàcleto.

Beide sahen Angkeel an. Erst in diesem Augenblick bemerkte Atàcleto, dass halb verborgen zwischen den Halsfedern des Adlers an einem goldenen Kettchen ein winziger Anhänger in Form einer Biene hing. Atàcleto zeigte ihn Ferrain.

»Heute Nacht hatte er das noch nicht«, stellte er fest.

»Dann hat ihm das jemand umgehängt, damit du erfährst, dass deine Botschaft an ihr Ziel gelangt ist. Nicht in Daligar, sondern viel näher. Hier unten, wo das Heer des Königs von Varil liegt. Die goldenen Drachen sind das Symbol von Varil, seit es den neuen König gibt«, setzte Ferrain hinzu und deutete auf den kleinen Anhänger.

»Das ist eine Biene und kein Drache«, entgegnete Atàcleto verblüfft. Aber allmählich dämmerte ihm etwas.

»Es gibt zwei Arten von Bienen, große und kleine. Das hier ist eine große Biene, oder, wenn dir das lieber ist, eine Wildbiene, schau her: Ihr Unterleib ist dreimal so lang wie der Teil mit den Flügeln. Die großen Bienen machen einen dunklen Honig, der weniger süß ist als der andere, und die Orks nennen sie goldene Drachen. Ich habe bei den Orks gelebt.«

Atàcleto schmunzelte. In der Orksprache war der goldene Drache eine Biene und den Kinderreim hatte sich die Tochter eines Orks ausgedacht. Ein jähes Gefühl der Freude durchströmte ihn.

»Der goldene Drache ist da«, rief er.

Am großen Tor, das sie nicht sehen konnten, waren immer noch Verhandlungen im Gange, von denen Echos zu ihnen drangen, höfliche Aufforderungen zur Übergabe und ebenso höfliche Ablehnungen.

»...ihr seid umzingelt...«

»...wen interessiert das schon, wir sind uneinnehmbar...«

»...wenn ihr euch gleich ergebt, tun wir euch nichts...«

»...wenn ihr euch gleich aus dem Staub macht, setzen wir das Öl nicht aufs Feuer, sondern heben es fürs Pfannkuchenbacken auf...«

»...he du, ich bin bis hierhergekommen, um zu erleben, wie du dich ergibst...«

»...schick mir deine Schwester vorbei, ihr ergebe ich mich...«

Aus dem wenigen, was ihnen der Wind zutrug, konnten sie schließen, dass Rankstrail nicht da war. Der Ton wäre ein anderer gewesen.

Ein Schütze von Alyil zielte mit dem Bogen auf Atàcleto, kam aber nicht dazu, seine Bewegung zu Ende zu führen. Er wurde seinerseits getroffen und sank, durchbohrt von einem Pfeil, nieder.

Atàcleto sah nach unten auf der Suche nach seinem Retter, es war Salvail. Anstelle der üblichen Lumpen trug er eine vorschriftsmäßige Uniform, den goldenen Drachen in der weißen Diagonale auf goldenem Grund, sein Haar glänzte in der Sonne, und er war schöner denn je. Da stand er vor ihm, mit seinem Bogen, mitten in Alyil.

Das Heer des Königs von Varil hatte sich offenbar in zwei Teile aufgeteilt. Einen Trupp hatten sie vor den Haupteingang geschickt, um auf sich aufmerksam zu machen und die Übergabe zu verlangen, sowohl als Ablenkungsmanöver als auch aus Gründen der Etikette. Vor jeder Schlacht musste man dem Feind Gelegenheit geben, Blutvergießen zu vermeiden.

Die anderen, und unter ihnen musste Rankstrail sein, hatten mit der von Atàcleto gezeichneten Karte offenbar den Zugangsweg gefunden, ihn mithilfe seiner Angaben zurückgelegt, waren ins Innere der Mauern gelangt und standen jetzt irgendwo ganz in der Nähe, um zu siegen und ihn zu retten. Praktisch ohne zu kämpfen. Sie waren da, so viele, so unbesiegbar, dass nicht einmal versuchsweise noch Widerstand geleistet wurde. Das Einzige, was zu tun blieb, war, in die Übergabe einzuwilligen.

»Seid gegrüßt, meine Weggefährten!«, brüllte Salvail, so laut er konnte. »Ihr wisst ja gar nicht, wie froh ich bin, euch noch lebend anzutreffen.«

Atàcleto gefiel auch das Wort Weggefährten sehr. Sie waren einander begegnet, die beiden hatten ihn aufgenommen, getröstet, gepflegt, ausgenutzt und verfolgt, wie Zecken an einen Hund hatten sie sich an ihn geheftet, und er hatte sie unnachgiebig auf den Weg der Ehrbarkeit und der Heldenhaftigkeit geführt. Sie waren miteinander den Weg der Stärke gegangen. Jeder hatte den anderen besser gemacht. Gefährten. Freunde.

Ferrain lachte. Er spürte die ausgelassene Freude, am Leben zu sein, nachdem er fast drei Monate lang den Tod erwartet hatte. Dem verkleideten Wandersmann, dem Markgrafen Aseago von der Geißblattlaube, war es gelungen, seinen König zu rufen. Die ganze Sippschaft seiner Vorfahren durfte stolz auf ihn sein. Er war ein wenig aufgeblasen, aber im Grunde ein guter Kerl.

Die Soldaten des Königs von Varil füllten den Platz, nahmen den Waffenträgern die Waffen ab, eilten Maschak zu Hilfe und beruhigten sie. Sie kannten ihren Namen, auch den hatte Morgentau ihnen offenbar mitgeteilt. Angeführt wurden sie von Trakrail, dem Militärarzt von Sire Rankstrail, der Arduins Schwert an der Seite trug, und von Nirdly, dem Zwerg, der zwei lange Äxte bei sich hatte, eine in der Hand und die andere auf den Rücken gebunden, dazu noch ein kleines Handbeil, das am Harnisch hing. Atàcleto kannte sie, seit sie in Daligar gegen die Orks gekämpft hatten.

Nirdly sah zu ihm herüber.

»Nur ruhig, mein Junge«, sagte er. »Jetzt suche ich eine Leiter für dich.«

Auch der Markgraf tauchte auf und wies alle auf ihn hin, Atàcleto von Daligar, der durch seine Tapferkeit den Sieg möglich gemacht hatte. Die Soldaten des Königs mit Orkblut riefen laut seinen Namen: Atàcleto von Daligar, Kämpfer für die Königin-Hexe, Ehre sei ihm! Auch Maschak rief seinen Namen und lachte ihm zu. Atàcleto senkte den Kopf, damit keiner sah, dass er weinte, und schaute dann hinauf zum Himmel, als beobachte er Angkeels Flug über sich in der Höhe. Als er den Blick wieder senkte, sah er Maschak an und legte sich die Worte zurecht, die er ihr sagen wollte, sobald er unten sein würde.

Schöne Worte mussten es sein, hehre… »Und ich liebe dich, meine Herrin«, ja, das klang gut. »Und ich liebe dich, meine Herrin«, alles Weitere würde sich dann schon finden. In der Ferne sah er Sire Rankstrail herankommen, den Hauptmann. Er hatte sich verändert. Beim Gehen stützte er sich auf einen Stock, sein hinkender Gang machte jedoch nicht den Eindruck von Gebrechlichkeit, sondern von Kraft. Es war wie ein Hinweis darauf, dass er nicht aufzuhalten war. Nicht einmal der Schmerz und die Krankheit eines seiner Beine hatten ihn aufgehalten.

Er war nicht mehr der Hauptmann. Er war der König der Menschenwelt. Rankstrail blickte zu ihm herüber und lächelte ihm zu.

König aller
Kanalratten

KAPITEL 18

So war es gerecht.
Aurora würde zufrieden sein.

Am Richtplatz stehend, blickte Rankstrail auf die Kette der Berge, die ringsum im Sonnenlicht glänzten. Er war in Alyil.

Bis hierher war er gekommen.

Ohne Rosalba, die Königin-Hexe von Daligar, die ihm durch zwei geniale Schachzüge den Weg geebnet hatte, stünde er jetzt nicht hier. Der Adler ihrer Tochter Erbrow und der junge Soldat hatten es möglich gemacht, Alyil, die Uneinnehmbare, einzunehmen.

Nun musste er noch das Volk der Zwerge finden und herausbekommen, wo Inskay steckte, mit dem ganzen Orkreich des Nordwestens Krieg führen und diesen so schnell gewinnen, dass nicht die anderen acht Reiche zu Hilfe eilen konnten, denn sonst müsste er sein ganzes Leben darauf verwenden, und das wäre ein schreckliches Leben. Dann müsste er die Zwerge nur noch in ein Land bringen, das sie aufnahm, möglicherweise südlich der Runddörfer oder westlich der Dunklen Berge, und zuletzt würde er dann vielleicht wieder zu seiner Frau nach Hause zurückkehren können, dort bleiben und sich endlich um seine eigenen Angelegenheiten kümmern können, was genau das war, was er wollte.

Zu lösen hatte er auch noch das Problem, wie mit dem Verwaltungsrichter zu verfahren war, einem der übelsten Verbrecher, den die Menschenwelt je hervorgebracht hatte, der zugleich aber auch Auroras Vater war.

Ihn am Leben zu wissen, war eine unerträgliche Last, aber Rankstrail wollte ihn nicht töten. Vielleicht würde der Richter ja genau in diesem Augenblick durch eine glückliche Fügung eines natürlichen Todes sterben, aber das war unwahrscheinlich, und er sollte besser gleich entscheiden, was zu tun war.

»Sire!«, rief ihn hinter seinem Rücken eine unbekannte Stimme. Als er noch der Hauptmann war, kannte er Stimme und Gesicht jedes Einzelnen seiner Kämpfer, aller, denen er hätte befehlen können, in den Tod zu gehen. Jetzt war er König und konnte Gesicht und Namen aller seiner Leute gar nicht mehr kennen, das gab ihm ein Gefühl von Fremdheit und Losgelöstheit. Der Moment war gekommen, alles jemand anderem zu überlassen. Er wünschte sich, dass der sommersprossige junge Kerl, der ihn gerufen hatte, einen guten Hauptmann hätte, der die Verantwortung für ihn übernahm. »Sire, der Verwaltungsrichter hat sich im Nordflügel seines Palasts eingeschlossen. Was sollen wir tun?«

Rankstrail dachte an den Blick seiner Frau. Sie war stolz auf ihn, und Rankstrail wollte nichts tun, was dieses Gefühl, das ihm lieb und teuer war, trüben konnte. Er sah sich um, sah auf die Mauern, die Dächer, auf das, was von den Laubengängen übrig war. Alles war heruntergekommen und verwahrlost, aber immer noch wunderschön. Es würde wieder zu einem Ort werden, an dem zu leben eine Ehre war, und diese Verwandlung sollte mit einem Akt der Gerechtigkeit und der Milde beginnen.

»Unternehmt nichts«, antwortete er ruhig. »Passt nur auf, dass er nicht flieht. Ich hole ihn raus, zusammen mit Nirdly und Trakrail. Sagt ihnen, dass ich sie brauche«, befahl er.

Da war es gesagt.

Er würde ihn rausholen.

Er würde ihn sich lebendig schnappen.

Dann würde er ihn irgendwo einsperren lassen, wo er niemandem mehr etwas antun konnte.

Sein Blut sollte nicht vergossen werden. Alle Verbrechen, die er begangen hatte, sollten benannt werden, damit die Opfer sich gerächt fühlten, auch wenn sie darauf verzichteten, dafür das Blut des Mörders fließen zu sehen.

Rankstrail war sich nicht völlig sicher, ob wirklich niemand es verdient hatte, hingerichtet zu werden, auch das Aas von Verwaltungsrichter nicht, aber er war felsenfest davon überzeugt, dass niemand es verdient hatte, Henker zu werden.

So war es gerecht.

Aurora würde zufrieden sein.

Nirdly und Trakrail kamen angerannt. Aber vom hinteren Ende des kleinen Platzes drang Geschrei. Dort gab es einen Menschenauflauf mit großem Geschubse und Gedränge.

»Gehen wir hin, Hauptmann, und sehen nach, was los ist?«, fragte Nirdly.

»Ja sicher«, willigte Rankstrail erleichtert ein. »Sehen wir nach.«

Für einen kurzen Moment wenigstens wurde die Begegnung mit seinem ungeliebten Schwiegervater noch einmal aufgeschoben. Rankstrail stützte sich auf seinen Stock und setzte sich in Bewegung.

Als sie am hinteren Ende des Platzes ankamen, trafen sie dort einen Mann und eine Frau mit einem kleinen grauen Esel an, der mit Lebensmitteln beladen war. Einen so übel zugerichteten Esel hatte Rankstrail noch nie gesehen. Er erkannte aber die Rasse wieder, die Morgentau züchtete. Im Gegensatz zu deren gepflegten und geliebten Tieren war dieser hier dürr, durch Peitschenhiebe geschunden, verdreckt, mit einem Brandzeichen auf der rechten Hinterbacke, aus dem Eiter troff. Die Kiepen, die er trug, waren mit Brot und Käse, Obst, Kartoffeln und Maismehl gefüllt. Der daraus aufsteigende Duft war sogar für ihn, der im Lager ein mehr als ordentliches Frühstück zu sich genommen hatte, betörend.

Der Mann und die Frau waren gut gekleidet, zwar mit leicht abgetragenen und nicht mehr ganz sauberen Sachen, aber mit den Lumpen, die alle anderen trugen, hatten ihre Kleider nichts gemein. Die Frau verbarg ihr Alter unter einer dicken Schicht Schminke und hinter unzähligen kleinen Schmuckstücken, der Mann trug sein fettiges und leicht ergrautes Haar zu einem kleinen Zopf geflochten und konnte sein fortgeschrittenes Alter nicht mehr verbergen.

Der Mann starrte Rankstrail erschrocken an, während die Frau ein Lächeln aufsetzte und sich verbeugte.

»Wir sind Madame Tracarna und Messere Stramazzo«, stellte sie sich vor.

»Wir stellen uns unter den Schutz Euer Gnaden und kaiserlichen Hoheit.«

»So weit habe ich es nicht gebracht«, fiel Rankstrail ihr ins Wort. »Ich kenne Euch nicht, aber Eure Namen habe ich schon gehört«, versuchte er, sich zu erinnern.

»Sie hängen am Tor von Daligar aus, Hauptmann«, flüsterte Nirdly.

»Es sind die ersten beiden Namen auf der Liste der von Königin Rosalba Geächteten, mein Herr«, ergänzte Trakrail.

Rankstrail erinnerte sich. Eine der ersten Amtshandlungen der Königin von Daligar war es gewesen, eine Fahndungsliste aufzustellen: Madame Tracarna und Messere Stramazzo waren die beiden Schergen, die sie in ihrer Kindheit an einem trostlosen Ort namens Waisenhaus gequält hatten. Die Beschuldigungen wogen schwer. Durch Grausamkeit, Habgier und Nachlässigkeit hatten sie den Tod vieler Kinder verursacht.

»Das sind nicht wir, das sind nicht wir!«, beeilten sich die beiden zu versichern. »Das sind zwei, die sich so nennen wie wir. Sie benutzen unsere Namen, um ihre Schuld auf uns abzuwälzen.« Sie waren nun vollständig ihm zugewandt und kehrten der Ladung auf dem Esel den Rücken zu.

»Natürlich!«, lächelte Rankstrail. »Zwei, die sich nennen wie Ihr und zufällig auch noch mit dem Verwaltungsrichter befreundet sind.«

»Wir kennen ihn nicht! Wir haben ihn noch nie gesehen oder seine Bekanntschaft gemacht. Wir sind sogar seine Feinde. Wir waren gerade im Begriff, zu fliehen.« Dann verstummten sie, weil Rankstrails Miene deutlich machte, dass er genug hatte.

»Man braucht sich ja bloß Euren armen Esel anzuschauen«, murmelte Rankstrail.

»Man nennt sie die Hyänen…«, sagte jemand.

»Die Schakale…«

»Seht her, mein Herr«, erhob schließlich einer die Stimme, schob seine Lumpen beiseite und zeigte tiefe Narben an seinen Armen. »Die hier habe ich, weil ich einen halben Teller Mehl für meine Kinder verstecken wollte…«

»Sie kamen in unsere Häuser…«

»…was von unseren Häusern noch übrig ist…«

»…und schafften alles fort.«

»Wir sind unschuldig«, jammerte Madame Tracarna. »Wir hatten keine Wahl. Wir hatten nie die Wahl.«

Der Mann stand still, in würdevollem Schweigen, mit gesenktem Kopf. Wer dramatisches Talent besaß, war die Frau. Sie weinte, raufte sich die Haare, weinte von Neuem, warf Rankstrail einen Blick zu und fing wieder von vorne an. Es waren nicht ihre Lügen, die Rankstrail irritierten, die waren ihm egal. Alle logen, vor allem wenn es darum ging, straffrei davonzukommen. Er hatte sich schon alle möglichen Gauner anhören müssen, die alle möglichen, völlig offensichtlichen Tatsachen bestritten.

Es war nicht einmal das erbärmliche Niveau der Vorstellung. Jeder tat, was er konnte, und nicht jeder war ein geborener Geschichtenerfinder.

Es waren die Blicke. Sie dienten nicht nur dazu, zu prüfen, ob er die Lügen schluckte. Ihre mit Schminke nur notdürftig hergerichteten Augen versuchten, ihn zu verführen.

Da reichte es Rankstrail vollends.

»Es stimmt!«, räumte er ein. »Echte Übeltäter gibt es nur wenige. Bei allen anderen zeigt sich am Ende, wenn man genau hinsieht, dass sie nur zufällig da waren, dass sie nichts damit zu tun hatten oder dass sie dazu gezwungen waren. Die spontane Grausamkeit, die diese ehrbaren Vollstrecker der Grausamkeit der Herrschenden hinzufügen, dient lediglich dazu, sich wichtig und lebendig zu fühlen, das zählt also nicht.

Immer ist der Henker ein Familienvater, der Kinder durchzufüttern hat. Aber wenn niemand dazu bereit wäre, dem Henker die Zangen zu reichen, wenn niemand die Kastanie für den

Scheiterhaufen fällen würde, dann wäre am Ende keine Grausamkeit möglich.

Ihr seid verbannt! Auf dass die Welt der Menschen nie wieder Eure Schatten ertragen müsse.«

Beifälliges Gemurmel wurde aus der Menge laut.

»Sire!«, fragte jemand schüchtern. »Dürfen wir die Lebensmittel behalten?«

»Ja«, antwortete Rankstrail. »Aber Hände weg vom Esel. Er hat schon genug durchgemacht. Um den kümmere ich mich lieber selbst.«

Er wollte ihn Morgentau übergeben. So würde wenigstens der Esel zufrieden sein.

»Sire!«, schrien die beiden Peiniger. »Wohin verbannt Ihr uns? Alles, was nicht Menschenwelt ist, gehört den Orks. Zu den Orks können wir nicht gehen.«

»Warum denn nicht? Ihr kennt sie. Auch hier gibt es welche. Ihr arbeitet doch seit jeher in ihrer Gesellschaft«, antwortete Rangstrail gelassen. »Ich bin sicher, dass es Euch gut gehen wird. Außerdem weiß ich, dass sie Bergarbeiter brauchen.«

Rankstrail wandte sich um und ging fort. Hinter sich hörte er, dass sein Befehl ausgeführt wurde.

Der Königspalast von Alyil war höher und schmaler als alle anderen Gebäude, überwuchert von riesigen Glyzinien, die einen süßlichen Duft verströmten, wie einst in Daligar. Rankstrail wurde übel.

Er würde es tun. Er musste es tun. Irgendjemand musste es tun und wie immer war er dafür am geeignetsten.

Dann würde er nach Inskay, dem Zwerg, und den Seinen suchen und dann, wenn alles ruhig blieb, nach Hause zurückkehren.

Mit seinem schmerzenden Knie schleppte sich Rankstrail eine wunderschöne, imposante Außentreppe hinauf, die in zwei auseinanderlaufenden und später wieder zusammenstoßenden Treppenfluchten vom Garten aufstieg.

»Er ist drinnen, Sire«, sagte eine der Wachen leise und deutete nickend auf eine schwere, mit Intarsien verzierte Doppeltür aus Holz, die oben von einem halbmondförmigen Schlussstein mit Blumenrelief gekrönt wurde.

»Wünscht Ihr, dass wir dabei sind?«, fragte Trakrail. »Vielleicht wäre das angebracht.«

Rankstrail schüttelte den Kopf.

»Besser, wir kommen da mit rein, Hauptmann«, beharrte Nirdly. »Der Mann ist zwar alt, aber immer noch ein Aas. Am Ende macht er noch irgendeinen Zauber oder stellt 'ne Falle, man weiß ja nie. Du hinkst und entweder du hältst den Stock oder du hältst das Schwert. Besser, wir kommen mit.«

Rankstrail schüttelte den Kopf.

»So stark hinke ich auch wieder nicht«, antwortete er ruhig. »Nur ein bisschen.«

»Warum, Hauptmann?«

»Schwer zu erklären«, murmelte er achselzuckend, und das war gelogen.

Es war ganz einfach, er wollte nicht, dass andere dabei sein, alles sehen und hören sollten.

Es bestand die große Wahrscheinlichkeit, dass der Unselige Aurora beschimpfen, sie eine Schlampe oder sonstwie nennen würde, und Rankstrail wollte nicht, dass irgendjemand das mitbekam.

Er wollte der Einzige sein, der sich den Blödsinn anhörte, den der Richter ihm zu sagen hatte.

Das waren Familienangelegenheiten.

475

Rankstrail öffnete die große Tür und trat in ein riesiges Zimmer, das durch schwere rote Brokatvorhänge abgedunkelt war. Mehrere Tische standen darin, ein jeder voller Destillierkolben. Der Gestank nach Parfüm, ja, nach verschiedenen, miteinander vermischten Parfüms war unerträglich und schlug Rankstrail auf den Magen.

Sein Schwiegervater, wenn er ihn denn so nennen musste, befand sich im hinteren Teil des Saales. Seit sie sich zum letzten Mal gesehen hatten, war er zehn Jahre älter geworden, aber er war immer noch sehr schön. Er hatte Ähnlichkeit mit Aurora. Das weiße Haar brachte sein Gesicht zum Leuchten. Sobald Rankstrail ihn sah, kochte der Hass in ihm wieder hoch, sogar stärker, als er vermutet hätte.

»Aha, du hast keinen von deinen Halsabschneidern vorbeigeschickt. Du bist höchstpersönlich gekommen«, sagte der Richter. »Wenn ich es mir aussuchen könnte, wäre mir allerdings einer von deinen dreckigen Sklaven lieber gewesen.«

»Aber Ihr könnt es Euch nicht aussuchen«, versetzte Rankstrail. »Und jene, die Ihr Sklaven nennt, sind Soldaten. Viele von ihnen mussten durch Euch in ihrem Leben so viel Leid erfahren, dass sie sich bei Eurem Anblick vom Hass hinreißen lassen könnten. Ich bin gekommen, Euch festzunehmen. Ich will Euch nicht töten. Übergebt mir Euer Schwert und Ihr seid in Sicherheit.«

»Du kannst einem leidtun«, gab der Richter zurück. »Hol es dir doch, mein Schwert«, und damit zückte er es. »Alle sagen, du wärst so tapfer. Also los, zeig mir's!«

Nirdly hatte recht, Rankstrail hatte sein lahmes Bein unterschätzt. Ihm wurde bewusst, dass das Schwert seines Gegenübers vielleicht nicht ungefährlich war, trotzdem zückte er seines nicht.

Er versuchte zu überlegen. Das Einzige, was ihm in der Parfümwolke und im Halbdunkel klar vor Augen stand, war, dass er den Verwaltungsrichter, sosehr er ihn auch hassen mochte, nicht töten durfte.

»Jetzt habe ich alle Zeit, dich mir anzusehen«, zischte der Richter. »Ich erkenne dich wieder. Schon in den Verliesen von Daligar ist mir klar geworden, dass du ein halber Ork bist. Du bist derjenige, der mir meine Tochter geraubt hat, stimmt's? Meine einzige Tochter. Ein Bastard, ein halber Ork hat mir mein Fleisch und Blut geraubt.«

»Ich habe niemanden geraubt«, antwortete Rankstrail barsch. Für alle Fälle legte er die Hand kampfbereit ans Schwert. Mit den Äußerungen des Richters über seine Geburt hatte er gerechnet. Die Anspielung auf die Verliese, auf die Folter, die ihm dort durch ihn widerfahren war, ohne auch nur den Ansatz einer Rechtfertigung, war typisch für seinen Charakter. Er ging davon aus, dass es sein selbstverständliches Recht war zu foltern, zu verstümmeln, zu töten, so wie es für einen Schmetterling sein selbstverständliches Recht ist, von einer Blume zur nächsten zu flattern. Er würde ihn nicht töten, auf keinen Fall. Der Richter starrte ihn verärgert an und schwang, immer in angemessenem Abstand, weiter sein Schwert.

»Deine abgeschmackten Lügen kannst du, wenn du willst, jemand anderem erzählen. Aus welchem Grund hätte sie dich nehmen sollen? Sie, die das unschätzbare Glück hatte, meine Tochter zu sein und zu mir zu gehören? Es gibt keinen anderen denkbaren Grund. Sie war meine Tochter, und ich bin der größte König, den es je auf Erden gegeben hat, liebenswert im Frieden, schrecklich im Krieg, vergleichbar nur mit mir selbst.«

»Ich habe sie gefragt, ob sie mich heiraten will, und sie hat Ja gesagt«, erwiderte Rankstrail. »Wenn Ihr mir das Schwert da gebt, wird es für alle am besten sein.« Aber während er das sagte, erinnerte er sich undeutlich, diese Litanei schon einmal gehört zu haben: der größte König, den es je auf Erden gegeben hat, liebenswert im Frieden, schrecklich im Krieg…

Schließlich tauchte aus seinem Gedächtnis das Bild auf. Aurora hatte sie ausgesprochen, als Kind, als er ihr zum ersten Mal in Daligar im Garten des Richters begegnet war. Mit diesen Worten hatte sie den Bräutigam beschrieben, für den sie bestimmt war, den Mann, den sie würde heiraten müssen. Mit der rechten Hand strich er noch immer über den Stein und das Gold am Heft von Arduins Schwert.

»Wer hätte denn ihr Bräutigam sein sollen?«, fragte Rankstrail, wieder fühlte er Wut in sich aufsteigen. Er hatte Aurora damals, noch als Kind, gefragt, wer der Bräutigam sei, für den sie bestimmt war, und hatte sich nicht darüber gewundert, dass sie ihm die Antwort verweigerte. Über viele Aspekte ihrer Kindheit wahrte Aurora ein trauriges und schamhaftes Stillschweigen, das sie um keinen Preis aufgab, auch nicht um ihrer tiefen Liebe willen. Der Verdacht war absurd, aber er wurde ihn nicht los. »Ein Adliger aus Varil? Ein Nachfahre der Könige von Daligar? Einer der Barbarenkönige aus dem Norden? Oder ein Herrscher der Orks, um das Bündnis zu stärken?«

»Du wagst es, von den Orks zu sprechen? Du, du erbärmlicher Bastard? Du, du Bastard eines Orks und einer Mutter, die nicht einmal den Anstand besaß, sich umzubringen, nachdem sie ihre Ehre verloren hatte? Willst du wissen, wem meine Tochter versprochen war? Also gut, ich werde es dir sagen.«

Die Miene des Richters verdüsterte sich. Mit der linken Hand, die rechte hielt ja das Schwert, versuchte er, sich den Schweiß abzuwischen. Im Ausschnitt der schweren stählernen Rüstung war das Kettenhemd zu sehen. An so viel Gewicht war er offenbar nicht gewohnt.

»Ich will mir die Zeit nehmen, dir die ganze Geschichte zu erzählen. Meine Tochter Aurora hat sich verändert«, setzte der Richter nach einem Seufzer wieder an und verfiel in einen weinerlichen Tonfall, der Rankstrail noch mehr zuwider war als die groben Beschimpfungen, die er bis dahin gebraucht hatte. »Die Veränderung kam plötzlich, von einem Tag auf den anderen. Es geschah an meinem zwanzigsten Jahrestag als Stadtoberster, am fünfzigsten Jahrestag meiner Geburt. Es hätte ein Tag absoluten Ruhms sein sollen, und stattdessen war Aurora, als ich in den Palast zurückkam, verändert. Für immer. Die Erklärung dafür konnte nur ein Zauber sein. Nichts von ihrer Liebe, von ihrer Hingabe, von ihrer Ergebenheit war mehr übrig. Für immer dahin war seit jenem unglückseligen Tag ihre Fügsamkeit, die ich bei ihr doch mit so viel Geduld aufgebaut hatte, so viel Beständigkeit und… Schmerzen. Jawohl, Schmerzen. Du Bastard kannst dir ja nicht im Entferntesten vorstellen, wie viel Schmerzen mich Auroras Erziehung gekostet hat. Der natürliche Instinkt eines Vaters geht dahin, sein Kind satt und fröhlich zu machen. Zum höheren Wohl meines Kindes habe ich auf die Freude verzichtet zu sehen, wie es seine Zähne ins Brot schlägt oder lacht. Fügsamkeit erreicht man durch ständigen Essensentzug und unvorhersehbare und ungerechtfertigte Strafen, wohlweislich abgewechselt hie und da mit einem Lob, ganz selten auch mit einer Auszeichnung, die ebenso unvorhersehbar und ungerechtfertigt sein muss. Kannst du dir vorstellen, wie schmerzhaft es für ein Vaterherz ist, Jahr um Jahr dem eigenen Kind Angst einzuflößen, nur damit es dir nicht nur absoluten Gehorsam, sondern auch noch Bewunderung entgegenbringt?«

Rankstrail spürte, wie seine Hand sich noch fester um Arduins Schwert schloss.

Er bemerkte, dass er es aus der Scheide gezogen hatte.

»Damals habe ich sie verloren. Zauberei! Was sonst? Ich wusste, dass es noch ein letztes Exemplar der verhassten Rasse ihrer unglückseligen Mutter gab ...«

»Aber wenn ihre Rasse Euch so verhasst war, warum habt Ihr sie dann geheiratet?«, unterbrach ihn Rankstrail gereizt.

»Dummkopf!«, verhöhnte ihn der Richter. »Das ist doch klar!«

»Mir nicht.« Rankstrail gelang es, wieder einen ruhigen Ton anzuschlagen. »Wenn Ihr wollt, sagen wir, ich bin nicht schlau genug, um zu begreifen, wie jemand so idiotisch sein kann, eine Frau zu heiraten, um sie dann nicht zu lieben.«

»Ich wollte sie wegen ihrer Schönheit und wegen ihrer Macht. Am Anfang meines Lebens, das gebe ich zu, erlag ich dem Zauber der Elfen. Ihr Wissen, ihre Begabung und, weshalb es leugnen, ihre Schönheit hatten mich verhext. Ich bin den Botschaftern der Orks zu Dank verpflichtet für ihre Ratschläge, für ihre Klugheit, dafür, dass sie mir die Augen öffneten. Ohne sie hätte ich nie den Mut besessen, die Vernichtung in die Tat umzusetzen. In jedem von uns gibt es eine gewisse Scheu und ohne ihre Hilfe hätte ich mich auf die eine oder andere Deportationsmaßnahme beschränkt. Aber sie brachten mich auf die Idee mit der Vernichtung, die anfangs nicht die meine war, für die ich aber jetzt mit aller Macht eintrete. Es war und ist mein ganzer Stolz, dass ich die Elfen vernichtet habe. Nur so werden wir mit den Orks Frieden schließen können und auch das wird mein Verdienst sein. Willst du hören, wie das mit Auroras Mutter zugegangen ist? Ich musste ihre Brüder benutzen, um sie zu bekommen. Sie hatte zwei, eher außergewöhnlich bei den Elfen. Ich vermute, dass sie in der letzten Zeit versuchten, ihre Geburtenrate in die Höhe zu treiben, um das Aussterben zu verhindern. Ich hatte versprochen, ihre Brüder zu retten, wenn sie mich zum Bräutigam nähme. Als sie entdeckte, dass beide in meinen Verliesen gestorben waren, versuchte das Dummchen zu fliehen und zwang mich, sie zu enthaupten. Du kannst dir nicht vorstellen, wie es mich anwiderte, das zu tun. Zum Glück hatte ich eine Tochter.«

»Und wo ist da das Glück? Wollen die Herrscher nicht immer lieber einen Sohn?«, fragte Rankstrail.

»Einen Sohn, selbst wenn es mein eigener gewesen wäre, hätte ich niemals am Leben gelassen. Als Erwachsener würde er mich mit der Hinterhältigkeit der Elfen doch entmachten können. Nein, niemals. Wenn ich von meiner, sagen wir, ersten Frau einen Sohn bekommen hätte, wäre ich gezwungen gewesen, ihn zu beseitigen. Ich wollte eine Tochter von elfischem Geblüt, gereinigt durch mein eigenes Blut. Eine Tochter, von mir aufgezogen, herangewachsen in meiner Liebe und von Anfang an dazu erzogen, mich zu ehren. Sie sollte die ideale Braut sein, meine zweite Frau, diejenige, mit der ich meinen wahren Erben zeugen wollte, drei Viertel von meinem Blut und ein Viertel Elfenblut…«

Rankstrail wankte und musste sich an den großen Tisch lehnen.

»Aurora hätte sich mit Euch vereinigen sollen, mit ihrem eigenen Vater? Ihre Mutter war Eure erste Frau, nur damit sie Eure zweite Frau hätte werden sollen? Habe ich das richtig verstanden? Ihr seid verrückt, auf abscheuliche Weise wahnsinnig!«

»Schweig, du Bastard! Du hast sie mir weggenommen. Jahrelang glaubte ich, der andere sei's gewesen, der letzte Elf, der Vernichter, der Freund des Drachens. Jetzt weiß ich, dass du es warst. Aber mach dir keine Hoffnungen«, fuhr er fort. »Du wirst keine Freude haben. Dein Ehebett wird verwaist bleiben. Vom Tag ihrer Geburt an habe ich Vorkehrungen getroffen, damit ein Verrat durch meine Tochter mit ihrem Überleben nicht vereinbar ist.«

»Wovon zum Teufel sprecht Ihr?« Rankstrail umklammerte krampfhaft das Heft des Schwerts wie ein Stück Holz bei einem Schiffbruch, den einzigen festen Punkt im Strudel seiner Gefühle.

»Am Tag der Geburt meiner Tochter habe ich um ihre Wiege die Schamanen der Elfen versammelt, ihre größten Heiler, und …«

»Indem Ihr wen als Geiseln genommen hattet? Ihre Kinder, ihre Mütter?«, fragte mit ruhiger Stimme Rankstrail, der seinen Ekel und seine Wut nur mühsam verbergen konnte.

Der Richter mochte es nicht, unterbrochen zu werden. Durch den Schweiß klebten ihm Strähnen seiner großartigen schneeweißen Mähne im Gesicht. Seine herrlichen blauen Augen waren die eines Verrückten. Wütend fuhr er fort.

»Aurora ist hier geboren. Hier habe ich sie alle zusammengerufen und von ihnen verlangt, dass sie einen Zauber wirken. Du hast recht, sie wollten nichts davon wissen, und ohne ihre Kinder hätte ich sie nicht überzeugt. Kinder schreien laut, wenn sie in der Hand des Henkers sind. Elfenkinder noch lauter als andere. Die Schamanen der Elfen wussten, welchen Zauber sie wirken sollten; aber nicht, dass es überhaupt der letzte auf Erden sein würde, denn das Geschlecht der Elfen stand kurz vor der Auslöschung. Das war mein Geschenk an die Menschen. Jetzt gibt es auf der Welt niemanden mehr, der stärker ist als sie. Wenigstens das ist mir gelungen. Ich wollte für die Menschen und für die Orks eine Welt des Friedens und der Gerechtigkeit schaffen, aber du hast mich aufgehalten.«

»Der Frieden und die Gerechtigkeit eines Massengrabs«, gab Rankstrail finster zurück. Auch jetzt ging der Richter auf seinen Zwischenruf nicht ein.

»Der letzte Zauber der Elfen war für meine Tochter bestimmt«, fuhr der Richter mit einem immer wahnsinnigeren Ausdruck in den Augen fort. »Ich habe die Schamanen der Elfen um Auroras Wiege versammelt und auch die vier größten Zauberer der Orks, um sicherzustellen, dass die ersten keine hinterhältigen Tricks anwendeten. Nach ihrem Zauber kann nichts und niemand rückgängig machen, was sie gewirkt haben. Aurora war drei Tage alt. Ich hatte ihre Wiege in diesen Raum schaffen lassen. Es war in der Mitte, genau da, wo du jetzt stehst. Um sie herum standen abwechselnd die vier Schamanen der Elfen und die vier Zauberer der Orks. Die Elfen trugen ihre gelben Lumpen, die Orks ihre schwarz-goldenen Mäntel. Unten im Garten waren die Kinder der Schamanen auf einigen Stößen von gut durchgetrocknetem Holz festgebunden. Genauso wie sie in der Lage sind zu heilen, können die Elfen auch Krankheiten hervorrufen, nur umgekehrt angewandt.«

»Habt Ihr bei Aurora etwa eine Krankheit hervorgerufen? Was für eine Krankheit?«, fragte Rankstrail, der jetzt jeden Anschein von Ruhe verloren hatte.

»Hast du noch nicht begriffen, du armer Tropf? Dabei sagen sie doch, du seiest für einen Halb-Ork so außergewöhnlich schlau.« Der Richter lachte. »Ich habe ihren Bauch verfluchen lassen. Nachdem der Zauber beendet war, fing sie an zu weinen und hörte mindestens zehn Tage lang nicht wieder auf. Sie konnte auch nicht mehr essen, und ich befürchtete schon, sie zu verlieren. Es war furchtbar, mir fehlen die Worte für meine Qual.«

»Aber was denn für ein Zauber?«, schrie Rankstrail. Der Richter lachte noch einmal auf.

»Ich habe den Quecksilberzauber der Orks auf Aurora übertragen lassen. Es war viel Magie dafür erforderlich. Der Zauber beruht auf Fernwirkung der Erdstoffe und zu große Entfernung vereitelt ihn. Deshalb mussten wir dafür auch die Elfen einsetzen. Aurora kann kein lebendes Kind gebären und überlebt auch selbst die Geburt nicht, es sei denn, das Kind ist von mir. Andernfalls wird sie sterben und eine kleine Leiche gebären. Niemand, nicht einmal der Mächtigste der Elfen, nicht einmal die Götter, können diesen Zauber je wieder lösen. Wie sie mich verlassen hat, wird sie dich verlassen und für immer eingehen ins Totenreich...«

Weiter kam der Richter nicht mehr. Rankstrail schlug ihm mit einem einzigen Hieb des Schwertes von Arduin, dem Gerechten, den Kopf ab. Sein Blut spritzte auf den mit Intarsien geschmückten Holzfußboden. Mit dem Scheppern der Rüstung brach sein Körper über den Parfümfläschchen zusammen, die auf dem Fußboden zu Bruch gingen. Der glasige Blick des Richters traf ein letztes Mal den Rankstrails. Auf seinem Gesicht, das schon für immer erstarrte, zeichnete sich die Andeutung eines schiefen Lächelns ab. Rankstrail wurde bewusst, dass er den Willen des Richters vollstreckt hatte.

Sich töten zu lassen, das war sein letzter Triumph.

Arduins Schwert ließ sich nur mit zwei Händen führen. Ohne Stütze gab Rankstrails Knie nach. Er fiel zu Boden.

Offenbar beunruhigt durch den Lärm, stürzte Nirdly in den Raum.

»He, mein Hauptmann!«, sagte der Zwerg, nachdem er sich umgeschaut hatte.

»Vielmehr Eure Majestät. Verzeih, aber hattest du nicht gesagt, dass wir den hier nicht töten sollten?«

Rankstrail gab ihm keine Antwort. Er kniete, eine Hand auf dem Tisch, die andere noch am Heft von Arduins Schwert, das er auf dem Fußboden abgelegt hatte. Er war dabei, sich zu übergeben, Schwall auf Schwall, auch wenn er nichts mehr im Magen hatte. Er sah, wie sich sein Erbrochenes mit dem Blut des Richters und dem Parfüm vermischte. Rankstrail bekam fast keine Luft mehr. Er krümmte sich vornüber und blieb auf den Knien am Boden liegen, inmitten der Flüssigkeit, die den Holzfußboden überzog und die Intarsien dunkel färbte.

Rankstrail vernahm die Stimme des Zwergs wie durch Nebel.

»Ich habe es ja schon immer gesagt, dass man mit der Axt alle Probleme löst. Ich habe nur nicht begriffen, warum das, wenn ich es sage, nie gelten soll. Aber he du, Majestät!«, fuhr Nirdly fort. »Soll ich dir Trakrail rufen? Der ist gut darin, die Leute wieder gesund zu machen.«

Trakrail kam schon von allein, ohne dass man ihn erst zu rufen brauchte, er lief schnell herbei und blieb reglos vor der enthaupteten Leiche des Richters stehen. Trakrail sah zu Nirdly, der bedauernd die Arme hob, und schließlich wanderte sein Blick zu Rankstrail, der sich immer noch am Boden krümmte.

Wie Aurora war auch er Kind eines Orks, gezeugt inmitten von Gewalt und Hass.

Wenigstens hatte einer der beiden Väter bekommen, was er verdiente. Vielleicht auch der andere. Es war nicht ausgeschlossen, dass unter den Köpfen, die Rankstrail abgehauen und aufgespießt hatte, auch der gewesen war, der gegrinst hatte, während seine Mutter unter ihm weinte und flehte.

Langsam, mühsam, erhob sich Rangstrail wieder vom Boden.

Er und Aurora hatten keine Kinder bekommen.

Der einzige Makel, der die helle Freude ihrer neun Ehejahre trübte, war das Ausbleiben eines Erben. Monat um Monat, Mond um Mond, hatte Aurora die Enttäuschung erfahren, nicht Mutter zu werden, und jedes Mal war ihr Blick durch Traurigkeit verhangen. Auch die ausgelassene Fröhlichkeit, die sie im Spiel mit den Kindern von Fiamma, Rankstrails Schwester, oder denen von Lisentrail an den Tag gelegt hatte, verdüsterte sich zunehmend. Alle Stickerinnen und Spitzenklöpplerinnen Varils erwarteten nichts sehnlicher als die Ankündigung einer Schwangerschaft, damit sie sich endlich an die Herstellung einer prächtigen Ausstattung machen konnten.

Monate waren vergangen, hatten sich zu Jahreszeiten und zu Jahren gebündelt, und nie war diese Ankündigung gekommen.

Rankstrail dankte nun dem Himmel. Es war ihm nicht wichtig. Es war ihm absolut egal.

Er würde sie nie mehr anrühren. Sie würden wie Bruder und Schwester leben. Wichtig war, dass sie lebte, dass er auch weiterhin ihre Atemzüge hören, ihr Lächeln sehen, ihrer Stimme lauschen konnte, wenn sie sich stundenlang in den Armen lagen und über Gott und die Welt plaudernd die Morgendämmerung erwarteten, ohne dass sie je genug davon bekamen.

Die vollkommene Befriedigung, die sie bereits erfahren hatten in den Nächten, die sie als Mann und Frau zusammen waren, reichte aus, um die Zeit eines Lebens, ja zweier Leben mit dem Glanz der Erinnerung zu füllen. Die Jahre würden vergehen und mit ihnen auch das Alter, das sich fürs Kinderkriegen eignete. Danach würden sie wieder von Neuem damit anfangen können.

Rankstrail wankte auf den Balkon zu. Über eine der beiden Treppenrampen stieg er zum Garten hinab, der von unnatürlich üppigen und unerträglich stark duftenden Glyzinien umsäumt war. Das Geräusch seines Stocks auf den Stufen war der einzige Laut, der in der Stille zu hören war, wie die Schläge einer Totenglocke.

Trakrail und Nirdly folgten ihm zögernd.

Rankstrail erreichte das mit Seerosen bestandene große Brunnenbecken in der Mitte des Gartens und stieg über dessen steinernen Rand ins Wasser, das ihm bis zu den Knien reichte. So blieb er reglos stehen, zitternd, in der Hand immer noch Arduins Schwert, das von Blut triefte, und ließ sich vom Wasserstrahl aus dem schmiedeeisernen Brunnen in Form eines Granatapfelbaums mit goldenen Früchten die Blutspritzer wegwaschen und Kleider, Haare und Bart durchnässen.

Dann setzte er sich auf den Brunnenrand, legte beide Hände auf das Heft des Schwerts und seine Stirn auf dessen Knauf. Das Bild von der Wiege des kleinen Kindes inmitten einer Versammlung von Monstren, sein verzweifeltes Weinen wegen der auf immer zusammengeschrumpften Freiheit hatten sich in seinem Kopf festgesetzt, und er wusste, dass er davon nie mehr loskommen würde.

Ein weiteres Bild kam hinzu. Er sah sich selbst, wie er Aurora mitteilte, dass er ihren Vater umgebracht hatte. Geköpft.

Er war ein Vatermörder.

Es war nicht seine Schuld, die Väter waren schändlich gewesen, aber letzten Endes war das doch die Wirklichkeit.

Er empfand unendlichen Neid auf alle, die das Glück hatten, mit Respekt und Liebe für den eigenen Vater geboren zu werden, zu leben und zu sterben.

Mit reißender Wehmut dachte an seine Sohnesliebe für den Mann zurück, den er Vater genannt hatte, der tatsächlich jedoch der Mann seiner Mutter war, jemand, dem er nicht ähnlich sah. Eigentlich hätte er sich diese Liebe für den Vater aufheben müssen, dem er ähnlich sah, auch für den, dem Aurora ähnlich sah. Zwei, denen die eigenen Kinder, die sie beide nicht bekommen hatten, glücklicherweise nicht ähnlich sehen konnten…

Rankstrail seufzte. Er würde Aurora die Wahrheit sagen, die ganze Wahrheit. Wie immer. Das war der einzig gangbare Weg.

Der einzige Weg, ihr zu erklären, warum sich ihr Glück fortan darauf beschränken musste, zwar füreinander da zu sein, aber sich nur noch zärtlich zu berühren.

Er hörte Schritte näher kommen, jemanden nach ihm fragen. Er erkannte die Stimme, sie gehörte einem seiner Pagen aus Varil, der durch das Labyrinth des Königspalastes irrte und nach ihm suchte. Rankstrail hörte, dass ihm seine Männer Auskunft gaben, wo er zu finden sei. Schließlich trat der Page unter den Glyzinien hervor und kam triumphierend auf Rankstrail zu. Ein strahlendes Lächeln ging von einem Ohr zum anderen über sein Gesicht.

»Mein Herr!«, rief er glücklich aus. »Mein Herr!« Er war nicht nur euphorisch, sondern gerührt.

Rankstrail war außerstande, sich zu bewegen oder auch nur einen Laut von sich zu geben. Er starrte auf das freudestrahlende Gesicht, das auf ihn zukam. Die Kriege, die es zu gewinnen gab, gewann er schon selbst. Es gab nur eine Nachricht, die eine solch überschwängliche Freude rechtfertigen konnte.

»Mein Herr!«, rief der Page noch einmal, der so zufrieden war, dass er die bleiche Gesichtsfarbe, den entsetzten Blick seines Gegenübers gar nicht bemerkte. »Mein Herr, seit einem halben Jahr bin ich Euch auf den Fersen. Ich überbringe Euch die lang erwartete und glückliche Nachricht…« Aus einer der weiten Taschen seines Gewands zog der Page ein mit goldenem Siegellack verschlossenes Pergament hervor, auf dem ein »A« eingeprägt war. Jäh erwachte Rankstrail aus seiner Reglosigkeit. Er erhob sich, stieg aus dem Brunnen und näherte sich dem Pagen, der endlich bemerkte, dass keinerlei Freude die Miene seines Königs erhellte. Rankstrail riss ihm das Blatt aus der Hand, erbrach das Siegel und entrollte das Pergament.

»Mein Herr, mein verehrter Gemahl«, schrieb Aurora, »nach

neun Jahren kann ich Euch endlich die Nachricht geben, die Ihr schon immer sehnlichst erwartet. Die letzte Nacht, in der Ihr in unserem Bett geschlafen habt, am ersten Wintertag des dreihunderteinundzwanzigsten Jahres nach der Befreiung Daligars durch Sire Arduin, haben wir ein Kind gezeugt. Zur Feier unserer Freude habe ich mir ein weißes Gewand mit Goldsaum nähen lassen, und wenn das Weiß und das Gold meinen nunmehr mütterlichen Leib bedecken …«

Am ersten Wintertag des dreihunderteinundzwanzigsten Jahres nach der Befreiung Daligars.

Genau vor acht Monaten.

Rankstrail konnte nicht weiterlesen. Er blieb wie versteinert stehen, das Pergament in den verkrampften Händen. Er schluckte mehrmals, dann kam ihm der Befehl über die Lippen: »Versammelt alle Soldaten. Es geht nach Hause.«

Der Page starrte ihn an. Er war fast noch ein Junge, Rankstrail wusste, dass er sich erst vor Kurzem mit einem Fräulein aus Auroras Gefolge vermählt hatte, einem Mädchen, dem sie die Kunst beigebracht hatte, Fieber zu heilen und Wunden zu versorgen. Auch Trakrail und Nirdly sahen ihn fassungslos an, ohne ein Wort zu sagen.

»Hauptmann!«, wagte sich schließlich Nirdly vor. »Hauptmann, das geht aber nicht.«

Rankstrail schwieg.

»Sire!«, setzte Trakrail nach. »Es geht nicht. An diesem Ort gibt es keinerlei Gesetz mehr. Es gibt keine Befehlsgewalt. Wenn wir gehen, fällt die Stadt ihren brutalsten, den am besten bewaffneten Bewohnern in die Hände. Es ist eine Stadt ohne Hoffnung, die seit jeher in Brutalität versinkt. Unerhörte Gewalt wird ausbrechen, und die Leidtragenden werden die schutzlosen Menschen, die Frauen und Kinder, sein.«

Nirdly nickte und versuchte, ihn zu unterstützen.

»Sie werden ihnen auf offener Straße die Kehle durchschneiden, für einen Kohlstrunk oder für nichts und wieder nichts. Und dann, Herr Hauptmann, Sire, sind da noch die Zwerge. Wir müssen sie da rausholen.«

Rankstrail war der Meinung, dass sie recht hatten. Aber es interessierte ihn nicht. Immer hatte er sich um alle gekümmert, jetzt interessierte ihn nur noch Aurora. Auch wenn hinter ihm die Welt eingestürzt wäre, er hätte sich nicht umgedreht, um ihr zu Hilfe zu kommen.

»Ihr beide bleibt hier«, beschloss er hastig. »Ich lasse euch die Hälfte der Soldaten hier, ein Viertel des Heeres. Das reicht für diese verdammte Stadt. Sucht nach einem der Vertrauten des Richters und lasst euch sagen, an wen er die Zwerge verkauft hat und wo sie sind. Wenn ihr geht, geht gut gerüstet und setzt alles daran, die Zwerge möglichst rasch zu befreien, ohne dass ihr es mit dem ganzen Reich der Orks zu tun bekommt. Sonst seid ihr erledigt und ich kann nur noch für euer Seelenheil beten. Das ist alles, was ich für euch tun kann.«

»Wir sind nicht…«, setzten die beiden einstimmig an. Rankstrail machte sich nicht einmal mehr die Mühe, sich zu ihnen umzuwenden.

»Was seid ihr nicht? Ihr seid nicht in der Lage? Zur Hölle. Seit Jahren zieht ihr mit mir. Alles, was ihr lernen musstet, habt ihr gelernt. Von jetzt an seid ihr die Befehlshaber dieser Stadt. Stellt ein Ordnungsgremium aus den Einwohnern des Ortes zusammen, aber lasst euch bloß nicht mit Leuten ein, die zum Richter gehörten. Seid unnachgiebig in der Bekämpfung der Gewalt. Und du«, sagte er zu dem Pagen, »lauf schnell wie der Wind nach Daligar. Benachrichtige die Königin, dass meine Gemahlin in Lebensgefahr ist. Sie soll nach Varil eilen und ihr Kind mitnehmen, das einzige Wesen, das ihr vielleicht noch helfen kann. Hast du verstanden?«

»Mein Herr«, antwortete der andere erschrocken. »Ich werde tun, was Ihr befehlt. Gebt mir ein frisches Pferd. Ich werde nicht anhalten, ehe ich nicht in Daligar bin.«

König der
Gänse

KAPITEL 19

»Euer König geht gerade.«

Endlich hatte jemand eine Leiter gefunden. Munter wie ein Fink im Hochsommer war Atàcleto von seinem Turm herabgehüpft, gefolgt von Ferrain. Der Markgraf, vergnügt wie eine Taube im Stoppelfeld, umarmte ihn. Salvail, der seinen Bogen umgehängt hatte, war fröhlich wie eine fette Gans. Alle fielen sich in die Arme, beglückwünschten sich, umarmten sich erneut, gratulierten sich noch einmal und gingen schließlich allesamt zu Maschak, die weit weniger euphorisch wirkte.

Sie stand an den Zinnen der Terrasse und sah nach unten.

»Meine Herrin!«, fing Atàcleto bewegt an. »Maschak!« Dies war der richtige, der siegreiche und erleuchtete Moment, ihr seine Gefühle zu erklären.

»Euer König geht gerade«, erklärte sie finster.

Atàcleto schaute dem Mädchen über die Schulter. Er sah bis zum Fuß des schwindelerregenden Abhangs hinab. Die riesigen Stadttore standen sperrangelweit offen und ganz eindeutig

492

sprengte da auf dem Rücken seines Rappen Sire Rankstrail mit stattlichem Gefolge an Reiterei gesenkten Blicks und im gestreckten Galopp davon.

»Das muss irgendeine List sein«, stammelte Atàcleto.

»Euer König geht gerade. Er flieht«, wiederholte sie. »Dabei ist hier das meiste noch zu tun.«

Entrüstetes Gemurmel erhob sich unter den Männern.

»Herrin«, gab Salvail empört zurück. »Unser König flieht niemals. Dass Ihr es nicht wagt…«

»Richtig, er flieht nicht«, räumte Maschak ein. »Bestimmt ist ihm eingefallen, dass er vergessen hat, die Geranien zu gießen. Bei diesem trockenen, heißen Wetter…«

»Außerdem ist hier nicht mehr viel zu tun. Wir sind auf so gut wie keinen Widerstand gestoßen. Inzwischen…«

»Ihr seid, mit Verlaub, auf keinen Widerstand gestoßen, weil Ihr überraschend aufgetaucht seid. Der Widerstand wird jetzt gerade organisiert. Das Schlimmste habt Ihr noch nicht mitbekommen. Das Schlimmste, das sind mein Vater und die Henker, der Prinz der Füchse und seine Orks. Dann gibt es noch die Abtrünnigen aus den Reichen Daligar und Varil. So heißen sie offiziell, auf diesen Namen sind sie stolz. Bei uns, in Alyil, der uneinnehmbaren Perle der Berge, kommen alle zusammen, der ganze Abschaum. Alle, die Euch hassen, eine Rechnung mit Euch zu begleichen haben, alle haben hier Unterschlupf gefunden. All die Gewalttätigen, Wahnsinnigen, Verrückten. Alle stehen im Sold des Richters. Sie tragen keine Uniform, sondern verstecken sich unter dem Volk und schüchtern es ein, auf seinen Befehl und zum eigenen Vergnügen. Aber mit dem Richter hatten sie eine Art Abmachung. Er nahm sie auf, dafür hielten sie sich im Zaum, begnügten sich damit, die Drecksarbeit für ihn zu erledigen. Jetzt werden sie die Herren sein. Ohne eine starke Truppe, die jeden verfluchten Winkel, jeden verdammten Torweg bewacht, bricht hier die Hölle los.«

Atàcleto war erschüttert. Auch die anderen wurden mit jedem Augenblick unsicherer.

»Mag sein«, brachten sie hervor, mal abwechselnd, mal alle durcheinander redend, »dass wir das Schlimmste noch nicht angepackt haben. Aber unser König hat noch nie vor irgendetwas Reißaus genommen, er hat schon alles Mögliche angepackt und noch nie eine Niederlage einstecken müssen. Wir bezweifeln ja nicht, dass Euer Prinz der Füchse abgrundtief böse ist, und dass Euer Vater, wenn er Euch auch nur entfernt ähnelt, sicherlich, ohne Euch nahetreten zu wollen, einen gewissen Eindruck macht, aber wir lassen uns nicht so leicht beeindrucken, und unser König hat vor zehn Jahren die Welt der Menschen befreit und lässt sich durch überhaupt nichts beeindrucken.«

Maschak verzog keine Miene.

»Ihr habt mich überzeugt«, sagte sie einsilbig, während sie immer noch Rankstrail beobachtete. »Außerdem sieht man sogar von hier, dass er ein Halb-Ork ist. Es dürfte kaum seine Art sein, wegzulaufen. Die Orks laufen nie weg, schon gar nicht, wenn sie siegreich sind. Aber wo zum Kuckuck läuft er denn hin?«

»Herrin«, sagte Salvail entrüstet. »Unser König ist kein halber…«

Etliche scharfe Blicke und vereinzeltes Murren ließen ihn verstummen.

Da kamen endlich Trakrail und Nirdly angerannt. Trakrail lief schnell wie der Wind, und Nirdly keuchte hinter ihm her.

»Der König!«, riefen sie gleichzeitig schon aus zwanzig Schritt Entfernung. »Er reitet nach Varil!«

»Ein Bote ist gekommen, müsst ihr wissen, dieser Junge, der

Page, den sie unlängst angestellt haben«, erklärte Trakrail. »Er hat ihm eine wunderschöne Nachricht überbracht.«

»Sie bekommen ein Kind, der König und seine Frau«, ergänzte Nirdly, der bei ihnen angelangt war. »Als der arme Kerl ihm das Sendschreiben übergab, war es, als hätte den König ein tödlicher Fluch getroffen. Er sagte keinen Ton. Und wo hat man denn so was schon gesehen. Da bringt dir einer die Nachricht, dass du ein Kind bekommst, und kriegt nicht mal einen Humpen Bier? Und dann hat er auch noch den Richter getötet, unser König Rankstrail, obwohl er das angeblich nicht tun wollte.«

»Ja, das stimmt! Sein Befehl lautete, ihn festzunehmen und am Leben zu lassen, aber als wir hereinkamen, hatte er ihm schon den Kopf abgeschlagen.«

»Ekelhaft. Der abgeschlagene Kopf auf dem Boden, und alles überschwemmt von Blut und Parfüm… puah, ekelhaft.«

Beide hoben bedauernd die Arme.

Atàcleto spürte einen Kloß im Magen. Er verstand es nicht ganz, aber da war etwas Schreckliches im Gange, der Kopf des Richters abgeschlagen, Rankstrail auf der Flucht, die Stadt sich selbst überlassen.

»Euer König hat die Nachricht erhalten, dass seine Frau schwanger ist, und reitet nach Hause. Diese Kanalratte von Verwaltungsrichter hat ihm die Frau umgebracht«, erklärte Maschak ernst und ruhig. »Rankstrails Frau ist die Tochter des Richters, nicht wahr? Er hat an ihr den Quecksilberzauber vollzogen. Diese Kanalratte hat seine eigene Tochter zum Tode verurteilt. Damit hat er sogar die Orks noch übertroffen!«

Alles schwieg. Sie wandte sich um und sah noch einmal Rankstrail nach, ehe er mit seiner Reiterei hinter den Bäumen verschwand. Maschak senkte die Stimme. »Ich weiß das, weil mein Vater es mir erzählt hat. Er hatte die Idee, als Aurora zur

Welt kam. Er war gerade erst aus dem Nordwestreich hierhergekommen.« Ihre schleppende Sprechweise wurde noch langsamer. »Mein Vater war die schwarze Seele dieses verfluchten Reiches. Er weiß, was die Orks so alles treiben, und er hat alles mit hierhergebracht.« Maschak verstummte. Sie schaute auf die Männer, die um sie herum standen, und nickte dann. »Einverstanden«, räumte sie ein, »er ist nicht unterwegs zum Geranien gießen.«

Atàcleto dachte an Aurora. Wer je Bekanntschaft mit der Prinzessin gemacht, wer sie je auch nur einmal im Leben gesehen hatte, dem mussten sich ihr Antlitz, ihre Schönheit, die Zärtlichkeit, mit der sie sich den Verletzten und Kranken zuwandte, auf immer eingeprägt haben. Die Königin von Varil, die Gemahlin Sire Rankstrails, in Gefahr? Atàcleto schaute auf sein rechtes Handgelenk. Dort hatte er eine kleine Narbe, das Zeichen einer Verwundung, die Aurora vor zehn Jahren in Daligar behandelt hatte. Er erinnerte sich an ihr Lächeln und ihre Hände. War sie wirklich in Gefahr?

Er hatte nicht alles verstanden, was Maschak gesagt hatte, doch er war sich sicher, dass es auf verhängnisvolle Weise wahr war. Nur wenn Aurora in tödlicher Gefahr schwebte, ließ sich Sire Rankstrails Flucht erklären. Sie mussten nun allein zurechtkommen. Egal was geschähe, ihr König würde sich nicht mehr nach ihnen umsehen, nach ihnen nicht und nach niemandem sonst in der Menschenwelt. Sie waren allein und völlig alleingelassen war Inskay. Keine Menschenseele würde ihm zu Hilfe kommen. Der König der Zwerge war irgendwo in der Welt der Orks und er würde die Seele des kleinen Joss mit hineinreißen in Untergang und Schmerz.

Atàcleto dachte an die Freude zurück, die er und alle anderen noch kurz zuvor empfunden hatten. Der Erste, der aus dem erschütterten und trostlosen Schweigen herausfand, war Ferrain, er wandte sich an Maschak.

»An der Prinzessin wurde der Quecksilberzauber vollzogen?«, fragte er sie ruhig. »Seid Ihr sicher? Vielleicht ist es nur ein Gerücht. Kein Mensch würde das der eigenen Tochter antun.«

»Was soll das denn heißen?«, fragte der Markgraf. »Quecksilber… Habt Ihr herausgefunden, was zum Kuckuck die Orks damit anstellen?«

»Es ist der letzte Zauber, den die Magie der Welt der Orks gewährt hat, und auf ihn stützt sich ihre Macht. Oder vielleicht kettet er sie auch in ihrer Verzweiflung fest«, erklärte der alte Heiler traurig.

»Könntet Ihr vielleicht noch mal von vorn anfangen und alles Schritt für Schritt erklären?«, fragte der Markgraf gereizt. »Ob der Zauber nun Macht oder Verzweiflung gebracht hat, entscheiden wir dann am Ende. Das Ende kommt zuletzt und zuerst kommt der Anfang. Das mag banal klingen, aber wir Soldaten sind nun einmal einfache Leute. Drückt Euch doch bitte so aus, dass wir es auch verstehen.«

»Die militärische Macht der Orks gründet darauf, dass sie uneingeschränkt über den Körper ihrer Frauen verfügen. Wenn ein kleines Mädchen geboren wird, verhexen und verfluchen sie seinen Unterleib. Sie prägen ihm das Gesetz auf, wie sie sagen. Sollte die junge Frau später wagen, sich einem anderen Mann als dem für sie Auserwählten zu verbinden, wird sie bei der ersten Niederkunft sterben und das Kind gleich mit. Es sind die Männer, die Väter, Großväter, manchmal auch die Brüder, die darüber entscheiden, wer das Mädchen heiraten darf. Damit der Zauber gelingt, muss der Vorrat an Quecksilber, der in einer Grotte im Geborstenen Berg in der Mitte des Nordwestreichs der Orks aufbewahrt wird, ständig neu aufgefüllt werden. Es ist ein seltsamer Zauber, der auf der Fernwirkung von Erdstoffen beruht.«

»Und woher wisst Ihr das alles?«, fragte der Markgraf. Ferrain sah ihm in die Augen, als sei er im Zweifel, ob er ihm antworten solle. Dann machte er eine ausweichende Handbewegung.

»Ich habe vier Jahre lang in der Welt der Orks gelebt. Ich war ihr Sklave und Erzieher eines Sprösslings aus bedeutendem Adelsgeschlecht, eines von denen, die in der Welt der Orks Staatsdokumente bei sich im Haus verwahren. Nichts ist so geheim, als dass es nicht eine schriftliche Spur hinterlassen würde, dass keiner davon wüsste oder es womöglich in betrunkenem Zustand ausplaudern könnte, vielleicht einem Sklaven gegenüber, der ohnehin dazu bestimmt ist, das Land nie wieder zu verlassen.«

»Es stimmt«, sagte Maschak. »Es ist, wie er sagt.«

»Und was hat dieser abscheuliche Zauber mit der Macht der Orks zu tun?«, fragte Salvail.

»Die Orks sind Kinder von Müttern, die sie unter Zwang zur Welt gebracht haben«, antwortete Ferrain. »Ein Mensch übernimmt das Gefühl seiner Einzigartigkeit von der eigenen Mutter, und er tut das, solange er noch so klein ist, dass er sich später nicht einmal mehr daran erinnert. Aber wenn die Mutter dieses Gefühl nicht kennt, kann das Kind es nicht übernehmen.«

Salvail verstand.

»Sie lieben das Leben nicht, und es ist ihnen völlig egal, ob sie sterben, und sie hassen richtige Kinder, solche, die eine Mutter haben, die sie lieb hat, und einen Vater, der ihren Namen kennt. Sie haben keine Angst zu sterben und das Töten macht ihnen Spaß.«

»Die idealen Soldaten«, bemerkte der Markgraf.

»Muss Madame Aurora sterben?«, fragte Atàcleto.

Es folgte ein langes, schmerzliches Schweigen, in das plötzlich ein bestialisches Gebrüll hineinplatzte.

Auf den Schanzen der Festungsmauern sah man schwarze Umrisse auftauchen, schwarze Schatten. Sie trugen Äxte, große Schwerter von der Sorte, die man Bastardschwerter nannte, weil sie sich sowohl mit einer als auch mit zwei Händen führen ließen. Sie hatten auch kurze, bleischwere Krummschwerter dabei. Die Königin-Hexe besaß so eines und hatte es benutzt, um Argniòlo zu köpfen; das war vor den Augen des kleinen Atàcleto geschehen, der noch Jahre später von der Szene träumte und sich schwor, dass er nie, niemals dazu imstande wäre. Sie waren umzingelt. Orks, Henker, der ganze Pöbel von Alyil trat aus den Reihen der verängstigten Bevölkerung hervor und rottete sich zusammen. Sie waren überall, füllten die Wehrgänge der Stadtmauern, die die Soldaten von Alyil, nachdem sie artig heruntergekommen und sich den neuen Eroberern ergeben hatten, unbesetzt gelassen hatten. Sie waren den Menschen zahlenmäßig überlegen, so viel stand fest. Außerdem kannten sie die Gegebenheiten vor Ort bestens.

Auf eine Geste des Markgrafen hin nahm ein Teil der Männer aus Varil unter den Stadtmauern Aufstellung. Es entstand eine Pattsituation.

»Hat jemand eine Idee?«, fragte Trakrail.

»Die greifen uns an und wir krepieren alle«, antwortete Nirdly.

»Eine andere Idee?«, fragte Trakrail noch einmal.

»Wir greifen an und hauen sie in Stücke«, schlug Maschak vor. »Wir haben jede Menge Zeit. Wir können es ganz ruhig angehen. Die bereiten sich nur vor, sie werden die Nacht, die Dunkelheit abwarten, in der sie sich gut bewegen können, und ihr, die ihr die Stadt nicht kennt, seid dann verloren. Aber unbesiegbar sind sie nicht. Der dort oben«, erklärte sie, »der mit der Augenklappe und dem Haken anstelle der Hand, den nennen sie den Buckligen.«

»Hat er denn einen Buckel?«, unterbrach sie der Markgraf.

»Nein, das ist nur ein Witz. Passt aber auf, mit seinem Haken hat er schon mehr Augen ausgekratzt als mein Vater und seine Leute in den Verliesen zusammen, die auch nie zimperlich waren. Er hat Männer hinter sich, Menschen, Mörder und Banditen, Leute, die ihre eigene Mutter verkauft haben. Aber die sind dumm, und wenn es uns gelingt, sie vom Buckligen zu trennen, dann fallen sie um wie die Kegel. Außerdem schielt er und sieht auf der einen Seite nichts. Man braucht ihn nur von rechts anzugreifen, dann fällt auch er um wie ein Kegel.«

»Entschuldigt, meine Herrin, was ist mit den beiden Dicken dort?«

»Das sind Brüder. Sie kommen aus den Südreichen der Orks, das sind Mong-hahul. Man nennt sie Kakerlakentrampler.«

»Zertreten sie Kakerlaken?«

»Nein, das ist wieder nur ein Witz. Die töten alles und jeden. Aber auch sie taugen nichts, sobald sie auf sich allein gestellt sind. Mit dem Schwert können sie aber umgehen, vor allem mit dem Flegel. Das ist eine mit Stacheln bewehrte Eisenkugel, die mit einer Kette an einem Griff befestigt ist.«

»Ich verstehe nicht, wo da der Witz sein soll«, wandte der Markgraf verstimmt ein. »Das genaue Wort für den eisernen Knüppel, an dessen oberen Ende eine Kette mit einer Eisenkugel dranhängt, lautet ›Morgenstern‹. Eine fraglos plumpe, aber wirksame Waffe.«

»Wir hier begnügen uns mit wenig, auch beim Lachen, und selbst wenn du das Gerät dort anders nennst, wird es deswegen noch lange nicht feiner und tut auch nicht weniger weh. Die

Gruppe dort auf den Mauern, die mit den Kriegsmasken, das sind Ork-Veteranen aus dem letzten Krieg.«

»Kriegsmasken benutzt heute niemand mehr.«

»Gut, wenn wir mit ihnen reden können, ehe sie uns mit ihren Krummschwertern zerfleischen, dann sagen wir ihnen, dass sie aus der Mode gekommen sind«, bemerkte Maschak mit ihrer ruhigen, fast tonlosen Stimme. »Aber mit Fingerspitzengefühl, sonst sind sie noch beleidigt.«

Atàcleto sah mit heftigem Neid auf die Krummschwerter. Er wollte auch so eines haben. Er wollte das Gewicht der Waffe in seiner Hand spüren. Innerlich tobte er vor Hass und Wut. Der verdammte Verwaltungsrichter, der unbestrittene Herrscher über alle Kanalratten, hatte in gewisser Weise über Rankstrail gesiegt. Sie waren nun allein. Mit beiden Händen umklammerte er sein Schwert, das er dem Soldaten von Alyil abgenommen hatte.

»Dass diese Schurken hier sein würden, das ist unserem König nicht klar gewesen, sonst wäre er nicht gegangen«, murmelte Nirdly.

Der sanfte Ferrain ergriff als Erster das Wort und kam damit dem noch unentschlossenen Markgrafen zuvor.

»Lasst uns diese Hunde aufhalten«, sagte er mit klarer Stimme. Die Männer, die ihn umringten, nickten. Zustimmendes Gemurmel wurde laut, dumpf und voller Wut. »Unter den Tugenden, die uns zuteil geworden sind, ist Mitleid, aber auch Tapferkeit. Die Elfen sind gestorben, weil sie nicht mehr zu kämpfen wussten. Den Menschen soll das nicht passieren.«

Maschak nickte und sprach Salvail an: »Diesen Bogen, trägst du den nur zur Zierde mit dir herum, oder kannst du ihn auch benutzen?«

»Ich treffe eine Fliege an der Wand auf zwanzig Fuß Entfernung«, versicherte ihr Salvail.

»Also gut, dann zeig, was du kannst. Die Falken greifen gerade euer Federvieh an, das ist kein Zufall. Wenn sie den Adler erst heruntergeholt haben, dann kratzen sie uns die Augen aus. Wir sind hier in einer Stadt von Falknern und die bilden ihre Tiere nicht für die Kaninchenjagd aus. Mein Herr«, sagte sie dann zum Markgrafen, »dies hier ist der Marktplatz, und von hier aus beginnen wir, die Stadt zurückzuerobern. Dieser Platz liegt am nächsten bei der Grotte, durch die ihr heraufgekommen seid«, fügte sie hinzu und zeigte auf eine kleine Straße, die durch einen Torbogen zwischen zwei Häusern führte. »Durch diese Gasse gelangt Ihr dorthin und dieser Durchgang muss immer in unserer Hand bleiben. Um ihn zu halten, genügen schon wenige Soldaten. Auch die Grotte muss fest in unserer Hand bleiben, sie ist leicht zu verteidigen, sie hat nur einen Zugang und dort gibt es auch Wasser: Da bringen wir die Verwundeten hin. Die anderen werden versuchen, uns auseinanderzutreiben. Aber wenn wir uns nicht trennen lassen, können wir es schaffen.«

»Das Kommando hier habe immer noch ich, Herrin, und ich brauche keinen Rat«, protestierte der Markgraf wütend. Maschak nickte und fuhr unbeirrt fort.

»Zum Glück ist dieser Platz in unserer Hand, er ist nämlich der wichtigste. Seht Ihr? Er hat ein leichtes Gefälle. Dort im oberen Teil stehen die Marktstände. Ihr habt doch Geld, oder? Ihr habt doch Münzen? Kupfer, Bronze, Silber und Gold? Na dann, auf geht's!« Maschak zeigte auf die Reihe von Marktständen, die sich hinten auf dem Platz drängten. Dort gab es Kartoffeln, Knoblauch, Erbsen, Bohnen, noch mehr Bohnen, Maismehl, Eier, Bohnen, Käse, Honig… In der Nähe der Stände standen verschreckt und stumm die Händler.

»Wir haben schon gefrühstückt, Herrin, und jetzt ist keine

Zeit zum Einkaufen … und die Münzen, die wir haben, tragen den Prägestempel von Varil….«, begann der Markgraf. Atàcleto aber hatte begriffen.

»Kauft alles auf«, fuhr Maschak fort. »Bezahlt so viel wie möglich. Gebt aus, was Ihr habt, denn wenn man Euch umbringt, habt Ihr ohnedies nichts mehr davon. Sie werden auf unserer Seite sein. Wir können gewinnen, aber wir brauchen Leute, die mit uns kämpfen. Die anderen, die auf den Schanzen, haben sie durch Gewalt und Einschüchterung auf ihre Seite gebracht. Einschüchterung und Gewalt funktionieren, solange man keine Wahl hat, aber irgendwann hat man es satt, drangsaliert und getreten zu werden. Blutergüsse tun weh, Knochenbrüche ebenfalls. Wenn Ihr sie bezahlt, werden sie für Euch durchs Feuer gehen. Wenn sie begreifen, dass Ihr anständig seid, dann verstehen sie, dass es heute um Ihr Leben und um das ihrer Kinder geht. Eure Münzen sind aus Varil? Daran ist immer noch gut verdient. Metall hat an sich schon einen Wert, und schon gar, wenn auch wir Teil von Varil werden, dann sind Eure Münzen noch mehr wert. Und zusammen mit dem Essen kaufen wir uns die wichtigste Waffe, die uns noch fehlt: Informanten.« Mit der Hand zeigte sie auf den tiefer gelegenen Teil des Platzes. Stumm und verschreckt stand dort ein ganzer Haufen von Almosensammlern und Bettlern beisammen. Atàcleto erkannte in der Menge den einarmigen Mann, die schwangere junge Frau, die Alte mit dem schwärzlichen Schal wieder. »Das ist der Hof der Wunder«, erklärte Maschak. »Wir nennen ihn so, weil wir Sinn für Humor haben. Wenn der Platz am Abend sauber gemacht wird und ein Kohlstrunk dort unten landet, dann haben sie etwas zu essen, ein Wunder.«

»Den Witz hatte sogar ich verstanden«, sagte der Markgraf.

Die Marktstände wurden leer gekauft. Die verblüfften Händler, die sich sicher waren, die Soldaten würden über sie herfallen, um sie auszurauben, brauchten etwas, um zu begreifen, dass sie Geld bekommen würden, in Münzen unbekannter Prägung zwar, aber aus wertvollem Edelmetall wie Silber oder Bronze. Der Markgraf und Trakrail, die kleine Goldmünzen hatten, kauften alle verfügbaren Würste und Käse auf, die teuersten Lebensmittel. Zum ersten Mal in ihrer jüngeren Geschichte durchzuckte an diesem düsteren und angstgeschwängerten Morgen die seit jeher düstere und angstgeschwängerte Stadt in der düsteren und verängstigten Erwartung einer weiteren Tragödie ein Moment der Freude. Nach kurzen Verhandlungen zwischen Maschak und der Schar der Bettler verteilten sich zerlumpte Gestalten, die Hände voll von Brot, Käse, Wurst und Honig begeistert über die ganze Stadt. Maschak gab bekannt, bei ihrer Rückkehr wollten sie über das weitere Vorgehen entscheiden.

»Der Befehlshaber hier bin ich!«, protestierte der Markgraf erneut, aber noch leiser. »Und außerdem ist die da, wenn's hochkommt, gerade mal sechzehn Jahre alt! Und eine Militärschule hat sie ganz bestimmt nicht besucht.«

»Also zwei Jahre älter als Sire Arduin und Sire Rankstrail in ihren Anfängen«, erinnerte Ferrain. »Und die haben auch keine Militärschule besucht.«

»Ich kümmere mich um die Verwundeten«, schlug Trakrail vor.

»Du, mein Junge, bist jetzt einer der Kommandanten«, entgegnete ihm Ferrain. »Um die Verwundeten kümmere ich mich, ich bin alt, denn die Kommandanten werden alle gebraucht, und du bist einer davon. Zieh in den Kampf. Jetzt siegen wir. Wenn wir sterben, nun gut. Aber wenn wir siegen, wird das hier ein Ort für anständige Menschen, und einen solchen Ort zu schaffen, dafür lohnt sich zu sterben.«

»Woher hast du nur all diesen ganzen Mut genommen?«, fragte Atàcleto leise.

Der Alte errötete und blickte sich um.

»Weißt du, dieser Kinderreim mit den Schritten…«, erklärte er lächelnd, dann wurde er wieder ernst. »Jetzt zeige ich dir etwas, was ich bei den Orks gelernt habe. Ich habe ihnen etwas beigebracht, aber dafür habe ich auch etwas von ihnen bekommen. Mach ihnen Angst, Atàcleto. Die Angst ist eine wichtige Waffe. Riesige Heere sind in die Flucht geschlagen und von Bettlerhorden abgeschlachtet worden, weil ihre Kommandanten es mit der Angst zu tun bekommen haben. Und es gibt Bettlerhorden, die gesiegt haben, weil sich die Wut, die sie in sich trugen, in Mut verwandelt hat. Wen immer du vor dir hast, Atàcleto, mach ihm Angst!«

»Wer, ich?«, fragte Atàcleto unsicher. Ferrain lächelte nicht mehr, sein ernstes Gesicht wurde jetzt sogar hart. Er zeigte auf Maschak. »Denk daran, was sie ihr antun werden, wenn du unterliegst. Wer dir ins Gesicht schaut, muss Angst bekommen. Sie sollen dich anschauen und zittern, sie sollen dir in die Augen schauen und begreifen, dass du nicht zulassen wirst, dass sie siegen, dass du nicht zulassen wirst, dass sie Maschak etwas antun, sondern dass du sie vorher töten wirst, dass du deine Seele in Dreck und in Blut tauchen wirst, dass du zu Fuß in die Hölle gehen und wieder zurückkehren wirst, um ihnen den Garaus zu machen. Der Sieg gehört nicht dem, der aus Hass kämpft, sondern dem, der einen Menschen oder ein Land oder irgendetwas so sehr liebt, dass er bereit ist, dafür zu sterben, und auch nicht davor zurückschreckt zu töten, um es nicht zu verlieren. Schau ihnen ins Gesicht und mach ihnen Angst. Sie sollen wissen, dass zwischen ihnen und Maschak du stehst und dass sie nicht an dir vorbeikommen.«

Atàcleto stimmte zu und war nicht mehr erstaunt über diesen Mann, der in starken, klaren Worten sprach, ohne sich in Spintisiererereien zu verlieren. Mit einem Kinderreim-Zauber war es einer Tochter Arduins gelungen, den hellsichtigen Mut der Orks auch auf ihn zu übertragen.

Nach Ferrain kam Nirdly an die Reihe, der Atàcleto sanft, aber bestimmt das Schwert aus der Hand nahm.

»Das hier, mein Junge, ist Gelumpe«, ließ er ihn wissen. »Das ist eins von den Dingern, die Dummköpfe machen. Jeder muss sein Handwerk kennen, aber dieser Schmied, der das Gelump hier gemacht hat, hat nichts davon verstanden. Das hier ist Plunder, mit dem man höchstens so tun kann, als habe man ein Schwert. Es ist aus einer Legierung, die nicht mal bricht, sondern sich schon vorher verbiegt. Es taugt gerade einmal dafür, Gefangene oder Unbewaffnete zu bewachen.« Nirdly legte ihm eine Axt in die Hand, dieselbe, die er stets am Rücken trug. Es war eine schwere Axt, die man mit beiden Händen festhalten musste. Sie hatte einen langen Griff. »Bei uns Ungebildeten heißt diese Axt ›Höllenhacke‹, wenn du sie nämlich von dieser Seite abkriegst«, und der Zwerg zeigte auf die Vorderseite der Schneide, »tut sie dir weh, aber wenn dich die andere Seite erwischt«, und jetzt zeigte er auf die lange, schnabelförmig zugeschliffene Rückseite, »tut sie dir höllisch weh. Sieh zu, dass du sie von keiner Seite abbekommst, sondern erprobe sie an den anderen. Sie hat einen langen Griff, damit reichst du weit und kannst auch ein Schwert parieren, selbst eine Picke oder eine Hellebarde, und weil der Griff länger ist als die Kette am Morgenstern, hast du auch einem Morgenstern etwas entgegenzusetzen, aber du musst stark sein, du brauchst starke Beine und starke Beine, sonst wirft sie dich um.« Atàcleto spürte das Gewicht der Waffe in den Händen, er spürte den Kontakt mit der bronzenen Klinge und dem hölzernen Griff, die genau ineinanderpassten. »Sie ist schwerer als ein Schwert, viel schwerer sogar, aber du bist stark. Wenn einer stark genug ist, um sie zu halten, wenn er nicht müde wird, wenn er nicht lockerlässt, wollte ich sagen, dann ist die Axt besser als ein Schwert, denn mit dem Schwert musst du erst trainieren. Mit der Axt übt man sich schon an jedem Holzklotz, den man spaltet, um im Winter zu Hause schön Feuer zu machen. Das ist die Waffe der Bauern, der Waldarbeiter und der Familienväter. Ein Schwert taugt nur als Schwert, es ist gut für die, die nur Krieger sind. Eine Axt kann man immer gebrauchen. Mit der fällt man den Baum, aus dem man die Wiege für sein erstes Kind baut. Um Krieg zu führen, muss man Waffen haben, und wenn man bessere hat als die anderen, dann überlebt man am Ende.« Eine einfache, unwiderlegbare Erklärung. Die Axt war wirklich sehr viel schwerer als das Schwert, und in dem Augenblick stellte Atàcleto fest, wie kräftig er geworden war. Die unzähligen Meilen, die er in Gefangenschaft mit den Salzsäcken auf dem Rücken zurückgelegt hatte, sie hatten das Wunder vollbracht, aus ihm einen Mann mit kräftigen Beinen und Schultern zu machen, der das Gewicht einer Axt mühelos tragen konnte, und der es unermüdlich auch im Kampf tragen würde, wenn es galt, für den geliebten Menschen zu kämpfen. Die Kraft der Zwerge lag in ihrer Zähigkeit. Nicht in Wendigkeit, nicht in Militärtaktik, sondern in ihrer Zähigkeit. Und die besaß auch er. Wenn er Stramazzo jemals wieder begegnen sollte, wollte er daran denken, sich bei ihm zu bedanken. »Mein Junge«, schloss Nirdly, »du musst ihnen Angst machen.«

Als Letzter kam der Markgraf zu ihm. »Junger Mann aus Daligar, meine Rüstung kann ich dir nicht geben, darauf sind die Wappen meiner Ahnen, aber ein Panzerhemd ist sogar noch besser.« Er streifte ihm ein erstklassiges Panzerhemd aus sehr kleinen, dicht geflochtenen Metallringen über, das leicht und widerstandsfähig war. Vorn war es zusätzlich durch zwei dicke Platten aus mit Wachs gehärtetem Leder verstärkt, die seitlich durch grobe, gekreuzte Lederriemen festgebunden waren, und da hinein steckte Aseago von der Geißblattlaube einen langen, feinen Degen.

Der Markgraf senkte die Stimme, um ihm einen letzten Ratschlag zu erteilen. »Es ist nicht gerade die feine ritterliche Art, aber es kann nützlich sein, dem Feind schon vor dem Kampf Angst einzujagen«, flüsterte er.

»Ich werde es bedenken«, versprach Atàcleto.

»Männer«, brüllte der Markgraf und packte mit beiden Händen sein Schwert, dessen Knauf und Stichblatt aus getriebenem Kupfer waren: »Für unseren König! Diese Bastarde haben ihn lahm geschlagen und heute kämpfen wir für ihn. Männer! Das hier sind dieselben Hunde, gegen die wir schon vor zehn Jahren angetreten sind. Wir haben uns nicht verändert und sie genauso wenig. Mut, vorwärts! Unser König ist fort, aber wir sind da. Alle miteinander. Jetzt!«

Die Männer stießen Rankstrails Schlachtruf aus und reckten ihre geballten Fäuste in die Höhe.

»Jetzt!«, schallte es in einem einzigen Ruf. »Für den König und Halb-Ork von Varil«, riefen Einzelne, denen sich weitere, immer mehr Stimmen anschlossen. Dass Rankstrail ein Halb-Ork war, tauchte nun aus dem Dunkel des Verschweigens, der Vermutungen und der Gerüchte auf. Sie hatten beschlossen, es laut hinauszuschreien, damit alle, die es vielleicht noch nicht wussten, erfuhren, zusammen mit der Tatsache, dass es ihnen völlig egal war, ob ihr König ein halber Ork war, ja, dass sie stolz darauf waren.

Atàcleto reckte seine Axt in die Höhe. »Für Daligar!« Er

brüllte so laut er konnte, und voller Freude hörte er, wie sich seine Stimme laut über alle anderen erhob. »Für meine Mutter, für meine Schwestern, für meine Königin«, fügte er als einzelne Stimme leiser hinzu, wie jemand, der Verse aufsagt. »Für Inskay. Für Joss.« Seine Stimme ging in ein Seufzen über. »Für Maschak. Und für mich.«

Plötzlich tauchte wie aus dem Nichts ein unverhoffter Verbündeter auf. Geschunden, struppig, abgemagert und schmutzig stand mit einem Mal Sambuco vor ihm. Man hatte ihn befreit und vergessen.

Atàcleto und der Esel starrten sich an und dann fiel Atàcleto ihm voller Freude um den Hals. Er legte seine Stirn an den Kopf des Tiers und dann zogen sie gemeinsam in den Kampf.

Des Menschen bester Freund.

Zusammen bildeten sie ein seltsames Gespann, halb Mensch, halb Tier, ausgestattet mit einer Axt, vier Hufen und der zeitweiligen Hilfe einer Katze. Angkeel hatte am Himmel zu tun, er kämpfte allein gegen sämtliche Falken von Alyil, wenn das Kräfteverhältnis allzu ungleich wurde, unterstützt durch Salvails Pfeile.

Einst hatte Atàcleto davon geträumt, ein unbesiegbarer Ritter auf einem sich aufbäumenden Ross zu sein. Er hatte geträumt, das anmutigste Fräulein aus Daligar an seiner Seite zu haben. Jetzt hatte er einen Esel, und an seiner Seite stand nicht gerade das anmutigste Fräulein von Alyil, dafür die Frau, die er sein Leben lang in seiner Nähe haben wollte. Sie würde die Schönste des Reiches sein, eines winzigen Reiches, das nur ihn und seinen kleinen Esel, irgendwann vielleicht einmal auch ein paar Kinder umfassen würde, aber auf jeden Fall ein Reich sein würde.

Mit ganzer Kraft umklammerte er die Axt und, dicht an Sambucos warmes Fell geschmiegt, schwor er sich, seine Haut teuer zu verkaufen. Und während er auf die Befehle hörte, die Maschak hinausschrie, dachte er, dass die Wirklichkeit doch alle Träume bei Weitem übertraf, und dass sich jeder Augenblick lohnte, den man am Leben war.

Maschak setzte ihn zur Bewachung einer langen Wendeltreppe ein, die auf die Terrassen hinaufführte, wo nach ihrem Befehl die Bogenschützen Aufstellung nehmen sollten. An seiner Seite waren Trakrail und eine Handvoll Soldaten, die sich aber schon bald in einer Reihe von Scharmützeln verloren. Da schob sich ein Schatten vor die Sonne. Als Atàcleto den Blick hob, hatte er die Kakerlakentrampler vor sich, die zwei riesenhaften Mong-hahul-Orks mit ihren Glubschaugen und den ins vernarbte Gesicht hängenden Haaren. Krümel und Sambuco machten dem Kleineren der beiden zu schaffen. Um den Größeren musste Atàcleto sich kümmern.

»Ha, jetzt bist du allein! Lass mal sehen, was du so mutterseelenallein alles kannst. Und nach dir kommt dann Dickmamsell dran, klar? Deinetwegen hat sie sich verkauft. Jeden Tag ein Besuch bei dir im Kerker und jetzt kämpft die Hündin gegen ihr eigenes Blut!« Während er ruhig und gelassen sprach, strich der Ork immer wieder mit dem linken Handrücken über die Klinge seines großen Schwerts. Atàcleto musste sich anstrengen, nicht wie hypnotisiert darauf zu starren. Schließlich ergriff der andere die Waffe mit beiden Händen. Jeden für sich allein kann man besiegen, hatte Maschak gesagt. Der Ork grinste. Atàcleto kam der Gedanke, dass dieses Grinsen bestimmt Maschaks Tod verhöhnen sollte, und vor seinem geistigen Auge sah er den Hünen schon sein Schwert auf sie richten. Wut stieg in ihm auf. Der Ork starrte ihn verblüfft an. Offenbar war es das erste Mal, dass jemand sich nicht durch ihn beeindrucken ließ. Sein Schwert

sauste auf Atàcleto nieder, der den Hieb aber parierte, und zwar
gut. Seine Waffe war aus dem besseren Metall. Der Ork hatte ein
enormes Schwert mit einer fünf Fuß langen Klinge und großem
Griff, den man mit beiden Händen fassen konnte. Die Klinge lief
an der Spitze sichelförmig aus, damit sie nach allen Richtungen
Wunden reißen konnte. Furchterregend, sicherlich, aber auch
verflucht schwer, und der Ork brauchte Platz, um sie zu schwin-
gen. Er trug kein Panzerhemd, sondern nur den mit rostigen
Eisenstacheln besetzten Brustschild der Rüstung. An den Stacheln klebte geronnenes Blut. Im Nahkampf waren sie zweifellos
tödlich, aber ein Vieh wie der hatte Stacheln eigentlich gar nicht
nötig, zumal sie noch zusätzliches Gewicht bedeuteten. Atàcleto
begriff, dass diese Stacheln ein Schreckenswerkzeug, ein Folter-
werkzeug waren.

»Soll ich dir zuerst die Gedärme oder lieber erst das Herz aus-
reißen?«, fragte ihn der Ork. »Und danach deine Schöne umar-
men? Weißt du eigentlich schon, was wir mit den Frauen machen? Mit den Verräterinnen?«

»Grüße von meiner Königin, von Rosalba von Daligar«, brüllte
Atàcleto, der die Hiebe weiterhin parierte. Währenddessen wich
er langsam die Treppe hinauf zurück, womit er den Ork nötigte,
ihm zu folgen. So führte er den Kampf von oben nach unten und
lotste den anderen an eine enge Stelle, wo der sein mächtiges
Schwert nicht mehr gut handhaben und sein mittlerweile her-
beigeeilter Bruder ihm nicht beispringen konnte. Sambuco und
Krümel hielten immer noch alle Übrigen in Atem. »Meine Königin, die eine Frau ist, hat euch geschlagen. Wir sind die Menschen. Dieselben, die euch in Daligar kurz und klein geschlagen
haben, erinnerst du dich, mein Orklein? Ich bin gekommen, um
dich kurz und klein zu schlagen. Ich bin von Daligar bis hierhergekommen, um dich zu töten.« Sie stiegen immer weiter hinauf.

Und immer weiter hieben sie aufeinander ein. Dem Ork traten die Schweißperlen auf die Stirn. Er war nicht so gut trainiert wie Atàcleto, der für Messere Stramazzo das Salz geschleppt hatte. Der Ork wurde allmählich müde. Er legte eine Hand an den Gürtel. Mit zwei Haken, einem am Griff und einem an der Kette, war dort der Morgenstern befestigt. Auch hier waren die rostigen Stacheln der Eisenkugel noch verklebt vom Blut derer, die mit ihr gequält worden waren. Nie etwas abwischen, das musste eine Frage der Ehre sein. Sogar noch in diesem Augenblick tödlicher Gefahr kam Atàcleto in den Sinn, dass Alyil für die Fliegen ein Festschmaus sein musste, eine Art Paradies, wie einst auch Daligar, als die Königin-Hexe die abgeschnittenen Köpfe auf Pfähle stecken ließ.

Der Ork lachte. »Wenn ich mit dir fertig bin, reiße ich der Kuh die Eingeweide raus«, versprach er.

»Erst musst du mit mir fertig werden.« Atàcletos Wut schwoll an zu blankem, eiskalten Zorn. Wenn er ihn nicht aufhielt, wäre nach ihm Maschak an der Reihe! Atàcleto malte sich aus, wie sich die rostigen Stacheln gegen Maschak, gegen Ferrain, gegen Nirdly, gegen alle Frauen und Männer von Alyil richten würden, und seine Axt fuhr auf das Handgelenk des Orks nieder. Während er zuschlug, entfuhr ihm ein Schrei voller Wut und Hass, ein furchtbarer Schrei. Er erkannte seine eigene Stimme nicht wieder. Die Hand, die den Griff der stachelbewehrten Kugel umklammert hielt, wurde abgetrennt. Der Ork starrte Atàcleto an, der noch das Entsetzen in seinen Augen sah, ehe er ihm mit der Rückseite der Axt den Gnadenstoß versetzte. Der Ork stürzte und verfing sich zwischen dem Geländer und Atàcleto, dessen Arm dadurch eingeklemmt wurde. Atàcleto konnte sich nicht mehr von der Stelle rühren und hörte das Brüllen des zweiten Kakerlakentramplers, der die Treppe heraufstürzte, um

Rache zu nehmen. Atàcleto sah das Schwert in seiner Faust und begriff, dass er damit gleich geköpft würde. Trakrail und die Bogenschützen oberhalb von ihm hatten es bemerkt, waren aber zu weit weg, um schießen zu können. Außerdem stand er zwischen ihnen und dem Ork.

»Rühr ihn nicht an«, brüllte von unten herauf Maschak. Der Ork wandte sich nach ihr um und schaffte es noch, das Schwert zu heben, dann aber traf ihn Maschaks Hellebarde tödlich, mit einer Bewegung voll schrecklicher Anmut, einer Harmonie, die auch in ihrem Tanz im Regen gelegen hatte. Atàcleto dachte daran, dass sie nun beide blutbefleckt waren und dass alles schrecklich war, aber zugleich furchtbar und großartig, weil sie am Leben waren. Weil sie keine Angst hatten.

Er dachte daran, wie es sein würde, wenn sie endlich beieinander wären, wie es sein würde, wenn sie all das Blut von sich abgewaschen hätten, wenn sie Haut an Haut wären, nichts mehr zwischen ihnen, auch das eine Art von Tanz…

Unter den Soldaten von Varil wurden Rufe laut, die ihnen zum zweiten Mal zujubelten. Die beiden furchtbarsten Feinde waren geschlagen, und die das geschafft hatten, waren ausgerechnet die beiden Jüngsten!

Leute aus der Stadt schlossen sich ihnen an. Erst nur wenige, die verwegensten, die mit Spießen und Feuerhaken bewaffnet waren, dann aber mehr und immer mehr. Es war, als hätte die Stadt beschlossen, einmal aus freier Entscheidung alles aufs Spiel zu setzen. Entweder man siegte oder man krepierte. Auf keinen Fall konnte man dahin zurück, wo man vorher gewesen war.

Da waren Männer, alte und junge, Frauen und auch Mädchen, und viele davon warfen ihre Blicke auf Atàcleto, einige schüchtern, andere keck.

Atàcleto war schön geworden.

Es war nicht nur die Sonne, die sein Gesicht während der Reise gebräunt hatte, auch nicht die Muskeln, die sich, seitdem er Daligar verlassen hatte, unter seiner Kleidung abzuzeichnen begannen, und auch nicht sein neues Selbst, das sogar die Dunkelheit und die Bewegungslosigkeit in der Zelle überstanden hatte. Tatsache war, dass er sich in Daligar im Blick der anderen gespiegelt hatte, und da hatte er einen schüchternen Jungen gesehen, der sich vor seinem eigenen Schatten fürchtete, einen Jungen, der einem jungen Erpel glich. Jetzt aber sah er in den Blicken der anderen die Achtung vor einem Krieger, der aus der freien Welt von Daligar gekommen war, um ihnen, den seit jeher Unterlegenen, beizustehen. Er war allein gekommen, besaß aber die magische Gabe, mit den Tieren zu sprechen und sie für sich kämpfen zu lassen, und er hatte durch sein bloßes Erscheinen die Tochter des Henkers in einen General verwandelt.

Atàcleto spiegelte sich im Blick der Stadt und sah sich stark und stattlich, einer, der gekommen war, um Hoffnung zu bringen. Der schön war. Schön oder hässlich zu sein, war etwas, worüber man selbst entschied, kein Schicksal. Schönheit war eine Mischung aus Verwegenheit, aus Dreistigkeit, aus der Fähigkeit, sich selbst und anderen zuzulächeln. Wenn er am Ende dieses Tages noch am Leben sein würde, wollte er Maschak einen Heiratsantrag machen. Jetzt hatte er etwas zu bieten.

Der letzte Anschlag ereilte ihn in der Nähe des Marktplatzes. Maschak, Krümel und Sambuco hatten Halt gemacht, um am Brunnen neben den Lagerhallen ein wenig Wasser zu trinken. Er wartete vor einer Mauer auf sie, wo er sich auf seine Axt stützte wie auf einen Stock und gerade nachzuzählen versuchte, wie viele Schläge er hatte einstecken müssen, die nur deshalb nicht zu Verwundungen geführt hatten, weil ihn das Panzerhemd schützte.

Hervorgekrochen von wo auch immer, baute sich plötzlich einer der Abtrünnigen mit erhobenem Schwert vor ihm auf. Atàcleto hatte die Hand auf dem Griff seiner Axt, und ihm war klar, dass er seine Waffe nicht so schnell würde hochheben können. Vielleicht hätte die Zeit nur noch für einen Schrei gereicht, für seinen letzten! Da aber fiel der Abtrünnige nieder, von der tödlichen Stachelkugel eines Flegels, offiziell eines Morgensterns, an der Schläfe getroffen. Es war der Markgraf gewesen. Die Wappen seiner Vorfahren auf seiner Rüstung waren mittlerweile nicht mehr zu erkennen, so besudelt und befleckt waren sie. Der Edelmann war von Blut überströmt, vielleicht mit seinem eigenen, vielleicht dem anderer.

Er war außer sich und schien sich kaum mehr auf den Beinen halten zu können, vielleicht wegen seiner Verletzungen, vielleicht auch vor Müdigkeit, die schrecklich war in dieser in die Höhe gebauten Stadt, die nur aus steil bergauf oder bergab führenden Wegen und Treppen bestand, und jemandem, der das nicht gewohnt war, die Luft raubte. Er hatte seine sämtlichen Waffen verloren, auch das Schwert mit dem kupfernen Knauf und Stichblatt, und zuletzt war ihm nur noch diese eine geblieben, die er irgendeinem Ork abgenommen hatte. Auch er lehnte sich gegen die Mauer und versuchte, wieder zu Atem zu kommen.

»Eine wirksame Waffe, aber absolut plump«, keuchte er kaum hörbar. »In einem Duell von einem gewissen Rang sollte man sie nicht benutzen dürfen.«

»Ich werde das bedenken«, versprach Atàcleto.

Herrin
der Heere

KAPITEL 20

Maschak hatte vor nichts mehr Angst.

Maschak hatte vor nichts mehr Angst. Sie hatte nämlich nicht nur entdeckt, dass sie immer schon einen Augenblick im Voraus wusste, wo die Hiebe landen würden, dass sie die Fähigkeit hatte, zu erkennen, was die Feinde gleich unternehmen würden, so als hätte sie sich ihr Leben lang mit taktischer Kriegsführung beschäftigt. Als geradezu schwindelerregendes Hochgefühl empfand sie nun auch, dass sie nicht mehr allein war. Auf einen Schlag hatte es ein Ende mit der Einsamkeit, die seit dem Tod ihrer Mutter jeden Augenblick ihres Lebens ausgefüllt hatte. Bislang war sie allein gegen ihren Vater gestanden, allein gegen alle.

Jetzt waren der Markgraf und seine Männer auf ihrer Seite, Nirdly, der Zwerg, Salvail, der Bogenschütze, und vor allem dieser Junge aus Daligar, der die seltsame Fähigkeit besaß, den Tieren zu gebieten und von ihnen geliebt zu werden.

Ihr ganzes Leben lang hatte sie sich geduckt, schier erdrückt von der Angst vor ihrem Vater und der Scham über sich selbst. Gelegentlich brachte sie Verurteilten Essen und einmal hatte sie einen Zwerg befreit. Aber seit ihre Augen denen der Katze begegnet waren, war alles anders.

Die Angst verschwunden, die Scham wie weggefegt. Sobald ihr klar wurde, dass der Junge und der alte Mann hatten entkommen können, gab es nichts Natürlicheres für sie, als zu den Waffen zu greifen und zu kämpfen. Und es war ihr leichtgefallen. Die Bewegungen hatten sich eine aus der anderen ergeben, die Hände hatten die Hellebarde gepackt, und schon hatte der Kampf gegen alle begonnen. Das war schön gewesen, schön wie ein Tanz. Im Grunde genommen gehörte sie zum Volk der Orks. Sie hatte gekämpft, um den Jungen und den Alten zu verteidigen, sicher, aber da lag auch eine Schönheit in der Form der Schwerter, der Hellebarden und in der Bewegung, mit der die beiden aufeinandertrafen, die ihr nicht verborgen blieb.

Die Wachsoldaten aus den Verliesen, die sie jahrelang verhöhnt, gedemütigt und eingeschüchtert hatten, vor denen sie sich gefürchtet hatte und denen sie immer aus dem Weg gegangen war, jetzt glichen sie einem Schwarm verschreckter Fliegen, den sie allein mit einer einzigen Hellebarde in Schach hielt.

In jedem Augenblick wusste Maschak, was zu tun war, so als hätte sie ihr Leben lang nichts anderes getan, als Heere zu befehligen. Der Mann, der Markgraf genannt wurde, war ein bisschen aufgeblasen, aber er war nicht auf den Kopf gefallen, und er hörte ihr zu. Sie brauchte ihm nicht zweimal zu erklären, an welchen strategischen Stellen er seine paar Leute platzieren musste, um einen Angriff auf den Marktplatz, den die Männer aus Varil sich als Hauptquartier ausgesucht hatten, zu verhindern. Mit Käse und Würsten hatte sich Maschak die bedingungslose Ergebenheit sämtlicher Bettler erkauft, die seit eh und je das Kommen und Gehen und das Gerede der Leute auf der Straße beobachteten.

Das reguläre Heer von Alyil hatte nicht die Absicht zu kämpfen. Es bestand aus Soldaten, die dem Kommando des Richters unterstanden, und der war tot. Was ihnen bevorstand, war, ebenfalls ein Teil des Reiches von Varil oder von Daligar zu werden, wo es, wie allgemein bekannt war, besser zu essen gab und weniger hingerichtet wurde. Während sie sich bereit machten, sich Sire Rankstrail zu ergeben, war dieser fortgegangen, sodass sie auch jetzt noch nach jemandem suchten, mit dem sie die Übergabe aushandeln konnten, und dafür war der Markgraf genau der Richtige.

Ihre wahren Feinde waren die Orks und die Abtrünnigen, die beiden geheimen Truppen des Richters, die das Klima des Schreckens aufrechterhalten hatten und jeden Einwohner der Stadt, der auch nur einen Mucks zu sagen wagte, spurlos verschwinden ließen. Deren zerschundene Leichen dann irgendwo außerhalb der Stadtmauern aufgefunden wurden. Sie erledigten Aufträge, die so schmutzig waren, dass sie sogar nach den ungerechten Gesetzen von Alyil als ungerecht galten. Die nichts mehr zu verlieren hatten und zu allem bereit waren, um nur ja nicht zur Rechenschaft gezogen zu werden. Sie waren fast alle in der Stadtmitte zusammengekommen, zwischen dem Palast des Richters und den angrenzenden Gefängnissen, eine weitere, beträchtliche Gruppe war auf den Stadtmauern versammelt. Und dann gab es noch die Einzelkämpfer, die überall verstreut in ihren Löchern saßen, um blitzartig anzugreifen, sofort wieder zu verschwinden und auf diese Weise Angst und Schrecken zu verbreiten. Alyil war eine Hochburg mehr oder weniger versteckter, mehr oder weniger geheimer Gänge, Übergänge, Ausgänge.

Die Ork-Henker waren gerade auf dem Richtplatz, als die

Männer aus Varil ankamen, und dort blieben sie auch, weil sie von dort den Aufgang zu den Stadtmauern versperren konnten. Ihre Strategie war klar. Die Leute in der Stadtmitte und die auf den Mauern konnten die Menschen zwischen sich in die Zange nehmen. Die Henker auf dem Richtplatz versperrten den Zugang zu den Mauern, und die Einzelkämpfer sollten Störaktionen gegen die Männer aus Varil ausführen, aber auch gegen die normale Bevölkerung, plötzlich zuschlagen, sich wieder verstecken, Schrecken verbreiten. Das Ziel war, die Menschen zurückzudrängen, sie in die Flucht zu schlagen, durch das große Tor und die Grotte, durch die sie heraufgekommen waren, um die Stadt wieder in die eigene Hand zu bekommen. Da der Richter nun nicht mehr war, konnten sie Alyil jetzt dem Nordwestreich der Orks anbieten, das es zu seinem vordersten Stützpunkt in der Menschenwelt und zu einem Hort aller Abscheulichkeiten machen würde.

Die Schlacht musste an vier Punkten geführt werden: Stadtmitte, Stadtmauern, Richtplatz, Straßen. Während sie sich diese vier Worte wieder und wieder vorsagte, erinnerte sich Maschak an all ihre Streifzüge durch die Stadt und legte sich im Kopf eine Karte davon zurecht, auch rief sie sich die wenigen Male in Erinnerung, die sie vor die Stadtmauern gegangen war, und stellte fest, dass sie sich deren Aussehen bis ins Detail eingeprägt hatte.

Maschak wies den Befehlshaber darauf hin, dass der zentrale Teil der Stadt, das Gefängnis und der Richterpalast, von einem regelmäßigen Kreis gleich hoher Häuser mit Dachterrassen darauf umstanden war, die untereinander durch Stege und Brücken verbunden waren, mit der Straße jedoch nur durch eine einzige Wendeltreppe. Das waren Überbleibsel aus alter Zeit, als sich Nachbarn noch gegenseitig einluden, um miteinander Jause und Kuchen zu essen. Jetzt waren sie eine ideale Stellung, um den Kern der Feinde von oben unter Beschuss zu nehmen. Dort wurden die von Salvail befehligten Bogenschützen aufgestellt, unterstützt von dem Adler in den Farben des Himmels und der Wolken, der sie vor den letzten Falken schützte. Trakrail, Atàcleto, die Katze und der Esel waren zum Schutz der Wendeltreppe eingeteilt. Die Hufe des Esels und die Krallen der Katze waren die besten Verteidigungswaffen, denn Trakrail und Atàcleto legten zwar allen guten Willen an den Tag, waren aber vielleicht nicht zu Kriegern geboren. Ein Pfeilregen prasselte auf die Höfe des Richterpalastes und des Gefängnisses herab, wo der Großteil der Orks und der Abtrünnigen in Stellung gegangen war.

Maschak brachte Nirdly und den Markgrafen zum Richtplatz, wo sich beim früheren Galgen ein halbes Dutzend von Henkern verschanzt hatte. Auch ihr Vater war darunter.

»Es gibt einen Durchschlupf und eine Rinne an der äußeren Mauer, die vielleicht einmal als Verzierung gedacht war, aber ein Zwerg kann möglicherweise darin laufen. Sie beginnt am großen Tor und endet bei der Falltür, durch die immer die Gehenkten hinausgeworfen wurden«, erklärte Maschak. Nirdly nickte. »Die Falltür hat ihre Angeln an der Oberseite und ist unten an der Seite mit einem Riegel verschlossen. Ein Hieb mit der Axt und der springt auf. Wir greifen von vorn an und du kommst von hinten. Wie viele Zwerge haben nicht schon auf diesem Richtplatz gestanden!« Nirdly nickte erneut.

»Das hier übernehme ich«, sagte der Markgraf sanft zu Maschak. Er wollte nicht, dass sie gegen ihren eigenen Vater kämpfte. Maschak blieb auf dem Platz, aber im Hintergrund und auf ihre Hellebarde gestützt. Die Bettler scharten sich um sie und hielten sie über alle Bewegungen auf dem Laufenden.

Der Angriff des Markgrafen war schnell und präzis, aber die

anderen gaben ihm Kontra. Sie waren darauf gefasst. Nicht gefasst waren sie auf Nirdly. Dieser Richtplatz hatte zwar schon jede Menge Zwerge gesehen, aber einen, der sie in voller Rüstung und mit einer Axt von hinten überfiel, noch nicht. Er war das Letzte, was sie sahen.

Nachdem sie den Richtplatz befreit hatten, stieg Maschak auf das Galgenpodest und suchte nach ihrem Vater. Sie fand ihn unter den Toten, die es dort gegeben hatte.

Maschak hielt inne. Ihre Erinnerungen kehrten alle auf einmal wieder und überschwemmten sie. Sie rang nach Luft. Immer hatte sie ihn gehasst, aber die Vorstellung von seinem Tod erschütterte sie.

Diesen hatte sie immer herbeigesehnt, seit sie ein Kind war und die Schreie aus dem Gefängnis hörte.

Irgendjemand hatte einmal gesagt, ein Leben bemesse sich nach den Tränen, die sein Ende begleiten. Im Fall ihres Vaters hatten die Tränen das Leben begleitet, nicht den Tod.

Früher oder später wollte sie in Ruhe darüber nachdenken und in all den Erinnerungen einen Sinn suchen.

Glücklicherweise hatte sie jetzt keine Zeit. Sie musste eine Schlacht gewinnen und eine Stadt zurückerobern.

Überall flackerten kleine Scharmützel auf, in den Gassen, zwischen den Gemüsegärten, auch oben auf den Balkonen. Maschak sah eine junge Frau, die auf dem Markt Käse verkaufte, herabfallen, erkannte unter den Toten den alten Mann, den Binsenflechter, wieder und konnte unter den Verletzten gerade noch einigen Soldaten aus Varil zu Hilfe eilen, die nach ihr gerufen hatten.

Atàcleto hatte immer den eigensinnigen jungen Esel bei sich, außerdem den Adler und die Katze, die beide einen letzten Funken Magie verkörperten in einer Welt, die entschlossen schien, diese nicht mehr haben zu wollen.

»Wer bist denn du, der König der Tiere? Hast du vielleicht eine ganze Menagerie?«, fragte ihn ein Reiter aus Varil, ein junger Bursche mit dunklen Augen und platter Nase, der sein Pferd verloren hatte und deshalb zu Fuß unterwegs war.

Die Orks und die Abtrünnigen, die überall in der Stadt aufgespürt und verjagt worden waren, sammelten sich auf dem Dach des Gefängnisses, und von dort aus gelangten sie über lange Belagerungsleitern auf die Dachterrassen des Häuserrings, der das Gefängnis umgab. Sie konnten diese Stellung einnehmen, weil der Markgraf seine Leute in Richtung Stadtmauern verlegt hatte, und es gelang ohne große Mühe, weil sie Kinder als Geiseln genommen hatten. Und angesichts der Kinder sank bei den Menschen der Kampfesmut.

Nicht so bei Maschak. Sie rief Salvail herbei, den Reiter zu Fuß und alle, die sich noch irgendwie auf den Beinen halten konnten. Dem Jungen aus Daligar gab sie ein Zeichen, er solle ihr folgen. Atàcleto beeilte sich, zu ihr zu kommen, nachdem er seinen kostbaren Esel bei Ferrain zurückgelassen hatte, doch in Begleitung der Katze, die sich an seiner Seite hielt, und des Adlers, der über ihm kreiste und ihm so etwas wie eine Aureole verlieh.

Die Terrassen waren der höchste Punkt der Stadt. Die Orks und die Abtrünnigen hatten leichte und bewegliche Belagerungsleitern benutzt. Sie aber gelangten nun unbemerkt über die Taubenhäuser hinauf, deren kleine Türchen wie dafür geschaffen schienen, ihnen den Aufstieg zu erleichtern. Vor Blicken geschützt, kletterten sie zwischen Weinranken, Flügelrauschen und Taubengefieder in die Höhe. Maschak war eine starke Frau, aber nicht sehr beweglich, und jeder Anstieg kostete sie ungeheure Anstrengung, dennoch kletterte sie hinauf. Die ganze Zeit über ging die Katze ihr voran oder hielt sich ganz dicht an ihrer Seite, und Maschak merkte, dass sie plötzlich deren ganze Behändigkeit in sich spürte. Die Sonne war kurz vor dem Untergang. Bereits oben angelangt war Nirdly, der Zwerg, mit seiner Axt.

Nirdly war in der Tat der geborene Kämpfer, so wie Inskay und sein Bruder, die in den Verhören mit einer solchen Zähigkeit Widerstand geleistet hatten, dass nur die Hinterlist des Gauklers sie in die Knie hatte zwingen können. Maschak ging durch den Kopf, dass diese sanftmütigen Zwerge, Bergleute und Bauern, in Wahrheit unbezwingliche Krieger waren, die auch dann noch standhielten, wenn alle andern längst aufgegeben hatten. Das mussten sie selbst offenbar vergessen haben, aber falls sie sich eines Tages wieder darauf besinnen sollten, würde das für diejenigen, die mit ihnen zu tun bekamen, eine eher unangenehme Partie.

Maschak und die Menschen gelangten auf die östliche Terrasse. Die Orks und die Abtrünnigen waren auf der westlichen, von wo aus sie sowohl die Wendeltreppe, die auf ihrer Seite war, als auch die bis auf das Gefängnisdach hinabreichenden beweglichen Leitern kontrollierten. Jetzt waren sie es, die die Stadt unter Beschuss hatten. Sie hatten zwei Kampflinien aufgestellt. In der zweiten standen sie selbst, in der ersten ihre eigenen Kinder, bewaffnet mit Steinen und Stöcken. Die Menschen würden sich entscheiden müssen.

»... Entweder wir lassen uns niedermetzeln, oder wir vergießen das Blut unschuldiger Kinder ...«, sagte Atàcleto verzweifelt. »Sie stehen zwischen uns und den Erwachsenen. Wir müssen uns zurückziehen.«

»... Von wegen unschuldige Kinder! Kinder vielleicht, aber unschuldig nicht. Unschuldige Kinder bleiben schön brav zu Hause und belästigen nicht andere Leute ... Trotzdem, wir müssen uns zurückziehen«, ergänzte Nirdly.

»Was sind das bloß für Leute, die ihre Kinder nicht zu Hause bei der Mama lassen, sondern mitnehmen in die Schlacht und sich hinter ihnen verstecken?«, fragten die Soldaten.

Ein Junge, der Größte von allen, drehte sich um, ließ die Hose herunter, zeigte den Männern sein Hinterteil und lachte, wodurch die Narben, die er bereits wie ein ausgewachsener Orkkrieger auf den Wangen trug, in die Breite gezogen wurden. Ihm fehlten ein paar Zähne, Milchzähne.

»He du, Wichtel!«, rief er Nirdly zu, dann stellte er sich in Positur, spannte die Schleuder und schoss einen spitzen Stein ab, den der Zwerg mit seiner Axt abwehrte.

Die Geste brachte die Kriegerkinder auf. Schreie der Enttäuschung wurden laut, so als sei Nirdly verpflichtet gewesen, sich treffen zu lassen. Ein dichter Steinhagel brach los.

»Wir dürfen gegen Kinder keine Waffen einsetzen!«, schimpfte der Reiter mit der platten Nase. »Es ist, als wären wir entwaffnet. Und das wissen sie genau.«

Wer sich aber nicht im Geringsten entwaffnet fühlte, waren Angkeel und die Katze. Die beiden griffen gemeinsam an. Jedem menschlichen Wesen, aber vor allem jedem Kind jagt ein wütendes Tier Angst ein. Außerdem bestand bei einem Vogel und einer Katze keinerlei Hoffnung, sie würden auf das zarte Alter der Kinder Rücksicht nehmen. Planvoll und klug führten die beiden ihren Angriff durch. In einem schrecklichen Wirbel aus Federn, Fell und Klauen, Miauen, Fauchen und Kreischen stürzten sich beide absolut gleichzeitig auf ein und denselben Jungen, schlugen ihn in die Flucht und gingen zum nächsten über. Sie begannen bei dem in der Mitte, der offenbar der Anführer war, und binnen Kurzem herrschte ein großes Tohuwabohu. Manche der

Kindersoldaten trugen Kratzer im Gesicht davon, manche nicht einmal das. Aber der Schrecken war größer als der Schaden und verängstigt ergriffen alle die Flucht. Sie rannten vom Dach über die Wendeltreppe hinunter und zerstreuten sich in den Straßen.

»Wie viele Jahre hast du die beiden dressiert?«, fragte der Reiter Atàcleto hellauf begeistert.

»Da sind keine Kinder mehr. Los, Leute, stürzt euch auf diese Hunde!«, brüllte Nirdly.

Der Reiter aus Varil führte die Attacke an: Mit erhobenem Schwert stürmten die Männer auf die Orks zu. Nirdly und Atàcleto hatten Äxte.

Viele der Orks benutzten den Morgenstern, der furchtbare Wunden riss. Der Reiter fiel, von dem Buckligen mit dieser mörderischen Waffe tödlich getroffen. Sein Lächeln erlosch für immer. Mit der Kraft, die ihr die Wut verlieh, und mit dem Schwert, das sie dem Reiter abnahm, ging Maschak auf den Ork los, aber der wickelte die Kette des Morgensterns um die Klinge ihres Schwerts. Der Bucklige und Maschak hielten einen Moment inne und starrten sich an, dann wandte sich der Bucklige Atàcleto zu, der von links angerannt kam. Jetzt ließ er den Morgenstern los und griff stattdessen nach seinem Schwert, das er auf Atàcleto herabsausen ließ, doch der parierte mit der Axt und ließ diese sogleich los, sodass der Hieb abgelenkt wurde, der Ork aus dem Gleichgewicht kam und auf ihn stürzte. Atàcleto ließ sich auf die Knie fallen und durchbohrte den Ork mit dem Degen, den er an der Seite trug.

Maschak und Atàcleto sahen einander an. Atàcleto keuchte. Der Spurt, den er hingelegt hatte, um noch rechtzeitig beim Buckligen anzukommen, hatte ihn völlig erledigt. Er blieb auf den Knien liegen.

»Plumpe, aber wirksame Waffe. Niemals in einem Duell von

einem gewissen Rang«, sagte er leise mit dem bisschen Atem, der ihm noch blieb, und zeigte dabei auf den Morgenstern. »Meine Herrin, wollt Ihr meine Frau werden?«

Maschak half ihm aufstehen.

Über die beweglichen Leitern, die sie dann einzogen, traten Orks und Abtrünnige den Rückzug auf die Dächer des Gefängnisses an, dort verschwanden sie in den Falltüren und schlossen sich auf dem Grund jenes Gebäudes ein, das ihr eigenstes Reich gewesen war. Jetzt saßen sie also selbst dort drin, in den verfluchten Korridoren, wo die Luft immer knapp war und die Schatten gespenstisch in die Länge wuchsen. Es war seit jeher das Kernstück ihrer Macht gewesen, das Zentrum, von dem aus sich Furcht und Schrecken in jeden Winkel der Stadt verbreitet hatten.

Eile war nun nicht mehr geboten: Man konnte sie dort in aller Ruhe herausholen.

In dem unsteten Licht, das das Elend und das Blut auf den Straßen verbarg, suchte Maschak nach dem Leichnam ihres Vaters, in der Ecke des Richtplatzes, wo sie ihn zuletzt gesehen hatte. Nirdly und Atàcleto blieben ein wenig zurück, ließen sie aber nicht aus den Augen, wie echte Statthalter eines echten Befehlshabers. Maschak trat näher und besah sich den Haufen aus Leibern, zerrissenen Kleidern und Waffen. Sie wagte weder Erleichterung noch Schmerz zu empfinden. Gern hätte sie etwas gefühlt, aber alles in ihr blieb kalt und leer. Schließlich wurde sie auf eine Art Fiepen aufmerksam. Sie beugte sich hinunter, um im Dunkeln besser sehen zu können. Da saß zusammengekauert und wimmernd eine kleine Gestalt. Maschak erkannte darin den Gaukler wieder. Da waren die beiden, ihr Vater und der Zwerg, also wieder vereint, zum letzten Mal. Bei sich hatte sie das Gespann immer das Monster und das Monsterchen genannt, die zwei schwarzen Seelen von Alyil.

Ein Schauder überlief sie.

Sie wusste, was die beiden alles getan hatten.

Haarklein war es ihr immer erzählt worden, gut gelaunt, beim Feuer.

Sie erinnerte sich an die Namen all derer, die durch ihre Hände gegangen waren.

Der Gaukler kniete bei der Leiche und schluchzte.

Am Ende hatte sogar der oberste Henker von Alyil noch jemanden, der um ihn weinte.

Maschak hörte sich das Weinen lange an, dann trat sie zu der zusammengekauerten Gestalt.

Sie legte die Hand auf die Axt an ihrem Gürtel. Der Gaukler bemerkte die Bewegung.

Er hob den Kopf.

»Tötet mich nicht«, flehte er sie an. Er hatte eine hohe, piepsige Stimme.

»Nenn mir einen guten Grund«, antwortete Maschak.

»Mein Leben im Tausch gegen das, was ich weiß.«

Maschak nickte.

»Dann aber schnell«, sagte sie ruhig, ohne die Stimme zu erheben. »Raus mit der Sprache, sonst ist es zu spät! Sonst hau ich dich nämlich sofort in Stücke und werfe deine Knochen den Hunden vor, so sparen wir uns die Mühe, dir eine Grube zu graben.«

»Ich weiß viele wichtige Dinge. Aber ich will Sicherheiten haben«, versuchte der Gaukler zu handeln. Maschak hob die Axt über ihn.

»Eins garantiere ich dir, wenn du nicht sofort damit rausrückst, wirst du nicht mal bis zum nächsten Atemzug kommen«, antwortete sie. Der Gaukler keuchte und stöhnte. Dann sprach er weiter, langsam.

»Ich weiß, wo das alte Land der Zwerge liegt, Helausia. Ein kleines Land, es liegt zwischen hier und dem Geborstenen Berg. In seinem oberen, luftigen Teil ist Alyil von den Elfen errichtet worden, aber den unteren Teil haben die Zwerge in die Erde gegraben. Die unterirdischen Gänge, die Wasserleitungen und sämtliche Zahnradanlagen haben die Zwerge gebaut, weil das hier ihr Land war. Am Beginn des lang gestreckten Tals, das uns mit dem Nordwestreich der Orks verbindet, gibt es einen unüberschreitbaren Erdwall. Darunter verläuft der unterirdische Gang von Helausia. Er beginnt mit einem Torbogen, der einfach der Eingang zur Kanalisation von Alyil ist. Er liegt nur ein paar Schritte weiter, verborgen unter einem großen Felsbrocken. Das ist alles. Der Richter, dein Vater und ich, wir haben ihn endlich gefunden, vor zehn Tagen. Der andere Eingang liegt nahe bei einem stinkenden kleinen Tümpel mit einem Felsen, der von ferne an die Gestalt einer sitzenden Frau erinnert, die sich kämmt. Wir haben ihn gefunden, weil wir wussten, dass es ihn gibt«, erzählte der Gaukler triumphierend.

Maschak nickte. Aber was hatte sie nun davon, dass sie es wusste? Vielleicht konnte sie ein Geschichtsbuch darüber schreiben oder in einer Runde von Gevatterinnen beim Bohnenpulen Gesprächsstoff liefern.

»Du hattest mir wichtige Informationen versprochen. Meinst du etwa, das sind welche?«, fragte sie immer noch mit ruhiger, fester Stimme, nahm die Hand jedoch nicht von der Axt.

»Aber sicher ist das interessant«, versicherte die Ratte mit erstickter Stimme. »Damit könnt Ihr diesen Krieg gewinnen. Der Stollen verläuft unter dem Tal: ein einziger, langer Stollen. Kein Schatz, nur Spinnweben und die eine oder andere alte Axt von guter Qualität. Für uns war es eine schreckliche Enttäuschung, aber Euch kann es nützen. Ihr könnt ungesehen ins Nordwestreich hinein und wieder heraus, indem Ihr unten herum und nicht oben herum geht. Inskay und sein Stamm sind in den Bergwerken von Sgojgron, in der Nähe von ein paar Hütten, aus denen ihre Hauptstadt besteht. Die Karten liegen beim Richter auf dem Tisch. Begreift Ihr denn nicht? Ihr könnt ins Reich der Orks hinein und wieder heraus, auch ohne ein richtiges Heer, auch ohne einen richtigen Krieg.«

Maschak dachte einen Augenblick nach.

»Die Orks kennen den Stollen nicht?«, fragte sie.

Der Gaukler schüttelte den Kopf.

»Nein. Ich schwöre, dass sie ihn nicht kennen. Der Richter wollte ein paar Dinge für sich behalten. Ihm war klar, wie unzuverlässig seine Verbündeten sind. Ein Geheimgang, der von ihrem Reich bis mitten in unser Gebiet führt, wäre für die Orks eine zu große Versuchung gewesen, besser, das geheim zu halten!«

»Los, nehmt ihn in Gewahrsam«, befahl Maschak Atàcleto und Nirdly. »Wir werden ihn brauchen, wenn wir nach den Zwergen suchen.«

Der Gaukler hörte auf zu schluchzen und wandte ihr sein tränenüberströmtes Gesicht zu.

»Meine hochwerte Herrin…«, setzte er demutsvoll an. Maschak hob die rechte Hand, in der sie das kurze Krummschwert hielt. Der Gaukler stand auf, starrte sie erschrocken an und wich zurück.

»Ruhe, auf der Stelle«, murmelte Maschak. Sie sagte es im Ton einer Mutter, die ein Kind tröstet.

Der Gaukler verstummte. Nirdly wollte vermitteln, aber Atàcleto aus Daligar erklärte ihm und den anderen, wer diese Ratte war. Auch darüber wusste der wunderliche Junge Bescheid. Der Gaukler wurde gefesselt und unter der Aufsicht zweier Soldaten

529

nicht in die Lagerhallen am Marktplatz, sondern ins Kranken-
lager gebracht, wo Ferrain arbeitete und das erbärmliche Leben
des Gefangenen vor allem Hass und allen Rachegelüsten sicher
sein würde.

Maschak lehnte sich nah beim Leichnam ihres Vaters an eine
Mauer. An ihrem Zittern bemerkte sie, wie müde sie war und
wie durchgefroren. Sie ließ sich an der Mauer hinabgleiten,
setzte sich auf das Pflaster und nahm den Kopf zwischen die
Hände. Ganz leise fing sie an zu weinen. Jetzt wo die wilde
Schlacht vorbei war, empfand sie nur noch Benommenheit und
eine unendliche Müdigkeit. Ihr einziger Wunsch war, für immer
und ewig zu schlafen, mit dem Kopf zwischen den Händen sitzen zu bleiben, eingeschlossen in eine dunkle Blase.

Gerade als sie sich gehen lassen, vielleicht einschlafen oder
vor Erschöpfung ohnmächtig werden wollte, plumpste ihr etwas
Kräftiges, Weiches und Warmes in die Arme.

Es war die Katze, die sich bei ihr zusammenrollte. Sie sahen
sich an.

Lange streichelte ihr Maschak das glänzende schwarze Fell,
dann rappelte sie sich wieder auf.

Atàcleto war mittlerweile wieder bei ihr. Und erneut fragte er
sie, ob sie seine Frau werden wolle.

»Und ich liebe dich, meine Herrin…«

Wie beim letzten Mal hielt Maschak es für einen Scherz und
brauchte eine gewisse Zeit, bis sie begriff. Der Ärmste musste
es wieder und wieder sagen, bis kein Zweifel mehr daran bestand: Atàcleto aus Daligar, der seltsame Krieger, der begabt war
mit einer geheimnisvollen Macht über einen Adler und eine
Katze, die ganz offensichtlich magische Kräfte besaßen, hatte
ihr einen Heiratsantrag gemacht.

Das machte sie noch benommener, versetzte sie aber gleichzeitig auch in Hochstimmung.

Sie hatte einen Heiratsantrag bekommen. Sie!

Immer war sie wie selbstverständlich davon ausgegangen, dass das niemals geschehen würde. Nicht einmal von fern hatte sie das in Erwägung gezogen. Als Kind, wenn sie die anderen Mutter und Kind oder Hochzeit spielen sah, hatte sie stets die Augen abgewandt, so sicher war sie, dass ihr so etwas nie widerfahren würde. Jetzt musste sie sich gegen eine Wand lehnen, um nicht umzufallen.

Natürlich sagte sie Nein. Es war doch klar, dass sie nichts für ihn war. Nicht dass er sie nicht gemocht hätte, um Himmels willen, aber sie waren einfach viel zu verschieden, davon konnte gar keine Rede sein. Er glaubte, sie zu lieben, weil er Monate im Gefängnis gesessen und sie ihm geholfen hatte. Im Gefängnis verliebt man sich leicht in jemanden, der einem hilft, aber das ist keine wahre Liebe, das vergeht dann wieder.

Und außerdem hatte Atàcleto doch nun die Qual der Wahl. Vielleicht hatte er es nicht bemerkt, aber es wimmelte nur so von Mädchen, die ein Auge auf ihn geworfen hatten. Er war Atàcleto aus Daligar, dem man die Befreiung verdankte!

Es wurde Nacht. Ein frischer Wind kam auf und fegte den Blutgeruch aus den Straßen.

In der Festung, eingesperrt in ihren eigenen Kerkern, die früher das Herzstück ihrer Macht gewesen waren, saßen jetzt still und stumm die letzten Orks.

Soldaten aus Varil und Bewohner von Alyil säuberten gemeinsam die Straßen. Alle gemeinsam räumten sie die Toten beiseite und versorgten die Verwundeten. Danach brach verhalten und leise eine Art Fest an, das keine Respektlosigkeit gegenüber denjenigen war, die ihr Leben gelassen hatten, sondern bei dem zum ersten Mal jedem wirklich deutlich wurde, welch gewaltigen Sieg sie errungen hatten.

Die Küchen des Richters waren geplündert worden und zusammen mit Dankgebeten erhoben sich die Duftschwaden von massenweise gegrillten Maiskolben zum Himmel.

Alle gemeinsam taten sie die ersten Schritte heraus aus dem Dunkel. Die verfluchte Stadt Alyil sollte ein Ort werden, an dem man in Frieden leben konnte. In den Tälern würden wieder Kühe und Bienenstöcke stehen, und es würde wieder das Land werden, in dem Milch und Honig fließen.

Maschak dachte noch einmal an sich selbst als Braut, aber dann verscheuchte sie den Gedanken. Es war keine Zeit, sich in Fantastereien zu verlieren. Sie dachte noch, was für ein Glück es war, dass der Prinz der Füchse sich nicht hatte blicken lassen, und sie versuchte zu berechnen, wie viele Männer sie wohl für den letzten Angriff auf die Gefängnisse benötigen würde. Glücklicherweise kannte sie jeden Winkel dort, wo die letzte Schlacht stattfinden würde.

Atàcleto setzte sich neben sie und ergriff ihre Hand. Sie fühlte die Wärme seiner Hand auf der ihren.

Sie zog sie weg.

Es war lächerlich.

Die Liebe war etwas für andere, für, wie sollte sie sagen, feinere Leute.

Liebe musste die Begegnung sein zwischen schönen Körpern, zwischen einem glatten und einem kräftigen, etwas, das wenigstens annähernd den Wandmalereien in den Hochzeitszimmern, den Liedern der Spielleute und den Märchen glich. Rehaugen, Haar wie Seide, Rosenhaut, Kirschmund, Zähne wie eine Perlenschnur.

Maschak hatte sich nie etwas vorgemacht. Sie wusste, dass

sie Statur und Gesicht von ihrem Vater geerbt hatte. Als Kind dachte sie sich immer Märchen aus, in denen gute Geister hässliche Leute durch Zauber in wunderschöne verwandelten.

Aber Atàcleto ließ nicht locker. Noch einmal fasste er ihre Hand, noch einmal drückte er sie sanft. Maschak nahm seinen Geruch wahr. Da waren viele Gerüche, der Schweiß und der Dreck dieser monatelangen Gefängnishaft, Staub, sein eigenes Blut und das anderer, aber hinter allem war, zwar schwach aber doch unverwechselbar, der Geruch von Atàcletos Haut. Es war ein guter Geruch, so gut, dass die Schale, die ihre junge Frauenseele einkapselte, für einen kurzen Augenblick aufsprang und ihr gestattete zu träumen, sie könnte ihren Kopf auf seine Schulter legen, um weiter seinen Geruch einzuatmen.

Sie fragte sich, wie wohl ihr eigener Geruch war. Irgendwo unter dem Gestank von Schweiß, Schmutz, Staub, eigenem Blut und fremdem, irgendwo musste auch der Geruch ihrer Haut sein.

Vielleicht fand Atàcleto ihn gut.

Vielleicht war es wichtig, dass man gut roch.

Vielleicht sah man im Dunkel der Hochzeitsnacht überhaupt nichts von der Schönheit, und daher war ihr Fehlen auch gar nicht so wichtig, wohingegen man den Geruch wahrnahm.

Vielleicht fanden Personen wie die Hunde durch den Geruch zusammen.

Der Vergleich mit den Hunden war nicht zufällig und überhaupt nicht beleidigend. Maschak liebte Hunde. Es war eine alte, absolute und auch erwiderte Liebe. Freilich hatte sie nie einen Hund besessen, ihr Vater hätte ihn, noch ehe er nach seinem Namen fragte, auf einen Spieß gesteckt.

Sie hatte streunende Hunde adoptiert. In die Festung gelangten sie durch einen breiten Spalt in einer Mauerecke und sie verteilte Essensreste unter ihnen. Wenn niemand in Sichtweite war, leckten die Hunde mit ihren warmen und rauen Zungen die Näpfe aus, aus denen gewöhnlich ihr Vater und die anderen Henker aßen. Sie hatte ihnen auch Namen gegeben: Krummerschwanz, Stummelschwanz, Hackeschwanz, Kahlerschwanz, Fleck, Schwarzer, Lahmer, Hinkefuß, Einohr, Einaug, Ohnefell. Dann plötzlich verschwand einer, und in irgendeinem Teil der Stadt, dem ärmsten, stieg Gulaschduft auf.

Für Hunde zählte der Geruch.

Ein guter Geruch.

Maschak dachte, dass Atàcleto vielleicht mochte, wie sie roch. Man konnte hässlich sein, aber trotzdem gut riechen.

Und so blieben sie nah beieinander und wagten kaum zu atmen, sie, die seit jeher hier war, und er, der von außerhalb gekommen war, in diese windige Stadt, die gleich unter den Sternen lag.

Am Himmel stand leuchtend der Halbmond. Die Stadt ließ sich immer mehr zu einem regelrechten Fest hinreißen, die Fröhlichkeit brach sich immer zügelloser Bahn.

Maschak wagte es, Atàcletos Hand sanft mit ihrer zu drücken, die dick und rau war, mit schmutzigen, abgekauten Fingernägeln, für die sie sich zum ersten Mal in ihrem Leben nicht schämte. Die Katze lag jetzt in Atàcletos Arm. Von majestätischer Schönheit mit ihrem schwarz glänzenden Fell und den smaragdgrünen leuchtenden Augen, betrachtete sie lange Trakrail, den Kommandanten und Heiler des Heeres von Varil, dann blickte sie Maschak in die Augen, und da sah Maschak die Hunde. Jetzt dachte sie nicht mehr an ihren Geruch. Vielmehr schloss sie die Augen und hatte eine Vision, die sie ganz erfüllte: Die Hunde zogen hinter der Katze her in das Gefängnis, wo sie deren Besatzer durcheinanderbrachten, während sie, Maschak, angriff.

Es würde noch in dieser Nacht geschehen. Sofort. Jetzt wusste sie, wie sie die Stadt einnehmen würden. Maschak schlug die Augen wieder auf. Sie musste daran denken, was Atàcleto ihr erzählt hatte. Die Königin-Hexe hatte gesiegt, indem sie Parfümfläschchen anzündete. Sie hatten auch welche.

Maschak kamen alte Legenden über schwarze Katzen in den Sinn und ein Schauder lief ihr über den Rücken.

Die Katze war nicht Atàcletos Eigentum, aber seine Verbündete. Atàcleto konnte den Tieren gebieten. Mit Sicherheit dem Adler, möglicherweise auch dem Esel. Deshalb taten immer alle zum rechten Zeitpunkt das Richtige, wie die dressierten Tiere der Schausteller und Dompteure. Auch die streunenden Hunde von Alyil würden geschlossen vorgehen, wie ein einziges schlagkräftiges Bataillon.

Atàcleto beugte sich zu ihr herüber und erzählte ihr, wie er von Inskay dem Zwerg erfahren hatte. Er erklärte ihr, wie vor nahezu drei Jahrhunderten eine der Töchter Arduins das alles geträumt hatte.

Ein Kinderreim.

Ja, so war es.

Ein Schritt vor, ein Schritt zurück, Seitschritt, Seit.

Ohne die vieldeutigen Worte der Prophezeiung zu kennen, hatte diese Schrittfolge Maschak immer mit unbändiger Freude erfüllt, mit einer Kraft, die sich scheinbar magisch selbst erneuerte.

Die Schlacht, die sie gerade schlugen, war von einer der Prinzessinnen aus dem Volk der Orks vorhergesehen worden. Es würde eine Schlacht unter Kriegerinnen sein, vielleicht unter Hexen und sicher unter Königinnen.

Diese Prophezeiung zielte nicht nur auf die Befreiung des Zwergenvolks, sondern auch auf die der Orks, auf die Rettung ihrer Töchter und Mütter.

Andernfalls würde der verfluchte Zauber mit dem kostbaren und seltenen Quecksilber, dem ab und zu eine Orktochter entgehen konnte, ungebrochen bleiben.

Maschak und die Katze sahen sich wieder in die Augen. Maschak nickte. Sie hatte verstanden. Noch einmal drückte sie Atàcletos Hand, um ihn zu beruhigen und sich auch.

Sie würden angreifen. Sofort.

Bevor der Morgen anbrach, musste Alyil vollkommen befreit sein. Man musste die Zwerge befreien.

Noch vor dem zweiten Herbstmonat würde die Truppe ausrücken, um Inskay zu helfen.

Maschak ließ Atàcletos Hand los.

»Wir greifen jetzt an«, sagte sie mit ihrer tiefen, ruhigen Stimme zum Markgrafen und zu Trakrail, den beiden Befehlshabern der Menschen. »Denn sonst greifen nämlich im Morgengrauen sie uns an. Jetzt rechnen sie nicht damit. Sie glauben, dass wir vom Wein und vom Fest noch ganz benommen sind.« Trakrail und der Markgraf, die beiden Befehlshaber der Menschenwelt, nickten. Sie respektierten Maschak mittlerweile.

Die Katze starrte unbeirrt weiter zu Trakrail hinauf, aber der bemerkte es nicht.

Im Richterpalast, dem einzigen Ort in Alyil, der noch höher lag als das Gefängnis, lagerten die Parfümflaschen, die man in flüssiges Feuer verwandeln konnte. Im Zimmer des Richters lag dieser noch immer in einer Blutlache am Boden.

»Man muss ihn begraben«, wollte Maschak schon sagen, aber sie korrigierte sich. Das war ein idiotischer Satz. Einer der Sätze, die es nicht wert waren, ausgesprochen zu werden. Warum ihn begraben? Warum ein Grab für ihn, wenn andere auch keines hatten?

»Ihr beide«, sagte Maschak und zeigte auf die ersten beiden Soldaten, die ihr über den Weg liefen. »Macht aus einem Leintuch eine Tragbahre und legt ihn darauf. Setzt ihn aber wieder richtig zusammen, den Kopf oben auf den Hals. Es ist gemein, wenn man vor Leichen keinen Respekt hat, sosehr sie einen zu ihren Lebzeiten auch angewidert haben mögen. Dann bringt ihn zu einem der Scheiterhaufen, wo man die Leichen verbrennt. Sorgt dafür, dass alle ihn sehen und sicher sind, dass er wirklich tot ist. Aber dass ihn ja keiner anzurühren wagt! Werft ihn ins Feuer und achtet darauf, dass er verbrennt.«

Die beiden nickten. Sie führten den Befehl aus und endlich verließ der Richter seinen Palast.

Viele Fläschchen lagen zerbrochen am Boden. Die Leiche des Richters hatte sich mit dem Parfüm vollgesogen, und das war gut so, sie würde schneller verbrennen, noch bevor jemand auf dumme Gedanken kam. Die intakten Parfümfläschchen wurden mit einer Zündschnur aus vollgesogenen Lappen versehen und jeweils zwei davon vor jedes Fenster gelegt. Atàcleto und Maschak waren am selben Fenster.

Der Angriff erfolgte blitzartig. Wie Maschak vorhergesehen hatte, rechneten die Orks nicht damit.

»Alle auf einmal!«, ermahnte der Markgraf. »Auf meinen Befehl.«

Die Explosionen folgten dicht aufeinander. In den ehemaligen Kerkern machten sich Schrecken und Entsetzen breit. Die Menschen und die Orks, die dort früher die unbestrittenen Herren gewesen waren und sich jetzt hierher verkrochen hatten, mussten hinaus ins Freie, unter dem Gebell sämtlicher Hunde von Alyil, die sich in den Innenhöfen breitgemacht hatten.

Unsichtbar in dem dichten, sich stauenden Rauch, griffen die Hunde an, setzten ihre Zähne ein.

Immer hatte ein Stockhieb oder ein Fußtritt genügt, um ihnen Angst einzujagen und sie zu verscheuchen.

Jetzt kämpften sie alle gemeinsam, mit einer präzisen Strategie. Ohne die Angst waren sie umwerfend stark. Unbesiegbar.

Maschak dachte daran, dass sie das ohne die Katze niemals geschafft hätte, nicht so schnell und nicht mit so wenigen Verlusten. Sie, Atàcleto, der Markgraf und alle Übrigen liefen hinaus und umstellten, was von den Gefängnissen noch übrig war. Alle kamen heraus. Erstickt vom Rauch, gequält von den Hunden.

»Meine Herren!«, begrüßte sie der Markgraf. »Legt Eure Waffen ab und wir lassen Euch am Leben!«

»Wenn nicht, hauen wir euch in Stücke. Ganz kleine Stücke«, fuhr Maschak fort. Das waren hartleibige Leute, da sprach man besser Klartext.

Sie ergaben sich alle. Der Markgraf nahm sie in Gewahrsam, mitsamt dem riesigen Schlüsselbund, der dem obersten Henker gehört hatte, und da die Lagerhallen auf dem Marktplatz bereits voll waren, ließ er sie wieder in dieselben Zellen sperren, die bis eben noch ihrem Traum, die Stadt zurückzuerobern, Zuflucht geboten hatten. Dieselben Zellen, die den Schmerz und die Verzweiflung all der armen Teufel gesehen hatten, die dem Henker in die Hände gefallen waren.

Maschak fühlte die Müdigkeit der vergangenen Nacht, des vorausgegangenen Tages, ihrer ganzen sechzehn Jahre Leben. Sie setzte sich auf die Treppe.

Gern hätte sie die Hunde begrüßt, aber sie konnte sich nicht mehr auf den Beinen halten. Atàcleto war sofort bei ihr und fasste sie wieder bei der Hand. Maschak lehnte ihren Kopf an seine Schulter und betrachtete zusammen mit ihm den Sonnenaufgang. Hin und wieder nickte sie ein.

Da geschah etwas Wunderschönes und Seltsames. Sie spürte

den Atem der Welt. Nicht nur ihren eigenen Atem und den des Jungen, der neben ihr saß. Sie spürte das Leben in den Efeublättern an den Mauern, in den Blumen, in den Herzen der zusammengerollten Straßenköter, der Falken und der Tauben, der Männer, Frauen und Kinder. Sie spürte sogar die Bewegung der Erde und die der Sterne, die zugleich Licht und Dunkel, Klang und Stille, Reglosigkeit und Bewegung waren, und keins widersprach dem anderen. Feind und Freund, die Lebenden und die Toten, Zärtlichkeit und Grausamkeit, Unerbittlichkeit und Vergebung. Dort, zwischen den Mauern, spürte sie die Gegenwart und den Atem aller früheren Bewohner, all derer, die die Stadt erbaut, die sie geliebt und für sie gekämpft hatten, um sie zu verteidigen, aller, die in ihrem Bett gestorben waren, und derer, die am Galgen geendet waren.

Im Vorübergehen legte jemand den beiden eine Decke über die Schultern.

Maschak fühlte sich durchdrungen von einem Moment vollkommenen Glücks, wie Wasser, das von einem Sonnenstrahl getroffen wird, ein Glück, wie es nur Märchenprinzessinnen widerfahren konnte, den Heldinnen aus Spielmannsliedern, Mädchen mit goldenem Haar und rosiger Haut. Unter der Decke streiften Atàcletos Lippen ihre Wange.

Der Morgen brach an, klar und hell. Wind war aufgekommen, der den Rauch der Leichenfeuer, die letzten Zeichen der Schlacht, wegfegte.

Dort wo der Innenhof des Gefängnisses gewesen war, rekelten sich die Hunde in der Sonne.

Dafür hatten sie die Katze verloren. Krümel war unauffindbar.

Man suchte sie überall, sie war nirgends zu finden. Irgendwann waren sämtliche Männer, Frauen und Kinder damit beschäftigt, die heldenhafte Katze zu suchen, die an ihrer Seite gekämpft hatte. Alle riefen durcheinander.

»… hier ist sie nicht …«

»… hier auch nicht …«

»… habt ihr auf dem Gefängnisdach nachgeschaut?«

»… auf dem Palastdach schauen wir nach …«

Die Suche nach der Katze entwickelte sich zu einem regelrechten Spiel. Sie alle hatten so lange unter der Tragödie ihrer Stadt und der Gemeinheit gelitten, und dann auch noch die grausame Schlacht durchleben müssen. Aber jetzt, jetzt suchten alle gemeinsam nach der Katze. Im Herzen die Trauer um jene, die gestorben waren, und die Reue über all die in Schande verbrachten Jahrzehnte, doch die Suche nach der Katze wirkte wie eine Befreiung und schuf eine lang vermisste Atmosphäre von Leichtigkeit.

Im Kampf hatte sich das Volk seine Bürgerrechte in der Stadt zurückerobert. Während der Suche nach der Katze wandten sie sie an und eroberten sich ihre Stadt zurück. Sie kletterten auf die Dächer von Gebäuden, die seit jeher so verboten gewesen waren, dass es schon ein Verbrechen war, ihnen auch nur nahe zu kommen. Auf der Suche nach der Katze wagten sie, in Räume vorzudringen, und das Herz schlug ihnen dabei bis zum Hals, in denen sie nur als Gefangene Zutritt gehabt hätten. Oder als Gefolterte. Sie stiegen in unterirdische Verliese hinab, wo schreckliche Folterwerkzeuge am Boden lagen, Blut klebte noch an ihnen. Sie betraten Räume mit Seidentapeten, in denen sie zuerst die Nachricht, dass die Katze nicht hier sei, nur zu flüstern wagten, aber bald auch kühn laut hinausriefen. Selbst jene, die sich erdreisteten, in die Gemächer des Verwaltungsrichters vorzudringen, an den Ort, wo sein Bett gestanden, wo er geatmet hatte.

Und jedes Mal, wenn die Katze irgendwo nicht entdeckt werden konnte, wuchs die Freude, bedeutete dies doch, sie noch weiter suchen zu können.

Auch Maschaks Freude wuchs.

Sie ahnte, dass die Katze nicht mehr bei ihnen war, weil sie anderswo hingegangen war, wo die Schlacht noch tobte, wo der Sieg noch fern und nichts entschieden war.

Die Katze hatte ihre grünen Augen und ihre Magie dorthin getragen, wo es noch Ketten und Sklaven gab.

Die Katze war nicht mehr bei ihnen, weil sie anderswo war.

Sie war bei Inskay, der seine Ketten erst noch sprengen musste.

Sie war bei den Menschen, die, auch wenn ihr König geschwächt war, trotzdem für das Volk der kleinen Bergleute kämpfen würden.

Maschak hatte Inskay nicht das Leben gerettet, damit er in den Quecksilberminen umkam, sondern damit eine Katze, in deren Augen die Magie der Welt lag, ihn und sein Volk in die Freiheit führte. In eine Zukunft voller Auflehnung und Mut. Als freie Wesen, die ihre scharfen Waffen gegen jeden zücken würden, der ihren Kindern Leid zufügen wollte oder der ihnen ihr Recht auf Leben und ihr Land streitig machte.

Maschak atmete tief die reine Luft ein und empfand das Glück wie einen Geruch, fühlte, wie das Herz des Universums im Gleichklang mit dem ihren schlug.

Atàcletos Hand streifte ab und zu die ihre.

© privat

Silvana De Mari arbeitete als Ärztin in Italien und Afrika, bevor sie sich zur Psychotherapeutin ausbilden ließ. Mit ihrer Familie und einem riesigen Hund lebt sie nahe Turin.

Bei cbj bereits erschienen:
Der letzte Elf (Band 1)
Der letzte Ork (Band 2)

Gitty Daneshvari
Das Rätsel von Summerstone
Die furchtlosen Vier

320 Seiten   ISBN 978-3-570-13598-3

Madeleine, Lucy, Theo und Garrison haben: Angst! Angst vor
Spinnen, Insekten & Co., vor engen Räumen, vor dem Tod und sogar
vor Wasser. Da kommt es schon mal vor, dass Madeleine nur mit
Spraydose und Moskitonetz bewaffnet das Haus verlässt. Oder
dass Theo stündlich überprüfen muss, ob seine Familie noch lebt ...
Es gibt nur einen Ausweg: das geheimnisvolle Phobinasium.
Doch dort erwarten sie nicht nur schweißtreibende Prüfungen –
um endlich furchtlos zu werden, müssen die Vier das unglaubliche
Rätsel von Summerstone lösen. Und das stellt sie vor
ungeahnte Herausforderungen ...

cbj

www.cbj-verlag.de